"金手指网络文学"丛书

风皇帝女

（一）

月斜影清 著
肖惊鸿 主编

文化发展出版社
Cultural Development Press

图书在版编目(CIP)数据

古蜀国密码/月斜影清著.—北京:文化发展出版社,2021.6

(金手指网络文学)

ISBN 978-7-5142-3463-3

Ⅰ.①古… Ⅱ.①月… Ⅲ.①长篇小说－中国－当代 Ⅳ.①I247.5

中国版本图书馆CIP数据核字(2021)第102946号

古蜀国密码 Gu Shuguo Mima

肖惊鸿 主编　　　月斜影清 著

出版人：武　赫	策划编辑：肖贵平
责任编辑：孙　烨	责任校对：岳智勇
责任印制：杨　骏	责任设计：侯　铮
排版设计：辰征·文化	封面设计：⬛工作室 TEL:13578880711

出版发行：	文化发展出版社（北京市翠微路2号　邮编：100036）
网　　址：	www.wenhuafazhan.com
经　　销：	各地新华书店
印　　刷：	嘉业印刷（天津）有限公司
开　　本：	710mm×1000mm　1/16
字　　数：	1515千字
印　　张：	72.75
版　　次：	2021年7月第1版
印　　次：	2021年7月第1次印刷
定　　价：	188.00元
ISBN：	978-7-5142-3463-3

◆ 如发现任何质量问题请与我社发行部联系。发行部电话：010-88275710

目　录

第一章　谁主沉浮 / 1

第二章　万年蜀王 / 14

第三章　蛇鱼之战 / 28

第四章　白狼王 / 50

第五章　鬼方女王 / 60

第六章　万国大会 / 72

第七章　理想和欲望 / 84

第八章　青元夫人 / 94

第九章　大漠之战 1 / 113

第十章　大漠之战 2 / 125

第十一章　四面幻神 / 145

第十二章　蓝丝草戒指 / 158

第十三章　复仇 / 173

第十四章　神鸟金箔 / 179

第十五章　玉笛初心 / 192

第十六章　白衣天尊 / 206

第十七章　三国结盟 / 214

目 录

第十八章　似是故人 1 / 226

第十九章　似是故人 2 / 242

第二十章　似是故人 3 / 255

第二十一章　金沙王城 / 278

第二十二章　涂山侯人 / 308

第二十三章　青草蛇之战 / 316

第二十四章　半神人的盛宴 1 / 330

第二十五章　半神人的盛宴 2 / 343

第二十六章　敌人是她 / 354

第二十七章　大神联姻 / 371

第二十八章　恩断义绝 / 383

第一章　谁主沉浮

午后，风从北来，西南天空黑云压顶，眼看，一场大暴雨即将降临。一道闪电划过，雷像被什么生生捂住了，只发出一声低低的闷响，尾音拖得老长，然后，又消失得无影无踪。

委蛇忽然昂起头，烦躁不安地冲着雷声嗷叫。它有两张玉雪可爱的孩儿面，两个头上各戴着一顶一模一样的朱冠，一丈多长的蛇身上披着紫色披风，模样原本十分神气，但刚刚过去的雷声，一如某种不祥的征兆，令它很是生气。

凫风初蕾安抚地拍了拍它的头，又看看眼前高达万仞的周山，面上也露出少许焦虑之色。她已经在周山脚下转了好几天，无论怎么走，都会回到最初的出发地点。身上佩戴的迷穀已经枯萎，周山上好像有一股神奇的力量，竟令迷穀也彻底失效。

她跳下蛇背，摘下迷穀闭着眼睛扔出去，然后睁开，顺着迷穀所指的方向大步走去，走了半里之后，她停下，眼前，又是那棵万年云阳树。

这已经是她第五次看到这棵树了。

就连委蛇也长叹一声，十分郁闷。

每次见到云阳树，你必须准确地叫出它的名字，否则，躲在里面的云阳精便会窜出来咬人。

她懒洋洋地叫一声"云阳"，云阳树便幸灾乐祸地笑起来，声音又尖又快："小姑娘，又迷路了吧？干脆别走了，留下来陪我好了。"

一根纤细的枝条垂下，就像一只湿哒哒的手不停地在她头上摸来摸去："我好久没有见过人类了，你留下陪陪我吧……"

"不行，我还有事情。"

"唉！可怜的人类，难怪寿命那么短！我们这些树，选定了地方便静静生长，上千年也不会挪动一步；可人类才短短几十年寿命，却一刻不止地到处乱窜，不停地消耗能量，如此，岂能长寿？长寿的真谛，在于静止……"

当枝条再次垂下来时，凫风初蕾已经奔出三丈多远，云阳树大叫："你不用白费功夫了，你还会迷路的……"

"迷路就迷路吧……"

话音未落，她嗅到一股浓郁的香味。

香味是从半山腰传来的，委蛇也不等主人吩咐，便立即往香味的方向奔去。

原始森林遮天蔽日，阳光照射不到的阴暗地带长满各种鲜艳的蘑菇，各式爬虫琳琅满目，这些原本都是委蛇最喜欢的美味，但此时它却丝毫不敢停留，驮着主人的蛇躯蜿蜒爬行，很快便到了半山腰。

香味，戛然而止。

视野渐渐开阔，只见三株巨大的桑树将山峰拦腰截断。三株桑树树干笔直，别无旁枝，叶子如落日熔金一样的灿烂。

委蛇失声道："三桑！"

三桑周围，寸草不生，这就令中间那个巨大的土包显得特别突兀。它是一个圆锥形，尖利的顶端直刺天空。

委蛇匍匐在地，一动不动。

凫风初蕾顿感不妙，低声道："快走！"

蛇躯颤抖，竟然无视主人的命令，高高昂起蛇头，死死盯着土包。

只听得一声爆破似的巨响，土包訇然中开，光线瞬间黯淡，漫天的尘土迷糊了人的眼睛。

委蛇猛地窜过去，凫风初蕾勉强睁开眼睛，也追过去。

明明是一具尸体，可他火红的头发却充满了生命力，一根一根轻轻摇曳，比三桑的红叶更艳丽夺目。此刻，他闭着眼睛躺在冰冷的土地上一动也不动，他身上还是上古时期的金色战袍，看样子，他已经死去几千几万年了。

也许是那红色头发实在太美丽，凫风初蕾情不自禁伸手摸了摸，不料，那发丝如有灵性，自动漫卷了她的手指，温柔得像是在轻轻回应她的抚摸。

凫风初蕾立即放开头发，低声道："此地不宜久留，快走！"

她飞速跳上蛇背，蛇躯擦着地面窸窣飞奔，很快便在十丈开外。凫风初蕾松一口气，不由得回头张望，只一眼，便惊呆了。

土包剧烈晃动，一个巨大的人影缓缓站起来，临渊而立，高大无比。他先是揉了揉双眼，抬起头，很迷茫地看了一下天空。

凫风初蕾暗道不好，却见委蛇双头摇摆，嘴里居然发出一声惊喜的尖叫，而且它无论如何也不肯再往前走了。

凫风初蕾不假思索便跳下蛇背，刚跑了几步，双脚旋即离地，整个人就被举到了半空之中。

"呵，我终于等到今天……"

脚下，茫茫一片白，凫风初蕾骇然发现自己竟然站在一只巨大的掌心里，那巨人的狂笑声音里满是喜悦。

她在他掌心里乱窜，可怎么都走不出去。半响，徒劳无功地停下。

那巨人满头红发，人面之下却是粗大的蛇尾，他俯首，就像看着掌心里的一片花瓣，眼神里满是惊叹："小东西，你叫什么名字？"

他的声如闷雷，震得人耳膜嗡嗡作响，凫风初蕾立即捂住耳朵。他却笑起来：

"是了，这样说话不太方便，小东西，你等等……"

他的手轻轻往下，凫风初蕾双脚落地，稳稳地站着，惊奇地看着对面小山似的巨人慢慢缩小，片刻之间，便形如常人，只是比一般人要高大得多。

他的红发束成高高的马尾，微笑的时候便如金色的三桑叶子，英俊绚丽得令人移不开眼睛。

行了九州四野，走了千里万里，她从未见过这么美貌的男子。

凫风初蕾好奇地问："红发蛇尾，你是最后一个共工？"

"最后一个共工？也许吧！不过，一万年之前，人们就不再这么叫我们了。"

传说中，共工一族是由娲皇所的第一个人类繁衍而来。所以，他们这一族不折不扣是女娲的嫡系后裔，相貌也是所有人类中最美丽的。

凫风初蕾问："你们为什么要抛弃这个名号？"

他笑起来，摇摇头："此事说来话长……"

他的目光落在凫风初蕾身上，忽问道："对了，小东西，你还没告诉我，你叫什么名字？"

"凫风初蕾。"

"凫风初蕾？"他环顾四周，但见半山腰上山花绚丽，许多红花含苞待放，不由得点点头："真是个好名。你可以叫我百里行暮！"

百里行暮伸出手，停在了半空——他在她乌黑的大眼睛里清晰地看到自己的影子。那是世界上最清澈的一双眼睛，水润、天真，对一切都充满了好奇。他的手，碰触到她纤长的睫毛，就像抚摸新生的蝉翼，彼时，一缕夕阳正从金桑的缝隙里照射在她面上，她的脸蛋恰如一朵含苞待放的红色花蕾。

他深呼吸，很是心醉，笑容也更加和煦："三万年了，我从未见过这么美丽的女孩。"

她问："你沉睡三万年了？"

"不，玉红草的果实最多只能让我们沉睡一万年。如果一万年之后，等不到唤醒之人，这世界上的最后一个共工就会彻底烟消云散……呵，初蕾，谢谢你，是你将我唤醒！"

她不解其意。

"本以为，一万年是那么漫长，没想到，其实也只是睁眼闭眼之间……"

他微笑的面上，一丝哀伤一闪而过，恍如当年血战的惨烈尚未在心头散去，胸口锥心刺骨的疼痛尤不罢休。

茫茫天数此中求，世道兴衰不自由，放眼天下，已然如此陌生。

"女孩，你告诉我，现在，已是谁主沉浮？"

"现在的中原共主是大夏王！"

"大夏王？"

"大夏王是谁？一统天下了吗？"

她摇头："大夏王只是中原共主，但称霸西南几万里的却是鱼凫王。"

百里行暮盯着她，目光一闪："你是鱼凫王的什么人？"

她不答，只是看着西南方向的天空，但见积压在那里的乌云已经越来越厚，越来越黑。

百里行暮分明看到她脸上那一丝浅浅的忧虑，这令她美丽的面容蒙上了一层淡淡的阴影。

委蛇顺着她的目光，发出一声奇怪的嗷叫，仿佛那黑漆漆的乌云里深藏着什么令人不安的东西。

传说中，见委蛇者，必将独霸天下。但此时，这祥瑞和它的主人一样，死死盯着西南天空的乌云，蛇躯一阵阵地战栗。

百里行暮伸手在它戴着朱冠的两个头上各自拍了一下："喂，伙计，你们是不是急着赶路？"

委蛇毕恭毕敬："回百里大人，我们必须在一个月之内赶回湔山。无奈周山阻隔，光在这里已经耽误了好几天，前面还有茫茫昆仑、秦岭、岷山、汶山，只恐无法如期赶回。"

"若是赶不回去会如何？"

委蛇看了主人一眼，初蕾立即道："无论如何我必须赶回去！"

他大笑："初蕾，你若帮我一个忙，我保证一个月之内送你回湔山。"

她轻轻地："我能帮你什么忙？"

他盯着她娇花似的面容，喉头忽然一阵干燥，英俊得出奇的脸上，渗出薄薄的一层汗来。

沉睡了一万年的激情，一瞬间涌上了头顶。他一把拉住她的手，声音微微沙哑："我们欢好吧！"

凫风初蕾后退一步，因为，她从未听过这么奇怪的话。

"你为我生一个孩子，我会答应你所有的要求。"

凫风初蕾再退一步。

"我已经是这世界上最后一个共工，若无子女，共工一族便会就此消亡。"

她立即拒绝："这世界上女人那么多，你随便找一个就行了。"

他看看头顶明媚的阳光，笑容爽朗："其实，人蛇族还能不能延续我根本不在乎，不过，我第一眼看到你就特别喜欢你……"

他大手一带，她已经倒在他怀里，随即一挥手，三桑的树冠纷纷张开，如三面红黄蓝的墙壁将外界阻隔。

委蛇嗷叫一声，冲上去欲营救主人，却被一股大力反弹回来。

金红色的叶子徐徐坠地，就像铺了一层厚厚的柔软地毯，凫风初蕾躺在叶毯上，只觉叶毯软腻无比，竟比王宫里最上等的丝绸更加轻盈舒适。

可是，她无心体会这奇异的舒适，因为她整个人被恐惧攫取，四肢无法动弹，只是睁大眼睛看着那张距离自己越来越近的面孔。

人蛇族，自来以俊美闻名天下，他，更是俊美之中的佼佼者。这男子，并不令人讨厌。可是，他灼灼的目光令她害怕。

他俯身下去，她忽然大喊一声："不！"

她长长的睫毛扫在他的面上，软软的，令人心颤。

"呵，小东西……"

她大叫："不许这样！！！我不喜欢！"

他一怔，停下所有动作。

因为愤怒，她洁白如玉的面上微微潮红，恍如一朵花蕾，马上就要迎风绽放。

百里行暮看着她小鹿一般惊惶的眼神，忽然长叹一声："罢了，罢了！我忘了这已经不是三万年之前了！"

她不知道三万年前的岁月，也不关心。

"那时候，男女只要看对眼，随时可以欢乐，难道现在已经不流行这一套了？罢了罢了，强迫是世间最野蛮的行径！"

身上的压力忽然一空，凫风初蕾猛地跳起来。

风吹树摇，夕阳的余晖在三桑树上交织成五彩的光芒。凫风初蕾眼中的警惕已慢慢褪去，因为对面的男子笑容可掬，坦荡得让人无法置疑他的品格。

他扯一根青草放在嘴边，迷醉地看看周围茂密的树林，又看看凫风初蕾，深呼吸："一万年了，能重新见到人类，真好！"

他伸手就拉住她："周山有这世界上最美的风景，走，我陪你看看。"

她迟疑："我要赶回湔山。"

"不是还有一个月吗？我保证你能如期赶回。"

"可是……"

他微笑着拉住她就走。

站在周山之巅眺望，群山起伏，连绵不断，真不知这天地到底有多宽多大。

凫风初蕾惊奇地看着漫山深深浅浅的绿，风一吹，便成了金色和紫色，简直比委蛇身上的紫纱更鲜艳夺目。

茫茫的果林一眼看不到边，黄澄澄的果子散发出甜蜜的香味。

百里行暮伸手，一枚果子便落在他的掌心。

那是凫风初蕾吃过最清甜的果子，一口下去，唇齿留香。

百里行暮见她吃得那么香甜，笑起来："周山有四时不谢之花，四季不同之果，你要喜欢，以后可以常常来这里玩……"

她捏着果子，摇摇头，"以后，我不能经常出门了。"

"为什么？"

"我父亲说，这几年我可以走遍天下，行最远的路，骑最快的马，喝最烈的酒，看最美的花。可是，等我回到湎山，便不能再任意妄为，必须开始担负起责任来。"

"你走了多远？"

"我和委蛇到北极看过熊，在南端看过企鹅。可是，我已经没时间走到更远的地方了……"她微微遗憾，"到现在，我都不知道这世界究竟有多大。"

他微笑，"炎帝在世的时候，华夏疆域最西亿有九万里，往东二亿二千五百里，南端亿有七百三里，最北则为二亿七千里。"

她惊呼："这么大？"

他点点头。

"可惜委蛇一天只能跑几百里，看来，我这一生很难走遍天下了。"

他兴致勃勃："委蛇脚程太慢，靠它的速度当然不行，不过，我可以送你一艘维马纳。"

"什么是维马纳？"

"是一种飞行器，一日可以飞行十万公里。"

"这么快？可是，我怎么没有听说过？"

他一怔，想起三万年前那场史无前例的大战，摇摇头，"在我们的时代，维马纳是很寻常的交通工具，可能现在已经见不到了……我都快忘了，一万年之前，维马纳已经很少见了……"

她很是好奇："为什么三万年前有的东西，一万年前就没了？"

他面色一黯，望着远方，好一会儿才淡淡道："三万年前那场大战摧毁了一切……"

他顿了顿，不经意地："你父亲什么也没告诉你吗？"

"噢！我父亲从未离开西南，而且，他怎会知道三万年前的事情？他今年才过一百岁生日呢！"

"你父亲才一百岁？"

她的笑容天真无邪："对呀。我赶回去，就是为了他的一百岁寿辰。"

他若有所思，"是你母亲给你的颜华草？"

她大吃一惊，竟不知他早就看出自己并非以本来面目示人。

她解释："我孤身游历天下，为了避免不必要的麻烦，出门前，我父亲就给了我一株颜华草。"

佩戴颜华草后，人的相貌会自动伪装，临行前，她选择了一个非常普通的女子形象，这几年来，便一直固定成这副模样。在外人看来，那是一张平淡无奇的面孔，谈不上美，也谈不上丑，唯有一双明亮的大眼睛无法遮掩。

她很是好奇："这三年来，从未有人看破这一点，百里行暮，你是怎么看出来的？"

他微笑着看着她："颜华草一般是女孩子专用，我还以为是你母亲给你的。"

"我没有母亲。"

百里行暮微微意外，因为，说起"母亲"这个词时，她仿佛一点感觉也没有，就好像母亲从未出现在她生活中似的。

他不经意地问道："你父亲爱你吗？"

她满脸笑容地说："我父亲可是天下最好的父亲，这世界上再也不会有人比他更爱我了。"

一夜无梦，凫风初蕾睁开眼睛的时候，朝阳已经升起在头顶。她惊奇地发现，昨日深深浅浅的绿忽然变成了漫山遍野的蓝，所有的植物都成了最清新的宝蓝色，就连树上的果子，也成了天蓝色。而远方，则是皑皑的白，好像一场没有寒意的雪。

就连委蛇身上的朱冠和紫纱也变成了宝蓝色，它昂起头，仿佛对这身新衣特别满意，连声说道："谢谢百里大人。"

百里行暮手里已经编织好的花冠如蓝宝石一般柔和高雅。

他一伸手，便将之轻轻戴在凫风初蕾的头顶。

她宛如林中蓝色的精灵。

她跳起来，嚷嚷着："为什么全世界都变成了蓝色？"

他悠悠然地说："心随意动，我喜欢什么颜色，这世界便会成为什么颜色。初蕾，你要是不喜欢，我可以改变颜色……"

她咯咯大笑："不，我太喜欢了。"

一只蓝色的小鹿呦呦而过，她追上去，身姿比小鹿更加轻盈。

当夕阳再次西下的时候，整个群山已经变成了深深浅浅的红——红树、红叶、红花、红色的果子。

百里行暮鲜艳如火的红发也是红的。

夕阳如血一般洒在头顶，伸手，便可以触摸到似的。凫风初蕾伸手，然后，跳起来，明明看上去只差一点便可以够着太阳，却还是有很远的距离。她跳得越来越高，但是，屡战屡败。

百里行暮在一边看得有趣，忽然蹲下身子："初蕾，你上来。"

"干吗？"

他微笑着一把将她举过头顶。

彼时，他的身躯暴涨，巍巍然如一座高大的山。

凫风初蕾感觉自己站在了山巅之上的另一座山上，血红的太阳刚好就在头顶。

她伸出手，仿佛摸到太阳。

那是一轮火红的花冠，和太阳一模一样。

她咯咯大笑，将之轻轻戴在自己的头上，委蛇啧啧赞叹："太漂亮了。"

百里行暮也笑起来，不经意地："初蕾，你愿意和我一起到处走走吗？"

她悠然神往："好呀，等我回到湔山，处理完一切事情，就出来找你。"

"现在就一起不行吗？"

"不行，我还要赶回湔山呢。"

"一定要回湔山吗？"

她态度坚决："我答应过我父亲，一定在约定的时间内赶回，哪怕一个时辰也不能耽误。我父亲的百岁寿辰呢，我决不能错过。"

他心里，轻轻一声喟叹。

她想起正事，赶紧从他掌心里下来。他巍巍然的身躯缩小，又如常人一般。

她急了："我得走了，翻越昆仑要花很多时间，百里行暮，再见。"

"别急，明天我直接送你过昆仑。"

她犹豫了，毕竟昆仑十万八千里呢。他微笑着拉住她："初蕾，我保证你不会迟到。好了，给我讲讲鱼凫国吧。"

她立即兴致勃勃："大夏号令，九州固然莫敢不从。可是，鱼凫国才是这世界上最大的国家。因为秦岭阻隔，鱼凫国很少和中原通音讯，所以外界大多不了解鱼凫国。我曾路过大夏的王都阳城，阳城远不及鱼凫国的王都金沙王城大。"

她双目闪闪发光："我小时候总幻想外面的世界，可是，走了千万里，还是觉得金沙王城才是天下至美之地。"

他若有所思："金沙王城是这样吗？"

他摊开的掌心，如一面镜子。镜子里绿树成荫，河道林立，成群的大象慢悠悠地吃草，豹子和獐子跳来跳去，青青竹林里是鳞次栉比的茅舍村庄，一直蔓延到云层深处。一大片一大片金色的芦苇和稻谷迎风起伏，三丈多高的红花树开成灿烂的云霞。星罗棋布的河道里，到处是横舟的渔夫，每一只船头上都排列着一队一队的鱼凫鸟，它们有尖尖的嘴巴和长长的脖子，一个猛子扎进湖水，上来后，喉头便鼓鼓囊囊，渔夫将它们的脚提起轻轻一捏脖子，一大堆大大小小的鱼儿便被吐出来，很快便落了满满几大筐。

她抓住他的掌心，惊奇极了："你怎么知道鱼凫国是这样？"

他掌心里的镜子变化，风景也随之变化，那是一大片郁郁森森的柏树林，无边无际，遮天蔽日，其中不乏需要几个甚至十几个壮汉才能合抱的千年、万年古柏。柏树上，无数的白鹳扇动翅膀，一时间，整个山尖变成了茫茫的一片雪白。

凫风初蕾摇头："现在已经没那么多白鹳了，柏树林也枯萎了许多。"

"为什么？"

"我也不知道。反正鱼凫国每年都会大量砍伐柏树……"她叹一声，"我小时候看到过一棵上万年的柏树，树洞大得就像一个小房间，里面生长了许多蘑菇和野花，我特别喜欢在里面玩耍，可惜，有一天我父亲见我在里面玩耍，就下令砍掉了……我就不明白了，为什么我父亲会讨厌柏树呢？"

百里行暮眼神一黯，但是，鬼风初蕾的注意力已经完全被他掌心的这面镜子所吸引，镜子里，鱼凫国的山山水水如一幅幅画卷。

她抓住他的掌心，就像在眺望远方和未来，呵呵大笑："是不是每一个共工都这么厉害？"

镜子从他掌心消失，他笑眯眯的："哦，不，这天下只有我一个共工才有这个本领。"

她的眼睛亮晶晶的："可以教我吗？"

他被逗得笑起来，轻轻抚摸一下她的黑发，柔声道："小家伙，等你有了足够的能量和元气，我才能教你。"

"要多久才能具有这样的能量呢？"

他并不回答，而是随手摘了一颗金红色的果子递给她。

这几天，鬼风初蕾一直在吃这种果子，特别香甜细腻，真是百吃不厌。吃完果子，朝阳已经升起，不知不觉，自己已经和百里行暮待了两天。她起身，这次，无论如何必须走了。

他拉住她的手："我送你去昆仑。"

二人一路下山，行至半山腰处，看到一个巨大的山洞。

鬼风初蕾从来没有见过这么大的山洞，放眼望去，竟跟看不到边似的。只见百里行暮几步走到洞口，随手按下一个按钮，山洞顿时灯火通明。她好奇地跟上去，只见里面全是各种奇形怪状的东西，更有一大堆澄亮的金属，尽管长久不见天日，也光灿灿的。

百里行暮不时停留在各种破铜烂铁前东摸一下，西敲一下，忽然，他冲到一个黑黝黝的大家伙面前，一阵鼓捣，那大家伙随即亮起一排排小灯。他哈哈大笑："真是太好了！没想到一万年之后，这艘维马纳居然还是好的，而且，还有一大半的燃料……"

鬼风初蕾睁大眼睛瞧着这陌生的大家伙，随口问："什么是维马纳？"

"飞行器。"

他兴致勃勃："三万年前，维马纳是人们很寻常的交通工具，不过，不周山之战后，整个世界彻底覆灭，所有飞行器也毁于战火……"

他指了指满山洞的各种古怪东西，"这里曾经是一个武器库，后来被彻底炸毁，剩下的东西便成了这样。不过，居然还能找到一艘能用的维马纳，也算是运气了。"

夕阳西下，凫风初蕾已经站在昆仑之巅。

委蛇景仰地看着驾驶飞行器的百里行暮，好像在说，百里大人就是传说中腾云驾雾的神仙吧？要不，怎能这么轻轻松松的一日几万里？

凫风初蕾从维马纳里出来，虽然最初的震惊已经慢慢平息，可还是一直盯着百里行暮，叹道："若非亲身体验，真是不敢相信。"

他拍了拍那笨重的黑家伙，熄火的声音明显不对劲，而且，能源耗尽，短时间内根本无法令其再次起飞。

委蛇问："百里大人，以后我们还可以乘坐维马纳吗？"

他摇摇头，话语里不无遗憾："燃料耗尽了，而且，这个时代很难找到相同的燃料。这家伙算是完成它的最后一次飞行了。"

委蛇好生失望，但还是毕恭毕敬地："百里大人，谢谢您，您可是我最崇拜的上古大神。"

他笑着拍拍委蛇的头，看着凫风初蕾："初蕾，我只能送你到这里了。"

凫风初蕾也道谢："要不是你，我和委蛇不知要几个月才能到达昆仑。"

他笑而不语，只是凝视她颜华草下那张美丽至极的脸。

她忽然微微心跳，脸红彤彤的，就像一只可爱的苹果。

他伸出手，轻轻抚摸她的脸，然后，停下。

此去湘山已经不过几千里，一个月之内，足以赶到。凫风初蕾很是放心，人也轻松起来，她笑盈盈地张开双臂，仿佛要拥抱近在咫尺的夕阳："百里行暮，可不可以让昆仑变成一片红色？"

"为什么是红色？"

她指着他的红发："因为我喜欢你头发的颜色。"

他随即大笑，一挥手。凫风初蕾定睛望去，只见巍巍昆仑成了一望无际的火红色，红花、红树，甚至地上的蔓草也成了火一般的颜色。

委蛇的双头朱冠和披风都成了玫瑰色，微风一吹，它神气活现昂起头："天啦，百里大人，我觉得自己好像一名国王。"

百里行暮拍拍它的头，凫风初蕾微笑的脸庞已经成了一朵盛开的红玫瑰，艳丽不可方物。

"初蕾……"

她忽然跳起来，一把抱住百里行暮的脖子，咯咯大笑："百里大人，你真好。"

他紧紧搂住她，心跳快得几乎要涌出胸腔。

三万年了，他以为再也不会有这种感觉了——那颗心明明只有在战争、厮杀以及无数的风云岁月里才会剧烈燃烧，可为什么面对一张笑脸，反而跳动得更加猛烈？

也许是感觉到他身上那种可怕的热量，她松了手，后退一步，面上红粉菲菲，低着头不说话。

"初蕾……"

她的声音很低很低:"等我父亲寿辰之后,我可不可以出来找你?"

他凝视她:"如果那时候你还愿意来找我,我一定等着你。"

她大喜:"我一定来找你。"

他竟然也无限欢喜。

"好了,百里大人,再见吧。"

"且慢!我有一件礼物送你。"说话间,他手里多了一个玉色的小瓶子,里面装着三颗红豆般的小果子。

"这便是玉红草的果实,每服用一颗便可沉睡三百年,连续服用三颗,便可沉睡一万年。"

他把玉瓶递过去,枭风初蕾却摇头:"不用,我不会沉睡一万年。"

"人世无常,人人皆会遇到危险,有了这个东西,能保你无论受了多么重的伤,都可以用一万年的时光来修复。"

"谢谢百里大人。"

他伸手再次搂住她,嘴唇轻轻贴着她的嘴唇,那如蜜般清新的香甜真是令他心旷神怡。半晌,他轻轻放开手:"去吧,女孩。"

夕阳一黯,枭风初蕾已经稳稳落在委蛇的身上。

委蛇双头垂下,向他鞠躬:"再会了,百里大人。"

百里行暮点点头,一挥手,委蛇就如被赋予了特殊神力,眨眼之间,蛇躯已经到了昆仑的另一面。

白云轻烟似的缭绕,空气干冷而洁净,枭风初蕾回头张望,只见满山杂花生树,莺飞草长,而百里行暮已经失去了踪影。

她捏了捏手里的玉瓶,发现瓶上不知何时多了一个淡淡的红色图案,细细一看,竟是百里行暮的画像。只是,画中人微微闭着眼睛,仿佛一直在沉睡。

她情不自禁伸手摸了摸他的脸,不料,那双眼睛竟然睁开,笑嘻嘻地看着她。

她吓一跳。

"嗨,初蕾,每当你遇到危险的时候,只要在我唇上亲三下,呼喊我的名字,无论我在任何地方都会赶来帮助你。"

她红了脸,不知怎么回答。可是,她很快发现,自己根本不用回答,因为,那画像上的眼睛已经闭上,她再伸手去抚摸时,画中人一动不动。

委蛇却大喜过望:"一路有百里大人护送,我们必能平安返回湎山。"

夕阳的余晖慢慢消失,一人一蛇已经远去。

百里行暮低喝一声:"出来吧。"

血一般的红树林里，一个绿衣人慢慢出来。无边无际的红色里，她这一身绿便特别突兀。她几乎和百里行暮一般高大，行走的时候，风姿绰约，就像一条妖媚的巨蛇。

她在他对面停下，直勾勾地盯着他，他的目光却越过她，一直凝视着茫茫无际的红色。

"涯草，你居然还敢出现在我面前！"

"呵，百里行暮，你可真够无情，一万年没见面了，对我还是这般冷淡……"涯草的目光落在黑色的维马纳上面，声音酸溜溜的又有几分幸灾乐祸："为讨那小丫头欢心，百里大人居然找到了世界上最后一艘飞行器……"

百里行暮并不作答，他的目光依旧落在远方深深浅浅的红色山林，心想初蕾说，自己的头发便是这种颜色，所以她特别喜欢。

"百里大人，你刚复活的时候我便感应到了，但要不是你出动维马纳，我也不能确定是你……"

他一挥手，漫山遍野的红色瞬间消失，她不由得后退一步，看到自己脚下的蔓草全部枯萎焦黄。

"百里大人……"

"马上从我眼前消失！"

涯草忽然冲过去，紧紧搂住他的腰："百里大人复活的三日之内必须找女人交配生子，否则，共工一族就真的要灭绝了，百里大人，我愿意为你生一个孩子……"

他站得笔直，无动于衷，极目远眺，眼中只有那一轮已经升起来很久的圆月。

她的手臂攀上他的脖子，身子忽然一空，便被重重扔在了远处。这一跤真是摔得不轻，她好一会儿才爬起来，揉了揉膝盖，冷笑一声："百里大人可以不喜欢我，但是，你不能让共工灭族！"

"滚！"

她叫起来："我找了你这么久，你居然赶我走？"

他淡淡地："看在巨人一族快要灭绝的份儿上，我再饶你一次。不过，今后再也不许出现在我面前。"

她尖声道："若是那小丫头，你便求之不得，对吧？你可知道她是谁？哈哈，百里行暮，你这个傻瓜，你难道要因她而绝后？"

他看都懒得看她一眼，转身就走，她横过去拦住他，语气很是谄媚："百里大人，我们的时代到了……"

她不无艳羡地看着那辆已经停飞的维马纳："这天下，只有你一个人知道飞行器的仓库所在。随便拿出几艘维马纳，或者'阿格尼亚'，别说大夏王，这天下就是我俩的了……你该知道，这天下，只有我一个人可以做你的副手……"

他摊开掌心，对准她。

她只看得一眼，便骤然闭嘴，迅速后退。

掌心的镜中，一只巨大的金棺似的飞行器，棺盖上镶嵌了红黄蓝三色宝石，有淡淡烟雾，里面竟有什么东西剧烈震动，仿佛要冲破禁锢逃出来似的。慢慢地，金棺开始融化，里面，竟然是高达几千度的金属溶液在剧烈沸腾。

烟雾逐渐变得清晰，沸腾溶液里苦苦挣扎的，竟然是一个高大的人影。

涯草面上的妖媚之色一丝也不见了，她惊惧得浑身战栗。

百里行暮淡淡地："涯草，你还记得当年你是如何谋害我的吗？！"

她嘶声："不……我不知道会是这样……是老鱼鬼王骗我……他说只要我带你离开，你就会对我死心塌地，从此只爱我一人……我并不知道这是他的阴谋……"

"滚！"

涯草不敢停留，转身就跑。

第二章　　万年蜀王

从昆仑到汶山，几千里的距离一晃而过。

一轮红日，血一般挂在天空。

红日周围，全是一大块一大块的黑色斑点，就像发了霉的菌斑，呈现出一种难以言说的诡异。

站在汶山顶上，遥遥地可以望见湔山的阴影。但是，凫风初蕾一点也感觉不到轻松，因为，那团墨汁般的乌云正迅速向湔山方向推进，也许，很快就会将整个湔山彻底笼罩。

她暗忖，若是连夜赶路，明日一早便可回到湔山。委蛇知道主人心事，虽然有些疲乏，还是昂起头，准备再次上路，凫风初蕾拍拍它的头，微笑道："找个地方歇一歇吧，时间还很充裕。"

委蛇大喜，驮着主人便往空旷之处而去，准备先找一个遮风避雨的地方。

前面，一块巨石冲天而立，留出很大一片空地，正是宿营的好地方。

半路上，火光冲天。

火光是从巨石周围发出来的，附近的森林仿佛失了火。因为火势太猛，委蛇便不敢靠近了。凫风初蕾站在蛇背上，只见那火焰十分奇怪，虽然大，并不向周围蔓延，只是在中央形成一股冲天的巨浪，那滚滚的浓烟，直直往天空而去。

她再上前几步，一少年忽然从巨石后面跳出来，只见他敏捷地攀爬，竟丝毫不惧熊熊燃烧的火焰，三两下便爬上去，纵身就投入了火海里。

凫风初蕾大叫一声："委蛇，快救人。"

委蛇不敢抗命，驮着主人便冲进火海，浓烟里，凫风初蕾隐约看到少年闭着眼睛躺在巨石上面，四肢伸展，一动不动，也不知是不是被浓烟呛得昏迷了。

她伸手就去拉少年，好不容易将他拉出火海，可少年就地一滚，挣脱她的手，又往烈火中心窜去，顷刻间，熊熊大火将他包围，这人竟是一心寻死。

凫风初蕾大急，也顾不得火势凶猛，跳下蛇背，双手拼命拉住少年，大叫："委蛇，快帮忙！"

委蛇蛇尾一卷，不容少年挣扎，猛地将他拉出火海，远远将他甩在了旁边的空地上。

凫风初蕾连滚带爬逃到安全地带，她的头发已被烧焦了一小半，衣袖也七零八落，满脸都是烟灰，手腕上一道道灼伤，十分狼狈。

原本闭着眼睛的少年忽然跳起来，浑身竟完好无损。他先看了一眼对面的火海，又看看旁边的凫风初蕾，气急败坏："你是什么人？为何坏我好事？"

凫风初蕾无暇回答，他干脆上前一步，指着她的鼻子，大叫："谁让你多管闲事的？你吃饱了撑的？你知不知道你坏了我的大事？真是可恶！"

委蛇见这小子不但不感恩，反而如此无礼，也怒了："小子，要不是我家主人救你，你早被烧死了！"

"哇，你这条怪蛇居然会说话？"

少年很是好奇，伸出手就去捏它头上的朱冠。委蛇头一缩，凶狠地冲少年吐了吐红色的信子。

少年立即缩回手，嘿嘿大笑，笑声里却没有丝毫笑意："救我？你们以为这是在救我？"

委蛇没好气地说："不然呢？"

少年的手指几乎戳到凫风初蕾的额头："你没长眼睛吗？你看不出我身上穿了火浣布吗？我根本不会被烧死！为了等这个机会，我已经在汶山徘徊了大半年，眼看就要成功了，却被你给生生破坏了！真是气煞我也。"

凫风初蕾有气无力地问："你等什么机会？"

"等上九重星的机会。"

"九重星？"

"你该不会不知道九重星吧？那是中央天帝的宫廷所在，也就是东西方诸神的联盟总部。"

"……"

"天帝答应送我《九歌》和《九辩》的曲谱，但要我自己上天庭去拿。我好不容易才找到登天的方法，眼看就要上天了，可是，如今你令我功亏一篑……"

凫风初蕾奇道："登天的方法难道就是自焚？"

"什么叫自焚？我穿着火浣布，根本不会被烧死好不好？火浣布，你知道吗？就是用火光兽的皮毛做成的，穿上这玩意儿，无论多厉害的火都烧不着，我这只是利用火光冲天的一股特殊力道，将自己送上天庭……"

他指着那股快要熄灭的火焰，冷冷地："你没发现这火焰是垂直冲天，并不向四周扩散的吗？若非天火，谁有如此本事？"

凫风初蕾擦一把汗，苦笑一声："那可真是对不住了。"

"你一句对不住就完了？你可知道，我要想再等到这个机会，起码得五十年之后了，五十年啊！一个人能有几个五十年？也许，我再也没有机会了……"

他越说越气愤，唾沫差点喷到凫风初蕾脸上，凫风初蕾也不恼，反而任凭他责骂，她侧了侧身避开少年，随手擦了一把顺着脸颊流淌的汗水。

少年忽然闭嘴，他看见她原本烟熏火燎的脸上，被汗水一冲，更是乱七八糟，就像一只花脸的小猫。

他哈哈大笑："算了，就暂且原谅你一次。"

凫风初蕾拱手："谢了，你可真是大人大量。"

天已经完全黑了，火焰也熄灭了，冷风飕飕吹来，高处不胜寒。

凫风初蕾一瘸一拐地站起来，委蛇已经停在她脚下，一人一蛇，准备转身离开。

少年大叫："喂，这么晚了，你们还要连夜赶路吗？不如留在这里歇一晚。"

委蛇冷冷地："我们还有事。"

"什么事必须得连夜赶路？明天早上出发不行吗？"

无人理睬他。

漆黑的夜里，渐渐有荧光闪烁，刚好能照亮前行之路。凫风初蕾手里拿着一枝小小的枝条，就像一盏永不熄灭的灯。那是洞冥草发出的光芒，如火把一般，沿途的鬼物一见此光芒便远远避开了。

少年追上去："喂，你们要去哪里？"

"湍山。"

"湍山好玩吗？"

"不好玩。"

"我和你们一起去，反正我也没事干。"

"说了不好玩。"

"不好玩也没关系，我已经许多年没遇到看得顺眼的人了，难得我看你……的这条蛇很顺眼，就让我和你们一起玩吧……"

他一边说话，一边悄悄伸出手去摸委蛇的朱冠。委蛇蓦然回头，狠狠瞪了他一眼，吓得他立即把手缩回来，讪讪地说："湍山？我想起来了，那不是鱼凫王的后花园吗？一定很好玩，我还从来没有去过，这次正好去见识见识。"

洞冥草的光芒忽然横在他眼前，他吓一跳，本能地以手遮掩。凫风初蕾懒洋洋地说："湍山不是你该去的地方，你别跟着我们了。"

"难道湍山有什么洪水猛兽？"

凫风初蕾移开洞冥草，又看一眼远方湍山的上空，漆黑的夜里，湍山的上空也比别的地方更加黑暗。

她加快了脚步。

少年径直追着凫风初蕾，"对了，你叫什么名字？"

"凫风初蕾。"

他连念了几遍："凫风初蕾？初蕾？初生的花蕾？有意思！不过，你不问问我叫什么名吗？"

凫风初蕾不理他，委蛇的速度也更快了。

"来而不往非礼也，凫风初蕾，你为何不问问我的姓名？"

他小跑步，一把拉住委蛇的紫色披风，逼得凫风初蕾不得不停下来。少年大叫："凫风初蕾，你要是问我的名字，我就会告诉你。"

委蛇双头晃动，极其不耐："小子，你别纠缠我们好不好？我们还有正经事要办。"

"难道问问我的名字就不正经了？"

他干脆死死拉着委蛇的披风不放手了："凫风初蕾，你要是不问，我就不让你们走。"

凫风初蕾哭笑不得，"好吧，你叫什么名字？"

他笑嘻嘻的："我有两个名字，你要听哪个？有一个名字，一般人我是不会告诉他的。"

凫风初蕾被气得笑起来，干脆紧紧闭着嘴巴再也不搭理他了。

他哈哈大笑："好吧，我就破例一次告诉你，一般人呢，都叫我……"他一顿，"算了，我一点也不喜欢这个名字，不说也罢。你可以叫我涂山侯人，因为，这名字是我母亲为我取的。"

"好了，涂山侯人，你可以放手了。"

他一松手，委蛇便窜出去了。

"喂，你们什么意思？"

委蛇高呼："再见，小子！不对，再也别见了。"

他拔足便追上去，过了半山腰，又一把抓住了委蛇飘荡在夜风里的紫色披风。

他气喘吁吁，几乎瘫倒在地，却死死拉着披风不放，大叫："歇一歇再走吧！累死我了。"

委蛇和凫风初蕾也气喘吁吁坐在地上，实在是跑不动了。

这时候，他才松开委蛇的披风："你们不许再丢下我跑掉了。"

委蛇白他一眼，避开了他又偷偷摸摸来捏自己朱冠的手。

他笑嘻嘻地摸了一下它被烧裂的尾巴，叹道："你这家伙都伤成这样了，居然还能跑得这么快，若是没有受伤，岂不是一日几千里？"

委蛇傲然："从周山到汶山，我们只用了一天一夜。"

从周山到汶山，距离十万八千里。

涂山侯人面色变了，"你们从周山来？"

委蛇纠正他："我们是从周山回来！"

涂山侯人很快面色如常，笑道："既是如此，我必须放大招才行。"

"你有什么大招？"

他从怀里摸出一支小小的玉笛，吹奏起来。

下弦月缓缓地从山头爬上来，像一位蒙着面纱的羞涩姑娘，一步一顿，步步生辉。慢慢地，群山也被这轻纱笼罩，温柔的银色光芒抹去了一路奔波的汗水，风一吹，舒服得令人只想闭着眼睛。

委蛇已经盘曲着入睡，凫风初蕾靠在大树上也慢慢发出均匀的呼吸声，实在是太疲倦了，而那悠扬婉转的笛声又是催眠的曲调，有一种令人心安的力量。

不知过了多久，凫风初蕾慢慢睁开眼睛。

有人在唱歌，无比凄婉，无比哀愁，反反复复就一句，如征人远归，望穿秋水，令人心碎。那一句歌声：

候人兮，猗！

候人兮，猗！

候人兮，猗！

歌声从群山慢慢撒向夜空，零星的夜雨，就像无数的眼泪，还来不及坠地，已经被风吹得很远很远。

不知为何，凫风初蕾忽然觉得很伤心。

她抬起头，环顾四周。四周是蓝白色的柔光，大大小小的树木上栖息了各种各样的飞鸟，彩色的锦鸡，长尾巴的鹦鹉，鹞鸪的红嘴壳子就像一截玉色的吹管，甚至还有好几只孔雀张开了翠绿的屏尾……

它们在夜色里汇聚，都看着同一个方向——

凫风初蕾顺着它们的目光，看到一棵巨大的影木，千条丝绦一般的柔枝，一叶百影，蓝色的花朵就如满天的星星，在夜空里熠熠生辉。

歌声停止。

笛声再起。

涂山侯人，就坐在这棵树上。

此刻，他换了另一支曲子。

玉笛横在他唇边，丝丝袅袅，缠缠绵绵，时而高亢，时而振奋，但是，已经不复之前的伤心欲绝。

听者的心情，也慢慢地好了起来。

凫风初蕾忽然觉得很轻快，眼前恍如绽放了一片一片的花海。

一只鹿蜀在月光里翩翩奔来，它一头雪白的鬃毛，脖子下面则是金色的虎斑，而那条长长的红色尾巴轻轻晃动，它优雅得就像一位散步的王子。

它前蹄扬起，踏着节拍，一边跳舞，一边发出一阵一阵的叫声。那叫声，竟如人的歌声，和笛声配合得天衣无缝。

就连委蛇也慢慢睁开眼睛，好奇地看着这美得不可思议的鹿蜀在夜空里翩翩起舞。

一曲终了，百鸟扑棱着翅膀飞散，影木也收起了它宝石般的蓝色花朵，只有鹿蜀悠闲踱步，慢慢走到涂山侯人身边。

凫风初蕾问："这曲目是什么名字？"

"《九韶》！我曾找到一本九天玄女遗落的曲谱，因为年代久远，已经残缺不全。要想找到正本，必须去西王母居住的天穆之野，等有机会，我们可以一起去。"

"据说通往天穆之野的道路已经彻底被隔绝，再也去不了了。"

他不以为然："再高的山都能攀越，再远的路都能走完。你不去试一试，怎么就知道一定去不了呢？"

凫风初蕾摇摇头，慢慢站起来，看着湔山的方向，看样子，休息够了该上路了。

他收起笛子，拍拍鹿蜀雪白的头，笑道："鹿蜀纵不能一日万里，但一日千里不成问题。从汶山到湔山也不过两三百里，我不会拖你的后腿。"

凫风初蕾还是摇头："你最好别去。"

"我非去不可！"

"为什么？"

"别问了。纵然你要去，也请半个月之后再去吧。"

涂山侯人脸上的笑容消失了，这少年的眼里竟然流露出一丝忧虑，好一会儿，他才淡淡地说道："风道北来，看来，鱼凫国这是有大事要发生了吧？"

凫风初蕾不敢置信地看着他。

这是鱼凫一族最大的秘密，而少年却轻轻道来，仿佛根本没有什么好隐藏的。

"实不相瞒，我和鱼凫一族有极深的渊源，但是，鱼凫国的秘密究竟是什么，我也只听说了一二，关键之处并不知道。来汶山之前，我便打算，若是能成功上九重星也就罢了，若是不能，就顺道去湔山走走。"

黑云盘旋在湔山上空，山下的润江开始躁动不安。

已经足足半年滴雨未落，河床早就干涸，地面寸草不生，空气里充满难闻的腥土气，唯有渴不死的苍蝇在各种肮脏的悬浮物里飞来飞去。

箭媚竹大片大片开花枯萎，竹林下面，随处可见渴死饿死的熊猫尸体。

柏树是鱼凫国的国树，国土上下，随处可见。柏树上原本常年栖息着成群结队的白色鹳雀，最盛的时候，几万几十万只白灌一起在柏树顶端扇动白色的翅膀，把整个湔山都染白了，所以，很长时间，鱼凫国被称为柏灌国。鱼凫王却不太喜欢柏树，他先是将金沙王城的柏树砍伐一空，但湔山这里，也许是太远，他便懒得搭理，所以，这里的柏树得以大片保存。

但凡美丽，都经不起摧残。

干旱太久，白鹳几乎绝迹。

但现在，最是耐旱的柏树也大片大片枯黄，柏树上的松果也一串一串萎死。

就连其中那棵有名的千年柏树王也呈半枯死状态，一半叶子苍翠，一半叶子焦黄，风一吹，黄色的细细叶子便落满一地，捡起来一捏，便焦枯成粉末。

江花烂漫的润江已经早成了滩涂。长嘴的鱼鹰、脱毛的土狗、憔悴的松鼠，瘦变形的獐子、人脸猴身的山臊、红眼长耳的魍魎以及三五只瘦骨嶙峋的大象……所有幸存的动物争先恐后挤在洞江最后的一点水源里，很快，这唯一的一点水源便被消耗殆尽，它们纷纷嗷叫着往小鱼洞的方向冲去。

跟在动物后面的，是附近的难民。

他们皆青衣短衫，面黄肌瘦。小童更是赤身露体，黝黑的身上一排排肋骨清晰可数。

难民人数，多达上千，但是，他们并不敢贸然靠近小鱼洞，只是远远看着。

人们七嘴八舌地议论着："起码一百年没有遇到这么凶的大旱了，再找不到水源我们全部都要渴死……"

"听说鱼凫王会来湔山打猎。历代鱼凫王的百年寿诞都会到湔山田猎，算来，这一代鱼凫王的百年寿诞就是这几天了……"

"鱼凫王来了，我们是不是就有水喝了？"

"……"

议论声停止，大家竖耳倾听小鱼洞里传来的潺潺水声。

小鱼洞四周，古柏森森，清澈泉水，盈满一地。这里有地下泉，无论干旱多严重，泉水永不干涸。

人和兽，都贪婪地砸巴着嘴。那水声近在咫尺，而人类的五脏六腑都要被渴焦了。

小鱼洞外面的一排奠柏将他们隔绝。

"再等下去就要被渴死了，横竖都是一死，怕什么……"

冲在最前面的獐子和土狗忽然发出惨叫，奠柏长长的卷须伸向四面八方，随着风吹摇晃，就像一只大手，轻而易举抓住了撞上来的獐子、土狗，随即，卷须分泌出一种绿色的汁液，顷刻之间，土狗和獐子便被融化成了一堆白骨。

赤黑的魍魎摘下一棵干瘪的松果砸在一只大山臊的头上，尖锐地嘲笑："看你们还敢嚣张？奠柏先吃了你们这些丑陋的黑家伙……"

大山臊大怒："你这黑炭似的小鬼，居然还敢嘲笑我们黑？"

魍魎幸灾乐祸："活活渴死的滋味可不好受吧？幸好我是从不需要喝水的。我饮风吸露便已足够。"

大山臊跳起来要揍它，它翻一个跟斗便跳上了另一棵柏树。

难民们见此，步步后退。

一时间，竟然再也没有任何人胆敢擅闯小鱼洞。

就在这时，乐声响了。

奠柏外层，柏树王旁边，巨大的祭祀台冉冉升起。

八十一名玉甲武士四列陈开，中间是高高的香火台，缭绕的青烟已经点燃，牛羊肉的香味顺着青烟往天空升去。

乐声，是从编钟里发出的。三层八组的巨大编钟挂在金色的钟架上，高约一丈，长约三丈，由六个佩剑的青铜武士和几根圆柱承托。铜架上刻着人、兽、龙等花纹，铜色已经变得深绿，已有上万年历史。

十六名彩衣侍女组成演奏乐队，她们分别用丁字形的木槌和长形的棒敲打铜钟，气势宏大、壮观无比的曲子便隔着涧江远远地传到了湔山四周。

刚从湔山上奔下来的鹿蜀扬起前蹄，又顿下，似在侧耳倾听这优美之声。涂山侯人更是兴奋得双目放光，大叫："天乐！比《九韶》更强悍的天乐！蜀中竟然有这么牛的乐师。凫风初蕾，你知道他是谁吗？我一定要跟他切磋切磋……"

凫风初蕾脸上却隐隐现出恐惧，委蛇的双头也不安摇摆。真是奇怪，周围原本奄奄一息的柏树林，忽然恢复了葱茏苍翠，可是，明明没有下过一滴雨。

涂山侯人的目光顺着她的目光，落到中间一面硕大的半身铜像上面。

铜像被安置在一块方形的大石上面，居高临下，俯瞰众生。

这铜像眉尖上挑，双眼斜长，眼球呈柱状向前纵凸伸出达半尺；双耳向两侧也约莫伸展半尺；他脸上挂着神秘的微笑，整体造型精绝雄奇。

"天啦，这莫非就是传说中的千里眼顺风耳？"

凫风初蕾摇头，脸上的不安之色更深。

"这么巨大的祭祀台，纵然是当今大夏王也未必能办到，鱼凫王可真了不起。难道鱼凫王要举行祭祀祈雨？"

"这祭祀台不是鱼凫王搭建的。"

涂山侯人奇道："若不是鱼凫王，其他什么人敢摆出这么大的祭祀台？"

委蛇发出嘶嘶的声音："那是柏灌王的神像。"

柏灌王！

涂山侯人没有追问下去，他已经知道凫风初蕾为何会面色仓皇了。

古老的蜀国已经有几万年历史了，但是，从来没有人知道这个国家是怎么建立起来的，开国之君蚕丛早已消失在漫长的传说中，第二任国王便是柏灌。和他的前任一样，柏灌王也很神秘，仿佛从天而降，和中原诸国几乎没有任何交流，由于秦岭阻隔，漫长岁月里，中原诸国根本不知道这个古蜀国的存在。

柏灌王的统治，持续了一万多年。直到一万年之前，柏灌王离奇失踪，古蜀国的王者突然变成了鱼凫王。

同样，鱼凫王也来历不明。他也是从天而降，任凭中原诸国如何查询，都无法勘知他的来龙去脉。这些年来，大夏王南征北伐，渐渐一统九州，明年春天将在涂山召开万国大会，所有属国都已经派出使者朝贺，唯有鱼凫国岿然不动——很简单，因为鱼凫国并非大夏的附属国。前些年，大夏也曾令一些属国明里暗里攻打鱼凫国，无不以失败告终，军队甚至根本无法越过秦岭，就一败涂地。

此时此刻，涂山侯人却感觉到了一股腾腾的杀气——这种杀气并非来自大夏王，而是来自这突如其来的柏灌王神像。偏偏那高大的祭祀台上，柏灌王的神像以巍然的姿态，俯瞰天下，那似笑非笑的神情仿佛在说：别急，别急，所有谜底，今日便会被解开。

头顶上那团乌云忽然加速了，旋转着，像一张巨大的黑网，铺天盖地把涧江上空彻底覆盖。不过才食时三刻（上午8点半左右），可天空竟如午夜，偏偏此时黑云留了一道光芒，夜幕仿佛被撕开了一道口子，这光芒足矣将方圆十里彻底照亮。

从这道口子望去，太阳就像被囚禁在一个小小的匣子里，金色的光芒忽强忽弱，仿佛受伤了，无法维持恒定的能量。

涂山侯人从未见过这样的奇景，再看凫风初蕾，她面色苍白得出奇，目中的恐惧之色也益加深重。

乌云企图将囚禁的太阳彻底赶走。众人以为要下大雨，动物们也张大嘴眼巴巴地望着黑云嗷叫，可是，过了半个时辰，雨也没下来，那团黑色的乌云却越来越厚，光线也越来越弱。

忽然，马蹄声声划破了寂静，大家的目光顿时看过去。只见西南方向，六匹赤红的骏马拉着一辆金色铜车奔腾而来。六匹马皆火红，通体上下竟然没有一丝杂色，而那铜车更是气派非凡，三十根辐条密集，车厢上有一门三窗，门在车尾，三窗分列车厢两端，前窗可以上下启闭，左右两扇窗板则镶嵌在两个凹槽之间，可以来回拉动，闭之则温，启之则凉。细看，窗板竟全是最上等的琉璃打造，通体透明。

马车上插着一面鲜红的旗帜，旗帜上，一个金色的大圆圈，周围等距分布有十二条旋转的齿状光芒，四只凫鸟首足前后相接，朝同一方向飞行，远远望去，就像一轮金色的太阳。

鱼凫！

神鸟金箔！

那是鱼凫国的王旗！

这车，便是鱼凫王的王车。

有人惊呼："鱼凫王的猎队来了！"

每过一百年，七月，鱼凫王都会从蜀都金沙王城出发，专门到湔山打猎，以度过自己的百岁大寿。据说，这规矩是从第一代鱼凫王开始的，无论谁在位，都不能改变。久而久之，湔山就成了鱼凫王的后花园，但是，鱼凫王们为什么非要在百年之期来打猎，究竟猎获了一些什么猎物，却无人知晓。

时光荏苒，又是百年之期，现任鱼凫王又来赶赴这场奇怪的狩猎。

说奇怪，那是真奇怪，干旱已经持续半年之久，湔山上的猛兽大多已经逃往汶山、岷山、秦岭一带，没力气逃窜的，大多已经被渴死饿死，剩下的，皆是毫无油水的小兽而已。按理说，已经没有任何田猎的价值。

可是，王车还是如约前来。

瘦骨嶙峋的山臊、獐子等，远远避开。尽管已经快被渴死了，它们也不愿意成为鱼凫王的猎物。难民们却靠近围观。

湔山距离金沙尚有百余里，难民们终其一生也未仰望过高贵的王，所以，都伸长脖子，似乎想看看尊贵的鱼凫王究竟天颜如何。

但是，王车的车门一直未开，他们只看到后面蜿蜒而来的狩猎护卫队，一辆接一辆，有心人仔细数了，竟然有足足八十辆，加上王车便正好是八十一辆，几乎将整个河滩占满。

人们还没缓过劲，只听得"嚯"的一声，每辆车上跳下四个汉子，瞬间成阵。他们皆五彩锦衣，褐红长发，剑弩在手，放声高歌，进退迅疾如鹰，龙战而弱起，这正是赫赫有名的"蜀山舞"。

涂山侯人混在人群里，回头，竟不见了凫风初蕾和委蛇的影子。

为王车开道的是一辆褐色铜车，一个褐色长发汉子高站车头，他乃鱼凫王的护卫队长厚普，声如洪钟："让道，让道！"

一个难民忍无可忍，高声道："干旱日久，请大王赏赐清水。"

其他难民纷纷嘶吼："请大王赏赐清水。"

厚普厉声道："大王是来田猎的，哪来清水赏赐？"

为首的难民遥遥一指小鱼洞："那里面满是清水。"

"既然满是清水，你等何不自行取用？"

"因为食人树奠柏驻守，我等过不去。"

厚普顺着他的目光，看了看那一大排巨大的奠柏，眉头紧皱："那是食人树，我们也无可奈何。"

"奠柏从来都是奉鱼凫王之命守护小鱼洞，你们怎会无可奈何？"

厚普锐利的目光投向人群，他看见一高大少年，左手执翳，右手操环，佩玉璜，他龙章凤姿，卓尔不群，于一群青衣难民中显得特别突兀。

"你是何人？"

"涂山侯人！"

"原来是涂山一族？我劝你还是速速离开。"

涂山侯人大笑："只要你家大王下令放水，我便马上离开。"

涂山侯人说完，竟然冲上去，一把拉住了王车的车头，整个横在前面，大叫："大王快快下令放水，你的臣民都快被渴死了。"

王车里，没有任何声音。

涂山一族乃当今大夏王的妻族，厚普知这少年身份不凡，虽见他出言不逊也耐着性子，如今，见他胡搅蛮缠，不由得大怒，冲上去就剑指他肩头："速速闪开。"

涂山侯人大叫："明明有水源可以取用，为何非要让人民焦渴而死？鱼凫王，你到底是何居心？"

厚普冷笑一声："我倒要问问涂山公子，你到底是何居心？自从干旱开始，鱼凫王便分批遣送百姓抵达水源丰富的岷山、汶山，要等大旱之后才陆续返回，按理说，湔山四周现在是不会有任何百姓的……"

他长剑指向周围的青衣难民："你们明知道湔山干涸，为何不随着百姓去岷山、汶山？今日却偏偏齐聚这里，岂不怪哉？"

涂山侯人后退一步，忽然觉得他说得很有道理。

青衣难民却互相张望，一个个脸上都露出古怪的笑容。

山臊一声怪叫，又戛然而止，就像脖子忽然被割断了似的。

所有人的目光都投向半空，只见那轮被囚禁似的太阳忽然布满黑色斑点，就像发霉了似的。周边的乌云竟慢慢移动，影影绰绰似有活物，不知隐藏了多少怪物。猴子的尖叫此起彼伏，紧接着，整个湔山的野兽都叫起来了，一声一声，十分凄厉。

涂山侯人大喝一声"不好"，众人定睛一看，祭祀台上的巨大神像忽然不见了——

编钟早已停止，演奏的侍女全部石化。

在上千双难民眼睛的包围下，那么大一尊神像，就这么凭空消失了！

阳光忽然挣脱了囚禁，黑云被迫退数丈，万道霞光绚丽夺目，难民们拼命揉眼睛，恍如梦中。

有人大吼一声："天啦，柏灌王的神像哪里去了？"

厚普双手发抖，哆哆嗦嗦："快，快……"除了一个"快"字，他什么都说不出来，只双目突出，惊恐得不能自已。

黑云忽然翻滚，猴子再度尖叫，青衣难民里，几十人纵身而出，他们行动利落，利刃在手，径直就向王车冲去。

一股凌厉杀气刺破沉闷，厚普大喊："快保护大王……"

鱼凫王的护卫队跳下铜车，半路将青衣人拦截。这些彪悍的鱼凫人，五彩衣下皆为轻薄藤甲，手里的木盾为特殊巴木制造，青衣人们的利刃刺入木盾，根本无法拔出来，很快便被杀得七零八落。

可是，青衣难民不停涌上前，上千人中，竟然有数百人携带兵刃，他们迅疾如风，训练有素，很快便将鱼凫王的护卫队彻底包围。

涂山侯人知有异样，步步后退。

护卫队渐处劣势，七八名青衣人直奔王车，很显然，他们根本不是什么难民，而是冲着王车而来。

他们要的不是清水，而是鱼凫王的命。

厚普率领的侍卫队已经左支右绌，王车周围的空隙逐渐露出。

尘土一阵飞扬，响声四起，一队铜头铁额的甲士竟飞奔而来，有上千之众，全是鱼凫国的精锐。

王都金沙距此百里之遥，很显然，这些精锐是鱼凫王早就带来的伏兵。鱼凫王不过是田猎而已，根本犯不着带这么多精锐，想必他早已知道涧江有异变，所以早有准备？

战局顿时有了改观，王车周围很快又布满了护卫队，厚普仿佛已经完全把与青衣人厮杀的任务交给了援军，自己则一心一意守护着王车。

青衣人一茬一茬倒下，厚普面色却丝毫不敢放松，他不时抬头，盯着头顶的黑云，眼神越来越不安。

"杀！"

一声厉喝从天而降，天空忽然被拉低了一截——暗黑的阴影随着对面那排柏树林迅速下坠。半枯萎的柏树林里早已没有白鹳，只多了一排劲装的弓弩手，他们穿着银光闪闪的战袍，张弓搭箭，居高临下，几乎将整个涧江包围。

竟然全是大夏的弓弩手。

厚普大叫一声"列阵"，铜车迅速张开，宛如一道天然屏障，乱射而来的带火箭镞纷纷坠地，随即引燃了地上的所有可燃物，整个涧江顿时烈火熊熊。

四散奔逃的众人被火势驱赶，无头苍蝇般朝王车车队涌来，挤得护卫队几乎无法列阵，眼看铜车阵很快就抵挡不住了。

一个发髻高耸的青衣人一刀劈向王车，车身顿时凹陷。那刀竟削铁如泥，他一见奏效，提一口气，连续几刀，刀刀劈在车门脆弱处，车门承受不住，很快摇摇欲坠。

他哈哈大笑："鱼凫王，你再不下车就会被劈成两半……"

涂山侯人直奔王车。

有人的动作比他更快，那是几个毫不起眼的干瘦老者，他们都穿着有八卦标志的黑色劲装，手里提着长剑，正是混迹在青衣难民中的少数几个幸存者。此时，他们肆无忌惮，当场脱掉青衣，露出本来面目。他们竟全是大夏的阴阳师。

为首的老阴阳师瘦得像一条长竹竿，他长剑一挥，顿时，猴子凄厉的叫声便把火海里人们的惨呼压下去。地上，不知窜出多少毒蛇爬虫，沙沙作响，奔逃的人们惊恐地发现，每一脚都踩在毒物的头上。

老阴阳师盯着王车，阴恻恻地说："老夫数三下，再不开门，必将让鱼凫国不余一条活口。一、二……"

"三"字尚未出口，他的头顶忽然亮了。

那团原本笼罩上空的巨大黑云，瞬间散开，可是，众人却眼前一黑，只见散开的黑云变成了无数个黑影，铺天盖地，当头罩下。

很快，黑影变了白影，但听得"嗤嗤"的笑声，竟是少女一样甜蜜或者童子一样调皮，那漫天飞舞的，居然是一颗一颗的人头，男人、女人，全都是白色长发，面孔却美艳无比。

这些欢笑着的人头，龇牙咧嘴地扑向大夏的弓弩手，甚至阴阳师……交战双方如被收割的禾苗一茬一茬倒下。

瘦老者惊惧大叫："天啦，落头人来了……"

"落头人"是秦岭深处最神秘的部落，据说，他们睡觉时总是身首分离，每每黄昏时分，身体便在家睡觉，而头则飞出去玩耍。

只见这些"落头人"俯冲下去，一口叼起满地爬行的毒蛇毒虫玩儿似的扔进嘴里又吐出来。

有一个极其美艳的少女落头人咬住了那条绿色红鳞片蛇的头，青蛇猝不及防，摆尾一击，少女嘴里发出一阵怪声，随即十几名落头人闻声冲下，一起咬住青蛇，竟带着青蛇一起飞上天空，然后，往高空上一抛，又接住，再一抛，便重重砸下去，惊得下面的人奔逃躲避。"落头人"们便哈哈大笑，十分得意。

笑声里，传来歌声：

天空已经长满了白发

我却飞不出禁锢在胸口的黄土

我用眼睛举起鲜艳的花

让山川后退，白云和黑夜也后退

与铜亲近多年，我的眼睛早已生锈

走得很远了，还是看不清近处的自己

歌声，淹没了笑声，天空变得寂静。原来，黑夜根本没有到来，才刚刚进入晌午。

"落头人"们排列成矩阵，一起向着歌声的方向鞠躬，仿佛唱歌的，是他们的主人。

千年柏树王的树冠上，有白色身影伫立，万道霞光投射在他身上，他一个人主宰了巍巍湔山！

只见他挥手之间，"落头人"便井然有序，往西北方向飞走。

幸存者们屏息凝神。

整个湔山都看着他。

阴阳师们见他如此声势，哪敢再战？瘦老者怪啸一声，一群人很快就消失在了夜色里。白衣男子也不追赶，只是立在树上，轻轻一拍手，仿佛不过是随手擦了一下尘埃。

偌大祭祀台，成了他的背景。

他凌驾之上，犹如神邸。

他戴金色面具，半尺长的纵目，半尺长伸展的双耳，活脱脱是刚刚消失的那尊纵目铜像大神。

有人惊呼："柏灌王！"

"柏灌王复活了！"

王车，訇然中开，一红色身影跃然顶端。

委蛇的双头朱冠十分警惕，紫色的披风如在轻微战栗，仿佛最危险的时刻才刚刚到来。

涂山侯人不敢置信，王车里，居然是凫风初蕾。

居高临下的白衣男子，目光也缓缓落在她旁边那面赤红的"鱼凫"大旗上，她红色的身影仿佛已和这面旗帜融为一体。

冉冉的死亡里，是初生花蕾的绽放。

她凝视那金色面具，拱手行礼："多谢阁下援手！"

他答："我不是来救你的！"

千年古柏一颤，他飞身掠下，一白鹳俯冲，正好于他落地之际，停在他面前。

只见那白鹳双足火红，身长半丈，双翅张开何止丈余？他落地所在，正是之前消失的纵目神像位置所在。

涂山侯人心里一凛，有人再次惊呼："柏灌王！"

这世界上，唯有柏灌王方能驭鹳而行。可是，柏灌王已经死去一万年，也不曾留下任何嫡系血脉，这白衣男子莫不成真是柏灌王？

警惕无比的委蛇，也忽然摇了摇双头上的朱冠，竟似在欢迎他。

一人一鹳，皑皑如雪，他骑在鹳背上，如月一般寂寞。

一应厮杀，全部停止，死者的血尚未流干，伤残者的呻吟被风吹得很远。

站在铜车顶端的凫风初蕾和一人一鹳对峙，目光交汇，她忽觉微微不安：那金色面具只露一双眼睛，可是，她从未见过如此眼神，并不怎么凌厉，反而浸染了一层淡淡的悲哀。

一朵乌云飘来，最后的一点亮色也彻底消失，一天中最黑暗的时刻到来，燃石却照得一江空旷。

箭镞如山，尸横遍野，所有活着的人如做了一场噩梦。

第三章　蛇鱼之战

编钟的乐曲，又袅袅散开。

无人演奏，风吹钟动。

厚普色厉内荏："谁人敢在此装神弄鬼？"

他却只看着凫风初蕾，似笑非笑。

凫风初蕾缓缓地："阁下究竟是谁？"

"如果你愿意，可以叫我柏灌王。"

"柏灌王已经死去一万年！阁下何故冒充他？"

柏灌王哈哈大笑："逝者如斯夫，一万年不过弹指一挥间。"

他的目光转向小鱼洞的方向："一万年了，我不过是前来拿回属于自己的东西。"

厚普厉声道："你到底想干什么？"

他一挥手，也不见如何动作，只见厚普一个倒栽葱便摔倒在了几丈开外，可是，并没有受伤，他爬起来，悻悻地看着柏灌王，却再也不敢出言不逊了。

凫风初蕾慢慢地："阁下要取的是什么东西？"

"鱼凫王的性命！"

"你果然是来与我为敌的！"

柏灌王看她一眼，没有回答。

她盯着他的纵目金面具，轻轻地："在鱼凫国，只有巫师才不以真面目示人！"

佩戴纵目面具的脸，微笑着："纵然再多的面具也无法缝补青春，隐藏衰老，呵，要这面具何用？"

金色面具，风一般飘远。

他满脸微笑，火红的头发就像夜空里跳舞的细长精灵。

凫风初蕾低下头，不再看他。

四周，一片死寂。

凫风初蕾转身，面向众人，高声道："还有多少人是要来取鱼凫王性命的？"

便装的青衣人，大夏的伏兵……他们都看向王车，互相交换了一下眼色，大家不动声色，悄无声息地包围了鱼凫国的战阵。

有人尖叫："历代鱼凫王都只有一个嫡系传人，只要杀死凫风初蕾，鱼凫国便没有继承人了！"

"杀死她！"

厚普率领十几名尚有战斗力的侍卫护卫在王车周围，但是，在强敌环伺之下，王车队显得势单力薄又孤立无援。

虐风初蕾只是牢牢盯着敌人，也不去想血战的结果会如何，脑子里只有一个念头：绝不能让这些人冲进小鱼洞去，尤其是柏灌王。

涂山侯人忽然大叫一声："我不是来杀鱼凫王的！"

说话间，他已经跳上了王车，正好和虐风初蕾并肩而立。

委蛇本来一直很烦他，此时，却感激地冲他点点头。他伸出手，摸了一下委蛇的朱冠，委蛇居然没有躲避。

他旁若无人，笑嘻嘻地："虐风初蕾，你于我有救命之恩，今天，我总要报答你一次。"

虐风初蕾淡淡地："你不该来蹚这潭浑水。"

他满不在乎："不就是打一架吗？没事，我皮粗肉厚，轻易是打不死的。"

柏灌王看着他，目光忽然变得十分锐利："小子，你是谁？"

"涂山侯人。"

"涂山侯人？侯人？"

他懒洋洋地："对，就是涂山的侯人。"

侯人，便是上门女婿的意思。

上古氏族，多为走婚，男女之间并无固定的婚姻关系，生下的孩子基本随母族，由族群共同抚养，长大后，也随母族的姓氏，所以，许多大人物都只知其母，不知其父。渐渐地，男人的势力开始大增，有了婚娶制度，孩子便归于父族，传承父系的姓氏。"侯人"一词，逐渐地就成了不光彩的意思——赘婿，毕竟，男人很少愿意做上门女婿。

柏灌王目中精光一闪："有意思！涂山的上门女婿唯大夏王，你小子莫非在讥讽大夏王？"

"哈哈，不敢，不敢！"

他手里举着一把奇异的斧头："柏灌王，你我先较量一场？"

柏灌王闭目养神，没有搭理他。

那个尖叫声再度响起："主上有令，擒虐风初蕾者赏金一万，杀虐风初蕾者，赏金三万……"

所有人皆蠢蠢欲动。

涂山侯人面向众人，大喝一声："谁先来？"

雍羌土王吹了一声口哨，只听得一声犬吠，一只巨大的黑色祸斗便咆哮着冲上来。祸斗本是西北少数族的凶兽，但凡现身，不死人不罢休，一名护卫躲闪不及，被它前蹄拍在天灵盖上，护卫顿时脑浆迸裂，其他人见状，纷纷闪避。

涂山侯人举着斧头便冲上去，祸斗嗷叫一声咬住了斧头，扬蹄就去拍他的天灵盖。

厚普惊叫："涂山公子小心……"

鲜血四溅，祸斗庞大的身子被生生劈为两截。

涂山侯人笑嘻嘻的："谁再来？"

众皆色变，一时间，竟然再也无人敢上前来。

厚普大叫："涂山公子好本事。"

就在这时，柏灌王站起来了。

凫风初蕾的额头隐隐渗出汗来，掌心里也是涔涔的冷汗。

可是，柏灌王并未走向涂山侯人，而是抬起头，盯着天空。被囚禁的太阳忽然消失，漆黑的乌云里，大风劈头盖脸刮来，看样子，马上就会有倾盆暴雨。

所有人都被吹得东倒西歪，不时有飞沙走石擦在脸上，隐隐生疼。

一道闪电之后，天空中的乌云忽然幻化为蛇形，就像无数条黑蛇在空中打滚，渐渐地，这黑云散开成一个大水塘，里面竟如一条条的黑鱼在跳跃狂舞。

柏灌王脸色也变了，他忽然高声大笑："风道北来，天乃大水泉，蛇乃化为鱼……哈哈，原来是这样，原来是这样……"

声音已经去得老远，一人一鹳，凌空飞渡，竟生生从叀柏上空一闪而过，径直飞进了小鱼洞里。

委蛇窜起，凫风初蕾追上去，涂山侯人尾随其后，叀柏卷须飘忽，抓住了他身后一干企图蒙混过关的各路人马……

一道飞瀑，气势如虹，隔着老远的距离便有水花飞溅，空气里都是游走的水分，整个世界雾蒙蒙一片。

涂山侯人身上的衣服渐湿，定睛一看，却见凫风初蕾已经奔到瀑布边停下了，飞溅的水花淋湿了她的头发，她却浑然不觉，只是惊恐地看着前方。

瀑布下面，是一大湖。

湖边，满是铜头铁额身着皇家标志的鱼凫精锐——竟然倾其国力，全部守护在这里！

湔江上的王车，只是一个障眼法。真正的鱼凫王，可能一直躲在这里。但是，他躲在这里干什么？

湖中，一个巨型八阵图，北宫玄武里的马占据坎卦。大水泉居坤卦，巽卦之位风起云涌，西宫白虎里的猿则牢牢定在坤卦和巽卦之间。如此，坤、巽、坎三卦合在一处，恰好是"风道北来，天乃大水泉"。

八阵图中央，一巨大的金色帷帐，谁也不知道里面究竟是什么。

涂山侯人走到凫风初蕾面前，前面的黄衣侍卫长本要说什么，但是，见凫风初蕾没有发话，便闭上了嘴。看样子，他竟然紧张得完全顾不上闯入的外人，只是又紧张盯着湖水中心。

凫风初蕾却一直寻找柏灌王，一人一鹳那么明显，可小鱼洞里竟然没有他的踪影。

涂山侯人低声道："你去吧，我帮你对付柏灌王！"

她看了看他手里的劈天斧，面露感激之色，点点头，一拍委蛇，便飞掠到了通往八阵图中央的入口。

倾盆大雨，暴击而来——不是从天而降，是从地上涌出来。

只见一股股水泉从地上激射，和湖中水瀑交织，轰隆之声不绝于耳。

湖面上，一片银白光芒，一条巨蛇冲天而起，鳞片银光闪闪，水竟不能沾湿它的身，水从四周坠落，仿佛裹着它形成一道冲天的水柱。它昂首嘶鸣，蛇尾摇摆，不时沿着八阵图喷出一股股的水柱，渐渐地，蛇头幻变，他是一个戴着王冠的伟男子。

涂山侯人失声道："鱼凫王？"

"哈哈哈……原来如此……鱼凫，鱼凫，先化蛇，再化鱼……鱼凫王，当年，我便是这样上了你的当，哈哈，最看不起人蛇族的高阳帝，竟是通过化蛇来复生的……"

一人一鹳，御风而来。

柏灌王大叫一声："颛顼，今日便是你真正的死期！"

"颛顼"二字一出，不仅涂山侯人，就连凫风初蕾也惊呆了。

颛顼！原来是这样。

每一百年之期，当风从北来，天降大水泉，便有一种蛇会化成鱼，这种鱼半身偏枯，一半是人形，一半是鱼体，死人若附体，便会借此复活。

不周山之战后不久，颛顼便重伤不治死去，他的尸首漂流到小鱼洞，刚巧大风从北面吹来，地下泉水涌出，正好有蛇化为鱼，颛顼便趁着蛇即将变成鱼而未定型的时候，托体到鱼的躯体中，死而复生。复生后的颛顼隐姓埋名，计除柏灌王，此后便成了独霸西南的鱼凫王。

正因为借助了蛇鱼的躯体，每百年之期便会鳞甲脱落，恢复蛇形，必须借助大水泉之机才能再次化为人形，否则，便会永远成为一条鱼。所以，每一百年，鱼凫王都会到湔山打猎——实则是悄无声息地完成自己的蜕变。

一万年的岁月，平安度过。

时光久远得他自己都快忘记了"颛顼"这个称号。不料，今日看到自己的老熟人、老对手。

凫风初蕾呆呆地看着父王，脑子里一片混乱：颛顼，共工……她一直以为自己的父亲才一百岁，而且，今年，方才是他的百岁寿诞——父亲说，历代鱼凫王一百岁时，都必须去湔山打猎。三年游历，她匆匆而归，为的便是替父亲的寿辰和打猎掠阵，因为，这是她作为鱼凫王唯一孩子的义务和责任——原来，并非如此！

地上泉涌，更加激烈。

鱼凫王的面容在蛇形上更加分明，但见他头戴金冠，凛然生威，手里拿着一根三尺多长的金杖，金杖上也是首尾相连的四只飞鸟，和鱼凫大旗上的飞鸟图案一模一样，正是鱼凫国的图腾。

他金杖一横，不慌不忙："一万年了，共工，你终于来了！或许，我该叫你柏灌？"

"柏灌也罢，共工也好，今日，我俩总要先清算几万年的恩怨。"

"哈哈，说得好，柏灌也罢，鱼凫也罢，无非一个代号而已……"

说话间，鱼凫王的身形变化得更快，浑身的鳞片逐渐变化，从银色逐渐变为枯黄。寄生的蛇越大，复生的功力就越强，这一次，鱼凫王直接用了蛇中之王——巴蛇！一旦他幻变成鱼，纵九重星诸神，也制他不住了。

渐渐地，蛇，便要变成鱼了。

就在这时候，柏灌王出手了。

委蛇的朱冠被白鹳的翅膀扫落，凫风初蕾根本来不及靠近柏灌王，便被他远远抛在了后面。

白鹳展翅，驭风飞行，他手里的水神戟直刺鱼凫王的蛇腹，鱼凫王金杖一横，躲过这一波攻击，水神戟却毫不留情，直接往其蛇尾砍去。

鱼凫王躲闪不及，巨大蛇尾顿时鲜血淋漓，他大怒，戴着王冠的头瞬间暴涨，巨大的旋涡一下扫开了水神戟的攻击，一掌就扫向柏灌王的面门。

柏灌王的身子也随之暴涨，但见他双足踏湖，身躯以快得不可思议的速度瞬间成了一座小山，完全和鱼凫王旗鼓相当。

红色头发如小山之巅盛开的鲜花，那是凫风初蕾第一眼见到百里行暮。

涂山侯人大叫："人首蛇尾红发，共工！这世界上最后一个共工。"

鱼凫王张狂大笑："共工，看来不周山的教训你早就忘记了……"

"当年你没能赢得了我，现在，你更不是我的对手……"

万年恩怨，不死不休！

水神戟和金杖每一次碰撞，便如一场小型的地震，湖水四溅，形成漫天暴雨，剧烈的震荡更是令湖岸周围的侍卫东倒西歪，他们人数虽多，可是，哪里能在两大高手搏击间插上手？只能待在岸边干着急。

凫风初蕾，也只能干着急。

当年，共工和颛顼为争夺王位，大战于不周之山，共工一怒便撞向不周山，以至于天崩地裂，九州塌陷。共工固然身受重伤下落不明，颛顼也去了大半条性命，根本不能再登中央天帝宝座，而是隐匿起来疗伤。纵然他寻了良药，勉强拖延了几千年，终究还是旧伤复发，命丧九泉。

这本是一场两败俱伤的战役，没有任何人真正成为大赢家。

不料，机缘巧合，几千年之后，颛顼借蛇鱼重生成为鱼凫，彼时，已经做了一万多年柏灌王的共工哪里会料到有这等怪事？他在毫无防备的情况下，被鱼凫阴谋算计，一举击败，从此，沉睡万年，而西南，完全成了鱼凫王的天下！

鱼凫王哈哈大笑："你让我受伤沉死一万年，这一万年中，你却快快活活做了柏灌王。我自然也得让你尝尝痛苦一万年的滋味……哈哈，共工，躺在几千度的高温溶液里被熔化成碎片的滋味还记得吧？要不要再来一次？"

"你以为凭借一个涯草，就能彻底将我除掉？"

旧恨新仇，一起上涌，仇敌见面，招招制敌。

水神戟随着柏灌王的身躯增长，每一下都直刺鱼凫王的要害之处，而驭风飞行的白鹳好几次差点啄瞎了鱼凫王的眼珠。

鱼凫王毕竟吃了幻变尚未成功的亏，他正处于蛇变鱼的关键时刻，只能发挥一半的功力，而且，随着地泉喷涌，时间流逝，如果不能在地泉停止时化为鱼，就会功亏一篑，从此，这世界上便再也不会有鱼凫王了。

偏偏还遇上死对头，他的功力更是打了折扣，蛇尾已经被水神戟好几次扫中。

柏灌王似看穿了他的弱点，每一招都攻向蛇尾，如果蛇尾断了，也没法化鱼了。

巨大的血泉一阵阵喷涌，飞溅的水花，一次次变成红色。

凫风初蕾摸了摸脸上的血水，眼睁睁地看着父王渐渐处于弱势，她好几次驱动委蛇，可是，委蛇就像瘫痪了似的，躺在地上一动不动，连参战的勇气都没有了。

她跳下蛇背，高举宝剑，直奔湖心，一个激浪打来，她渺小的身躯顿时被卷回岸边，重重摔倒在地。

涂山侯人冲上去扶起她，大叫："凫风初蕾，你没事吧？"

她摇摇头，强忍疼痛站起来。

地泉更加猛烈，鱼凫王知道，地泉的巅峰时刻已经到来，很快，泉水变小，慢慢干涸，水量不足，蛇便永远变不成鱼了。

他心急如焚，准备铤而走险，头部的四张面孔渐渐变幻，一条黑色龙影，若隐若现——

很快，虚拟的龙形便幻化成一条巨大的黑龙，挟着三万年前高阳帝的余威，以雷霆万钧之势扫向柏灌王，柏灌王的胸口顿时裂开一道口子，一股血泉汩汩而出，满头红发如愤怒的根须在天空根根竖立，形成一朵巨大的红云。

这一下，真是伤得不轻，他暴怒高喝，头顶一股青云蹿起，只见两丈多长的"犰"喷着火光腾空跃起。"犰"是龙的变种，龙头马尾，口中喷火，一嘴就向黑龙咬去。

鱼凫王大吃一惊，急忙后退。这一退缩，鱼凫王整个便空门大开，但是，他寄生的巴蛇暴涨得更高更大，几乎一眼望不到边，纵犰一再飞蹿，也够不着他的脖子。

只见一股地泉喷涌在他身上，他浑身的蛇片已经成了鱼鳞，蛇身以下，鱼尾初露，渐渐蔓延，很快，左边身子便开始枯萎，眼看就要化为一条硕大无比的枯鱼……

柏灌王大急，一旦这厮完成蜕变，一切便完蛋了。

鱼凫王更急，这是生死关头，若是不能蜕变成功，不但自己完蛋了，整个鱼凫国也必将彻底完蛋。

他干脆不再理睬犰的进攻，一心一意将功力凝聚在头顶，忽然对着天空的黑云号叫一声，鱼鳞顿时蔓延到了胸口之上。

柏灌王哪会容他进行下去？哈哈大笑："你就受死吧……"

水神戟径直刺向鱼凫王的脖子，因为，鱼鳞刚好要蔓延到脖子之处，鱼凫王咬紧牙关，拼命受了这一刺，竟然不理不睬，全身功力凝聚一处，只等彻底变成鱼的一瞬间。

犰扫着尾巴配合，直接啃向鱼凫王的天灵盖，鱼凫王无处闪躲，眼看就要丧身犰嘴。突然一道赤色光芒凌空劈来，犰大叫一声避开劈天斧，浑身的龙鳞被劈掉了一小半，天空中就像下了一场银色的龙雨。

涂山侯人趁势站在鱼凫王的一只臂膀上，伸出手撩拨"犰"，大笑："来，你这畜生，再来玩儿招……"

鱼凫王见这陌生的年轻人援手，精神一振："年轻人，你叫什么名字？"

"我是你女儿的朋友……"

涂山侯人顾不得寒暄，因为，犰已经卷动尾巴再次袭来，他不敢跟它硬拼，虚晃一招，觑准了犰的死穴，一斧又劈下去。

"啫"的一声，劈天斧竟被柏灌王一掌击落，坠落湖心。

"涂山小子，你滚一边去吧。"

涂山侯人被一股强力猛推，直直地摔在湖岸上，许久都爬不起来。

就是这个喘息之机，鱼凫王的幻变已经到了头顶，柏灌王哪里容他成功？竭尽全力用水神戟刺向他的双目。

一抹红色身影就像一片树叶轻轻贴在鱼凫王的胸口。

凫风初蕾出手了。

愤怒的犰看到这渺小人类竟敢如此不自量力，气得笑了起来，就像看到了送到嘴边的美味，锐利的牙齿不假思索就去啃她的脑袋。

死亡迎面袭来，可是，她毫不退缩，依旧紧紧护着父王。鱼凫王凝聚了最后的功力，准备推开她，可是，伸出的双手已经失去力气，因为，那双手忽然消散了，正在变成巨大的鱼翅……

幻变，接近尾声。他也顾不得，举着虚弱的两扇鱼翅，拼命杀向犰，可犰压根儿就不屑理睬他，一口含住凫风初蕾的脑袋，狞笑着，径直咬下去。

鱼凫王惨叫一声："蕾儿……"

湖边的涂山侯人也大叫："凫风初蕾……"

犰的利齿停留在凫风初蕾的头皮，水神戟生生将它的利齿格开，凫风初蕾的身子，纸鸢似的坠落湖岸。

涂山侯人抢上一步扶起她，她呆呆地站在原地，恍若惊梦。

"蕾儿……蕾儿……"

鱼凫王看到女儿竟然完好无损地站在湖边，松一口气。此时，黑龙消散，他胸口再无遮蔽，柏灌王的水神戟只需往前一寸便可刺穿他的心口，但是，柏灌王居然没有动。

狐也退在一边，龇牙咧嘴，显然很不甘心，因为到嘴的美食又飞了。可是，主人不下令，它也不敢轻举妄动。

柏灌王盯着鱼凫王，很是意外："颛顼，你不是一向觉得女子毫无用处，活着只是白白浪费粮食吗？又何必拼着性命救你女儿？"

鱼凫王破口大骂："该死的共工，你懂什么？我只是恨共工一族借助娲皇声势狐假虎威，随时企图篡位。我打压女子地位，只是变相打压你共工一族的靠山，否则，我堂堂高阳帝岂会专门去跟女子作对？"

柏灌王哈哈大笑："原来如此，原来如此！"

他低下头，不经意地看了一眼凫风初蕾，忽然道："颛顼，你重生后娶的是掌握颜华草的女子？"

颛顼面色顿变，飞速瞄了一眼女儿的方向，狠狠瞪了柏灌王一眼。

柏灌王一怔，没有继续说下去。

四周忽然变得很安静，所有人都死死盯着湖中央。

鱼凫王一口血喷出，此时，蔓延到他脖子的蜕变忽然停止，他已成的鱼尾鱼腹上面伤痕累累，脖子上一道道的血泉汩汩流淌，很显然，因为伤势太重，他已经无法抵挡哪怕最微小的进攻。

要在柏灌王这样的高手之下变成鱼，已经不太可能。

他急剧喘息，嘴里鲜血飞溅。

狐见有机可乘，立即伸出锐利龙爪，跃跃欲试，它随时可以掏出鱼凫王的脑浆。但是，柏灌王不下令，它也不敢轻举妄动。

凫风初蕾惊叫："父王……父王……"

"罢了罢了……蕾儿……下一代的鱼凫王便是你了……"

鱼凫王手里的金杖径直飞向凫风初蕾，她本能伸手，一把接住。

鱼凫王提气纵声道："共工，今日我认输了！死在你手里也算是死得其所。可是，你不许伤害我的女儿……"

柏灌王忽然后退一步。凶相毕露的狐也凌空飞起，远远离开了鱼凫王。

鱼凫王一愣。凫风初蕾也仰起头死死盯着柏灌王。

柏灌王朗声道："乘人之危从来不是我的做派！颛顼，我再给你一次机会！"

鱼凫王冷笑一声："你还是这么傲慢自大！你可知道，我一旦幻鱼成功，你在我手里活不过三招！"

柏灌王再退一步，哈哈大笑："我替你掠阵，待你化鱼成功，我再和你好好打一场，我倒要看看，你这条枯鱼到底有多厉害！"

鱼凫王死死瞪着他，说不出话来。

奔到中途的凫风初蕾见此情形，也停下脚步。

柏灌王不经意地低头看了她一眼，只见她手持金杖，有些茫然无措。

她迎着他的目光，隐隐有感激之色，他微微一笑，移开了目光。

涂山侯人见他如此气派，也不由得暗暗称奇，大叫："上古英雄，果然气派！"

柏灌王大笑："你这涂山的上门小女婿，一边待着去吧！"

"喂，我可不是上门女婿，我尚未婚配！"

"哈哈，我记错了，你老爹才是上门女婿。"

一道闪电，风雷齐动，地下泉涌奔流到天又重重地跌回来，湖岸上的侍卫全被这股巨浪冲击得昏迷过去。涂山侯人死死拉着凫风初蕾躲在一块大石后面才不至于被激浪冲走。

就连伫立在湖心深处的柏灌王也被风吹得东倒西歪，唯有鱼凫王，身子几乎暴涨到与天齐，忽然，他的身子迅速矮下去，在脖子上被卡住的渐变瞬间突破结界，一下变成了一只红色的大鱼头。

地泉顿止。

天色放晴。

被吹得七零八落、半昏半醒的护卫队纷纷跃起，如梦初醒。

湖面上开满黄色的小花。

鱼凫王已经变成了一条长长的枯鱼，幻鱼，完全成功！

然后，枯鱼掠起，半枯的身子忽然精光灿烂，鱼头已经变成人头，金色王冠，一览无余。

凫风初蕾喜极而泣，大叫："父王……父王……"

涂山侯人目瞪口呆。

柏灌王稀奇地瞧着他，哈哈大笑："你这厮的复活方法真是太麻烦了，先是蛇，又是鱼，你就这么点微末伎俩？如果说三万年前你的本领是十成，那现在你最多只剩下三成了……"

鱼凫王对他的揶揄毫不理会。

可怕的恐惧之色，瞬间笼罩了鱼凫王的面孔，他死死瞪着湖面上的小黄花，不敢置信，脸上，渐渐浮起一股死亡之气。

菱花！

菱花，弥漫了鱼凫王的四周。

柏灌王的面色也变了，他随手捞起一朵小黄花，失声道："这是哪里来的菱？"

菱，先开花，后生叶，天生是鱼的克星，只要水里长有菱，一池的鱼都会被毒死。

菱，遇水就长，很快便铺天盖地占据湖面，甚至连湖岸周围都密密麻麻被填满，整个天地都变成了一片黄色的花世界。

大鱼小鱼翻着白色肚皮浮起来，成了一堆一堆的鱼尸。

鱼凫王的喉头翻涌，已经说不出话来，若他是蛇或者人时，这荽一点也奈何不了他。

可偏偏此时他是一大半的鱼形，对于这唯一的克星，已经没有任何反抗的力气。

毒性从鱼尾慢慢上窜，然后蔓延到鱼腹，他甚至能听到滋滋被烧焦的声音，枯鱼变成了焦鱼，死亡之气令他脸色开始发黑。

凫风初蕾惨然大叫："父王……父王……"

涂山侯人也被这一变故震惊了，他大叫："快把这些该死的东西弄走……"

湖边的侍卫手忙脚乱地去拔掉荽花，涂山侯人也急忙扯起一大把荽，可是，无济于事，那顽强的植物越拔越多，毒气已经彻底覆盖了全部湖面。

鱼凫王，在劫难逃。

凫风初蕾不管不顾，跳下湖水。鱼凫王用尽全身力气，嘶吼一声："蕾儿，快跑……快……"

涂山侯人，一把拉住了凫风初蕾。

所有目光，望向天空。

"迟了……太迟了……哈哈哈……"

笑声，是从头顶传来的。

山臊难听之极的叫声再次响起，天空一亮，只见护卫小鱼洞的奠柏轰隆一声倒塌，一大群猛禽直飞进来，苍鹰、鸱鸮、秃鹫以及上千只根本叫不出名字的丑陋怪鸟。

涂山侯人面色大变，他拉住凫风初蕾仓皇后退，刚好躲开一只俯冲下来的秃鹫。随即，这些凶猛的怪鸟直奔向湖岸上的侍卫，它们有一尺多长的尖嘴壳，锋利如刀，专门奔着侍卫的眼睛而去，很快，侍卫们的惨呼声便此起彼伏，不忍卒听。

凫风初蕾几次要冲上去救援，都被涂山侯人死死拉着。

一个绿衣人，施施然而来。他骑着一只彩色的鸾凤，手持洞箫，仪态潇洒。

涂山侯人一见他，脸色更是难看，死命拉着凫风初蕾躲在一块巨石后面。

"鹬蚌相争，渔翁得利！古人诚不欺我也！鱼凫国一直是我们的心腹大患，本以为要耗尽九牛二虎之力，至少要死伤无数大夏勇士才能拿下，不料，今日真真是得来全不费工夫……还有这一场上古英雄的大战，竟不料在我的有生之年还能欣赏这样的奇景，幸运！这是我的幸运……"

他笑声爽朗，天生一股正义风范，言辞之间富有感染力，就像在做一场煽动性的演讲："鱼凫王！柏灌王！上古的英雄共工和颛顼！我究竟该如何称呼二位大神呢？叫你们三万年前的大名还是现在的马甲？"

鸾凤美丽的翅膀就像天空垂下的彩色画卷，他异常英俊，满脸正气。

只因为少年得志，笑声里稍稍泄露了一丝轻狂。

他低头看一眼湖面盛开的黄色小花，笑声更加得意："妙计！真是妙计！小小菱花竟然有如此奇效！真没想到，独霸西南上万年的柏灌王和鱼凫王，今日，要被我一网打尽了……"

大夏王，终于出手了。

在涂山的万国大会之前，他必须除掉任何胆敢不恭的势力——尤其是鱼凫国这样的劲敌。

绿衣人看着二位大神，就像看着两个死人。

"对了，我叫大费，你们可以叫我大费将军！"

大费，大夏第一大将军，十二岁便上战场，战功赫赫，是整个大夏仅次于大夏王的第二号英雄人物。

"出征鱼凫国之前，我们召开了好几次会议。我无意中听到一个传说，说是历任的鱼凫王每过一百年便会到湔山打猎。当时我就在奇怪，为什么会有这么奇怪的规矩？以前草长莺飞百兽横生也就罢了，今年湔山大旱，群兽乱跑，湔山几乎快空了，你鱼凫王居然仍旧坚持来这里打猎……难怪啊！"

大费扬扬得意："实不相瞒，我们本打算趁金沙兵力空虚，一举拿下金沙王城，但是，我担心兵力不足，所以，还是把大军全部埋伏在了湔山……这样也好，等杀了你鱼凫王，再赶去金沙也不迟。"

大费满脸得意，很显然，这一战，他立下了汗马之功，完全不愧他"战神"的称号。更何况，金沙王城，几万年的历史，王宫物产，珍奇异宝，超越天下所有的王宫。这一次获得的战利品，运载回大夏，一定会震惊天下。

鱼凫王脸上的黑气越来越浓，渐渐地，呼吸变得急促，眼睛也睁不开了。

大费已不屑看他，目光转向了柏灌王。

柏灌王胸口上的血洞更加分明，隐约现出一个龙头，毕竟，鱼凫王全力一击，非同小可。

柏灌王已经身负重伤，自身难保。这令大费极其满意。

"柏灌王，这次诛杀鱼凫王，推你首功。若非你吸引了鱼凫王全部的注意力，我根本没机会从容布下满湖的菱花……"

柏灌王淡淡地："你以为你还能活着走出小鱼洞？"

"柏灌王，你还是先看看你胸口的那个大洞吧。完好无损的共工当然令人惧怕，可是，现在你只是一条半死的大蛇，又岂是我的对手？"

"手"字尚未落口，一股激浪扑面而来，他急速后退，嘴里，骇然吐出一条黑色的死鱼，一股腥臭之味令他差点呕吐。

柏灌王淡淡地："像你这种小人，一百斤的身体上便长了九十九斤的嘴，只会逞口舌之利。"

大费恼羞成怒,对着全部飞聚在柏灌王头顶的漫天猛禽,大喝一声:"先杀了他!"

猛禽铺天盖地蹿向柏灌王。

犰腾起身躯,利爪下去,顿时,羽毛纷纷坠下,就像下了一场旷世的羽毛大雨。

凫风初蕾心急如焚。

好几次她要冲出去,都被涂山侯人死死拉着,低声道:"别去白白送死!这个人非常厉害,你我都不是他的对手。"

凫风初蕾已经乱了分寸,焦虑地问:"那怎么办?"

"他是大夏国师的儿子,他的母亲出自百鸟国,他能听懂百鸟的语言,可以驾驭天下一切最凶猛的猛禽,他曾率军征三苗,诛东夷,战功赫赫,是大夏最有名的战神……"

言辞之间,涂山侯人似对他颇为忌惮。

"罢了罢了,纵力战而死,也不过追随父王,我一人躲在这里苟且偷生算什么?"

凫风初蕾冲出去。

战栗不已的委蛇忽然意气风发,它紫色的朱冠昂首摇摆,一只怪鸟俯冲下来,凫风初蕾金杖一挥,便将它的头斩落下来。

"快,凫风初蕾在这里……"

几十名青衣道人一拥而上,成八卦阵将凫风初蕾包围。

可是,凫风初蕾无心恋战,她催动委蛇,试图越过八卦阵,直奔父王。

鸾凤掠过凫风初蕾头顶,大费的笑声居高临下:"原来,这便是下一代的鱼凫王!也罢,就让老鱼凫王亲眼看到继承人死在自己面前,从此,这世界上便再无鱼凫国,如此,也好断了一切念想!杀……"

鱼凫王的身子已经成了化石,他张开刚刚化了一半的手臂,另一半还是鱼翅,这已经用尽了他最后的元气,他气息微弱,冲着湖岸仅剩的几十名侍卫大吼:"保护蕾儿……你们快护送蕾儿离开……"

可是,区区几十名侍卫哪里能冲破漫天猛禽的包围?他们自顾不暇,根本无法靠近凫风初蕾。

厚普尽职尽责,一直试图往少主身边冲,可是,太多敌人将他包围,他身上渐渐添了无数伤痕,却始终无法突围半步。

鱼凫王,眼睁睁地看着自己的侍卫、亲信,一茬一茬倒下,女儿也陷入绝境,再也没有任何逃生的机会。已经快彻底石化的枯焦身子,却再也无能为力。

一只小小的怪鸟觑准他无力还手,冲下来就啄他的眼珠,柏灌王一挥手,怪鸟惨叫一声坠入湖中。

他盯着柏灌王。

柏灌王也盯着他。

他长叹一声："罢了罢了，你我争雄几万年，不料到头来，居然栽在一个毛头小子手上……瞧瞧，我堂堂鱼凫王，竟然连一只小小怪鸟都敢来欺负我……"

柏灌王大笑："老家伙，你这么快便厌了？"

他忽然高声道："共工，算我求你一次……"

所有人都看着他，就连得意扬扬的大费也好奇张望——要让鱼凫王，也就是高阳帝这样的人开口说出一个"求"字，真可谓万年一遇。

柏灌王定定地看着他。

鱼凫王也死死盯着他："共工！算我欠你一个人情，请护我蕾儿周全！"

柏灌王只是看了一眼凫风初蕾的方向，只见她被一大群敌人围杀，正左支右绌，险象环生。

石化已经到了鱼凫王的眼睛，枯鱼整个身躯已经坏死，他气息奄奄，面露失望之色："你不答应我？"

柏灌王慢慢点头。

鱼凫王如释重负。

他用尽全身力气，只最后叫得一声"蕾儿"，便轰隆一声倒在湖泊里。

涂山侯人连挥七斧，凫风初蕾终于越出重围。她一路狂奔，金杖化为锋利宝剑，所向披靡，竟然一直杀到了湖边。

一条黑色的枯鱼被烧焦，满湖泊的水变得漆黑。慢慢浮起来的是一个王者的尸首，他头戴王冠，威严肃穆，彻彻底底的人形，闭着眼睛，终于永远地睡着了。

随即，轰隆一声巨响，只见那尸首之处忽然出现一个巨大的旋涡，急速旋转，很快，尸首便沉下湖心深处，无影无踪。

凫风初蕾泪如雨下："父王，父王……"

柏灌王见这老对手死得如此惨烈，纵永沉湖底，也不愿被宵小之辈侮辱尸首，不由得黯然神伤。

大费高声道："待收拾了这些鱼凫国残余，我们再放干湖水，掘出鱼凫王的尸首带回大夏领赏……"

柏灌王从湖心飞掠。

鸾凤飞起，大费亲自出手，和无数的怪鸟一起拦住了柏灌王。

柏灌王的身子已经恢复人形，硕大的蛇尾隐匿不见。人蛇族并不是蛇——娲皇的恩典许他们在危急时刻显露蛇躯，以返祖的形态出现增强战斗力。

他白衣如雪，站在原地，迎着俯冲下来的大费。挥手之间，鸾凤彩色的羽毛片片飞落，很快，成了光秃秃的一只怪鸟，露出红色的屁股，十分难看。大费也被重重砸在地上，不知是死是活。

一声闷雷，柏灌王面色大变，抬起头看了一眼天空，竟再也顾不得大费等人。

暴雨，铺天盖地降落。

这不是地泉，是货真价实的天降暴雨，猛烈暴击在所有的血肉之躯上面。

一瞬间，大水已经在脚下蔓延，涂山侯人身子一侧，柏灌王双手一带便将他拉住，往鹿蜀背上一扔，厉声道："快跑！"

鼍风初蕾死死盯着小鱼洞，湖中水浪一浪一浪地蹿起，比小山还高，很快突破湖岸，吞没了所有陆地。

她稍一犹豫，柏灌王猛地拍了一下委蛇的脑袋，大喝一声："快跑……"

一人一蛇，猛然蹿出。

奠柏的卷须已经彻底失去了威力，山臊们叫得比哭还难听，飓风、暴雨、漫天忙着逃窜的猛禽凶兽……上万大夏精锐、鱼凫国的将士，统统遭遇了灭顶之灾。

天好像漏了一个大洞，顷刻之间，小鱼洞已经变成了一片汪洋大海。

柏灌王的身躯一再暴涨，即便变成小山，也阻挡不了洪水的蔓延，鼍风初蕾和涂山侯人就在他脚下，渺小得如沧海一粟。

洪水，快要淹没他俩的头顶，鼍风初蕾已经连连咳嗽，涂山侯人更是不谙水性，好几次被灌水，咳嗽不已。柏灌王干脆高举双手，将鼍风初蕾和涂山侯人提起来。

委蛇，在水里快速游动。洪水，以更猛的速度上涨，很快到了柏灌王的胸口。

涂山侯人双腿乱蹬，大吼："快帮我拿一样东西……"

只有委蛇回答他："什么东西？"

"快摸我左边口袋里的一个袋子……"

蛇头伸进他的怀里，咬住一个小小的黑色袋子往外拖："是不是这个？"

涂山侯人单手扯开袋子，十分珍重地从里面拿出一个东西来。众人见他两手空空，以为他在故弄玄虚，他却笑道："神器来了……"

众人细看，这才发现一个芝麻粒大小的黑色东西。

涂山侯人将这芝麻大点的东西往水里一扔，大喊："你们看……"

一瞬间，土壤生长，漫过洪水，成为一道墙壁，无论水蔓延到哪里，这墙壁就生长到哪里，就像一道自动的屏障，将洪水隔离。

柏灌王失声道："哪来的息壤？"

涂山侯人得意扬扬："我出宫时偷了一点带在身上，只可惜太少了……"

那神奇的息壤完全迎着水的方向生长，以爆炸式的程度蔓延。很快，众人便脱离了洪水的包围。

委蛇大赞："这东西好厉害！真没想到，这世界上还有息壤。"

凫风初蕾和涂山侯人都松了一口气。

柏灌王却死死盯着洪水，似在自言自语："息壤要是再大一倍就好了……"

半空一声霹雳，惊天的雷声把黑暗的天空撕破一个巨大的口子，涂山侯人面色大变，大叫："不会是天帝发现我用了息壤吧？"

他话音未落，只见一股激浪冲破了十丈高的围栏，劈头盖脸俯冲下来，三人一蛇速速后退，也被飞溅的水花打得浑身刺疼。缺口一大，后面的洪水便集结着倾泻而出。

涂山侯人大叫："咳咳咳，快，抵挡不住了……快跑……"

附近的高地，只有湔山。

凫风初蕾和涂山侯人拼命飞奔而去，委蛇一路护着二人，蛇尾也拼命摆动。可是，人的速度哪里赶得上洪水的速度？

柏灌王长腿长脚，几步就踏过了汹涌的涧江，洪水追赶着他，他干脆停下，看了看四周，他看见凫风初蕾和涂山侯人都快要在洪水中没顶了。他双手举起，一用力便将二人抛上了对面的湔山。

几十丈高的洪水，瞬间淹没了他的头顶……

涂山侯人大叫："柏灌王……"

风将他的呼声彻底淹没。

"百里行暮……"这呼声堵在凫风初蕾的喉头，她叫不出来，只是眼睁睁地看着他消失在自己的视野里。

阳光，就像一个梦中梦。

万分倦怠之下，凫风初蕾好几次都无法睁开眼睛。她干脆闭着眼睛，慢慢地，耳边十分安静，再也没有任何暴雨飓风的喧嚣。

只有蝉，无休无止地拼命噪叫。

她蓦然睁开眼睛，眼前一张放大的脸。

涂山侯人笑嘻嘻的："你终于醒了，凫风初蕾，你已经昏迷整整三天了……"他面色委顿，浑身的衣服七零八落，十分狼狈，可是，并无大伤，整个人懒洋洋地靠在一棵大树上，好像一点力气也没有。

他叹道："运气好，总算是逃过一劫。幸好那场大暴雨只持续了一天一夜，要是继续下去，我们必死无疑。"

凫风初蕾慢慢坐起来，发现自己坐在湔山的顶端，放眼望去，山脚下葱茏一片，没有任何洪水的痕迹。

飓风暴雨，就像一场噩梦。

她站起来，一看，脸色都变了，整个西南一片汪洋大海，鱼凫国，再也寻不到一星半点的痕迹。

涂山侯人也站起来，顺着她的方向，默然无语，半响，才低声道："大夏的三万精锐都和金沙王城一起被埋葬在了茫茫洪水之中。你放心吧，大费从金沙王城带不走一砖一瓦。"

他疑心那洪水和鱼凫王有关，就算死了，也要和敌人同归于尽，尤其是水淹金沙王城，更摆明了不让敌人得逞。毕竟，鱼凫王在西南隐居一万年修炼水性，还自带了高阳帝几万年的功力，本领绝对非同小可。可是，他不敢说出来，怕刺激凫风初蕾。

凫风初蕾却如释重负。她宁愿金沙王城被淹没，也不愿意它落入大费的手里。

四时鲜花、湖边芦苇、成群结队的大象群、捕鱼的鱼凫鸟……上万年历史的鱼凫国从此成为一个传说。

足下，已经没有了回家的路。大悲之后，并没有大痛，她只是很茫然，不知该何去何从。

涂山侯人一直看着凫风初蕾，她很憔悴，眉眼之间，仿佛没有了生机。

那是一张平淡无奇的面孔，并不能令人心跳，可是，很亲切。涂山侯人知道，这不是她的本来面目。他本是没有怀疑的，毕竟，他看不透颜华草的伪装。直到柏灌王提起了"颜华草"却被鱼凫王立即阻止。

他恰好听到了。

此时，他真想解开颜华草的伪装，看一看她真实的面目。但是，她的软弱无力让他没有任何开玩笑的心情。他只是自言自语道："难道柏灌王也被淹死了？按理说，他那么大本领，况且共工一族又熟谙水性，不至于死在水里吧？"

凫风初蕾看了一眼山下，在茫茫大水中，唯独不见柏灌王。

越过秦岭，便是另一重天地。

正是中原大地的秋收季节，那里有黄澄澄的五谷、咩咩叫的牛羊、手持短笛的牧童无忧无虑地眺望着西边美丽的晚霞。

大夏王的地界，五谷丰登，风调雨顺，好像在为明年的万国大会摇旗呐喊。

有一个老头正在和一群小孩玩耍，他们欢声笑语，其乐融融。

涂山侯人慢慢走过去。

老头小孩看到他，都笑嘻嘻地招呼陌生人，怀着那种天然的善意。

涂山侯人也笑嘻嘻的："你们能生活得如此快乐，是不是很感谢大夏王？"

老头反问："我们为什么要感谢大夏王？"

"难道不是因为大夏王一统天下，国泰民安，百姓才能安居乐业吗？"

老头淡淡地回答："我祖祖辈辈生活在这里，耕自己的田，种自己的地，每天日出而作日落而息，我有饭吃也是自己种出来的，就连我喝的水也是自己挖的井，现在我倒要问问你，这跟大夏王有什么关系？"

涂山侯人张大了嘴巴。

"事实上，从尧帝起，我就生活在这片土地上，尧舜去世，就换成大夏王，我从未见过大夏王，大夏王也不会知道我的存在。有没有大夏王，我都过着同样的日子，这跟他有什么关系？别说大夏王，就是三皇五帝存不存在又有什么关系呢？难道他们不存在了，土地山林就不在了？对于老百姓来说，皇帝还没有土地重要。"

涂山侯人竟无言以对！

因为，他说的，好有道理！

凫风初蕾已经走远了，他赶紧追上去。

远远地，几名牵着耕牛的庄稼汉慢悠悠地走来，他们扛着锄头，拿着笊篱和铁镰，嘴里哼着单调的曲子，像是在庆祝丰收的喜悦。

凫风初蕾不愿惊动路人，和委蛇隐匿在一人多高的草丛里。

庄稼汉们擦着涂山侯人而过，他们看着美丽的鹿蜀，啧啧称奇："从来没有见过这么漂亮的马……这马满身的虎斑，比百兽之王更加威风。"

涂山侯人笑嘻嘻的："这是鹿蜀，不是马……"

"鹿蜀？"

"对……"

涂山侯人忽然噎住，那啧啧称赞的庄稼汉出手如风，一把点住了他的穴，他身子一软，完全失去了反抗的力道。

身边的几名庄稼汉掀掉斗笠，皆大夏王身边的亲信高手。

"对不住了，启王子，我们奉大夏王的命令带你回去。"

涂山侯人大骂："你们疯了吗？"

"大夏王说，明年的万国大会，你必须以王子的身份参加。在这之前，还有许多事要做。"

他拿出一柄玄圭，正是大夏王那块赫赫有名的绝世美玉所制，据说，这美玉乃西王母云华夫人所赠，乃大夏王之标记，大夏之国宝。云华夫人，正是大夏王现在的元妃。

涂山侯人见此玄圭，知是父王出手无疑，冷冷地答道："我自己能走！"

众人放开他，但是，还是警惕地围在他身边。

涂山侯人往凫风初蕾藏身的地方看了一眼，这时候，他居然有点淡淡的悲哀，也许，她是他此生唯一的朋友，他想，自己竟然从未见过她的真面目。

但他犹豫一下，终究没有作声，要是这些侍卫发现了凫风初蕾的身份，铁定会赶尽杀绝。

直到一行人彻底远去，凫风初蕾才慢慢抬起头。

委蛇低声道："那小子会不会有危险？"

她摇头。听到一声"启王子"，再看到玄圭，就什么都明白了。涂山侯人，只是回到他本该回去的地方了。

委蛇的双头黯然摇动，唉声叹气："唉，所有人都走光了。少主，我们该去哪里？"

凫风初蕾放眼四顾，茫茫中原，繁华无比，可是，她双足生根似的，也不知道自己究竟该何去何从。这天下，已经是大夏的天下，无论你内心感受如何，也无法改变这个事实。

　　半晌，她拍了拍委蛇的头，随意踏上了一个方向。

　　朝夕晨暮，金色的秋阳慢慢地挂在高高的白杨树顶端。委蛇连续奔跑，疲乏至极，倒在干燥的草垛里便呼呼大睡。

　　凫风初蕾坐在旁边的石板上，经历了一天的暴晒，石板还残余热温，她将头埋在膝盖上，也不觉得饥饿。

　　夜幕已经降临，轻纱似的圆月笼罩了巍巍群山。

　　她蓦然抬起头，看着月光下高大的人影。

　　他站在她对面，不知已经凝视她多久。

　　她如释重负，内心竟然很是惊喜。

　　百里行暮在她旁边坐下，随手摸出一枚红色的果子，但是，她没有接。他的手举在半空，然后又放下。

　　"初蕾……"

　　他不知该怎么说下去。我不杀伯仁，伯仁因我而死，鱼凫王之死，可以说，是自己一手造成的。正是如此，给了大费最好的机会，最后鱼凫王未能渡过百年大劫，毫无防备之下，精疲力竭，中计而死。

　　但是，他无法向凫风初蕾解释。更何况，就算没有大费偷袭，他也一定要和鱼凫王拼个你死我活。

　　他躺在石板上，舒展双臂。纵然是专门和水族打交道的共工，抵御了那么大一场洪水之后，也精疲力竭。

　　凫风初蕾背靠大树，也静默不语。

　　过了好一会儿，他柔声道："初蕾……我陪你去不周山好不好？"

　　那本是她的梦想之地，可现在，她已经毫无兴趣。

　　良久，百里行暮睁开眼睛，看到凫风初蕾靠着大树睡着了。银白的月光洒在她皎洁的脸上，一切显得特别温暖静谧。他伸手抚摸她的脸，一股灼热袭来，他心急如焚道："初蕾，你发高烧了……"

　　她软在他怀里，迷迷糊糊。在洪水里浸泡那么久，又连夜赶路，经受了国破家亡的内心煎熬，到现在，她终于支撑不下去了。

　　她整夜发着高烧，意识也是昏昏沉沉，迷迷糊糊中，只觉得一双手不停地照顾自己，喂饭喂药，无微不至。

　　她很安然地躺着，好像一切的风雨完全过去了。

　　直到第二天下半夜，凫风初蕾的高烧才退去。

　　她嘴唇干裂，有一道道血痕，百里行暮急忙拿了清水一点一点喂她，直到她彻底昏睡过去，才松一口气。

正是黎明前最黑暗的时刻，火堆也快燃烧到尽头了，微微火苗，若隐若现。百里行暮靠在一棵大树上闭目养神，忽然，他猛地睁开眼睛，可是，他一动不动，稳稳坐着，任凭额头上豆大的汗水流淌下来。

小憩的委蛇被飞溅在身上的一颗汗水惊醒，它看了一眼百里行暮，便大惊失色："百里大人……"

他挥手，示意委蛇不可惊扰了凫风初蕾，委蛇立即闭嘴，惊疑不定地打量他胸前那个破裂的口子——令人震惊的并非他的伤痕，而是伤痕里面，就好像有什么在冒烟，仿佛他的五脏六腑里进了沸水，要将他整个人煮熟。

委蛇被这可怕的情形惊呆了，好半响才低声道："天啦，百里大人，你这伤是怎么来的？"

他微微闭着眼睛，分明在忍受着极其可怕的痛楚。

委蛇一转念便明白了："天啦，难道这就是老鱼凫王曾经的设计留下的旧伤？"

他摇摇头，这可怕的痛楚就像一个魔咒，必将伴随自己终生。

凫风初蕾睁开眼睛，已经一个月过去了。

高烧已经退去，浑身上下凉悠悠的，十分舒服。

她从未看过这么大这么皎洁的月亮，好像伸手就可以触摸。月光将山巅照得一片雪白。

她转眼，看到自己身上覆盖着的雪白衫子，如水一般的干净整齐。旁边的火堆若隐若现，面前摆放着清水、鲜果，还有烤熟的兔子。

她的目光却落在身边熟睡的男子的脸上，他长长的手臂伸展，她这些天便一直睡在他的臂弯里。

她从未见过这么干净的男子，他和他那月色下令人惊叹的火红长发，随时散发出一种令人炫目的美丽。作为人类最古老的一族，他们受到娲皇的偏爱，从相貌上看尤为如此。

她正要收回目光，忽见他胸口左侧的雪白衣衫红了一大片，仿佛有红色的液体正不断渗出。

她一怔，悄然伸出手。手指上，是殷红的血。

他胸口破裂的一个大洞，是被鱼凫王幻化的黑龙袭击所致，重伤之后，并未痊愈。可能是抵御洪水，可能是匆匆赶路，这伤口再度裂开，在雪白衣衫上开出红色的巨大花朵。

她的手举在半空，又无能为力地缩回来。

可是，那血一直汩汩地流，她暗暗心惊，他胸口的血会不会流干？

明明已经缩回的手，又伸出，一低头便撕下了一幅裙角塞在他的胸口，那汩汩的血,慢慢地就看不见了。

也许是察觉到了什么,百里行暮一下惊醒了。

她温热的小手刚才还在他胸口忙碌,马上就移开了。她的目光对上他,又仓促移开。

他不经意地拉了拉衣衫,胸口血色的花朵被悄然隐匿。

"初蕾,谢谢你。"

她起身,他立即拉住她的手:"初蕾,你要去哪里?"

她不答,只是看了看手里的金杖——三尺长的纯金手杖,首尾相连的飞鸟和鱼——那是她从鱼凫国带出来的唯一的财富——也是她这个现任鱼凫王唯一的凭证。

他也看着那根王杖,缓缓地说:"你父王临死之前搅动大水,彻底淹没了鱼凫国,为的就是不让大夏动摇鱼凫国的根基。纵他们偷袭成功,也绝不能带走一针一线,这样,古蜀国上万年累积的财富才得到了完整的保存……"

她想,纵然那些财富毫发无损又能如何?

鱼凫国,已经是没有臣民的一个传说。

一个国家,最重要的不是财富,而是人民。

他凝视她的背影,慢慢地说:"如果你不打算回鱼凫国,我可以陪你去任何你想去的地方……"

她还是不作答。

委蛇也背对着他,陌路相向。

他顿了顿:"大费也是命大,这该死的家伙竟然在大洪水里逃出去了,现在,他们可能已经回到阳城。"

阳城,便是大夏的国都。

她不作声,内心非常迷茫。要杀大费谈何容易?

他凝视她,内心一阵阵喟叹。

"不周山上有成群的麋鹿,有会唱歌的独角兽,还有一种白蕖,甜蜜多汁,吃了之后,好多天都感受不到饥饿,更会忘记一切烦恼……"

何以解忧?唯有白蕖。

如果有一种药,服下后便会忘记一切的烦恼,那该多好?

凫风初蕾手里的野花已经被揉碎,她抬起头。

"我要去天穆之野!"

"为什么?"

"传说中天穆之野有不死药。我一定要拿到不死药复活我父王。"

他微微失望,但还是和颜悦色的:"通往天穆之野的路几乎被彻底断绝了,再说,拿了不死药也不见得有什么用处。"

她反问:"如果不死药真的没用,那你为什么现在还活着?"

他苦笑："我那时候是伤重未死，所以才能用玉红草复原。而你父王已经彻底被毒死了。不死药只对活着的人有用，但对于死者，就是神仙也救不了。"

百里行暮看去，但见她微微闭着眼睛，也不知是不是因他的这番话绝望了。

过了好一会儿，她又低声说道："百里大人，凡俗之人纵然不是为着不死药，只要去天穆之野住上一段时间便会能量大增，是不是？"

他点点头。

"我父王也许是真的没法复活了，可是，我得替他复仇。凭借我现在的本事，别说大夏王，就连大费我也杀不了。所以，我想去天穆之野待一段时间，待得本领大增，再回来杀掉所有敌人……"

他暗忖，这"所有敌人"包括自己吗？

"天穆之野的确能增强人的能量。但是，不周山之战后，天穆之野再也没有接纳过凡俗之人。"

"不去试一试，怎么知道不可能成功？"

"好吧，你要去也不是不可。可是，初蕾，你得知道，通往天穆之野的最大障碍，是十二个夜的王国。"

"十二个夜的王国？"

"那十二个王国横亘几十万里，但一年四季都处于黑夜之中，伸手不见五指，纵然'维马纳'都无法飞度……"

她抬起头，一字一句地说："哪怕走到天荒地老，我也一定要去天穆之野。"

百里行暮只能沉默。

好一会儿，凫风初蕾才又开口道："百里大人，我可不可以求你帮一个忙？"

"你说，我一定帮你。"

"鱼凫国的水，要多久才能退去？"

他略略沉吟："如果顺其自然，至少需要几百年才能平原显露，盆地干涸。"

几百年！她想，那时候，自己早已不知魂归何处。

"你可不可以在最短的时间内让洪水消失，让鱼凫国重现？"

他凝视她，好一会儿才点头："初蕾，这并非什么难事。"

"最快需要多久？"

"两年吧。"

两年！她想，那只是弹指一挥间。

"谢谢柏灌王！"她躬身，对他行大礼。

"待得洪水退却，你可以传令下去，让躲在岷山和汶山的蜀人回归……"

她顿了顿："我希望鱼凫国重现并非自己想做下一任的鱼凫王，我只是希望能再次见到金沙王城的红花绿树，让人民可以重返故土。以后，还是让古老的蜀国回归柏灌王时代吧。"

他一把拉住她的手："初蕾，你知道，我早已无意于任何王位！如果你愿意，我可以陪你回金沙王城，重建家园并非难事……"

她摇头："我不是大费的对手，即使做了鱼凫王，只怕也很快被他消灭。可你就不同了，纵然是大夏王，他也奈何不了你。况且你本就是柏灌王，只要你振臂一呼，必将从者云集，让古蜀国重现荣光也不是什么难事。"

"初蕾，我根本不可能再去做什么柏灌王！这天下于我都不如一个你！"

凫风初蕾挣开他的手，后退一步。

委蛇对着百里行暮行了个礼，毕恭毕敬道："百里大人，再见吧！"

她摸出一样东西递过去。那是他送她的第一样礼物：玉瓶里装着的玉红草果实。一颗，便能令人沉睡三百年，一整瓶，可以令重伤者一万年后起死回生。

"初蕾！"

她径直将玉瓶塞在他手里，转身就走。

玉瓶上，有他的画像。他曾告诉她："你遇到危险的时候，只要亲一下画像上我的脸再对着天空大叫我的名字，无论千里万里，我都会赶来救你。"

良久，他抬起头的时候，一人一蛇早已不知去向。

这世界上，再也不会有人亲吻他的画像并大声呼救了。

胸口，一阵剧烈疼痛，鲜血潮水一般浸湿衣衫，他只是伸展了四肢，过了许久，才抬头看看天空。世界那么大，其实，也只有一个人的路而已。

第四章　白狼王

天穆之野，在西边亿有九万里。

凫风初蕾一直在研究地图册上十二个夜的王国。据说，这十二个王国一年四季都是黑夜，居住在此地的人民终日昏昏欲睡，总把做梦时发生的事情当作真实的事情。外地人要途经此地，简直是痴人说梦。据说，三万年来，还从来没有人成功越过这12个国家。

连月赶路，已经越过了几十个小国，凫风初蕾计算了一下路程，距离夜的王国还非常非常遥远。

万里之行，不过才刚刚开始而已。良久，她合上小册子，有点发愁：就算到了夜的王国，又如何通过呢？

委蛇叹道："要是百里大人跟我们一起就好了，他一定能通过夜的王国。"

"这天下对他来说，早就不稀奇了，我们凭什么要打扰人家？"

委蛇知她明明是过不去心里的那道坎，可还是直言相告："少主，恕我直言，老鱼凫王之死，真的不能怪到百里大人身上。大费处心积虑偷袭，布置了芰花，如果百里大人不在现场，我们都会死。其实百里大人还是我们的救命恩人……再说，老鱼凫王临终时已经交代，他和百里大人的恩怨已经彻底了结……"

凫风初蕾沉默不语。

委蛇迟疑一下，还是说了："少主，你也许不知道老鱼凫王当初将百里大人害得有多惨，他的伤至今不能痊愈……"

她一怔："你说他胸口的伤？"

委蛇摇摇蛇头，不愿再说下去，任何人要是被敌人如此设计，只怕一有机会也非复仇不可。可是，鱼凫王已死，他又是自己的故主，再背后非议故主，它也不愿意。于是，它只是抬起蛇头，四处打量。

这是一片陌生而神奇的土地。

一望无际的草地，四处是成群结队吃草的牛羊。背风处则是许多尖顶帐篷，居中的那一顶特别高大，上面一个大大的狼头。

连续吃了半个月干粮，人和蛇都有点倦怠，好不容易看到人烟，就打算去寻点清水食物，顺便补充一下干粮。

委蛇自言自语："这里有点邪门，我们得小心一点。"

夕阳西下时，袅袅的炊烟弥漫，越往前，嗅到的香味就越浓。

一人一蛇悄悄躲在一个巨大的铁架后面，铁架旁边一大排铁丝网，赤红的炭火上整整齐齐排放着数百只油滋滋的肥羊和肥牛犊，香味正是从这里发出的。

操作烤架的是上百名少女，她们头戴花环，赤足，可能是经常在太阳下干活的缘故，她们都皮肤黝黑，身材粗壮。不远处的帐篷里则是另一番景象，一大群男子围坐着嬉戏饮酒，不亦乐乎。而帐篷四周布置得花花绿绿，好像有什么喜事。

烤羊烤牛陆续熟了，另一队少女便从侧面的帐篷里走出来，手里都拿着精美的大盘子。这一队少女则和干粗活的少女截然不同，她们身姿窈窕，皮肤雪白，眼眸湛蓝，金色的头发在阳光下闪闪发光，皆是人间绝色。

月亮已经慢慢升起，偌大的广场上篝火熊熊。

一人一蛇刚要现身，只听得一声狼啸，二人便立即隐匿在铁架之后。

月色下，一支军队跃然而出，全是少年，最引人注目的是他们麾下坐骑，居然全部是狼！为首的少年头戴王冠，座下一条硕大无比的白色老狼，显得威风凛凛。

委蛇低声道："莫非这就是传说中的白狼国？"

凫风初蕾定睛一看，只听得乐声响起，这群狼少年便踏着节拍，和群狼一起跳起了欢快的舞蹈。狼少年们跳累了，便席地而坐，一个个捧着酒碗大口喝酒大口吃肉，无比惬意。

一人一蛇连夜赶路，早已饥渴不已，此时嗅到酒肉香味更是忍无可忍，便从铁架背后悄然走出来。

那些干活的少女忽然注意到来了陌生人，纷纷盯着凫风初蕾，其中一个稍稍胆大的想要走过来，可一看昂头的委蛇，又立在原地不敢动了。

委蛇尽力让自己的声音听起来和颜悦色："嗨，美女们，我家少主连日赶路，甚是焦渴，可否给我们一些奶茶？"

少女们见了双头蛇已经胆战心惊，又听得这蛇居然会讲人话，更吓得步步后退。好几个少女连声尖叫，一个少年从外面大步走过来，老远就喝一声："谁在鬼叫？"

少女们立即跪了一片，娇声软语地臣服道："我王！"

这少年金发碧眼，腰间一条虎皮裙，精赤的胸口上文着一个狰狞的狼头，正是白狼国的小狼王。

他好奇的目光落在委蛇身上，然后转向了凫风初蕾，他的眼睛一动不动。随即，一手指着她的鼻子，兴致勃勃地说："这是新来的妞儿吗？怎么这么丑？"

凫风初蕾一路佩戴颜华草行来，虽然面目平庸，但从未被人这样指着鼻子说"你好丑"，一时间哭笑不得。

委蛇还是耐着性子："小狼王阁下，我们途经此地，又累又渴，但求奶茶一碗，若能给一些烤肉就更好了。"它拿出一块金子递过去，"当然，我们也会付钱的！"

小狼王哈哈大笑："要清水烤肉吗？妞儿，跪下吧。"

凫风初蕾好奇地问："为何不是你给我跪下？"

少年怔了一下，好像听到了一件不可思议的事情，居然一本正经给她解释："在白狼国，所有女子见了男子都必须下跪。"

委蛇不以为然："这是什么破规矩？"

"这是白狼国的传统。"

"我们又不是白狼国的人。"

"无论是哪一国的人，但凡女人，必须跪拜男人。"

"凭什么？"

小狼王扬起拳头："就凭这个！快跪下，否则，别想吃烤肉。"

委蛇忍无可忍："一点清水烤肉，你这厮也如此小气，不要也罢。"

凫风初蕾转身就走。

小狼王出手如风，一把就抓住了她的手臂："在白狼国的地盘，你们想来就来想走就走？休想！"

话音未落，他便惨叫一声，忙不迭地松开了手。

一大群男子应声冲过来，将凫风初蕾和委蛇围在了中间。

他们都是高鼻深目的年轻人，胸前无一例外文着狼头，就连手里的兵器都一模一样，都是带着尖刺的狼牙棒。

凫风初蕾只是将手里的金杖一横，委蛇却苦笑一声，叹道："你们居然对小鱼凫王如此无礼！"

小狼王目光闪动："鱼凫王？"

"你该不会没有听过鱼凫王吧？"

"哈哈，你这怪蛇吹什么大气？据说鱼凫国疆域几万里，哪会让一个女人做王？这世界上，简直就没听过女人可以做王的……"

"那是你孤陋寡闻。"

委蛇蹿起，凫风初蕾不愿和这群少年纠缠，更不愿意和他们做无谓争斗。所以，她转身就跑。

小狼王见状，猛地追上去横在凫风初蕾面前，他得意扬扬地说："来人，将这小妞和这条怪蛇统统给绑了……"

他一挥手，几十名狼少年一拥而上。

凫风初蕾见这厮好生无礼，也恼了，金杖一横，从委蛇身上蹿起，劈头就往小狼王头上打去。小狼王不敢大意，一反手，便多了一根狼牙棒，迎着凫风初蕾就打了起来。

激战正酣时，听得惊呼："失火啦……失火啦……"

他急忙跳开，只见夜色下，浓烟滚滚，大大小小几十座帐篷都起火了，尤其是居中的那座帐篷，火势更是冲天而起。

他再也顾不得凫风初蕾，提着狼牙棒就往回跑。其余的狼少年也立即舍弃了委蛇，跟他一起冲过去。

火海已经蔓延开去，受惊的马牛羊疯狂乱窜，而帐篷里的男男女女则拼命逃窜。一批劲装的黑衣人，皆手持明晃晃的砍刀，见到白狼国的男女便疯狂砍杀。

训练有素的狼男们迅速成阵，可是，他们实在是喝得太多了，一个个东倒西歪，战斗力大为减弱。即便如此，他们也打起精神，迎战敌人。一时间，双方杀得难解难分，竟然不分上下。

只见小狼王一马当先——不对，是一狼当先，他座下那头凶狠无比的白狼，一边冲向敌人，一边发出阵阵嗷叫，令敌人心寒胆裂。

小狼王挥舞狼牙棒，所过之处，敌人应声倒地，很快便扭转了战局。凫风初蕾也不得不暗赞一声，这白狼国的战斗力不可小觑，尤其是这小狼王。可见他之前和自己厮杀时，根本就未用尽全力。

忽然，天空中一阵嘶鸣，但见一大片黑压压的猛禽当头笼罩，几乎令整个天空漆黑一团。

洞箫声里，鸾凤的翅膀闪动，只听得一个声音从半空传来："小狼王，你听好了，我乃大夏战神大费！上个月，你偷袭我大夏边境，掳走大批牛羊百姓，今晚，我定让你白狼国不存一个活口……"

大费得意扬扬："据说今晚是你小狼王的成亲之日，可惜啊，你将再也等不到你的新娘子了……"

凫风初蕾这才明白，敢情今晚白狼国大摆筵席，篝火熊熊，原来是白狼王的婚礼盛宴。难怪他的虎皮裙上别着一朵大红花。

小狼王气急败坏："你们把本王的新娘子怎么样了？"

一声哀鸣之后，远处停着一辆战车，战车上，两名劲装士兵挟着一个身着喜服的少女，尽管月色下看不清楚容貌，但也能大致看出她身姿窈窕，十分高挑，显然是一等一的美人。

小狼王大叫："快放了她！"

"放了她？嘿嘿，你想得倒美！据说，这新娘子是你们白狼国最美的女人，我们可是要把这战利品带回去献给大夏王的……"

小狼王气急败坏，举着狼牙棒就向大费打去。

凫风初蕾躲在暗处，大气也不敢出。这个大费，明显是一路尾随自己，杀到白狼国来了。小狼王的死活，她当然不在乎，也不欲蹚这潭浑水，更不想和大费打照面，她催动委蛇，打算马上趁乱跑掉，却听得小狼王提气大喊："喂，那个骑双头蛇的小妞，你还不快来帮帮我？"

果然，鸾凤高飞，月亮正好升起。在半空里大费将凫风初蕾的藏身之地瞧得一清二楚，哈哈大笑："凫风初蕾，这一次，我看你还往哪里跑！"

凫风初蕾气得半死，却再也没法逃窜。因为，大费已经舍弃了小狼王，居高临下地拦住了她的去路。

月色下，大费神情倨傲："凫风初蕾，我就不信，这次还有人能来救你！"

委蛇破口大骂："那场大暴雨居然没把你这厮淹死在小鱼洞？"

大费哈哈大笑："区区一场雨又岂能奈何本将军？"

话音未落，委蛇已经发动了攻击，蛇尾直扫大费双腿，而凫风初蕾的金杖则当头落下。大费不甘示弱，洞箫一横迎着金杖，眼看就要对凫风初蕾下杀手。这时，只听得鸾凤一声惨叫，他身子一歪，便纸鸢似的跌落在地。

大费慌忙爬起来，仓皇盯着半空，四周一片平静，完全不知偷袭来自何处。他一转念，想到柏灌王，顿时便胆寒了，再顾不得凫风初蕾，转身就向小狼王杀去。

凫风初蕾退到僻静处，四处张望，却不见出手相助之人。

委蛇大喜过望，低声道："一定是百里大人暗中援手。"

也不知怎的，一想到百里行暮，她顿时安心了。退到了远处，看着小狼王和大费厮杀。

大夏勇士，一拥而上，小狼王已经左支右绌，只能杀开一条血路，本能地往山坡逃窜。

大费拦截不住，又抬头看了看天空，冷笑道："穷寇莫追！小狼王，迟早本将军会砍下你的狼头踢着玩儿。"

月色，慢慢西斜，四周，一片死寂。

熊熊大火已经变成了零星的火焰，大费的战车已经载着一大批美貌的白狼国女奴离去，受惊的牛羊早已不知去向，就连烤架上烤好的牛羊肉以及美酒都被彻底吃光了。

地上，是一大片一大片狼少年的尸体，整个白狼国几乎被洗劫一空。

小狼王瘫倒在冰冷的山坡上，对着已经黯淡的月色一阵一阵地哀号："大费，我一定要杀了你！"

凫风初蕾看着这个曾经不可一世的野蛮家伙，满身血痕，满脸泪痕，哭得就像一个无依无靠的小孩。凫风初蕾对他本是很反感，可是，忽然想起鱼凫国破灭的那一刻，竟然与他有点同病相怜。

委蛇一边替他包扎伤口一边叹道："我其实应该早点提醒你，大费这家伙是很难对付的。"

他抬起头，恶狠狠地："你们早就认识大费，为何不早说？"

"我怎知道他会来偷袭你们？"

"你们是不是他派来的奸细？不然怎么这么巧？你们一来他就来？"

委蛇苦笑："要不是大费灭了鱼凫国，我们也不至于出来流浪了。你白狼国好歹是偷袭了大夏边境才招致报复，也不算冤枉。可我鱼凫国是在和大夏毫无争端的情况下被大费偷袭……"

小狼王似信非信，一直恶狠狠地盯着凫风初蕾："你真是鱼凫王？"

凫风初蕾只是看了看自己手里的金杖。

小狼王顺着她的目光，也死死盯着那根金杖，这时候才真的有点相信她的的确确是鱼凫王。

"大费杀我百姓，掳我妇女，有朝一日，我定要他血债血偿！"

凫风初蕾淡淡地："你孑然一身，怎么去杀大费？"

他大吼："难道你就没想过报仇？"

她十分干脆："我不是大费的对手，没法报仇。"

"所以你就这么算了？"

"不然呢？你今晚也和大费交手了，你是他的对手吗？以卵击石而已，拿什么报仇？"

小狼王狠狠瞪着她。

她也瞪着他。

一个白狼王，一个鱼凫王，都成了孤家寡人。

过了许久，小狼王又瘫在地上，就连号叫的力气也没有了，他浑身伤痕累累，血肉模糊，看上去非常可怕。

晨曦初露，凫风初蕾疲倦地打了个哈欠，拍了拍委蛇："我们走吧。"

小狼王忽然跳起来，嘶喊道："不许走！"

他毕竟重伤难忍，步履踉跄，走了几步又倒在地上，可还是声嘶力竭："凫风初蕾，你不许走！"

凫风初蕾奇道："凭啥？"

"你必须跟我一起去杀大费！要不然，你就是大费派来的奸细！"

凫风初蕾被气得笑起来，对他挥挥手："得了吧。我有自知之明，所以要先去修炼内功，等有本事了，再考虑复仇之事。"

"你到哪里去修炼内功？"

"天穆之野。"

"天穆之野？这是什么地方？果真能修炼内功？能修炼到什么地步？能不能达到一举格杀大费的地步？"

凫风初蕾懒得搭理他，大步走了。

夕阳西下时，委蛇停下。

前面，是一片蔚蓝色的湖泊。金色芦苇无边无际，一群野鸭在蓝色的湖水里徜徉。一路行来，凫风初蕾从未见过这么美丽的湖泊，她先是愣了一下，立即冲过去，捧起一捧清水便狂饮，清水入喉，回味甘甜。

小狼王干脆扑到湖水里，骨碌骨碌如牛饮一般，一口气喝足了，小狼王还埋在湖水里，一动也不动。

委蛇担心他被闷死了，蛇尾在他背上扫了一下。他大叫："怪蛇，不许碰我。"

果然是狼族，受了那么重的伤，休养不到半个月，又行动自如了。

夕阳的余晖洒在湖里，蔚蓝色的湖泊被镀上了一层金光，粼粼波光下，鱼儿跳跃，海草摇曳，无数彩色的贝类反射着金光，就像水中开出的一簇一簇的花。

凫风初蕾叹道："这湖简直美极了。"

小狼王慢慢坐起来，闷闷地看着夕阳的倒影，好一会儿才说："这是我们白狼国的贝海儿湖，也叫月亮湖。每年夏天，我都要率队到这里度假。"

"以后，你就一个人在这里度假吧。"

他大怒："凫风初蕾，你怎么这么说话？"

凫风初蕾起身就走。

他追上去："喂，等等我。我也要去天穆之野。"

"你去干什么？"

"我的臣民都死光了，我总不能一个人留在这里。我随你去天穆之野，等练好了功夫，再回来找大费报仇。"

"可能等你学成归来，已经无法找大费报仇了……"

"为什么？"

"天穆之野非常遥远，等赶到那儿可能一百年都过去了，估计那时候大费早就死了。"

小狼王一把扯住她的袖子："那啥，凫风初蕾，我俩能不能商量一下？"

"有什么好商量的？"

"我想去阳城。"

凫风初蕾没作声。

"我一定要去阳城，不是说大夏要召开万国大会吗？想必阳城云集了无数形形色色的人，我们混迹其中也许还有机会……"他急急地："我必须去救我的未婚妻！她叫姬真，是白狼族最美丽的女子……"

凫风初蕾十分干脆："那你就去呗。"

"我一个人势单力薄，有你和委蛇帮我，我好歹多个帮手。"

"我们可没兴趣为你去送死。"

"喂，你这是什么话？为朋友两肋插刀不是应该的吗？"

凫风初蕾奇道："我们什么时候成朋友了？"

他脸上一红，怒道："我们怎么也算是患难之交吧。"

"别扯了，最多算我们被你赖上了。"

小狼王指着她的鼻子，恨恨地："若是在白狼国，美女们见到我这么英俊的男子提出要求，绝对一口答应……"

委蛇抢白道："所以，我家少主是鱼凫王，而你们白狼族的女子全是女奴。"

小狼王一口气没上来，瞪大眼睛，一句话都说不出来。
一人一蛇又走远了。
小狼王看看回头的方向，一跺脚，又转身追了上去。

那一夜，漫天星光。
贝海儿湖的夜晚十分静谧，野花的芬芳若有似无，凫风初蕾躺在草地上，枕着双臂，看着满天星斗。
委蛇一日几百里，已经是她能找到的最快的交通工具，要行到天穆之野，真不知要耗费多少年月。可要是驾驶维马纳，是不是最多三五天就到达了？此时，她真渴望能有一辆"维马纳"。
"凫风初蕾……"
她的思绪被打断，很是不悦。
小狼王却不管不顾："姬真，唉，我的姬真……你先陪我去阳城救姬真好不好？"
委蛇懒洋洋地躺在地上："你们白狼国为女子取名的水平真是太差劲了……"
"为啥？"
"鸡胗？鸡胗，听起来一点都不好吃……"
小狼王大怒："你这条愚蠢怪蛇！'姬真'不是'鸡胗'……我们可是帝喾的十二姓后代之一，只有族中最尊贵的女子才能分封姬姓……"
"哈哈，你这个攀龙附凤的家伙，帝喾什么时候跟狼族成亲戚了？他跟你们白狼国八竿子打不着吧？"
"怪蛇你听好了，我们可是盘瓠的嫡系后代。盘瓠你知道吗？"
"盘瓠？不就是那条五彩毛狗吗？"
"什么五彩毛狗？是穿五彩衣的神狗。"
"哦，对，盘瓠最喜欢穿五彩衣裳。可是，就算穿上五彩衣，那也只是帝喾的看门狗吧？"
"盘瓠可不是帝喾的看门狗，而是帝喾的女婿。"
"这只是传说！我就不信，帝喾老糊涂了，让一条狗做女婿！"
"这可不是传说，是真的。"
"好吧，就算盘瓠真成了帝喾的女婿，也是这条狗高攀了天帝的女儿，按理说，怎么也得是盘瓠天天跪在地上伺候公主吧？然后，顺理成章地，盘瓠的后代男子便应该统统跪在地上服侍族中的女性，而不是反过来女性侍候男子吧？"
委蛇强调："毕竟，公主要比狗尊贵！"
"你懂什么？"小狼王扬扬得意，"当时帝喾有一个很厉害的敌人，谁都搞不定！眼看敌人就要杀到王都了，帝喾没辙，只好公告天下，广征英雄，无论是谁，只要能杀死敌人，就赏赐万两黄金，并把最美丽的小公主嫁给他。公告一出，许多人跃跃欲试，但最后都死在敌人手下。盘瓠本是小公主养的宠物狗，得知这个消息后，盘瓠便出马杀死敌人，并将敌人的首级带回王都交给帝喾。从此，盘瓠成为天下有名的大英雄，帝喾的小女儿也因此十分崇拜他、倾慕他，还主动要求嫁给他……可是，帝喾这老儿出尔反尔，坚决不同意让女儿嫁给盘瓠。不过，他反对也没用，架不住小公主就是爱慕盘瓠呀……"

委蛇不以为然："你就吹吧，我就不信，小公主会崇拜一条狗。"

"我说了那不是一般的狗，是天狗！"

"天狗也是狗！他何德何能让小公主倾慕？"

"他能让小公主欲仙欲死不行吗？"

此言一出，众皆沉默。就连一条蛇也红了脸，不好意思再接话了。

凫风初蕾却扑哧一声笑出来。

小狼王不以为然，指着她的鼻子："凫风初蕾，你还真别笑。交配自古以来便是男女之极乐。我们白狼一族的男子，交配能力历来居雄性之首，所以，才能让族中美女心甘情愿伺候我们。"

凫风初蕾沉默了，果然有点道理。

小狼王继续道："在娶小公主之前，盘瓠便立下了规矩，小公主要嫁可以，但是，以后必须事事听他的话，以他为尊，给他斟酒时也必须跪在地上举过头顶。小公主对他爱慕不已，便答应了他的要求，主动换上了奴仆的衣服，连夜和他私奔了……"

"这小公主脑子进水了吗？"

他一巴掌拍过去，委蛇闪开头，仍在嘀咕："脑子要是不进水，会这么作践自己吗？"

小狼王也不理它，继续说道："随后，盘瓠带着小公主迁居南山一带，生儿育女，对了，他们生了六个儿子六个女儿，然后，这十二个孩子结为六对夫妻，又生育了许多孩子，渐渐地，发展壮大，便有了我们白狼一族……"

"你们这可是近亲繁殖啊。难怪你智商那么低。"

小狼王气哼哼地："怪蛇，我警告你，不许胡说八道！"

凫风初蕾："你这故事分明漏洞百出。"

"哪有漏洞？"

"第一，盘瓠和小公主一人一狗，属于不同的物种，就算他们如你所说可以欲仙欲死，但是，跨越物种的交配根本不可能繁衍后代！你若不信，马上去找一条母狗，看看一年半载之后，母狗能不能为你生下后代？"

委蛇接过她的话："狼和狗还真的能交配，生下的后代便是狼狗……"

她也不看小狼王的脸色，继续道："第二，就算盘瓠是你们的祖先好了，那么，你们该叫白狗国，而不是白狼国……"

小狼王猛地扑上去:"凫风初蕾,我要掐死你!"

金杖横在他的胸口,凫风初蕾淡淡地说:"我不过说句实话而已,你杀我干吗?"

"我一定要杀了你和这条可恶的怪蛇!"

"你连大费都杀不掉,你来寻我晦气?"

小狼王气得扑倒在地一句话也说不出来。

第五章　鬼方女王

一路行来，相安无事，委蛇和白狼都不敢停下脚步，一路狂奔，眼看已经行到了防风国的边境。

防风国是巨人一族的聚居地，虽然疆域广阔，但是，巨人一族的人口实在是太少了，加上到处是怪异的山峰，以至于鬼风初蕾等一路行来，从来没有见到过任何人。

这一日，天色已晚，委蛇和白狼都累得吐舌头，小狼王也满头大汗，他按住狼头，趴在狼背上，喘息道："快要走出防风国了，鬼风初蕾，要不我们暂时歇一晚吧？"

鬼风初蕾也累了，只得随意选了一个僻静地。闭上眼睛，几乎立刻就睡着了。

一觉醒来，已是月上中天。

她慢慢坐起来，也许是连续赶路，手脚酸软，就算睡了一觉也不足以恢复体力。再看旁边，小狼王正呼呼大睡，白狼和委蛇也都睡得很死。

一轮圆月挂在天空，显得特别大特别明亮，似乎连月宫里的那棵桂花树都看得清清楚楚。

忽然，小狼王跳起来，十分凶狠地瞪着那轮圆月。

此时，月亮恰恰在他头顶。鬼风初蕾心念一转，暗道坏了坏了，今晚正好是十五，每每月圆之夜，狼人们就会凶性大发。

果然，旁边的老白狼也蹿起来，对着圆月就是一声长啸。

鬼风初蕾待要阻止小狼王，已经来不及了，但见这厮也对着圆月，号叫声比白狼更大更猛更加凄厉。

山谷里本是万籁俱寂，如今，如此嗷叫，那声音传得如此之遥远，很快，群山之间便是一片一片狼啸的回响。

纵然那些巨人是聋子，只怕也会被吵醒。

"小狼王……喂，小狼王，快别嚎了……"

她大着胆子走近几步，小狼王忽然抬起头，瞪着血红的双眼，白森森的利齿冲她扑过来。

她吓得转身就跑。

前面，烟尘滚滚，巨大的脚步声就像闷雷划过地面。

巨人，终于来了。

那是一名非常年轻的巨人，他有一头褐色的头发，身高七八丈，因为历史变迁，他和别的巨人一样已经丧失了缩变身形的能力，只能以这样小山一般的形态面对她。

背后,小狼王的利齿冷气森森。

巨人尚未出手,小狼王已经出手了,这丧失了理智的家伙一张嘴便往凫风初蕾扑来,凫风初蕾不想和他死拼,可是,他这一扑,力道极大,她侥幸躲开,可他又扑上来。

委蛇大怒,一蛇尾扫向他:"大敌当前,你小子就别发疯了……"

就连老白狼都察觉不妙,纵身横在他面前,叼住他的衣襟,企图阻止他对凫风初蕾进行攻击。可是,他血红的双眼就死死盯着凫风初蕾,好像凫风初蕾才是他天大的仇人。

巨人好奇地看着这两个厮打的人,也不动手,他好像被弄糊涂了:为何这两个家伙先自相残杀起来?他们不是一伙的吗?

可小狼王就像没有看到巨人似的,只顾和凫风初蕾厮打。好几次,凫风初蕾都差点丧生在他的利齿之下,尽管有委蛇和白狼相助,瓮声他也只得左躲右闪,十分狼狈。

小狼王再次扑上来,却被一只伸出的大手一把抓住。那年轻的巨人瞪着他,瓮声瓮气:"你这小子一直追着一个女人打,你好意思吗?"

狼牙伸出,不假思索便向他的手臂咬去,竟将他的手臂咬破一个大洞。巨人吸了一口凉气,手臂一横,小狼王便被重重扔到远处,晕了过去。

委蛇见他并无恶意,急忙鞠躬:"谢谢阁下援手,请问阁下尊姓大名?"

巨人拍拍手,若无其事:"你们叫我布布好了。"

"好吧,布布阁下,多谢援手。"

布布十分好奇地打量凫风初蕾,但见她睁大眼睛看自己,毫无惧色。不由得笑起来:"嗨,人类的女孩,为什么你不怕我?"

她微微一笑:"我为什么要怕你呀?"

"有一次我无意中路过一个集市,那些人类的女孩见了我,无不惊呼尖叫,当时就有好几个人吓晕了。"

凫风初蕾摇摇头:"我早就认识一个巨人,他一点也不可怕。"

布布大感兴趣:"哦?那巨人是谁?"

凫风初蕾犹豫一下,但还是直言相告:"他叫百里行暮。"

凫风初蕾认真看了他一眼,摇摇头:"他显露巨人身型时,可比你高大多了。但是他和你们不同,他能自由控制自己的身高,隐匿身型,平常看起来就和常人差不多。"

布布大为惊奇:"自从共工大人死后,巨人一族就再也没有隐匿身高的能力了。就连我们的新首领涯草也没有这个能力,这个百里行暮居然有这么大的本事?可是,为什么我们都没听过他?"

百里行暮是柏灌王行走江湖的名字,其他新生代的巨人自然不会知道。

"小姑娘,你知道他现在在哪里吗?"

"我也很久没有见过他了。"

布布很是失望，忽然想起什么似的："对了，小姑娘，你们见过一个这样的女子吗？"

他比画："就是这么高，然后，带着一条双头蛇……"

委蛇顿时昂起了双头。

他话音未落，一拍脑袋，死死盯着委蛇，反应过来："小姑娘，你怎么也带着一条双头蛇？"

凫风初蕾缓缓地："你是在找我？"

"你是不是凫风初蕾？"

"正是。"

布布死死瞪着她，忽然伸出手就去抓她，凫风初蕾猛地后退一步，委蛇大叫："阁下，你这是什么意思？"

布布的手停在半空，很有些不好意思："我……我是奉命来抓你们的。"

委蛇好奇地问道："为什么要抓我们？"

布布摇头："我不能说原因。"

凫风初蕾问："这倒怪了，我和你巨人一族无冤无仇，从无过节，你抓我干什么？"

布布抓抓头，显得有点为难："据说凫风初蕾是个妖女，可是，看样子不像啊……对了，你刚刚说的那个百里行暮，是不是共工大人？"

凫风初蕾和委蛇对视一眼，委蛇小心翼翼："是共工大人又如何？"

"据说，你用妖法迷惑了共工大人。"

委蛇大叫："这是什么话？共工大人可是我家主人最要好的朋友。"

布布好生为难地看着凫风初蕾："会不会是有了什么误会？要不，我把你抓回去，让他们弄清楚误会，就放了你，可好？"

凫风初蕾气得笑起来，这巨人简直单纯到了白痴的地步。

她金杖一横，缓缓道："我们还要赶路，请阁下高抬贵手。"

布布摇头："我奉命抓你，可不能空手而回。"

凫风初蕾忽然问："是谁下令让你抓我？"

布布支支吾吾地："这……我不能说……"

委蛇夸张地长叹一声："这样吧，我们也不让你为难，我们带你去找共工大人，看共工大人怎么说……"

布布大喜："真的？我真的能见到共工大人？"

委蛇忽然扭头大叫："哇，快看，共工大人来了……"

布布顺着它的视线，"共工大人在哪里？"

凫风初蕾金杖一横，委蛇和她同样心意，一人一蛇，猛地蹿起，趁布布分神之际，已经跃出去老远。

"喂，你们不能跑……"

枭风初蕾哪敢停留？赶紧亡命逃窜。很快，身影便在几十丈开外。

布布身高力壮，反应也极快，他长腿一迈，一伸手，几乎就抓住了枭风初蕾，可是，下一刻，双腿一软，膝盖被一块飞来的石子击中，当即就跪在了沙地上。

他大吼："是谁暗算于我？"

群山静寂，只有躺在远处的小狼王还一直昏迷不醒。

他再次站起来时，一人一蛇早已跑得无影无踪了。他定睛细看，正要凭借足迹寻找他们离去的方向，可是，一转眼，看到一个人。

他的身量比普通人高一些，但是，并不是巨人。

布布明明比他高了很大一截，可却觉得一股山岳般的压迫感迎面而来。

他不由得后退一步，大声道："你是谁？"

来人看他一眼："你是夸父一族的后裔？"

布布抓抓头发，惊奇道："你怎么知道？"

"你叫什么名字？"

"布布。"

"布布！夸父一族的传人！夸父还有多少传人？"

"只有七八十个了。"

"这么说来，你们在防风国是少数族了？"

"少数族？不，我们在防风国已经是第二大族了。防风国最大的主体是汪芒氏，我们第二，至于共工、刑天和蚩尤三族都已经没落了……"

那人举目远眺，只见黄沙荒丘，连绵千里，纵然远处一些巨大的荒山野无非是悬崖峭壁寸草不生，更别说什么飞禽走兽了，真真是一片苦寒凄凉之地，恐怕除了巨人一族，谁也看不上这片土地了。

布布忍不住问道："阁下和巨人一族可有渊源？"

他话音刚落，忽然抬起头。

布布本是巨人，夸父一族虽在巨人中只能算中等体型，可是他的身高也足足有三丈三，但是，此时此刻，他也只能抬起头，仰望对面那忽然变得山渊般真正的巨人——他比一座山还高。

满头的红发，一如天空盛开的鲜花。

布布惊喜得大叫："共工大人！你就是共工大人？"

百里行暮点点头，却依旧眺望远方。

过了好一会儿，他才转向布布："是谁令你追杀枭风初蕾的？"

布布略一迟疑，却不敢隐瞒，"回共工大人，是涯草要求我们捉拿枭风初蕾。"

"涯草？"

"对，她是我们防风国的副首领，也是防风国唯一的女性了。涯草说，枭风初蕾对共工大人有极大的危害……"

百里行暮点点头，并没有问涯草为什么要捉拿凫风初蕾，只是不经意地："防风国为什么只有一个女人了？"

布布听到这问题，显得很是伤心和忧虑，他长叹一声："这几百年来，巨人的女性本就越来越少，可是，从一百年前起，陆续有女巨人不明不白地死去。防风首领曾组织人追查原因，但是，怎么也查不到，那些人好像都莫名其妙死去了……"

"莫名其妙死去？"

"对。她们死得很突然，而且在某一段时间里集中死去。"

"莫非是谁人下了毒手？"

"我们也不知道。"

"涯草为什么没死？"

布布叹道："涯草一直游历东方的名山大川，已经很久很久不在防风国露面了。可能正因为她游历在外才逃过了这场劫难。据说，她也是听到接连的噩耗才赶回来的，我们巨人一族可真担心她的安危……"

这单纯的年轻巨人握紧拳头："若是再有人胆敢伤害涯草，我们巨人一族一定会彻底跟他拼个你死我活！"

可是，他一看百里行暮，又高兴得笑起来："现在好了，共工大人回来了，我们就有希望了，共工大人回来了，涯草就更加安全了，就算有外人想算计我们，只要看到共工大人，也一定不敢再下手了。"

一阵风来，黄沙乱飞，空气显得更加稀薄和寒冷。

百里行暮从原地望出去，只见防风国的边境处，一人一蛇正在拔足狂奔，片刻也不敢停留。

凫风初蕾的身影显得很小很小，就像这黄沙上一朵自由行走的小花。

他枯寒几万年的心，稍稍觉出一丝暖意，脸上也有了微微的笑意。

"共工大人……"

布布惊奇地看到自己面前忽然变小了的共工，他又恢复了常人身形，只是，那股极大的气魄却一点也没有降低，反而令他更显高深莫测。

布布一揖到地："共工大人，请您教教我缩行术吧。"

百里行暮抬手便在他头上重重一击，布布猝不及防被打得头晕眼花，可是他又不敢发怒，过了好一会儿才缓过神来，大叫："共工大人，我犯什么错了……"

话音未落，他倏然闭嘴，惊奇地发现自己庞大的手臂忽然变了——越来越小，越来越小，然后是双腿、整个全身。

顷刻之间，他看到对面的百里行暮——二人之间，已经互相平视了。

他惊愕得张大嘴巴，好一会儿，才跳起来，哈哈大笑："我变小了，我变小了……我真的变小了……共工大人，谢谢您！谢谢您……"

他想起什么，又道："对了，共工大人，您赶紧回防风国吧，大家都等着您回来做防风国的首领呢。"

百里行暮摇摇头，淡淡地："我还有点事情，等完成之后，我会去一趟防风国。"

"真是太好了。"

"对了，在我去防风国之前，你不得把我的行踪透露给任何人，包括涯草。"

布布一怔，但还是点点头："共工大人放心，我会保密的！"

耳边，轻风呼啸，凫风初蕾伏在委蛇背上，一路狂奔，直到月色西沉，黎明再起，已经距离防风国几百里之遥了。

委蛇已经彻底瘫软在草地上，寸步难行。

凫风初蕾也重重倒在草地上，只眯了一会儿，又慢慢坐起来。此刻，她身处一片茂盛的原始丛林，丛林对面是一条宽广的河流，极目远眺，也不知是否有人烟。

忽然听得咯咯的笑声，她本能地警惕四顾，那笑声又消失了，仿佛只是风吹树摇。可是，不一会儿，那笑声又起，咯咯直笑，就像一群小孩在嬉戏。

委蛇也听见了，低声道："主人，好像这附近有人。"

她使了个眼色，一人一蛇在暗处默不作声，然后，蹑手蹑脚往前走。

笑声，从三丈开外的一棵树上传来。

凫风初蕾按着金杖的手停下，惊奇地看着那棵奇怪的大树——大树上，倒挂着许多小孩子，他们一身绿油油的，倒吊在枝干上，好像在荡秋千。

这些小孩很小很小，最大的也不足一尺长，最小的甚至只有巴掌大。

可是，仔细一瞧，这些小孩根本不是倒挂在树上，而是生长在树上，他们的头上有绿色的长须和树木相连。

委蛇昂起头，笑道："这棵树上结的果子居然是小孩子。"

凫风初蕾也伸出手，好奇地摸了摸最近的一个绿小孩，手刚碰触到小孩，小孩立即尖叫起来："别摸别摸……"

"为什么？"

"我们不能被摘下来，一摘下来，我们就会死掉。就算被摸一下，也会受重伤。"

凫风初蕾吓一跳，立即缩回手。

绿小孩笑嘻嘻的："女孩，你们要去哪里？"

她随手一指远方："天穆之野。"

"你开玩笑吧？"

凫风初蕾还没回答，就听得一阵马蹄声清晰传来，绿小孩们脸色变了，呱呱叫道："快躲起来，快躲起来……鬼方的女魔头又来了……"

一瞬间，只见满树的绿小孩忽然变成了一片一片的叶子，风一吹来，发出沙沙的声音，竟然再也看不到一丝人影了。

凫风初蕾和委蛇也急忙隐藏在灌木丛里，只听得马蹄声声，更加声声入耳，不知多少骑手啸聚而过。

凫风初蕾悄然在灌木丛里伸出脑袋，只见马背上竟然都是清一色的女子，她们皆金发碧眼，身材高大，全副武装，手持大刀长矛，背负弓箭，啸聚而去，不知在追逐什么。

凫风初蕾还注意到，她们都佩戴着护胸镜，显得特别突兀。

直到马蹄声彻底消失，绿小孩才发出咯咯的笑声，幸灾乐祸地："又有男人要倒霉了。"

"怎么回事？"

话音未落，忽然听得一个熟悉的声音："救命啊，救命啊……"

竟然是小狼王发出的。而这声音，来自于刚刚过去的女战神的马背之上。

直到所有声音彻底消失，委蛇才低声道："不好，小狼王被抓了。"

绿小孩好奇地问："你们认识被抓的那个男人？"

"他是我们的朋友。"

绿小孩咯咯大笑："那就恭喜你们了，你们的朋友马上就会被这群女魔头强暴凌辱，然后毁尸灭迹。"

凫风初蕾："……"

篝火映红了半边天空。

偌大的空地上，烤肉喷香，美酒如水一般流淌到女战士们的嘴里。

她们皆身材高挑，蜜色面孔，细细一看，皆是一等一的美人，每个都是置身人群里会引起骚动的那种国色天香。可现在，她们纵然饮酒时也一身劲装，脸上是长久征战厮杀烙印下的冷酷之色。

这是西部地界上赫赫有名的鬼方一族。

鬼方一族全部是女子，没有任何一个男子。她们的首领号称"大女王"丽丽丝，据说，在几千年的战争中，击败了无数赫赫有名的男性英雄，才为本族赢得了这一片巨大的富饶森林。

到这一代大女王时，鬼方一族已经拥有了高达几万里疆域的大森林和草原，族中人口也得到了极大发展。

空地对面，是一大片坚硬的石板，此时，一群男子被反绑双手跪在地上，他们皆祖露上身，一个个惊恐不已。

他们有一个共性：年轻、健壮、个个都是难得的美少年。

此时，这群美少年被绑在这里，就像一群等待主人挑选的奴隶。

一个女战士举着酒碗，醉醺醺地走过来，随手抬起一个少年的下巴，这名少年剑眉星目，十分英俊。她大笑："这个还不错，就归我了！"

一扬手,将酒碗扔在一边,然后她双手合十,对天祈祷:"求上天赐我一个女婴吧。"

如此反复三次,她一弯腰抱起那少年,转身往一边的丛林深处走去。

接着,其他女战士也纷纷效仿。很快,跪在地上的少年已经被挑走了一大半,到后来,只剩下稀稀拉拉的两三个人了。

再后来,地上就只剩下一个人了。因为,这个人一直扑倒在地,不露脸面,也不知道是不是吓晕了,所以,一直无人挑选。

一个女战士走过来,一手抓起他的头发,他忽然伸出尖锐的狼牙,猛地咬住了她的脖子。

女战神一掌下去,他被打翻在地,眼前金星乱冒。

战士又是一脚,正好踢在他的屁股上。他惨叫一声,破口大骂:"你这个疯婆子,居然敢打我,你可知道我是谁?我可是白狼国的国王……"

女战神笑起来。

她并不是疯婆子,事实上,她非常美丽,乌黑的头发闪闪发亮,深蓝色的眼睛就像春日蔚蓝色的湖水。

两个少女闻讯上前,七手八脚就将小狼王绑了个结结实实。

她们神情很是恭敬:"丽丽丝,这个奴隶不听话,换一个吧。"

丽丽丝却蹲下身,似对小狼王极有兴趣。她摇摇头:"这个奴隶十分凶狠又狡诈,基因一定不错……"她一伸手抓起小狼王,就跟拎着一个沙包似的,"迪儿、贝儿,你俩小心值守,不得有误。"

二人齐声道:"遵命!"

小狼王双手双脚被绑了,可嘴巴没被堵住,现在被一个女人提在手里,他又惊又怕,却呼救无门,干脆破口大骂:"你这个不要脸的女人,快放开我……喂,我警告你,你要是敢强暴我,我日后一定率领白狼大军将你们杀光杀绝……"

他忽感身子一轻,再看时已经被重重扔在了一片柔软的草地上。

小狼王扑在地上,大声号啕:"完了……我完蛋了……早知道,我就不长这么帅了……"

若非这场景实在诡异,枭风初蕾几乎要笑出声来。

"救命啊……枭风初蕾……怪蛇……你们死到哪里去了?"

枭风初蕾慢慢走了出去。

丽丽丝好奇地看着月色下的一人一蛇。这陌生的人儿站在一株灌木旁,就像一朵花从夜色里走出来。

颜华草的遮掩已经去掉,她以本来面目出现在丽丽丝面前。

丽丽丝十分好奇:"你之前佩戴了颜华草?"

她点头,微笑:"面见大女王,岂敢藏头露尾?"

丽丽丝仔仔细细打量她，长吁一口气："传说中住在森林里的小精灵恐怕也不过如此了。"

委蛇朱冠一低，行礼："参见大女王。"然后，又昂起头，神气活现地说："大女王阁下，这是我家鱼凫王。"

"鱼凫王？"

凫风初蕾金杖一横，微微一笑："幸会了。"

丽丽丝一脚将小狼王踢晕在一边，兴致勃勃地打量她手里的金杖："我竟不知这世界上除了我之外，还有别的女王。"

她目光闪烁，无比欣赏地打量凫风初蕾，啧啧称奇："呵，你这小精灵一般的人儿居然也是女王，真是令人难以置信。"

凫风初蕾一拱手："实不相瞒，我们是来求大女王的。"

"但说无妨！"

她看了一眼丽丽丝脚下的小狼王，硬着头皮："这是白狼国的小狼王，也算是我的故人，还请高抬贵手，放他一马……"

丽丽丝痛快道："既然是鱼凫王的男宠，那就给你好了。男子如衣服，天下多得是，我也不差这一个。"

"多谢丽丝。不过，小狼王并不是我的男宠，只是我在路上偶遇之人。"

丽丽丝对她的兴趣比对小狼王大多了："我从未见过外界的女王，鱼凫王可有兴趣共饮一杯？"

"谢谢。"

她的王宫是森林里的一座古老城堡，城堡有尖尖的高顶，沿着弯弯曲曲的扶梯走廊，一直行到顶端的大露台便到了。

露台伸展在半空，四周鲜花盛开、蓝色的天空、清新的空气、在水晶烛台里散发香味的蜡烛，还有地面上铺着的精美地毯……中间，是一张长方形的桌子，桌上瓜果美酒，一切就像画中的情形。

凫风初蕾走到露台的边沿，隔着白色玉栏杆，一伸手几乎摸到树梢上的嫩叶。走了千里万里，她从未见过这么美的王宫。

紫色的水晶杯里斟满美酒，丽丽丝上坐，笑道："鱼凫王不远万里来到这里，可是有什么事情？"

凫风初蕾放下酒樽："我要去天穆之野，正好路过此地。"

丽丽丝面色微变："天穆之野？那可是传说之地，从来没有人能到达。"

她轻轻叹息："一路上，大家都这么说，可是，我还非去不可。"

"为什么？"

"我想杀两个人。"

丽丽丝很意外：“你有很厉害的仇人？”

鬼风初蕾还没回答，只听得急促的脚步声，一名女侍冲进来，顾不得规矩，大喊：“不好了，女王陛下，敌人攻来了……”

二人面色大变，一起冲出去。

鬼方城堡，大火熊熊，浓烟从古堡的尖顶上冲天而起，天气又阴沉沉的，明明才过晌午，就像到了黄昏。

鬼风初蕾站在蛇背上，只见冲天的火光映红了半边天空，鸥鹗的叫声阴森森地划破天际，到处是厮杀哭号、血肉横飞的景象。

三面临山、一夫当关万夫莫开的湖泊，在群鸟的翅膀下，形同虚设，再也不能发挥出防守的功效。

鬼方的女战士们做梦也想不到敌人从天而降，而且是一大群禽兽，各种鸥鹗、秃鹫、老鹰、食人鸟以及各种各样叫不出名字的怪鸟，它们一次次俯冲下去，一尺多长的鸟喙比尖刀更厉害，见人就啃，见人就杀。女战士们从未遇到过这样的敌人，完全没有应对之策，很快便被杀得落花流水……

丽丽丝连续几箭，怪鸟惨叫连连，很快地上就躺了十几只鸟尸。

鸾凤张开翅膀，从古堡的顶端俯冲下来。大费居高临下，中气十足：“你这女魔头，还不速速投降？”

初蕾低声道：“这是大夏的大将军大费，正是我的死敌。”

丽丽丝一箭射出，鸾凤大叫一声，旁边的一只秃鹫应声倒地。

大费大怒：“百鸟听令，将这伙女魔头全部斩尽杀绝，一个不留。”

猛禽们再次铺天盖地俯冲下来，一时间，整个原始丛林几乎被鲜血染红了，丽丽丝也抵挡不住，身体摇摇欲坠……

委蛇庞大的身躯掠起，只见四五丈长的蛇躯摆动，以雷霆之势扫过，猛禽不敢招惹这庞大的家伙，纷纷扑腾着翅膀冲上天空。

大费又见到这条大蛇，心里一寒，刚策动鸾凤俯冲下去，眼前一花，一股劲风扫来，饶是他躲闪极快，也被金杖扫中面庞，一只耳朵几乎被削掉了，火辣辣地疼。

他大怒：“鬼风初蕾，我看你是不想活了！”

一声长啸，头顶猛禽呼啸着再次杀来。

"杀……一个活口也别留……"

一声尖锐的狼啸刺破了猛禽的嚣张。所有目光，全部盯着声音的来源处，只见丛林入口，一人一狼飞奔而至。

委蛇大喜：“是小狼王……”

大费哈哈大笑：“今天正好将你三个亡国余孽一网打尽……”

小狼王大吼：“姬真在哪里？你把姬真怎样了？”

"当然在阳城了！那可是要献给大夏王的战利品！"

"放屁！"

尽管小狼王好几次冲上去，可是，老白狼根本不是鸾凤的对手，大费撮一声口哨，一大群猛禽便将小狼王彻底包围了。

凫风初蕾心急如焚，大叫："小狼王，快把丽丽丝先带走……"

被上百只猛禽包围的小狼王已经完全没有回答的余地，他手忙脚乱，很快，头上脸上手上便纷纷是伤，浑身鲜血淋漓，左冲右突也无法冲出猛禽的包围，处境极其危险。

两只怪鸟一前一后，尖嘴直啄小狼王的眼睛，他惨叫一声，再也无法避开大费的洞箫，眼看就要丧生大费手下，凫风初蕾出手了。

大费等的便是这一刻。他虚晃一招，杀气全部凝聚到了凫风初蕾身上。洞箫不偏不倚刺向凫风初蕾的胸口，死亡之气那么逼真，她低头，果然看见胸口的鲜血汩汩地流出来。

大费一击得手，乘胜追击，初蕾浑身颤抖，本能地摸出怀里的一个东西，对着天空，用尽力气大喊一声："百里行暮……"

只听得"砰"的一声，她整个人便失去了意识。

凫风初蕾再次睁开眼睛时，天色已黄昏。

远处，是一大片火红色的山脉，光秃秃的，就像一大片一大片的鲜血。再看看自己躺着的地下，是细细软软的红色沙子，随手抓一把，听得沙沙的声音从指缝间悄然滑落。

"少主，你终于醒了？"

委蛇浑身伤痕累累，十分困顿，见到她醒来，却十分惊喜。

她茫然四顾："这是哪里？"

"我们被一股龙卷风吹到了这里，我也不清楚是哪里。"

"丽丽丝呢？"

委蛇慢吞吞地："爆炸后，我便什么都不知道了……"

她低下头，看见自己胸口一大片早已干涸的血迹，手心轻轻按上去，竟感觉不到疼痛。

她这才回忆起之前发生的事情，自己被大费刺杀，危急关头，对着天空大喊一声"百里行暮"，便爆炸了。

她低头，发现自己手里紧紧捏着一个东西，正是当初百里行暮送给自己的小玉瓶，可是，自己后来不是还给他了吗？

她满脸茫然，委蛇小心翼翼地说："临行前，百里大人把玉瓶悄悄给了我，叫我遇到危险时放在你身上。果然，当大费要杀你时，你对着天空叫了一声百里大人，那瓶子就爆炸了，我只看到大费被炸飞，后来，便什么也不记得了。醒来，就到了这里……"

"我昏迷了多久?"

委蛇看了看天空:"可能已经半个月了吧。"

她很震惊:"半个多月了?"

委蛇点点头:"我见主人伤重,便用了一点点的睡眠果。"

凫风初蕾看了看手里的玉瓶,只见瓶子好端端的,三颗睡眠果中的一颗果然被掰掉了一点点,很显然,委蛇怕自己昏睡三百年,不敢多用。神奇的是,只用了一点点粉末,那么重的伤便痊愈了。

她细看,瓶口有点发黑,这才明白,这瓶子原来是一种武器,可能百里行暮设定的是声波启动,当她对着瓶子大叫"百里行暮"时,便启动了攻击。

她慢慢站起来,望着西天的方向,也不知道此时距离天穆之野是更近了还是更远了。

委蛇低声道:"主人,休息一下再上路吧。"

她摇摇头:"若不连夜赶路,只怕我们赶不上万国大会。"

委蛇一怔:"为什么要去万国大会?"

她还是淡淡地:"小狼王说得对,也许我们还没到达天穆之野就已经死了,不如趁活着的时候,先去阳城干掉几个敌人。"

第六章　万国大会

万国大会，定于八月十五。

九州四海，东南西北，肤色各异，口音不同，服饰千差万别的各族首领会聚一堂，毫不夸张地说，足足有万国之多。

此时，大夏王被十二嫡系部落簇拥着，正在做登台之前的最后准备。

他换上了崭新的王服，那是以金丝银线而著，巧手绣娘用了整整三年时间才完成的。上面绣着九州风情，四海人物，大夏王，凛凛然王者之气，隐隐然天之骄子。

他的元妃云华夫人为他戴上了一顶王冠。金灿灿的王冠衬托下，大夏王顿时英气勃发。四海之王，无可匹敌！

旁边的人费一身戎装，他本就身材挺拔，英俊不凡，此时于一众中老年部族首领之中，更显得出类拔萃。

有扈氏首领忽然问："启王子呢？"

这也是各部族首领都很关心的问题，但是，一直没人开口。现在听有扈氏提起，便都盯着前排最末的一个位置。

各部族首领多多少少都知道一点大夏王的家事，大家都知道大夏王的儿子是个浪子，常年在外游荡。据说，大夏王和儿子不和的原因也很简单，他不顾儿子反对迎娶了红颜知已云华夫人，导致原配涂山氏惨死。

云华夫人出自西王母一族，身份高贵，本领强大，再加上天姿国色，深得夏王宠爱。据说，启王子一直跟继母不和，所以很早就离开阳城，落拓江湖。

可这么重要的场合，唯一的王子不在场还是令人意外。

大夏王还没回答，有通报声传来："防风国大首领到！"

尘土飞扬，大地微微颤抖，一巨人大步而来，声如洪钟："怎么？我都还没到，你们就先开起什么万国大会了？"

巨人一族，本就高人一筹，防风氏又是巨人之中的佼佼者，他的身高起码在十丈以上。他赤足，每一只脚趾都磨盘般大小，一步踏下去便是一个深深的大坑。

他昂首阔步，旁若无人，几步就走到高台之下，随手扯下一面大旗，大笑："这旗帜还蛮好看的，我都从来没有见识过这等场合，赶明儿，我回了防风国，也弄一面这样的旗帜试一试……"

众皆色变。他扯下的，正是大夏十二部族的旗帜，也是今天的主旗——万国大会的标志。

好几个部族首领当即就要扑上去，大夏王铁青着脸，还是挥手阻止。

防风氏根本没意识到别人的反应，他只是好奇地东张西望，待得看到祭祀台上的一只大鼎，仿佛发现了什么新奇的玩意儿，哈哈大笑："瞧，这是什么？"

他伸出一只手，竟然随手将大鼎举起，就如扔陀螺似的扔了出去。大鼎，应声裂了。

万国大会尚未开始，大鼎先裂了！大夏王怒火冲天，厉声道："将这厮拿下！"

一众精锐蜂拥而上。

但是，他们根本不是防风氏的对手，一个个来不及靠近，便被防风氏的巨手抓起来四处乱扔。很快，高台前面的空地上便到处是横七竖八的大夏精锐，他们被摔得七零八落，哼哼不休。

鸾凤和鸥鹨从天而降，扑棱着翅膀俯冲下来，很快，防风氏的头脸便鲜血淋漓，周围的士兵见机不可失，一拥而上，大费高声道："牛皮绳……"

偏偏这时，西北阵容里，一阵喧哗，几十个人一举杀出，大喊："杀了大费！"

为首的，正是小狼王。

他纵声长啸，白狼跃出，在他身后是清一色的狼少年，全部提着狼牙棒，以势不可当的速度往台上杀来。

大费冷笑一声："这厮居然还敢混在犬戎的方阵里，真是活腻了……"

他洞箫一横，飞身掠上一只秃鹫，居高临下："大伙看仔细了，此贼便是屡次在大夏边境扰攘，奸淫掳掠无恶不作的小狼王……"

他只说了这一句话，士兵们便潮水般地冲上去。

鬼方之战后，小狼王侥幸逃命，一路往阳城而来，沿途暗暗给旧部留下讯号，在万国大会之前，竟然有几十名忠心耿耿的狼少年赶到阳城。此时，这支勇武过人的狼少年全力以赴杀来，加上他们座下皆巨大战狼，真是以一当百，所向披靡，大夏的士兵根本无法阻挡，眼看，就要冲到台前了。

这边大费迎战小狼王，那边大夏王和绝大多数部族首领的目光全部在防风氏身上。每个人都认为，防风氏才是今天头等棘手的人物。

只见他瞪着一双血淋淋的眼睛，踏着沉重的脚步，每一次攻击便是小山压了过来。忽然，一柄长达三尺的钢刀，径直飞向防风氏的胸口，不偏不倚，定在了防风氏的左心房。

防风氏灯笼般的大眼珠子忽然暴突，茫然在人群里搜寻对自己下杀手之人！

他隐约看到隐匿人群中的涯草。他瞪着涯草，想要说句什么，可是，口干舌燥，居然一句话也说不出来，好一会儿才低下头，看着插在自己心房正中的利刃，大手一伸将利刃拔出，一股血泉，就像水浪般猛地射出去。

士兵们再次一拥而上，不一会儿，防风氏已经成了一摊血肉，四肢百骸再也没有一块完整的地方。他散落在地的下肢，小山般大，就连大指甲盖，也足足有磨盘般大小。参会的各国首领惊恐地看着这一幕，大气也不敢出。

那端厮杀的小狼王，也已经陷入绝境。

狼少年们座下的巨狼，已经被无数刀剑砍杀，狼少年们一离开坐骑，再无优势，很快便在大夏精锐的包围下，被砍为肉泥。

只有小狼王还在死战。

他浑身鲜血淋漓，却越战越勇，大费根本不愿意在此时跟他搏命，只不停游走，连声嘲讽："小狼王，投降吧！只要你肯跪在大夏王脚下，俯首称臣，大夏王一定开恩留你一条性命……"

小狼王哈哈大笑："我来之前就没想过要活着回去……"

一人一蛇越过人群，从树梢扫到大费面前，激荡起一股飓风，众人才惊呼失声。

"天啦，双头蟒蛇……"

委蛇的紫红色披风，就像一面红色的旗帜，簌簌地，在风里招摇。

蛇背上，是举着金杖的凫风初蕾。

所有人都惊呆了。

"鱼凫王！"

"天啦，是鱼凫王！"

不只是因为她身上的那股杀气，还因为她那人、那气派，仿佛一朵红花跃然顶端，美丽得令人莫可逼视。

没有颜华草了，也用不着了。

那是凫风初蕾的本来面目！

那真是人间至美，无可匹敌。

那是鱼凫王第一次出现在众人面前。

也许是慑于那惊心动魄的美丽，所有人都望着她，竟然没有一个人动手。

就连大费都眨了眨眼，仿佛并不认识这个忽然又多出来的敌人。

蛇尾径直扫向他，凫风初蕾的金杖划破一道金光，一人一蛇，今天唯一的目的便是取他性命。

小狼王也瞪大眼睛，不敢置信。

明明大费面前空门大开，他也忘了抓住机会，只是仰头望着半空，忽然大喊一声："喂，凫风初蕾？"

凫风初蕾微微一笑："小狼王，你说得对，苟且一世，不如痛快一时！"

委蛇也大笑一声："蠢小子，别愣着了，横竖都是一死，能多杀一个便算一个，杀……"

小狼王哈哈大笑，忽然豪气顿生，大叫："杀个够本吧……"

惊醒过来的大费大喝："快杀了他们……"

一群大夏精锐潮水一般涌上。

大夏王却一动不动，站在原地看着台上的厮杀。

在几大高手的合围下，小狼王很快处境危急，可是，他面不改色，一根狼牙棒挥舞得虎虎生风，他座下巨狼更是咆哮声声，令周围熊狼虎豹都战栗不已，一时间，众人竟然奈何他不得。

大费知道凫风初蕾最大的武器便是这条双头蛇，而且他屡次在委蛇手下吃亏，早有防备，因此，一得空，手一扬，便是一大包雄黄撒下去。

委蛇的攻击力，逐渐迟缓下来。凫风初蕾在几大高手的围攻下，早已自顾不暇，又见委蛇遇险，更是心急如焚，好不容易避开背后劈来的一斧，大费的洞箫已经兜头刺来，饶是她躲闪极快，肩头也被割出一道极大的血口，顿时鲜血直流。

她尚未察觉刺疼，听得小狼王怒吼："大费你好不要脸，有种冲我来，偷袭一个女孩子，你算什么英雄？你这个无耻小人……"

国师皋陶忽然发声："能在万国大会上捣乱的，当然不是一般女孩子，这是妖孽，杀妖孽当然人人有责……"

他使了个眼色，旁边早已觑准机会的有扈氏，正好一刀迎着初蕾的背心。大费也暗暗擦了一把冷汗，心里一松：总算干掉这个阴魂不散的鱼凫王了。

"啊……"

尖叫声里，众人眼前一花，但见那愤怒的双头蛇，身躯再次暴涨，雄黄粉末被风席卷，四散射入众人眼前，又夹杂各种枯枝败叶，泥土瓦砾，一时间，众人口鼻双目耳朵都进了尘埃，纷纷遮掩闪避，狼狈不堪。

再次睁开眼睛时，只见凫风初蕾已经稳稳坐在蛇背之上，手持金杖，居高临下看着众人，竟是有惊无险，逃过一劫。

台下的嘉宾有熊氏看得分明，失声道："人形鱼身……天啦，鱼凫王，你是高阳帝的什么人？"

众人听得"高阳"二字，无不大惊失色。

有熊氏虽然不是大夏最亲近的十二部族，但是，他是黄帝的嫡系后裔，所以是万国大会的上宾。他把那鱼尾看得清清楚楚，更是惊疑不定，再次大声道："姑娘，你隐约有四张面孔，可又能幻化鱼形，你到底是高阳帝的什么人？"

凫风初蕾站在蛇背上，衣袂飘飘，面不改色："我是鱼凫王，你说我是什么人？"

此时，太阳已经渐渐西斜，秋日的光辉从她头顶洒落，更映得手里的金杖闪闪发亮，她整个人就像驭风而行的神女，仙姿玉骨，光芒四射。

大费气得七窍生烟，厉声道："弓弩手……"

有熊氏大叫："不许放箭！"

皋陶厉声道："错过祭祀时辰，谁来负责？难道万国大会是儿戏吗？赶紧杀了这两个逆贼……放箭！"

万箭齐发，鱼凫王和小狼王，死到临头。

就连大夏王也微微闭上眼睛，暗道可惜。

忽然，一股飓风迎面而来，所有人都感觉面门一阵刺疼，竟然无法站稳，东倒西歪，而那射出的箭镞就像遭遇了黑洞，顿失准头，既而被一股神秘的力量吸引，旋转着进入一个巨大的旋涡，然后重重落在地上。

所有人都惊呆了。

就连小狼王和凫风初蕾也惊呆了。

随着劈天斧的雷霆一击，所有目光都落在那懒洋洋的少年身上。

少年却先看了一眼凫风初蕾，笑了。那是他第一次见到她的真容，可是，他却并不太意外。他和小狼王不同，事实上，从他第一面见到她起，他就觉得她是如此的可爱，而并非仅仅因为她面容的转变。

她迎着他的目光，不知所措。

她想，他真不应该出现在这里。

大费面色一变，只冷笑一声，往后就退。十二部族首领也纷纷色变。就连皋陶也张大嘴巴，本要说什么，可又闭嘴，只是慌忙看了一眼大夏王。

大夏王面色铁青。他的拳头捏得咯咯作响，这一幕，完全出乎他的意料。

唯有熊氏大赞："好厉害的劈天斧！启王子真乃少年英雄。"

涂山侯人一抱拳，笑嘻嘻地点点头："多谢有熊首领称赞。"

小狼王冷哼："你就是什么启王子？"

涂山侯人还是笑嘻嘻地："小狼王，我要是你，就赶紧逃命，不在这儿啰唆了。"

"你不是本王！"

他也不理睬小狼王，只看着凫风初蕾。

一旁的有扈氏连声冷笑道："这就怪了，启王子竟然和敌人联起手来？"

涂山侯人摇头："我没有和任何人联手！"

"那你为何阻止我们诛杀逆贼？"

"小鱼凫王又不是逆贼！"

"在万国大会上公然捣乱的不是逆贼，那么，启王子，你告诉我们，他们算是什么人？"

涂山侯人正色："万国大会旨在团结一统，没必要血流成河。"

有熊氏立即大叫："对对对，万国大会，便是英雄大会。冤家宜解不宜结，大家围攻一个女孩子，就算赢了，也不见得多么光彩……"

有扈氏遥遥指着小狼王，厉声道："那他算什么？"

有熊氏："这……这小子你们随便杀，我管不了……"

有扈氏冷笑一声，"启王子，这也是你的意思了？"

一直沉默的委蛇高声道："我们倒也不想破坏你们的什么万国大会，不过，大费这厮卑鄙无耻,偷袭我们鱼凫国,今天,我家鱼凫王便是来找他算账的……"

有熊氏:"大家听见了吗?小鱼凫王是来找大费将军算账的,而不是故意扰乱万国大会。"

大费沉声道:"这么说来,启王子是在指责我不该灭掉鱼凫国了?"

有熊氏笑道:"明明是我在指责你,你怎么怪到启王子头上了?"

"闭嘴……"大夏王的声音并不高,可是,每个人都听得清清楚楚。

四周,一片死寂。就连有熊氏都不敢再作声了。大夏王却看着儿子。

高台上的涂山侯人,一直举着斧头,刚好拦在凫风初蕾面前,态度也很明显:你们要想杀她,得问问我手里的劈天斧答不答应。

那是大夏王第一次看到自己的儿子出手。他竟不知道自己的儿子本领如此了得。

"姒启!"

所有人一怔。

涂山侯人都一怔。

大夏王居然当众对儿子直呼其名。

夏王的声音还是非常平静:"姒启,你这是要和大夏作对到底了?"

涂山侯人无法辩解,他也很平静:"我只是觉得有熊首领的提议很好,既然是万国大会,不妨一对一决高下,车轮战,反倒显得大夏无英雄!"

大夏王冷笑一声:"好!好!真是好得很!本王真不配有你姒启这种少年英雄做儿子!"

涂山侯人面色变了。

台下,也一片死寂。

"姒启,你既然提议一对一单挑,那么,你觉得这台下谁是你这位少年英雄的对手?你要不要点个名?或者,你认为本王够不够资格做你的对手?"

涂山侯人默然后退一步。

凫风初蕾也暗暗震惊,可是,此情此景,她根本无法开口让涂山侯人离开——

大费等人,却暗暗惊喜。

要是涂山侯人迫于压力,怂了,在这时候灰溜溜地跑了,他这一辈子,必然更加声名狼藉,永远也抬不起头了。反之,要是他想逞英雄,那么,大夏王必将亲手教训他。无论父子之间胜负如何,他们父子彻底决裂,也必然板上钉钉。

台上的涂山侯人,何尝不明白这一点?

可是,他没有选择。他必须上台。他不能眼睁睁看着凫风初蕾死在自己面前。

她,是他唯一的朋友。

此际,他迎着父亲的目光,竟然连握劈天斧的手都在微微颤抖——

诸臣也惴惴地看着大夏王。

杀子，他就绝后了。

不杀，他便人心尽失。

大夏王终于出声了："杀！"

众人怔在原地，谁也不动。

大夏王提高了声音："杀小狼王，赏金三万；杀姒启，赏金十万！"

所有人都惊呆了。

"杀逆贼，拿十万赏金……杀……"

不知是谁带头大叫一声，弓弩手顿时万箭齐发。

劈天斧就地划出一道光圈。蝗虫般的箭镞纷纷坠地。

大费等人趁势退下，台上，只剩下三人一蛇，没有任何遮蔽地暴露在万千弓弩手的射程之中，眼看就要被射为刺猬。

很快，涂山侯人肩头中一箭，劈天斧一歪，失去了屏蔽，眼看他就要被射成刺猬。

金色光芒一横，一道巨大的光圈出现。

鱼鬼王再次幻变。

鱼形现出极大的威力，四面八方好像出现了四个一模一样的鬼风初蕾，卷起潮水一般地反击，竟令箭镞东倒西歪，纷纷在三尺开外坠地。

四张面孔！

有熊氏看得分明，再无疑虑，高声大叫："住手住手……要是射杀了高阳帝的后裔，今日你们担不起这个罪责……就算是你大夏王，你也担不起这个罪责……"

大夏王却气得脸青面黑，干脆抢过旁边的一张硬弓，张弓搭箭，瞄准了儿子的心口，嗖的一箭便飞了出去。

这天下，很少有人知道大夏王其实是百发百中的高手。而且，他用的古弓，劲道十足，比起一般的弓弩手，何止厉害了十倍？

涂山侯人连中两箭，劈天斧已经坠落，再要抵挡已经无能为力，而鬼风初蕾的金杖，完全被这股大力弹开，只能眼睁睁地看着大夏王的这一箭，不偏不倚地射向涂山侯人的心口。

围观者大气也不敢出，没想到万国大会居然成了夏王的杀子大会。

涂山侯人缓缓闭上了眼睛。

那支利箭，正射在他左肋之下，鲜血迅速染红了他的衣衫。

大夏王再次拉开了弓箭，准备对儿子射出第二箭。

耳边，那股死亡之气直逼心口，涂山侯人干脆垂下双手，眼睁睁地看着父王亲自射来的又一致命之箭。

委蛇色变，大叫："涂山小子，快躲……"

鬼风初蕾的一颗心都快跳出来了，也大叫："涂山侯人……"

有熊氏大喊："虎毒不食子……大王，你真要杀你唯一的儿子？"

大夏王没有丝毫犹豫。张弓搭箭，一气呵成。

雷霆万钧的箭镞，已到涂山侯人心口。

大夏王惨然闭上双眼。许多人都闭上了眼睛，不忍瞧这一幕人伦惨剧。

死亡之气袭来，疼痛过了许久仍未到来，涂山侯人蓦然睁开眼睛，看到心口利箭被人一把抓住，轻轻地在空中一抛，箭镞坠落在地。紧随而来的漫天箭镞也被他随手一抓，就像大人在接小孩子投来的石子，一挥手，上千支箭镞在半空打转，然后，缓缓落在弓弩手们的脚下。弓弩手们生平从未见过这等场景，一个个吓得屁滚尿流，要是此人不手下留情，那些箭镞岂不一支支射回自己胸口？

整个涂山，一片死寂。

台上，箭镞堆积如山。

笑声，从天而降。

这笑声并非防风氏那样震耳欲聋，相反，这笑声十分温和，朗朗而来，令人如沐春风，无论距离远近，听起来，竟然完全一样。

大夏王面色骤变，他身边的十二部族首领也立即戒备。

阵地中央，三个孤零零的少年也抬起头，茫然地看着声音来源的方向。

人群中的涯草脸色瞬间巨变。她悄无声息地往后退，直至退到最边缘，一转身就飞奔下山而去。没有人知道她为何逃窜，自然也没有人留意她逃窜的方向，因为，所有人的目光都被那笑声吸引，那笑声仿佛在大夏王的头顶，又仿佛在众人的头顶，可是，无论怎么看，都看不到人影。

大费也急忙往人群中躲闪。有扈氏等不知他为何如此惧怕，但也知道不妙。在众的诸位一个个地，也开始悄然后退。

凫风初蕾金杖垂下，忽然如释重负。

委蛇的蛇尾卷起，毕恭毕敬昂起头向天空鞠躬。

小狼王从巨狼的尸体下面爬起来，也本能地看着天空。

"好一个万国大会！好一个杀子大会！"

大夏王被这笑声吓得毛骨悚然，下意识后退一步，所有侍卫将他团团护卫。

咕咚一声，一个人被重重地抛在台下。

那是往人群中闪躲的大费。倒地处，正是小狼王脚下。

他挣扎着要爬起来，可是，四肢一摊，整个人便像被抽掉了脊髓的软体动物，一动不动。

小狼王正要讥笑他几句，可也被这股声势吓住，不敢作声。委蛇却哈哈大笑："大费，你这厮也有今天！"

企图营救他的亲信侍卫、方国首领们来不及收住脚步，他们上去一个，便被扔掉一个。很快，台上便横七竖八躺了几十名首领、将军，全是大夏第一流的高手……他们哎哟哎哟地惨叫，但是，一个个又并未受重伤。

众人都吓傻了。

皋陶见儿子危急，要冲上去，可是，刚走几步，又停下。

大笑声中人，临渊而立。高大身影如小山一般仡立在涂山之上、众人之前！这人比涂山更加壮观、雄伟，他仿佛一脚踏地，一手遮天。红色马尾，就像天空里盛开的巨大花簇，又像是一支壮丽无比熊熊燃烧的火炬。

"天啦，居然是红发共工……"

"共工一族居然还有人活着……"

"不周山之战后，他们不是已经消失了吗？"

惊呼声此起彼伏。大夏王和台上十二首领，面色剧变。

百里行暮的目光越过所有人，落在凫风初蕾的面上，他微微一笑。她迎着他的目光，慢慢垂下长长的睫毛，有他在，万难皆休。

他的大手轻轻抚过她肩头，带着远古而来的慈悲情怀，凫风初蕾所有的伤口，竟然不药而愈。就连委蛇满身的血痕，也随着那纷纷扬扬的药粉撒下的一瞬间就消失了。它再次鞠躬："谢谢百里大人！"

甚至小狼王，不知名的药粉，悄无声息落在他的伤口，只觉一股舒服的暖意瞬间便渗透到了五脏六腑。他张张嘴一句话也说不出来。他发现这远古的大神根本没有看自己，他的目光一直在凫风初蕾脸上。

那温柔和煦的目光，带着人类早已失落的赤诚。

小狼王顺着他的目光，落在凫风初蕾的脸上。那一刻，他觉得凫风初蕾比这个远古大神更加神秘。

大夏王的声音很大，却有一种他自己都不知道的空虚和恐惧："共工？你真是共工的后裔？"

有熊氏也目瞪口呆："天啦，共工一族居然还有人活着？"

"不是共工一族还有人活着，我，便是永恒的共工！"

共工！不是共工的后裔，而是共工本人——从第一个共工到最后一个共工！

是那个一怒之下把不周山擎天柱撞倒的共工！

令南北移位、九州悬浮的不周山，千年万年都铭刻着他的名字！

也是传说中第一个把天都捅破了的大人物！

他才是人类有史以来，真正的第一大战神！

一入风云岁月催，几万年的时间过去，他居然还在人间。

千万双目光死死盯着他。

都以为这撞破天的远古大神原本该是多么凶猛狰狞，令人望而生畏，可是，他居然有一张俊美非凡的脸！在万千群雄面前,他这张俊美至极的脸,显得那么突兀,好像远古时代展开的一幅画卷。

无数人都觉得一切恍若梦中。就连孤零零站在阵中的凫风初蕾也觉得似梦非梦,仿佛还沉睡在金沙王城的宫殿里,在做一场永远不会清醒的梦。

还是有熊氏打破沉默："阁下是远古大神,又为何要来这涂山之巅？"

他笑起来,目光如春风一般和煦。

"你等要开什么万国大会,要做什么万王之王,我原本毫不在乎。只是,你们不能伤害她！"

所有人的目光,随他一起投向凫风初蕾。她依旧站在原地,就像春日里刚刚绽放的一朵花蕾。

他因她而来。

几十万年的英雄岁月早已过去,不周山早已被淹没,而她,才是他的焦点。她内心起伏,却紧闭双唇,生怕一开口,便泄露了所有的心事。从第一面到现在,那恋慕之情,已经生根发芽,直到现在,长成了一棵大树。无论今后的岁月如何,他已经是她心中挥之不去的精神图腾。

他对她的心思,竟看得一清二楚。

他的笑容更加和煦。几十万年岁月,凫风初蕾是他唯一的欢乐。

大夏王清了清嗓子,硬着头皮说道："阁下休要信口开河,共工大神已经死了几万年了,你却胆敢跑来冒充他……"

这话,他自己听着都没有底气。那大山般傲岸的巨人,红发蛇尾,任何凡人都无法冒充。

"共工的时代早已过去,人首蛇身已经被历史的洪荒湮没。现在,你们可以叫我柏灌王,也可以叫我百里行暮！！！"

柏灌王！

竟然是柏灌王！

曾纵横西南几万里疆域的古蜀国君王！

难怪他会找到涂山来。

早已瘫软在地的大费,一颗心紧张得要吐出来似的,他本能地要逃跑,可是,他彻底失去了力气,好不容易坐起来,又干脆躺下去。幸亏现在没有人注意到他,才不至于如此羞惭。

地上,防风氏的血迹还没干涸。

鱼凫王和小狼王的血,也还未干。

甚至涂山侯人的血,都还没干。

大夏王亲手射向他的第二箭,还歪在地上,和别的箭镞,形成一道半圆形的圈子。

百里行暮的目光横扫过万国大会的庞大方阵，然后，落在西南一隅的阵势上面，哈哈大笑："万国诸侯，天下英雄，唯涂山侯人而已！"

大夏王胆气一壮，厉声道："全体出动，拿下这个假冒的共工……"

下完命令，他后退一步，可是，已经迟了。

柏灌王的长臂以不可思议的速度，一把将他抓住。

明明有那么多护卫，可是全然形同虚设，他们完全没有出手的机会。

"快救大王……"

惨呼声此起彼伏，没有任何人敢上前一步。就连大夏十二部族的首领也束手无策，他们一个个举着兵器，却投鼠忌器。国师皋陶和夏后氏、有男氏一起出手了，可是，他们的第一波攻击尚未发出，兵器便纷纷坠地。

彩袖纷飞，一翩翩人影从云中飞来。

云华夫人出手了，她流云水袖，纵身飞起。西王母一族毕竟非同凡响，在几十上百万年的时光里，都曾是远古大神们巴结的对象。

她的攻击看起来很美妙，可每一招都是致命的。

百里行暮后退。

她一击奏效，大为振作，抢上一步就拉大夏王。可是，她的脚步被一股劲风阻止。她一怔，才发现自己的袖子竟然随风飘舞，却又不曾碎裂——分明就是柏灌王看在她是女子的份儿上，出手有所保留，否则，碎裂的就不只是袖子了。

她大惊失色，却不甘示弱，再退一步，她的袖子里忽然弹出一物。白光一闪，那物在近距离里散发出硫黄的味道，直奔柏灌王胸口。

柏灌王反手接住，笑道："西王母一族居然还保留着几万年前的热兵器？"

云华夫人见攻击再次失手，正要发动第三波攻击，但是，她的攻击止于一棵被劈断的大树。一股劲风吹得她摇摇欲坠，根本无法再靠前。

大夏王被高高举在半空。百里行暮手一低，稍稍作势，仿佛云华夫人再往前一步，大夏王便会命丧黄泉。

她面色惨白："共工大人手下留情！"

大夏王面如死灰。已经彻底失去了斗志。

"百里大人！"

涂山侯人高高举着劈天斧，尽管身上多处伤痕，肩头还插着一支箭镞，可是，他身板笔挺，傲岸而英伟。

他先是深深行一大礼："小子多次蒙大人施以援手，却一直无以为谢。"

百里行暮点点头。

"小子不肖，绝不敢为父亲狡辩，可是，几十年来，大夏王的功德天下皆知，人无完人，纵有不足之处，却也罪不至死，还请共工大人海涵！"

百里行暮目中的笑意更深。

"还有台上诸位，他们也真是奉命行事，一个个也谈不上罪大恶极，还请共工大人一并海涵。"

他一转眼，先看了父亲一眼，又看向台下一干被摔得狼狈不堪的大夏君臣，纵声道："要是在别人面前输得这么惨，那是你们的耻辱！可是，这是共工大人，不周山都被他撞倒的共工大人……你们败在他手里，也不算什么，无非是被老祖宗教训了一下而已……"

此言一出，众人皆暗暗感激。

就连对他恨之入骨的有扈氏，也觉得这小子真是机灵——若非他巧言化解，众人岂不羞愧至死？

百里行暮目光闪动，笑道："小子，你要救你父亲，也得拿出一点本领来……"手指一弹，众人眼前一花，只见大夏王的身躯猛地被投掷出去，一股疾风直拍姒启面门。

劈天斧轰然一响，大夏王仿佛被生生劈成了两半，众人大惊失色："天啦，大王……"

"大王……"

众人再定睛一瞧，大夏王竟然生生站在劈天斧之上！

姒启身子一矮，劈天斧缓缓地垂下。

天空瞬间明亮，周围一片清明。大夏王稳稳站在高台之上、王位之旁，浑身毫发无损。

众人呆呆瞧着姒启，不敢置信，这年轻人，竟然有这么强大的功力。

姒启深鞠一躬："多谢共工大人成全！"

百里行暮满脸笑容："夏王有你这样的儿子，也真真是运气！罢了罢了，夏王，看在你儿子的份儿上，我也不跟你计较了！"

"多谢共工大人。"

百里行暮缓缓回头，看着空空的一方阵地。一人一蛇，寂寞凄清。虽九死一生，却让小鱼凫王从此为天下所知。

此刻，她站在那里，就像这万头攒动的凶猛世界里开出的一朵花。

下一刻，她已经站在了百里行暮的掌心。

从他的掌心望去，忽然之间，涂山的绿叶全部染霜，一片金红，美艳得就像委蛇张开的轻纱。

而她，于他掌心之巅，是这美艳丛中开出的红花。

所有人都呆呆地看着这突如其来的美丽景色，听着歌声渐行渐远。

四周一片死寂，刚刚发生的一切，仿佛只是一场白天盛开的梦。

第七章　理想和欲望

　　金色芦苇，湖水碧绿，成群的野鸭游来游去。大片的野草地上盛开着粉红、粉黄的小花，鲜艳夺目。
　　相距涂山不过几十里地，涂山的喧嚣便已尘埃落定，恍如置身另一个世界。
　　鬼风初蕾随手扯下一把野花，编织成朱冠，往委蛇的双头上一戴，委蛇顿时神气活现。但是，它看了看撕破的紫纱，叹道："要是能换一身新衣服就好了。"
　　"换一身紫纱何难？"
　　轻盈的紫纱从天而降，委蛇的全身一片紫色，配上崭新的花冠，立即精神抖擞。
　　委蛇鞠躬："百里大人，虽然说谢谢很庸俗，可是，我已经找不到别的表达方式了。"
　　他微笑着，一直凝视着她。
　　她却一直低着头，避开他的目光。
　　并非不感念他的屡次相救之恩，她只是深感绝望。尤其是万国大会之后，这种绝望之感就更深更浓了——在最混乱的时候，她其实有机会杀掉大费，但是她没有，因为她觉得，就算杀了一个大费，其实也没什么意义。
　　天下风云，高手辈出，相形之下，自己显得那么渺小。若非一直躲避于他的羽翼之下，别说什么报仇雪恨，恐怕自己今日都无法活着离开涂山。更何况，今日明知有死无生，却能逞能杀出，本就认准了他就在不远处。
　　他，其实是她的精神倚仗。
　　一个人活着，难道永远只能仰仗他人？她忽然失去了目标，只是惶惶然地望着远处，甚至比灭国当天更加迷茫。
　　小狼王却一直死死盯着她，从最初的震惊不可思议，到后来的气愤和满脸猜忌。
　　她这么美！她竟敢这么美！
　　小鱼凫王也就罢了，可她还是高阳帝的女儿，唯一的子嗣。
　　这么高贵这么美也就罢了，她居然敢这么长时间在自己面前隐藏了真面目，还一直耍猴一般瞒着自己，无论自己怎么取笑她丑陋，她也从来不露声色。
　　真是罪无可赦。
　　小狼王明明浑身疼痛，可是，内心居然一直不争气地狂跳。他也不知道为什么。从小于美女如云的白狼国中行走，到阳城之后，更见识了天下美女，甚至姬真也成了他的未婚妻。可是现在，她们统统成了粪土一般。夕阳西下，秋风渐寒，然而，这寒冷之风，也无法熄灭他狂躁跳跃的内心。

然后，他的目光转向百里行暮。

百里行暮已经不再是山岳般巍巍然，他恢复了常人体型。这便是他和其他巨人一族的区别，他拥有变化体型的能力，能随心所欲变幻。

于千万人中，来去自如。就连他的目光也穿越历史的尘埃变得漫不经心，仿佛这世界上任何事情都不足以令他激动或者愤怒——

唯有凝视她时，他的五脏六腑都在跳动。

她在他眼里，开成一朵跳跃的花。

小狼王忽然觉得自己站在这里很多余，就像一个旁观者。这感觉，更令他难受。

百里行暮觉得这小子不该叫小狼王，他简直就是一头野狼王，目中一股阴冷的杀气。他伤痕累累，虽然没有伤在要害，那疼痛也是够要命的，可他站得笔直，狼牙棒也握得笔直，仿佛随时可以挥舞着击碎敌人的头颅。就连他看自己的眼神也和别人不同——不是畏惧，反而妒忌！

"百里大人，你既然有这般本领，为何不把夏王当场干掉，自己登上万王之王的宝座？"

百里行暮反问："你很想做万王之王？"

小狼王不假思索："想！想得要命！如果我能登上万王之王的宝座，我宁愿付出一切代价！"

"一切代价？"

"对！哪怕登上这宝座不久后就死去！至少，我曾经站在人生之巅，而不是现在这样成为败军之将，任人嘲笑！而且，我敢保证，但凡来参加万国大会的首领，没有一个不是这么想！"他强调了一遍，"你本该杀了夏王！那样，你现在就是万王之王了！"

百里行暮淡淡地说："我年轻的时候，有着和你同样的想法，很羡慕宝座上的王者，觉得那才是一个人的终极目标。直到我自己做了一万年柏灌王，才发现，做王真的没什么意思。彼时，华夏九州还在战争的泥淖里没有复兴，而古蜀国疆域则达到亿万平方公里，占据了整个世界的一大半。可是，就算做了这样大国的王者，也没觉得有多么快活。"

小狼王一怔，忽然很沮丧。

有人不做王者，是因为他腻烦了。自己想做王者，却难如登天。

他死死盯着百里行暮，半晌，长吁一口气："只有看过的风景才有资格说不美！只有当过王者，才有资格说没意思！这一切，我还不曾拥有，所以，我还有理想……"

"你的理想是什么？"

"当然是取代大夏王，成为万王之王！"

百里行暮笑着摇摇头:"少年,你这不叫理想!"

小狼王奇道:"不是理想是什么?"

"难道你以为一统天下,在万人之上,身边美女如云便是理想?"

小狼王反问:"这不叫理想叫什么?"

"这些都是欲望而已。"

小狼王大不服气:"那你倒说说,真正的理想是什么?"

他抬起头,看了看遥远的天空。"真正的理想,是像炎帝那样,穷极一生建立一个让万民永远健康长寿、物质充裕、自由自在、无忧无虑生活的大同世界!在过去几百万年的岁月里,他已经慢慢做到了,要不是后来发生的几次大战将一切毁于一旦……"

他顿了一下,声音无限惆怅:"只可惜,大家都因为自己的欲望,彻底毁掉了这一切……我们都是没有理想的一代!甚至可以说是人类的罪人!"

小狼王不以为然,可是他无法反驳,他只是死死盯着百里行暮,觉得他简直是一个史前怪物——

乱世纷纭,小国林立,每一个人都想称王称霸。战争的快乐便在于占有敌人的财富,玩弄敌人的妻女,而面前这个人,却说:这不是理想,这只是卑鄙的欲望。

他不同意,但是,他无力反驳。

再看凫风初蕾,她手上的芦苇花已经一大把了,可是,另一只手还在漫无目的地乱拔,从始至终,一句话也没有说过。没了颜华草的遮掩,她就像一朵孤零零的花静坐在阳光之下暴晒,她有一种令人惊心动魄的美丽,让人生怕她会随着阳光而慢慢枯萎。

她偶尔抬起头,看看远方,又看看百里行暮。她其实一直在认真听百里行暮说话,只是,每当接触到百里行暮的目光时,她便匆匆移开,神情也慌慌张张的……而且,她居然会脸红!

小狼王观察了很久。就算是瞎子,也明白其中的深意了。本来,他还以为,以她这样的凶悍,这辈子也不可能知道什么是脸红。

百里行暮沉默时,便也总凝视着她。

那种目光——小狼王无法形容,他从不知道,一个男人竟然可以这样看着一个女人,仿佛这全世界,就只剩下她一个人,其余都是虚空。

他忽然更加沮丧,比无法成为万王之王更加绝望和恼恨。

妒恨之情,油然而生。他指着凫风初蕾的鼻子:"你这人不诚实!我拿你当朋友,你却一直骗我,同行那么久,都不肯以真面目示人!"

委蛇不以为然:"得了吧,小子,你才是深藏不露,旧部都云集阳城了,你却不动声色,故意做出一副又厌又蠢的样子。"

小狼王冷冷地:"那是因为我不想连累你们去白白送死!"

"切!你已经连累我们许多次了!"

"谁叫你们这些中原人特别狡猾？"

"不好意思，我们可是西南人。"

"你们今后有什么打算？"

委蛇笑道："万国大会都散了，我们也各走各的吧。"

"各走各的？你们不去天穆之野了？"

"现在没打算。"

他再次指着兔风初蕾的鼻子："我要听你说，不听这头怪蛇说！"

百里行暮见这小子举止十分粗野自大，便说："男人只可对敌人粗暴，不能对女性和朋友蛮横。"

若是别的男人，他就算不一棒打过去，也得出言讥讽几句，可是，这是百里行暮！他才从他手下逃命，所以，一句话也不能说，也不敢说。小狼王提了狼牙棒，转身就走。兔风初蕾还是乱拔着芦苇花，连头都没抬过，也许，根本就没发现他已经走了。

夜露更浓，轻纱般的月色令四周更加朦胧。

百里行暮随手一指，一座圆形的小屋拔地而起。

兔风初蕾已经扔掉了手里的一大把芦苇花，她靠窗而坐，两只手抱着膝盖，头轻轻埋在膝盖里。明明十分困倦，可是，却一点睡意也没有。

百里行暮静静地凝视她。月色下，她的手指也苍白得近乎透明。他忽然很想伸出手抱住她，就像她受伤时那样静静抱着她。

"初蕾……"

她慢慢抬起头。随即，便惊奇地睁大了眼睛。

整个世界，一片淡淡的莹润的红。红色的湖水，红色的草地，以及身边漫山遍野的红叶，仿佛这个深秋提早到来，一夜之间就把整个世界染成了透明的红色。更奇特的是一个巨大的贝蚌，兔风初蕾亲眼看到它"砰"的一声在水底裂开，里面是一颗巨大的红色珍珠。

风，从湖面吹来；花，从两岸开放。

忽然，那颗红色的珍珠径直飞向兔风初蕾。她情不自禁摊开手掌，红色珍珠不偏不倚便落在了她的掌心。

委蛇惊叹："呵，伟大的百里大人！谢谢你带给我们这么美丽的景色。"

兔风初蕾也呵呵地笑起来，就像一个无忧无虑的小女孩。她想起什么，摸出怀里的小玉瓶递过去，低声道："谢谢你。"

他接过小玉瓶看了看上面的淡淡黑色印迹，叹道："你上次使用时，差点伤到了你自己。"

"这东西的威力太大了，可能以后我不太用得上了。"

他微微一笑，居然有些脸红："初蕾，那是因为你用错了。"

他指了指玉瓶上自己的画像，笑道："当时我在上面设定了一个程序，每次启动之前，让你亲一下我的画像，对着天空大喊我的名字，你还记得吧？"

她也红了脸，声音低低地："我一直以为你是开玩笑。"

他十分认真："这可不是玩笑。每次启动前，你亲一下画像，就会将你自动弹开，避免受伤……"

她恍然大悟，难怪，自己第一次使用时根本没亲他的画像。所以，自己差点也被炸飞了。

他在玉瓶上摆弄了几下，然后，又将瓶子递给她："这以后没那么麻烦了，只要你对着天空大喊我的名字就行了……"

凫风初蕾稍稍迟疑。

"不过，以后也许用不上了，无论什么时候，我都会陪在你身边！"

他强行将瓶子塞在她的手里，笑道："就算用不上，也当个小玩意儿吧。"

凫风初蕾没有拒绝。

委蛇笑起来，伸了个懒腰："天晚了，觉得好饿。"

凫风初蕾这才想起，今天还没吃过什么东西，因为涂山大会上搏命，发生的一切太过紧张，她完全忘记了吃饭，委蛇不提也就罢了，现在听委蛇这么一说，顿觉饥肠辘辘。

百里行暮也笑道："的确很饿了，初蕾，我给你弄一点东西吃。"

不一会儿，凫风初蕾便看到自己面前多了一大堆东西，是委蛇从附近采集来的各种瓜果还有清水。

而对面的火堆旁边，百里行暮正在翻烤一只野羊和几条肥美的大鱼。旁边的陶罐里，还有一大锅鱼汤已经开始咕嘟咕嘟作响了。一会儿，百里行暮手里的匕首下去，羊腿上的一大片肉便被切下来，他用尖锐的木棍叉起，递过去："初蕾，你尝尝。"

凫风初蕾拿着羊腿，忽然憧憬起来：如果在漫长的人生旅途上，有一个人经常给你烤肉吃，是不是就不会那么寂寞孤单？

烤肉香味淡了，火堆明明灭灭，月色也慢慢西沉，不知不觉已经快要天亮了。

天空，一道银色的尾翼划过，百里行暮神色大变，居然又出现了一艘维马纳。

百里行暮立即站起身来。

委蛇问："百里大人，你要去哪里？"

他看了看黎明之前的晨曦，低声道："我要去处理一点紧急事情。"

百里行暮抬起头，盯着远方的天空，他向来天崩地裂也不变色的脸上，竟然浮起一丝隐忧。

"我刚发现一艘维马纳经过，这天下，除我之外，谁还能驾驶维马纳？我必须马上追去看看。初蕾，如果你有兴趣，可以跟我一起去。"

枭风初蕾有点犹豫，可是，她又摇摇头："如果是追逐维马纳，我也帮不上什么忙。百里大人，你先去忙你的，我在这里等你。"

　　他得了承诺，大喜："初蕾你放心，我很快回来。"

　　她微微一笑，目送他离去。

　　三天过去了，百里行暮还没回来。一人一蛇也不急，初蕾只不时看看小玉瓶，心里很是踏实。晚上，她收起玉瓶，双手抱着头非常惬意地躺在地毯上，很快，倦意便上来了。委蛇也懒洋洋地摇晃双头，陷入了假寐。

　　星光下，一人慢慢靠近。

　　半截迷香，在鼻端诡异散发，冷风吹来，他忽然有点清醒了，用迷香去迷倒枭风初蕾真的合适吗？

　　可是，酒意上涌，热意也跟着上涌，刚刚好不容易被冷风吹来的一点点理智，瞬间便被驱赶得无影无踪了。

　　傍晚，女巨人涯草设宴请他。小狼王和涯草本来没什么交集，但是，涯草说她从大费手中救出了姬真，当然，救姬真的原因是"敬佩"小狼王在万国大会上的"英雄举动"。小狼王急于见姬真，所以欣欣然赴约了。可真见到曾经朝思暮想的"未婚妻"，忽然又觉得不过尔尔。他更没料到的是，姬真落入大费之手后，因歆慕大费的文采武功，早就做了大费的侍妾，对他这个"丧家之犬"已经毫无兴趣。

　　两人相见，没有任何惊喜。好在涯草会调节气氛，涯草说小狼王你是少年英雄我们都仰慕你，所以你要多喝几杯。小狼王飘飘然的，一口气喝了几大杯，临走时，涯草给了他一个锦囊，说："小狼王，你说你暗恋一个女人？这好办啊，你只要按照我告诉你的办法，保准她对你迷恋不已，赶都赶不走。"

　　小狼王大喜，立即拿了锦囊悄然奔到这里。满脑子都是疯狂的念头，他想起了自己的祖先，一条狗也可以娶中央天帝的小女儿。

　　"开门，快开门，枭风初蕾，我有急事找你……"

　　一直假寐的枭风初蕾被惊醒，委蛇昂起头，仔细一听："是小狼王这厮……"

　　枭风初蕾眼皮也不抬一下："别理他。"

　　可是，敲门声一阵接一阵，委蛇忍无可忍，蛇尾一扫："我出去把这小子赶走，不然，今夜别想睡觉了。"

　　门一开，小狼王旋风般地冲进来。他满身酒味，臭不可闻，枭风初蕾一惊，赶紧站起来。

　　"喂，枭风初蕾……"

　　"有什么话出去说！"

　　"出去就出去，反正夜色正美！"

一轮孤月，寒气逼人。

小狼王旁边点着一截熏香。委蛇蛇尾一卷，将熏香扫翻在地，淡淡余香便归入泥土。

"小子，你点香干什么？"

小狼王醉醺醺地："点着熏蚊子不行吗？"

"哪有蚊子？"

小狼王蓦然抬头，紧紧捏着锦囊，死死盯着凫风初蕾。

月色下，她面容皎洁，眼神却冷冷清清的，有一种凛然不可侵犯的王者之威。

媚药令他兽血沸腾，对面的脸又娇艳如花，于朦胧之中有种致命的诱惑，他本能地要扑过去，却听得委蛇警惕的声音："小子，你怎么满身酒味？喝醉了？"

凫风初蕾也注意到他双眼血红，举止也异于往常，便后退一步，淡淡地说："你先回去，有事明天再说。"

小狼王一看就要错过时机，可又想不出什么借口留下她，一时情急，心想，无论如何也不能让她走。

委蛇大叫："天啦，这小子眼神散乱，神志不清，好像中迷药了……"

凫风初蕾面色大变，环顾四周，看到之前那一截被委蛇灭掉的熏香，却没注意到小狼王手里的锦囊。鼻端一股淡淡的幽香，随即四肢无力。她直觉不妙，几步就奔向小屋，可是，尚未推开门，身子便摇摇欲坠，倒在了门口。

委蛇护主心切，可蛇尾刚刚卷起，双头摇动几下，也软绵绵地倒在了地上。

小狼王三两步跑过去，一把抱住了凫风初蕾。枯黄的草地十分柔软，他顺势将她放在地上，月色下，她的脸庞就像一朵盛开的芍药花。

小狼王狂喜如嗜血的猛兽，几乎马上就要咬住新鲜猎物的咽喉。

他背心忽然一麻，整个人便被一只大手抓住，远远地扔了出去。因为愤怒，此人出手很重，旁边就是一块大石头，小狼王的头正磕在上面，他一摸头，满手的鲜血，待要翻身爬起，眼前一花便晕了过去。

黑暗中劲风一闪，一个人影掠过，迅疾往北岸的山谷逃窜。她奔走的脚步撞在前面一座小山上，仓促后退几步，站定后笑声妩媚得就像春天发情多时的母蛇。

百里行暮顾不得他，追了出去。

"百里大人不去追踪维马纳，却一直跟着我，莫非对我动心了？"

"涯草，我曾警告你，永远不要再出现在我面前！"

她再退一步，满不在乎地说："我可没有主动出现在百里大人面前，是你偏偏要来追我！"

"你对凫风初蕾做了什么？"

她故作惊讶："我能做什么？"

百里行暮缓缓地："涯草，你在万国大会上偷袭防风氏，现在又和大费勾结，暗算小狼王，到底所为何事？"

　　涯草媚眼如丝，"我可不是和谁勾结，我是好心成人之美。小狼王对凫风初蕾朝思暮想，我见他们年貌相当，当然就想成全他……"

　　百里行暮死死盯着她。

　　"怎么？百里大人还是想娶凫风初蕾？不过，凫风初蕾已经中了我的独家媚香。百里大人这一辈子也没机会了。"

　　"把解药交出来！"

　　她斜他一眼："解药就是小狼王！"

　　百里行暮面色变了。

　　她笑得花枝乱颤："百里大人，你难道已经忘了我最擅长的是什么了？是不是沉睡一万年让你忘记了许多事情？那我就再提醒你一次，凫风初蕾和小狼王一起中了我的独家媚香，她要想活命，唯一的解药便是和小狼王交合，否则，三日之内必将七窍流血而死……"

　　"对一个跟你毫无关系的陌生人，你居然也能使出如此毒辣的手段！"

　　她的笑声停了，恶狠狠地说："没错，凫风初蕾本来跟我毫无关系！可是，百里大人你喜欢她不是吗？你越是爱她，我便越是恨她……"她随手一指凫风初蕾的方向："要是天亮之前她还没跟小狼王好，她便会毒性发作。对了，我还得提醒你最后一次：只能是小狼王，别的男人一碰她，她就会死……"

　　她咬着嘴唇，又瞄了百里行暮一眼："你也不例外！"

　　话音未落，她的双脚已经脱离了地面。她惊呼一声，完全没有还手之力，整个人仰面倒在了冰冷的山地上，大睁着眼睛惊恐地看着百里行暮。

　　百里行暮淡淡地："错在我！"

　　一万年之前，他便该杀了她。甚至刚刚复活的去年，也该杀了她。只因念在巨人一族已经彻底衰微的份儿上，才没有及时将她废掉，不料发生今日之事！

　　她尖叫："我可是巨人一族唯一的女人了，我要是死了，巨人一族就真的绝后了……"

　　她的尖叫忽然停止，面色就像一片金纸。她甚至没来得及感觉到疼痛，只是惊恐地发现自己身上的一股气流在急促溜走。

　　"天啦……"

　　她要翻身坐起来，可是，只能直挺挺地瘫在地上，就像一条被抽去了脊髓的蛇，属于巨人一族的能量竟然一点也不剩了。

　　宁愿重伤，宁愿死亡，也不能是一个瘫子。一个自诩美貌无双的女人，要是瘫痪了，这一辈子还有什么意义？

　　她嘶声道："百里大人，快救救我……"

　　"你死不了！"

他淡淡地："正如你所说，我不能杀巨人一族唯一的女人！可是，从此刻起，你一辈子也没法站起来了！还有，你最好祈祷凫风初蕾不死，否则，你就算成了瘫子，我也一样杀你！"

小屋里，凫风初蕾双目紧闭，她的脸红得吓人，慢慢地，额头也一片血红，就好像全身的鲜血全部涌上了表皮，很快，手脚脖子都变得通红。

她整个人，已经成了半透明的血人。

委蛇吓呆了，双头一动也不敢动。就连百里行暮伸出的手也停在半空中，生怕稍有碰触，便会令那透明的皮肤破裂，浑身血尽而亡。

好毒的媚药。

若非他及时赶回，用玉红草果实令凫风初蕾沉睡不醒，只怕她当即便挣扎而死了。

委蛇忧心忡忡："这毒是不是无药可解？"

百里行暮抬起头，看了看窗外。

涯草的狠毒，他是亲自领教过的，一万年的沉睡，在几千度的重金属溶液里煎熬，五脏六腑都差点化为灰烬，纵然侥幸重生，也无法彻底痊愈。对于凫风初蕾，她当然更不会手下留情，媚药无解便是真的无解。

仅仅是妒忌一个人，居然能下这样的毒手。

委蛇从未见过他如此紧张，得知凫风初蕾这毒有死无生，内心更是恐惧，只暗暗发誓，要是再见到小狼王，一定把这厮千刀万剐。

晌午已经过去，一人一蛇浑然忘了饥饿。而躺在地上的凫风初蕾，浑身更加鲜红，渐渐地，那奔涌的鲜血随时便可能渗透肌肤，破裂而出。

若在清醒的时候，不知该是何等骇然的痛楚。

委蛇看得胆战心惊，却一筹莫展。

黑气马上就要越过凫风初蕾的心口。委蛇已经不敢再看，它垂着头，傻傻地守在主人旁边，心里只有一个念头：只要主人一死，立即就去把小狼王宰了。

"委蛇，你替我掠阵。"

它蓦然抬头，只见百里行暮表情十分从容镇定，一点也不担心凫风初蕾要死的样子。

"百里大人这是？"

"封好门窗，不要让任何人进来！无论看见我有什么变故，都不要作声。"

委蛇惊异交加，但向来拜服百里行暮，便连连点头："百里大人放心，委蛇一定做到万无一失。"

百里行暮手里拿着一条怪异的绳子，绳子两端都是粗长的大针管，只见他略一迟疑，便将针管的一端插入凫风初蕾心口。

很快，委蛇便见绳子里红色涌动，凫风初蕾周身的血液竟慢慢地被抽出来。

眼看差不多了，百里行暮便将针管的另一端插入自己的心口，委蛇定睛一看，只见他身上的血液正一滴滴涌入凫风初蕾的心口。

委蛇也算见多识广了，却从未见过这样的解毒方法，蛇脸都吓白了，却又不敢多言，只暗骇：天啦，百里大人究竟在做什么？

难道要全身大换血？

百里行暮的脸，越来越白，气息也越来越弱，不知过了多久，他猛地将心口的针管拔出来，腿一软，竟然跌坐在地。

委蛇急忙去搀扶他，他一摆手，气息微弱地说："不碍事，快看看你家主人……"

委蛇急忙转身，惊奇地发现凫风初蕾浑身的黑红竟然完全淡去，露在外面的手又变得莹润光洁，白皙得几乎透明。

"谢谢百里大人……真是太谢谢百里大人了……又是百里大人救了我家主人……"

委蛇大喜，可一转眼，却看到一股鲜血从百里行暮的胸口喷涌而出，他的白衣被血色染红，而内里五脏六腑处，就像熊熊大火在猛烈燃烧。

就连他火红的长发，也隐隐地显出一丝苍白。

委蛇失声道："天啦，百里大人……"

百里行暮额上流淌着豆大的汗珠，他闭着眼睛，一句话也说不出来。本是泰山般坚毅稳定的身躯，居然一直在微微颤抖，好像就要油尽灯枯。

委蛇细细一看，忽然发现，他整个人都好似透明一般，五脏六腑在急剧萎缩，已经变成了很小的一块，再被这熊熊烈火一烧，似乎随时便会化为灰烬。而且，心脏的最深处，已经是一块一块的黑色焦炭。若非半神人的体格，他早就灰飞烟灭了。

它颤声道："百里大人……你……你的心口……在燃烧……不，是在熔化……天啊，居然一点一点在缩小……"

豆大的汗珠一滴一滴往下掉，过了好一会儿，百里行暮才低声道："没错，等剩余这点心脏彻底熔化，我就不会存在这个世界上了……"

他看了看凫风初蕾已经渐渐变白的脸庞，微微一笑："你家鱼凫王醒来之后，必定功力大增，从此以后，谁都别想再轻易陷害她了。"

委蛇待在一边晃动双头，却一句话也说不出来。

第八章　青元夫人

漫长的沉睡，连梦都没有。

枭风初蕾睁开眼睛，惊奇地看着头顶的一片红色——不是熟悉的小屋，也绝非寻常的屋顶，她看了好一会儿，发现那居然是一片红色的花瓣。

伸手摸一摸，真是花瓣。如在梦里，她揉揉眼睛，一伸手便将花瓣推开。

蓝天白云，花木遍山，低头，看到自己坐在一朵红色的花蕊之上。

"初蕾。"

枭风初蕾从未见过这么大的红花，每一朵皆一丈多高，半丈来宽，一个成年人坐在里面竟然丝毫不觉得拥挤。花有三瓣，随风舒展，合拢来，便是一间遮风挡雨的屋子。

她咯咯大笑，跳起来："这是什么花？太神奇了。"

"三瓣莲。"

他凝视她，眼神里满是欣赏赞叹，呵，那可真是一个奇迹，她从巨大的花瓣里跳出来，简直就像一个新生的精灵。

不，这世界上任何精灵都没有她这么美丽可爱。

委蛇长叹一声："百里大人，多谢你救了我家主人。"

百里行暮却一直凝视她，觉得委蛇这句感谢特俗气，而且不合时宜，这精灵一般的小人儿，谁会不爱惜她呢？

她一怔，这才想起中毒的那一夜。可是，一伸手，除了四肢略略酸软，没有任何别的异常。

"呵，我记得我中了小狼王下的毒……怎么现在什么感觉都没有了？"

"小毒而已，不足为虑。"

他轻描淡写，她便也如释重负，心里却想着：就算中毒了，在强大的百里大人面前，也无非是雕虫小技吧。

委蛇看她轻松的神情，暗叹一声，便不再多话了。

百里行暮柔声道："初蕾，你喜欢这里吗？"

温柔目光比朝阳更加和煦，她心里一暖，往花瓣上一坐，环顾四周，发现他二人置身于连绵起伏的原始森林，远处有悬崖峭壁，群峰之间，藤萝为桥，竟是前所未见的奇异美景。

她注意到，西北方向有一座山峰特别高，于云雾缭绕的群峰之间，特别突兀。一眼望去，就像一把笔挺的剑，直直插向天空的心脏，也不知没入云端究竟还有几许。

百里行暮随着她的目光而去："这便是不周山。不过，我们只是在半山坡，现在要上去顶端，已经难如登天了。"

鸟风初蕾蓦然站起来。

不周山！

这就是传说中的不周山？

从阳城到不周山，相距何止十万八千里？又没有维马纳，怎会一夕之间就到了？

她不敢置信："我昏睡了多久？"

他还是轻描淡写，"三个月而已。"

居然整整三个月了。

"什么迷药这么厉害？"

"小狼王从涯草处得来媚药，所幸你身上还有一颗玉红草果实，服下了，昏睡了一段时间，迷毒就解除了。"

也许是百里行暮的语气太过平淡，就好像他历来的做派，对什么都满不在乎。所以，鸟风初蕾压根儿就没料到自己中的病毒是多么可怕，也懒得追问小狼王的下落，只眺望远处的不周山。此刻对这座山的好奇心，已经压倒了一切。

"一觉醒来，居然身在不周山，呵呵，真是做梦都不敢想。"

她伸出手，仿佛要抓住一把头上流淌的袅娜白云，深呼吸道："哇，不周山好近，简直就像在我眼皮底下一样……"

他一摊手，掌心里已经多了一枚红色的果子。

鸟风初蕾接过果子，这才发现对面便是一大片的红树林，叶子、枝丫、树干，甚至树上的果子，统统是血红色。

她好奇地问："这是什么果？"

"不周山之果。每一颗可以增加十年能量。连续服用半个月以上，你就会具有单独攀登这座山的能量。"

初蕾大喜。

初蕾忽然想起当日他追维马纳而去的情形，就问："你查到是谁偷走维马纳了吗？"

"那是女巨人涯草的调虎离山计，她想害你而已。"

"涯草为什么这么恨我？"

他一时语塞，不知如何回答。

她眼珠一转，微微一笑："是了，一定是她特别恋慕你，可是你又不喜欢她，所以她就移恨于我，以为只要我离开你，她便可以得到你了。"

他凝视她："初蕾，是我给你带来灾祸……"

她也凝视他，只觉站在高山之巅的他英俊得令人不敢直视。

她的心跳砰砰的，她急忙移开目光，跳起来，挥舞双臂，觉得浑身精力充沛。一转眼，又见前面大片的红色三瓣莲如此美丽，不由得放纵奔跑几步，但觉风里、花里，一阵阵淡淡的香味萦绕，沁人心脾。

"我偏不把你让给别人，别说涯草，任何人都不行！"她大声宣布："百里大人，你今后就属于我一个人啦！"

她咯咯大笑，在红花丛里越跑越远。

百里行暮遥遥看着她轻盈的身姿，他想自己明明滴酒不沾，却醉然醺醺，四肢百骸每一个毛孔都仿佛同时沐浴在了春日阳光、冬日温泉，舒服得不可思议。五脏六腑沸腾的疼痛都被压抑下去，就像从来没有受过伤害一样。

他笑起来，整个不周山仿佛都跟着笑起来。他从来没有保护好自己，可是一定要把她保护得好好的。

委蛇低叹一声，忧心忡忡："百里大人，你为我家主人付出太多了。要不是为了救我家主人，你的元气也不至于……"

他脸上的笑容丝毫不变，只是声音很低很低："这件事永远不要在她面前提起。"

"大人放心，委蛇并非多嘴之人。"

山巅之上，温泉氤氲。

温泉两岸，全是蓝色的丝草。

星光下，这些蓝色的丝草就像最上等的蚕丝，迎风摇曳，柔软细腻。凫风初蕾随手摘下一根，在手里绕成圆圆的指环。她往无名指上一套，指环大大的，又松又散。

百里行暮瞧得好笑，柔声道："初蕾，这个太大了点儿……"

她却神秘一笑，一把拉过他的手，将蓝色丝草的指环理直气壮往他的无名指上一套："你看，大小正合适。"

他哑然失笑。

她却紧紧握住他的手，细细手指按在那指环上面："百里大人，这可是我送你的定情物……"

他惊叹："真是定情物？"

"当然！"

"难道不该是我送你定情物吗？怎么反过来了？"

"你不是第一次就送了我小玉瓶吗？"

他嘴角露出了笑意，这小人儿。敢情第一次，她就已经把那小玩意儿当了定情物？

"百里大人，你听好了，等我们一回金沙王城，我便公告天下，立你为男王后。"

蓝色指环，精巧无比，用力一拉，竟然十分结实。他看了看，居然觉得非常漂亮，满意地点点头，珍重地说："嗯，这个信物，我可要收好了。"

"干吗要收好？"

"以后，你要是反悔了，我就拿出信物。哼哼哼，小鱼凫王，以后，你可不能负我。"

她稀奇:"我才不会负你呢。"

他慢慢转动指环,不经意地问:"初蕾,以后要是你很长时间见不到我,又有别的优秀的少年喜欢你,你会动心吗?"

"为什么我会很长时间见不到你?"

"我是说假如……"

她斩钉截铁地说:"没有假如啦!百里大人,我已经决定了,从现在开始,无论如何也不让你离开我了。要不然,我干吗送你指环?"

"哈!初蕾,就这么说好了!以后,你这个小鱼鬼王可不能再送任何男子指环了。否则,我会吃醋的。"

她也略略大笑:"你放心,除了你,我谁也不送。真的,百里大人,我保证,今生今世,我只送你一人,也只喜欢你一人。"

甜言蜜语,就像世界上第一流的疗药。

残损的心脏,在某一瞬间,不药而愈。

尽管只是一个假象,他还是笑容满面。毕竟,几万年的岁月里,他还是第一次听到这么甜蜜、这么可爱的情话。

他的目光,慢慢转向对面白雪皑皑的不周山。

贪念再次滋生。不周山上,可有我要的奇迹?

凫风初蕾顺着他的目光,夜空下的云雾彻底散尽,能将遥远的天柱看得更加清楚明白。

她很清楚,走这一趟,他一定要去不周山。可是,如此高不见顶的大山,如何才能攀越?

"百里大人,我们真的要去不周山吗?"

他沉默了一下,才答:"如果没有合适的交通工具,很难攀越。"

"可是,我们到哪里去找交通工具?"

百里行暮尚未回答,只见西北方向亮光一闪,仿佛一道白色的烟雾划过,天空中,隐隐传来一阵巨响,但一瞬间就消失了。

凫风初蕾也看到了,她震惊了:"维马纳又出现了?"

"没错!这是我第三次看到飞行的维马纳。初蕾,我们得去西北一趟。"

"西北?"

"是的,维马纳每一次都是往西北而去,我猜,西北大漠,一定有非常惊人的秘密,要不然,大费也不可能尚未坐稳龙椅,就把涂山侯人发配到了那里……"

凫风初蕾蒙了:"涂山侯人什么时候被发配了?"

百里行暮叹道:"三个月之前,大夏王和国师皋陶先后暴毙,大费趁机登基。毫无根基的涂山侯人完全无法阻止他,自己也被大费发配西北大漠。据说,大夏王死后,西北大漠连续闹妖,大费借口让启王子去降妖除魔,还顺带征了十万徭役跟他一起去大漠。"

委蛇也惊呼:"大夏王怎么会死?"

"大夏王和皋陶同时暴毙,大费对外界公布的原因是他俩于万国大会上受挫,抑郁而死。但真相如何,可能只有大费自己才知道。可能是怕涂山侯人追查真相,所以大费设计将他发配西北大漠,涂山侯人孤掌难鸣,自身难保,只怕也无法追查什么真相了。"

凫风初蕾惊呆了,完全没想到自己昏睡三个月,大夏已经翻天覆地了。

一山有四季,四季不同天。

但是凫风初蕾发现,这个不周山拥有的不是四季,而是四色。除开地上五颜六色的野草、野花、野菌,这山上居然只有一种树木。这些树木分别有四种颜色:红色、黄色、蓝色、黑色。树木高大茂盛,直冲天际。

最神奇的是,只有红色的树木上才有果实,其他三种都只有孤零零的叶子,似乎永远也不会结果。而且,她发现,这些树上的叶子是不会掉落的,好像几千几万年来,它们就是那个样子,不增加不减少,不新生也不死亡,就算你伸出手去摘,也不见得能把叶子摘下来。

委蛇一边吃果子,一边啧啧称奇:"这不周山果然神奇。"

这半个月中,她和委蛇每天的食物都是这种果子。原本食用单一食物,人类很快就会厌烦,可说也奇怪,她们一开始服用不周山之果后,便觉特别饱足,每日吃三颗,便觉身轻如燕,神清气爽,一点也不想念昔日的各种美味佳肴了。

"初蕾,你把这颗果子摘下来。"

她抬头,看到距离头顶四五丈高的一颗孤零零的红色果子。

她本能地伸出手,忽然察觉自己飞起来,一下就抓住了果子。她大吃一惊,双脚踏地,嚷嚷道:"这是怎么了?我怎么可以飞起来了?"

委蛇也手舞足蹈,因为它已经冲上了十几丈的高空,蛇尾一扫,又稳稳坠地。

"这就是不周山能量果的功效。现在好了,初蕾,你和委蛇都已经能量大增,可以随我去西北大漠了。"

她欣然答应。

白旗镇是西北之北最繁华的一个小镇。

二人一蛇踏入白旗镇时,已经入夜。凫风初蕾惊奇地看着灯火通明的一条街以及川流不息的人群,看着各种小吃、听着吆喝叫卖声。高矮胖瘦,肤色各异的各色人种,不一而足。

前面有一间很大的酒肆,远远便听得吹拉弹唱,好不热闹,一个瘦巴巴的小二站在门口招呼："今晚有好戏咧！一位五两金子，只要五两金子哦……"

兕风初蕾拿出十两金子，小二满脸笑开了花："二位客官请……哟，这位小客官还带着一条宠物？宠物蛇也是可以进店的……对了，它不咬人吧？"

百里行暮一伸手，委蛇便钻入了他的袖子里面。

店小二松一口气："二位请……"

兕风初蕾和百里行暮上了二楼，在最边上的一张桌子前坐下。旁边商旅们的高谈阔论声传来：

"你们都知道了吧？发财的良机到了，大费王令十万徭役在沙漠里为大夏王修建陵墓镇压妖怪，我们光是贩卖粮食便会发一笔大财。"

"十万徭役，吃穿用度都是一个天文数字，而且，据说少则需要三五年，多则需要十年八年，我们可是有生意做了。"

"我们正好熟悉那条线路，我们有固定客户提供骆驼，最多的时候，可以征集上千头骆驼。"

"一千头骆驼算什么？据说，小狼王拥有三万头骆驼……"

"小狼王不是去年才被打得落花流水吗？哪来的三万头骆驼？"

"这你就落伍了吧？据说，小狼王的王后是白驼国首领的小女儿，在小狼王成亲当夜，王后被大费王抢走。据说，这王后美貌无双，小狼王对她痴心一片，为了救她，不惜千里迢迢赶到阳城。据说，正是他的一片痴心感动了大费王，大费王索性把这绝色美人还给他了……"

一片惊叹声之后，那人又继续道："小狼王带着王后回到白狼国后，白驼国的首领便为小狼王又献上了三万头骆驼……"

另一人接口："没错，上个月边境就发布了公告，小狼王已经向大费王俯首称臣了。据说，他因此获得了西北之北上万里的土地赏赐。要不然，我们大家今天怎么可能安然无恙地坐在白旗镇？"

"赏赐万里领土给小狼王？大费王难道傻了吗？"

"诏书上说得清清楚楚，西北连年战事，百姓流离失所，如今又有妖孽横行，大费王登基后，以仁治天下，不愿意再起兵戈，所以才把西北之北赏赐给小狼王。一来，是让小狼王帮着降妖除魔；二来，是要小狼王帮着运送十万徭役所需的粮草……"

兕风初蕾很惊讶。

从这群商旅的闲谈中得知，西北大漠屡屡闹妖，这群妖怪卷走了边境几万人，大费为了"安民"，所以令涂山侯人率领十万徭役于大漠中修建大夏王的陵墓来镇妖。可是，真有妖魔的话，修建陵墓岂能镇压？

百里行暮端着粗劣的陶质酒樽，只不动声色地听着，可内心深处，忧虑却渐渐加深了。他忽然意识到一个问题，这些天屡次出现的维马纳莫非跟"妖魔"有关？小狼王在其中又充当了什么样的角色？

　　夜深了，周围的扰攘还在继续。
　　一扇大门将扰攘统统关在外面。那是东北角的僻静地，也是枭风初蕾再付了五两黄金之后才换来的"雅间"。游历几年，这是她投宿过最贵的客栈，但是，环境却不是最好的，硬邦邦的一张床板，不过好在干净。
　　旁边，是百里行暮的房间。他站在她门口，微笑："初蕾，这一路行来，十分疲乏，你早点休息。对了，这也可能是我们此行唯一一次住店了，再往前，全是沙漠，就不太可能还有客栈了，甚至是渺无人烟……"
　　她点点头。他便进了隔壁。
　　屋子空荡，一轮弯月，委蛇的双头在窗外一点一点，早已陷入了假寐，但枭风初蕾却一点睡意也没有。
　　一直赶路，十分疲乏，四肢无力，精神却十分活跃。偏偏窗外隐隐传来吹拉弹唱的声音，叫好吆喝的声音。那些醉醺醺的商旅在这个不夜小镇正在醉生梦死，不到天明，他们是不会睡觉的。
　　枭风初蕾睡不着，她索性坐起来。
　　听得敲门声，百里行暮开门了。他看着枭风初蕾，有点意外："初蕾，你还不休息？"
　　她的声音软软的，"百里大人，这里的夜市很热闹，我们一起去看一看吧？"
　　"夜市也没什么好看的。初蕾，快去睡吧，好好珍惜这一次住店的机会，以后，都是在茫茫大漠风餐露宿，想歇息也没处歇了，快去休息吧。"
　　"可是，我睡不着嘛……"她嘟着嘴巴，孩子气的大眼睛里满是笑意，然后她走进了他的房间。
　　她在他的床榻坐下，往后一躺，舒舒服服地靠在他的枕头上，叹道："好奇怪，我在隔壁房间，觉得这客栈哪里都不舒服，可是，到了你这边，就觉得舒服多了，枕头更软，床也更干净……"
　　他说不出话来。因为他发现她躺着的时候，少女那莹润优美的曲线，就像起伏不定的波浪，令人心潮涌动，浑身燥热。
　　她双眼亮晶晶的，嘴唇红润得就像雨后的花瓣。他忽然想冲上去，狠狠地咬一口那漂亮的花瓣。
　　可是，他的脚步生生定在原地，一动不动。为了救活她，给她全身换血，自己却身染剧毒。他想起了涯草那邪恶的讥笑：百里大人，你想碰她吗？可是，你一碰她就死。
　　他不想她死，尤其她那么可爱。
　　可是，枭风初蕾哪里知道他心中所想？她只是悠闲地躺在他的床榻，肆无忌惮霸占了他的休息之地，也不觉得有什么不好意思的。她内心里只有一个真实的想法：这样跟他面对面，真是比自己一个人躺在隔壁胡思乱想好太多了。也不知怎的，在一起越久，越是无法分开。天天腻在一起，分开一会儿，就觉得受不了。

她呵呵笑着："百里大人，你干吗一直站在门口？过来跟我聊聊天不行吗？"

他其实根本没注意到她说了什么，只是看到那可爱的红唇、如水的眼睛，尤其是她半撑着腰，身姿情态之中有一种她自己完全不知道的青涩的妩媚。

脑子里，一个疯狂的声音在大声呐喊：临死之前，我总该亲近她……我太想亲近她了……我无论如何要得到她……我希望永远跟她在一起……

脚步也失去了理智。他自动走过去了。

"初蕾……"

她坐起来，咯咯笑着，一把就抱住了他的脖子。温软的气息吹拂在他耳边，她的声音就像午后蜜蜂刚刚采集的蜜糖，沙沙的、甜甜的、腻腻的，有种不可思议的魔力："呵呵，百里大人，这一路上，我老是想要抱着你。真的，我刚刚睡不着，一直都在想这事情……我一直想要亲亲你……你……你该不会笑话我吧……"

"初蕾……"

"砰"的一声，楼下传来一声剧烈的响动。

他跳起来。凫风初蕾顿觉身上一凉。

他慌慌张张，面如死灰。

凫风初蕾吓一跳，悄然坐起来，"怎么了？百里大人？"

他颓然坐在旁边，一动不动。

楼下，并未有什么了不起的敌人，可能只是小二不小心踢翻了一张凳子，或者某个粗心的客人不小心打烂了一个陶罐而已。

可是，这一声，却如铁锤般重重地敲击在他心上。

我岂能为了一己之私，让她再次感染剧毒？我岂能为了一时欢愉，让她陷入绝望的境地？须知，我作为一个半神人，有强大的元气和能量，也只能勉强克制病毒，一天天等死，更何况她如此弱小的人体？

纵然体内还是熊熊烈火，可理智已经彻底回归。

他心平气和地说："初蕾，你回去休息吧。"

凫风初蕾根本不知道他一直在压抑这么巨大的痛苦，她只是有点尴尬，也不知怎的，她觉得自己此刻有点儿像涯草。她对涯草并不熟悉，可是，她知道，涯草一直企图勾引百里行暮，却从来没有成功过。

现在，她忽然觉得自己也是勾引百里行暮未遂。她低着头，红着脸，仓促地将自己凌乱的衣服整理好，狼狈不堪地跳下来。

直到隔壁传来关门声，百里行暮才慢慢从门口走到床前。

对于巨人来说，这张人类的木床实在是太小了。可是，他不在乎，因为他会自动变幻身形，怎么都能躺下去。可此时，他却一点休息的心思也没有。

他的左手轻轻按在心口，午夜之后，那剧烈的灼热燃烧之苦就更加明显。白天，还能因为赶路而勉强压抑，可这夜深人静的时候，那痛苦便肆无忌惮地蹿出来，毫不留情地在一点一点吞噬内里的五脏六腑。他静静地躺下时，甚至能清晰地感觉到心脏在一点一点地缩小，就像死亡不请自来。

迷迷糊糊中，隐隐听到维马纳划过天际的声音。

可是，太过遥远，他懒得起来查看。反正，最后无论是什么样的敌手，自己总会应对。

在一股淡淡香味之中，百里行暮在黑夜里睁开眼睛。

明明是深夜，他却把对面的女子看得清清楚楚。

紧闭的门窗，对她来说，简直如若无物。她不过二十来岁，青色袍子上编织五彩祥云，乌发垂腰，脸腻如玉，头上戴九云夜光冠，腰上佩戴焚烧了六次的玉圭，真真是明媚秀雅，如春雪异彩。

百里行暮的目光却落在她腰上悬挂的"召玉剑"上。召玉剑是诏令三界十万玉女上仙的令剑。来者，竟然是十万女仙之首青元夫人。

"青元夫人？"

青元夫人打量这间小小的客栈，语声温和："百里大人居然还记得我。"

百里行暮的震惊之情更甚："你们居然还在地球上活动？"

"百里大人不该为此感到意外才对吧，你不是在涂山已经见过云华夫人了吗？"

"你为云华夫人而来？"

青元夫人长叹一声："冤孽，真是冤孽。她为了辅佐夏王，滞留人间百年。夏王死后，我们以为她必定回归天穆之野，不料，她又放不下夏王的儿子……"

夏王的儿子，当然就是涂山侯人。

"其实，云华夫人还是其次，每一百年，我们都会到人间界看看天数定论，百年之期总会出一些大事……"

"原来上古各神族还在定期巡查地球？"

青元夫人摇摇头："不周山之战后，地球污染严重，大神们纷纷远走高飞。西王母一族也仅仅是偶尔巡逻一下，再也没有插手过人间事。"

青元夫人的目光却慢慢往下，落在他的心口处。

她的目光，就像锐利的射线，将他萎缩到极限的心脏看得清清楚楚。她看出他的心脏就像一个小小的核桃里面只剩下一点点桃核。

"百里大人，你的情况可真是不妙啊！"

百里行暮也低头看了看自己的心脏。

"西王母一族虽然有不死药，但是……"

他打断了她的话，淡淡地："我重生的机会，已经被我浪费掉了。就算有不死药也无济于事了。"

青元夫人好奇地看着他,"若不是百里大人执意挽救凫风初蕾,这个劫数本是可以避过的!毕竟,共工大人乃半神人之体,按理说,根本不会执着于男女之私……"

百里行暮忽然抬起头,锐利地盯着她:"青元夫人怕不是为了看我死不死而来吧?"

她面不改色地说,"百里大人,你不觉得你犯了很大一个错误吗?"

"错误?"

"你万万不该破罐破摔,自认为要死了,干脆就将绝世神力也就是你的浑身鲜血全部传给凫风初蕾。"

他不以为然:"你早该明白,我的神力根本没剩下多少了。"

"就算不周山之战后,你的神力只剩下不到三成,可是,共工的神力加上四面神一族潜伏的神力也不低啊!百里大人考虑过后果吗?所幸她年纪轻,暂时还无法融合两种神力,可假以时日,她融会贯通,后果真是不敢想象啊!"

百里行暮没有回答。

她低叹一声,悠悠地说:"百里大人还记得不周山大战之前的那场选举大会吗?"

他有点失神。那是历史上最盛大的一次中央天帝选举,几乎各大神族都派了代表,而青元夫人便是西王母的代表。

青元夫人记得清清楚楚,当年的红发少年热血沸腾,俊朗高大,他侃侃而谈,慷慨激昂,每一场演讲都极富震撼力和煽动力。少女们为他尖叫疯狂,少男们则为他绝世的英雄气质拜倒,景仰不已。

可是,在那场选举中,他居然没看到西王母一族的女子,西王母一族容貌艳冠天下,无论走到哪里都是一等一的焦点人物。更何况,她们掌握生死药,又是众神巴结的对象。直到她走到他面前,伸出手:"百里大人,你可以叫我阿环。"

百里行暮忽然笑起来:"阿环。"

她的双眼立即亮了:"百里大人能记得我的名字,真是令我开心。不过,选举当天,你可一直没怎么注意到我。"

他也笑:"那天人太多。"

她笑起来:"那次盛会人太多,百里大人没注意到我也正常。不过,百里大人,那一次,我可是专门为支持你而来。"

她声音虽然平静,可提起往事,眼里顿时闪过一丝花火。

"后来,我们常常在想,若是那场选举结果遵从事实,历史会怎么样?"

若是遵从了选举结果,战争就不会爆发,就不会有不周山之战,可是,历史不容假设。

"我们都认为,如果是你继任了中央天帝,地球上最少有四分之三的领土依旧四季如春秋,而不是变成现在这样,连大神都没有落脚之地了。"

百里行暮淡淡地："所以，我还是罪人。"

她的目光又落在他的心脏处，正要开口，忽然听得一阵敲门声。

百里行暮看她一眼，开了门。

门口，凫风初蕾四下张望，却什么都没看到，她狐疑地看了百里行暮一眼："我怎么老觉得百里大人房间里有人在讲话？"

而且，还是女子的声音。

他还没回答，一个声音响起来："这位便是小鱼凫王吧？"

那是凫风初蕾听过最美的声音，她来不及关注她的容貌，便被这柔美的声音所倾倒。简陋的客栈就像多了一颗夜明珠，整个屋子都变得明亮起来。女子的青袍光彩艳丽，远远胜过人间一切的绫罗绸缎。尤其她头上的三角髻，齐腰的黑发，加上那九云夜光冠，真真是光彩夺目，明艳绝伦。她看起来不过二十岁模样，可举止间既有气派雍容华贵，远超凫风初蕾生平所见识之女性。就连云华夫人也远远比不上。

凫风初蕾万万没想到百里行暮的房间里，深夜会走出这样一个女子，一时倒一怔，张着嘴巴也不知道该说什么。

青元夫人眼里一抹好奇一闪而过，她笑眯眯地转向百里行暮，百里行暮却淡淡地说："初蕾，你有事吗？"

她慌忙摇头。

"我只是听到百里大人房间里有声音……我……我……"

他和颜悦色道："初蕾，我和阿环还要谈一点事情。"

他下了逐客令。

他为了别的女子，不愿意她再停留。

她还是慌慌张张地："我……那我先走了，你们谈……你们谈……"

言毕，转身就走。

百里行暮在她身后轻轻关上了门。他当然看到她满眼的失望，甚至是满满的委屈。

纵然是统领十万玉女的青元夫人也啧啧称奇："真是不可思议，人间竟然还有这么美貌的女子！"

随后，她长叹："得知百里大人受伤后，我一直在暗忖，百里大人是不是真的傻了，原来！原来！"

接连说了几个原来，她便不说下去了。

她内心竟然有点凄怆。但凡见过这样的一个少女，所有女子都会明白：自己绝不是她的对手。那美，惊心动魄，嚣张得可以无声无息灭掉所有敌人。

她向来自以为是三界十万玉女之中最美貌者，可见了凫风初蕾，方知颜值这种事情，真的是天外有天，人外有人。

青元夫人沉默了很久。

百里行暮也一直沉默。只是，他偶尔会看看门口，不经意地听听隔壁的声音：他想，这一次，她一定伤心了。他的本意，从来不是为了让她伤心。

青元夫人很快恢复了笑意："以颛顼的相貌，居然能有这么美貌的女儿，这不太符合遗传学了……"

"也许她母亲极美。"

"奇怪。我居然查不到她的母亲究竟是谁。"

"也许只是古蜀中籍籍无名的女子吧。"

"就算是籍籍无名的女子，也不可能毫无音讯。真的，太奇怪了，我专门查过蜀籍，居然没有她生母的任何消息。"

这是个不解之谜，可百里行暮并不怎么关心，目光只是转向窗边。彼时，晨曦初露，快天亮了。

青元夫人察言观色："时候不早了，我也不打扰百里大人休息了。"

他点头。

"后会有期。"

他顿了顿，道："也许，后会无期了。"

青元夫人的目光再次落在他的心口，她脸上显露一抹哀戚之色。

他的伤势，已经肉眼可见了。

忽然有点愤怒，替他觉得不值。

"鬼风初蕾竟不知百里大人的伤势？"

"她是人类，不可能看得到。"

她毫不客气："她跟你朝夕相处，却不能发现你如此深重的伤势，若不是极其的粗心，便是依赖你惯了，自以为你有极大的本领，根本不可能受伤……"

他还是十分平静："大神的眼里，看什么都容易。可凡俗之人，真不具有这样的慧眼。"

青元夫人想了想，没有反驳。可是终于还是没忍住："其实，百里大人可以不必去沙漠走这一趟。"

如果没有沙漠之行，他纵然要死，也会推迟一段时间。只要不死，就总还有办法。

她来便是为了告诉他这一句。沙漠之行，便是他的死亡之路。

可是，他却摇头："我非去不可。"

他问了一句："大漠妖孽，究竟是什么？"

"西王母一族有令，不得干预人间事。"

百里行暮便不再问了。

青元夫人长叹一声，似在自言自语："故人都快散尽了，也许，此生再也见不到百里大人了。"

百里行暮只是为她拉开门。

"百里大人，你多保重。"

"阿环，你也保重。"

青元夫人出门。

在门口，她看到一抹倩影。

凫风初蕾凝视着她。

青元夫人对她点点头，意味深长地笑了："百里大人，再见吧。"

"阿环，再见。"

九云夜光冠的光辉远去，淡淡的香氛还残留鼻端。

凫风初蕾抬起头，看到东边已经日出高升。她疑惑地转眼，看百里行暮，竟不知道百里行暮还有这样的朋友。

他倒是若无其事，只是看了看她的黑眼圈："初蕾，你一夜未眠？"

"我睡不着。"

她愤愤地，忽然觉得他该解释一下，怎么着也该敷衍几句。比如，"我们只是谈一点公事""我们什么都没干""我们只是普通朋友"……

可是，他一句也不解释。

"百里大人……"

百里行暮打了个哈欠，满面倦色："累了一夜，好困。初蕾，我先去睡一会儿。"

然后，他也不等她回答，便关了门。

凫风初蕾一怔，站在门口好一会儿，忽然觉得自己遭遇了生平未有的冷漠，她气得眼圈通红，几乎哭出来了。

回到房间，翻来覆去，折腾到快中午，凫风初蕾才勉强睡着，再次醒来，已经快夕阳西下。

那些晨昏颠倒的商旅大部分都还没起床，用餐的人也很少。他二人坐在一间雅座里，非常安静。

饭菜特别丰盛，甚至还有一大盘鲜艳欲滴的大西瓜。委蛇大赞："这西瓜唯有西域之地才有，我们在鱼凫国和阳城都从未见过。"

"所以，才叫西瓜嘛。"

凫风初蕾尝一块，顿觉清甜爽口，味道果然好极了。她见百里行暮微笑着看自己，就拿起一块西瓜递给他，兴致勃勃："你也尝尝。"

百里行暮接了，却不吃，只是放在一边，摇摇头："我不爱吃这些东西。"

她有点失望，不再吭声，只是默默吃饭。

委蛇察觉气氛有点诡异，也不讲话了。

明明那么丰盛的饭菜却味同嚼蜡。

百里行暮自然没有忽视她的情绪，可一时又不知道该怎么安慰她。忽然想接下来的这段死亡之旅，也许根本就没必要叫她同行了——无论是胜利还是失败，也许自己都无法走出茫茫大漠了。他并不怕敌人的厉害，而是怕自己的死亡。尤其是让她亲眼看见自己的死亡。

青元夫人有一句话说得不对，鬼风初蕾不是粗心，而是他这个半神人掩饰得太好。别说一般的人类，纵心细如发的委蛇，也根本没意识到他中毒了，只以为他的心脏严重受损。他已经失去了上古年代对任何人都坦诚相告的勇气。

好一会儿，他开口了："初蕾……"

她放下筷子，气鼓鼓地，心想，若是他说了什么不爱听的，自己便不原谅他了。

可是他不说下去了，他的沉默反而让她不安。

他看了看自己的掌心，然后慢慢将掌心合拢："金沙王城已经彻底露出水面了。只需要一场风、一场雨，树木青草就会复生……"

她静静听着。

"你只需要放出消息，汶山和岷山上的百姓便会逐渐迁徙回来。你还是他们的鱼凫王，现在你所要做的根本不该是去流浪，而是回去做好复国的准备工作……"

她还是静静听着。

"重振鱼凫国是你父王的遗命，也是你毕生担负的使命。"

她下意识地看了看手中的金杖，缓缓地说："百里大人的意思是不打算再和我同行了，对吧？"

他果断点头，没有丝毫犹豫。

"就因为沙漠妖魔很厉害？"

他不置可否。

"或者，是因为那个叫阿环的姑娘？"

他一怔。

她心里一抖，忽然很恐惧，不敢再说下去，可是还是没忍住："阿环，她很美！"

他不答。

"她的本领也很大，对吧？"

"她是西王母一族的青元夫人，本领远在云华夫人之上。"

鬼风初蕾一震，原来如此。

难怪她那么美。难怪百里行暮对她也礼让三分。青元夫人可是十万玉女的统领。如果有她出手，百里行暮的沙漠之行自然就多了一个强有力的援手。

她的声音很低："百里大人，你认识她很久了吗？"

百里行暮微微一笑，"当年中央天帝选举，她曾鼎力支持我。"

鬼风初蕾一句话也说不下去了，心口就像塞了一块大石头。

百里行暮还是和颜悦色："初蕾，到此为止吧。你的路还很长，以后，全靠你自己了。"

"百里大人，我想我已经明白你的意思了。"

委蛇的双头摇动，神色也很不好看。

百里行暮暗叹一声，说不下去了。

"百里大人……"

"初蕾……"

二人异口同声，却又同时闭嘴。

枭风初蕾微微一笑："那就我先说吧。百里大人，你是不愿意和我们同行了，对吧？"

他居然点点头，十分肯定。

"若是百里大人不愿和我们同行……那，我也无法勉强……"

四周很安静，只剩下彼此的呼吸声。

她忽然很希望他说几句什么，可是，他一言不发。

她很失望，慢慢起身。声音很小："好吧，那我们就不耽误百里大人了，再见吧……"

他眼睁睁地看着她走出去。

快到门口，委蛇又回头，双头昂着，蛇眼里满是遗憾，好像在说：百里大人，这样可不太好吧？但是，他不经意地避开委蛇的目光。委蛇只能恭恭敬敬："百里大人，再见了。"

"好好照顾你家主人。"

委蛇长叹一声，追着主人的背影而去了。

直到走出客栈门口，枭风初蕾才慢慢回头。

果然，夕阳西下里，有九云夜光冠的光华闪烁。百里行暮居然选择和青元夫人同行？

她不敢置信。

明明知道百里行暮这样的男子，绝无可能那么轻易朝三暮四，可是，她又无法找到更加合情合理的理由。内心深处，第一次有毒蛇在撕咬似的，妒忌得出奇。可是，这种妒忌之情并非仇恨，只是委屈，就像受尽宠爱的小孩，忽然之间被大人给抛弃了。

毕竟，自认识以来，他对她千依百顺。就算小鱼洞之战后，她冷着他、不理他，可他一直宠着让着，这让她恍惚中有种错觉：他会一辈子这样宠着自己。

除了父王之外，他是唯一令她感到温暖宁静的男子。对他的信赖，也如对父王一般。

她颓然站在尘土飞扬的街道尽处，靠着灰黑的巨大石壁，一动也不想动了。

委蛇试着安慰她："少主，金沙王城的芙蓉花应该开得漫山遍野了……"

她垂着头，一言不发。

一人一蛇，在街上漫无目的闲逛了很久。凫风初蕾也没有着急另找客栈，只是一直慢慢踽踽独行。委蛇已经缩小身形悄然藏匿在她身边，颜华草下，她就是一名平淡无奇的女子。

　　彼时，月色已经升到天空，她想，百里行暮已经走出很远了吧？

　　他那么大本事，此去沙漠，没有自己和委蛇同行，他的确方便得多。

　　甚至，再见也无期了。因为，他根本就没有跟她约定再见的时间。

　　她非常沮丧，满心忐忑。甚至下意识地想要追上去。可是，走了几步，又只能退回来。

　　委蛇忽然道："百里大人可能真的不想让我们跟着他再次陷入险境！其实，百里大人是低估我们了，服用半个月能量果之后，我感觉自己的战斗力成倍增长，我相信少主你也一样。如果我们跟他同行，没准还能帮上他一些忙……"

　　"委蛇，你还真别说，自从不周山上下来之后，我感觉自己身轻如燕，能量倍增……"

　　前面，一块椭圆形的大石，目测有三四百斤，那是小贩用来镇摆放的商品货架的东西。因这条小街太偏僻，没有夜市，石头就裸露出来。她伸手一推，那大石竟然滚了出去。待得石头停好，她追上去，又随手一推，根本没用什么力气，大石又滚出去好远。

　　她大吃一惊，随即哈哈大笑："委蛇，你看，我比以前厉害多了，我敢打赌，别说小狼王，就算大费现在站在我面前，也不是我的对手了。"

　　委蛇也笑起来："没错，他俩加起来都不是少主的对手了。"

　　"既然如此，还等什么？委蛇，走！"

　　"去哪里？"

　　她神秘一笑："你跟我来就行了。"

　　刚走几步，便停下了。

　　"凫风初蕾，你不要去找百里行暮了！"

　　她猛地抬头看着天空。四周空无一人，就好像只是一股意识，无声无息潜入自己的脑子里。

　　委蛇见她忽然停下，很是意外："主人……"

　　她一挥手，那意识更加明显："你不能再和百里行暮同行！你去，只能加速他的死亡。"

　　语气很客气，可是已经充满了责备和警告："你已经带给他太多灾难，继续下去，只能彻底摧毁他最后的生机！"

　　她大声道："你是谁？你凭什么这么说？"

　　"百里行暮已经为你付出太大代价！你要是还希望他活着，就再也不要接近他！"

　　"这是我跟他之间的事情，与你何干？"

"如果你一意孤行，以后，你会后悔莫及的！"

凫风初蕾跳起来。金杖在半空中划出一道弧线，可是，四周空荡荡的，哪里有半点人迹？

委蛇看着主人一直对着天空自言自语，小心翼翼道："少主，怎么了？"

凫风初蕾还是盯着天空："有人对我讲话……"

"我怎么没看到人？"

"我也没看到人！这声音好像自动飘入我的脑子，只有我一个人才能听到……"

委蛇大惊失色："这天下竟有这等高人？是谁？"

"我也不知道。"

"是男子还是女子？"

凫风初蕾还是摇头："算了，不管了，我们还是先去追百里大人吧。"

夜色下的沙海，一片死寂。行走其间，听不到任何声音，天地之间，到此仿佛成了一条无形的分界线，凫风初蕾停下脚步，只觉得回头路是生命，往前，便是死亡。

初蕾自言自语：要我一个人在沙漠里旷日持久地奔走，可真是受不了。

委蛇叹道："可不是吗？百里大人一个人行走大漠，真不知多么寂寞。"

她忽然很紧张，要是有青元夫人呢？他俩同行，有什么好寂寞的？

她心里紧张，脚下便加快了速度。走出不过七八里地，月色下，现出一个高大的人影。

他坐在原地，白衣如雪，寂寞得就像一尊化石。那只巨大的白鹳收缩了翅膀，静静地站在他旁边。居然是独自一人。根本就没有什么青元夫人。

凫风初蕾顾不得掩饰情绪，小孩子一般乐飞飞奔过去："百里大人！"

他蓦然抬头，不敢置信。内心忽然如释重负。手里，还捏着那个蓝色丝草编织的指环，想要掩藏，已经来不及了，他只得不动声色将之藏在怀里。

凫风初蕾看得清清楚楚。

"呵呵，百里大人。"她笑语盈盈，就像月色下开出的一朵红花。明亮的大眼睛有一丝毫不掩饰的狡黠："百里大人，你是在等我吗？"

"……"

"嗯，你一定是在等我。"她自问自答："我们同行这么久了，你一定舍不得轻易跟我分别。呵呵，我就知道，一定是这样！"

他说不出话来。好半响，才缓缓地说："初蕾，你真不该……"

她忽然伸出手，捂住他的嘴巴。温热掌心，调皮地在嘴边升腾起一股热意，他再也无法开口。

她的笑容更加欢乐，歪着头，就像一个调皮的小孩子："其实，我追上来，是因为我有几个问题需要问问百里大人……"

"初蕾!"

"我只有三个问题,希望百里大人认真回答……"

她的神情忽然有点紧张,"如果这几个问题不是我要的答案,那我以后就再也不追着百里大人了……"

他怔怔地看着她。

她便一口气说出来:"第一个问题,两年之后你可不可以陪我回金沙王城,协助我完成复国任务?"

"……"

"第二个问题,忙完这里的事情之后,你可不可以再陪我去一趟不周山?"

她的眼珠子又大又亮,黑黝黝的,就像两颗浸在蓝色海洋里的黑宝石。就连眼中那丝狡黠嘲瑟,也分外可爱和妩媚。那声音也是清脆甜蜜的,就像夏日清晨的露珠,滴答滴落在荷叶之上,悦耳得令人心醉神迷。

可她偏偏理直气壮:"我现在孤身一人,也没帮手,百里大人如果再丢下我,那我这个小鱼凫王岂不成了孤家寡人?"

他凝视她,缓缓地问:"第三个问题是什么?"

她忽然红了脸,低着头。

"那啥,百里大人,我还有一个问题……"

他笑起来。这小人儿,问题多得很。

"你喜欢那个青元夫人吗?"

声音很小很小。他却听得清清楚楚。

"不!"

她抬起头,顿时眉飞色舞,所有的小委屈彻底烟消云散了。

他也笑起来。可还是追问:"初蕾,你的第三个问题是什么?"

她的脸又红了,惴惴地,"我一想到今后再不能和百里大人同行,就觉得非常难受。所以,一定要问一问,和我分别之后,百里大人是什么感受?"

他的心口,重重一跳。

"我和小狼王曾在逃亡途中同行了几个月,但是,每一天我都巴不得摆脱他,觉得他很讨厌,跟他同一段旅程毫无意义。我也曾和涂山侯人同行一个月,他当然没有小狼王那么讨厌,而且,他是我的朋友,可是跟他分别时,依旧丝毫不觉得难受,甚至暗暗觉得自己一个人自在很多。偏偏跟你分别……"

她的声音低下去,手轻轻指了指自己的心口:"我也不知道为什么,一想到今后可能再也见不到你了,就难受、害怕,失去了只身上路的勇气。可是,我明明已经一个人在路上行走三年多了……"

他微微闭上眼睛,很清晰地听到自己残损的心脏,怦怦直跳。

"那是我第一次有这种奇怪的感觉,我也不知道是为什么,我特别害怕离开你,就像看到我父王死亡的那一刻……真的……甚至比那一刻更加害怕、更加难受……"

她提高了声音，无比坚定："百里大人，我希望能一直与你同行！"

四周忽然很安静。

她有点尴尬，却还是伸出手拉住他的手："百里大人，你该不会拒绝我吧？"

月色下，他还是一直凝视她。

她很紧张，真怕下一刻，他嘴里便说出一个"不"字！

他一伸手就将她拉进了自己怀里。剧烈燃烧焚毁的心脏，忽然重新跳动，那种麻木之感倏忽消失，恍如某一次的新生，既然都这样了，一切就看冥冥之中的天意吧。

他斩钉截铁地说："初蕾，我们一直同行吧！"

她兴高采烈："百里大人，你别忘了，除了不周山之果，关键时刻，我还能幻化四面神形御敌，虽然我现在还不能做到自控自如，但是，我一直在摸索。而且，有了不周山之果加持，再遇到危险时，我幻化的能力估计就更强了……"

"初蕾……"他很想告诉她，自己需要的并非她有多大本领，可是，他说不出来。

"百里大人……"她欲言又止。她的脸也红粉菲菲，但她还是一鼓作气地说了出来："百里大人，我就是喜欢你，一刻也不想离开你，以后，我们永远在一起吧。"

他紧紧抱住她，内心第一次软弱得一塌糊涂。

罢了罢了。如果大漠之行注定是自己的死亡之行，那么，有她相随，岂不远胜过几万年前的独自偷生？

月色西沉，星光黯淡，白鹳的翅膀慢慢遮掩天空，到了黎明之前最黑暗的时候。

凫风初蕾仔细观察，发现这只白鹳的神奇之处并不在于它比一般的白鹳大许多倍，而是它扇动翅膀时，内里露出了金属的光泽。

"百里大人，我发现白鹳的秘密了……"

他微笑着点点头："没错，白鹳和委蛇一样，都经过了改造，它其实有一大半机械的属性，能承载几千斤重量连续不间断飞行十二个时辰，飞行速度和高度虽比不上维马纳，但现在的时代，它已经是最快的了。"

委蛇笑道："那它可比我厉害多了，我只能背负几百斤重量，连续奔跑几个时辰而已。"

"可是，它不能讲话。"百里行暮拍了拍它的朱冠，笑道："老伙计，智力远远胜过体力，能讲话便是你最大的优点，这一点是谁也比不上的。"

委蛇摇晃双头，十分自得。毕竟，自己可是天下唯一一条会讲话的蛇。

第九章　　大漠之战 1

二人一蛇，昼伏夜出，不几天便走出了沙漠。

前方是一片一望无尽的大草原。

绿草如茵，牛羊成群，青涩的葡萄一串一串挂满藤架，陶盘大的甜瓜在阳光照射下已经开始成熟，一刀下去，便是艳红甜蜜的汁水。

委蛇狼吞虎咽，直到吃了十几个大瓜，才摇晃朱冠："天啦，我从来没有吃过这么好吃的瓜。无论是金沙王城还是阳城，都没有这种瓜。西域还是有些好东西。"

凫风初蕾却好奇地眺望远方，一眼望去，这片草原不知多大多广，远处，有大片大片的树林，还有清澈的河流，单峰野骆驼大摇大摆招摇而过，根本不怕人。

百里行暮说："看样子，这里便是白驼国了。"

白驼国，便是姬真父亲所在的部族，也是白狼国的姻亲族。

远方隐隐地传来喜乐锣鼓之声，百里行暮听了一会儿说道："前面有人类聚居之地，我们去看看。"

步行了约莫半个时辰，只见前面横着一片银白色的湖泊，湖水清澈碧绿，能看到里面一堆翻滚跳跃的鱼儿，大的几乎有两三尺长，数量多得随手就能抓起几条。

湖对岸则是一座座高大帐篷。和游牧民族随时要搬迁的临时帐篷不同，这些帐篷都加固成了半木屋的样子，显然这群人已经定居很长时间了。

喜乐声便是从中间最大的一顶帐篷里发出的。帐篷很高很大，基座和底部都是木质结构，到二层以上才采用了帐篷的尖顶，类似一座木质结构的小型宫殿了。

帐篷外面，则是一片十分宽大的广场，铺设了粗犷的青石板，无数人会聚此地，载歌载舞，就像赶集似的，十分热闹。

委蛇眼尖，低声道："来客绝大部分是男人。"

凫风初蕾立即拿出随身携带的男装换上，颜华草一变，她立即成了一个清清爽爽的少年。

一支商队模样的马帮从西边而来，看样子有七八十人。百里行暮使了个眼色，凫风初蕾便跟上去，悄然混迹在了人群之中。

广场中央，服饰鲜明的白驼国少女载歌载舞，而西南角落则传来浓郁的烤肉香味。放眼一看，只见上千只肥牛、几千只肥羊、肥兔、肥鸡以及各种野味在烤架上同时翻滚，而旁边一长排大灶上架着上百口巨大的铁锅里，奶茶咕嘟咕嘟翻滚着香味。

更有烤熟的番薯、面饼以及堆成小山似的水果，数量之大，足以供两三万人食用。

枭风初蕾在小狼王那场被大费搅和的婚礼上曾经见识过这情景，只是，那天的排场没这么大，人也没有这么多。

而且，陆陆续续还有各地商队赶来，人数少的有几人，多的则高达几百人甚至上千人。每一个商队前来，礼官都要收一次礼金，然后，商队首领便可以领取一个红牌，据说，拿到红色牌子之人，今晚便可以和白狼王在同一个大桌上用餐，而且，还会被一一介绍给白狼王。

更重要的是，小狼王承诺，只要今天出席了盛宴的商旅，每个人都可以得到一张边境卡——那是一张加盖了白狼国和大夏国印的边境卡。真可谓一卡在手，边境畅走，从此，他们再也不怕土匪或者军队的洗劫了。这对商旅的诱惑，可想而知。

委蛇低声道："小狼王这厮好无耻，为了多收礼金，婚礼都要分着举办好几次。更无耻的是，居然邀请这么多人，摆明了是勒索钱财，跟抢劫没差了。"

枭风初蕾哑然失笑。

百里行暮却一直看着分散四周的一支军队。他们皆白驼国士兵装扮，一身强弓劲弩。另有一支旗帜鲜明的仪仗队，皆身着大夏服饰，很显然是大费派来的队伍。

枭风初蕾顺着他的目光，低声道："好奇怪，小狼王的婚礼居然来了这么多人。看样子，至少三四万人，加上杂役小厮，更不知多少，难道整个白狼国的人都来了？"

百里行暮摇摇头，他看着周围密密匝匝的人群。他注意到，前来的客人几乎都是精壮年男子，很少有老弱病残，而女眷更是十分稀罕。

这些客人也不怎么吃菜，每个人都举着粗糙的大碗一碗一碗痛饮。

枭风初蕾也越看越觉得奇怪，心想，上次小狼王的婚礼正是因为大家喝得酩酊大醉才被大费偷袭得手。这一次，就算他已经对大费俯首称臣，签下了协议，可是，难道他心里没有丝毫阴影？

枭风初蕾转眼看到百里行暮竟然一脸凝重，她轻轻碰了一下百里行暮的手，尚未开口，只听得百里行暮低低的声音："我觉得这里大有古怪！"

枭风初蕾睁大眼睛，轻声道："百里大人，我能帮上忙吗？"

他微微一笑，柔声道："初蕾，你只需要记住，无论发生什么事情都不要惊慌。"

夕阳西下，夜幕降临。广场上的盛宴这才刚刚进入高潮，喜乐声里，舞姬们的腰肢扭动得更柔更媚，欢饮的美酒也更浓更醉人。放眼望去，偌大广场几万人竟然无一个清醒之人。

大家醉醺醺地大喊："喝啊……喝吧……"

已经大着舌头的商旅们还在不停地畅饮，稍有停下者，便有小厮捧着酒坛子殷殷相劝。

百里行暮和枭风初蕾坐在靠近大帐篷的角落上，面前是一大堆高鼻深目的西域商旅，他们都已经喝了八九分醉，个个东倒西歪。为了不引人注目，他二人也捧着酒樽，做出东倒西歪的样子。

大夏的侍卫，一队队进行巡逻，他们一言不发。可是，百里行暮感觉他们好像是在查看这些客人到底都醉了没有，要是有没醉的，就继续弄醉为止。

为什么非要让这些客人全部醉倒？

他不经意地抬头看了看已经黯黑下来的天色，更觉诡异，因为按照常理，这场盛宴应该燃烧巨大的篝火，以便让客人们载歌载舞，彻夜欢乐。可是，今晚居然没有生火堆，只有朦胧月色诡异地洒在这些东倒西歪的客人身上。

一念至此，他拉了拉鸮风初蕾的手，却见鸮风初蕾目光转向左前方，在侧耳倾听什么。左前方隔着七八群人的位置，正靠着大帐篷的出口，算是最好的位置之一，那边的一群商旅，正醉醺醺地划拳猜令，竟是地地道道的蜀中口音。

"……放心吧，白狼王说了，只要缴纳了一千两以上黄金作为贺礼的，便有资格和他共饮，我们交了三千两黄金还有上百匹蜀锦，一定排在最前面……"

"我真想马上见到白狼王，问问他我们少主的情况……"

"据说万国大会上，他曾和少主并肩作战，按理说少主应该是他的朋友。可是，我们为什么一直见不到少主？"

竟然是厚普和蜀中商队首领杜宇等人。

自从小鱼洞一战后，鸮风初蕾一直以为厚普等人全部战死，不料，他竟然来到了这里，还为小狼王献上了三千两黄金。

委蛇按捺不住，立即就要蹿出去和厚普打招呼，她却死死按着委蛇，低声道："别动。"

百里行暮也轻轻拍了拍委蛇的朱冠，委蛇立即安静下来。

忽然听得有人大喊一声："大王出来了！"

只见一个一身红色喜袍的人大步登上正中的高台，不是小狼王是谁？小狼王举着一个牛角做的扩音器，端着酒杯，高声道："欢迎各位嘉宾光临这场盛宴，大家喝吧，尽情畅饮吧……"

明明承诺的是晚宴上他会亲自和出了一千两黄金以上的商队首领喝酒，但是，现在改为了集体祝酒，略有清醒的商旅们觉得不对劲，可是，绝大多数人已经喝得稀里糊涂，丧失了分辨力，只醉醺醺地跟着起哄。"喝吧……赶紧喝吧……"

杜宇等人好不容易见到小狼王露面了，哪里还忍得住？他们立即往前面蹿，一心要去打探一下少主的消息。他动作很快，几步之后，已经跑到台下，仰起头，大声道："恭喜大王、贺喜大王！"

小狼王随口道："你是何人？"

"在下乃鱼凫国商队首领杜宇，为大王的婚礼献上了三千两黄金和一百匹上等蜀锦。"

小狼王"哦"了一声，显是有些意外，不由得仔细看了杜宇一眼，随口问："你有什么要求？"

"实不相瞒，在下前来，为的是打探我家少主情况。我家少主名凫风初蕾，正是鱼凫国的小鱼凫王……"

小狼王一怔，没有回答，只是抬头看了看已经升到半空的月色。

好一会儿，他忽然一挥手："杜宇，你且去帐篷里说话。"

一名侍卫立即上前一步，客客气气："请！"

杜宇大喜过望，立即就随侍卫往帐篷里走去。

委蛇悄然道："小狼王这厮不会杀了杜宇吧？"

凫风初蕾也不无担忧，只听得小狼王高声道："喝，大家喝个痛快吧，本王陪你们一起喝……"

不知何时，舞姬们已经上了高台，在她们的带领下，醉汉们更是憨态可掬，舞动不休。而小狼王则悄然下了台，不知何踪。

一朵乌云，慢慢飘来。

十分明朗的月色渐渐变得暗淡。

月光下舞动的人们，就像是一群丧失了魂魄的幽灵。

百里行暮却一直死死盯着一个忽然出现的巨人，只见他独自走来走去，高大的盔甲兜鍪之下，仿佛是一个空荡荡的干瘪身影。可能是他的样子有点吓人，所过之处，醉汉们纷纷避开。他已经走到西北方向的正中了，就在这时，那对黑色的乌云正好落在他的头顶，整个广场忽然一片黯黑沉寂，他忽然抬起头，一把揭开了头上的兜鍪，目中光线，正好射向东井星的方向。

因为是背面，百里行暮看不到他的真容，只见半空中，一道椭圆形的亮光，仿佛一道霹雳照亮了天空。醉汉们醉醺醺地，一个个麻木地张大嘴巴瞧着这突如其来的光圈，还以为是天亮了，下一刻，光全消失，一大团乌云铺天盖地笼罩了偌大的广场，四周黑得伸手不见五指。

凫风初蕾情知不妙，尚未作声，已被百里行暮一把拉住，急速后退。

他一边退，一边疾呼："委蛇，快退出光圈之外……"

光圈的范围很大，百里行暮的速度也很快，他几乎是掠身而起，彻底逃离了光圈的照射。委蛇不明所以，但还是依令，可是，它的行动不如百里行暮迅疾，跑了好远，尾巴还在光圈之内，百里行暮急了，一把拉住它，生生将它拽出光圈。

就在这时，那游移不定的光圈，将一切一览无余，随后将场中的醉汉们全部圈在里面。

唯有二人一蛇，远远躲在河边的一排树木后面。那是百里行暮早就考察好的地形。明知今晚会发生异常，他只是一直不知道这异常究竟是什么，此时，看到这光圈，才恍然大悟。

奇怪的是，那些巡逻的士兵忽然统统消失不见了。那个高大无比的巨人也不见了。就连小狼王的所有部下也都不见了。

光圈里只剩下前来做客的醉醺醺的商旅。一转眼又是忽忽风声，平地里竟然刮起一股巨大的妖风，飞沙走石，地上的人潮便疯狂涌向光圈，自动行成一个巨大的旋涡，就像磁铁似的，将地上的醉汉一一吸附，直到吸附了快三分之一的人群，这个巨大的旋涡才飞离地面，往西北方向而去。

一大半幸存者还没反应过来，又是一股妖风袭来，光圈更加强烈，形成一个更大的旋涡，偶有惊醒的醉汉来不及呼喊出声，就被吸附进去……如此反复三次，分批运载，光圈就停止不动了。

凫风初蕾死死闭着嘴巴，脸色煞白，不让自己发出任何声音。委蛇也卷着尾巴，将双头藏在草丛下面。百里行暮伸出手，紧紧拉住凫风初蕾的手，用力捏了捏，她的手心，一片冰凉。

光圈四周扫描了一遍，显是扫描不出任何活物了，怪啸一声，腾空而起，四周瞬间一团漆黑。

妖风，终于过去了。

凫风初蕾好不容易睁开眼睛，却什么都看不见。

光圈早已消失，阴影仍在，眼睛一时难以适应这光线的变化。可是，早前寸步难行的拥挤广场已经空了，无数的醉汉，跳舞的歌姬，没有吃完的烤肉、瓜果，甚至一溜儿排开的烤架，仆役，统统都消失了。

就连那座偌大的古老帐篷也不见了。

她以为这一切全是幻觉，待得揉揉眼睛，甚至伸手四周摸了摸，依旧一无所有。

乌云慢慢散开，月亮又慢慢露出来。这一次，她看得分明，广场上，的确一个人影也没有了。就连遍地的垃圾纸屑都已经无影无踪，广场干净得就像被水洗过一般。

几万人，怎么可能眨眼之间就消失了？

凫风初蕾浑身发抖，几乎委顿下去，直到被一只大手轻轻拽起来。

重新站在广场上时，脚步还是轻飘飘的。仿佛这世界上，只剩下自己和百里行暮。

过了很久，她才想起厚普和杜宇。

他们也被妖风卷走了吗？

前面，是一排树木，并不大，但是，足以将二人一蛇遮蔽。

过了好一会儿，才有脚步声传来，广场很大，脚步声很远，但因为四周太过死寂，所以，这脚步声就特别清晰。

"天啦……"

"天啦……"

陆续有人走出来，他们都是从一个地道里钻出来的，很显然，妖风未起时，他们便预先得到警示，躲进了地道之中。

为首的便是小狼王。他提着狼牙棒，一身红袍早已换成了劲装，在他身后，是他忠心耿耿的侍卫戎甲、尊甲等十几人。每个人脸上都是惊恐。

在他们身后是大费的使者大业，大业手持横笛，显得无比潇洒倜傥。

他不似小狼王等震惊，反而欣欣然，十分得意："我就说了，天意不可违。他们才是这世界上最厉害的主宰。在他们的护佑之下，大费王必将千秋万载。"

小狼王颤声道："他们应该不会再来了吧？"

"他们要的人够了，就不会来。等不够再来。"

小狼王更是紧张："他们到底是什么人？为什么这么厉害？"

"大神！"

"大神？"

大业踌躇满志："你等只知百里行暮是大神，殊不知，这天下比百里行暮厉害得多的大神比比皆是。"

小狼王低声道："这么多人一起失踪，难道就不会被人发现？"

"发现又如何？谁敢和魔鬼，不，大神的力量对抗呢？"

"这些人被掳走之后，还能活下来吗？"

"放心吧，大神只是让他们干活，不会要他们的命。"

小狼王显然被这极其妖异的强大力量所震撼，也没怎么听大业说话，握着狼牙棒的手只是不停颤抖。

大业更是得意，好像大神的代理人一样，趾高气扬："这天下，他们所信任者，唯有大费王！大费王，便是他们在人间的代理人！小狼王，他们的威力你已经看到了，这以后，再不许三心二意了，必须全心全意忠于大费王，否则，别说你一个区区小狼王，就是彻底抹掉你白狼国，也不费吹灰之力。"

小狼王一句也不敢反驳。

大业随即趴在地上，三跪九叩，一边跪拜，一边高声道："大神在上！大神在上！大神在上！"

叩拜完毕，见小狼王等还站着，厉声道："小狼王，你还不叩拜大神？想为自己招来祸端吗？"

十几名侍卫率先跪下，小狼王不敢不从，也立即跪下。还来不及叩头，只听得一个郎朗声音："原来，危害十万百姓的妖孽，竟然就是你等！"

小狼王一惊，立即跳起来。十几名侍卫的武器尚未拔出，已经纷纷坠地，月色下，站着一个高大的人影。他白衣如雪，满头红发，抬起头，注视着东井星的方向，缓缓道："原来如此！原来如此！"

小狼王腿一软，差点站不稳了，颤声道："百里大人……竟然是百里大人……"

"小狼王，你勾结妖孽，谋害商旅！在阳城时我已经放了你一马，不料你竟然变本加厉使坏。"

蛇尾席卷着冷风，委蛇的双头四眼死死瞪着小狼王，破口大骂："你这个害人精居然还不死？又害了这么多人？"

小狼王却死死瞪着它旁边之人，不敢置信。他一手伸出，指着凫风初蕾："凫风初蕾……凫风初蕾……你竟然没有死？你真的没有死？"

她冷冷看他一眼，一言不发。

一直默不作声的大业却后退一步，他身后七八步远便是地道，他试着连退两步，察觉没人注意，转身就跑，刚到地道口，内心正窃喜。谁知他一只脚刚踏入地道，膝盖忽然一软，重重摔倒在石板上，一动也不能动了。

小狼王还是死死盯着凫风初蕾，月色下，颜华草已经失去了遮掩，她露出了本来的面目，此刻的她就像夜风中轻轻摇曳的一朵红花。

"凫风初蕾，你竟然没有死？"

"托你的福！我还活着！"

委蛇冷笑一声："小狼王，你很失望是吧？不过，今天，倒是你要死了。"

小狼王忽然上前一步，径直去拉凫风初蕾，凫风初蕾早有准备，金杖一横，便重重落在他的手臂上，他一怔，也不反抗，只是默然后退一步。

百里行暮一直看着妖风划过的方向，头顶的天空一片晴朗，而西北沙漠的顶端却一团漆黑，仿佛一团乌云打着旋在移动。

"小狼王，这是你第几次帮他们掳掠人口？"

"第一次。"

"你知道这些人是被掳去干什么的吗？"

"我……不太清楚……"

"你知道他们便是所谓的西北妖魔吗？"

"这……我真不知道……不过，今晚我已经猜到了……"

也不知为什么，小狼王居然不敢抵赖，每一个问题都还算如实回答。

百里行暮还是看着西北方向，好一会儿才缓缓回头。小狼王也抬起头，正好接触到百里行暮锐利无比的目光，他立即后退一步，因为速度太快，差点摔倒在地。

"为什么要为虎作伥？"

小狼王立刻瘫软在地，颤声道："我……我也是没法……我是被迫的……我如果不帮他们，他们便会杀了我……你也听到大业说的话了，他们是大神，我不过是凡俗之躯，我只能听令行事……"

"好一个听令行事！你以白狼国国王的身份为倚仗，以自己的婚宴为诱饵，诱骗几万商旅百姓前来参加，不但骗光他们的钱，还把他们卖给魔鬼做仆役，小狼王，你还配为一国之王吗？"

小狼王趴在地上，一声不吭。

委蛇对小狼王早已恨之入骨，现在真是恨不得上前一掌拍死他，可是，蛇头刚一昂起，便听得百里行暮道："委蛇，且慢！"

委蛇恨恨地退在一边。

百里行暮还是淡淡地："小狼王，你独闯万国大会，我还认为你多少算条汉子，不料，你竟如此卑鄙无耻！"

小狼王亢声道："我但凡有一点办法，也不至于如此！那些神秘的大神那么大本领，我怎么反抗得了？"

"神秘的大神？不！他们只是东井星上的一群怪物而已！"

"东井星？"

"对！他们来自东井星。"

百里行暮抬起头，指了指东井星的方向。小狼王顺着他的目光，看到一颗极其黯淡的小星星。

小狼王等一直以为是神秘妖魔，没想到是来自天上的某一颗星球，顿时张大嘴巴，啜嚅道："天上那么高……他们怎么能来到这里？他们难道就是传说中的神仙吗？"

"在以前的九重星联盟里，东井星根本就是不入流的小星座，完全排不上号，他们无非是一些跳梁小丑而已。"

"可是，那光圈和妖风，那么厉害……"

"那光圈是东井星上特有的光影工具，只要被照射到，就会被彻底吸附。但若是逃离光圈之外，其吸附能力便会大大淡化甚至消失。商旅们全部醉倒在地，不能行动，光圈便更容易控制。否则，若是清醒的人，被妖风席卷，一定会到处乱窜，逃离光束的范围，他们捕捉的难度就会很大。而且，从光圈的范围来看，他们带到地球上来的，只是最初级的光影工具，照射范围很有限，最多不过两公里……"

委蛇："难怪侍卫们拼命让商旅喝酒，看来，这光影工具的威力也不怎样嘛！"

"光影工具原本用于宇宙中的大型悬浮物打捞，只是没想到，东井星上那群怪物居然用来捕捉人类！"

委蛇好奇："什么是大型悬浮物打捞？"

"地球上的洒扫仆役知道吧？东井星人就好比宇宙中的清洁工。这光影武器，便是打扫宇宙悬浮物的扫帚。"

委蛇笑道："哈哈，原来这群妖魔只不过是清洁工而已？"

小狼王本来对妖魔畏惧极深，听得这话，又半信半疑。难道这些妖魔真的只是什么宇宙中的清洁工而已？他疑惑地看着百里行暮，可是，他又知道以百里行暮的身份，他根本不可能撒谎。

此时，月色西斜，正好照射在东南角那堆巨大的货物面前，只见堆积如山的布匹、财帛、玉器等居然都完好无损。只有箱盖被吹开，露出金灿灿的黄金，耀人眼目。

居然在如此大规模的人口转移时，还能定点，可见那光影武器的力量之大。殊不知，东井星上的第一流的光影工具，连重达亿万吨的陨石碎片都能轻易捕捞，更何况区区几万人。

但是凫风初蕾不知道，她和小狼王一样，对于这光影妖怪深感畏惧。她东张西望，惧怕那光影妖孽随时卷土重来，不经意地看到礼物小山堆里，月色反射出美丽的光华，居然是绚丽的蜀锦，在这充满死亡气息的夜晚，无声无息昭示着无与伦比的美丽。

那是鱼鱼国商队送来的贺礼，数量之大，令人咋舌，可见他们对小狼王抱了多么巨大的期待。他们原本一心要从他处打探到少主的下落。可现在，他们全被妖魔给卷走了。

凫风初蕾上前一步，又停下。

小狼王的目光一直追随着她，只见她站在月色下，就像一朵待开未开的娇花，美丽得令所有金银和蜀锦失去了颜色。

但是她没有搭理他，而是一直望着西北古怪的夜空。

委蛇忍无可忍，"小狼王，杜宇呢？你把他们怎么样了？"

小狼王一怔。

"杜宇到底在哪里？你是不是把他给杀了？"

他冷冷地："早被妖魔给吃掉了。"

蛇尾卷起，正要扫过去，却被百里行暮挥手制止，他并不问杜宇的下落，只是缓缓抬起手掌："小狼王，你害死几万人，却毫无悔改之心，我不管你有什么苦衷，也留你不得了……"

小狼王自知必死，也没有任何反抗的力道，干脆闭上眼睛，一言不发。

百里行暮掌心往下，他虽然从不喜欢看到死人，可小狼王的所作所为已经一次次刷新了他的底线，他不由得气沉掌心，反手就拍了下去。

"少主……少主……"

凫风初蕾一怔，就连百里行暮的掌心也不由得往上一抬，小狼王感到一股巨大的死亡之气从头顶掠过，饶是他顽固透顶。这次死里逃生，也吓得整个人彻底瘫了。

杜宇从密道里奔出来，喜极而泣，"少主……是您吗？天啦，委蛇……是委蛇……"

委蛇迎上去，杜宇一把抱住它的双头，几乎哭出来了："属下终于找到你们了……"

杜宇一进入地下室，就被侍卫们好酒好肉招待，他几次询问少主情况，侍卫们只是避而不答。他一心等着面见小狼王问问，却不料，半途中忽然觉得地上震动，侍卫们纷纷逃窜，他躲在一边不敢吭声，直到听到外面说话声传来才大着胆子爬出来，没想到，一出来就看到少主和委蛇等人。

杜宇环顾四周，只见偌大广场忽然空空如也，惊诧莫名："人呢？这么多人为何忽然不见了？"

他忽然大叫："不好，我们商队的成员也全都不见了。"

凫风初蕾问："商队一共有多少人？"

"一共有三百三十五人。当年湔山小鱼洞之战，属下和商队都在千里之外，侥幸逃过一劫……后来商队途经阳城，属下听说少主曾在万国大会上和小狼王并肩作战，以为你俩是朋友，立即赶到白狼国……可是，我们的商队成员怎么都不见了？"

委蛇，恶狠狠盯着小狼王。

凫风初蕾也盯着小狼王。

小狼王低着头，一言不发。

杜宇知道情况有异，也不敢追问，只是惶惶然地看了看天空。

小狼王对众人的寒暄无动于衷，一直死死瞧着凫风初蕾，只见她面色晶莹，在烛光下，简直就是一块熠熠生辉的美玉，竟然比在阳城时更加惊艳动人，仿佛她身上有一股神奇的能量，每过一段时间，便会令她更加美丽几分。

"小狼王，你现在能调动多少军队？"

小狼王一怔，其他人也不明所以，都疑惑不解地看着百里行暮。

小狼王不敢不答："白狼国能战斗的人数倒有近万人，可是，半个月前，大业已经奉命来调走了绝大部分善于奔驰的单峰骆驼。现在最多剩下一千头，还是我为了这次婚宴特意留下来的。"

"你马上下令清点单峰骆驼，挑选最精锐的狼少年，组织一千人的队伍跟我深入大漠。"

"去干什么？"

"去妖孽的老巢。"

小狼王瞪大眼睛，不敢拒绝，却又不答应。

凫风初蕾却知道百里行暮这么安排自然有他的道理，低声道："小狼王，你若想活命，就按照百里大人的命令行事吧。"

小狼王却后退一步，亢声道："百里大人，你现在就杀了我吧！"

委蛇非常奇怪，问道："你小子还真想死？"

他满不在乎："反正今晚的妖风你们也都见识了，我如果真的随你们前去，不但自己要死，整个白狼国也会彻底被灭绝。不随你们去，死的只有我一个人，所以，你们干脆杀了我好了。"

委蛇冷笑："你以为我们不敢杀你？"

"反正我也不是百里大人的对手，要杀要剐，悉听尊便！"

百里行暮看了看密道的方向，淡淡地说："人类就是这样！自从暴力诞生起，人民便往往惧怕暴力，而辜负仁慈。很简单，他们认为，辜负了仁慈对自己并无害处，大不了内心暂时愧疚一下而已，可要是对抗暴力，轻则有皮肉之苦，重则有杀身之祸。小狼王，你以为你替他们效命，白狼国真就可以安然无恙了？"

小狼王的声音有点勉强："不然呢？"

匍匐在地装死的大业忽然嘶声道："他们是真正的天神，人类的力量根本不能对抗，就算你是共工大人也不行，你比起他们来差远了……"

百里行暮缓缓地说："你怎知我不是他们的对手？"

"他们能令几万人瞬间消失，你做得到吗？"

小狼王也瞧着百里行暮，嘴角浮起一丝诡异的笑容，很显然，他也是这么想的。

百里行暮沉默了一会儿，才淡淡地说："我曾令几亿人在一天之内全部消失，你问问那群妖孽，他们做得到吗？"

小狼王的嘴巴张得足以塞下一整颗鸡蛋，他盯着百里行暮，就像看着一个离奇的怪物。

百里行暮站起身，背对着他："你立即传令下去，让一千狼少年待命！"

小狼王颤声道："到底要我去干什么？"

"去将被你害了的商旅全部救回来！"

烟尘渐渐，晨曦初露，小狼王和他的狼少年大军一马当先，很快消失得无影无踪。

委蛇有点担忧："小狼王这厮若趁机跑了怎么办？沙漠那么大，又到处是陷阱，他们熟知地形，要是躲起来，我们还真拿他没办法……"

百里行暮淡淡地说："他跑不了！"

白鹳长啸一声，御风而来，正好落在他的面前。他一挥手，白鹳扇动的翅膀扑簌簌便掉了一地，鬼风初蕾吓一跳，定睛一看，发现白鹳的两扇巨大的翅膀居然成了光秃秃的一片银白色——是冷冽冽的合金，而非血肉之躯。

再看白鹳的背部，浓厚的羽毛也瞬间裂开，里面，冉冉升起一个小舱，舱里，两个宽大的皮座位，前方则是一个十分复杂精密的操控圆盘。

委蛇大叫："哇，好神奇。白鹳居然是一艘缩小版的维马纳？"

百里行暮一笑，拍拍它的双头："老伙计，你的记忆力真不错，只坐了一次维马纳，你就认出来了。现时代的人们已经没有再见过飞行器，怕引起他们的恐慌，我特意将飞行器改装成了蜀中常见的白鹳模样……"

柏灌王，实是白鹳王，因蜀中口音，以讹传讹，误将"白"字念了"柏"。

平常他一人乘坐，根本不用拆开白鹳，但现在二人一蛇，加上沙漠温度极高，就不得不拆掉所有伪装了。

鬼风初蕾好奇地问："飞行器不是都需要燃料吗？这白鹳以什么为燃料？"

百里行暮看了看初升的太阳，一笑："这艘白鹳飞行器只适合在烈日下行使，以便自动充值能量。一旦阴雨天寒，便只能燃烧积蓄的能量，能量耗尽，便会坠毁。初蕾，你看，今天运气还不错，太阳已经升起了……好了，上来吧。"

　　凫风初蕾有了一次乘坐维马纳的经验，已经不用他指导，很麻利地上了座位，系好了安全带，委蛇也蹿进机舱，哈哈大笑："以前老鱼凫王经常说天下之大无奇不有，告诉我们遇到稀奇事切勿慌张，原来，他说的全部是真的。"

　　"要是你家老鱼凫王在，东井星上那些妖孽根本不敢露面。现在他们就是趁着老鱼凫王不在了，在这兴风作浪。"

第十章　大漠之战 2

　　叮叮当当的穿凿声此起彼伏，像是从幽深的地底而来。做苦役的人们一如黄泉深处被囚禁的鬼奴在承受极大的肉体刑罚，只是，他们逆来顺受，不言不动，只是麻木地挥舞着手里的铁锤，仿佛要千载万载一直敲打下去。

　　涂山侯人，死死盯着对面的奇异景象，惊得目瞪口呆。

　　那是悬垂万丈的深渊，永远不见天日，只有无数星星点点的鬼火照耀着那些干活的人，每隔约莫一丈远的距离，便有一名身上悬挂着绳子的劳役。他们的双脚踩在不足一尺的小坑上，摇摇晃晃，令人担心他们随时会掉下万丈深渊。

　　这样的人，密密麻麻，放眼望去，竟然不知道究竟有多少。

　　金色的光芒，从星星点点的鬼火里突围而出，极其耀人眼目，一片一片，竟然全是金沙。

　　黄金！令天下人梦寐以求的黄金！

　　这里，竟然是一座巨大的沙漠金矿，深埋地下，连绵起伏，低头望去，才发现下面并非那么深不可测……这里头最多十几丈深，金色的光芒冲天而起，那是开采出来的黄金，已经堆积如山。

　　涂山侯人被大费发配，名为统领十万苦役，实则走到半路便被杀手一路暗杀，再加上沙漠苦寒，一队人马还没深入腹地已经死伤大半，他不甘等死，率领十几名亲随干脆逃亡而去，不料慌不择路，误入了这个巨大的沙坑。

　　涂山侯人看看那些悬挂工作的工人，又看看地下的金山银海，真是恍如梦中。侍卫沙泽、牟羽等人更是大气也不敢出，以为已经闯入了传说中的天堂，也可能是地狱。

　　而那些密密麻麻工作的苦力，也不知道是不是没有发现这些闯入者，竟然没有任何人回头看一眼。

　　叮叮当当的穿凿声，忽然静止。黑暗中，无数双绿油油的眼睛全部集中到了涂山侯人等身上。

　　涂山侯人失声道："天啦，你们到底是死人还是活人？"

　　四周的空气仿佛被抽光了，黑暗中，无声无息。

　　涂山侯人心里一动，忽然哈哈大笑："沙漠中的妖魔！你们就是沙漠中的妖魔吧？哈哈哈，我可是大夏王之子姒启！我就是专门到沙漠里来斩杀你们这些妖魔的！有胆量给我滚出来！"

　　沙泽等人大气也不敢出，都觉得启王子疯了。

一道很小的光圈，刚好无声无息将一行人覆盖。饶是涂山侯人早有准备，也被一股巨大的力道吸附，双脚腾空，嗖的一声便被吸附到了光圈里面。

涂山侯人再次睁开眼睛时，已经身在另一个地方。头顶，是暴晒的烈日，但是，感觉不到什么热意，身上反而凉飕飕的。

那是一个很大的深坑，坑里一马平川，干燥的泥土被反复践踏，已经变得十分坚硬。一览无余的阳光，惨淡地照耀着一片麻木不堪的人群。

他们衣衫褴褛，蓬头垢面，赤着双足，许多人身上都是累累的鞭痕，更有脓血酸臭一阵阵扑鼻而来。

他们被一根长长的绳子系着，就像一条长长的人肉蚂蚱，而肩头上，正拼命拉着什么东西。

从他们用力的程度来看，那东西一定非常沉重，他们前仰后倒，反复拉了好几次，那东西也纹丝不动。

令涂山侯人震惊的并非这群衣衫褴褛的劳役，而是脚下成片的死尸。可以看出，这些人都刚死不久，最早也是在半个月之内，有的眉目开始腐烂，有的还活灵活现，就像累极睡着了，可是每个人的脸上都是痛苦不堪的表情，就像临死也没有摆脱这繁重的劳役。

死者的数量之多、之巨，一眼望去根本看不到边，估计正是因为死亡人数太多，这万丈悬崖之下，也没有人来得及收尸或者掩埋，干脆就让他们在这里自行腐烂。可是，这么巨量的死尸上面却不太腐臭，尸体的上面都撒了白色的药粉，好像是什么驱散臭味的药物。这也对那些活着的徭役造成了更大的威慑，因为，没有人知道，下一个倒下去的是不是自己。

那些监工则全部穿着古怪的白色衣服，戴着面具，而徭役身上则全是大夏百姓的寻常装束。

敢情大费征集的十万徭役全部在此。

涂山侯人不知道他们究竟在拖拽什么，他们就像是陆地上从河中拉船的纤夫一般，可是，他不敢站起来看，甚至连眼睛都不敢睁开，因为，穿着白色衣服的监工随时都在东张西望。

就在这时，一声巨响，好像是什么东西刚刚被拉起来，又重重地掉了下去，所有拉着绳子的徭役顿时跌倒，许多人七窍流血，瞬间死亡，就是不堪那重负生生被震碎了心脉而死。

涂山侯人惊得要跳起来，可还是死死屏住呼吸，躺在死人堆里。再抬头看看头顶的天空，虽然这深坑巨大无边，可是，跟浩瀚无边的天空相比，就像是一个小小的缺口，自己就像一只坐井观天的青蛙。

只听得一声怒骂："这些该死的废物，怎么这么不顶用？"

另一个声音说道:"主人说了,夕阳西下时,必须完成任务,现在该怎么办?"

"唉,还能怎么办呢?这群废物早已筋疲力尽,只能等新人到来……"

说话间,哗啦啦的脚步声传来,前面竟是几十丈远处,一溜儿的垂下绳子,无数人拉着绳子攀爬下来,放眼看去,起码有好几千人。这些初来乍到之人,一看满地的尸体,一个个呆如木鸡,如坠雾里云中。

涂山侯人震骇更甚,因为,这些新来者身上大多数是华丽的锦缎或者便服,这些人竟然全是商旅模样。

监工厉声道:"排队,排队,赶紧排成长队……"

涂山侯人趁着混乱,挪到了后面的尸堆里,偷偷一看,竟发现前面不远处,一个瘦长的人影,那不是沙泽是谁?既然沙泽在这里,那牟羽等人也当在其中。可是,放眼看去,黑压压的一片,他根本无法从人群中找到他们的身影。

监工又是一声令下,只见这些已经被吓破胆的新来者顺从地拉紧了肩头的绳子。

监工高声道:"你们是新来的,力气足。所以,一定要尽心竭力,一旦完成了任务,便放你们回家,否则,你们必将全部死在这里!"

众人胆寒心裂,哪里还敢有丝毫的保留?一个个都紧紧拉住绳子,恨不得将吃奶的力气都使出来。看样子,他们的任务是要从更深处拉起什么重物。

监工一声令下:"起!"

上万人,一起往后退。

慢慢地,绳子开始扬起,一点一点升高。监工们面上的神色慢慢有了欢喜,可又十分紧张,好像生怕功亏一篑。为首的监工再喝一声:"用力!"

绳子猛地升高了一大截,低头查看的监工大声道:"出来了,露出来了……"

"快,用尽全力,马上就要成功了……你们马上就可以回家了……"

此言一出,所有人都深呼吸,用尽了全部力气,只听得一声欢呼:"起来了,起来了……这次是真的起来了……"

下一刻,便是"啪"的一声巨响,只见绳索上的人群就像被烧焦的蚂蚱,顷刻间便倒下去三分之一,每个人的死状都和之前七窍流血的劳役一般,显然是被极端的负重震碎了心脉。

监工见功败垂成,也是面如土色,只呆呆伸出头,眺望深不可测的下方,然后又抬起头,只见头顶太阳已经慢慢西斜,很快,就要夕阳西下了。

他们得到的命令是,夕阳西下时无论如何也要完成任务,否则,所有人都将被原地处死,包括他们这些监工。

正在这时,头顶忽然想起嘈杂声,又是一溜儿的长绳垂下来。这一次,下来的居然全是劲装的士兵,既有白狼国的士兵,也有大夏的士兵,他们皆轻装上阵,孔武有力,显是精挑细选的最有力者。

监工一看这群人,面色立即变了,态度也客气起来,立即道:"大伙打起精神来，援军来了。"

军人们也许早就被透露了一点消息，看到那些商旅并不太震惊，但是，当看到地上一群群的死尸时，还是一个个大惊失色。

可是，他们也不作声，立即按照监工的吩咐拉上绳子，为首的监工见准备工作完毕，这才厉声道："我数三声后，一起用力。一——二——三——"

这一次，绳子提起得很快，众人后退的速度也很快。

涂山侯人忽然意识到，要是这东西被拉起来了，没准是天大的祸事。

他悄然把劈天斧捏在手里，然后，推搡了一具尸体拦在自己前面，可是，他立即发现，自己根本没有力量阻止这上万人凝聚成的力量，任何胆敢冲上去的人，不等监工动手，也会被这股已经凝聚成团的强力冲击得粉碎。

就在这时，监工大喝一声"起！"

所有劳役轰然后退，只听得"轰"的一声，整个地下都在颤抖，好像被砸下去了一大圈，就连匍匐在地的涂山侯人都被颠起来，然后又重重倒下去，几乎晕过去。

而上万的工人，情状更惨，他们本来已经把所有的力气提在了嗓子眼，又被这股突如其来的力道一震荡，顿时失去了重心，所有人都往后倒，如此，前面的人便径直压在后面的人身上，跟叠罗汉似的，只听得惨叫声声，一大半人当即被砸成了肉酱。

好一会儿，涂山侯人才举着劈天斧，摇摇晃晃地站起来。

这一下，他看得清清楚楚，前方，是一个巨大的黑色圆盘，虽不过一丈来高、七八丈宽，也不知为何竟然沉重到需要上万人的力量？

几名监工扑在圆盘上，喜极而泣，完全顾不上几乎全军覆没的徭役队伍，甚至浑然没有察觉已经站起来的涂山侯人。

本能告诉他，应该马上逃离这个鬼地方，否则，上面一掩埋，这地下的所有活人，必死无疑，而且再也不会被人发现。

可是，他看了看深坑的高度，最起码有二十几丈高，人力根本无法攀越上去。再看看周围的监工，他只好悄然又隐匿了。

头顶，白光一闪。

两名白袍人从天而降。

监工们立即匍匐行礼："参见主人……"

他们都蒙着头巾，完全看不清楚面容，只是身材非常高，风一吹，白色袍子便空荡荡的，也不知道他们有多么瘦骨嶙峋。

他们并未用绳索，十几丈高的距离，如履平地。

涂山侯人震骇，更是屏息凝神。

他们站在圆盘面前，显然非常激动，高个白袍人迫不及待地直奔圆盘中间，看样子，是想从中间打开一个缺口爬进去。

缺口无声无息地开了，那是一道正方形的金属小门，矮白袍人见此情形，立即在胸口做了一个奇怪的手势，显是在庆幸这东西还能用。

头顶又传来一阵巨响，一个东西在上空飞翔旋转，连刚刚西下的夕阳也被彻底遮住了。

那是一辆银白色的小型飞行器，就像一只硕大的金属飞鸟。

两个白袍人立即停下所有动作，紧张地抬头看着上空。

笑声，居高临下。

"你们这些东井星妖孽，原本不过是九重星联盟的清洁工而已，现在居然敢在地球上装神弄鬼，我还以为你们躲在地下深处干什么？原来，就是打捞你们这个破破烂烂的陀螺飞行器？"

居然是百里行暮的声音。

涂山侯人精神为之一振，本要张口，但还是隐匿在尸堆里一言不发。

矮白袍人也飞掠而过，冲向圆盘，以迅雷不及掩耳之势，要立即发动圆盘飞行器。

"迟了！你们跑不了……"

矮白袍人停止了动作，抬头看着上空，阴森森地说："共工大人，我们井水不犯河水，当年我们不是你的敌人，现在，也希望你识趣点。你该知道，你那个微不足道的小型飞行器，根本不是我们这一艘超光速飞行器的对手！"

"如果你们没有掳掠上十万的百姓来送死，我原本不想管你们的闲事。可是，死了这么多人之后，你们还想轻易离开？"

白袍人冷笑一声："区区十万地球蝼蚁算得了什么？比起你当年动辄上亿的杀人，我们根本就不值一提啊……"

他旁边的高个子白袍怪却一声不吭，只手忙脚乱仓促按下各种按钮，可是，飞行器还是一动不动。

百里行暮哈哈大笑："怎么？你们捞出来的只是一堆废铁？"

矮白袍人也不回答，干脆跳进舱中，一把推开同伴，沉声道："我来！"

陀螺飞行器忽然发出一声鸣笛似的响声。白袍人大喜过望，又按下一只按钮，响声便接连不断，飞行器的下面，也散发出一阵淡淡的白色烟雾，看样子，不一会儿，那飞行器就要起飞了。随即，陀螺旁边又伸出一个巨大的圆筒，竟慢慢地对准了天空。

那金属般森冷的声音又说话了："共工大人，识趣点赶紧离开吧，我们并不想和你为敌……"

很显然，他们对百里行暮十分忌惮，纵然启动了飞行器，还是不敢轻易与之交恶。

头顶，传来百里行暮的哈哈大笑："你以为那破烂玩意儿真有杀伤力？别以为装出一副启动的样子，就可以战斗了……"

果然，飞行器只是冒白烟，可是，烟雾并不是越来越大，反而越来越小了，而伸出的圆筒转动也不怎么利索。

涂山侯人本能地觉得自己该提着战斧冲上去，直接将这两个白袍人砍翻，可是，他抬头望望上空，又不敢轻举妄动。

因为，头顶忽然无声无息，那白色的飞行器不知何时已经停在旁边了。

大漠孤烟，天河落日，天空从未如此雄浑壮丽，就连一望无际的茫茫黄沙也镀了一层金红色，好像遍地都是金沙。

这是鸢风初蕾第一次驾驶飞行器，虽然时间不长，操作还不是很熟练，可是，也让飞行器稳稳地停了下来。

机舱的外罩紧紧闭着，百里行暮转向鸢风初蕾，神情极其凝重："初蕾，我下去之后，你立即驾驶这艘飞行器回鱼凫国。"

也不等鸢风初蕾回答，他继续道："我已经设置好了回程的方向和距离，你只需要按照操作程序，飞行器会自动停在沙漠边界处，如果有阳光，你可以继续飞行，找空旷之地下降停靠就行。但若是阴雨天气，你可以把飞行器藏起来和委蛇休息几天再上路。"

他又转向委蛇："如何驾驶飞行器，我已经教会你们了。委蛇，以后你要好好照顾小鱼凫王，绝不能让她陷入任何危险境地。"

委蛇昂着双头，不知该怎么回答，可是蛇眼里分明充满了忧惧之情。

他再次看着鸢风初蕾，满面微笑，"好了，初蕾，现在你该驾驶飞行器离开了。再见吧。"

鸢风初蕾好奇地看着他："百里大人，你这是在向我交代遗言吗？"

他点点头，十分坦诚："你也看到地下的情况了，我没料到东井星人居然藏了这么一艘巨大的飞行器在这里。"

"这飞行器很厉害吗？"

"没错。这是战斗飞行器，若是完好的时候，里面应该装备了充足的武器。不过，沉在大漠里已经几万年了，就算是有武器也不见得能用了，甚至连启动飞行都很困难了。初蕾，你放心吧，我不会有太大危险的……"

鸢风初蕾还是十分平静地说："既然没有什么危险，我为什么要单独离开？"

百里行暮语塞。

她微微一笑，从座位上站起来，将手里的金杖一横："我就算战斗力不足，可是，驾驶这艘飞行器接应一下百里大人还是可以的吧？为什么我就非离开不可呢？"

百里行暮稍稍踌躇："你可以在沙漠边境等我，战斗结束后再来接我。"

鸢风初蕾抬头看了看天空，又四周看看，视力所及的范围，全是茫茫的黄沙，虽然隔着外罩，也能感觉到地下灼热的沙浪翻滚。

这是沙漠的腹心地带，正午的时候，温度可能高达七八十度，纵现在已经夕阳西下，气温起码还有四五十度，要直到夜风吹起，气温才会迅速降低。

远方，正是那个深坑。飞行器距离此处已经有一段路程，只能隐隐看到那一片陷下去的虚无。

但鬼风初蕾早前已经看得清清楚楚，那深坑有几十丈宽，好像诸神愤怒时，一拳把地表砸了一个大洞。难怪几万年从未被人发觉，因为，一般的人根本无法在这样的高温下，靠近这个地方。

就算是那些劳役，若非被光影工具运载，也绝无可能突破高温抵达这里。

这东井星上的怪物，绝非百里行暮说的那么好对付。

她轻描淡写地说："万国大会都没这么大场面。当时，还全部是凡夫俗子，现在，可加上了东井星上的怪物，我若不瞧个热闹，就真不配称鱼凫王了！"

鱼凫王，是没有性别的，更不能一看到危险就望风而逃。

百里行暮凝视她。

她也凝视他。

平素娇花似的人儿，旅途中从来没吃一点苦，纵沙漠中一路行来，她也肤白如雪，莹润得几乎透明似的。可现在，她的神情极其坚毅倔强，就连她身上的蜀锦华服，也不知何时换成了清爽利落的劲装。

"初蕾！"

"得了吧，百里大人，我可不是你的下属，我是小鱼凫王，我何去何从，不由得你决定。"

百里行暮忽然笑起来。

她也笑起来，伸手拍了拍委蛇的朱冠："委蛇，你做好战斗的准备了吗？"

委蛇昂首而立，"当然！"

陀螺圆盘，白烟渐浓。

就在这时候，百里行暮出手了。

他如一只大鹏鸟展翅，飞身而下，可是，刚到半空，一道巨大的光束便兜头射下，将整个深坑的范围全部笼罩。

几十名监工如尘埃一般被迅速吸附，百里行暮巨大的身躯也猛地飞了上去。

光圈里，他的身躯暴涨，就像沙漠中忽然多出了一座小山，那光圈连续反复，见他纹丝不动，便集中力道，反复拉扯。这样一拉扯，周围的沙子便移动起来，紧接着便是一股旋风，沙堆席卷，好像要形成一股龙卷风，再铺天盖地就往深坑掩埋。

百里行暮哈哈大笑："你们要是把这深坑掩埋，你们好不容易打捞起来的飞行器就永远上不来了。"

那光圈果然大为忌惮，立即就消失了。

而下边，涂山侯人早已躲到了旁边的阴影里，可是，沙堆却铺天盖地坠下来，地下世界很大，他随意跑动躲闪，却惊动了圆盘上的两个白袍人，他们一起停手，目光转向他。

他见行踪暴露，索性哈哈大笑，高声道："呔，吃我一斧吧……"

话音未落，他已经举着劈天斧冲过去了，正击中高个子白袍人的胸口。

想象中的鲜血四溅却没有出现，就连白袍人的袍子也没有丝毫损伤，里实竟然是空荡荡的。他如击中了空气一般，好像那白色的袍子下面，根本就没有躯体。

涂山侯人急速后退，高举劈天斧，震惊地看着那两个怪物。

"嘿，你便是大夏王之子？"

"正是。"

一言未毕，又是一斧劈过去。

白袍人不躲不闪，可是，涂山侯人劈的却是他前面的仪表盘。他见这二人一直在摆弄那壁板上闪烁不定的金属，知道这便是关键，干脆就砍向仪表盘。只见火光四射，那些仪表盘忽然震动，好几个按钮呜呜乱叫，红灯黄灯闪个不停。

深坑上，传来哈哈大笑："涂山小子，干得好！继续劈烂那仪表盘。记住，别怕那两个东井星上的妖魔，他们不过是清洁工而已，在地球上没有实体，也没有什么战斗力，全靠光影工具，否则，还不如一般人有力气……"

他精神一振，"百里大人，看我的。"

又是一斧头劈向仪表盘，只听得哗啦啦的响动，仪表盘跳起来，可还是纹丝不动，只有各种色彩的小灯闪得更加厉害。

第三斧头再劈下去时，手臂忽然一麻，就像触电似的，涂山侯人仓促后退，劈天斧也飞了出去。

白袍人愤怒的声音传来："立即杀了这小子！"

几十名幸存的监工，从阴影里逃出来，一拥而上。

他赤手空拳，却毫不畏惧。

两名白袍人，再次开始启动飞行器。

很快，一声刺耳的巨响，陀螺飞行器上居然弹出一个外罩，将两名白袍人笼罩在里面。

委蛇大叫："不好，怪物启动飞行器了。"

百里行暮早已奔向坑边，低头一看，只见陀螺飞行器正旋转着，下一秒，就要一飞冲天。

他已经别无选择，只大喊一声："涂山小子快上来，我要填坑了！"

此言一出，监工们瞬间散开，涂山侯人奔向劈天斧，来不及转身，旁边竟多了一只很长的手，一把将自己生生拽了上去。

轰隆一声巨响，就像龙卷风席卷世界，偌大的沙坑，被填埋了一大半。涂山侯人摔得晕头转向，好不容易翻一个身，又被狂风吹翻，旁边一只手迅疾拉住他，他定睛一看，欣喜大叫："凫风初蕾。"

凫风初蕾却满脸焦虑，定定地看着前方。

他顺着她的目光，看到半空中，一道圆形光圈，彻彻底底定百里行暮一个人，看样子，是要集中力道，将百里行暮先卷走。

百里行暮身形暴涨。

涂山侯人并非没有见过他暴涨的样子，如果说，涂山大会上，他比涂山还高，现在，他便成了沙漠里一尊巨大的山脉。

可光线也跟着他的身躯膨胀，巨大的力道将他的红色头发吹成漫天飞舞的海藻。

在他身后，轰隆而出的巨响更加强烈，那在地底沉睡万年的飞行器再次冲破黄沙。

委蛇已经暴涨成了几丈长的巨蟒，尾随风动，一起疯狂席卷黄沙，拼命地掩埋那深坑。

凫风初蕾和涂山侯人则远远站在一边，发现自己根本插不上手，不但如此，还必须躲在小飞行器后面，才不至于被风沙一起吹走。

百里行暮忽然伸出手，重重地往光圈里一砸，哈哈大笑："你们还是滚回东井星上老老实实做清洁工吧。"

狂风席卷了沙尘，裹挟着最后的力道，轰隆一声，彻底将深坑掩埋。

凫风初蕾和涂山侯人身不由己，也随着那股风尘飞起来，半路上，一只巨手伸出，生生将他俩拦截，并将之稳稳放在地上。

待二人勉强睁开眼睛时，风声已经停止，半空中还有无数的黄沙打着旋徐徐降落。

百里行暮站在原地，依旧白衣如雪、尘土不染，只是满头的红发冲天而立，好一会儿，红发才徐徐垂下，成了一束红艳的马尾。

光圈、飞行陀螺，统统不见了。

那地下无边无际的黑暗世界，成了巨大的停尸库。也许，此后千年万年，再也不会有人知道，曾经有近十万人被埋藏在这里。

涂山侯人惊呆了，半响，才大笑道："百里大人真乃神人！"

凫风初蕾拍了拍满头的尘土，也叹道："我以为自己多少能帮上百里大人的忙，没想到，根本插不上手。"

委蛇也长叹："我们不但帮不上忙，反而拖累了百里大人。"

众人都以为妖魔已经彻底被镇压，心情顿时十分放松。唯有百里行暮抬头看看天，又看看被结结实实填满的深坑。他说："我们必须马上离开这里。"

二人见他面色沉重，也不敢问原因，急忙随着他飞奔向前。

百里行暮的速度很快，直到一小堆沙面前才停下，他一伸手，将飞行器生生拉出沙堆。

涂山侯人好奇地看着这铁鸟，忽然道："这不是百里大人以前的坐骑白鹳吗？"

就连百里行暮称赞一声："涂山小子，你真是好眼力。"

涂山侯人惊叹："我以前一直认为自己见多识广，可是，这次沙漠之行，所遇见的全是自己生平未见之怪事，原来，世界上还有飞行器这种神物，真是做梦都想象不到……"

初蕾也微微一笑："我也是认识百里大人之后，才知道自己就是个井底之蛙。"

涂山侯人将深坑下面的所见所闻讲了一遍，百里行暮听得很仔细，忽然道："按你的说法，先后下来的商旅加上士兵，不到两万人。但是，这次失踪的商旅当在三万左右，这么说来，还有一万多幸存者。这些幸存者在哪里？"

"应该在替他们开采金矿。"

枭风初蕾固然震惊，就连百里行暮也很意外，缓缓道："要是这座金矿落入了大费之手，只怕后果不堪设想。"

涂山侯人立即问："我们如何才能把这些人救出来？"

枭风初蕾和百里行暮都看了看来时路。

按照约定，小狼王一行早该抵达此地了。可是，直到现在，他们依旧杳无踪迹。

委蛇愤然道："小狼王这个阳奉阴违的家伙，叫他来救我，他居然又耍我们。"

百里行暮见暮色已晚，沉声道："初蕾，你和涂山侯人立即离开此地。这飞行器的能量足够维持到明天早上，你记住，无论发生什么事情，无论有什么异动，都不要回头！"他补充道："飞行器会自动停留在我设定的地点，明天早上我来跟你们会合。"

"百里大人……"

"你也看到了，你们留下来也帮不上什么忙，甚至我还要分心来照顾你们。大费也好，小狼王也罢，他们就算来了，也根本不是我的对手！你们放心。"

"可是，你为何不跟我们一起走？"

"小狼王看来是靠不住了，你们必须去营救那些苦役。至于我，我必须去彻底毁掉光影工具，否则，这群妖魔还会继续捣乱。"

涂山侯人举着劈天斧，立即道："百里大人放心，我必将竭尽全力。"

枭风初蕾内心虽然不安，还是立即上了飞行器，涂山侯人学着她的样子，翻身坐在旁边，委蛇稍一迟疑，就被百里行暮一把抓住扔在机舱里。百里行暮一挥手，飞行器的外罩便合上了。

"快走，决不许中途停留！"

百里行暮看到飞行器慢慢地变成一个小黑点，脸上渐渐露出一丝笑意，可眼中却第一次流露出淡淡的恐惧之情。

填埋好的沙堆里，一条白影无声无息破土而出，这白影就像一股青烟，没有任何动静，就这么钻了出来。

声音冰冷、森严，就像金属撞击一般刺耳："百里大人，这一次，只怕我们是不死不休了！"

百里行暮笑了笑。

"本来，我们井水不犯河水，明知你和颛顼轮流躲在古蜀之地称王称霸，也从不敢前来叨扰。在这个该死的大沙漠躲藏了几万年，我们无非是想驾驶飞行器回到东井星上而已！为何你却非要对我们苦苦相逼？"

百里行暮盯着白袍怪："你们不是要离开！你们是为了留下！"

"没错！我们不但不会离开，还打算永久留下！但是，我们必须从这苦寒的沙漠走出去！走到大夏，走到万国，走到世界的中心！"

"为什么？"

"宇宙中有一句话：爱他就送他去地球吧！恨他，也送他去地球吧！共工大人，你不也在地球上享受了万万年王者的荣耀？更何况，这里还有全人类的香火供奉！"

"你们这群躲在地坑里的跳梁小丑，竟然一直在做这种黄粱美梦！"

"以前其他大神在时，我们的确是做梦！可是，他们都走了，你也马上就要死了，现在，称霸天下还有什么难处？"

"那得看你们这些清洁工有没有这个本事了。"

"有没有本事，你马上就会知道。"

夏日天长，早已夜间时分，可天空还是亮晃晃的，就好像这夜晚永远也不会降临了。月亮是红的，就像一颗血淋淋的心脏。

百里行暮看着慢慢迫近的一群人。

他们步履沉重，如大象般行进，每一步都将沙地踩下去一个坑。

全部是巨人！防风国的巨人！为首的是一个很苍老的巨人，他有银褐色的头发，棕色的胡须，手里举着一把银褐色的战斧。在他身后，十八名巨人一字排开，每个人手里，都举着同样的战斧。这种战斧叫作"刑天斧"，百里行暮非常熟悉，那是巨人对敌时的最高级别战阵。

他们远远停下脚步，死死盯着他，目光从震惊到了然，他的形貌早已在口耳相传的传说里，为每一个巨人所熟知。

百里行暮先开口："你们到了多久？"

老巨人毕恭毕敬："回共工大人，防风国比邻这片沙漠，我们上路较早，不过，徐徐而行，刚刚赶到。"

"东井星上的妖孽，什么时候居然能役使巨人一族了？"

老巨人还是毕恭毕敬："巨人一族不为任何人役使，我们只是为讨一个公道而来。"

"公道？"

所有巨人都愤怒地盯着百里行暮。

"涯草是我巨人一族唯一的女性！也是我巨人一族继续繁衍留存的唯一希望。这世界上，无论是谁，胆敢伤害她，我们必将杀无赦！"老巨人缓缓道："就算你是共工大人，也不例外。"

百里行暮还是不动声色:"涯草想杀我,为什么她自己不来?"

老巨人的声音沉痛极了:"涯草身受重伤,好不容易逃回防风国,甚至来不及交代后事,便惨死了。"

涯草因为唆使小狼王给凫风初蕾下媚药,被百里行暮废掉了元气,可是,她最多瘫痪,怎会死了?

老巨人缓缓道:"纵然你是共工大人,你也没有权利灭绝我族的唯一女性!而且,据说还是因为我族大仇人的女儿凫风初蕾!"

百里行暮苦笑一声,旁边的白袍人则远远退开:"共工大人,看样子,你要被巨人一族逼入绝境了啊。你要是不死,我们再继续决战好了。"

巨人们一步步逼近,刑天斧在月光下反射出白晃晃的光芒,耀人眼目,冷气森森。

百里行暮原地而立,淡淡地:"如果这次你们能侥幸活着回到防风国,最好再调查一次其他女巨人的死因。她们应该是全部死于涯草之手,而涯草本人,一定还活着!"

老巨人大怒:"我不允许你这么污蔑涯草!"

"涯草是不死之躯,为着自己在防风国的地位,把其他女巨人全部屠杀了!对于这一点,我有确凿证据,以后,一个叫布布的年轻巨人会告诉你们!"

"布布?他已经失踪一年多了。"

"他没有失踪,他手里有涯草杀人的全部证据。"

一个巨人忍无可忍,挥舞刑天斧就冲上去:"我们亲眼见到涯草死亡,还为她举行了盛大的葬礼,亲手将她掩埋,她怎么还会活着?身为共工,居然满口谎言,更是罪该万死……"

所有巨人,一起冲上去。十九把战斧形成的圆圈气势如虹,杀气凌厉,可是他们连百里行暮的影子都没碰到。

"我对你们还有一言忠告!你们最好不要再去找凫风初蕾的麻烦,不过,你们根本不是她的对手!"

巨人们尚未反应过来,铺天盖地的猛禽忽然俯冲下来。它们长长的尖喙就像一把把钢刀,见人就啄。一名年轻的巨人被猛禽追得步步后退,束手无策,干脆蹲下身去抱着头,猛禽毫不客气,伸出尖锐长喙便向他的脑门啄去。这要一口下去,脑髓都得给吸出来。

百里行暮一拳挥出,地上黑压压掉了一片鸟尸,其他猛禽见状,吓得扑腾而起,再也不敢轻易扑下来。接连又是两拳,那只暴涨的手直插云端,仿佛有无穷的威力。猛禽们哀叫着,四散逃亡。渐渐地,黑压压的天空竟然明亮起来,只有黑色的羽毛,雪片般纷纷下坠。

百里行暮站在原地,鲜红的头发在月色下就像跳舞的精灵。

老巨人就在他对面,举着刑天斧,茫然看着他,忘了要冲上去和他厮杀。其他巨人也纷纷瞪着他，好像这时候，一个个才清醒过来：对面之人，是真正的共工，而不是传说中的共工！

一道光束，无声无息从天而降。

百里行暮早有准备，大喝一声："快快逃离光束的照射！快……"

巨人们如梦初醒，拔足飞奔。光圈虽然大，可是，巨人飞奔的速度很快，而且是四散乱跑，只有两名巨人还被笼罩在光圈之中。百里行暮本来已经冲出了光圈，又折回去，两只手伸出，一边一个，将两名巨人投掷而出。

光圈，彻底收缩，并聚焦在了他一人身上。

"九重星联盟的清洁工们，难道你们不知道这一招对我来说根本不起作用吗？"

话音刚落，白袍人不见了。

他心里一沉，那照射在自己身上的光束力道瞬间强了何止百倍千倍？他脚步一滑，竟迎着光圈飞了出去。他的身躯瞬间暴涨，才勉强稳住脚步，可是，还没透过气来，被掩埋的深坑轰然一声巨响，耀目的光芒顷刻间便照亮了半边天空。

陀螺飞行器，破土而出。

一应厮杀只是伪装的表象。所有拖延，都是为了这艘飞行器能重新升空。

两个白袍人坐在机舱里，正全力以赴启动这玩意儿。不过飞行器明显受损严重，好不容易破土而出，却失去了之前一飞冲天的动力，只能就地盘旋着。

百里行暮冲过去，光圈却极力将他拉扯。

他暴涨的身躯就像一道山岳，生生将飞行器阻拦。然后，他一拳砸向了飞行器的顶端。旋转的飞行器一歪，差点再次坠入深坑。

矮白袍人忽然启动一个按钮，飞行器顿时盘旋着上升。巨人们为这股力道所迫，纷纷后退。

就连百里行暮也后退几步，他山岳般的身躯一退，锁定他的光圈也跟着后退。所有人都看出，他的行动渐渐变得缓慢，就连身躯，也不能继续暴涨了。他已经达到了极限，以一种比飞行器高大得多的形态伫立于天地之间。

可是，飞行器还是即将冲天而起。

就在这时候，远处的沙尘暴终于腾起，铺天盖地的喊杀声里，蝗虫般的箭镞飞射而来。巨人们自顾无暇，奔走逃命，速度稍微慢一点，就被箭镞射成了刺猬……

老巨人奔出老远，又回头胆战心惊地看着远处山岳般高大的共工大人，他一脸茫然，心想，这一次共工大人一定会死在这里吧？

这是鬼风初蕾第二次看到圆月和落日同时出现在天空。

落日是红的，月亮也是红的。好像太阳的鲜血灌注到了月亮之上，天空都成了红澄澄的一片。可是，她根本无心欣赏这奇特的沙漠夜景，只是不时回头看着自己离去的方向。

飞行器在自动匀速前行，半个时辰之后，就会自动在设定地点降落。因是沙漠，一片空旷，根本无须担心着陆的危险。

可是，凫风初蕾现在担忧的绝不是那几万商旅苦役。她一直盯着身后的天空，那团逆风远去的黑色乌云，那是大费的猛禽军团。

她忽然想掉转飞行器，原地返回，可是，又不能轻易违背百里行暮的话，怕自己像刚刚过去的大战时一样，不但帮不上忙，反倒让百里行暮束手束脚。

涂山侯人跟她久别重逢，内心实是欢喜无限，本有千言万语，见她忧心忡忡，不知该如何开口。

他只是惊奇地打量飞行器。

委蛇一直在机舱里昂着双头，看着那团乌云的方向，忽然想起百里大人萎缩焦枯的心脏，他没有武器，就连自身能量也在衰竭，现在的百里大人，还能抵挡东井星上那可怕的光圈吗？

它忽然很紧张，双头便不停地摇来摇去。凫风初蕾对委蛇的习性自然了如指掌，但见它双头乱晃，知道它这正是极度烦躁不安的表现，她微微吃惊，立即道："委蛇，你怎么了？"

委蛇一惊，却强行镇定："没事，没事，我只是担心小狼王这厮会不会叛变。"

涂山侯人也道："要是小狼王反叛了，我们就算救出了那些商旅，只怕也没法平安离开此地。"

凫风初蕾尚未回答，但见下方天空忽然一片烟尘，风雷般的呼啸声由远及近，一支骆驼骑兵正飞奔而来。

委蛇大叫："小狼王终于来了……"

小狼王的确遵命抵达，但迟到了整整两个时辰。小狼王分明是首鼠两端，在胜负未定之前，他绝不肯先彻底投向任何一方。

小狼王的大军原地不动了。

委蛇急忙道："少主，我们还是不要下降吧？要是小狼王真的不怀好意，我们岂能抵挡他的两千大军？"

凫风初蕾沉声道："我们总不能一直原地打转。"

说话间，飞行器已经平稳地降落在了小狼王前面的沙地上。

小狼王冲上来："凫风初蕾，你们终于来了。"

凫风初蕾从机舱里走下来，迎着他，高声道："那些商旅呢？你救出了多少人？"

小狼王却不回答，盯着飞行器看了好几眼，一直确认百里行暮是否一同回来，脸上的笑容显得有些高深莫测。

直到他看到涂山侯人，他立即大叫："凫风初蕾，你为什么又要跟这小子在一起？"

涂山侯人笑嘻嘻地："小狼王，真是人生何处不相逢啊！"

小狼王也不答话，只死死盯着凫风初蕾的脸。

凫风初蕾缓缓地：“你看我干什么？”

"你知道你这颗头颅值多少钱吗？"

"多少？"

"十万两黄金！"

小狼王肆无忌惮："十万两黄金！可真是天下第一值钱的头颅！"

"真没想到，我的头这么值钱。"

"大费说，只要见了你的人头，便多付我十万两黄金。啧啧啧，十万两啊！我白狼国全体国民，什么事情都不干，也足以吃吃喝喝好几年，今后，要买骏马，打造利器，统统都不在话下了……"

委蛇怒不可遏："你这个厚颜无耻的家伙，竟然没有丝毫底线。"

他一摊手，故作惊诧："啧啧啧，老蛇奴，你第一天认识我吗？难道你不知道我的为人吗？现在百里行暮不在，你是不是怕死了？如果怕死的话，马上跪在地上向我求饶，我还可以看在故人一场的分上，留你一条全尸！"

"百里大人真该在广场上就杀了你！"

"百里行暮真是太蠢了，居然敢让我带兵为他做事情。他也不想想，他能给我什么好处？他能给我十万两黄金吗？要是他战胜了妖魔，我自然不敢违背他的命令，可是，只怕他自己现在已经身陷重围，永无翻身之日了。"

他手里的狼牙棒一横，摆了一个极其潇洒的姿势："如果现在站在我面前的是百里行暮，我当然马上就去救人了，可是，现在嘛，嘿嘿嘿……"

涂山侯人笑道："现在又如何？"

狼牙棒一指涂山侯人："现在就算没人给我十万两黄金，我也要砍下你这个启王子的人头！"

"哈哈，那得看你有没有这个本事了！"

小狼王一挥手，他身后近百名侍卫迅速成阵，将二人一蛇团团围住。

而剩余的一千多狼少年，则张弓搭箭瞄准了二人。

小狼王扬扬得意："启王子，知道什么是瓮中之鳖了吧？"

涂山侯人还是懒洋洋的，挥了挥劈天斧，笑道："每一件事情，不到最后，谁也无法判断胜负。"

"你死在这里，便是唯一的结局！"

他的目光转向凫风初蕾："小鱼凫王，现在投降还来得及。"

凫风初蕾微微一笑："十万两黄金你不要了？"

狼牙棒遥遥一指茫茫沙漠。"这大漠里有金矿，里头有无数苦役，本王只要按兵不动，以后这些就可以全部到手，届时，我白狼国必将成为天下第一富裕之国，有这座金矿做支撑，不出五年，我便可以一统天下！"

他的野心坦荡荡写在了脸上，一副鹬蚌相争渔翁得利的情态。

涂山侯人提着斧头上前一步：“小狼王，你真以为就凭你这两千人，就足以左右整个大局？”

小狼王见了他，气就不打一处来，狼牙棒一指：“凫风初蕾，你还有一个活命的办法，你马上砍掉涂山侯人的头交给我，我便饶你一命！否则，就让你和这个恶心的家伙一起死……”

小狼王急退几步，上百名士兵里三层外三层团团将涂山侯人包围了。

劈天斧的寒光，在狼牙棒的青光下，稍稍黯淡。

小狼王扬扬自得：“本王就不信，涂山侯人，这一次你还能突围而出……”

凫风初蕾站在原地，看着陷入包围圈的涂山侯人，又看看四周，只见训练有素的狼少年精锐已经分散成阵，以三面包围的架势将二人一蛇合围。

在她前面的，便是小狼王。

他提着狼牙棒，虎视眈眈地瞅着她身后的飞行器。

"凫风初蕾，你还有一个活命的办法，就是把飞行器的驾驶方法教会我，我也可以考虑放你一马……"

委蛇盘旋在飞行器旁边牢牢看护着这个法宝，它深知这已经是众人离开此地的唯一工具。

凫风初蕾居然还是站在原地一动不动地盯着慢慢西斜的红月亮，好像对地面上的这一场厮杀漠不关心。

小狼王有点奇怪，暗忖，她怎么变得这么大胆了？难道她真的不惧怕自己这两千精锐？

"凫风初蕾，你想死还是想活？"

凫风初蕾还是看着西天的方向。

他再上前一步。几乎快跟她比肩而立了。

可是，她依旧没有任何防备，依旧全神贯注盯着天空那一轮血红的月亮，月亮就像是一个透明的圆膜包裹着一大包血浆，风一吹，天空好像就要下一阵红色的血雨。

就连小狼王的坐骑——那只巨大的白狼，都不敢号叫，只是抬起头死死盯着那一轮可怕的月亮。

狼牙棒伸出，下一刻立即就能刺穿她的心口，此时正是偷袭的绝好时机。但小狼王比画了一下，随后无声无息放下了狼牙棒。

小狼王嗅到一股淡淡的香味——那是她身上散发出的干净的气息。这沙漠苦寒地，人人都一身汗水，一身恶臭，唯有她，干干净净，雪白芬芳，一如万国大会上揭开颜华草遮掩时的惊艳绝俗。

他生平所见的美女，加起来也不如她。

尤其是此刻。

大漠落日，红颜如雪。她比一切的景致都美丽。

当她沉默不语的时候，这美貌更增添了温柔纯洁，她就像一朵天地之间独自盛放的花。

他的心跳又不争气地怦怦快了起来。

脑中忽然闪过一幅诡异的场面：跟她一起，并肩驰骋，在茫茫大漠称王称霸，与她一起笑傲天下。这诱惑的场面甚至胜过了大费的十万两黄金。

那可是他的终极理想。

"凫风初蕾！凫风初蕾！"

他叫了两遍，她还是无动于衷。

可他一点也没生气，声音反而更加温柔了："喂，凫风初蕾，要不我们讲和吧？"

他强调："真的，我俩讲和。你知道，我对你从来没有真正的敌意……"

风一吹，天空的那一轮血月亮滚动了一下，仿佛无数的鲜血在里面流淌，而且鲜血似乎马上就要挣破浆膜的包裹，破壁而出。

"你也看到了，我已今非昔比了，现在我有大军，有单峰骆驼，有大片的草原和森林。实不相瞒，除了这两千大军，我另有五千精锐已经召集，随时可以进行大规模作战。纵然大费，也不在话下。凫风初蕾，放眼天下，你再也找不到比我更好的适婚对象了……喂，凫风初蕾，我在跟你讲话，你到底听到没有？"

她仿佛在自言自语："这月亮怎么这么奇怪？"

小狼王恼羞成怒："凫风初蕾，你是聋子吗？你听不到我跟你讲话吗？"

她这才转向他。那目光居然没有半点畏惧，就好像他这两千大军是纸糊的。

天上的那一轮红月亮更红更圆了。

小狼王顺着她的目光，也吓一跳，心想，今晚这月亮太妖太怪了，莫非有什么不祥的事情要发生？

他心里一怯，便欲速战速决，他也顾不得凫风初蕾了，厉声道："尽快杀死涂山侯人！越快越好！"

一批狼少年加入战斗，劈天斧虽然虎虎生风，可是重围之下，一时三刻哪有脱身的机会？

眼看涂山侯人陷入车轮战里，根本没有翻身的机会，委蛇急得恨不得冲进战阵，可是当它看到上百名凶猛的狼少年已经团团围住飞行器时，便再也不敢离开了。

小狼王察言观色，哈哈大笑起来："看来，这飞行器对你们特别重要啊。待我一棒砸烂你们的飞行器，看你们还怎么升空，哈哈哈……"

他的叫嚣忽然被封住，饶是他退得极快，狼牙棒也仓促掉在地上，他整个人跟跄了一丈多远，才勉强停下来。他的坐骑大白狼也被一股力道冲击，竟然陷入沙堆里，满嘴是泥，无法嗷叫出声，只连连用前爪扒拉几乎快掩埋自己的黄沙。

众人被这势头震撼，一时间竟然再也没有人敢贸然冲上去了。

委蛇蛇尾一扫，将大白狼毫发无损地扒拉出来。大狼冲委蛇点点头，神情里尽是感激。

两名侍卫抢上前扶起小狼王，小狼王震惊得瞪大眼睛，不敢置信，好一会儿才稳住呼吸："天啦……凫风初蕾，你怎么变得这么厉害了？"

他低头，骇然看到金杖的尖端正顶在自己的喉头。

"小狼王，你知道接下来该怎么做吗？"

小狼王硬着头皮大喊："住手！统统给我住手！"

所有的狼少年见大王被擒，立即住手，涂山侯人也从重重包围圈里跳出来，说道："小狼王，你说，你要死还是要活？"

"这……当然是要活！"

"要活，你就听令行事！"

"你先拿开这该死的金杖。"

小狼王颔下一松，急忙跳开。

月色下，凫风初蕾平静如风，美丽的脸庞就像沙漠里盛开的玫瑰。金杖已经收起，就像从来没有出手过一般。

小狼王不假思索，奔了出去。他的动作极快，就像大白狼发狂时爆发的无穷潜力。他亡命飞蹿，直到奔出去十几丈远，确信凫风初蕾没有追来，才松一口气。

凫风初蕾远远看着他。

他摸了摸自己的下巴，心有余悸，却冷笑一声："凫风初蕾，你一直都这么蠢！要是拿了我做人质，我还忌你三分，现在，嘿嘿……"

"现在又如何？"

他从旁边的狼少年手上夺过一根狼牙棒，抬头挺胸："现在嘛……上……大家一起上……"

狼少年们一拥而上。

涂山侯人暗暗叹息，好不容易掌握了主动局面，可小狼王这厮又立即反水了。

"喂，凫风初蕾，快投降吧，小心被骆驼踏成了肉泥……"喊着喊着，忽然不见了凫风初蕾身影，小狼王大急："停下，快停下……凫风初蕾……你被踩死了吗？天啦……"

他的声音，戛然而止。

一个人影飞掠而起，踏在单峰骆驼的背上，如履平地。几十名狼少年倒地，只剩下骆驼。而她踩在上面，飞奔过来。

他转身就跑。

可是，那转身也只是想象之中。他的脚步甚至来不及移动，便再次被摁住了咽喉。

她抓起他，轻轻松松，就像抓起一个皮球。

委蛇忽然想起在白旗镇时，那块被凫风初蕾随手一推就滚出去老远的巨大石头。它心里一松，哈哈大笑："小狼王，你以为百里大人不在这里，便是你的天下了是不是？告诉你，你想错了！这天下，任何时候都不可能是你的天下！"

小狼王不明就里，像看怪物似的盯着凫风初蕾。

就连涂山侯人也微微震惊，从湎山到万国大会，他对凫风初蕾的功夫非常清楚，纵然比小狼王强一点，也强不了太多。可是，她刚刚这一出手，轻描淡写，就像随手摘花，小狼王却没有任何反抗之力。

可万国大会上，凫风初蕾的本事明明比自己还差得远！

凫风初蕾还是淡淡地："小狼王，你可能以为没有百里大人，这天下便谁也奈何不了你了。可是，我告诉你，像你这样的人，纵有十个百个，我也能杀得了！"

小狼王嘶声道："你杀我算什么？你有本事就去杀了大费，杀了东井星上的那些妖魔。"

"你等着瞧，大费的头会热气腾腾地出现在你面前。"

明明是如此凶狠的话，可是她红唇微启，声音温和，就像这沙漠里的夜风般沁人心脾，更像是温柔可亲的姑娘在好脾气地跟人闲谈。

更该死的是，她的眼睛比天上的红月亮更加晶莹透明，好像两颗宝石在月色下闪烁。纵在愤怒之下，也让人心跳怦怦。

凫风初蕾扫视了一下人群，这才问："杜宇呢？"

小狼王怒道："已经被剁成肉酱了。"

委蛇急了："你要是杀了杜宇，我真要把你剁成肉酱。"

凫风初蕾金杖一横，要是杜宇真的死了，只怕下一刻，小狼王便会被一刀割破喉头。

小狼王冷哼一声，一挥手，两名侍卫从人群中出来，推搡着被藏在单峰骆驼背上的杜宇。只见他三两下挣脱了胡乱捆绑的绳索，高声道："少主，你放心，属下没事⋯⋯"

委蛇大叫："你真的没事？"

"小狼王一路上对属下还算客气，属下也没有受到任何伤害。"

委蛇大喜："小狼王，算你这厮还有一点良知。"

它旁边的大白狼却猛地冲过去，亲昵地依偎着小狼王，似在担心他到底有无受伤。

委蛇叹道："看吧，我就说狼都比你有良心，真的，若不是看在这头狼的份上，我恨不得马上杀了你。"

小狼王悻悻地抱着白狼后退几步。

凫风初蕾淡淡地："还是按照之前安排的计划行事。小狼王，你负责营救商旅。"

她转向涂山侯人："还得麻烦你和委蛇留下，毕竟，这么庞大的商旅数量，如果途中真有什么闪失，小狼王一人的确也对付不了⋯⋯"

涂山侯人深入大漠，本就是为了解救那些百姓，此际，自当义不容辞。

而且，他深知小狼王反复无常，如果没有人盯着，没准他下一刻就翻脸，又放下人质逃跑了。

他只是叮嘱："初蕾，你要小心。"

她微微一笑："你们放心吧！"

第十一章　四面幻神

飓风席卷着黄沙冲天而起，将天空分隔成一黄一白两种颜色。那一轮圆月却越来越红，越来越满，渐渐地，已经没有任何杂质，就像一摊巨大的红色鲜血。

老巨人远远地退开，可是，纵然他们庞大的身躯，也抵挡不住那越来越强烈的飓风，他们好像变成了轻飘飘的纸片，随时就会被刮走。

有一个年轻的巨人抵挡不住，忽然飞起来，刑天斧坠地之声也被风声遮掩。老巨人极速追上去，生生拽住他的手，将他拖回来，可是他满头满脑都是沙子，骇得面无人色，只喃喃道："这妖风好可怕……共工大人呢……"

他们已经看不到共工大人的脸，共工的身躯已经暴涨成了一座大山，纵他们仰头，也只能看到半空中飘舞的红色精灵。他火红的头发，就像是天空中开出的花朵，几乎慢慢地要和红色的月亮一般了。

漫天射向他的箭雨也开始徒劳无功地停止，山脚下，很快便是一堆堆的箭镞。

远处的大费胆战心惊地目睹一座大山拔地而起，竟比当初在湔山小鱼洞更加不安——那一战，他是偷袭，一切都在算计之中，再不济，身后还有大夏王和自己的父亲皋陶大人。

可这一战，自己是以大费王的身份全力以赴，但凡有所闪失，只怕万王之王的位置也保不住了。

但是，他和他的精锐部队只能远远射击。而这些冷兵器时代最厉害的武器，在一座幻变的大山面前，完全无济于事。

有一次，"大山"忽然伸出一只手，一挥舞，上千支利箭便反射回来，士兵们躲闪不及，倒了一大片。

大费急忙抓起身边的一名士兵才侥幸逃过一劫，他身上已经吓出一身冷汗，却失去了再次进攻的勇气。

小惩大诫之后，百里行暮不再搭理这跳梁小丑，只是抬头看了看东井星的方向。

东井星上的怪物，显然已经用尽全力。巨大的光影圈子，牢牢追随着他，跟着他的幻变之形而幻变，始终牢牢将他笼罩在中心。

陀螺飞行器早已升空，巨大的冲击力令黄沙旋转成一个旋涡，可无论如何也飞不上去。

百里行暮一拳砸在陀螺飞行器的发动机上，只听得"砰"的一声，巨大的飞行器便栽倒下去，震耳欲聋声中，沙漠就像发生了一场天翻地覆的大地震。

黄沙四起，烟尘滚滚。两名白袍怪飞出去好远，才不至于被那股巨大的冲击波拉扯下去，待他们稳住了身子，回头一看，巨大的陀螺飞行器已经只剩下两个羽翼露在外面。

巨大的光圈瞬间消失，四周忽然一片漆黑。

老巨人惊呼："共工大人……"

乌云慢慢散开，月亮重新露脸。

月色下，百里行暮白衣如雪，满头的红发就像沙漠里唯一有生机的东西。他拍拍手，举重若轻，意态潇洒，只遥遥看了一眼对面已经逃出去老远的大费大军，然后才转向两名白袍怪。

巨人们再也不敢冲上去，都无比敬畏地望着他。

他上前一步，两名白袍怪后退一步。

一阵又尖又细的声音忽然从天而降："蠢货，你们这些大蠢货……攻他的心脏……全力以赴攻击他的左边心脏……共工唯一的死穴便在他的左边心脏……"

两名白袍人不假思索便冲向了百里行暮。当然，他们用的不是拳头，而是东井星上唯一的光束电流武器。此时，这两束电流，同时瞄准了百里行暮的心口，左右交织。

"看见了吗？那是共工唯一的死穴……他的心脏早就在几千度的高温棺材溶液里烧毁了，现在，只剩下一点灰烬残渣而已。只要这点残渣一消失，他就是死人一个……上，快上……你们这两个大蠢货，还愣着干什么？快上……"

月光下，居然是一面飞舞的镜子，声音便是从镜子里发出的。

百里行暮停下脚步，死死盯着半空中的那面镜子，不敢置信："你是涯草？"

"咯咯，真难为百里大人还记得我。可是，很遗憾，你要是早点记得我就好了。今天，你非死不可……"

四周，忽然弥散一股异香。每个人的呼吸都十分粗重，巨人们都在准备着随时扑上去。可是，又没有目标，只是一个个瞪着血红的双眼，骨子里的凶性，被彻底激发出来。

"杀了共工……杀了他……"

原本目瞪口呆的巨人忽然纷纷涌了上去。两名白袍怪自然不会错过机会，也集中力量瞄准了百里行暮的胸口。

"咯咯……百里大人，你以为让我成为瘫子，我就不能行动自如了？一万年前，我已经练就了寄宿采补之术，专门攫取年轻女子的阴气，攫取得越多，我的本领越大，相貌也就越美丽，甚至能永生永世维持青春不老的容貌……咯咯……"

她肆无忌惮地大笑："你知道最好的阴气是什么吗？是那些女巨人！人类的女子太小了，一次性需要太多人，而且见效慢。可是，女巨人就不同了，她们的素质跟我完全匹配，一脉相承，吸取她们的阴气越多，我就越美丽动人……"

"我早就猜到，她们全是死于你之手！"

"咯咯，这难道不好吗？她们全部死了，才能凸显我的尊贵。事实上，我巴不得人类的女子也全部死掉，这世界上，只剩下我一个女性才好。"

远远地，那些巨人都听着她咯咯的娇笑。可是，却对她这一番供认不讳的罪状无动于衷——他们已经被那娇嗲的声音魅得失去了魂魄。

百里行暮只想快点结束这场战斗。可是，巨人们却以自杀式的袭击方式，一直牢牢包围着他。

慢慢地，镜子越升越高，声音也远远传开去："咯咯……大费，你这个蠢小子还愣着干什么？再不杀掉百里行暮，难道等他缓过气来将你五马分尸吗？"

大费死死瞪着前方的天空，他本来已经被吓破了胆，正欲率军逃窜，可听得这笑声又停下来。那声音实在是太媚太柔太蛊惑，他忽然口干舌燥，一股热血便蹿上头顶。

上万大军以雷霆万钧之势冲过去。

菱花镜半空飞舞，成了一群人的总指挥。

百里行暮额头已经开始隐隐冒出汗水。那道光影武器，不偏不倚地再次对准了他的心脏。尽管他们只是负责打扫卫生的东井星怪物，可是，术业有专攻，他们在悬浮物的打捞和定位上，真可谓天下一绝。

此时，那光线竟然折中，改变了方向，不再是从头到脚一股脑儿地笼罩，而是长了眼睛似的瞄准他的心脏，精准定位。心脏的光圈成了靶心。所有的攻击，只需要对准靶心即可。

白鹳飞行器，已经抵达厮杀的中心阵地。

一道光圈无声无息扫来。没有任何预警，小飞行器剧烈颠簸着坠地了。初蕾跳出机舱，迎接她的是雨点般飞来的箭镞。

那是大夏的万人大军。

"杀凫风初蕾，赏金十万……"

无数人举着利刃砍向凫风初蕾。

凫风初蕾手握金杖，很快，她便冲出了敌人的包围圈。

百里行暮就在前面。

她举着金杖大喊："百里大人，我来了！"

"你这亡国余孽，终于来送死了！"回应她的是大费。

金杖迎着玉笛。

大费用尽了全部力气，因为他深知凫风初蕾的本领，自忖一招之下便可将她打倒。不料，"砰"的一声，玉笛碎裂，他虎口一麻，往后一倒，一口鲜血便喷了出来。

凫风初蕾欲速战速决，当然不会对他客气。所以，第一招便动了杀机。

她冲上去，劈手就抓大费。头顶一股妖风，镜子兜头砸下。

她急忙闪避，几名士兵已经将大费远远拖走了。

一股冷风，无声无息。饶是金杖挥舞极快，头发也被削掉了一片，就连面上也火辣辣的一阵疼痛，分明是裂开了一道血口子。

她一惊，只见半空中光芒一闪，又是那面妖异的菱花镜在咯咯大笑："凫风初蕾，你的末日到了……"

凫风初蕾骇然地盯着一面说话的镜子，只觉这声音无比熟悉，可是，哪里能想到是涯草？她一个失神，便被一名士兵的长矛砸在肩头。

那镜子却心随意动，飞上了半空，咯咯大笑："杀了百里行暮和凫风初蕾，我便是你们最好的奖品……"

一群士兵就像一群丧尸再次冲过来，十八般武器一起攻向凫风初蕾。

凫风初蕾就算不认得这个笑声，也认得这股香味。

那是她刚刚中毒时嗅到的那股媚香。

涯草！

涯草居然变成了一面镜子？

尽管这媚香已经再也无法将她侵袭，可是她内心的震惊实在是难以言表，涯草怎会成为一面镜子？

她凝神屏息，忽然做出一个决定：先抓住这面镜子再说。

可是，那镜子轻飘飘地在空中飞来飞去，不时散发出五彩的颜色，又瞬间飞走，根本让人辨不清楚东南西北。

百里行暮在巨人阵里，如履薄冰。

巨人们已经彻底疯了，他们无心外界的任何打扰，围成一个密不透风的死亡战阵，坚定不移地要和百里行暮同归于尽。

有好几次，百里行暮已经提起心脏最后一点残余的能量，却又在犹豫不决中卸下了那一口气。他深知，这已经是自己最后的一点能量，如果浪费在了这些巨人身上，与他们拼个两败俱伤，就完全没有意义了。

他一直在等待机会。直到耳边传来这一声呐喊："百里大人，我来了……"

这才是凫风初蕾现身的正确方式——手拐金杖，所向无敌。

纵然万人围攻，她也连番闯阵。

他忽然笑起来，很是欣慰，不周山之行后，就知她能量大增，但是，究竟到了什么地步，一直没有实战检验过。今天，便是考验真功夫的时候了。

百忙之中，他根本见不到她的身影，只见金杖的光辉在人群里，腾挪闪躲，指东打西。

他很想大叫一声"初蕾"，可是，心脏的衰竭已经传导到了喉头，一开口，这股气就会松懈。

凫风初蕾虽看不到百里行暮，却心知一定出了什么事情。

她反而镇定下来，抱定主意先除掉那镜子，她很清楚，镜子只是涯草的寄生体，镜子一毁，她也就毁了。

金杖再次砸向镜子。这一次，砸了个正着。

原本摇曳多姿的绿纱美人儿忽然消失了，可是，镜子依旧没有破碎，不知这镜子是由多么坚硬的合金材料铸成，一杖下去，竟然只是凹下去一个坑而已。

可哀鸣声却接连传来。要知道涯草在实体尚未彻底凝聚之前，镜子便是唯一的房子——一旦这房子塌陷了，涯草也就完蛋了。

可是，凹下去的镜子还来不及飞起，枭风初蕾又是一拳砸过去。

虚幻的绿纱美人儿忽然披头散发、狼狈不堪，那些目瞪口呆追随她的士兵吓了一跳，如见到了什么妖怪。

枭风初蕾朗声大笑："涯草！你就是涯草！今天，我就杀了你，除掉你们这群沙漠妖孽，也算是为民除害！"

"好个大言不惭的黄毛丫头，你找死……"

镜子破口大骂，可却不敢迎战，而是远远飞了出去。

枭风初蕾也无暇追赶，金杖在半空飞回来，她跃上一名士兵的肩膀，睁大眼睛，依旧看不到百里行暮的行踪——刑天斧组成的高大围墙，将他彻底围困。

"百里行暮快不行了……你们看，他的心口已经红了……"

镜子，再次叫嚣。这一次是在百里行暮的头顶。她似颇为忌惮枭风初蕾，转而跑到了百里行暮身边。

月色下，枭风初蕾果然看到百里行暮雪白的衣衫上，心口处，有隐隐的一团血色。

"咯咯……大家不要怕这个废物，在对抗陀螺战斗飞行器时，他的心脏已经在幻变中极大受损，再加上又受到一颗流弹的袭击，已经彻底将他的心脉震碎，他再也无法幻变了……"

众人所怕的无非是百里行暮的幻变而已。既然彻底不能幻变了，还怕他作甚？

与此同时，无数双鬼手从沙地上窜出，锋利的刀刃鬼一般砍向枭风初蕾的双足。

饶是她退得极快，也察觉鞋底被划破的声音。无论怎么退，都有刀刃从足下划过，她情急之下，金杖一点，飞起来。可是，人体不能真正飞行，她只立地一段时间，便坠地，地下的刀刃立即又伸出来。

这些人，全是精通沙漠环境的白狼国士兵，大费筹划已久，为了斩草除根，真可谓处心积虑，早就勒令小狼王献上了最厉害的杀招——地杀！

地杀，是白狼国对付敌人最厉害的武器——小狼王曾凭此纵横大漠。

只是，这一招只限于沙漠，至于草原、森林、平地等，便无效了。因为，只有沙漠松软的黄沙，才能隐藏土拨鼠一般的士兵。安排这一招，本是算杀掉涂山侯人或者百里行暮，却不料，是枭风初蕾先赶上了。

镜子见枭风初蕾手忙脚乱，好几次锋利的刀刃几乎划破了她的双足，乐得哈哈大笑："小狼王！忠实的小狼王！这一招地杀真是太帅了……"

镜子大笑："凫风初蕾，你知道吗？那天晚上，只差一点点，你就被小狼王睡了……哈哈，要不是这个该死的百里行暮多事，你早就是小狼王的女奴，要天天跪着求他临幸你了……"

凫风初蕾忽然怒吼一声。足尖点地，金杖在沙地上划开长长的一道口子。无数只断手，翻滚而出，无数把利刃，当啷数声掉在沙地上。

众人被这声势惊呆了，一时间地下竟然再也没有鬼手敢伸出来。

就连菱花镜也远远飞起来，再也不敢靠近这股凌厉的杀气。

就在这时候，一道光圈无声无息将凫风初蕾包围。

她的身子瞬间轻飘飘地飞起来。

一道光圈凝聚百里行暮心口，另一道光圈则将凫风初蕾提起。

光圈很弱，但是提起一个人类，完全不在话下。凫风初蕾猝不及防，完全失去了挣扎的力道，好像整个人掉入了流沙旋涡，越是挣扎，下滑越快。

一拳重重击出。那光圈居然顿了一下，凫风初蕾的身子旋在了半空之中。

光圈彻彻底底集中到了百里行暮一个人身上。

所有人都看得清清楚楚。

他雪白的衣衫下面，胸口就像被揉碎了的红色土块，鲜血淋漓，令人触目惊心。

涯草不笑了，慢慢地说："百里行暮，按理说，你的五脏六腑就算被高温溶液烧坏，也不至于萎缩到这等地步吧……我明白了，我全都明白了……"

她尖叫道："你中毒了！百里行暮，你可真是个情圣啊，你是不是为了救那个小丫头，用你的心之血解了她身上的媚毒？明明是无解之毒，难怪她还能好端端地重新站起来，而且功力大增。原来，她已经继承了你的大半元气……"

光圈里的凫风初蕾，听得清清楚楚。

原来如此！

原来如此！

难怪委蛇会那么仇恨小狼王。

难怪不周山之巅，自己完好无损地醒来。

难怪自己一次次主动示好，却被百里行暮拒绝。

他不是要拒绝自己，他是迫不得已。

她急于挣脱光圈，拼命地要奔向镜子。

她发誓，获得自由的那一刻，便是杀了这面镜子。

纵使天涯海角，也要把这个叫作涯草的女人彻底干掉。

百里行暮忽然跳起来，身形瞬间暴涨，他伸出一只手死死拉住了光圈里的凫风初蕾。

光圈生生被拉下来。

可是，下一刻，他胸口的血便如洪水一般涌出。

他的身子摇晃几下就像一座大山就要轰然倒塌。

可是，他摇而不倒。

如影随形的光圈将他心口彻底扫描透视。所有人都看得清清楚楚，他内里的五脏六腑就像血红的炭火在逐渐灰飞烟灭，中心凝固成了很小很小的一块褐黑色的血团。

这不是鲜血。这只是一股杀气。

这是无比久远的年代，停顿已久的死亡——

死亡，并非是现在。死亡，已经很久很久。百里行暮的五脏六腑，其实已经死了很久很久，只是凭借一口气在挣扎而已。

真正的共工，几万年前就死了。真正的百里行暮，也在一万年之前就死了。眼前这个白衣人，只是凭借一股意念，不堪消散，抗争到底。

活着的，只是他的意志。

绿光一闪，菱花镜从他破烂的胸口飞掠而出。

"杀！"是涯草的声音。

"杀！"是大费的声音。

"杀！"甚至还有两名白袍怪的声音。

如梦初醒的敌人一股脑儿围上去。

就算他只有最后一点意念，他们也必须除而快之。

否则，只剩一口气的共工也是可怕的敌人。

涯草歇斯底里一般尖叫："瞄准心脏……心脏……对，就是心脏。巨人们，快上……你们这些蠢货，还愣着干什么……快……"

十几把刑天斧，一起砍向那个暴涨的心口。百里行暮惨淡的双目，无能为力闭上。

天地之间，只剩下涯草咯咯的笑声。

咯咯的笑声戛然而止。

夜风将支离破碎的血肉吹得满地都是。

倒下去的是一个年轻的巨人。他的刑天斧第一个砍在百里行暮心口。他是被一拳砸死的。

另一个巨人茫然冲上去。

又是一拳，"砰"的一声砸在他的头顶。不偏不倚，正中颅骨。他硕大无比的头颅就像沙盘一般四散纷飞。好一会儿，庞大的身躯才轰然倒下。

纵是中了迷魂咒一般的巨人，也被这骇人的声势惊得步步后退。就连那面嚣张至极的菱花镜，也忽然隐蔽了所有的闪烁。

所有敌人，步步后退。

唯有百里行暮，仰起头，无声无息地笑起来。因为，他不用看已经知道那是何人。

是她！是她呀！

小鱼凫王、四面神的后裔，她终于幻变成功。

东井星的光圈，在她眼里，已经只是清扫宇宙的工具而已。一把扫帚，岂能抵挡高阳帝的后裔？

她冲出来。就像一股飓风扫过大漠。那一刻，她主宰了整个大漠。如梦初醒的巨人，再次闪避。

金杖再次挥出，定位在百里行暮心口的光圈，忽然消散。

半空中，四个窈窕的影子。她比镜子高，甚至比百里行暮高。

四道红色的身影，四张美丽的面孔，奢华的蜀锦王服，将头顶红月亮的诡艳也彻底遮掩。唯有金杖，闪烁出漫天的光辉。

小鱼凫王。古蜀国的新女王。这才是真正王者的气势。

所有人都呆住了。就连百里行暮也看着她，不能发声。

她却平视着他——以前，他幻变的时候，她总是站在他的掌心跳跃、玩耍、撒娇，就像他小小的宠物。

唯有这次，她平视他，她长长的睫毛，几乎触及他红色精灵般的头发。

甚至，她伸出手，轻轻地，轻轻地抚摸了一下他满头的红发，她的手心也是湿漉漉的，满手湿润的鲜血。

就如她此刻的心。湿漉漉的心，来不及哭泣。她也没有时间哭泣。

她已经被一股巨大的愤怒和杀机彻底填满。心中只有一个字：杀！我要杀光你们这些敌人！

可是，再大的愤怒，也无法阻挡他满头的红发变得憔悴、委顿、失去了生命的光华，枯燥得就像一把冬天的落叶。

呵，百里行暮。

以前，她总是仰望的对象。现在，她觉得他那么弱小。

他山一般的身形，忽然幻变，下一刻，已经如常人一般大小。

她和他并肩而立。

那是她第一次和他比肩——忽然觉得他那么软弱，那么软弱。

而她勇气倍增。

她的手，还是轻轻放在他的红发下面，轻轻地，想要传递一些能量给他。

这无声的举动，他当然明白。但他只是摇头。

没用的，初蕾，没用的。

她声音哽咽："百里大人……"

他忽然笑起来，声音温柔得出奇："初蕾。"

她也笑起来："百里大人，我说过，我不会一直是你的拖累。"

他点点头，非常认真："鱼凫国的女王，又怎会成为他人的拖累呢？"

她的目光，落在他的心口。那是她第一次瞧见他的内心。真的，透明光圈之下，他的五脏六腑生生地呈现眼前，包括他那颗如岩浆中焚烧过的萎缩得几乎快要消失的心脏。

那不是新伤。那是旧伤叠着旧伤，居中的是一个小小的焦炭似的黑点。就算没有今天的流弹一击，那心脏也只能垂死挣扎了。这一击，只是加速了死亡的到来。他身上最后一滴血，已经彻底流干。

以前，她竟然一直不知道这一点。一路同行那么长时间，自己竟然不知道。她恨不得把自己的心也挖出来。

"呵……初蕾……"

她笑盈盈地，泪水却顺着脸颊流下来。

"初蕾……"

她从未听过他如此温柔又如此软弱的声音，就像一股气流勉强凝聚，然后缓缓地消散，一丝一丝无影无踪。

那是她第一次亲眼看见死亡的到来，一种几乎是看得到的死气沉沉。

多可怕！

就像她越来越充沛，拥有越来越源源不断的能量——本以为那是不周山之果的能量，原来，并不是！

涯草说："你这个可耻的叛徒，你居然以自身心之血为她解毒，让她继承你几十万年的能量和元气……"

原来如此！

原来如此！

从始至终，都是他在为她奉献，为她牺牲。

她想，自己为他做过什么呢？

她的声音也温柔得出奇："百里大人，我要杀了他们！我要杀光他们……我要把他们统统杀光……涯草、白袍怪，还有小狼王，所有你的敌人，我统统都要杀光……"

一念之间，心魔永驻。那个天真无邪的小女孩，永远也不存在了。

"别……初蕾，别这样……"

他眼神晦暗，可还是温柔得出奇。

杀戮永远也不能解决问题。死亡绝不是人类的终极宿命。就像七十万年之前，上亿的人死去，可这个地球，还是地球。人类还是没有得到丝毫的教训和进步。

最先反应过来的还是涯草。飞翔的镜子大吼大叫，气急败坏："你们快杀了她，不然，大家都得死……"

幸存的巨人们，如梦初醒，挥舞着刑天斧，再次一拥而上。

凫风初蕾看也不看他们一眼。直到他们奔过来。金杖过处，又是一片血肉横飞。十余名巨人，陈尸沙场。

金杖却没有停止，就像一把锋利的钢刀，从一片黄沙划扫而过。方圆一公里的土地，黄沙漫卷，自动形成一个巨大的圆圈。黄沙下面，涌出一道长长的血泉。所有隐匿的白狼国"地杀"士兵，他们无一幸免，断手断脚铺满了一地。

惨叫声此起彼伏。所有人只有一个念头：逃！

可是足下无路。沙下也无路。他们曾经最熟悉的领域，成了他们的葬身之地。

接着是大夏的士兵，他们鬼哭狼嚎，亡命飞奔，就像被收割的韭菜，一茬一茬倒下去。

大费亡命逃窜。可是，他的坐骑实在是太过醒目。下一刻，他便飞起来，整个人成了两截。

四周终于再也没有什么活口。

所有敌人和天空的红月亮一样，忽然消失得无影无踪。

一大团厚重的乌云就像一大团墨汁，肆无忌惮地将整个世界霸占。风停了，声音消失了，整个世界忽然变得虚无而空寂。

唯有对面微弱的心跳，滴答，滴答。

好一会儿，凫风初蕾才辨认出，那是鲜血快要流尽的声音。

百里行暮的心脏就像夏日的清晨、荷叶上最后的一滴露珠，被烈日一晒，很快就要被彻底蒸发了。

她张了张嘴，什么都不敢说。

就连脚步也不敢迈动——她怕自己一走过去，那滴答之声就消散了。

余勇之后，只剩下恐惧。她单薄的身形，在寒风中开始战栗。

他慢慢适应了黑暗的目光，逐渐将她看得分明。四面的影子，从东南西北一起看着他。

她紧张得忘记了自己已经变了模样。可是，那美丽的容颜不变，那俏生生的神情不变，那明亮清澈到了极点的眼睛更加没有丝毫变化。

"初蕾……呵，初蕾……"

她张了张嘴，一句话也说不出来。

"呵，初蕾……我有一件事情要告诉你……你过来吧……"

他慢慢伸出手。

她却犹豫着，一步一顿。不远的距离，她却走了很久。

他很耐心，一直温和地凝视她。等待着。就像第一面相见。等待了几万年，只是为了三桑树下第一次相见。

她只是死死盯着他的心口。

他白衣如雪。心口的鲜血居然全部消失了，破洞也不见了，人完完整整的。就像从来没有受过伤一样。就连他的笑容也令人如沐春风，他依旧俊美得如她第一眼见他时那般惊艳。他，是唯一惊艳过她的男子。

可是，他的身形出卖了他。明明没有风，可是，他的身形一直在微微战栗，就好像他的双腿已经不足以支撑他的身躯。他巨人的身躯也变小了——

不知道是错觉还是怎的，她觉得他忽然瘦弱矮小得可怕。

她还是死死盯着他的心口，目光想穿透白色的衣服，看清楚他内在的五脏六腑。她明明记得，他的心脏只剩下一个黑色的小点，一个已经死亡了很久的黑色小点。

可是，现在她什么都看不到。

他将它彻底遮掩。

过了许久，她伸出手。那是她第一次这样拥抱他。就像抱着一个小孩。

他心安理得靠在她的怀里。他也是第一次享受女性这样怜悯的拥抱。

她的手，轻轻抚摸过他快要枯萎的红发。

那红发，呵，干枯得就像一把野草。

她的拥抱都开始战栗。她忽然用力，抱起他——没想到，真的抱起来了。她很震惊。

他也很震惊，随即又释然了。

她喃喃自语："百里大人，我本以为这一辈子我也不可能抱得动你……"

他凝视她。可怜的初蕾。

她笑声如银铃一般，可眼眶里却血红涌动。

"百里大人，要不你等等我。嗯，我还要做一件事情，我得先去把大费和小狼王杀绝……他俩跑了……这两个懦夫，一早就跑了……"

她若无其事："这件事情一完成，我便陪你离开这里。"

他只是凝视她，用尽了全部的力气，摇头。

"呵，他们能杀你，我为何不能杀他们？百里大人，我实话告诉你，我要把他们彻彻底底杀绝！"

他的眼神更加黯淡。初蕾，你就算杀光了全世界的人，也没用了。

这黯淡，终于将她彻底击溃。她手一松，失去了全部的力气，二人一起摔倒在地上。

厚厚黄沙就像绵软的地毯。倒下去，也不感觉到任何疼痛。

凫风初蕾埋头在沙海里，泪如雨下。深深的沙土层中，也是浓浓的血腥味。

百里行暮坐在她旁边，怜悯地看着她。一个人的成长，挫折必不可少。只是经过此役，他知道，一切再也回不到从前了。

他伸出手，轻轻放在她的肩头。

可是她已经感觉不到任何暖意，他的掌心冰凉得就像这大漠的夜风，合着血腥的味道，却没有任何生机。

她慢慢抬起头。头上，满是沙尘。

他轻轻地拍掉她满头的沙尘，然后慢慢握住了她的手。

她似在自言自语："百里大人，我们该去哪里呢？对了，你想去哪里？不周山？还是金沙王城？要不，我们另外找一个好地方？"

他微微闭着眼睛，气息十分微弱。

"百里大人，我们去天穆之野吧……"她站起来，又要伸手去抱他："没错，我们去天穆之野！"

天穆之野有西王母一族的不死药，还有青元夫人。

她信心十足，侃侃而谈："走，百里大人，我们马上出发！"

他却紧紧拉住她的手："初蕾，你听我说……"

她诧异地看着他。

"我们去周山！"

他无视她眼里的血红，残忍地指了指自己的心口："我这里，已经死了很久很久！不死药也没用了！"

凫风初蕾死死瞪着他的心口，眼中一抹血红倾泻而出。

月色下，她的脸上两行红泪。风一吹，眼泪随即烟消云散。

那是一个阴天，地平线上茫茫一片，太阳好像被这场杀气惊扰，再也不敢露面了。

飞行器的羽翼只露出一点点，其余全部被黄沙掩埋了。

凫风初蕾伸手一拉，小小的飞行器拔地而起。她随手将百里行暮抱起，放在旁边的座位上。他面色惨白得出奇。

可凫风初蕾顾不得别的，只手忙脚乱地摆弄飞行器。昨夜操作得那么熟练，可现在，她忽然忘记了所有的飞行法则，怎么按都无法启动。

"初蕾，你镇定一点。"

她一怔，放慢了手脚，果然，飞行器很快便发出了即将启动的声音。

"等等我……少主，等等我……"

飓风席卷黄沙，是委蛇的声音。

飞行器一顿，委蛇身躯瞬间缩小，麻利地就蹿上了机舱。

只看一眼百里行暮，两只蛇头便恐惧地摇晃起来，就连声音也非常微弱，生怕声音大了惊扰他。

"呵……百里大人……百里大人，你这是怎么了？"

任何人，一眼就能看出百里行暮的软弱。

全身的血液仿佛已经彻底离开了他，只剩下一片死亡的灰白。

他微微一笑："委蛇，你别急……"

声音也带着死气。

委蛇惊惧，再不敢言，只是盯着凫风初蕾。它甚至忘了向少主回报涂山侯人和小狼王的下落，而少主也没问。

凫风初蕾早已忘了这些人，手忙脚乱的她，终于发动了飞行器。很快，他们便升上了天空。

第十二章　蓝丝草戒指

几度夕阳，几度星月。

当光与影再次交替，当昼与夜再次重合，当彩色蝴蝶的翅膀和风中纷飞的花瓣融为一体，凫风初蕾又看到那棵会说话的云阳树了。

万年老树伸出长长的柔枝，罗网一般将她围住，其中一根枝条魔手一般揉搓她的黑发，笑眯眯地："小姑娘，你又回来了，还记得我叫什么名字吧？"

"云阳，别闹。"

云阳树精的枝条慢慢散开："小姑娘，这次留下来陪陪我吧。自你走后，我再也没见过人类，唉，真是太寂寞了。"

凫风初蕾一挥手，将漫卷周围的枝条驱散。

云阳树精尖叫："天啦，这白衣人该不会是百里大人吧？百里大人怎么会躺在地上一动不动？"

百里行暮微微一笑："谁说我一动不动？"

"莫非你只是瞌睡来了？"

他大笑，笑声却如蚊蚋一般："是啊，我的确是困了。"

云阳树精尖叫："那还等什么？快快回到三桑树下吧，我知道，三桑树下才是你的床榻，既然你都沉睡一万年了，又何必再出去溜达？"

凫风初蕾抱起他，直奔半山腰的三桑树。

落叶堆积，绵软如毯。

金色三桑没有任何改变。

当百里行暮重新坐在三桑树下时，他长吁一口气，如释重负。

一缕夕阳从树缝里洒下来，他灰白的脸瞬间被镀上了一层金光，就好像凫风初蕾第一眼见到他时那样，英俊得令人不可思议。

她竟然仓促移开目光，面红心跳。

"初蕾。"

她低下头，无声无息握住他的手。

他微微一笑，轻叹一声，语气无比轻松："真好！走遍千山万水，还是周山最好。"

晚风送来野花的芬芳，林中成熟的野果散发着甜蜜的味道，委蛇窸窸窣窣地从林中现身，呈上一大堆鲜嫩的瓜果。

凫风初蕾慢慢拿起一片甜瓜，放在他嘴边。

他摇摇头："我不饿，初蕾，你吃吧。"

她收回手，咬了一口甜瓜，又放下。

她也不饿。

这几天，她一直感觉不到饥饿，甚至连水都很少喝，委蛇多次提醒她，她才会吃一点东西。

她迅速憔悴下去，自己却浑然不觉。

百里行暮背靠着大树，尽力让自己坐直一点，柔声道："初蕾，我忽然想喝一杯果汁。"

她一怔，立即开始弄果汁。

很快，两大陶杯果汁便做好了。她递一杯给他，他不经意地喝一口："初蕾，你不尝尝吗？"

她端起杯子，一饮而尽。

饥饿的感觉瞬间恢复。

她忽然饿得无法忍受，抓起一枚甜瓜便大吃大嚼。

百里行暮微微一笑："要是有一只烤兔就好了。"

委蛇也笑起来："我马上去弄。"

两只烤兔在铁架上开始冒烟，鲜嫩的野菜汤也咕嘟咕嘟散发着香味。

琳琅满目的野果堆了一大堆，委蛇甚至还采集了一把鲜艳的野花，随手插在陶罐里面，布置得就像一场悠闲的野餐。

慢慢地，烤兔香味更加浓郁，油滋滋地散发出肉类特有的馨香。

委蛇抓起一把剁碎的香葱撒在油滋滋的烤兔上，又撒了一点点盐，笑道："大功告成！我可完全是按照百里大人的指点做的。绝对非常好吃。"

百里行暮什么都没吃。凫风初蕾却举着兔腿大吃大喝，一只烤兔下肚，全身的力气瞬间恢复了。

这时候才察觉疲惫。之前那么多天，她竟然连疲惫都忘记了。

她舒展四肢，躺在了松软的叶毯上面。

头顶是漫天的星光。

鼻端是野花的芬芳。

微风吹来野生蜂蜜甜蜜的味道，这让她想起森林里懒洋洋肥胖胖的黑熊。

火堆只剩下淡淡的余光，烤兔的香味也早已消失。百里行暮伸出手，轻轻摸了摸她熟睡的面庞。

一个人可以多日不吃，但是，不能多日不睡。

她很憔悴，眼眶深陷，这令她的睫毛显得更长更密，就像一把小小的扇子，好像随时可以扇动的蝴蝶翅膀。

那是他见过最美的睫毛，最美的眼睛。第一面见她时，便沦陷了。

可现在，他的心，已经不再因此跳动——因为，已经跳不动了。

那颗残存的小黑点，已经彻底被击碎了。

鬼风初蕾沉睡在梦里，一睡不醒。

她看到自己一个人站在空荡荡的金沙王城，偌大广场，几十里花道，秋日的花已经开好了，可是没有人。

只有她自己，拿着金杖，戴着王冠，就像一个孤零零的笑话。

她的声音惊惶极了，大叫："百里大人，百里大人……你在哪里？你在哪里？"

一只手将她拉住："初蕾……初蕾……"

她揉揉眼睛，这才发现满天的星斗虽然黯淡，但还都在。原来，自己并没有睡太久。

她忽然又睁大眼睛，惊惧地盯着百里行暮。光那一抹白色就令人心安。

一如云阳树精所说，死亡并不可怕，可怕的是，你死后，就再也看不见你的亲人了。同样，亲人也再看不到你的脸庞。

死亡本质上是一种永远的告别。

"百里大人……"

他凝视她，无限怜惜。他从未见过如此脆弱之人。他微笑，眼神带着鼓励和抚慰。

可是她还是惊惧："百里大人，你不要死！"

她微微闭着眼睛，很久才说一句话，好像只要不把话讲完，他便不会死一般。"百里大人，你不能死！你要是死了，我不知道该怎么办。"

一如梦里孤零零的空旷，全世界只剩下自己一人。

他柔声道："初蕾，你放心。"

她怎能放心？

她想，自己一闭上眼睛，也许再次睁开，他便不见了。于是，翻身坐起来，瞪大眼睛，一刻不停盯着他。

她身上淡淡的幽香钻进他的鼻孔，他几乎贪婪地呼吸，却依旧感觉不到心跳——没有心了，如何还能跳动呢？

"金沙王城的水已经退去，草木都已生发。杜宇率领的商队也会回归，不过，初蕾，你需要有自己的军队，你还需要盟友……"

连续几场生死大战，她早就知道，没有军队，王便不是王，只是丧家之犬。当然，还要有盟友。

"小狼王反复无常，品行不端，很难成为盟友；涂山侯人一定是个绝佳的盟友，他是个值得信赖的君子，而且，他是你的朋友，也算是生死之交，如果有需要，你可以跟他合作……"

她不想听这些。她想，他这后事要是交代完了，是不是就可以心安理得离开了？她干脆重新躺下去，闭上眼睛。

"初蕾……初蕾……"

她赌气不答。半晌，又翻身起来："喂，百里大人，要是你趁我睡着了忽然死了，我就……"

"你就干吗？"

她想了想，很认真："我去把防风国的所有巨人全部杀掉。真的！我把你们巨人一族斩草除根！"

不等他回答，她已经闭上眼睛，赌气似的发出酣睡声。

百里行暮哭笑不得，却再不开口。因为，他渐渐地听出，这一次她是真的睡着了。

可怜的人儿，第一次不敢深睡，这一次才真的有了鼾声。

凫风初蕾再次睁开眼睛，已近黄昏。

夕阳光芒万丈地洒满了树梢顶端，鸦鹊南飞，绕树三枝。

"初蕾。"

"嗯。"

"初蕾。"

"嗯。"

他不经意地叫她名字，她不经意地回答，完全没觉得这有什么奇怪。

好一会儿，她似在自言自语："要是有一天我做鱼凫王厌倦了，鱼凫国又重新振作了，我就来这里隐居。"

"隐居多久？"

"一辈子。"

一辈子！

他怦然心动：那可真是一个绝妙的主意。

"就像云阳树精说的那样，生命的本质在于静止，奔波只会折损元气。"

他笑起来。

我愿意留在原地，不言不动，千年万年，长成一棵树。只是，下次经过的时候，你会认出这棵树吗？

微风再一次送来野果野花的香味。

停摆的时钟，忽然闪动。

天边的夕阳，一瞬间便彻底坠落。无边无际的黑暗，将整个周山彻底笼罩。星光、月光统统都变得黯淡无光。

凫风初蕾打了个哈欠，合身躺在厚厚的树叶上面，疲倦地伸展四肢。她很累。

直到现在，她才觉得累。

好像在沙漠里那场大战积累下来的疲倦，直到现在才开始彻底挥发，累得四肢都不再动弹了。她疲倦得眼睛都睁不开了。

"百里大人，我好想睡一觉。"

"睡吧。"

"可是，我又想舞蹈，就像金沙王城的花朝节上，跳所有人都会跳的那种舞，你还记得吗？"

"记得，我也会。"

"对了，你还记得从金沙王城绵延到华阳的几十里芙蓉花道吗？"

"当然记得。"

"等我回了金沙王城，正式登基那天，会按照惯例从这条花道走过。到时候，你陪我一起吧。"

他呵呵笑起来。

她指着他的鼻子："你已经答应了，就不许反悔了。"

他还是笑眯眯地想象着那幅盛景：头戴王冠的少女，手拿金杖，一身大红的蜀锦王袍，呵，她一定美得令人着迷。

"女王的加冕典礼是很盛大的，到时候，华阳的大象、盐都的恐龙都会来表演节目，一定非常热闹……百里大人，你还记得恐龙吧？那些高大笨重的家伙，有些光是腿就长达三四米，它们一夜之间便可以从盐都跑到金沙王城。要是惹毛了它们，一蹄就可以踏死一头大象。"

"可是，你要是不招惹它们，它们也不会随便发怒的。"

她咯咯大笑："没错。你不招惹它们的时候，它们还是很温顺的……啊，好困，百里大人，我困了……"

"睡吧，睡吧，初蕾好好睡一觉。"睡醒了，也许就到了金沙王城。

恐龙，大象，绵延几十里的芙蓉花道……这一切，多么像一个神话故事。

他想着想着，就笑起来了。

凫风初蕾，已经慢慢地有了沉睡之声。

他也打了个哈欠，睡意比她还浓。可是，他还是强行忍住，勉强不让眼皮合上。

几十里芙蓉花道，如在眼前。

他永远也忘不了，自己成年之后，第一次踏上金沙王城的情景：风一吹，红色黄色的芙蓉花瓣纷纷扬扬，比这周山之巅的美景更加绚丽。就是从那一刻起，他决定有朝一日，魂归古蜀。所以，不周山之战后，他才会如愿隐居古蜀国。过起了一万年的岁月，任何人都羡慕的仙家日子。

他在金沙王城，度过了自己一生中最平静的岁月。可是，现在他知道，自己再也回不去了。芙蓉花道，从此，只在飘散的魂魄的记忆里。

他只是凝视旁边的少女，她本该沉睡一觉。可是带着偷窥和监视她睡得并不安宁。

她的眼皮一直在起起伏伏，总是不经意地睁开，然后打量……"他该不会趁自己睡着了，就悄悄溜走吧？"

如此反复多次，直到她对上他的目光。

他佯装不见，又移开。她却睁大了眼睛。

最后的一缕夕阳全部洒在他身上，雪白的衣衫染上了一层金边，就像一个伟大的无冕之王、英俊、傲岸、带着与生俱来的气魄，尤其，他唇边的笑容，温柔中带着无限的怜悯，也不知道是怜悯她这样一人，还是过去的几亿人……

"嗨，百里大人！"她干脆坐起来，一本正经："我要告诫你！"

好严肃，居然用了"告诫"二字。他强忍住笑，凝视她花瓣一般的脸。那是月光一般的莹润透明，是她浑身元气充沛之后，自然的反应。

此后，在她的有生之年，她会一直保持这样青春的容貌，再也不会衰老。纵不再惊艳他这颗死去的心，也会惊艳很长一段岁月。

他忽然很是欣慰。

她居然站起来，金杖一横。飞鸟和鱼连缀成的鱼凫国王杖，本是古蜀国的传国王杖，到老鱼凫王手里时，经过了改良，添加了灭世之前的热兵器能源。凫风初蕾最初并不知道，也不会使用，直到沙漠中和白袍怪、涯草等人决战，方才无意之中开启了王杖的使用方法。

可现在，她并非要用这神秘的武器，而是一脸严肃："百里行暮，你听令！"

他不笑了，真的站起来。柏灌王的时代已经过去，自己面前的是现任鱼凫王，也是他的王。

"我以鱼凫王的身份命令你，不许死！也不许离开我！任何时候都必须陪在我身边。"

他慎重点头："我会的，初蕾。"

"你要是死了，我会感到害怕！因为，以后我就再也见不到你了。"

所谓死亡，便是永远不再相见。害怕死亡，便是害怕永不再见。

他的一只手，不经意地从胸口掠过，然后，轻轻放下。

"还有！你发誓，任何时候都不许爱上别的人，过去、现在以及未来，都只能爱我一个人。"

"是，初蕾！我发誓，过去、现在以及未来，我都只爱你一个人。"

她咯咯大笑，咕咚一声坐在黄叶满地的丛林中。"好了好了，这下我放心了。百里大人，咯咯，你不敢违背自己的誓言的。"

他微笑的眼神，悲哀得再也不敢看她。只是不经意地转动无名指上的蓝色指环。蓝色丝草编织的指环，精美绝伦，不坏不朽。

他想，这东西必将一直陪伴自己。

"初蕾……"

她懒洋洋地闭着眼睛。

"初蕾，我有一件礼物要送你……"

"呵，干吗送礼物？"

"你都送我指环了，我不送你信物也说不过去呀。"

她跳起来："哈，百里大人，你终于要送我定情物了吗？"

"终于！"他被这二字逗得笑起来，却板着脸，一本正经，"以前的小玉瓶不算吗？"

"哼哼哼，那个不太算……我总觉得，你该正式送我一份定情物……"

他从怀里摸出一样东西。

她很是意外。

那是一面金箔。轻如纸，薄如蝉，纯金打造。八只飞鸟首尾相连，层层旋涡如一个金灿灿的太阳。

"这不是鱼凫国的旗帜吗？王旗上的图案便是这样……"

他将金箔放在她的掌心里，非常慎重："初蕾，这是太阳神鸟金箔，本为历代蜀王所传承。当年高阳窃我王位，我隐匿了金箔，他几乎翻遍了金沙王城也没找到。现在，我把这金箔送给你！"

那是上一代蜀王传承给下一代蜀王的信物。

"金沙王城百废待兴，你回去以后，一定会遇到许多不可想象的困难。在以后的漫长岁月里，还有无穷无尽的危机。但是，无论什么情况之下，你都必须收藏好这面金箔。有它在，某些关键时刻，对你会有很大的帮助……"

她拿着金箔，一脸茫然："百里大人，我总觉得不对劲……"

"怎么不对劲了？"

"我总觉得你在骗我……"她定定地，"真的，你在骗我！你明明答应了要陪我回去，可是，现在，我却觉得你在交代遗言……我不想听你的任何遗言……"

他大笑，一把将她搂在怀里："傻瓜，不是很困了吗？快好好睡一觉。"

她将金箔捏在手里，整个人歪在他怀里。

倦意已经无法阻挡。他的怀抱又如此温暖。

她闭着眼睛，听得他温柔到了极点的笑声："初蕾，睡吧，睡吧……我再给你唱一首歌……"

黑暗终于还是来了。彻彻底底的黑。星光月光，彻底黯淡。周山之巅，并非不夜之春。

大大小小的动物已经陷入甜蜜梦乡，委蛇的双头酣然沉醉。

就连鬼风初蕾脸上也是满满的笑意，她依偎在他的肩头，长长的睫毛一动不动，不知睡得多么香甜。

百里行暮坐在她身边，他的嘴里已经发不出任何的乐声，所有的歌唱烟消云散。

可是，他满脸都是微笑。他睁大眼睛，也再看不清楚她面上的表情。

有非常非常轻微的声音。是那面薄如蝉翼的金箔徐徐从她掌心坠落地上。他伸手，捡起来，轻轻地放在她贴身的衣袋里。她睡得很沉，丝毫也没被惊醒。

眼前，更加黑暗。黑得他只能听见她香甜的呼吸声。

他轻轻抚摸她柔软的乌发。淡淡的夜露，微微的寒意。

于是，他脱下雪白的衫子，轻轻将她温暖。

无边无际的黑夜里，只有蓝色丝草指环散发出淡淡的莹润的微光，一如无边无际坟场里点点的磷火。

枯瘦的手指已经有点松了。指环在上面松松垮垮的。他生怕一不小心，指环就掉了。于是，把指环取下来，异常小心地藏在自己最贴身的怀里。

时光轮回，千年万年，只要有这一枚指环，我总是不会忘了你。他握住她的手，她的手心也是暖暖的。他也倦了，微微闭上眼睛，一阵寒意袭来，他清楚地听得远处，云阳树精长长的叹息：固执的人类啊，醒醒吧，别再蝇营狗苟，忙忙碌碌了。长眠，才是你们最好的归宿。

朝阳透过树缝，将拳头大的果子染得艳红红的，一下便能嗅到芬芳的香甜之味。红色黄色的小花在晨风里抖落晶莹的水珠，舒展最娇憨绚烂的笑脸。

凫风初蕾慢慢坐起来，抱着膝头，看到对面的风吹落金黄的叶子，很快，自己满头满肩都是一片金色。

连绵起伏的摇曳里，漫山遍野都是金红的果子。

这是远古人类时代的一个缩影。生活其间的人民不耕不种，不收不存，吃喝不存，富足快乐。可是，现代的人类，已经无法到达这里。还在旅途上，便被云阳树精阻挡在外。

凫风初蕾觉得自己可以和百里行暮一起在这里生活一辈子。

她微微一笑，转眼："嗨，百里大人，一年之美，全在于秋。"

他静卧在地，雪白的衣衫上已经铺满了金色的叶子。天然华丽的挽幛将他慢慢覆盖。就连睫毛上都飘着一片叶子。

凫风初蕾想起第一次见到他，也是这样，安静地闭着眼睛，有世间最英俊的一张面孔，红色马尾就像艳丽盛开的鲜花。

只不过，那时候，他躺在金棺里。那是几千年的死亡囚禁。

不像现在。

现在，他躺在她身边。他自由而欢乐。他的手还轻轻握着她的手。无限的温情残余。只是，温度已经散尽。

她反手，紧紧将他握住。传遍她五脏六腑的是冰一般的寒冷彻骨。

过了很久很久，她才感觉到，好像身上的每一个毛孔都被震碎了，肆虐的冰块，嚣张地填满那些破碎的毛孔，将所有的热和血统统赶走，只剩下无尽的麻木和冰冷，尘封着又不让人感到疼痛。

委蛇惊惶地看着她，可又不敢开口。

她若无其事，又挨着百里行暮躺下去，伸了个懒腰："好困呀，我们真该好好休息一段。百里大人，你说得对，能隐居周山，真是一种福分。"

委蛇眼睁睁地看着她又躺下去，很快，又发出了酣睡之声。

主人，你已经这样沉睡了整整三天三夜了，难道还要一直睡下去吗？

可是，它不敢开口。

它只是忧虑地看着主人，担心她和百里大人一样变成一具遗体。

遗体。

这两个字，真是太可怕了。

三桑树下。昔日巨大的金棺早已无影无踪。就连那巨大的墓穴也彻底失踪。松软棉厚的叶层下面，是厚厚的黑色泥土，肥沃得带着甜腥味。

凫风初蕾觉得，这是世界上最肥沃的土地，没有之一。天府之国，也比不上这里。

当年百里行暮选择这里作为自己的永眠之地，不可能没有精心考虑过。他的坟头，会鲜花常开。他的陵墓，会百果常香。

两米多深之后，便是厚厚的山岩，坚硬无比。

凫风初蕾用了金杖和双手，委蛇用了巨蟒的蛇尾，也耗费了一整天的功夫才掘开一个方方阵阵的墓地。

墓地很大，很平整。

褐色的山石就像一座天然的房子。

墓地下面，铺着一层厚厚的金色叶子。

凫风初蕾躺下去试一试，自言自语道："不错，还比较舒服。"

委蛇死死盯着她十指上的血痕，心如刀割："主人……少主……"

十指连心，但她感觉不到任何的疼痛，只是和颜悦色："委蛇，我忽然觉得，这坑真好，胜过软榻，我都想据为己有了。"

"主人……"

她长叹一声，慢慢坐起身，茫然地抬头看了看天空。那是她第一次坐在一个深深的墓坑里，看上面的天空。

天空变得很小、很昏暗。

天阴沉沉地，不知道有没有一场雨雪的降临。坐井观天，不过如此。参天的绿，漫天的红，旋转的落叶，静止的时间。

许久，她才慢慢爬起来。

眼前一花，几乎摊在墓坑旁边。

委蛇不等她吩咐，便将百里行暮完好无损放下去。

他雪白的衣衫和金黄的树叶，完美的搭配。

凫风初蕾忽然很羡慕他："百里行暮，你瞧，我给你找了一块多好的长眠之地啊！"

蛇尾席卷了泥土。金色的叶子，飘飘扬扬，就像一场死亡的暴雨。

白衣如雪，慢慢被覆盖。

凫风初蕾再次张开眼睛时，忽然大叫一声："且慢！"

彼时，他露在外面的，只剩下一把火红的头发和一张金色的脸。

她笑眯眯地："百里行暮，你可真是幸运，现在，有我亲手葬你，以后，也不知道谁会将我埋葬！对了，你到九泉之后，记得告诉我父亲一声，我会把你们的敌人全部杀绝！再者，我会全力以赴重振鱼凫国！你记住，就算我不依靠任何人，我也足以重振鱼凫国，而且，功绩要远远超越你们这些所谓的战神！"

委蛇泪如雨下。

夕阳将整个周山彻底染红。

三桑树中间的巨大土包也被染红。

凫风初蕾坐在旁边，静静地看着那个巨大的土包。

一如第一次。她无意中路过这里，土包訇然中开。但是，她知道，这土包从今往后再也不会裂开了。

也再不会有一个人走出来，满脸微笑地伸出手："嗨，女孩，你叫什么名字？"

也不知为何，她不觉得悲哀，也无法哭泣，只是恐惧——我再也看不到那个人了。

那个人，曾经发誓，永不负我。结果，他还是背信弃义。就像父王，一走了之，自己便在一次次的回忆中逐渐模糊了他的脸。

这世界上，自己竟再也没有一个亲人了。

她忽然伸出手去，要将这刚刚掩埋的土包扒开。不然，他会腐烂在这里。于是，她伸出手去。

委蛇震惊地看着她："主人……"

她一惊，讪讪地缩回手来。

许久，她才开口："委蛇，你把小狼王在阳城如何毒害我的事情如实告诉我吧！"

委蛇不敢隐瞒，可还是面露难色："这……我当初答应过百里大人，要保守这个秘密……"

"百里行暮已经死了！死人是不需要任何秘密的。"

委蛇不敢不从，只好如实道来。

听完，凫风初蕾很平静，只是自言自语："要是百里行暮没有给我换血，他就不会死！"

"可是……"

"要是小狼王不下毒，百里行暮就不会死！"

这是结论，而不是讨论。委蛇不敢作声了。

一场秋雨，周山蒙着一片寒意。

红色的果实雪片般飘落地上，踩上去厚厚的一层果泥，在腐烂和发酵之间，散发出一阵甜腻腻的腥臭。

再好的果子，没人吃，便只能烂掉。

一起烂掉的还有蘑菇，五彩的、黑色的、有毒的、没毒的……它们的结局都一样。

千年万年，这些世人眼中的无上美味，就像深闺的娇人，无人识货，在春来秋去中，青春散尽，满头白发。

"嗨，小姑娘……"凫风初蕾停下脚步。

云阳树精尖叫："天啦，你怎么形销骨立了？可怜的人儿，我反复告诫你们不要四处奔走，你们总是不听我的逆耳忠言，你看你，憔悴得只剩下一把骨头了，多可怕，这样下去，你就完了……"

她微笑，双眸灿烂。脸颊上，涌上一抹红晕。

云阳树精的叫声更大更尖锐了："百里大人又睡着了吧？这一次是万年不动了吧？好事，好事，静止才是生命的本质，百里大人一定是终于了解了这个真相，做出了最正确的选择。从此，长眠于此，永不腐朽……"

她还是微笑。

树精若有所思："小姑娘，你的表现可不太正常啊。"

她反问："为什么不正常？"

"我可见过不少人类，每当他们的亲友永远睡着了，他们不但不为此祝福，反而哭哭啼啼，有的甚至还敲锣打鼓作水陆法事，烧香蜡纸钱……可你居然没有眼泪，而且笑眯眯的，莫非你已经领悟了我的教导？"

她还是满脸微笑，若无其事。只是一直不开口。

"小姑娘，我真喜欢你的微笑。不过，你过度消瘦，笑起来已经没以前那么好看了。唉，人类的这些莫名其妙的情感真令人沮丧……"

凫风初蕾转身就走。

柔长的枝条伸出，轻轻挽住她。

她微微皱眉："云阳！"

"别叫我的名字，小人儿，留下来陪我不行吗？"

她摇头。

"是你亲口说，你愿意永远隐居在周山……"

树精学着她的声音，惟妙惟肖："百里大人，我们就隐居这里，再也不离去了好不好？"

她惊奇道："你怎么知道？"

云阳树精得意扬扬："整个周山发生的事情，我无一不知无一不晓，风便是我的耳朵，鸟便是我的眼睛，它们会把发生的一切全部告诉我。唉，上一个万年，百里大人一直是我唯一的朋友。虽然他不言不动，但是，我每天都能听到他的呼吸，感觉到他的气息。自从他走后，我以为今生再也不会有朋友了，不过，现在我又感觉到他的呼吸和气息了……"

她的心就像要裂开一般，但不作声。

"人类的七情六欲里，最不可思议的便是男欢女爱。人类是很贪心的，因为怕永远睡着，就想生儿育女遗传自己的基因。殊不知，就连树上的每一片子都是不相同的，儿女岂会是父母生命的延续？儿女，都是另一个人，另一个生命，本质上与人类自己已经毫无干系了……"

她忽然问："百里大人还能醒来吗？"

"醒来？"

"就像上次一样，他沉睡一万年后，再次醒来。"

"哦。这可说不准啊。毕竟我只是一棵树。"

凫风初蕾满脸失望。

"不过，百里大人醒不醒来，可跟你没多大关系了啊。你想想，人类生年不满百，就算小姑娘你运气好能活一百岁，可百里大人醒来也是一万年之后了，到时候，你都不知道埋骨何方了。"

凫风初蕾一怔，她似在自言自语："对啊，百里大人就算再次醒来，我也不可能知道了。那时候，我早就死了。"

"小姑娘，我有一个办法。"

"什么办法？"

"你永远留在这里。百里大人只要一醒来，至少可以发现你的坟墓。他会知道你一直留在他的身边。"

凫风初蕾摇摇头，"不，我从不永无止境地去等待一个人。哪怕是百里行暮也不行。"

"哈，那不就好了？小姑娘，这世界上并不是只有百里大人才长得帅，如果你留下，我可以变得比他更好看……你看……"

云阳树精苍老的树皮里，忽然裂开一张年轻俊秀男子的脸。

凫风初蕾吓一跳。

她揉揉眼睛，看得分明，果真是一张年轻男子的脸。剑眉星目，卓尔不群，一眼看去，无比清雅高贵。除了百里行暮，她还真的从未在人类的世界里见过如此英俊的男子。

"小姑娘，怎么着，够玉树临风吧？"

玉树临风！好震惊！那真是一棵树。发明这个成语的人真真是天才。

树精笑得得意极了："我用上万年的时光来探索人类的审美，用树的灵集中了所有的优点。小姑娘，我这样子还成吧？"

她惊奇极了："你是一个男树精？"

年轻俊秀的脸上传出苍老的声音："哦，不！我只是愿意按照人类的习惯讨好你……"

她更加惊奇："讨好我？"

"当然咯。小姑娘们总是爱小伙子嘛。谁会去爱一棵树呢。"

"……"

"你是个小姑娘，我就变成俊秀男子模样。当然，如果你是个小伙子，我就会变成美貌少女模样。心随意动，我想变成什么样子就是什么样子……小姑娘，只要你留下陪我，我甚至可以不时变幻其他脸孔给你看。"

"还能变成其他的？"

"没错。如果时间长了，你觉得这张脸看厌倦了，我可以换另外一副俊秀的面孔。我知道人类都是喜新厌旧的……"

"……"

"不过，这些都是虚幻没谱的影儿，不能成实体，也不能离开树木，否则，我就要死掉。而且，以我现在的能力，最多只能变幻三种面孔，变多了也就动多了，会影响寿命的。"

"你以前也变过人形吗？"

树精摇头，偌大的树冠都随风而动。

"三万年以来，我这是第一次变幻呢。两万年之前，有许多人来到周山，可是，他们又脏又臭，举止粗野，令我很是不快，我就把他们全部吃掉了。这一万年，来的人就少多了。小姑娘，你看我多有诚意，我是真心实意希望你留下陪我……"

她第一次认认真真打量这棵树。她惊奇地发现，云阳树的树干起码三四十个成年人才能合抱。而树冠更是亭亭如伞盖，几乎遮掩了小半的周山。俊秀的脸便在树干的中间。不远不近、不大不小，他凝视自己的时候，长睫毛还会一闪一闪。玉树临风的树人，远远胜过世间俊美的男子。他苍老的声音也慢慢地开始变得年轻。就像是蝴蝶的某一次蜕变和新生。

她心里一动："你说两万年之前，这里来了许多人？他们都是些什么人？"

"谁知道呢！反正都不是什么好人。"

她不服气："那你怎么就知道我是好人？"

"你长得美啊！只要你漂亮，是好是坏又有什么关系呢？"

凫风初蕾："……"

"怎么样？小姑娘，可以留下吧？夏天的时候，你可以一直坐在我的脚下，静静地假寐，享受午后的悠闲时光；春天的时候，你可以站在我的掌心俯瞰整个周山的百花，蝴蝶的翅膀扇动你的发梢；秋天就不用说了，我会把甜美的水果送到你的嘴边，你一动不动便可吃饱喝足，养精蓄锐……"

寒风吹来，凫风初蕾瑟缩一下，冷得牙齿咯咯作响。她不由得抱紧双臂，想给自己一点温度。

呵，冬天。这可怕的冬天。

"至于冬天嘛，在那些雪花飘飞的日子，你可以躲进树洞，我身上有个很大的树洞足以遮风挡雨……"树精的背后，竟然真的裂开一个大洞。"我知道，娇弱的人类必须有个睡觉御寒的地方。松鼠会为你送上收藏的坚果和蜂蜜，你会生活得比一头黑熊更加惬意舒服……"

凫风初蕾只是好奇地看着那个树洞，心想，这么大的树干，里面岂不是像一间巨大的屋子？

"只是，小人儿，你将从此不再进食肉类，你知道吧，但凡肉食都是很臭的。所有的动物临死之前，因为恐惧，血液凝固，就带了浓郁的腥臭。所以俗话说得好：肉食者鄙！但凡吃肉的，都是世间低等的生物，而且，肉食动物从来没有能长寿的……"

她不以为然："乌龟不是高寿千岁吗？"

树精笑了："区区一千岁也好意思称高寿？叫我们这些几万年寿命的情何以堪？"

"……"

树精悠然："小姑娘，我对你要求不高，你可以先吃野果吸风露，久而久之，你就慢慢净化得不再需要任何食物，也不再有任何行动，彻底进入安静的本真状态，然后千秋万载都陪伴着我……"

委蛇忍无可忍："这不就是死了吗？"

"死？也许吧，那只是人类的另一种说辞。但是在我看来，沉寂地归于大自然，才是真正回到了生命的本质。就像百里大人，他睡着了，才是真正永恒了。"

睡着了，才是真正永恒！

好一会儿，凫风初蕾才开口："你说得有道理！我愿意长居周山。"

树精大喜过望："真的？"

"不过，我得先去杀几个人再回来。"

树精很失望："要去多久？"

"敌人很分散，我必须先一一找到他们，少则一年半载，多则三年五载。"

"这么久的奔波，可怜的小人儿，你的元气会大大耗损。与其把自己的生命值耗费在这种没用的事情上，不如即刻留下，静养生息……"

凫风初蕾很是耐心："云阳，你不懂，我必须报仇！"

树精大声反驳："我怎么不懂了？不就是报仇吗？报仇不就是让敌人去死吗？"

"对！"

"敌人也好，朋友也罢，无论你杀不杀他们，他们最后都会死。既然都要死，又何必多此一举？你就在这里静静等待他们的死亡不好吗？"

她一怔，居然无言以对。

"只要你留下，我保证你的所有敌人都会比你先死很多年。如此，你还有什么放心不下的？"

她摇头，用力地摇头。不，云阳，你说得不对。可是，她不知道该如何反驳。

她走出去很远很远，树精柔软的枝条还随风漫卷，跟随她的发梢轻轻摇曳，"……可怜的小人儿，明知道此行有去无回，又何苦哄我开心呢？小人儿，别走，别走啊……留下来陪陪我不行吗？真是的……"

第十三章 复仇

刚刚开春，但是大漠上没有一丝一毫的春意，反而被皑皑的白雪彻底覆盖。

沙漠外围的居民，许多年都没见过下雪的盛景，此际，但见一望无际的黄沙彻底变成了一望无际的雪白，却没有人觉得美丽，只纷纷惊异。

如此反常的气候，每个人都深感惴惴不安。

一行单峰骆驼，正慢慢往沙漠中心而来。金矿，就在不远处。

小狼王勒住骆驼。所有人都停下来。

前面，一大群马匹，全是十分耐旱的沙漠良马，粗略一看，数量当在千数以上。

马群旁边，一队便衣人。没有铜头铁额，也没有旗帜，大家的兵器也都很普通。

可是，小狼王一看到为首之人，却意味深长地笑了。

为首之人先招呼他："嗨，小狼王！"

小狼王勒住骆驼，居高临下，傲慢地说道："涂山侯人，你真是深藏不露啊。大漠之战后，你不辞而别。我还以为你死到哪里去了，原来是偷偷跑到这里开采金矿？对了，江湖传言，大夏王生前私下安排你的舅舅涂山奉朝为你蓄养了一支军队，我还以为是谣言，结果，居然是真的！啧啧啧，只可惜，你居然把这支精锐带来开采金矿了？凫风初蕾赶走白袍怪和大费，你倒是渔翁得利了？"

涂山侯人十分干脆："上次我无意中掉进金矿才发现了这里。这里已经有许多开采出来的黄金，我们只需要运出去就可以了。"

小狼王冷笑："我们？我们是什么意思？"

涂山侯人不徐不疾："我打算把这部分现成的黄金分为三份。你我各拿一份，剩下的给凫风初蕾。"

"你打算？你凭什么打算？"

涂山侯人一笑。

小狼王鞭子一扬，指着他的鼻子："难道你不知道这片大漠已经是我们白狼国的领土？在我领土上的东西，凭什么要均分三份？"

涂山侯人还是心平气和："大夏的大半领土，已经整整十四个月滴雨未落，各地的储存粮食已经告罄，饥民死起，饿殍千里。我需要这笔黄金去购买高价粮食，不然，大夏人民在接下来的青黄不接时期，肯定会大批量死亡……"

小狼王斜他一眼："你是看大费死了，想名正言顺要夺取大夏的王位了吧？"

涂山侯人并不急于回答，而是慢慢盯着深坑。深坑里，叮叮当当的开采声已经灭绝，自从沙漠大战之后，白袍怪也不知道将那些苦力卷到何处去了。他带来的人马，也只是集中力量在搬运大块大块的金沙、金块。

长长的绳子不时吊起一个一个的大筐子，放眼望去，只见前面一排排的筐子里全是结结实实的黄金，耀人眼目。

小狼王也不阻止，只是抱着双肩，悠闲自在地看着，一副坐收渔人之利的姿态。

杜宇却紧张地上前一步："启王子，还是没有我家少主的消息吗？"

涂山侯人长叹一声，摇摇头。

小狼王冷笑一声："杜宇你是瞎了吗？你没看到这个伟大的启王子，慌不迭地赶到沙漠是要抢金子吗？谁有闲心管你们家少主去了哪里？"

杜宇默不作声后退一步。

涂山侯人一笑了之，一副你要怎么想随你的表情。

小狼王警惕地看了看他的双手。

劈天斧并未在手，但是，在他腰上。小狼王已经无数次见识过劈天斧的厉害，唯一忌惮的也是这把斧头。他再打量一下涂山侯人带来的人数，最多不超过两千，不过都是涂山一族一等一的好手，可是，他小狼王这次带了整整五千人，而且另有五千人马就在大漠的边缘。一声令下，他们便会飞速赶来。

这一次，他胸有成竹。

涂山侯人当然知道他的打算，可还是不徐不疾、有条不紊地指挥人马搬运黄金。

整整五百筐黄金终于被吊上来了。清一色的山野粗藤编织大筐子，每一筐的容量当在三百斤上下。整整五百筐，最少也有一万五千斤黄金。

众人生平从未见过如此之多的黄金，一个个不由得双目放光。

小狼王自认万无一失，笑得就更是爽快："为了大费当初的十万两黄金，本王为他做了许多事情，付出许多牺牲，好几次命都差点没了。饶是如此，他还采用分期付款的方式吊着本王，直到现在，本王总共才拿了他一万两黄金。没想到，现在何止是十万两黄金摆在本王面前？哈哈哈哈，果真是盘瓠祖先保护我白狼国啊，这也算是大费这厮赔给我们白狼国的战争赔偿……"

狼少年们一听，齐声呐喊："祖先保佑白狼国！"狼一般的声音，传得很远很远。

涂山侯人却暗暗叫苦。

小狼王已经给自己找好了理由：这是大费给他的战争赔偿。这就摆明了，绝不会允许别人分一杯羹。

今日，若是开战，自己很难离开沙漠。可是，不开战，又势必难以幸免。

小狼王准备速战速决。他不想等到涂山侯人的战队集合完毕，尽管他不怎么将这两千人放在眼里，但趁着他们准备不足，将其消灭在萌芽状态才是最明智的选择。

他大模大样地说："启王子，多谢了。看在你们的人马搬运金子也很辛苦的份儿下，本王也不让你们白跑一趟，至少把跑路费给你们出了。这样吧，本王赠送你们二十筐黄金，两千士兵分一分也很够意思了。"他一挥手，狼少年们立即就要动手搬运黄金了。

"且慢！"

小狼王十分傲慢，狼牙棒一横："启王子这是不服气了？要不服气的话，我们就只能刀剑上见真功夫了。"

涂山侯人看了看剑拔弩张的狼少年们，苦笑："今天我不准备打仗！我知道，我的两千人马，不是你一万大军的对手。再说，我也不准备做无谓的牺牲。我们还没到非战不可的地步。"

"既然知道打不赢，那就少废话。再多话，二十筐黄金也不会给你们。"

涂山侯人还是和颜悦色："黄金分三份，你我各拿一百五十筐。"

"还剩下两百筐干吗？"

"剩下的两百筐给凫风初蕾。"

"哈哈，凭什么？"

"不凭什么。凫凫国遗民众多，损失惨重，大洪水退后，她们要重建家园难度很大，一切都是百废待兴，凫风初蕾比我们更需要黄金……"

小狼王哈哈大笑："这是本王的天下，黄金要怎么分，本王说了算！而你，说话不算数！"

这大漠里，制定游戏规则的只能是他小狼王，而非别人。

周围的涂山将士都开始面露怒色。他们辛辛苦苦赶到沙漠，光是编织筐子就耗费了近半个月时间，到沙漠里吊上来这些黄金又花了好几天。可现在小狼王一来，什么都不做，就要黑吃黑。

狼牙棒一棒砸下："勇士们，杀了他们！绝不能让敌人带走我们的一丝黄金！"被黄金刺激得红了眼的狼少年一拥而上。

很快，涂山侯人便被里三层外三层的敌人包围得水泄不通。

涂山将士也一拥而上。

小狼王退出厮杀圈，得意扬扬："启王子，这已经是大夏王留给你的最后的本钱了，可今天，你要彻底一无所有了……"

他的笑声，忽然中断。嘴里满满的一把沙子，几乎从喉头梗塞到了心口。他瞪大眼睛，可是，呼吸都差点停止了，哪里还能说得出半句话来？

太阳能飞行器停在空地上。一抹红色的影子，翩然而至。粗大的蟒蛇，从沙地上流窜而过。金杖的光芒，比对面的五百筐黄金更加耀人眼目。

委蛇的双头远远高过单峰骆驼："哈喽，老朋友们，我们又见面了。"

狼少年们惊呆了。

涂山侯人却大喜过望："凫风初蕾！"

厚普几乎喜极而泣，冲过去便软在沙土上："少主……少主……"

委蛇的双头亲昵地擦过他的脖子，大叫："老伙计，别急，鱼凫王这不好好的吗？"

周围的狼少年，听得这条蛇居然朗声说话，一个个不由得惊恐后退。

所有的目光，全部落在凫风初蕾身上。

她也扫视众人。

好一会儿，大家才发现瞪大眼睛的小狼王神情的狼狈——他满嘴沙子，根本说不出话来，脸已经涨成一团紫红色。

小狼王气急败坏，一把掏干净嘴里的沙子，不顾舌头上满是鲜血，冷笑一声："凫风初蕾，你这是什么意思？"

凫风初蕾根本不看他，只是看了看深坑的方向。

昔日叮叮当当的淘金沙坑，已经彻底沉寂。白袍怪们，踪影全无。

委蛇却不安地昂起双手，厉声道："小狼王，你要是识趣就赶紧令你的部下马上撤离，否则，你白狼国真要鸡犬不留了……"

小狼王虽然早就见识过凫风初蕾的本领，可是，她居然一再扬言要把上万狼少年杀光杀绝，不由得干笑："老蛇奴，你虚张声势吓唬谁呢？"

委蛇神情更是紧张，双头小孩子似的摇晃。

"小狼王，你赶紧走吧。真的，不然你会没命的。"

小狼王欲笑未笑。

涂山侯人见势不妙，心里一动，沉声道："小狼王，你最好听委蛇的话。"

他不开口还好，这话一出小狼王还忍得住？

他的目光一直盯着凫风初蕾来时的地方，直到确信百里行暮没有一起，他就更不能忍了。

百里行暮在，他们可以吹这样的牛。可是，百里行暮不在，他们凭什么？

委蛇提醒他："你还记得地杀吧？地杀那么厉害，也全军覆没了……"

小狼王虽然没有亲眼见到地杀里的将士是怎么死的，想到这么一支队伍居然全军覆没也是一直心有余悸，现在听委蛇这么一说，更是暗暗心惊。

凫风初蕾终于转过头，盯着他。那目中，全是杀气。

小狼王从未见过如此可怕的目光，不由得后退一步，有点语无伦次："喂……凫风初蕾，你这么看我啥意思？我跟你有啥深仇大恨？次次都是你欺负我……这不，一见面你就给我嘴里满把沙子，我什么时候又得罪你了？"

她还是死死盯着他。

他支支吾吾："那啥，你不就是要黄金吗？"他再退一步，指着那五百筐黄金："那好，你耍黄金的话，我也不跟你争，这黄金全给你，我一筐也不要……我还可以派人帮你把黄金送回鱼凫国，真的，我帮你送到金沙王城，反正我也早就想去古蜀国看看风景了……"

旁边的一干涂山将士听得这话，真是目瞪口呆。想他小狼王，不过一炷香功夫之前，还为了这五百筐黄金要消灭涂山所有将士。纵涂山侯人提出一家分一百五十筐，他也毫不松口。可现在，他大手一挥，居然把五百筐黄金全部送给凫风初蕾。大家都觉得他在撒谎。他小狼王根本不像这么慷慨之人。就连戎甲也觉得不可思议，不由得亢声道："大王，不过一人一蛇而已，何必怕她们……"

"闭嘴！"

小狼王厉声喝止他，转向凫风初蕾时，便立即赔了笑脸："凫风初蕾，我俩也算是老朋友了，千万别为了黄金伤和气。这座金矿里还远远不止这五百筐黄金的量，我可以招募工人继续开采，开采出来的黄金，我只要两成，其余八成全部给你，你看这样行吧？"

就连涂山侯人，也说不出话来了。这厮！

"凫风初蕾，我……"

可是，他的声音被毫不客气打断了。

"小狼王，你为何要拿涯草的毒药害我？"

小狼王一怔，竟无法回答。他好像早已忘记了这件事，现在忽然被提起，一脸茫然。

可是，他毕竟对此事一直理亏，好一会儿才讪讪地："那次的事情的确是我不对……真的，我是上了涯草的当……我是一时糊涂……"

"一时糊涂，就可以把人害得那么惨？"

小狼王急了："凫风初蕾，你相信我，我从来没有害你之心。再说，凫风初蕾，你也没死嘛……"

"我是没死，但百里行暮死了！"

小狼王惊呆了。就连涂山侯人也不敢置信。像百里行暮这种神人，怎会轻易就死了？

小狼王不由得提高了声音："百里行暮真的死了？"

凫风初蕾一字一句："是我亲手将他埋葬！百里行暮死了！他再也不会复活了。"

小狼王张大嘴巴，却再也合不上了——沙子，瞬间填满了他的嘴，甚至鼻，连呼吸都变得困难，双目凸得老大。

众人被这一变故惊呆了。

小狼王自己都惊呆了。因为太过痛苦，一时竟完全没有反应。

戎甲见状，狼牙棒一挥便砸过来："快保护大王……"一群狼少年，蜂拥而上。最先倒下去的是戎甲。他闷哼一声，整个身子飞出去。几乎所有狼少年都飞了出去。

小狼王顾不得他们，他自己已经快不行了。他呼吸艰难，面色青紫，整个人就像一只快被剥掉皮的青蛙。

可是，凫风初蕾再次挥手。沙子，从他惊惶张大的嘴巴里，直落胃部。很快，他的肚子便鼓起来。

一个人喝了太多水，太多酒，肚子鼓起来很正常。可一个人，肚子里要是装满了沙子，鼓起来，那痛苦，字眼已经无法形容。小狼王几次张嘴，可是，他已经说不出话来。

他满眼都是泪水，并非因为悲哀，而是因为胃部的沙子、喉头上的恶心感，要吐又吐不出来，他几乎快要窒息了。

他只是愤怒。心头一种受到了莫大冤屈，却又说不出来的愤怒。他死死瞪着凫风初蕾。

"小狼王，你为了一己之私，拿了涯草的媚药毒害我！你可记得，我毒性发作时是什么样子？"她的声音很轻，就像夜空中缓缓飘动的轻风。"当时，我就像你这样，浑身鼓起，就像一只被剥皮的青蛙。然后只能等死……仅仅为了一时欲念，便可以把人害得这么惨。小狼王，你是不是觉得只有你一个人才有害人的本领，而其他人根本拿你无可奈何？"

小狼王无法回答。

"百里行暮临终前，阻止我杀你，他说，杀一个人很容易，要救活一个人却很难。所以，我便答应他，不为他报仇！"

她强调："我真的不是为了百里行暮报仇！我是为我自己报仇！小狼王，你怎么害过我，我就让你受同样的痛苦！这很公道，对吧？"

所有人，静默无声。小狼王此时终于意识到，原来，她不是开玩笑，是真的敌人！

四周，一片死寂。

凫风初蕾没有和任何人打招呼，转身就走。眼看，她的背影就要彻底消失了。

胸口，要炸裂一般。肚子，也要炸裂一般。小狼王想大喊，想发泄，可是，风的鼓胀，只能加剧死亡的痛苦，却无法令他再发出任何的声音。

这女人！这该死的女人！他发誓，这一辈子，一定要找她报仇。可是，他伸出的手，停留在半空。他觉得自己再也熬不下去了。

就算找她报仇，也没机会了。可是，他还是不甘心。他只想在临死之前，抓住她，一定要对她说："我下媚药只是为了睡你，而不是为了杀你！可你，一出手，就是为了杀我！"

"大王……大王……"

他眼前一黑，栽倒在地。

第十四章　神鸟金箔

过了巍巍秦岭，汶山、岷山渐次映入眼帘。

满眼的绿，重新复苏。蔓延大夏的干旱，到此为止。

凫风初蕾心底却并无半点喜悦，还是忧心忡忡，她不知道金沙王城的洪水到底有没有退干净。

近乡情怯。越是靠近，越是忐忑。直到飞行器盘旋在金沙王城上空。

她只看一眼，便惊呆了。首先映入眼帘的竟然不是绿——而是红，热烈如火，层次分明的各种红——粉红、玫红、朱红……不一而足的红色，热烈得就像三月姑娘脸上的胭脂。竟然是连绵起伏的芙蓉花，在暖春里，开得争奇斗艳，香飘十里。然后，才是高大的刺桐树。经历了一个寒冬的洗礼，常绿的刺桐全部换上了新装，可一串串刺猬般的红花却开得更红更艳，成片的海棠，竟然让整个金沙王城，彻彻底底变成了一片翠绿。

那场大洪水，就像从来没有发生过似的。飞行器盘旋上空，凫风初蕾竟然久久不敢降落，如在梦里。

委蛇也连连惊呼："天啦，天啦，一定是百里大人的功劳……一定是！百里大人奔走那么久，一定是他为了退却洪水，做了极大的努力。呵，要知道他们共工一族曾经号称'水神'，在他的后人里还出了什么治水厉害的人物……"

飞行器，缓缓降落在城外的青草地上。刚一坠地，便"砰"的一声。飞行器，无端端地翻转，两扇羽翼被彻底撞断。

凫风初蕾和委蛇都惊得目瞪口呆。

好半晌，委蛇才惨叫："天啦，我们的飞行器彻底坏了……彻底坏了……"凫风初蕾走过去，看得清清楚楚。两扇羽翼就像被利刃齐齐斩断，从中间扩散，彻底碎裂。再也没有任何修复的可能。

飞行器，彻底报废了。

她回头，看了看来时茫茫路。

周山，距离金沙王城已经在十万八千里之外。要想再去周山，凭借任何人力畜力，都已经不太可能。她只是麻木地拍了拍飞行器的残骸，又拍了拍小孩子一般快哭起来的委蛇，沉声道："坏了就坏了吧。至少，它已经完成了自己的使命。"

委蛇这才抬起双头，看向前面。前面便是暌违已久的金沙王城。

古老的宫殿大门，徐徐开启。

杜宇和厚普飞奔而上，行大礼："少主……"

后面黑压压的人群跪倒一片："参见我王……"

"参见我王……"杜宇和他的商队以及厚普率领的汶山、岷山等遗民，起码上万人，一起跪在王城外面。

凫风初蕾如在梦里。真没想到，厚普还能从小鱼洞逃回来，并且赶去汶山、岷山召集了大量旧部。厚普见到她，也激动得声音发颤，可除了"少主"二字，他什么都说不出来。

凫风初蕾的目光终于落在那些黑压压的遗民身上，方如梦初醒，作为一个王者，必须担起肩负的责任。从此，自己必须对这些人民负责了。

她简短地和众人寒暄几句，便随几名近臣回到正殿。刚坐下，她便直奔主题："杜宇，商队现在还有多少黄金？"

"回少主，启王子送了我们两百筐黄金，商队这几年也攒下了十万两黄金，如何安排请少主定夺。"

初蕾听得这个数据很是满意，又问厚普："王宫里还有多少库存？"

厚普立即道："老鱼凫王当年去湔山之前已经封存了藏宝库和粮仓，所以并未遭到洪水的破坏。我上个月才开仓视察，还有黄金五十万，粮草若干……"

她大喜："厚普，你和杜宇立即安排下去，马上令人广泛散播消息，让所有流浪在外的蜀国人民重新回归。但凡回归者，每家发放十两黄金和相应粮草作为安家费。"

"我王英明！"

和厚普、杜宇一起来觐见的还有两名中年人，分别是蜀中旧臣卢相和鳖灵。卢相也就罢了，鳖灵以前没有见过凫风初蕾，所以很是惊奇。

众人商议了一阵，一名探子飞速来报："禀我王，大夏的流民已经抵达熊耳、灵关等地……"

熊耳、灵关，皆是古蜀国的门户之地。众人均大吃一惊。

大漠之战后，半死的大费得白袍怪救助又逃回了阳城，但此时，涂山侯人已经在云华夫人和涂山奉朝的支持下揭竿而起，招募了十万大军和大费对抗。双方交战年余，互有死伤，谁都无法取得绝对的胜利。相比之下，涂山侯人的处境就更难了，大费还有国家粮仓维持军队开支，而涂山侯人只能靠从大漠带出的黄金支撑，无奈这两年，谷米价格暴涨，黄金很快告罄，江湖传言，他已经无以为继，被大费逼得步步后退。

在这个大背景下，大夏的饥民自然会奔着富庶的鱼凫国而来。熊耳、灵关，皆没有专门的军队驻守。若是大批流民涌入，该如何解决？

厚普忧心忡忡："大夏饥荒成灾，饿殍千里。鱼凫国的遗民尚未全部召回，我们的粮草黄金也仅仅够安顿自己人。再说，我们目前并无大军，能征善战的，唯有护驾商队的三千人马。真要被流民涌入，只怕顾头不顾尾，无可收拾……"

流民一来，不是几个、几十个，只恐是几千几万。

凫风初蕾缓缓看着其他几人："你们有何看法？"

最先回答的是卢相："回我王，属下认为，万万不可接收流民……"

"为什么？"

"据说大夏人人都精于算计，十分狡诈。再加上这些流民早已饿慌了，正所谓穷凶极恶，于他们而言，只要能抢到吃的穿的，肯定会不择手段，只恐金沙的淳朴民风被他们毁于一旦……"

就连鳖灵也连连点头："没错！臣下也曾五湖四海行走，所到之处，唯古蜀民风淳朴，夜不闭户。华夏在大夏王治下也曾国泰民安，无奈大费登基后，连年干旱，盗匪横行，民众为了谋生，不但卖儿卖女，甚至到了易子相食的地步。可以肯定，饥民一来，绝对是看到粮食就抢，看到牲畜就杀。臣下也认为万万不可接收他们，最好的办法是，将他们关在灵关门户之外。我们当然也不用赶尽杀绝，流民们如果愿意，可以耕种都广之外的大片土地，但是，必须向我们缴纳赋税……"

灵关门户，距离金沙王城还有三四百里。外面则是大片沃土。

凫风初蕾听得他口音不似蜀中人，立即问："鳖灵，你非蜀人？"

鳖灵坦然："臣下乃楚地人氏，无奈家道中落，少时起便飘零江湖，后来到了金沙王城，幸得老鱼凫王赏识，就定居下来。在臣下看来，灾民穷凶极恶，真的不宜接纳……"

鳖灵所言，很有道理。

她转向一直沉默不言的杜宇，杜宇和鳖灵不同，他可是不折不扣的蜀人，祖上一直是老鱼凫王的近臣，他本人年纪轻轻也成为商队首领，是鱼凫国仅次于厚普大将军的二号人物。再想杜宇为了寻找自己，从阳城追到白狼国，还差点被白袍怪卷走，初蕾便对他更有亲切之意。

"杜宇，你有何看法？"

杜宇不慌不忙："属下的看法和二位大人稍有不同。"

"说来听听。"

"大旱已经持续了两年多，一路投奔鱼凫国的灾民当以数万计。这么庞大的流民，若是控制不好，真会带来灭顶之灾。可是，要是安顿得好，为我所用，则是我鱼凫国的极大福音……"

须知国力的较量，便是人口的较量。经历了轮番战乱之后，衡量一个国家实力的第一标准便是人口。人口多，则赋税多；兵员多，则国力强。

"我们鱼凫国虽然土地广袤，物产丰富，但是，除了金沙王城之外，其他地方皆人烟稀少，而且金沙人民长期以来习惯了安逸平和的日子，不愿意从军，所以招募军队很不容易。可是，有了这批流民就不同了……"

所有人都看着他，他镇定道："属下愿意率领五百人马驻守灵关，将流民中的健壮者收编进军队，老弱残则领取口粮，就地安顿耕种。若是流民们作乱，距离金沙王城还有几百里，也有个缓冲，少主意下如何？"

凫风初蕾从王椅上站起来，走了几步，朗声道："我同意杜宇的意见，备好粮草，开关安顿流民。"

卢相有点儿担心："这么多流民，若是耗空国库，该当如何？毕竟，我们才刚刚复国，百废待兴，什么都需要钱，甚至王殿也需要修缮，而且少主登基大典也需要很多钱……"

鳖灵也如是想。

初蕾微微一笑："国库的功用便在于危急时刻发挥作用。如果不能救济百姓，要国库何用？王殿这些，根本无须修缮，本王有落脚之地即可……"她顿了顿，"至于本王的登基大典，先缓一缓，待得百姓彻底安顿下来，能吃饱饭再说！"

众臣面面相觑，无话反驳。

灵关开关放行的消息一传开，整个大夏都震动了。

流民们奔走相告：鱼凫国不但开关放行，还给每户百姓发放二两黄金并半年口粮，且允许自行开垦荒地，所开垦之荒地十年不纳税。

各地的饥民都如潮水一般向灵关涌去，从三月初到开年，短短时间，竟然进驻了十余万流民。

流民们领取了口粮、黄金，正好先后迎接了两个春天的播种期。

很快，麦子、谷子、小米、高粱等农作物便在富饶的古蜀大地上生根发芽，到来年的四五月已经荞麦青青，扬花十里。

六月的一天，凫风初蕾只带了杜宇与委蛇，她骑着快马，微服行走在通往灵关的路上。

到都广之地，她停了下来。都广之地一望无际的平原上，稻谷青青，连绵不绝，可以想象，秋天便是一个绝对丰收的季节。

她极目远眺，只觉一望无际的稻田，真是令人赏心悦目。

稻谷一直是鱼凫国的主粮。在鱼凫国已经有上万年耕种的历史。

委蛇叹道："在鱼凫国吃惯了米饭，到大夏却老是馒头小米，早已腻烦。"

大夏号称五谷丰登，他们的五谷分别是：粳米、小豆、麦、大豆、黄黍，这些东西，在习惯了白米饭的鱼凫国人看来，简直难以下咽。

杜宇的商队一路收购回来的也全是麦子、黍米、高粱什么的，想买到大米，难如登天。如今，终于再次看到稻谷青青，丰收在即，杜宇也喜出望外："金沙人民终于可以随心所欲吃白米饭了。"

一进入八月，整个金沙王城都忙碌起来。

秋社，即将到来。

秋社当天，便是鱼凫王的登基大典。

那是一个罕见的丰收年，金灿灿的稻谷在场院里堆积如山，其他杂粮五谷也堆满箩筐。更悦人眼目的是漫山遍野的橘子、柿子、梨子以及核桃、大枣。尤其是橘子、梨子，一筐筐摘下来，堆满了大街小巷，很少一点钱便可以买到一大堆。

百姓纷纷忙着制作社糕、社酒，等待秋社这天大摆宴席。王城里也大规模宰杀猪牛羊。

早在年初，鱼凫王登基的消息已经散布出去，如今已是天下皆知。从四五月起，已经陆陆续续有各地商队前来，他们带来了天南地北的商品，将古老金沙王城的大街小巷摆得满满当当。当然，他们也在王城大规模收购蜀锦、丹砂以及各种蜀中特产。

杜宇的大军已经驻扎金沙王城，确保登基大典安然无恙。厚普则将整个王宫事宜料理得清清楚楚，虽然凫风初蕾认为没有必要，但厚普还是安排了一支五百人的护卫队以保护鱼凫王的安全。

至于金沙王城大大小小的内政外交，则全部交给了卢相和鳖灵。尤其是鳖灵，他较之淳朴的卢相等人，有很强的变通能力。有一件事情足以证明鳖灵的精明能干——他在一个月之内，抓获了十五批心怀鬼胎的人马，其中包括大部分阴阳师、巫师以及各种流浪汉和商人。事实证明，这些人全是大费派来的奸细。几个阴阳师还参加过湔山小鱼洞一战。

凫风初蕾对鳖灵的信任，从此更上一层楼。

因鱼凫国和外界罕有往来，所以，现任鱼凫王登基也没有邀请什么嘉宾和观光客。但是，涂山侯人率先派来了使节。使节送上了大批珍贵的礼物，并带来涂山侯人的手书。

凫风初蕾看到这封手书，认出是涂山侯人亲笔。信里，涂山侯人对自己的处境只字不提，只对凫风初蕾的登基提出了许多建议。当然，这些建议都十分恳切，全发自肺腑。

此外，涂山侯人还派来三千精锐礼兵，说是送给鱼凫王的登基礼物。要知道，涂山侯人此时正处于和大费胶着的状况，这三千士兵对他来说，非同小可，可是，他却毫不吝啬送给了自己。再者，涂山侯人乃大夏王之子，他的使节团，从某种意义上来说，便是整个大夏的使节团，其良苦用心，更是让人感动。

有熊氏也派来了使节。有熊氏以黄帝直系后裔的身份，一路南下，居然没有遇到任何袭击，平平安安便来到了金沙王城。

凫风初蕾闻讯，立即派遣鳖灵率众出王城十里之外迎接，并设国宴款待有熊氏父女。

随之而来的是鬼方女王。一百匹骆驼满载礼品，每一头骆驼旁边皆站着几名高大苗条的鬼方女子。为首者，雪白皮肤，蓝色眼睛，一头金色的长发比西边最后的一抹夕阳更加光彩夺目。

鼋风初蕾喜出望外，奔上前便大叫一声："丽丽丝……"

丽丽丝回头，一把抱住她。

鼋风初蕾大笑："丽丽丝，你怎么来了？"

丽丽丝放开她，也大笑："鱼凫王登基，我岂能不来？"

鬼方距离金沙王城几乎万里之遥，丽丽丝一得到消息，即刻上路，饶是如此，也昼夜兼程，快马加鞭，直到登基前夕，才终于赶到。

她额上还满是汗水，显然一路狂奔从未歇息："我真怕错过了鱼凫王的登基大典。"

鼋风初蕾好生感动，紧紧握住她的手："丽丽丝，真是太谢谢你了。"

鼋风初蕾打破了自己过午不食的规矩，连夜设宴款待丽丽丝并一众鬼方女战士。

自从阳城一别，两人已经整整两年不见了。

大费登基之后，先是西北妖魔，再是连年大旱，自然再也没有能力管各诸侯国的闲事，尤其是鬼方这种极其偏远的小国，更不在他的眼里。丽丽丝借此机会，召集鬼方女战士，短短时间内，又聚集了几千女战士，重振家园，凭借女战士们的战斗力，击溃了好几个企图趁火打劫的部族，重新占领了方圆上千公里的领地。

丽丽丝带着最大的疑惑来了，她直言不讳道："实不相瞒，鬼方女战士虽然以一当十，我召集的几千人马也并不逊色于昔日全盛之时，可是，我却发现，鬼方无法真正壮大，也无法变成像鱼凫国这样的国家，迄今为止，鬼方还是一个部落而已，鱼凫王，你说如何才能改变？"

一得到鼋风初蕾即将登基的消息，丽丽丝便立即率众赶来，一是观礼祝贺，另一重要原因则是为了取经。

鼋风初蕾暗忖，一个光是女子的部族，岂能真正壮大？这世界上，任何国家想要壮大，都需要男女协作。光是男人或者光是女人，都不是长久之道。

"我一直留心着鱼凫国的消息，据说，鱼凫国曾经陷入汪洋大海，三年前，大洪水才彻底退却。可是，短短两三年，鱼凫国已经会聚了几十万人口，我本来不太相信这个数据，可是，进入金沙王城我才发现，也许，真正的人数远不止此，光是金沙王城，起码也有几十万人口了……"

金沙王城一共有八条大街，八条小街。八条大街，每一条的长度都在十里以上，其中最大的一条能同时容纳八辆马车并排行驶。纵然是最小的街道，也在两里以上。大街上，店铺林立，客栈如云。整个王城，竟然比大夏的阳城还要大上十倍有余。

丽丽丝的震惊，可想而知。她喃喃自语："我第一次到阳城时，以为阳城已经是世界上最大的城市了，心想，我鬼方纵然再过一千年也比不上。可是，到了金沙王城才发现，真是天外有天，城外有城，相比之下，阳城简直是寒碜，鱼凫王，你怎么能在这么短时间做到这一点？这简直就是一个奇迹嘛……"

鼋风初蕾微微一笑："丽丽丝，这可真不是奇迹。"

"为什么？"

"金沙王城已经有了几万年历史，事实上，它一直比阳城大许多倍。正因为大夏王知道这一点，才心怀不忿，一定要在万国大会之前消灭鱼凫国。不然，他这个万王之王便有名无实……"

彼时，已有很严格的规矩：属国的都城必须小于王都。也就是说，天下万国的都城，都必须小于阳城，否则，便是僭越。金沙王城不但比阳城大，而且大了十倍不止，岂能不惹大夏王暴怒？凫风初蕾接着说道：

"据说，在第一代蚕丛大帝的时候，光是金沙王城已经有了十万以上的人口。到柏灌王的全盛时期，据说有近百万人口。而到我父王的全盛时期，已经超过这个数据。直到我父王被大费偷袭，大洪水降临，金沙百姓死的死，逃的逃，金沙王城成了一座空城。我回来之后，虽然广为散播消息，召集蜀中遗民，但还是有大量遗民对当年的大洪水心有余悸，一直隐居在汶山、岷山等地。现在你看到的人口，不足三十万，其中还有一部分是各地前来的商旅以及他们的家眷，距离全盛时期还差得很远……"

饶是如此，丽丽丝已经推崇备至。她毫不掩饰自己的来意："鱼凫王，我这次前来，是为了跟你结盟！自从大夏内乱以来，群雄都看到了机会，无不蠢蠢欲动。谁也不知道姒启和大费到底谁能笑到最后，可是，我们不能坐以待毙，对吧？但是，要论单独的势力，我们肯定远远不如他们，所以，我深思熟虑之后，决定和你结盟。不知鱼凫王意下如何？"

丽丽丝不远千里率众前来，已经表明了诚意，凫风初蕾本就跟她一见如故，岂有拒绝之理？

她欣然道："我也正需盟友，丽丽丝，我们就这么说定了。"

丽丽丝大喜："鱼凫王，谢谢你。"

秋社当日，隅中，这一天最好的良辰吉时。也是鱼凫国女王正式的登基大典。

秋高气爽，天公作美，蜀中少见的艳阳灼灼地攀上头顶，暖洋洋地照着大地。三十里芙蓉花道全部盛放，五十里松柏墨绿更浓。

行道树两旁高达七八丈的刺桐，没有一片叶子，上面全是一串一串刺猬般血红的花海。尤其居中的一棵，特别高大，通体起码有十几丈高，周围形成巨大的伞状，开了满树的花，几乎将整个王台四周彻底覆盖。

金沙王城，早已被百姓和各地商旅围得水泄不通。

高高的王城下面，四围分列两万骑兵、四万甲兵。王城左右两侧则是百姓，男女老少，皆着蜀锦新衣，满脸喜气洋洋。最外侧，则是各地闻讯而来的商旅。他们身着不同的服饰，分列不同的阵容，但是，按照相关区域要求，排列得整整齐齐。此时，所有人都伸长脖子望着高高的王台，等待鱼凫国新任女王的到来。

身着青黑二色长袍的礼仪官已经走到台上，一群精壮的汉子吹响了号角。距离女王出场，已经不足一炷香的时间。

此时，凫风初蕾正坐在房间里，检查自己最后的装扮。金红色的蜀锦王袍美轮美奂，任何一个细节都精妙绝伦，毫无瑕疵。

耳畔，忽然隐隐地出现一个声音，我早就警告过你，你会付出代价！别以为你窃取了百里行暮全部的元气，现在就可以高枕无忧登基做你的女王了！

明明四周没有任何声音，她却听得清清楚楚。

这语气，就跟上次在白旗镇警告自己离开百里行暮的那个陌生人一模一样。

她跳起来，手里的金杖无声无息挥出。半空中，一道充满杀气的弧线。可是，巨大的力道就像一拳重重砸入了棉花堆里，有去无回。

凫风初蕾心里的惊惧可想而知，她不知道是自己这一刻着了梦魇，还是真实有那个声音的存在。要知道，就连白袍怪们也在这金杖一击之下无所遁形，一般的凡夫俗子，更不可能。

放眼当今天下，高手不过是大费、小狼王、涂山侯人，等等。纵使附身在镜子上面作祟的涯草，也决计没有这样的本领。到底是谁，能够在半空中，只凭借一个意念，就能传递出他（她）的命令？

凫风初蕾怎么也想不起自己何时结识过这样的一个敌人？

"少主……"

委蛇进来，见她面色苍白，有点意外："少主，你怎么了？"

她强笑："没事，昨夜没睡好，一直迷迷糊糊的。"

委蛇笑道："今天登基吗，紧张是难免的。不过，少主，你放心，杜宇和厚普早已将大军安排好，还准备了秘密武器，任何人都不敢来捣乱……"它顿了顿，"包括大费！大费也没这个胆量。"

凫风初蕾笑起来："你以为我在担心大费？"

"那么，少主是？"

"大费现在焦头烂额，自顾不暇，他只要不是蠢货，就绝不会这时候来偷袭我们。"

"呵呵，我倒差点忘了，启王子可是一直虎视眈眈盯着大费，只要大费轻举妄动，他的老巢必然不保了。"

双方的战争，已经进入了胶着时期，就看谁先沉不住气了。无论是谁，一旦露出了空隙，就必将被对方给予致命一击。大费在这时候，必然不会给涂山侯人这样的机会。涂山侯人也因此不敢前来参加鱼凫王的登基仪式。否则，便是露出空门，让大费一举格杀。

委蛇叹道："幸好启王子拖住了大费，今天，我们才能放心举行盛大仪式。否则，大费肯定前来捣乱，我们就算不怕他，也要费一番手脚。"

"女王驾到……"一声声的通传开始到达广场。

台下，千万双眼睛一起转向王宫门口。大开的宫门里，一辆青铜王车缓缓而出。

王车两旁，各有八根巨大的象牙，就像两排白亮亮的尖刀。王车的顶端，则是一颗拳头般大小的红色宝石，在艳阳下散发出令人惊叹的美丽光芒。

更令人称奇的是，拉车的并非骏马，也非历代蜀王登基时的壮汉抬举。

青铜王车又大又特别沉重，每次抬举，至少需要六十四名壮汉。

今天，一名壮汉也没有。拉车的居然是一只巨大的恐龙。恐龙有四条腿，每条腿足足有四米多高，伸长的脖子更是长达二三十米，再加上一条长长的尾巴，整个身躯足有四五十米长，其体重，至少在五六十吨。

它的四肢脚掌，每一只足有磨盘大小，前面的两只还生长了锋利的爪子，就像一把明晃晃的钢刀。此时，这小山一般的家伙，单凭一条尾巴拉着沉重的青铜王车，举重若轻，稳稳而来。每走一步，便发出踢踏踢踏的声音，气势雄伟，一个人就如千军万马发出的声音。

有小孩惊叫："天啦，快看，恐龙，恐龙……"

古蜀国自来便是恐龙之乡，只是大洪水之后，恐龙大批量死亡，剩下的少数也彻底隐没深山老林之中。

没想到，这次拉王车的，居然是一只硕大无比的蜀龙。蜀龙，是世界上最大最重的恐龙，也是战斗力最强的恐龙。

青铜马车散发出古老厚重的青色光芒，就像时光隧道里走过的一场盛宴。

新的蜀王，终于来了。

在这之前，蜀国人民已经上万年没有见识过王者登基的盛景了——无论是柏灌王或者老去的鱼凫王——他们在位的时间都太久太久，久得成了传说，以至于蜀中人民已经忘记新王登基是怎么一回事了，所有的仪式似乎只剩下每一百年的盛大祭祀活动而已。

此时，大家目睹新王驾到，真是争先恐后，激动不已。

新王！

她站在王车上，居高临下。她一身金红色的王袍，金色王冠上，一颗巨大的红色珍珠。芙蓉粉脸，灼灼其华。周围盛开的鲜花、刺桐，忽然统统失去了颜色，她仿佛是这天地之间最最绚烂的一朵红花。

所有人都屏住呼吸。就连最爱吵闹的小孩也屏息凝神，目不转睛盯着她。

人类基因里烙印的审美观，早已趋同于一致。有一种美，无可争议。

台下的百姓也就罢了，可是，那些远道而来的商旅则一个个震惊莫名——

他们震惊的不仅仅是这女王的美貌，他们震惊的是传说中的女王，竟然只是一个文弱少女而已。

难道这便是凫风初蕾？这两年名动天下的凫风初蕾？

她的名气，来源于一个字：杀！

每个人心里都疑惑，这么文雅美丽的一个少女，古蜀国的新任蜀王，难道真的是传说中在沙漠里血洗众生的枭风初蕾？

这两年来，她的传说遍布天下：

比如，她一个人把白狼国的一千"地杀"全部消灭。比如，她差点把一群巨人全部杀光。比如，她单挑大费的一万大军，差点把不可一世的大费王就地斩为两截。比如，她一根金杖搅动沙漠，吓得白袍怪再也不敢露面了。

种种传说中，凫凫国女王纵然不是什么青面獠牙的母夜叉，可是，在大家的想象中，至少也是一个彪悍冷漠粗狂无敌的母老虎。不然，何以跟"杀"这个字联系在一起？可是，王车缓缓而来，大家将车上的女王看得清清楚楚。

她就像一朵开放在天空的仙花，缓缓地，轻风细雨，文弱高雅。甚至，有一丝淡淡的凄清、脆弱。

至于杀气、霸道、毒辣、蛮横……这些字眼，统统跟她没有一点关系。

她纯洁得就像久旱之后的一次细雨后，草地上刚刚生发的一朵新花，无声无息，令人如沐春风。

每个人都屏住呼吸，瞪大眼睛。只有蜀龙巨大的四肢每每提起，落下，发出的震耳欲聋的踢踏踢踏之声，就像一场小型的地震。这时候，所有人才如梦初醒。一般人根本无法驾驭这样庞大的恐龙，更别说，让恐龙如此驯服地拉着王车。而且这么笨重的家伙，居然只按照划定的路线，绝不踏错半步，也绝不发出任何别的声音令围观者感到恐惧。

可见驾驭者，自身本领之高强。敬畏之情，油然而生。

王车，已经走过长长的通道，慢慢地往高台而去。高台上，一把巨大的黄金王椅。枭风初蕾缓缓走向王椅。

礼仪官的声音洪亮而邈远："我王驾到……"

台下百姓立即行礼："我王！"

"我王！"

"我王！"

三声之后，台下一片安静。

两万骑兵，两万甲兵。

东北角，一队整整齐齐的大象大军。整整五百只大象，几乎把全城包围。

蜀中树木繁盛，河流遍布，是大象最好的乐园。而且，古蜀自古就有驯养大象的传统，最繁盛的时候，死去的群象堆里，能发掘出小山一般的珍贵象牙。

而西北角则是八只精悍强健的蜀盗龙。本来，大家对这头拉车的巨龙已经感到无比震撼了，忽然又看到西北角八只蜀盗龙，就更是震惊。蜀盗龙的体积虽然远不如巨龙庞大，可是，行动更加敏捷，战斗力更强。尽管只有八只，可是，要论战斗力，绝对不输给上万士兵。

任何胆敢捣乱之人，必将被这些猛龙撕得粉碎。

如果说，之前的商旅才是怀着一点点敬畏之情，此时，已经彻底被慑服。原来，鱼凫国女王敢于堂而皇之登基，绝对不是没有准备的。

国与国之间的较量，从来不是意气之争，只能是实力抗衡。

有实力者，才能是王者。台上的女王，忽然气场全开。她再不是一朵花，而是一棵开花的树。

凫风初蕾环顾四周。

杜宇、鳌灵、卢相、厚普等人率领群臣，站在她旁边。

鱼凫王，当然不会是孤家寡人。

那也是鱼凫国的朝臣第一次在众人面前亮相。

以鳌灵、卢相为首的文臣，皆身着紫红色蜀锦官袍。他们的官袍也很有特色，前后三层，外面一层最短，中间一层最长，形成燕尾，精雕细琢，十分精致。

鳌灵是楚地逃亡过来之人，面貌也和一般的中原人没什么差别，身材粗壮，面容敦厚，是一个最最常见的中年人形象，只是眼里光芒锐利，令人不可小觑。

他旁边的卢相则更为年长，双鬓之间已经隐隐有了几缕白色，显得慈眉善目。

杜宇和厚普则与二人相反。厚普年富力强，高大魁梧，雄赳赳的武将气息十分明显，一身铠甲更令他威猛雄壮，令人望而生畏。杜宇则正当壮年，佩戴一把长剑，剑眉星目，卓尔不群，于一干武将中，反倒像一温文儒雅的书生。

很少有人知道，今天女王的加冕典礼上出现的两万甲兵，几乎全部出自这个外表文弱的年轻人之手。

此时，他们全部拥戴在女王身边，将成为新一任君主的第一批重臣。

凫风初蕾面带微笑，十分平静。内心，却一阵阵翻涌。

她绝非没有见识过大场面之人，可此刻却心潮澎湃，眼眶湿润。如果百里行暮能活着看到这一刻，那该多好！

她下意识地伸手抚摸了一下王冠上的那颗红色珍珠，这珍珠，正是当年在阳城郊外的湖边，百里行暮所赠。

她这才接过礼仪官手里的金色王杖，然后，高高举起太阳神鸟金箔。

太阳，正好照射在头顶。金箔上，几只太阳神鸟，迎着阳光展翅欲飞。神秘的古蜀珍宝，重现于世人面前。

凫风初蕾高声道："新任蜀王凫风初蕾对天起誓，必将永不辜负你们对我的信任。愿上天保佑古蜀人民、保佑鱼凫国……"

台下诸人，一起行礼。

乐声响起，装扮簇新的少男少女们载歌载舞，响彻云霄。

接下来，便是新王第一次祭祀天地了。礼仪官则忙着请各位尊贵的宾客坐上观礼的最高位置。

鬼风初蕾正要忙着接下来的礼仪，却听得台下一个人高声道："区区不才，也恭祝鱼凫王早日击溃大费，驱逐列王，一统天下，成为万王之王，胜过三皇五帝，远超尧舜夏王……"

众人听得这不伦不类的贺词，都惊奇地看着声音的来源方向。

那是商旅的方阵，他们曾经受过严格的检查才能以贺客的身份参加这个仪式。

方阵中央，一个商旅模样的男子见大家望着自己，干脆越众而出，侃侃而谈："白狼国小狼王前来恭贺鱼凫王登基！并代表所有在沙漠中被白袍怪掳掠的商旅感谢鱼凫王的救命之恩……"

初蕾："……"

"你们天天说感谢恩人，其实，本王不是你们的恩人，这位女王才是。若非她出手，你等早已埋骨沙漠……"他一手指着台上，"看吧，这位才是正主儿，你们感谢她吧！"

话音刚落，他周围的商旅齐刷刷地跪下去一大片。

"感谢鱼凫王救助我等脱离白袍怪的魔掌……"

"日后鱼凫王但有差遣，我等必将竭尽全力……"

这个方阵竟然全是沙漠中侥幸活下来的商旅。几万商旅，虽然只来了几百人，但都是财雄势大的大商家。

小狼王告诉他们，之所以获得营救，既不是自己的功劳，当然更不是启王子的功劳（在他嘴里，启王子简直一点功劳都没有了），全部是这位鱼凫王的功劳。

救命之恩，当然必须涌泉相报。所以小狼王一联系，他们全部跟着来了。

旁边护驾的委蛇低呼："天啦，小狼王这厮居然还活着……少主，你看，他居然完好无损……"

本以为必死无疑之人，居然好端端站在这里。

鬼风初蕾虽觉意外，但只是看着小狼王，没有作声。

小狼王一把扯下伪装商旅的头巾，越众而出，几步到了台上。杜宇看了他一眼，本要阻止他，但见少主没有作声，也不敢多话。

小狼王，已经走到了台中。

所有人都看着这位金发蓝眼的少年。他俊美异常，可身上有一种狼一样的阴鸷和彪悍。这家伙，一看就不是一个善茬。而且，在传说中，他可是到处烧杀掳掠，令人闻风丧胆的恶魔。

小狼王无视众人的目光，大步走到鬼风初蕾面前。"白狼国请求和鱼凫国缔结盟约，从此互助互利，共逐天下。"他展开手里的国书，"为表诚意，白狼国送上贺礼若干……"

纵然在大国来看，那也是一份极其丰厚的礼物，甚至丰厚得过分了一点。

初蕾有点惊奇，这个小狼王，只是脸色有点苍白，人也瘦了一大圈。此外，看不出任何异常。尤其是他肚子平平，好像那满肚子的黄沙被他全部消化了似的。

身为新王，初蕾略一权衡，再无任何犹豫，立即朗声道："小狼王请入座。"那便是代表承认和白狼国的盟约了。

礼仪官立即令人搬来椅子。小狼王便在丽丽丝旁边坐了。丽丽丝也惊奇地看着他。

他若无其事地对丽丽丝点点头，友好地笑了笑。

第十五章　玉笛初心

冗长的登基仪式终于结束。

夜深了，沉醉了一天的百姓和嘉宾，都已经进入梦乡，唯有八只蜀盗龙精神抖擞地全城巡逻。

凫风初蕾慢慢走近城门。一阵轻微的声音，她蓦然回头。

蓝色的鹿蜀，从月光下奔来，雪白的长毛一根根直立，就像一片突如其来的白云。

一人翻身下马，汗流满面："嗨，初蕾……"

她不敢置信。

他奔到她面前，搓着双手，汗水将他整个头发都淋湿了，显然是连夜赶路的缘故。

"真是遗憾，我以为可以在昨夜赶到，结果，还是迟了一天。哈，这可是我第一次来金沙王城……"他环顾四周，啧啧称奇，"三十里花道，真是比传说中更加美丽神奇。"

她笑起来："我陪你走走。"

那是一条花道，两旁全是巨大的刺桐花树。一棵一棵的树上全是红色花束，没有一片叶子。

涂山侯人看看红花，又看看身边的她，隐隐有梦中之感。无数次，他曾想象过二人一起行走的情景，不过，想来想去都是当初从小鱼洞返回大夏时那一段不愉快的旅程。而且越过秦岭不久，自己便被父亲派来的侍卫抓走。此后，再也没有单独同行的经历。这以后，因为战争、长时间的干旱和大费胶着的拉锯战，就更加没有单独见面的机会了。

已近黎明，盛开的芙蓉花瓣上一滴滴晶莹露珠，有彩色蝴蝶飞来飞去。

二人轻微的脚步声，特别清晰。

二人都没开口。

他也不想开口。他其实只想这样走一走。

终于，她抬起头，正好碰上他的目光。

她叹道："你真不该来的。"

他凝视她："我是一心想看到你登基为王的样子。虽然没赶上良辰吉日，可是，至少我看到你穿王袍的样子了……初蕾，你穿王服的样子很神气！"

她嫣然一笑，按了按头上沉重的王冠："欲戴王冠，必承其重。这东西也真是太沉了一点，戴一天，脖子都要断了。"

他大笑:"可是,无数人为了这顶王冠前赴后继,战死沙场也在所不惜。"

没错!得到一样东西,你才有资格说不过如此!可是,没得到之前,你怎么知道它原本是什么模样?

他缓缓道:"我和大费的决战势在必行了。"

她理解。

干旱没有任何缓解的迹象,这是大夏第四个庄稼绝收的年头,整个大夏都饿得满目疮痍,再这样拖延下去,别说决战,军队很快也必须解散。必须速战速决。

可是,大费根本就不和他决战,大费就待在阳城周围,不时派出小分队骚扰,让涂山侯人不得安宁。

初蕾道:"大费分明是想拖垮你,但是,你也可以以逸待劳。因为凫凫国今年大丰收,可以为你们提供至少十万担的粮草……"

涂山侯人却摇头:"我一担粮草也不要。"

"为何?"

他神秘一笑:"我决定和大费休战了。"

初蕾好生意外。

他举了举手里的劈天斧:"我和大费大大小小已经打了几十场,一直分不出胜负。而且大夏连年干旱,别说百姓,就连士兵也饥肠辘辘,这样打下去也没意思。为免于生灵涂炭,我约他在钧台祈雨,谁能祈雨成功,谁就算赢家。"

凫风初蕾很意外:"他居然答应了?"

"他认为自己胜券在握。"

初蕾:"……"

涂山侯人信心十足:"遇到白袍怪那么可怕的怪物,我都没死。初蕾,你相信我,这一次,我也必将安然无恙。"

她点点头:"等你胜利了,我派人给你送上清酒庆功。不,我亲自去给你庆功。"

他双眼一亮:"那我可就等着了。"

谈笑之间,一条长长的花道已经走完。尽头,是一棵巨大的刺桐。这棵刺桐花树足足有七八丈高,有巨大的圆形花冠,红花开得密密匝匝,一眼望去,就像一片火红的花海世界。

树下,一条长长的石凳。

涂山侯人坐下。

凫风初蕾看着他。

他拿出一支笛子。看得出,他已经很久很久没有碰过这支笛子了。

他笑起来:"军营的生活极其枯燥无聊,压根儿就没有欣赏乐曲的兴致。我几乎整整两年没有摸过笛子了。不过,初蕾,今天我忽然很想吹一曲。也算是我送给你登基的礼物。"

她笑起来，在他身边坐下。

曲声很低，悠扬婉转。

那是她在汶山第一次见到他，他说要放大招，吹奏那首极其欢快的曲子。那是鬼风初蕾听过天下最动听的曲子。至今，她还记得当夜，整个汶山上的飞鸟走兽都出动了，它们低低盘旋在天空，栖息在树梢，匍匐在草地，随着那节奏翩翩起舞。后来，她再也没有见过这样的奇景，也再也没见过有人能奏出这么美妙动听的乐曲。

笛声，慢慢变了。欢乐的曲调变成了一阵无声的缠绵。说不出的凄婉、悲凉。整首曲子反反复复只有一句：

候人兮，猗！

候人兮，猗！

候人兮，猗！

那是大夏的第一首情歌，出自大夏王之妻，涂山娇之手。

她疑惑地看着涂山侯人，只见他拿着玉笛的手，再也不是当年的白皙少年，翩翩公子，而是粗糙、黝黑，手掌至少大了一圈。那是在军营长期训练厮杀的结果。他的文弱也一去不复返，强壮的胸肌在便装的铠甲下面，都鼓鼓的。战争，让他变成了一个不折不扣的强大男人。他昔日白皙的脸庞，也被大漠的风沙吹打成了一种古铜色，眼神，更是坚毅无比。

只有当一曲快要结束时，他的眼神慢慢变得非常温和。正是初见时不谙世事的纯洁少年。

她恍然心惊，这些年来，改变的岂是自己一人？

原来，人人都变了。

一曲终了，余音缭绕。

她忘记了鼓掌，事实上，她从来不是一个容易激动之人。她只觉得内心深处，有一种潮湿的情绪。

朋友，就好像岁月，你本以为可有可无，可是，一旦背影远去，才发现连倾诉的对象都没有了。

涂山侯人一直静静捏着玉笛。

他很少触及她的目光，可是，每每不经意看去，王冠之下，那明亮的眼睛简直就像闪烁的星辉。

灿烂蜀锦，华丽王服，她的身份变了，但是，她的眼神从来不曾改变。这令他很是欣慰。

他慢慢站起来，轻轻地说道："初蕾，我要走了。"

她很意外："这么仓促？"

他一笑："我必须在今晚赶回军营，否则，后果难料。"

她当机立断："那我就不挽留你了，路上小心。"

他忽然上前一步。

她一怔。

他已经紧紧握住了她的双手。

不知怎的，她并未退却，也不推开他，只是感觉到他的掌心一片冰凉。

而他，却从她温软的掌心感到一阵阵的暖意。

许久许久，他才放开了她的手。

她的手上，已经多了一支玉笛。

她微微愕然。

"初蕾，这玉笛是我母亲的遗物。我吹奏的后一首曲子，也是我母亲所作。现在，我把这笛子留给你……"

她一惊。

他却笑起来："初蕾，替我保管一下吧。只要想到笛子在你这里，我便总会寻机来拿。无论什么境况下，都会活着回来。"

她拿着笛子，没有作声。

他再看她一眼，翻身上了鹿蜀，鹿蜀雪白的四蹄扬起，很快便奔到了城门。

这时候，他又回头。

他看见凫风初蕾一直盯着自己，便笑起来，挥挥手，朗声道："初蕾，等我好消息。"

这一次，鹿蜀不再有任何停留，一下就跃出了城门，很快便消失了。

凫风初蕾慢慢上前几步，又停下。手里的玉笛，重若千钧。看看沙漏，涂山侯人前后不过待了半个时辰而已。

千里迢迢，走这一趟，他其实只是向她告个别而已。

三月的钧台。没有盛开的桃花，也没有轻垂的拂柳，天空中全是漂浮的、干燥的、黑乎乎的悬浮颗粒和尘埃。

一开春，便好似进入了夏天。太阳每天早早地出来，火辣辣的，照得整个大地寸草不生，土地干涸，几乎一切绿色都失去了生机，唯有生命力极其强悍的苍蝇成群结队飞来飞去。它们已经是周围唯一的活物。

几年大旱，牛羊狗甚至野兔野鸡等，几乎绝迹了。就连幸存的一些百姓也衣衫褴褛，满脸菜色。

启王子和大费王在钧台展开辩论，天下诸侯都会参加。

饥民们认为，既然诸侯国到来，那就多多少少会有一点吃的，哪怕是残羹冷炙也好。饥民的总数其实也不算多，远未到人山人海的地步。

干旱日久，周围大部分人早就饿死了。幸存者也早就远走天涯，寻找别的活路。

少数几百人闻风前来，也只是走投无路，碰碰运气而已。

饶是如此，钧台也熙熙攘攘，人声鼎沸。毕竟，大夏已经好几年没有出现过盛大的聚会，哪怕现在这一千人，也已经算是最大的排场了。

这也让籍籍无名的钧台变得非常热闹，甚至还可能由此登上历史的舞台，被浓墨重彩记上一笔。

但是，热闹归热闹，饥民们却非常失望。因为，没有看到他们想象中的粮食、货物，甚至连商队都没有。

所有来宾，都是双手空空。充其量只有自身携带的一点干粮。当然，他们都佩戴了刀剑等武器。武器，是不能吃的。

因为大旱，钧台辩论的会场也没怎么布置，而是找了一个平整的空地，打扫干净，在中间堆了一堆大石头，权且充作高台。高台两边各自摆了一张石台，算是椅子。

石台左右，还有一个临时堆积的大土堆，勉强算是祈雨的祭祀台。万国大会时，用汉白玉、纯金以及各种昂贵珠宝装饰的祭祀台进行祭祀的时光，已经一去不复返。

有人高呼一声："启王子来了……"

涂山侯人大步前来。他一身便装，步履从容，边走边对众人挥手。他没有带任何侍卫。就连协议上说明可以带的两百侍卫也全部留在人群的外围值守。跟在他后面的，只有他的两名近臣：牟羽、淑均。

诸侯们不由得心里嘀咕：启王子竟敢只身前来和大费王辩论？难道不怕大费王骤然发难，将他拿下？

随即，又传来一声吆喝："大费王驾到……"这一次，阵容就强大多了。先是威风凛凛的獬豸开道，紧接着是皇家的八匹雪白战马，踢踏踢踏的声音里，跟着大夏的文武大臣。大费王不在马背上。火红的鸾凤一声悠扬的鸣叫，大费王从天而降。他头戴王冠，一身王袍，精神抖擞，英俊不凡，一直是大夏无数少女的梦中人。

这才是国王登场的正确方式。相形之下，启王子简直就是一个路人甲了。

众人齐声欢呼："大费王！"

土台上，二人对坐。

座位也有区别，大费王面南背北，居上首，涂山侯人居下首。

大费王的石凳子高大，略有装饰。涂山侯人的石凳子矮小，毫无装饰。

二人一坐下，便有了君臣之别。

大费先声夺人："本王少时战功赫赫，得夏王禅让王位，是大夏合理合法的王者……大旱天灾，本该君臣同心，共渡难关。岂料你姒启包藏祸心，仗着启王子的身份，利用大夏王生前的威望，竟趁着国家有难，揭竿而起，举兵谋反，还煽动那些同样心怀不轨的诸侯支持，导致整个大夏兵戈四起，雪上加霜，让本王的抗旱工作难上加难……"大费激动之下，干脆站起来，"姒启逆贼，你让九泉之下的夏王情何以堪？"

口水几乎喷在涂山侯人面上。可是，涂山侯人擦也不擦一下，还是面不改色。"大王此言差矣。臣下绝非谋逆，更不是逆贼！"

"不是逆贼，你的几万兵马从何而来？"

"臣下一直恪守人臣之道，无论是当初大王找借口把臣下和十万徭役发配西北沙漠送给妖魔，还是暗中派遣杀手追杀臣下，臣下都不敢有任何反叛之举，何来叛逆之说？"

大费断然道："所谓西北妖魔，乃你信口胡诌，谁亲眼所见了？"

台下诸侯自然都听过西北妖魔的故事，可是，活人的确没有谁亲眼见过。

大费冲着台下，朗声道："宁做太平犬，莫做乱世人！百姓需要的是安安稳稳的生活，是上下一心的团结，是永远和平的环境。大夏纵有大旱大灾，可并非全大夏都遭遇了旱灾，还有三分之一的国土风调雨顺，庄稼丰收。只要君臣一心，上下一体，便可以同甘共苦，互相救援，总会熬过这场天灾。可是，你启王子倒好，居然趁机作乱，招兵买马，不惜以一己之私，造成天下大乱，生灵涂炭。而本王迫于剿匪的压力，根本没有更多精力来拯救灾民。加上战争，中断了南北的交通，纵其他诸侯国想要送来粮草解决饥荒，也被战火所阻止……"他提高了声音，"百姓之苦，岂不是你姒启一个人造成的？！"大费少年英才，雄辩滔滔，一张利嘴更是巧舌如簧，简单几句，居然将整个大旱大灾的苦难后果全部归罪到了涂山侯人的头上。台下百姓受到煽动，都纷纷愤怒地盯着涂山侯人。

牟羽和淑均，并未想到启王子一开场就如此狠狈，现在纵不是一败涂地，也十分被动。

待得众人的哄闹声稍稍平息，涂山侯人才挥挥手，示意大家静下来。然后，看看台下："我今天前来钧台祈雨，便是为了解散大军……"

众人都不作声了。大费也很意外。

涂山侯人直言不讳："起兵之初，我的目的只在于自保。可饥民闻风而来，都是为了一口活命之粮，为了不让众人饿死，我只好暂时收留他们。而且大王一直舍不得开仓赈粮，又无法令老天爷下雨，百姓为自己找一口吃的，也不算是谋逆，对吧？"

饥饿面前，没有道德。所有人都只顾着自己的肚子，谁管谁是天子呢。

大费冷笑一声："启王子休得花言巧语，还是先祈雨吧。"

谁祈雨成功，一切罪孽都可以不被追究！

可是，老天爷完全不理睬二位的态度。火辣辣的烈日就像一轮圆圆的火圈，灼热地炙烤着众人。

每个人心里都惨惨切切，因为饥饿，因为灼热，又心慌意乱，人人心中都有一股无名的怒火。今日，无论谁输了，都会成为所有人谴责和发泄的对象。

涂山侯人抬头看了看头顶的烈日，擦了擦满头的汗水，淡淡地："只要大王祈雨成功，臣下必将无条件交出所有的兵力，并就地解除兵权，任凭大王处置。"

"若是启王子祈雨失败又该如何？"

"两人都输，那就算臣下输了！臣下也必将率军退出阳城千里之外！"

大费一笑。

涂山侯人反问："可要是臣下祈雨成功，大王该当如何？"

大费听得这话，竟然心里一颤。可是，众目睽睽之下，他也只好高声回答："要是你如启祈雨成功，那本王也按照约定，主动退出阳城！"

"一言为定？"

"一言为定！"

涂山侯人再次抬头看了看天空的烈日，又低头看了大费一眼，朗声道："这场祈雨，是大王先来，还是臣下先来？"

大费身为大夏之王，岂能示弱？他只能硬着头皮："当然是本王先来！"

涂山侯人一笑，躬身站在一边。

大费不得不走向祈雨的祭祀台。

台下，早有敖丙等近臣焚香供奉，做好了一切准备工作。敖丙见他面色苍白，低声道："大王且放心，启王子绝对赢不了你！"

大费听得此言，立即定了心神。周围的几名巫师，也都微微点头示意。大费之所以敢来参加辩论，是因为召集了敖丙等近臣，无数次夜观天象，所有巫师都异口同声告诉他，一年之内都不会下雨。自己祈雨失败不要紧，只要启王子也失败，那就算是自己赢了。可以说，这是一场十拿九稳的赌注。

他还是有所怀疑，为何涂山侯人明知必输无疑，居然还会答应这样的要求？

不止他，就连台下诸侯也窃窃私语，他们都觉得启王子疯了。为何一定要举行一场这样必输无疑的祈雨辩论大会？

涂山侯人依旧面不改色，十分镇定地站在土台之上。

祭祀台上，身穿王服的大费虔诚祭祀。一整套仪式做完，所有百姓跟着他一起跪在地上，无比虔诚地望着上苍。所有人，都发自内心地祈求，就算不相信，就算多次失望，他们也在渴望着最后的奇迹。

可是，他们看到的只是火辣辣的烈日。

没有风，没有云，没有丝毫会下雨的迹象。

就如阴阳师所说，可能再过一年也不会下一滴雨。

时当正午，温度就更高了。

盛夏，提早来了。一些绝望的妇孺，不由得痛哭失声。就连大费也黯然神伤。身为一国之君，无论如何，也不希望遇到这样可怕的干旱。汗水顺着他的面颊往下滴，他明知这场祈雨自己必赢，内心还是有些悲怆。如果此刻能下一场大雨，那该多好！

阳光，更大；酷暑，更烈。天空中还是没有一丝风、一丝云。

大费没有过多伤感,他长叹一声,几步走下祭祀台,淡淡地:"启王子,现在轮到你了。"

如果说最初众人对于大费王的祈雨还抱着一丝微弱的希望,现在,他们看着涂山侯人,已经没有一丝一毫的信心了。

只有妇孺撕心裂肺的恸哭。诸侯们有的满脸不安,有的一脸看好戏的样子,有的甚至觉得白跑了一趟……

涂山侯人开始祭祀祈雨。可是,饥民们已经绝望得不愿跟他一起跪拜了。他们只是麻木地站在原地,东倒西歪,气息奄奄。

祈雨的,只有涂山侯人一个人而已。他跪在地上,闭着眼睛。这一刻,他并非在做一个简单的仪式,而是充满了渴望和虔诚——和所有人一样,他渴望马上来一场大雨。

适逢春天,如果来一场瓢泼大雨,足以让干涸的土地湿润,枯草发芽,枯木逢生,庄稼也能播种。只需要一个季节,便可以解决口粮问题。

几千年来,人类耕种畜牧,靠天吃饭,可是,老天爷一不高兴,他们的庄稼便会枯死,牛羊便会渴死,口粮便会被剥夺。

涂山侯人长跪不起。可是,烈日并不因为他的跪拜而有稍稍的缓解。

天空中依旧没有一丝风,也没有一丝云,只有一大团一大团漆黑的苍蝇嘤嘤嗡嗡飞来飞去。

还是没有奇迹。

四周,一片死寂。

就连恸哭的妇孺也停止了哭声,一起抬头,绝望地看着启王子。

就在这时候,敖丙破口大骂:"姒启逆贼,正因你野心勃勃,才激怒上苍,导致大夏连年大旱,庄稼焦死,河水枯竭,十室九空。万民受难都因你一人之罪过!姒启,你真该被千刀万剐,以谢天下……"

其他臣子同声高喝:"姒启逆贼,你赶紧以死谢罪……"

百姓们受到这煽动,也一起怒喝:"逆贼,你还不以死谢罪?"

牟羽和淑均大惊失色,却被大费的侍卫团团包围,无法护主。

涂山侯人缓缓站起来。他并未看台下,也不看大费,他只是仰起头,久久地仰望天空。

太阳很大,很刺眼。可是,他完全顾不得保护自己的眼睛,还是仰天看着天空。

这一刻,他忽然很孤独。好像全世界只剩下他一个人了。

敖丙不失时机:"姒启逆贼,快受死吧……"

他长叹一声,居然点点头:"没错,臣下的确该死!"

"姒启你终于认罪了!"

他又抬起头,看看天空:"没错,我有罪!正因为我罪无可赦,所以,上天才不理睬我的祈求,滴雨不下!"他从早前的臣下,变成"我",众人觉得有点奇怪,也没法细查，只以为他人之将死，所以没有注意细节。

"既然认罪，就无须多言！"

他根本不理睬敖丙，只说："我有六罪……"

敖丙厉声道："你有哪六罪？"

"大夏王临终前神志不清，但因为我跟他父子不睦，所以没有尽职尽责提醒他对王位人选的慎重考虑。此乃第一罪！"

敖丙正要破口大骂，只见他忽然拿出劈天斧，在自己身上划了一道。

一股鲜血，顿时喷涌而出。

所有人都惊呆了。

"第二罪，皋陶大人死因蹊跷，随后我多番查访国师家的老仆，发现是大费隐藏了救命药，活活害死皋陶大人……"

他话音未落，敖丙破口大骂："你这逆贼，竟敢血口喷人！"

涂山侯人压根儿不理他，继续侃侃而谈："众所周知，大夏王生前已经指定皋陶大人为继承人。按照大夏禅让的传统，绝不可能父传子，一旦皋陶大人登基，大费将永无机会觊觎王位。可是，大费太想做大夏之王了，于是，他干脆害死了自己的父亲！我明知大费德行有亏，根本不配做王，却没有能力及时阻止，以至于贻害天下人，此乃我第二大罪……"

劈天斧一挥，又是一股血泉涌出。敖丙待要大骂，却被这声势所迫，竟然不敢再骂下去了。

"大费登基后，为讨好西北妖魔，假借为大夏王修建陵墓，发配十万徭役，我本人也被发配充军，却无力阻止十万苦役送命，此乃第三大罪……"

"大夏百姓已经苦不堪言，我却一直畏缩不前，不敢及时站出来为民请命，甚至惧怕背负逆贼的名声。到了今天，还不得不对大费这样人面兽心的家伙俯首称臣……此乃第四大罪。"

"至于第五罪，就更是无法饶恕了。大费为了追杀我，曾亲自率领一万大军到西北沙漠。本来，我该有机会杀了他，如此，也早几年结束这暴君的统治。可是，因为我本领不济，竟然又被他逃回阳城，继续为非作歹……大夏百姓饿死千千万，小子却无能为力，这深重罪孽，如何敢自行开脱？"

他每自述一罪，便砍自己一斧。

很快，他浑身上下已经伤痕累累，血流如注。

一身便装的将军，已经成了一个彻头彻尾的血人。

好几次，面色铁青的大费要冲上去结果了他，可是也只能一动不动。

因为，每个人都看出，不等别人动手，启王子都会血流而尽。

敖丙已经完全忘记了辱骂他，只是目瞪口呆地看着。

台下，更是鸦雀无声，就连彼此之间的呼吸都听得清清楚楚。

每个人心情，都紧张得出奇。

涂山侯人这时候已经变成了一个血人。他抬起头，看了看天空，长长叹息一声。这叹息，就像他手里的斧头，重重砸在了每个人的心底。

所有人都仰起头，竖起耳朵，听他的第六罪是什么。

半响，他徐徐地："至于这第六罪，一定是小子德行浅薄，才不足以感召上天，以至于无论小子怎么祈祷，上天也无动于衷，绝不肯下半滴雨……"

他忽然跪下去，高高举起劈天斧："上苍，请你赶紧为大夏百姓降下一场大雨吧。只要你肯解除大夏的干旱，小子一人做事一人当！愿以这条性命换取一场甘霖……"

鲜血，顺着斧柄一直往下流。

所有人都不怀疑，他马上就要血流干净，倒地身亡。

可是，他好像等不及流血而死，对着天空厉声道："上苍，以我一人的性命，换取一场大雨吧，求求你了……"

劈天斧已经举过头顶，眼看就要往他自己头上砸下去。

牟羽大吼："启王子，万万不可……"

淑均也跳起来："启王子，你莫要冲动……"

诸侯们口干舌燥，一个个地发不出任何声音来。

轰隆一声，半空中忽然一声巨响。

暴雨，是突如其来的。

没有风，没有云，没有任何预兆，只有豆大的雨点倾泻如注。

雨点打在脸上、身上，令人生疼，可是，没有任何人避雨，没有任何人跑开。所有人都抬起头，瞪大眼睛，不可思议地看着这场久违的不期而至的大雨。

直到所有人都睁不开眼睛。直到所有人都变成了落汤鸡。可是，还是没有任何人发出半点声音，他们才再度仰起脸，伸出手，仿佛不敢确信那雨点是真的，要让那大雨再次重重击打在自己身上。

直到疼痛传来。

居然是真的大雨！头顶，烈日还在。大雨，下个不停。

淑均不由得跪下去，泪流满面，嘶声道："老天呀，你终于开眼了……"

所有诸侯和百姓都跪了下去。

每个人的脸上都分不清楚究竟是泪水还是雨水。他们都滚在地上，以自己的手、脸，接触大地，接触泥泞，接触雨水，接触久违的这一切……仿佛这时候才和大地真正融为一体了。他们痛哭失声，不知道是欢喜还是悲哀。

只有大费和敖丙站在原地，不可思议地看着这一幕。

那是一个奇迹。

大费终于吐出一个字，咬牙切齿："快去杀了那逆贼……快，你们还愣着干什么？所有人一起上，快……"

敖丙却惊惧得连连后退。

饥民们忙着奔逃，诸侯们也生怕被殃及池鱼，唯有几百士兵，捉对厮杀，在泥泞里飞溅起一片一片的血花。

涂山侯人已经自行挨了七刀，现在还像个血人似的站立在高台上，也不知死是活，可大费不敢抱着丝毫侥幸。他飞身上前，决定亲自结果了他的性命。

鸾凤的翅膀，忽然发出乱颤。大费本能地一扭头，不由得胆寒心裂。

东北方向，暴风雨中，一条巨大的双头蟒蛇飞奔而来。这蟒蛇和别的蟒蛇不同，它的双头上，拥有小孩儿一般天真无邪的童颜。

委蛇！

凫风初蕾来了！

大费举起的玉笛正要落在涂山侯人头上，可是，已经吓破胆的鸾凤翅膀一抖，栽了下去。

大费身子一歪，也滚落泥土之上。

敖丙一把拉住他："天意，这都是天意！快走，大王，再不走就来不及了……"

涂山侯人举着劈天斧，一直站在台上。

雨水，已经将他身上的鲜血彻底冲刷。

大费逃窜也好，厮杀也罢，他统统不放在心上。好像走这一遭，根本就不是为了厮杀。他闭着眼睛，任凭雨水冲打在脸上、身上，就连剧烈的疼痛也忽然消失得无影无踪了。

人类一直畏惧的暴风雨，有时候，又是多么可爱。他只恨不得这场雨更大更猛更长久。哪怕自己就此被暴风雨埋葬也无所谓。

远远地，有人看着这一幕，内心震动，实难言喻。

"天啦，涂山小子竟然来了这么一出，少主，难道真的是天意？难道真的注定了他才是大夏之王？"

凫风初蕾没有作声。

她也站在雨里，任凭雨点打在头上、脸上。

她仿佛在自言自语："一边烈日当空，一边暴雨如注，委蛇，你知道这在蜀国叫什么吗？"

"斗鸡菇雨！"

斗鸡菇，是古蜀国的特产之一。蜀中天气异常，每每夏季，在有阳光的时候会伴随着大雨小雨，只要这种雨之后，漫山遍野的斗鸡菇便冒出来，大者如盘口小伞，小者只如戴着一顶小小的菌帽。

斗鸡菇味道鲜美，做汤做菜熬油，都是无上的美味。所以，每次斗鸡菇雨之后，山民们都会倾巢出动，漫山遍野寻找。勤快者，一天便足以收获百十来斤。

这些斗鸡菇，被商贩们集中收购，运到金沙王城，每每成为爱好美食者追捧的美食，其价格也并不便宜。一个夏天的收获，足以让山民们一家老小丰衣足食一年。

可是，斗鸡菇雨总是盛夏五六月才会下。没想到，不过三月初，便来了这么一场。

凫风初蕾仰望天空，呼吸着大雨淹没尘埃时那种特有的土腥味，心想，除了天意，还能有别的什么呢？

战争，早在大雨降落之前就开始了。

当大费埋伏的精锐，遇上算准时间赶来的杜宇大军，一切便没有悬念了。

后援的阳城大军尚未杀到，便遇上了瓢泼大雨。

他们不知道来了多少敌人，只看到前方尸横遍野的大夏士兵，又听得雨中有人大呼大费王被启王子杀死了，很快便溃不成军，四处奔逃。

可是，杜宇并不打算就这么放过大费。他对大费的痛恨更胜过涂山侯人的属下。很简单，在大夏的士兵看来，无非是王位之争，可在杜宇这一支蜀国军队看来，那便是报亡国之仇。

众人追了一阵，不见大费踪影，杜宇当机立断，停止追击，这一下，大费的残兵败将彻底遭殃，很快就被消灭了。

涂山侯人睁开眼睛时，看到窗外阴沉沉的。熟悉的阳光早已不见了。他不知道这是早上还是晚上。

大雨早已停止，微风吹来丝丝凉意，他挣扎着坐起来，却听得一个熟悉到了极点的声音："启王子，躺着吧，别碰到伤口……"

他几乎惊跳起来，哈哈大笑："委蛇，是你吗？初蕾在哪里？"

转眼，看到凫风初蕾。

"初蕾……呵……初蕾……"语不成声，只是傻笑。

委蛇将涂抹完毕的疮药放下，叹道："启王子，你可能真的是疯了，怎么会想到这样砍自己呢？难道不疼吗？说真的，启王子，我委蛇很少崇拜什么人，现在我真的有点崇拜你了，一般人，都干不出这种事儿啊……"

涂山侯人却死死盯着凫风初蕾，双目灼灼。

"喂，启王子……"

他狡黠一笑："委蛇，你也别崇拜我了，我这不是把握好了分寸吗？我根本不会砍死自己，无非是装装样子而已……"

委蛇不以为然："刀刀血肉翻滚，谁敢装这样的样子？"

"不都是皮外伤吗？"

凫风初蕾长叹一声："对付大费这样的小人，你根本用不着这样跟他客气。大不了，跟他真刀真枪厮杀一场！他气数已尽，早已不再是你的对手！"

他双眼几乎要发出光来："初蕾，我真没想到你也会来。"

她微微一笑："我怎会不来看看热闹？"

她不是来看热闹，她是来替他掠阵的。

委蛇接着说道："只是没想到，我们刚一来，就看到你在高台上要自杀。启王子，你这一刀刀的，别说大费，我们都被你给吓死了……实不相瞒，你最后举起斧头时，我都要冲过来夺你的斧头了……"

他哈哈大笑，声音却十分虚弱："让委蛇担心，真是对不住了。不过，我不是说了吗？我只是做戏吓唬大费而已，我不会真的自杀的……"

凫风初蕾见他轻描淡写，内心不由得暗叹一声。要是没有那场大雨，他会怎么收场？她想象不出来。

涂山侯人察言观色，实话实说："初蕾，我也不知道！真的，要是不下那场大雨，我都不知道该怎么办了……最后一刻，其实我没有想过结果，我也无法想象……"

许多事情，一旦发生了，你就没法想象要是没发生会怎样。

凫风初蕾却笑起来："冥冥之中自有天意！反正这是好事，不是吗？"

他听得这话，几乎又跳起来："天啊，大雨早就停止了吗？是不是根本没怎么下就停了？干旱还是没有缓解？这样，我岂不是白白流血了？"

委蛇一把按住他："大雨从昨日晌午下到今天早晨才停止，别说干旱缓解了，估计现在大河小河纵不是满了，也装了不少水了。放心吧启王子，这一季的庄稼，保证能种下去了，大丰收也不是什么梦话了……"

涂山侯人这才稍稍安心。

此时，已是傍晚。

没有夕阳，窗外阴沉沉的。天空依旧乌云密布，有零星的小雨继续洒落。

有通报声传来，都是各路人马风闻启王子受伤，赶来探望。

涂山侯人令人全部谢绝，只称自己需要静养。

四周，十分安静，空气，也变得湿润。他深呼吸，觉得前所未有的心醉神迷。他重伤之下，无人敢轻易搬动，还是凫风初蕾当机立断，将他就近安顿在钧台一间废弃的民房里。

淑均等人本来担心遭到大费的回马枪，毕竟，只有两百侍卫驻守钧台，而且，和大费厮杀之后，侍卫死的死伤的伤，最后剩下完好的不足一百人。

这一百人，如何对付大费的大军？

可是，牟羽私下里告诉他，只要有这个鱼凫王在，一切便不是问题。

淑均之前从未见过凫风初蕾，他完全无法想象一个娇弱女子，哪会有什么滔天本领？可是，他看到委蛇，就不敢多话了。

毕竟，双头巨蟒已经天下罕见了，而且，这双头蛇还能自由变幻体型，笑起来时，便是两个可爱的孩儿面。更可怕的是，它居然能流利地说人话。

骇然之下，再也不敢作声了。

涂山侯人的伤势也是委蛇亲自处理的。那些私家药膏，也是委蛇带来的。早年，它为了百里大人，到处去盗取灵药，结果，许多都没派上用场。百里行暮不幸去世。每每念起，它便黯然神伤。可是，当着凫风初蕾的面，它却从不提这件事情。

"委蛇，谢谢你。"

"我们之间还需要道谢吗？"

就连凫风初蕾都笑起来。

他也笑起来。低头看看身上，居然盖着一条被子，风从开着的窗户吹来，还略略有一些寒意。他缩了缩脖子，叹道："我已经几年不知道春寒料峭是什么意思了！"

委蛇笑道："可能这几天，你天天都要领略春寒料峭了。"

初蕾在钩台的第三天，探子给涂山侯人送来一封密函，他看完，脸色变了，马上递给凫风初蕾。初蕾也仔细看完，密函上说，最近西方出了一支所向披靡的鬼兵，他们拥有神秘的武器，但凡和他们交手，必死无疑，而他们的首领是一位白衣人，号称"天尊"。

初蕾很是意外："东夷鬼兵已经横扫整个西方？可是，我怎么没有听过？"

"我在大漠边境时略略听过一些传闻，当时以为是假的，不料，他们居然越过西方，直奔大夏而来。"

委蛇急了："那他们岂不是也会攻击金沙王城？"

初蕾面色大变："我们得马上回去。"

第十六章　白衣天尊

凫风初蕾率众刚赶回金沙王城，就有紧急军情传来。

探子路上已经跑死了一匹马，第二匹马刚到金沙王城门口时，便口吐白沫，倒地身亡。

其实，那不是探子，准确地说，是熊耳的一名普通士兵。

城门守军将他送到王宫时，他几乎快昏迷了，凫风初蕾闻讯出来，紧急施救。他才慢慢醒来，语无伦次地说："完了……完了……都完了……熊耳一带的守军全部完了……"

凫风初蕾不敢置信："你说什么？"

"他们死了……都死了……被东夷族的鬼兵偷袭了……那些人全是鬼……真的，全是鬼……"

凫风初蕾急了："那厚普将军呢？他怎么样了？"

"死了……都死了……全部都死了……好可怕……"话未说完，便彻底晕了过去。

闻讯而来的朝臣们听得这个噩耗，当即炸了锅。

都没想到，失守竟然是从熊耳开始的。

在褒斜之前，熊耳灵关是整个鱼凫国的门户，最为重要，一直由大将军厚普值守。

纵褒斜等地也有杜宇值守，凫风初蕾还不时去查看一下，但她对厚普却彻底放心，很少去熊耳等地查看。因为她实在是太信任厚普了。

也正因此，她急得变了颜色，厉声道："赶紧召集金沙王城的全部精锐，随我去熊耳一带……"

巍巍秦岭，云横天际。

熊耳便在秦岭的东段支脉。

远远望去，只见那魏巍高山一左一右如熊的两只耳朵，所以，被称为熊耳山。

几万年来，古蜀国占据整个西南几万里疆域，而秦岭，则成了他们和中原民族的分界线。

正因为秦岭阻挡，蜀中才得以几万年不和中原通人烟。

可现在，一切已经成为过去。

大夏王的灭国之战后，今又迎来东夷鬼兵的灭城之战。

此刻，凫风初蕾站在倒塌的城墙面前，看着一地的断壁残垣，心里不是滋味。

那城墙沿山而建，不过三十几丈长，到山口，便入山石，真可谓一夫当关万夫莫开。

可是，这天险却不堪一击。地上，尸横遍野。几千熊耳大军，几乎无一幸免。

看得出，他们根本没有什么像样的抵抗，完全是风卷残云一般倒下。许多人头发和指甲脱落，一脸黑气。

远远地，委蛇正忙着寻找厚普的尸首，偶尔也停下来看看少主。

它不知道少主在想什么，所以，更加担忧。

一千王军也都忙着查看尸体，想要寻找幸存者，加以救治。

可是，找了许久，也没有找到任何活口。于是，他们只好尽力将尸体堆积起来，想要将之好好安葬。

忽然，委蛇发出一声惨叫。蛇尾，将一具尸体上的砂石猛地扫开。正是厚普。厚普大睁着一双眼睛，满脸怒容，显是死不瞑目。

他手里还紧紧捏着他须臾不离的斧钺，这是自老鱼凫王时代起，就赏赐给他这个皇家侍卫队队长的。这么多年，已经成了他大将军的象征。

大熊猫则不时嗷叫一声，好奇地看着这一幕战争惨剧。

慢慢，夕阳西下了。

山里的风很冷，不一会儿，竟下起雪来。慢慢地，雨夹雪变成了鹅毛般的大雪，很快，一地的尸体便成了茫茫的一片雪白，负责收尸的王军已经来不及了，可是，他们又不肯罢休，因为，这里面，有不少是他们的熟人、亲戚，有的甚至是他们的兄弟。

不知是谁最先忍不住哭起来，一时间，恸哭声便此起彼伏，在呼呼号叫的漫天飞雪里，凄厉得惨不忍睹。

委蛇待要劝阻，可哪里劝阻得了？

就连它的蛇眼里也满是泪痕。

唯有凫风初蕾还是远远地站在倒塌的军营门口，死死盯着大雪纷飞的熊耳山。那里有一条崎岖的山道，是通往外界唯一的出路。

东夷鬼兵便是从这里进来，一下就訇然打开了熊耳的城墙，展开了一场大屠杀。

连厚普军中的弓箭手，都来不及发挥作用。

她忽然拿起金杖，猛地一扫。

断壁残垣顿时飞沙走石。

众人大惊，立即停止了哭声。

委蛇惴惴不安地奔过去："少主……"地上，飞沙走石隐隐地还有火光和淡淡的硫黄味。

金杖，并非一般的王杖，那是老鱼凫王特意留下来的一种极其特殊的武器。

委蛇似醒悟了什么，意味深长地盯着散落一地的飞沙走石。

凫风初蕾却大步走到了厚普的尸首前。

厚普一身戎装，怒目圆睁，与其说是极大的恐惧，不如说是极大的震惊，就好像临死之前，忽然看到了什么不可思议的一幕，或者不可思议之人——

可能正因如此，才忽然忘记了反抗，不幸身亡。

王军侍卫长颤道："东夷鬼兵真是太可怕了……"

她淡淡地："那不是鬼兵！看来，不周山的武器库失窃了！委蛇，我们立即去三苗，无论那每天都要换一件白色长袍的天尊到底是人是魔，我都要砍下他的头来祭奠厚普在天之灵！"

东夷族并非单独一个族，而是东方诸多少数族的合称。

东曰夷、西曰戎、南曰蛮、北曰狄。

东夷最初最兴盛的是畎夷、于夷、方夷、黄夷、白夷、赤夷、玄夷、凤夷、阳夷等，但是，几百年前被三苗大军征服，双方糅杂混合，一度组建了强大的三苗部落联盟。

三苗的核心势力是九黎族，自称是战神蚩尤的后裔。

大夏王早年率军讨伐三苗，三苗战败，九黎族几乎被彻底灭绝，剩下的诸夷四分五裂，从此再也没有形成过气候。

三年前，一人横空出世，他号称"白衣天尊"。白衣天尊组建了新的东夷联盟，在短时间内，便一扫方圆千里的诸夷，继而威慑整个西北东北以及北方以北，以及西方以西的方圆几千公里。

彼时，大费王正忙于和涂山侯人的战争，小狼王正忙着重整旗鼓，而远在西南的鱼凫王更是压根儿没留意到这么一号人物。

也就是在这样的大环境之下，天尊势如破竹，横扫千军。

熊耳守关大将、鱼凫国第一大将军厚普，也不幸战死，以身殉国。

消息传出，天下为之震恐。

人们将这支来去如风的奇兵描述得活灵活现：他们都是阴间鬼兵，佩戴面具，骑着角马，总是在黑夜中出没，随手一指，伴随着轰隆隆的巨响，无论多么强大的军队都只能一群一群地倒下，毫无还手之力。

这种力量，只有传说中的鬼或者幽灵才会拥有。

人类，无可抵挡。

东夷鬼兵，也成了天下人闻风丧胆的一个名号。

从大夏联军，到西域各国，再到鱼凫国，所有人都如临大敌。鱼凫国的大军全部集结到了边境之上，为的便是怕遭到东夷鬼兵的突然袭击。

三苗聚居之地，是一片四季如春的地方。

背后，连绵起伏的原始森林，正面，则是缓缓流淌的江河平原。

不过，和许多别的游牧民族一样，三苗不善耕种，绝大多数人都依靠广袤的群山和原始森林度日，除了狩猎，便种植大片大片的各种奇怪草药。

至于外界的肥沃土地，早已成了中原移民的乐土，他们开荒种地，向土王纳税，倒也丰衣足食，平安喜乐。

一人一蛇趁着夜色悄然越过江河之地，径直踏上了那片茂盛的丛林之地。

再往前一百里，便是这几十年最著名的东夷——九黎族的核心聚居地带。而天尊的宫殿，还在九黎百里深处。

一大片巨石建造的广场，广场上几根冲天而起的巨大柱子，柱子下面，环绕一大圈的巨石围墙，人声鼎沸，熙熙攘攘。

这建筑风格，居然跟巨人聚居的防风国有点类似。

可是，集市上的人，并不是巨人。全是和中原人身高无差的普通山民。

九黎，是一个特别神秘之地，曾经出过蚩尤、共工这样的超级大神。初蕾猜测，那个天尊，一定是找到了什么特别厉害的武器，又利用民众恐慌的心理装神弄鬼，造成他们是一支鬼兵的假象，以至于人们闻风丧胆，不战而降。

因此，鬼风初蕾此行的目的，是将天尊斩首。当然，在斩首之前，必须先摸清楚他的老底。

继续往前，路上再无任何集市，甚至人烟罕至。

经过一片茂盛的丛林之后，路径却陡然宽阔。

那是一条能容纳三匹马同时奔跑的大路，铺着厚厚的石板，在月色下，只见道路一直往前延伸，竟不知有多长多远。

道路两旁，野花盛开，各色繁杂的香味伴随着飞鸟啁啾的鸣叫。

远处的群山上，轻烟缭绕，而道路两岸的林中，也有一股一股的白雾随风飘荡。

在不知情的人看来，这是非常美丽静谧的夜景。可是，鬼风初蕾识得其中厉害，那一缕一缕如烟似梦的白雾，全是各种各样的瘴气，轻则让你头晕眼花，重则让你中毒身亡。

更恐怖的是，林间树上，到处有色彩斑斓的花纹与彩蝶，但是，你凝神细看，会发现那些斑斓的花纹，全是一圈圈的蛇皮，色彩越是美丽的蛇，毒性越强。它们沿途潜伏，随时出没，一口毒液，就能令世界上最强大的大象或者犀牛当即倒地。

鬼风初蕾的目光落在前面的一片花海中。

委蛇随着她的目光，看到前面一片盛大的花海，那高达三尺多的无名植物，主杆粗壮，分支无数，上面开满了碗口大小的红花。这些红花密密匝匝，美得让人透不过气来，将跑马道两岸的土地彻底覆盖，再也不见别的种类了。

整个世界，好像全被这红花霸占了。美则美矣，可是，那么霸道。

委蛇低声道："这是什么花？我们好像从来没有见过。"

鬼风初蕾微微俯身下去，就着明媚的月色，将那花朵看得清清楚楚：碗口般大的红花，花瓣有七层，晶莹如玉，还有淡淡的香味。

但凡红色的花朵，除了蔷薇种属，是很少有香味的。

她注意到，这红花甚至没有花蕊。

本想伸手摸一摸，但是，她怕有毒，手停留在一寸的高处，便止住了。

因为，红花下面再无任何别的草木，就连那些十分鲜艳的蛇皮彩蝶，也到此绝迹。

她抬起头，已经看到前面一座高大的木楼。

准确地说，那是一座半碉楼式的混合建筑。上下一共七层，下面六层全是坚固的石材建筑，几乎每一层的正面，都是一整块巨大的石头。而每一层都留有窗口和孔洞，唯有最顶尖的一层，才是木材建筑。

别小看这些木材，那是取自东夷林中最坚固的乌木，又经过巧手匠人的防腐处理，可以千年不腐朽，比石材建筑更加坚韧。

这里，便是历代土王居住的宫殿，也是最近大杀四方的白衣天尊的大本营。

跟春媚带回来的消息，完全一致。

碉楼前后左右，没有一个侍卫，但是密密匝匝全是那种碗口大的红花，在夜色里，仿佛是红花拱卫着一个神秘的王朝。

这红花，可能是世界上最厉害的剧毒了。凫风初蕾和委蛇不敢触及，径直飞身上了二层的碉楼。

月色早已沉下去了，整个碉楼一片死寂。走在地板上，能听到隐隐空旷的回声，很显然，这里一个人都没有。甚至根本没有人活动过的痕迹。

委蛇低声道："三苗蛮夷向来自居土王，可这个新的土王居然自号天尊，他哪来这么大的底气？"

凫风初蕾也觉得好奇。

更令她好奇的是那些组成四面墙壁的巨大石头——每一面墙壁至少有三丈高，十七八丈长。可以想象，这样的一块完整大石头，重量该有多么惊人！

而且，六层建筑，全是规模一致。要什么样的人，什么样的工具，才能举起这么惊人的巨石？

随手一摸，这些石材几乎是她从未见过的。

她想，这建筑只能是蚩尤时代，也就是百里行暮口中那个极其发达的年代完成的，否则，近几万年的地球人，根本完不成这样的壮举。

念及此，就更是小心翼翼。

这个天尊，很可能是自己生平遇到的最难缠对手。

从第二层到第六层，每一层，都是空空荡荡，一无所有。

站在碉楼的第二层，能非常清晰地看到旁边半圆形的红花围栏里隐藏着的木屋。

之所以被称为红花围栏，是因为到了这里，红花的高度陡然增加，竟然达到了惊人的两丈多高，形如茂盛的花树。

凫风初蕾怀疑那是假花，因为，同一种植物的属类，没道理异变这么大，又不是藤类植物，可以沿着寄生体一直往上长。
　　可是，那红花仿佛就是根据环境的需要上长，那木屋多高，它就能长多高。
　　委蛇也发现了端倪，那密密匝匝的红花竟然没有丝毫空隙，别说人了，可能连一只苍蝇都别想从缝隙之中飞进去。
　　这竟然是一座红花自动长成的围墙。
　　而木屋，就包围在花海之中，浪漫、旖旎，却诡异得令人吃惊。
　　凫风初蕾居高临下，立即判断出天尊的寝宫所在之地，面南背北的地方，没有一丝灯火，就连其他宫殿常见的悬挂于走廊上的照明灯都没有。
　　万籁俱寂，那神秘的天尊也不知是不是睡着了。甚至没有任何仆从的身影和迹象。也不知怎的，凫风初蕾忽然感觉，这木屋里根本没人。
　　她不假思索，跃下去，金杖一横，便扫开了紧紧关闭的大门。
　　那是一道毫无防备的大门。
　　可能天尊觉得凭借那些红花围栏，已经没有任何人胆敢闯进来了，所以没有设置任何警卫。凫风初蕾双脚落地，便察觉一股奇异的香味。
　　居中的王座上，一人静坐不知已经多久了。她警惕地急忙后退，金杖一挥。
　　白色帷幕，无声无息。
　　彼时，黎明已经到来。火红的朝阳，一览无余从红花丛中照射下来。
　　凫风初蕾看得分明，地上的白色帷幕，只是一件宽大的白色袍子。之前，那白色袍子悬挂于正中的一把巨大的黑色椅子上，隐隐地就像一个人。
　　她松一口气。
　　环顾四周，但觉这间屋子大得出奇，方方正正的，长宽约莫都是十几丈。
　　中原人讲究藏风避气，屋子尤其是卧室，绝不会修得很大。老鱼凫王乃曾经的中央天帝，一切习俗自然和中原人差别不大。
　　所以，凫风初蕾身在这么巨大的屋子，顿有一种渺小而空旷的感觉。
　　从巨大的碉楼，到巨大的木屋，这个天尊，一应做派，更接近于巨人。
　　她对这个天尊的好奇心，更上一层楼。
　　右边的墙壁上，全是各种各样的兽皮、骷髅，其中不少骷髅十分狰狞，也不知是人类的还是什么怪物的。此外，还有许多形形色色的骨头，以及各种叫不出名字的标本。
　　而左边长长的墙壁上，则悬挂着许多白色的袍子。这些白袍质地各异，既有上等的丝绸所制，也有一般的棉麻所制，手工刺绣也谈不上精巧，可是，干干净净，甚至还散发出淡淡的洗涤过的清香。
　　委蛇又自言自语道："我还以为，这世界上只有百里大人和东井星那些白袍怪才喜欢穿白色袍子，没想到，这个天尊居然也喜欢穿白色袍子……"
　　凫风初蕾心里一动。

白袍怪之所以天天顶着一身袍子，只是为了掩饰他们东井星人和地球人不同的形体而已，更何况，东井星的妖孽，并非人人都是白袍子，有些也穿黑色袍子。更重要的是，他们对袍子并不讲究，枭风初蕾曾和他们生死绝杀，亲眼看见白袍怪身上的袍子有许多尘土沙粒，甚至已经发黄发旧了，显然是很久都不会更换的。他们根本不在乎袍子的质地、颜色和新旧。

这世界上，每一次露面都一身洁净无比的白袍人，唯有百里行暮。

他也是她所认识的唯一一直穿白衣服之人。

自黄帝的原配嫘祖开始，人类进入丝绸衣服时代，蜀中有上等的水，能将丝绸染成五颜六色，于是，人类普遍以彩色为美。纵然是男人，也讲究玄黄之色，也就是经常搭配红黄黑三种颜色作为贵族们的衣服。

比如涂山侯人，她遇到他的第一面，便见他穿红衣朱帛的华服，完全一副翩翩公子模样。

除了庶民百姓，一般男子很少穿纯白色，因为，在中原，纯白之色代表丧事的颜色，或者代表被发配的罪人。

以前枭风初蕾还不觉得奇怪，因为百里行暮穿白色衣服非常好看。可现在想来，才觉得很不对劲。

枭风初蕾本是来将天尊定点斩首，为厚普报仇，可是，扑了个空，好生失望。一怒之下，干脆金杖挥舞，劈头盖脸就向各种白色袍子打去，连续几个起落，白袍子便被撕得粉碎，整个屋子就像下了一阵白色的鹅毛大雪。

这么大的动静，居然还是没有半点消息。她一怒之下，金杖随手挑起顶端唯一一件尚完好的白袍便大步出去了。

适逢九黎集日，广场上人山人海。

广场正中的巨石柱子上，悬挂着一件巨大的白色长袍，风一吹来，就像一个大活人被吊在上面示众一般。

众人惊呼："天尊的袍子……"

"天啦，这不是天尊的白色袍子吗？"

"谁把天尊的白袍挂在这里了？"

可见，一身白色袍子的天尊，在东夷族是人人皆知。

白袍已经成了他的标志。

话音未落，众人又是一阵惊呼："天啦，好大的蟒蛇……"

"居然还是双头……"

"世界上真的有双头蛇？"

委蛇已经恢复了它的本体。

长达几丈的身躯的上，两只蛇头威风凛凛环顾四周。

可是，众人惊讶的并不是它的双头，而是蛇背上的少女。

她一身蜀锦王服，鲜艳明媚得就像天空中的朝阳。

委蛇高声道："鱼凫王在此！"

"天啦，鱼凫王来了……"

她手里的金色王杖，划破太阳的光辉："你们听好了，本王前来此地，并非为了寻你等晦气！而是为了消灭白衣天尊和他的东夷鬼兵！东夷鬼兵无故犯我鱼凫国边境，屠杀无辜百姓，更残杀我大将军厚普以及五千将士。此仇不共戴天，本王誓必斩杀白衣天尊祭奠鱼凫国将士在天之灵！只可惜，他运气好，本王寻到他老巢，发现他居然不在家。也罢，本王就暂且容他多活几日，待得他归来，本王再来斩他头颅！你们诸位，皆为见证……"

金杖一挥，悬挂上空的白色长袍，碎裂如鹅毛似的纷纷飘落。

"你们可以转告他，本王令他从此以后再也不许穿白色袍子，因为，他根本不配！"

若是寻常人这么说话，他们肯定以为她疯了。

可是，这少女，这金杖，这双头蛇，这随手一挥，便碎裂成片的白色长袍……更重要的是，这么高的巨石高度，一般人根本上不去。

震撼之情，无法言表。

"诸位皆为商旅，非战犯，本王也不伤你们一分一毫。不仅如此，本王还欢迎你们到金沙王城购买蜀锦，但凡提到本王名号者，皆有优惠，并永久免除赋税……"

那红色的身影，飘然而落，就像一朵红色的云彩。

待众人定睛细看时，地上哪里还有人影？

一人一蛇，早已远去。

第十七章　三国结盟

在九黎广场闹了这么一通，也不未去快意，凫风初蕾反而很失望。因为，连敌人的影子都没见到。

抵达褒斜时，已快傍晚。

刚到关口，杜宇已经飞奔上来："少主，你终于回来了。"

凫风初蕾一挥手，阻止了他的行礼，淡淡地说："褒斜一带可还平静？"

"少主放心，一切都很平静。"

自接到熊耳的噩耗之后，他曾飞速赶往熊耳，可去时，凫风初蕾已经离开了。他不敢停留，又迅速巡视灵关之后，赶回了褒斜，严正以待，防备天尊突然袭击。

可是，东夷鬼兵，从此没了踪影。

他只是担心少主独闯天尊大本营遭遇不测，如今见少主平安归来，喜悦之情，自不必表，只是低声道："少主见到那什么天尊了吗？"

凫风初蕾摇摇头。

委蛇叹道："我们扑了个空。但是，少主捣毁了他的大本营，只怕他回来之后，不会善罢甘休。"

杜宇奇道："他的大本营难道没有防备吗？"

"可能他以为天下没有人敢擅闯他的老巢吧。不过，杜宇，这段时间你真要全力以赴，东夷鬼兵随时会卷土重来。"

"少主放心，属下定当全力以赴。"

就在这时，外面传来通报，探子随即送上了一封密函。

杜宇接过，检查了一下，这才恭敬地送到她面前。

那并非什么机密消息，这段时间，东夷鬼兵连续进攻大夏各诸侯国，除了有穷氏一族遭到毁灭性打击外，斟灌部族和有男部族的骑射精锐，也差点全军覆没。

消息传出，整个大夏都慌了。就连驻守钧台按兵不动的启王子也慌了。

杜宇道："半个月之前，启王子曾派人到褒斜，说是得知熊耳惨案，非常震惊，打算向鱼凫国增援一队兵马。由于少主当时不在，属下也不敢擅做决定，只回复他们，很感谢他们的援助，也很愿意和他们结盟。所以，启王子派来的人便暂时驻守汉中边境，只等褒斜发出信号，随时可以前来援助……"

众人都密切关注着褒斜灵关一带，却不料，褒斜没有遭遇袭击，反而是斟灌等三个部族遭遇了几乎是毁灭性的打击。

杜宇低声道："少主，那东夷鬼兵既是如此厉害，我们要不要和启王子全面结盟？"

凫风初蕾叹道："恐怕现在不结盟也不成了。"

距离偷袭天尊的老巢快三个月过去了，东夷鬼兵居然没有再传来任何消息。

灵关、熊耳、褒斜、南中……但凡鱼凫国的重要关口，再也没有遭到任何骚扰，就好像天尊已经忘了还有这么一个敌人似的。

与此同时，西域各国却不时传来战事报道，全是各小国沦陷的消息，而且，整个大夏临近三苗的南方一带，已经彻底沦陷，上百个大大小小的诸侯国，彻底投靠了东夷鬼兵。

一时间，全天下谈东夷鬼兵色变，甚至只要提到"东夷"两个字，都胆战心寒。

彼时，凫风初蕾正在褒斜一带练兵。

一支一千人的精锐，是杜宇亲自从三万将士中几轮淘汰后剩下的顶尖高手。

自从刺杀天尊未遂归来后，凫风初蕾的第一件事情便是练兵。

她目睹了厚普大军的惨败景象，情知东夷鬼兵无论是真的鬼还是装神弄鬼，至少可以肯定他们手中有极其厉害的武器。

因此，她亲自训练的这一支奇兵，并非以往的兵种，而是全部按照她对不周山武器库的所有经验来训练。

但是，对于这个时代，从来没有见识过飞行器，也不知道阿格尼亚等为何物的士兵来说，要了解少主的意图难如登天。

更困难的是，凫风初蕾无法给他们详细示范。因为，她手里根本没有那样的武器。

她只有一支金杖。

每每金杖挥舞，便飞沙走石，方圆四周，杀伤力极强，可是，这在士兵们看来，无非是神奇的王杖自有的魔力而已。全世界，也只有王杖才有这样的魔力。

要叫别的刀枪剑戟，甚至强弓劲弩具有这样的魔力，简直不可思议。

凫风初蕾别无他法，只好强行训练他们的身手，指望他们在面对东夷鬼兵之前，不做正面接触，先能躲避杀招，再行偷袭或者反击。

这下，士兵们都勤学苦练，短短时间，进步便很大了。

已是初夏天气，林中却无丝毫暑意。

鹿蜀放慢了脚步，蓝色的鬃毛在晚风中很惬意地抖动一下。

姒启轻嘘一声，鹿蜀便安静地站立一旁。

前方校场，整齐划一的训练声传得很远。

鱼凫国的旗帜也高高飘扬，旗帜上，金色的太阳神鸟金箔反射着夕阳的余晖，灿烂得不可思议。

旗杆下面，一抹纤细的身影。

她微微仰着头，好像在欣赏夕阳的余晖以及漫天的彩霞。

周围，有茂盛的树，飞舞的蝴蝶。可她自己，比这一切的景致更加动人。娴静、温暖，如枝头停止摇曳的花。

凫风初蕾转眼，看到他的身影。

她微微一笑："嗨，涂山侯人。"

他大步便走了过去。

黄昏的林中，有霞光一般的雾气，迷离、璀璨，就像一个迷幻多彩的神奇世界。

和暖的风，淡淡的香，盛开的不知名野花，偶尔扇动翅膀飞过的野鸟有着五彩斑斓的羽翼，当然，还有漫山遍野的锦鸡。

可是，姒启的目光却落在一条长长的栈道上面。

那是一条完全修建在悬崖绝壁上的古道，用坚固的石头和木材搭建成旋梯，下面则是滔滔的江水。

古道绵延百里，直通金沙王城，往来粮草，皆通过此栈道。

他惊呼，要修建这样的一条栈道，真不知要耗费多少人力、物力以及时间。

真是开山凿石，生生从天险里修出一条路来。

"初蕾，你们竟然能在崇山峻岭中修建这样的栈道？是怎么做到的？"

"我父王时代，便有这样一条栈道了，只是长期隐蔽，长满青苔，很少为外人所知。直到杜宇驻守褒斜之后，我们稍加维护，栈道便能正常使用了。"

"我以前一直在奇怪，金沙王城的粮草怎么会那么迅速到达褒斜，原来是有这样一条秘密通道。真是太了不起了。"

"我都不清楚这是我父王时代修建还是柏灌王……"

她提到"柏灌王"三个字时，顿了一下，才继续道："或者蚕丛大帝修建……"

"无论是谁修建，都非常了不起。"他兴致勃勃，"难怪人们常说，蜀道难难于上青天，要是正常渠道，从金沙王城到褒斜沿途都是崎岖山路，恐怕要走半年，可有了这条秘密栈道，金沙王城便迅速和中原门户连接起来……"

凫风初蕾静静地说："可要是被东夷鬼兵发现了这条密道，只怕金沙王城就不会那么安宁了……"

他这才说明了自己这一次前来的主要目的："初蕾，实不相瞒，我这次前来，是向你求助的。"

她扑哧一笑："涂山侯人，你这可是往我脸上贴金呢。"

他也笑起来，却又长叹一声："实不相瞒，东夷鬼兵接连重创斟灌、有男、有穷三个大夏最大的诸侯国，已是人心惶惶。而最近两个月，东夷族更是彻底占领了大夏南方方圆几千里的领土，上百个大小诸侯国沦陷，其余诸侯国都慌了神……"

东夷鬼兵有个极其厉害的招数，每攻下一个地方，他们便要昭告天下：顺我者生，抗拒者死。但凡抵抗的部族，一律血洗，可一开始就投降的，完全优待。正因此，南方上百的小诸侯国，几乎都是没有经历什么抵抗，一听得风声，立即就投降归顺了。

东夷联军不费吹灰之力，便得到了大夏方圆几千里的肥沃土地，而且，这一势头迅速往东南方向蔓延，长此以往，只怕大夏的十万大军还没和东夷鬼兵交手，大夏就要沦落一大半了。

凫风初蕾忽然道："你想过和东夷鬼兵正面决战吗？"

"正面决战？面都见不到，怎么决战？那些鬼兵真的幽灵似的，来去如风，今天在百里之外，明天在千里之外，根本无法决战。再说，他们成立的所谓东夷联军，全是归顺投降的各诸侯国和西域小国的附庸，战斗力并不强，而且也极少外出作战，只驻守三苗边境，做个样子而已。"

凫风初蕾徐徐地说："我们不和东夷鬼兵决战，我们和东夷联军决战！"

"东夷联军？"

"我曾深入整个东夷族生活的三苗之地，发现他们以江河一带为界，以九黎为大本营。既然如此，我们何必再跟着东夷鬼兵的节奏四处追赶？不如陈兵边境，将整个三苗包围，以逸待劳，他们自然会主动前来决战！"

涂山侯人小心翼翼地说："东夷联军有决战的价值吗？"

"东夷联军当然不值得决战，可要是白衣天尊的老巢彻底沦陷了，你想，他会怎样？"

涂山侯人猛地一拍脑袋，哈哈大笑："初蕾，我怎么就没想到这一点呢？我这几个月，为这事头疼得彻夜难眠，总是想不出什么好办法。却从未想过要主动去正面决战，哈哈哈，妙，真是妙极了，初蕾，这主意太妙了……"

她叹道："熊耳失守后，我便一心研究如何对付东夷鬼兵，直到最近亲自去三苗之地走了一趟才茅塞顿开。只是鱼凫国兵力不足，无法独自陈兵边境和东夷联军决战。不过，如果加上大夏的十万大军，这就不成问题了……"

涂山侯人立即道："大夏诸侯国很分散，阳城也早已被大费烧毁，现在，我的十万大军，除了必要的防守，可以抽调五万以上奔赴三苗边境……"

凫风初蕾大喜过望："原本我估计你只能抽调三万大军，如今有五万可真是好极了。不过，鱼凫国兵力不足，只能抽调一万大军，余者必须守护褒斜、灵关，以免东夷鬼兵偷袭金沙王城。"

双方兵力加起来，便是六万！总数虽不算惊人，可是和东夷联军决战，也足以威慑边境了。

那一夜，涂山侯人夜宿褒斜军营。杜宇是以大夏之王的待遇安顿他的，规格极高。饶是如此，下榻之地，也远远不如阳城的繁华，只是就地取材的竹楼，清幽宁静，十分宜人。

旁边，便是鱼凫王的临时行宫。

行宫前，除了几名杂役，还有一只大熊猫懒洋洋地躺着。这只野生大熊猫是凫风初蕾有一次路过有熊边境看到的，因为大旱，当时大熊猫快饿死了，凫风初蕾带回来之后，养了一阵子，它居然很快痊愈，益发精神抖擞，便跟着初蕾一路走南闯北了。

别看这家伙肥胖蠢笨，可要是嗅到生人的气息，它的双眼立即发出锐利的光芒，令人不寒而栗。它简直胜过世界上最好的侍卫。

那一夜，涂山侯人听着竹林松涛，和风阵阵，但觉自己已经许多年没有领略过这样的静谧时刻了。

战争的阴影仿佛已经远去，万王之王的地位也不再重要，反而是少年时的理想跃然闯入脑海。

他从怀中摸出玉笛，早年的音乐梦想忽然彻底复活了，几乎快被遗忘的盛大歌舞曲《九韶》也变得那么清晰。他心血来潮，吹起了笛子。

笛声，在竹林中慢慢流淌，月色，风声，摇动的花影，若有似无的暗香，已经躺下的鹿蜀开始在月色下抖动蓝色的鬃毛，而懒洋洋的大猫熊也站起来，竖起耳朵。就连假寐的委蛇，也昂着双头，睁大眼睛，长叹一声："好久没有听过这样美妙的乐声了。"它回头，看到站在门口的少主。

凫风初蕾一袭劲装，自从熊耳失守之后，她几乎从未整夜安寝，随时都一身劲装，如临大敌。尤其是袭击白衣天尊的老巢归来后，她的戒备心更重，一次失败，足以毁灭全局。她一点都不敢大意。久而久之，神经绷得紧紧的，如今，忽然听得这华美悠扬的乐曲，顿感心神松懈下来。她静静听了一会儿，漫步过去。

涂山侯人的居住地，挨着杜宇的军营。与她的行宫，以一座茂盛的竹林相隔。

看起来很近，但必须穿过一条长长的林中小径才能到达。

她独步林中，听着风吹竹叶的沙沙声，大熊猫脚步懒洋洋的，而委蛇则是无声无息的。

涂山侯人抬起头，看到庭院门口，竹林之下，一人一蛇一熊猫。他忽然笑起来，玉笛一横："初蕾，要是没有战争该多好！"

她微微一笑，双眸温柔如流淌的月色。

他凝视她，心又开始怦怦乱跳。她是他所见过最温柔静默的少女，但凡不开口的时候，就像一幅安静而华丽的画卷，让你做梦都想不到她会有大杀四方，一拳砸碎一个巨人脑袋的时候。亦如现在，他甚至忘却她是女王，她是四面幻影的绝代高手。她孱弱文雅如背后的青青翠竹。

风一吹，就像竹叶，随时会飘落枝头。

她就像他记忆中，自己那孱弱安静到了无力自保地步的母亲。

从在汶山见她第一面起，他便有这种感觉。几年之后，尽管早已目睹她的身手，知道她比自己还厉害许多倍，可是，这种感觉不减反而增加了。

他的声音温柔得出奇："初蕾，你这么晚还没睡？"

"你不该成为大夏之王，你该成为一代乐曲大师。"

他眉毛一扬，呵呵笑起来："待得天下彻底平定，没准我会找个山清水秀的地方，也有这么一片竹林，对月吹笛，悠闲自在。"

她抬头看了看天空的月色，竟无限向往："其实，我从不打算隐居，金沙王城三十里花道，便是栖居终老的最理想之地。"

"对，金沙王城比阳城有趣多了，温柔旖旎，四季如春……"他随手拍了拍委蛇的双头，"而且还有委蛇、大熊猫。阳城只有一地废墟。说真的，我对大夏历代的都城，从来没有爱，总觉得太过厚重，令人压抑，根本不适合安居乐业……"

大夏要的是帝王之威，当然不适合凡夫俗子。

"初蕾，要是真的打败了东夷联军，而我还没有战死，我就去金沙王城做一个定居者，你会不会欢迎？"

委蛇先笑起来："真要打败了东夷联军，启王子便是名正言顺的万王之王，哪能去金沙王城？"

他心平气和："万王之王听着好，可责任太重大。我一想到以后每天要三更起床，五更退朝，一天到晚奔走于国事，听大臣们啰唆奏对，处理各种权力倾轧、各种杂务，便头大如斗。万王之王，其实毫无意义。尧舜禹尊，最后也是黄土一抔。还不如在生前随心所欲地生活。"

"哈哈，启王子可真是豁达。可人在江湖，哪里能真正随心所欲？"

涂山侯人长叹一声，看着已经彻底沉没的月色，很快，新的一天就要开始了。接着，便是讨论战事，然后，他们将率领联军攻打天尊，结果如何，实难预料，但可以肯定，接下来每天都要在血肉横飞中惨淡煎熬。

他忽然意兴阑珊："人生真是太无趣了。"

"再是无趣，也得先把白衣天尊除掉，否则，我们连感觉无趣的资格也没有了。"

参加联军军事商讨会议的，除了凫风初蕾和涂山侯人、杜宇之外，褒斜军中的十几名军官也参与了。

当大家听鱼凫王竟然要和大夏组建联军，主动去和天尊决战时，都很意外。

这时候，去主动和东夷联军决战，真不啻老虎嘴上拔须。

可是，大家权衡再三，想不出更好的办法，也无法提出异议，只立即献言建策，商讨联军决战的后勤粮草等一应细节。

会议从早上开到傍晚，凫风初蕾正要令众人先去歇一会儿，吃了晚饭再继续，却听得急报："小狼王来访……"

小狼王不等回复，径直冲了进来。他本是满脸焦虑，可一看到满屋子的军人，甚至包括涂山侯人时，便意外地停下脚步。在他身后，是丽丽丝。

凫风初蕾更意外，立即迎上去："丽丽丝，你们怎么来了？"

小狼王气急败坏："鱼凫王，我们必须马上结盟，否则，东夷鬼兵要把我们各个击破……"

"为什么？"

"东夷鬼兵先是夺取了我们早已占据的西落鬼戎，又占据了我们在西北的大片土地。一个月前，东夷鬼兵还将我白驼部族驯养的几万匹战马洗劫一空。不但如此，就连西北沙漠的金矿，也在半月之前被他们霸占了……"

涂山侯人大吃一惊："金矿也被他们霸占了？"

"没错。东夷鬼兵不知用了什么武器，我们重兵把守的金矿，竟然一夜之间便陷落了，所有守卫全军覆没，连报信的人都没有，直到前去运送黄金的军队进入，遭到袭击，死伤大半时，才有少数人逃回来报信……"

非但如此，整个西方以西的大小国家，几乎无一幸免，均受荼毒。

东夷联军的规模，迅速壮大到了三十万人。

小狼王恨恨地："除了丽丽丝的鬼方之外，其他西方小国无一幸免。而丽丽丝之所以幸免，并非她们能战，而是鬼方实在是太小了，加上她们并不长期定居某地，四处游猎，东夷鬼兵估计都没兴趣，直接绕道走了……"

丽丽丝叹道："我们能逃脱实属侥幸，半途听得风声立即撤离。路上正好遇上小狼王，又不敢重回旧地，所以干脆一起来了。"

凫风初蕾听得这个消息，非常震惊。

小狼王恨恨地："那个什么白衣天尊，现在已经彻底占领了西方，只怕马上就要掉头前来对付大夏和鱼凫国了，所以，我们非结盟不可……"

凫风初蕾和涂山侯人对视一眼，涂山侯人先开口："你打算如何结盟？"

小狼王当然早就看出这二人聚在一起，肯定也是为着结盟一事，立即道："我们必须三国结盟，共同对付天尊。对了，你们有什么打算？"

"我们打算组建联军，和东夷联军正面对决。"

"正面决战？"

小狼王大叫："你们疯了吗？东夷联军现在已经有三十万人了。你们怎么去决战？"

"除了大夏和鱼凫国，其他都是小国。唯有彻底征服这两个国家，白衣天尊才算得上一统天下。所以，我们不和他决战，他也会主动来战。"

小狼王冷笑一声："你既然清楚，还主动前去送死？就因为你可以趁他不在的时候偷袭他的老巢，在九黎广场大逞威风？你以为你一次偷袭得手，便可以对付他了？"

涂山侯人听得莫名其妙："初蕾，你什么时候去偷袭了？"

小狼王大叫："你难道没有听说吗？整个西北的商旅都传遍了。说我们这位伟大的鱼凫王，独闯白衣天尊的老巢，不但捣毁了九黎碉楼，还将白衣天尊的袍子悬挂在九黎广场上示众。只可惜，白衣天尊当时不在家，否则，不知道会有什么后果……"

涂山侯人张大嘴巴，只觉不可思议。

初蕾却镇定自若："现在全世界都在躲避东夷大军，我们偏偏反其道而行之，主动陈兵边境，一来，能阻止他们向大夏和鱼凫国继续进攻；二来，白衣天尊不可能再不露面了。与其满世界追逐鬼兵，不如擒贼先擒王，只要拿下了白衣天尊，一切就容易多了！"

小狼王死死瞪着她，总觉得她说拿下白衣天尊的语气，就跟拿下一颗大白菜似的。

可是，他毕竟亲眼见识过鬼风初蕾的本领，不得不说："你真认为可以将他拿下？"

"如果我不能拿下他，只怕你们就更不可能了！"

小狼王长吁一口气："好吧，既然如此，我愿意出兵一万！"

丽丽丝："我虽然兵马很少，但是，我也愿意倾尽全力。"

初蕾："那就多谢你们对我的信任了！"

他又问："既然是四国联军，那么，谁出任统帅呢？"

所有目光都看向涂山侯人。

很显然，谁出的兵力多，谁最有发言权。鱼凫国和白狼国加起来才两万兵力，还不足大夏的一半多，而丽丽丝才几百人，所以，鬼风初蕾很自然地说："这个联军统帅，自然该是启王子出任。一来，大夏调动了五万大军，贡献最大；二来，启王子和大费征战五六年，有极强的实战经验，能力也是大家有目共睹的，所以，这个联军统帅，自然非他莫属了！"

涂山侯人尚未回答，小狼王却大叫："不行，我反对！"

"莫非你想自己出任联军统帅？"

他大言不惭："我也自认不比启王子差，就算出任联军统帅也没什么不可以。但是，今天我还真的不是为了自己，我觉得应该由你鱼凫王出任联军统帅！"

"为什么？"

他理直气壮："启王子指挥作战的能力我当然清楚，不过，启王子交战的对象主要是大费，大费再牛也只是凡夫俗子。可白衣天尊就不一样了，很可能是一个鬼，启王子对付鬼就没经验了吧？"

"难道你以为我就能对付鬼了？"

"你能不能对付鬼我不清楚，可是，在这种需要单兵作战一对一较量的时候，你显然远远在启王子之上。很简单，你可以独闯白衣天尊老巢，闹他个灰头土脸，你问问启王子，他办得到吗？"

涂山侯人笑起来，摇摇头，十分坦率："这一点，我真的办不到！"

"这不就结了吗？这次联军的主要目的，在于引出白衣天尊，将其斩杀，可是，我们之中唯有鱼凫王可能有这个本事，其他人都做不到。既然如此，联军的统帅就只能是鱼凫王！"

涂山侯人立即道："我也赞成鱼凫王出任联军统帅！"

凫风初蕾苦笑一声，摇摇头，也不推辞，只道："既然二位信任我，那我也就不客气了。"

小狼王立即道："我带来的一万大军已经在西北边境，其中三千精锐，三日之内便可以赶到。请问二位，你们的大军什么时候出发？在哪里会合？"

凫风初蕾当机立断："鱼凫国一万大军由我亲自率领，从褒斜出发，七日之内便可陈兵三苗边境！"

小狼王本是有备而来，速度快不稀奇，可听得凫风初蕾速度也这么快，很是意外，"你们真的能这么快？"

"一个月之前，我们已经在汉中、南中一带部署粮草，一万大军轻装简骑，七日之内必然到达！"

兵马未动，粮草先行。

二人这才知道，原来凫风初蕾早有准备，这一次，无论结不结盟，都会直接陈兵三苗边境和天尊决战。

涂山侯人也立即道："我来鱼凫国之前，已经叫涂山奉朝和夏侯首领做好了准备，他们半月之内，也可以赶到。"

小狼王这才稍稍松一口气："既是如此，我也不算白走一趟。鱼凫王，这一次，成败就看你的了。"

凫风初蕾若有所思："但愿这一次决战，白衣天尊不那么快出动他的鬼兵才好……"

小狼王很紧张："你认为他一开战便会出动鬼兵？"

她反问："你知道他的鬼兵为何如此厉害吗？"

"难道不是因为是鬼吗？"

凫风初蕾摇摇头："他们只是装神弄鬼而已。天尊很可能找到了蚩尤当初留下的秘密武器，这种武器所向披靡。比我们现在使用的刀枪剑戟厉害多了，如果我们刚一交手，便遇上鬼兵，可能连还手的能力都没有！"

"所以呢？"

"我们必须训练一支奇兵！"

"奇兵？"

"如果二位信任我，不妨每一方各派出五百好手，由杜宇统领……记住，要是你们军中最精锐的好手，必须是身手最敏捷的一批人。"

众人这才一起看向一直沉默不语的杜宇,仿佛这时候才注意到这个人的存在。

也不知怎的,小狼王一直看杜宇不太爽,立即道:"凭什么是杜宇统领?杜宇很厉害吗?也没听说他有什么了不起的战绩。"

杜宇看了他一眼。

他耸耸肩:"难道我说错了吗?"

凫风初蕾不理他的揶揄,笑道:"实不相瞒,为了对付鬼兵,鱼凫国也训练了一支千人的秘密军队,但是,我觉得不太够,所以,还要增加一千人。若是你们信得过我,不妨各自挑选五百精锐,由杜宇在褒斜军营统一训练一个月之后,再上战场,二位意下如何?"

涂山侯人知道她这么做,一定有她的用意,而且,当初在阳城驱逐大费时,杜宇大军的威力他亲眼见过,所以,对于杜宇的能力并不如小狼王一般质疑,立即就点了头:"我回去后立即派人前来。"

"到时候,这支小分队只能由杜宇全权指挥,你们二位都无权过问。你们可同意?"

小狼王略一迟疑,也点点头,却问:"鱼凫王,能告诉我们,你训练这支奇兵的用意吗?"

她神秘一笑:"到时候,你们就知道了。"

小狼王又道:"我们联盟出兵的消息能保密吗?"

"保密?为什么要保密?"

小狼王叹道:"罢了,罢了,就算想保密也没辙,这么大的军队调动,就算前期能保密,后期也没辙。"

凫风初蕾知道他怕遭到报复,便道:"在大军会合之前,你们尽量小心就是了。"

"那好,半月之后,我们三苗边境见。"

大河对岸,原本是三苗昔日最繁华的地带之一。可现在,四周再也没有半个人影。

也许是早已得到了风声,周围的村庄早已人去楼空,在鱼凫国大军赶到之前,已经彻底杳无人烟。

鱼凫国军队驻扎的第一件事便是封锁了通往九黎广场的唯一石桥。

石桥封锁不到两个时辰,第一支东夷大军便赶到了。

可这时候,他们已经无法强行渡河了。

一百多丈宽的河面,只有这一道一百多丈长的石桥。

而另一道桥,则在百里之外。在这之前一个月,已经被凫风初蕾彻底摧毁。

这道桥,已经成了通往三苗之地的唯一桥梁。

河岸方圆几百里很少有舟楫,因为众人基本上都靠着这道石桥进出。而且,纵然有舟楫,也全被鱼凫国军队销毁了。

短时间内，东夷联军很难找到舟楫强行渡河。

但是，不可一世的东夷联军岂肯就此罢休？他们乘胜追击，竟然打算强行渡河。

一支弓弩队，在重型甲兵的掩护下，举着盾牌，飞奔而来。

早有准备的鱼凫国弓弩手，居高临下，很快将这支先锋队射杀。

几轮冲刺，死伤遍地，他们便再也不敢轻举妄动了。

可众人还是不敢掉以轻心，毕竟，对方还有使用"铁枪"的东夷鬼兵。

就连凫风初蕾也站在高处，好奇地等待鬼兵的到来，想看看传说中随手一指，便令对方一群群倒下的武器到底有多厉害。

果然，弓弩手一退下，鬼兵便冲上来了。

依旧是重甲兵举着盾牌掩护，后面则是一群举着"铁枪"之人。这些鬼兵，每十人一队，小心翼翼地跟在移动的盾牌后面，距离巨石掩体约莫二十丈远的地方，便停了下来，举起手里的"铁枪"，瞄准了巨石。

他们选择的射程很合适，因为，一般的弓弩手，箭镞飞出去时，到了十丈之外，力道减弱，二十丈之外，力道更弱。

于是，他们手里的"铁枪"砰的一阵巨响。

只见巨石上火花四溅，一股浓郁的硫黄味顿时弥散开来。

巨石后面，涂山侯人、小狼王、丽丽丝等一干人都十分紧张。

尤其是小狼王，他曾亲眼看见自己的狼少年大军一片一片倒在这样的巨响声里，压根儿没有任何还手之力。就连弓弩手的射击也全部无能为力。也正是这些鬼兵，彻底摧毁了他的斗志，让他再不敢战。

涂山侯人虽然没有见识过鬼兵的威力，可是，已经在落头族手下吃了大亏，再听得这砰砰巨响，竟是生平从未见识过的武器，也不由得十分惊惧。

他一转眼，忽见旁边的凫风初蕾不见了踪影。

鬼兵连续射击三次，仍奈何不了巨石。

正要退后，忽然觉得不对劲。待要再次射击，已经来不及了，头顶已经被一片红色的云彩笼罩，随即，眼前一花，众人纷纷倒地，而手中的武器，已经不翼而飞。

其他重甲兵冲上来时，那团红色的云彩忽然消失了。甲兵们但觉不妙，转身就跑。他们没有遭到任何追捕。

只剩下横七竖八的十名鬼兵。

很快，轰隆声又响起。

另一队鬼兵又冲了上来。可是，前面的红云忽然消失了。他们一时失去了射击的目标。

鬼兵们十分警惕，立即左顾右盼，就连对面的东夷联军也都好奇地"咦"了一声，明明那红色身影就在前面，怎么一下就不见了？

他们忽然觉得像见了鬼似的。

鬼兵们觉得不妙,立即要撤退,可是,一个红色的身影不是从前面来,也不是从后面来,甚至不是从天上而来,她是从桥墩下面飞出来的,金杖划出一道刺目的光芒,十名鬼兵应声倒下,无一幸免。

她飞身掠过,蛇尾迅疾扫起地上的全部铁枪,并卷起唯一一名活口,呼啸着飞过了巨石阵。

东夷联军从未见过这等声势,那些所向无敌的鬼兵自从出道以来,从未经历过任何失败,今天忽然遭遇如此强敌,惊恐不已,竟然再也不敢发动任何进攻了。

巨石对面,众人聚在一起,都好奇地看着那一堆神秘的"铁枪"。

委蛇笑道:"鬼兵,也并不是真的鬼嘛。无非是善用武器罢了。对了,这些可能就是以前百里大人说过的很厉害的上古武器。甚至,很可能只是上古武器之中最差的……"

小狼王大叫:"天啦,这些还算是差的?"

"没错,百里大人说,有些厉害的武器,一个就足以将一座大城市毁灭。"

众人都惊呆了。

可小狼王却死死盯着鬼风初蕾手里的金杖:"鱼凫王,你的金杖怎么和这些鬼兵的武器差不多?"

鬼风初蕾:"你才发现?"

"我早就发现了,可一直没引起重视。老天,难怪你对鬼兵不感到害怕?"

委蛇笑道:"我家少主的金杖可比他们的武器厉害多了。只可惜,我们只有这一根金杖,而鬼兵有几百把铁枪。"

涂山侯人盯着那一堆铁枪,双眼发亮:"要是我们也能使用这家伙就好了。"

"这有何难?"

她随手一指被扔在地上昏迷不醒的鬼兵:"让他教会我们不就行了?"

第十八章　似是故人 1

九黎广场，已经人去楼空。

自从鱼凫王现身，将天尊的白色长袍悬挂于一根巨大柱子顶端时，一些敏感的商旅便嗅到了危机，开始迅速撤退。

直到鱼凫国的大军，一路张扬着要攻打三苗之地时，再利欲熏心的商旅也待不住了，很快，他们便全部撤退。

沿途，还有一些来不及关闭的大门、窗户，但是，驻足观察，可以看到里面都空空如也。可能偶尔有些残余的货物，也被逃亡到九黎碉楼的东夷原住民顺手牵羊了。

昔日辉煌无比的城市，在战争的阴影之下，已经彻底成了一座空城。只有巨柱顶端，那件已经破败不堪的长袍，还在微风中飘摇。

雪白，已经成了暗黄。

可是，隐隐地出现一个高大的人影。

当初，凫风初蕾有意卖弄，想在震慑商旅的同时，更给天尊一个下马威，所以，在震碎白袍时特意露了一手。白色袍子并非完全粉碎，而是刚好粉碎成一个人形的样子，边缘部分却完好保存。

如此，远远看去，就好像一个人，刚好他的袍子被挖去了部分。

这是非常明显的警示和轻蔑。

白袍一直悬挂于柱子的顶端，因为，那样的高度，一般人是无法达到的。

白衣天尊无论身在何方，也不可能不知道这事。可是，他居然忍了下来，几个月也不发作。

她和委蛇，不敢暴露行踪，只趁着夜色，无声无息再次潜入了白衣天尊的那间巨大的木屋。

没有月色，星光也并不明朗，她站了好一会儿，直到目光逐渐适应了黑暗，才发现这屋子为何那么空旷了，满地被自己打碎的白色袍子统统不见了。

她正要转身，委蛇忽然发出一个警示讯号。

她本能靠墙而立，金杖在手。可是，四周并无任何动静，只看到东北角落里，一道金色光芒。

金杖轻轻一挥，将一面倒地的头骨拨到了一边。就在这个巨大的头骨下面，压着一本小小的册子，而光芒便是从这本小册子里散发出来的。

小册子，全部用纯金打造，上面是稀奇古怪的文字。

凫风初蕾翻了几页，忽然想起鱼凫国藏宝库里的各种金册，全是蚕丛大帝和柏灌王时代留下来的风土人情等。

可是，这金册上面的字却和鱼凫国藏宝库的完全不同。字很简单，但凫风初蕾一个也不认得。她记忆过人，从小见多识广，可是，无论是鱼凫国还是大夏，甚至西方诸国，都不是这样的文字。

委蛇也好奇地仔细看了看，摇摇头，也不知道这究竟是什么文字。

凫风初蕾将小册子藏好，干脆沿着一排的兽皮，各种头骨检查过去，只可惜，除了这本小册子，再也没有找到任何东西。

走到门口，正要出去，她回头一看，只见墙壁上的兽皮反射着黯淡的星光，一股诡异而凄凉的冷清油然而生。

她没有惊动任何人，悄然出去。

越过红花丛时，夜已深去。

忽然，她注意到碉楼的第三层，一人伫立。

那是一个浑身黑色袍子的银发巫师。

她忽然心血来潮，金杖扬起，满地的红花顿时在夜色之中发出簌簌的哀鸣，一时间，夜空中飞花纷纷，花落满地。

银发巫师目光如炬，飞身下来。一队侍卫也跟着冲下来。

银发巫师居然徒步站在红花丛中。难道这个人就是什么白衣天尊？可凫风初蕾立即否认了这个念头，因为，白衣天尊绝无可能因为借自己一番威胁便真的不穿白色袍子了。

但是，他的好奇心比凫风初蕾更浓。当他看到居然有人也徒步站在红花丛里，岿然不动时，脸色顿时变了，大喝一声："何方妖孽，竟然胆敢来我九黎碉楼捣乱？"

回答他的，是一道金光。

金杖劈头盖脸就向他打去，随即响起呵呵的笑声："老头，识趣的赶紧叫你们那什么天尊滚出来……"

老头避开了这一击，也十分狼狈，只见他一挥手，黑夜之中也看不清楚任何东西，但凫风初蕾就是感觉有什么东西奔向自己的面门。

委蛇大叫："少主小心。"

金杖一挥，一道金光将她彻底包裹在里面。她疑心是三苗的蛊毒，无色无味，也不敢大意，急忙越开几丈远。

银发巫师哈哈大笑："上一次来捣乱，被你跑掉，可今日你就没有这么好的运气了……"

四周，暗影耸动，已经四面八方将凫风初蕾包围。

箭镞，雨点般射来。蛇尾席卷，箭镞纷纷坠地。

老头一挥手，攻击暂时停止了。

凫风初蕾立即道:"白衣天尊到底在哪里?你叫他出来见本王。"

"你竟敢对天尊不敬?"

"你们在蚩尤的地界,竟敢妄称天尊。要是蚩尤真的泉下有知,该作何感想?"

"纵蚩尤大神在世,也得以我家天尊为尊……"

凫风初蕾听他如此之大的口气,也吓一跳,扬声道:"本王看在你一把年纪的份上,也不跟你计较。老头,你还是回去叫你们那什么天尊出来,否则,定叫你尸骨无存……"

"你这区区黄口小儿,岂能劳驾天尊?也罢,老夫就先拿下你再说……"

周围的侍卫听得这话,都蠢蠢欲动。

凫风初蕾忽然扬起金杖,对准红花,哈哈大笑:"你们要来送死,那也怪不得本王了……"

众人仓皇后退,哪里来得及?

只见漫天花瓣就像长了眼睛似的,追逐着众人的头顶缓缓落下。

想那些逃命之人,速度是何等迅捷?可是,居然赶不上轻微花瓣的速度,银发老头见她如此声势,也不由得变了脸色,只厉声道:"你等速速退下。"

闻讯而来的士兵见势不妙,掉头就往碉楼跑。

可是,蛇尾的速度比他们更快。就在碉楼的大门即将关闭时,庞大的蛇躯生生卡住了大门,上百名士兵生生被阻在了门外。

老头气得浑身发抖,忽然脱下黑色袍子,就像一团黑色的乌云,猛地就向凫风初蕾兜头罩来。

这一下力道十足,凫风初蕾不敢大意,身子一侧,便再次退回了红花丛中。

黑色长袍落在地上。

竟然不是袍子,而是一道黑气,一瞬间便钻入了地下。

随即,周围的红花便迅速萎缩。一瞬间,大片红花竟然全部死了。

再一看,那银发老头身上居然又多了一件黑色袍子——很可能他穿的根本不是袍子,而是一身黑气。

凫风初蕾识得厉害,不敢恋战,只飞跃而起,猛地踏过了跑马之道,才远远停下,朗声道:"老头,你给本王听好了,今晚暂且饶你一命。你记得转告你们那什么天尊,本王令他速速退出大夏和白狼国全境,如此,本王可以对他既往不咎。否则,你们这支侍卫队,便是他的下场!"

银发巫师震怒,随手一抛,又是一股黑气追来。

可是,一人一蛇,早已远去。

一名侍从看着满地红花,很是发愁:"天尊马上就要回来了,我们就算马上修复,也无法令这片园圃复生。再说,天尊的静修处,也被那鱼凫王弄得乱七八糟,我们该如何向天尊交代?"

大法师尚未回答，只见一便衣侍从跌跌撞撞跑来，边跑边喊："不好了，不好了，老天尊不见了，老天尊不见了……"

大法师面色大变："老天尊？"

可是，他立即意识到，不见的是老天尊的头骨！

枯枯法师失声道："天啦，老天尊的头骨那么大，她怎么拿得动？"

"估计是那条双头蛇趁乱带走的。"

大法师一跺脚，气得银发乱晃："这可如何是好？快，马上追上去，无论如何要夺回老天尊的头骨。"

一人一蛇，没有片刻停留。

身后，追赶之声很快便被远远抛在了后面。

一直跑出百十里路，确信银发老头等人追不上来了，凫风初蕾才停下脚步。

身后的委蛇，满头大汗。

它背负那块巨大的头骨，觉得沉重无比。它本体已经力道十足，又加上服用了不周山之果，更是力气倍增，平素别说是一个头骨，就算是扛着一只牛，也不费什么力气。

可是，这头骨比牛还重。

它纵谈不上气喘吁吁，但是也并不如平时那样举重若轻。

但是，它的速度还是很快。

因为，少主已经发出了指令："万万不可停留！看来这头骨对他们来说很重要，否则，不会贸然来追赶我们。"

从半夜，到黎明，再到晨曦初露，直到临近晌午，一人一蛇才回到了大营。

涂山侯人闻讯赶来，但见一人一蛇不过一个夜晚便赶了个来回，也好生佩服。可是，当他看到那个巨大的头骨时，不禁好奇到了极点："这是什么？人的头骨？可是，就算是巨人的头骨，也没有这么大吧？"

巨人，他是见过的。

防风国的首领在万国大会上捣乱，一拳砸裂了九鼎。可是，纵然巨人身高几丈，但是，他们的头骨也无非三尺大小。

可这个头骨，起码有半丈大小，竖起来时，约莫有一人高。到底是什么人，才有这样大的头骨？

凫风初蕾也顾不得解释，只是蹲下去，仔仔细细地看这个头骨，从牙齿到下巴骨，再从口腔到鼻腔。

站起来时，她也只能平视这头骨的眼睛——当初头骨是倒下去放着，完全看不出有这么高。

她的个子，在女子当中，已经算高挑者，可站着才和一个头骨齐平，也不由得骇然："这人生前，起码有十几丈高。"

涂山侯人心里一动:"巨人最高者,也有十几丈高。"

"可是,巨人的身高之外,头是成比例的,但这个头颅几乎是正方形的,跟巨人的形象完全不同。"

委蛇也道:"真不知道,那个天尊把这么一个巨人骨头放在屋子里到底是什么意思。"

涂山侯人骇然:"你们跑了几百里来回,把这么大一块骨头生生扛回来了?"

委蛇摇了摇双头,苦笑:"可不是嘛,几乎把我累坏了。这还是我几年来,第一次觉得疲倦。这块头骨,比一头犀牛还重。"

涂山侯人上前一步,随手一提,尽管他早有准备,还是大吃一惊,居然提不起来!

他再试一次,用了全力,居然那头骨只是晃了一下,根本提不起来。

他这才呆了,喃喃道:何止比一头犀牛还重?简直是比一头大象还重了。

委蛇笑道:"启王子也别沮丧,我可是服用了不周山之果,才增加了力气,你举不起,也实属寻常。"

涂山侯人苦笑:"我何止举不起?我是根本无法晃动。委蛇,这下,我是真的服你了,你可比我厉害多了。"

鬼风初蕾却一直在观察这个头骨。最初,她是不打算盗走头骨的,直到后来发现这头骨面南背北,那是帝王之座,这才令委蛇悄悄带走。

能让白衣天尊摆在面南背北位置的,这世界上,到底什么人,或者到底哪一位大神才配此等待遇?

正在这时,警报声响起了。

众人立即冲了出去。

营帐外,东夷联军开始了对峙以来的第一次强攻。

石桥上,一队一队的重甲兵举着盾牌,掩护着后面的弓弩手,而弓弩手后面则是两架巨大的投石机,投石机用铁链子拴着巨大的铜球,利用上百士兵的力气,准备将铜球抛出去。

与此同时,几乎上千只小船一起下河。

因为河面只有一百多丈宽,没法出动大船,所以,他们只能用小船运载,而且,是这半个月来连夜赶造的。

很显然,这一次,他们要凭借人数的优势,强行渡河了。

五万四国联军,在几十里河道,和东夷联军展开了第一场大规模的决战。

上千艘小船也就罢了,可是,两架投石机却凭借重甲兵的盾牌,在一丈一丈地接近封锁桥段的巨石阵。

四国联军,最怕的便是这种投石机,因为,只要对方人数足够,战斗力持久,这种投石机无论多么坚固的城墙都能砸毁。

五丈之内,但凡让他们靠近,巨石阵就很难保住了。

巨石一垮，联军必将长驱直入，后果不堪设想。

当务之急唯有阻止抛石机靠近。

可是，东夷联军人数太多，每倒下一批，又冲上来一批，到后来，他们干脆踩着同伴的尸体，直接冲上来。

投石机距离巨石阵已经不足十丈远。

小狼王亲自率领四只迅猛龙，安排上万狼少年四处斩杀企图靠岸的小船，丽丽丝的女射手们隐藏在巨石阵后面，每一百人为一组，轮番上阵，并不给敌人喘息之机，几乎百发百中。

饶是如此，直到女战士们箭镞都快用光了，也阻挡不了蜂拥而上的敌人。

涂山奉朝也披挂上阵，大刀在手，指挥大夏将士利用早已准备好的石头瓦砾发动反击，尽量节省弓箭。

战斗，从早上开始，直到晌午，东夷联军死伤无数，可是，进攻的势头却丝毫没有减弱。

最可怕的是，沿途已经有成千上万的东夷联军从小船登陆，成功突围。逼得鱼凫国和大夏的士兵不得不沿途阻击，和东夷联军贴身肉搏。

防守巨石阵的，只剩下涂山侯人。

他举着劈天斧，全神贯注凝视那两架慢慢逼近的投石机，正寻找最佳机会出手。

只要投石机不成功，战局，便不会轻易改变。

在涂山侯人两边，则是各国精挑细选的射击好手。他们已经学会了鬼兵的鬼枪，准备在最关键的时刻，将投石机上的士兵射杀。

因为每一支鬼枪里只有几颗鬼弹，他们不敢浪费，只能屏息凝神，静等涂山侯人的命令。

对面，那个黑脸黄发的将军依旧站在桥头，神态十分潇洒地看着这一切，仿佛在欣赏一场叫作"战争"的戏剧。

他也不时极目远眺，想看一看敌方阵营里的统帅。可是，从早上到晌午，从晌午到傍晚，那一抹红色的身影一直没有出现。

渐渐地，他的悠闲神态也不见了。

他只是看着天边的夕阳，再眺望己方的投石机，不过一百多丈的距离，就像是万里长途，竟然从早上到黄昏，都无法靠近。

因为到了最后几丈远时，就一步也不能动了。

可是四国联军也无法令投石机后退，甚至，稍不留心，投石机又再往前几尺。

终于，东夷联军的进攻速度慢下来了。

渡河的小船，也停在河中心不动了。

而且，对岸的搏斗也少了许多。

可是，涂山侯人心里却一点也没轻松，相反，他举着劈天斧，极其紧张地瞪着天空，心里，被一股巨大的阴影彻底笼罩。

黄昏，即将来临。月色，慢慢升起。

不是满月。是上弦月慢慢开始变圆的状态。

距离十五，还有几天。

可是，他还是非常紧张。鼻端，全是浓郁的血腥味，空气中吹来的，都是厮杀之气。

忽然，东夷联军的攻击全部停止，所有士兵，迅速从桥上撤回了对岸。只有两架空荡荡的投石机和堆满桥梁的死尸。

涂山侯人意识到，这是毁灭投石机最好的时候，他举着劈天斧要冲出去，可是，却本能地抬起头，看了一下天空。

歌声，从天空中飞来。悠扬，婉转，欢快，缠绵。

成千上万的落头人，就像成千上万盏灯点亮了这片三苗之地的夜空。

女子长发青丝，红唇奋张，人人皆有美貌如花的容颜；

男子发髻高悬，英伟阔达，人人皆呼风唤雨豪迈大笑；

至于黄发垂髫，则童颜鹤发，如云中仙人，腾云驾雾。

可是，他们张开嘴巴的时候，能看得清清楚楚——歌声，是从他们长达半尺的尖锐利齿之中发出来的。

这样的满口利齿，一下便可以咬断一个人的喉头。

此时，他们唱着歌、跳着舞，在半空中幻变成各种各样的阵型，就像一场盛大的集会。

这样的奇景，原本万年一遇。

四国联军，胆寒心裂，原本严阵以待的阵容，瞬间就被冲散了。

蛇尾席卷，双头蛇幻变成最大的原型，连声怒吼："别乱了阵型，别怕，他们不是鬼，只是人，只是落头人而已……只要抓住他们的头，他们便再也回不到身体上了……"

蛇尾连连摇摆，七八只俯冲下来的鬼头被扫落地上。

大熊猫嗷叫着，竟然一跃一丈多高，生生抓下两只落头人，重重砸在地上。

但是士兵们一个个已怯了半截，待得身边连续有人倒下，便再也无可收拾，只纷纷抱着头，四处逃窜。这一逃窜，败局便定。

黑发黄脸的将军一挥手，一群早已蓄势待发的士兵便停下了脚步。

此时，本是发动投石机的最好时刻。

可是，落头族只认阵营不认人。东夷联军也不敢靠前送死。他们只是静静欣赏着对面震天价的惨呼，逃亡，成群成群倒下去的惨景。敌人若是死光了，当然就不用投石机了。可是，他还是没有掉以轻心，他一直注视着河对岸的场景，寻找那一抹红色的身影。

没道理，在决战的时候，凫风初蕾忽然不见了。

可是，从早上到黄昏，她真的一直没有露面。

不只他在奇怪，就连奔走呼号的小狼王和丽丽丝等都觉得奇怪。

可是，他们已经顾不得了，只能用全部的力气抵挡落头族的进攻。

小狼王挥舞狼牙棒，连续打翻几个落头人，可是，下一刻，更多落头人便围在了他的头顶。

一青丝美人，歌声柔媚，笑脸迷人，香风如在鼻端，他一怔，美人儿的利齿已经贴在他的喉头，他仓皇仰身一倒，连连避开，可几名美女人头已经将他团团包围，他吓得嘶声大吼："鱼凫王……喂……凫风初蕾救命啊……救命啊……"

丽丽丝乃百发百中的神箭手，可是，落头人实在是太多，而且全在周围，弓弩根本无法发挥作用，她只能抽出佩刀，贴身肉搏，可是，也渐渐处于下风。

反倒是涂山侯人，劈天斧每挥舞过去，便倒下一片的落头人。

落头人识得厉害，都纷纷避开他，转而攻击其他士兵，涂山侯人再是奋勇，也无法阻挡败局，只能提着斧头，看到哪里落头人密集就往哪里冲去……

一美艳女落头人的牙齿已经贴到了小狼牙的头颅，他却浑然不觉。眼前一花，歌声顿失，一只迅猛龙一把就撕裂了美女的头颅，玩具似的扔出去横扫一大片。

其他落头人见势不妙，纷纷避开，全部冲士兵们攻击。

士兵，很快便一片一片倒下去。

就在这时候，对面一声哨响，黑发黄脸的将军，忽然发动了进攻。

迅疾如风得再也不需要任何装甲兵的掩护，直奔投石机，很快，两个巨大的铜球便被高高抛起，重重地击打在巨石上面。

火星四溅，巨石阵营，瞬间耸动。

涂山侯人大吼一声："快，快阻止敌人渡桥……"

他提着劈天斧便冲过去，丽丽丝稍一犹豫，也率领女战士们冲过去。

这一下，落头族更是肆无忌惮，他们在半空中哈哈大笑，歌声就像战鼓一般喧嚣：

沙场！沙场！

沙场！沙场！

死亡！死亡！

死亡！死亡！

……

四国联军，几乎彻底绝望了，就连小狼王也快绝望了，他手里的狼牙棒挥舞得越来越慢，喘息越来越激烈，声音也越来越小："完蛋了……真没想到，本王竟然葬身在这个鬼地方……凫风初蕾，我被你骗得好苦……"

投石机，再一次启动。

东夷联军，肆无忌惮。黑发黄脸的将军看着那已经扬起的铜球，笑起来，在他身后，是早有准备的士兵。

呀，马上就可以顺利过河了。

战斗，竟然结束得如此迅捷。

多么遗憾。

轰隆一声。

铜球坠地。

可是，想象中的巨石阵并没有倒塌。河水忽然涌起冲天巨浪。两个巨大的铜球已经重重坠入了河水之中。

投石机旁的士兵根本来不及反应，哀号声便随着他们的身影，扑通扑通坠落河中。

半空，金光一闪，只听得重重的开裂之声，两架投石机竟然生生被劈碎了。

黑发黄脸的将军惊呆了。

就连漫天飞舞的落头人也歌声暂停，无不惊奇地看着那一道冲天而起的巨浪。

随即，一切归于平静。

只听得一声尖锐的长啸，落头人忽然加速，一起攻向四国联军。

黑发黄脸的将军，松了一口气。可是，这一口气，立即又提起来了。

河对面的天空，忽然出现一道巨大的金色圆环。金杖，就像一道霹雳，震碎了一切厮杀的喧嚣。太阳神鸟金箔，就像一圈明晃晃的太阳，忽然将夜空照得一片光芒。

"我！凫风初蕾！现任鱼凫王！命令你们所有落头族马上住手！"

隐隐的歌声，彻底消失。

天空，忽然一片死寂。

漫天飞舞的落头族忽然静止不动，女鬼们的青丝就像停止游弋的蔓草，老人的鹤发童颜也浮上了不安。就连好斗的男鬼，也收敛了半尺多长的利齿。

"秦岭，乃我鱼凫国边塞要害，千万年来，一直受我鱼凫国统辖治理。你等生活在秦岭山中，自古发誓臣服我鱼凫国。现在，竟敢和妖孽勾结，残害我鱼凫国大军，你们是不想再回老家了吗？"

落头人们，满面不安。

他们也许不认识那一抹红色的身影，但是，他们认识那金杖，认识那太阳神鸟金箔。

那是蜀王的权杖。那是从蚕丛大帝起，便威震天下的法宝。落头族自聚居秦岭的第一天，便发誓效忠蚕丛大帝，然后是柏灌王——直到鱼凫王时代，因为颛顼没有太阳神鸟金箔，便不能再号令落头族了。

可是，蚕丛大帝早已立下规矩：太阳神鸟金箔在谁的手里，谁便是受天命的蜀王！现在，这红衣华服的少女，金箔在手。

"本王命令你们，即刻返回秦岭之中，永远不许再出来骚扰外界，更不许再和东夷联军勾结！否则，你们的头颅便永远不会有机会和你们的身子相结合了！这也是本王给你们的最后一次机会！"

半空中，两只巨大的蛇头，就像两个天真无邪的小孩子。

委蛇哈哈大笑："我鱼凫大将军杜宇，已经找到了你们落头族的老巢，你等天亮之前再不返回，你们的头颅就真的无法和身子相结合，你们就死定了！哈哈哈，还是乖乖听鱼凫王的命令，赶紧滚蛋吧！"

话音一落，落头族们掉头就飞。

只见漫天的青丝红颜、童颜鹤发，眨眼之间，就消失得无影无踪。

无论是倒在地上的士兵，还是站在地上的士兵，都目瞪口呆。

就连河对岸的东夷联军，也目瞪口呆。

征战多年，所向无敌，他们纵然前几次败在鱼凫王手下，也不过是小规模的失败。却不料，这一次决战，竟然遭遇如此惨败——他们最厉害的法宝，居然被鱼凫王几句话就喝退了。

黄脸将军反应极快，大喝一声："马上渡桥！快……"

可是，这一次，再也没有投石机，也没有重甲盾牌，大步而来的是两名巨人。

巨人手拐共工战斧，此外，不再有任何的武器。

可是，涂山侯人面色剧变。

好不容易才翻身爬起来的小狼王一看这阵势，再次哀叹一声：看来，真要完了。

两名巨人，一前一后。

他们不是一般的巨人，他们是巨人一族中至高者，每一人身高皆在十丈以上。

每走一步，仿佛万古坚韧的巨石都在颤抖。

他们长手长臂，随手一抓，飞来的箭镞便被扫在河中。

而河对面，这样天柱似的巨人，还有整整七名。

这百丈宽的河面，忽然显得很狭小，这些巨人，徒步都能走过来。

那巨石阵就更加可笑了，对于一般人来说，的确是坚不可摧，可是，它们的高度尚不及巨人的大腿。也就是说，巨人根本不需要什么投石机，一脚就迈过来了。好不容易才在落头族的袭击下缓过一口气来的四国联军，彻底蒙了。他们眼睁睁地看着这两名巨人玩儿似的几步走来，然后，停在巨石阵前面。

守军，纷纷后退。因为，巨人一伸手，便足以将阵里三十丈远的人抓住。士兵们也纷纷后退。整个桥头彻底空荡下来。

一个巨人，笑一声。

他的笑声就像一阵惊雷，震得众人心都碎了。

众人大气也不敢出，步步后退。

就连为首的涂山侯人，也步步后退。他的劈天斧，在巨人面前，就像一只微不足道的蚂蚁。

万国大会上，他亲眼看见巨人的威力，他们的威力，凡夫俗子是难以应对的。

人类，从来无法单枪匹马迎战巨人，可是，要临时排兵布阵也来不及了。

所有目光都转向鱼凫王。

只有鱼凫王站在战阵前面。

太阳神鸟金箔已经消失，她手里拿着金杖，不言不动，冷冷地看着那靠近的巨人。

就连委蛇也没有幻变本体，还是平常双头蛇的模样，也冷冷地看着那两名巨人。

为首的巨人，居高临下，俯视众生。他们的目光，落在凫风初蕾身上。红衣华服，蜀锦王袍。除了鱼凫王，还能有谁？

高大的巨人瓮声瓮气："你就是鱼凫王？"

他的声音就像某种破锣，震耳欲聋，闻者不由得捂住耳朵，再次后退。

巨人的声音已经具有如此杀伤力。

可是，凫风初蕾一动不动，眼皮都没眨一下。

委蛇却哈哈大笑："你这个巨人小子又是谁？快快报上名来！"它的声音和面容一样，像小孩子一般，非常清脆动听，和巨人的刺耳难听，形成了鲜明的对比。

巨人伸出手，比画一下："我是防风国的季季！一直在西方深山修炼，不理外事……"

"既是西山修炼者，竟又如何甘愿受到东夷鬼兵的驱使？"

"巨人替东夷联军效力很可笑吗？"

"难道不可笑吗？"

"委蛇！你就是传说中的委蛇吧！你居然认为我们替东夷族效力很可笑？你难道不知道你脚下站立的是什么土地？"

他的声音很慢，可每一个字都像一块巨大的石头重重坠地。有些稍微体弱的士兵，已经被震得心脉乱跳，鼻血长流，这样下去，根本不等他打过来，先崩溃了。

"脚下？九黎？"委蛇忽然意识到什么，转向凫风初蕾。

季季也盯着凫风初蕾。

四周忽然一片死寂。

季季的眼神里满是疑惑，可能在想，这么蚂蚁似的小人儿，真的能一拳锤死一个巨人吗？

也因此，他的眼神就显得更加认真、专注，没有丝毫的大意。

"凫风初蕾，听说你在大漠里砸死了我们十几个巨人？"

"正是！"

"这一次，我们是来杀鱼凫王替我巨人一族复仇的！"

委蛇大笑："哈哈，复仇？就凭你们？别逗了，上次鱼凫王没有斩尽杀绝，已经算是对你们手下留情了。你们难道希望巨人一族从此灭绝？"

季季的巨手伸出，就像一根几丈长的铁链子，轻松越过巨石阵，一把就捏住了委蛇的脖子。当然，这只是一种假象，双头蛇身子一矮，季季巨大的拳头便落空。

他再不迟疑，抬腿就要越过巨石阵。

就在他的一只长腿即将迈过来的时候，凫风初蕾终于开口了："住手！"

明明那声音不大，季季的耳膜却嗡的一声。巨人立即停下脚步。这时候，才真的感到惊诧了。

想他在西山修炼了上千年，纵然以前的首领防风氏也不见得是他的对手，可这个娇弱女子，一开口，竟能令自己心口一炸。

金杖一横，遥遥指着他的鼻子，凫风初蕾的声音冷得出奇："本王今天看在死去的百里行暮份上，暂且饶你们一次。你等速速退去，否则，下一次就没有活命的机会了。"

季季不是一个容易动怒之人，听得这话也不由得怒气横生。因为，他几千年的岁月里，从来不敢相信，竟然有普通人类敢于在巨人面前如此放肆。

他长腿一伸就要越过巨石阵，可忽然就收了脚步，连续后退。因为，他看到那会讲话的双头蛇忽然幻变成七八丈粗的一条巨大蟒蛇，举重若轻地将一只巨大的头骨竖立在了巨石阵旁边。

"哈哈，你们要过来，是吧？季季，你敢不敢跨过这位大神的头骨过来？"

头骨横在居中。

他要过来，无论如何必须从头骨上掠过。

季季再退一步，满脸的愤怒变成了巨大的惊诧，甚至是畏惧、崇敬、悲哀以及各种无法描述的复杂情绪……

他旁边的那名巨人本来一直没有作声，只是冷眼旁观，可看到这头骨，巨大的一双眼睛里也满是惊异，忽然仰天长嚎，发出一阵惨痛至极的哀号："老天尊……我们终于找到老天尊的下落了……"

九黎河两岸的土地都在战栗。

九黎河水，开始漫卷。

一阵阴风，敌我双方战阵上的火把差点覆灭。可是摇坠一下，又缓过神来。

整个九黎河，一片死寂。就连受伤的马也停止了哀鸣。因为，那巨人的哀号实在是太过惨烈凌厉。

所有人心里都一片茫然：老天尊是谁？巨人一族的老天尊，又会是谁？

凫风初蕾的声音划破了冷冷的夜空，她看都没看那些巨人一眼，只淡淡地说："别丢你们老天尊的脸了，还是赶紧回去吧。"

季季的目光从巨大的头骨上移开，落在她的脸上，之前的狐疑变成了无比的惊惧："你，到底是谁？"

委蛇大笑："走吧，别啰唆了。如果什么东夷鬼兵都能役使你巨人一族，那你们就真的丢了你们老天尊的大人了……"

季季长吁一口气，忽然转身就走。

他明明身高十丈，可绝不蠢笨，转身之间，灵活自如。他虽然个子很高，身子很壮，可横着也不过两丈左右，而他的脑袋也不过半丈大小。相形之下，老天尊的头颅就更是大得离谱了。

可另一名巨人依旧死死盯着那头骨，仿佛在犹豫着要不要冲过来将这头骨抢走。但是，手一伸，还是垂下去，满脸泪痕。不等凫风初蕾喝止，他转身就走。

那黑发黄脸的将军冲到桥头拦住季季，所有的闲散悠然统统不见了，他厉声命令："快去迎回老天尊……"

季季稍稍愣一下，竟不敢违抗他的命令。

"快去，还愣着干什么？"

明明只是一个普通人，他的声音却中气十足，在百余丈宽的河面上扩散得一清二楚，只不似季季等一般刺耳难听。这也是四国联军第一次听到这黑发黄脸的将军开口说话。

小狼王忽然觉得这个人的声音有点耳熟。

可是，他怎么也想不起来到底在哪里听过，只一脸茫然地盯着河对岸。

一个普通人类，怎会有这么大的能量？

季季和那满脸泪痕的巨人只得转身又往回走。

可是，只走了几步，还是停在桥中央。

因为，他看到那孩儿面一般的双头蛇已经高高举起了老天尊的头骨，高声道："你等再往前一步，我就把你们老天尊扔下河去……"

满脸泪痕的巨人被唬得赶紧后退。

季季，也原地不动。

黄脸将军气得顿足，却不敢再发出任何指令了。

凫风初蕾的声音，缓缓地、轻轻地，可周围每一个人都听得清清楚楚。

"季季，你听好了，赶紧令所有东夷联军撤出九黎河边境百里之外。若是他们不走，你就率领巨人杀了他们。否则，我就把你们的老天尊彻底挫骨扬灰……"

黄脸将军径直冲了过来。这是众人第一次见他动手。另一名巨人也跟上。

明明只有三人，可是比东夷联军的千军万马，凌厉了何止百倍千倍？

所有人都觉得，那万年不朽的石桥很可能要被这三个人生生踏裂，就像一股飓风，吹得人站都站不稳。

可是，凫风初蕾的目光却转向后方。

那是步步后退的联军阵营，所有人都茫然无知地看着前面的巨人，仿佛世界末日一般。

谁也没留意到一股黑色的雾气飘然而来。

大法师终于追来了。

那黑色长袍，黑色身影，其实都没有实形，而是他修炼的瘴气。

枭风初蕾识得厉害，厉声道："大家快散开……"

黑色瘴气兜头罩下。

金色权杖当空击出。

士兵们呼号奔走，四处亡命。

大法师阴冷大喝："好你个鱼凫王，竟敢偷窃我老天尊的灵骨，你是活腻了吗？还不乖乖受死……"

巨人们已经无法应对了，又来这么一个大法师。而且是善毒的一等高手。

枭风初蕾不敢小觑，金杖一横，将大法师彻底圈住。可是，她已经顾不上巨人。为首的黄脸将军，已经奔到了巨石阵旁边。跟在他后面的，正是季季。

没有枭风初蕾，谁也无法阻止巨人的渡河。

小狼王惨呼一声："这下才是真的瓮中捉鳖，被两头夹击……完蛋了，完蛋了……"

唯有涂山侯人冲了上去。他的手里并非劈天斧，而是一支鬼枪。

砰然几声巨响。

东夷鬼兵们尚未出动的神器，在他手里彻底炸开。

可是，冲来的巨人只是一晃，然后，一只巨大的手便伸了过来。竟要生生将那头骨抢走。

涂山侯人不假思索，扔了鬼枪，劈天斧快如闪电便劈了出去。

饶是巨人也稍稍缩回了手。

可是很快，另一只手又伸了过来。

这一次，并非要碰触头骨。

那只巨手直接抓起巨石阵的石头，三下五除二，巨石阵便被他彻底摧毁。

只听得河中水花四溅，砰然巨响，好像无数惊雷冲天而起。

整个九黎河仿佛都要被这些巨石填满了。很快，桥头便空空如也。

渡河的屏障，再也没有了。

双头蛇的身躯忽然幻变，昔日，众人所见最大者，也无非七八丈，可这一次，它幻变了十余丈宽，几乎将整个桥头彻底遮掩。

丽丽丝奔上去，张弓搭箭瞄准了那个黄脸将军，嗖地便射出去。

小狼王见状，也只能硬着头皮，提着狼牙棒冲上去。

他们，已经是队伍里最强的三人。

在这单兵作战的时刻，如果顶不住，就彻底完蛋了。

巨人哪里把这三人放在眼里？尤其是那黄脸将军，只站在旁边，高声下令："先摧毁这巨石阵！所挡者，杀无赦！"

"注意，不许惊扰了老天尊的灵骨！"

巨人进攻，他也没闲着，面上神色很是不安，生怕激战中破坏了老天尊的灵骨，更怕那双头蛇一怒之下，真的把老天尊的灵骨扔下河去。

可是，双头蛇已经和巨人斗得难解难分。

至于涂山侯人等三个人类，在他眼里，简直就像三只挡车的螳臂。他只是死死盯着鬼风初蕾，只要大法师稍微拖住她片刻，一切可迎刃而解了。

可是，鬼风初蕾忽然不见了。

只见前方阵营上空，一片黑云笼罩下来，大法师已经隐隐地主宰了一切。

黄脸将军正要松一口气，却忽然跳起来，厉声道："大法师小心……"

已经太迟了。

金色王杖，在黑云中间发出砰的一声巨响，一道凌厉的光圈将整个黑云全部击碎，只见那银发童颜的老头从半空中重重地摔倒在了地上。

这时候，黄脸将军出手了！

他直奔老天尊的灵骨。他并不是巨人，可是，他一伸手，便去抱灵骨。

委蛇，已经在两名巨人的夹击之下，左支右绌。

涂山侯人的劈天斧砍上去，可是，他随手一挥，劈天斧便歪在一边。

小狼王的狼牙棒就更不用说了，他随手一提，狼牙棒便飞了出去。

眼看，灵骨就要被他抱走。

一道红色的身影，从天而降。

黄脸将军不死心，还不松手，只听得啪的一声，金杖不偏不倚就敲在他的双手之上。他闷哼一声，一下退出去两三丈远。

季季等人还不知道发生了什么事情，可是，下一刻，只听得胸口砰的一声，还没意识到发生了什么事情，庞大的身躯便摇摇欲坠，好一会儿，才像一条软体虫一般倒了下去。

黄脸将军一声绝望的嘶吼："鬼风初蕾，你又杀我巨人！"

另一名巨人这才看到，自己面前，一个小小的身影。

红色、金黄，就像一朵盛开的小花。

而那小花朵似的小人儿，一只拳头，正要砸向自己的胸口。

他根本没有躲闪，因为他根本不相信这样的一个小人儿能做什么。

他甚至笑起来，瓮声瓮气地："你居然还跑出来送死？"

一伸手，就去抓那小人儿。

又是砰的一声。

季季，倒在左边的河里。

而他，倒在右边的河里。

整个九黎河水，差点再次被阻塞。

黄脸将军红着眼睛就冲上来："鬼风初蕾，我跟你拼了！"

"布布，你就别逞能了！"

布布！

正是他们在大漠里遇到的那个布布。

被一口喝破身份，布布干脆跳起来。很快，桥头上，便多了一个身高三四丈的巨人。

布布在巨人一族中，并不算至高者，他的身高较之季季等人，足足相差了好几丈。看起来，更接近于人类。

"没想到，你布布居然成了东夷联军的首领！"

"是又如何？现在的世界，已经是我们巨人的世界！"

凫风初蕾还是淡淡地："布布你退下！叫你们的天尊出来！"

"呸！天尊，你也配让天尊出手？"

他一步步逼近凫风初蕾，咬牙切齿："你和我巨人一族不共戴天，今日不是你死便是我亡……"

巨大的拳头，猛地砸向凫风初蕾。他没有别的办法，只能抢先出手。

他抱着碰运气的态度，只想趁着凫风初蕾不注意，一招结束战斗。可是，他的所有打算全部落空。他根本没看清楚对方的出手，庞大的身躯便飞了出去，正好重重地压在河中季季的身上。

九黎河水，再次飞溅出一股巨浪。

沿河两岸，彻底死寂。

四国联军，也忘了发出欢呼声。

就连一向出言不逊的小狼王，也只是歪歪斜斜地爬起来，拄着狼牙棒，茫然地盯着桥上。

此时，天色已经渐渐亮了。一缕朝阳破空而出。漫天的朝霞美得无法形容。可是，所有目光都盯着桥上那一抹红色的身影。

如果说，之前几句喝退落头人，大家还只是敬畏她作为鱼凫王的权威。可是，现在亲眼看见她三拳便把三个巨人砸下了河中，整个九黎河为之断流，谁还敢多说一句？

就连那二十万东夷联军也待在桥对岸一动不动。

忽然失去了统帅的他们，既不敢冲过来，也不敢逃跑，就那么傻愣愣地待在原地。

凫风初蕾却只是轻叹一声。

清晨的九黎河，那么清澈。波光粼粼，万道金光。

只是横着的三名巨人在拼命挣扎，想要爬起来。他们并未死。

不死，不是因为力道不够。她只是不想杀他们。

他们倒在河中，因为摔得极重，周围又全是巨石，哪里能轻易爬起来？

他们越是挣扎，就越是狼狈不堪。

第十九章　似是故人 2

"哈哈……"朗然的笑声。

清越、豪迈，就像草木轻侯的隐者。所有人立即转向声音的来源。就连鬼风初蕾也立即抬头。

那声音，不来自天上，不来自地下，也不来自敌方阵营，就在鬼风初蕾对面——三四丈开外的桥头上。

那是四国联军阵营驻守的桥头。

巨石阵是早已被季季摧毁了的，此时，空荡荡的，他的身影一览无余。

相形之下，鬼风初蕾反而像东夷联军的代表了。

千万双目光，竟然没有任何人发现他从何而来。

就连鬼风初蕾，也毫无所知。心里，不由得一颤。

但见那桥头之人，一身雪白长袍，纤尘不染，就像凭空生长出来的一棵开花的树。

他佩戴金色面具，一双眼睛也无法让人轻易看清。

她的目光，慢慢往上。那是一头蓝色的头发，一根根就像月色下的蓝丝草，充满了灵动的生命力。她跳动的心，猛地静止了一下。

来人的目光，却不经意地落在那巨大的老天尊灵骨上。

鬼风初蕾也眼睁睁地看着那一尊灵骨。

然后，来人一抬手。原本距离他一丈有余的灵骨忽然飞了起来，轻飘飘地就往后移动。

在他身后，是枯枯法师和另一名跟他装束差不多的巫师，他们推着一辆巨大的平底滑车正气喘吁吁赶来。此时，距离桥头还有三四十丈远。

而再后面，才是呆若木鸡的四国联军。跑了几步，枯枯法师便停下来。因为，他们看到灵骨已经自行飞了过来。

三四十丈的距离，巨大的灵骨就像一片叶子在飞行。

无声无息稳稳地落在了滑车上面。

枯枯法师二人一左一右守着，面上神情分明是如释重负。

鬼风初蕾心里又是一抖。

这样的本领，她自认根本办不到。

纵然服用了不周山之果，继承了百里行暮几十万年的能量，她也无法随手一挥，便将这比一头大象还重的头骨送到几十丈外的滑车上面。

而且头骨还毫发无损。
她甚至连一抬手将灵骨运起来都办不到!

委蛇的庞大身躯急剧萎缩。
十余丈的幻体缩小成了双头孩儿面模样。
可是，谁也没注意到，它的一只蛇头忽然摇晃，一口绿色的血便吞了下去。蛇的血是冷的，可涌到它喉头的是一股腥热。
它之前强行超出能力的幻变，已经令它受到了前所未有的重伤。
可是，它护主心切，它分明察觉出，现在这个人才是真正的敌人!
传说中的白衣天尊，终于来了。
涂山侯人和小狼王也倒地不起，尤其是涂山侯人，他一直在抵挡巨人的第一线，也伤得更重。
此时，明知来了大敌，却再也无能为力了。
唯有丽丽丝无大碍。因为她本领最低，无法接近巨人，反倒安然无恙。
可此时，她举着弓箭，遥遥盯着那雪白长袍之人，心里一片茫然，这人，好生熟悉。
反倒是挣扎着跳起来的小狼王，失声大叫:"天啦……这不是百里大人吗?"
可是，他的叫声，立即停止了。
百里行暮，有一头灿烂无比的红发。
那是共工一族的标志，无论何时，无论何地，从不改变。
可眼前这个白袍人，一头蓝色的头发。
他不是百里行暮!
可是，他的身形和百里行暮一模一样。
他在金面具下，纵使看不见神态，也在阳光下，显得特别潇洒、明媚、阳光、热烈。
如金色三桑一样的树! 如头顶天空洁白的云!
山岳临渊，潜龙勿用。
他天然一股极大的气场，仿佛真的是从天而降的尊者! 跟想象中神秘森冷的白衣天尊判若两人。
本来，大家都以为他可能是枯枯法师或者大法师那样的造型。居然，完全不同!
微微的笑声，划破了九黎河两岸的沉寂。每一个人都听得清清楚楚。可是，这笑声和巨人不同，非常悦耳、温和，就像三月的风从枝头拂过。
"你就是鱼凫王?"
"我就是鱼凫王。"
"是你将本尊的静修地破坏，还将本尊的袍子悬挂在九黎广场?"
"是我!"
"是你令本尊再也不许穿白色长袍?"

"是我！"

"是你夜袭九黎碉楼，偷走老天尊灵骨，还扬言要将老天尊的灵骨挫骨扬灰？"

"没错，是我！"

……

片刻的安静。

每个人原本都是旁观者，可是，每个人的心忽然都提到了嗓子眼。

就连凫风初蕾，掌心里也慢慢渗出汗来。

唯有委蛇，无声无息靠近少主。它贴着桥墩过去。

可是，白袍尊者根本没有阻拦它，就像没看到它似的。

终于，它潜伏到了少主背后，用了最后的力气，昂着双头，尽力让自己露出一副凌厉的模样。

凫风初蕾转眼，看了它一下。

这一眼，心抖得更厉害了。

委蛇受伤了，而且是重伤。可这忠心耿耿的老伙计，还生怕她单人独马，被这个白衣尊者所害了，拼着最后一口气，也要再助她一把。

她伸出手，轻轻拍了它一下，微微一笑。

它也笑了笑，双头四只眼，特别活泼灵动。

白衣尊者的目光从它的双头，又转移到凫风初蕾脸上。

他的声音还是那么温和，隐隐地还有一股慈悲的怜悯。

"鱼凫王，你是想死还是想活？"

凫风初蕾沉默了一下，才缓缓地："想活又如何？想死又如何？"

"想活的话，非常简单！"

他看了看她身后，那是曾经令天下人闻风丧胆的东夷联军，二十万人，今天却差点一败涂地。

"东夷联军横扫天下，难逢敌手，今日却败在你的手上。鱼凫王，你也算是天下一等一的英雄了。这样吧，你若是想活，就率领你的四国联军向本尊臣服，如此，天下便彻底平定，本尊对你们四国也既往不咎，各自返回原地安居乐业。不但如此，还分封你四人为四个方国诸侯。尤其是你鱼凫王，本领出众，才智过人，天下罕见，本尊可以破格擢升你为我大炎帝国的第一统帅！"

大炎帝国！

万万年来，整个地球上最大的国家号称炎黄帝国！

其次，才是鱼凫国！

可现在，炎黄的"黄"字被去掉——只剩下了大炎帝国！

当然，在四面神黄帝一族降临地球之前，曾经在几十万年的时间里，本来就是大炎帝国！

而现在，他不过是重续国号。

这一次，凫风初蕾沉默了很久。
所有人也都在茫然暗忖：曾为万国之国的大夏，愿意降格成为一个诸侯国吗？
曾与世隔绝四万八千年的凫凫古国，愿意降格为另一个诸侯国吗？
他们都不知道。凫风初蕾也不知道。

金色面具下面，是漫不经意的极目远眺，当然，他也没有催促她。
终于，凫风初蕾缓缓地："想死又如何？"
他笑起来，微微地。
明明看不见他的脸，他却分明如暖阳一般，令所有人如沐春风。
"想死，就更简单了！本尊先杀了你，然后，再将你四国联军夺得一个不剩，全部坑杀在九黎河！将这九黎河彻底填平！"
如果别人这样说，小狼王可能跳起来就是一棒，哪怕他是巨人！可现在这个根本不是巨人的白衣人这样娓娓道来，小狼王握着狼牙棒的手，却剧烈颤抖，双腿软得无法支撑已经受伤的身子。那是巨大的恐惧。
不仅无能为力的最后，甚至连挣扎的余地也没有。
凫风初蕾，竟然也感到一股寒意袭来。
在她身后，是二十万东夷联军。
在她对面，是枯枯法师等一干用毒高手。
可是，她很清楚，就算完全没有这两支军力，也无济于事。
他一个人，便足以实现他刚刚的豪言！
有的人，杀一个人都难上加难。
有的人，一天杀几亿人都不费吹灰之力。

委蛇的双头不再摇晃。它只是死死盯着那白袍之人。因为熟悉，更加恐惧。
蓝天白云，青烟袅绕，凡俗之人，无法对抗天上的尊者。
天尊！
天尊！
良久，它忽然听得一阵微微的叹息。居然是少主的叹息。
"我死之后，你不许动我凫凫国一草一木！"
"你死之后，怎管得了你凫凫国一草一木？"
凫凫国，也必将一起覆灭，从此，名号被涂抹，彻底湮没于浩瀚的时间长河之中。
凫风初蕾忽然很绝望，可还是缓缓地说："我的选择，只代表我一人，跟其他三国没有任何关系！"

他还是微笑："传说中，东夷联军的政策向来是顺我者昌逆我者亡！本尊还以为鱼凫王早已知道！"

闻风投降者生，顽固抵抗者死。

四国联军都强渡九黎河，打到三苗老巢了，又岂能再有别的选择？

她一死，所有人都将成为陪葬！

四周，寂静无声。

就像一群被圈进了屠宰场的羊。

死亡的恐惧，慢慢地浸透了每一个人的灵魂。

凫风初蕾忽然笑起来，金杖横在了手里。

"罢了罢了，事已至此，我总得领教一下阁下的本领！"

她从未称他为天尊。

当然，他也不是天尊。

他这样的人一出场就注定了，他怎会是什么天尊？

白衣尊者，打量她，目中，有些微好奇。

"我的态度，和鱼凫王一样！"

这声音，是从他身后传来的。那是涂山侯人。尽管他遭受了巨人的一击，胸口几乎碎了一个洞，可他还是举着劈天斧，站得笔直。

他的目光，先看向凫风初蕾。

清晨的阳光下，她就像一朵盛放的花，但是，看不出喜怒哀乐。

可是，他非常清楚，她已经无计可施。

无论是她，还是他们，甚至整个四国联军，统统低估了白衣天尊的实力——

只以为是天尊装神弄鬼，却不知，原来真有这么一个神奇的存在。

"你就是大夏王的儿子姒启？"

"我就是姒启。"

他点点头，淡淡地说："你可想好了，大夏从此是变成一个夏方国，还是从此成为一个过去的名称！"

涂山侯人哈哈大笑："大炎帝国，炎黄帝国，华夏帝国，哈哈，炎帝也好，黄帝也罢，尧舜禹也没有万寿无疆。这国号，不一直就是个历史名称而已吗？谁管它几万年后会不会被彻底湮没？"

他举着斧头，便冲了上去。那是他积蓄的最后一份力气。纵然是死，也不能坐以待毙，总要拼尽最后一滴汗水。

他的冲刺，止于半途。劈天斧，砰然坠地。只听得砰的一声，他已经如布布一般，被抛入了九黎河之中。

白衣尊者的手甚至都没抬一下。

鱼凫王之外，启王子已经是四国联军中本领最强者。其余人等，纵然尚有余勇，也被这气势震得烟消云散。

小狼王死死捏着狼牙棒，忽然热血上头，正要冲过去，可是，双腿却沉重得跟灌了铅似的。

眼前，金光一闪。从九黎河中传来。

金杖过处，一红色身影幡然落地，已经昏迷不醒的涂山侯人被扔到了委蛇背上："委蛇，你一定要救醒他！"

"少主……"

委蛇一看她的眼神，便不再有动作，四只眼睛，满是绝望，却不得不驮着涂山侯人就窜到了对岸。

白衣尊者，依旧没有任何阻拦，甚至看都没看它一眼。

凫风初蕾终于出手了。金杖，直奔白衣尊者面门。那是他的金面具之所在。她说道："阁下以尊者自居，竟不敢以真面目示人……今日我倒要瞧瞧你到底是何方神圣……"

白衣尊者飞起来。

金杖一空，凫风初蕾忽然失去了目标。

下一刻，微笑声便响在了身后。

凫风初蕾蓦然转身，白衣尊者却背对她，面向东南方向——那是鱼凫国士兵的阵营。

三千鱼凫国士兵，经过连番战争，剩下不足两千人。

此时，他们独自列队，冲在最前面，原是关心少主安危，打算拼死一搏，凭着人多，总要阻拦一阵。可是，他们尚未冲刺，便停下来。不，是倒下来。齐刷刷的，近两千人，无一幸免。就像被收割的麦子那么整齐。

所有人都惊呆了。就连凫风初蕾也惊呆了。

白衣天尊慢慢回头，他转身的时候，分明重新佩戴了金面具。

微笑，依旧充满了怜悯一般的慈悲，就像寒冬夜里吹来的暖风："鱼凫王，你看。非本尊不以真面目示人，而是不能也！"

凫风初蕾捏着金杖的手，瞬间变得僵硬，甚至麻木。脑子里过度的紧张，迅速传导到了四肢。

传说中，南极仙翁被他的师父带去觐见元始天尊，当时，元始天尊在打瞌睡，没注意，就随意瞄了一眼南极仙翁，南极仙翁当即倒地，脑袋差点碎裂了。好在元始天尊本领大，随便弄了个葫芦，将南极仙翁的脑袋复原，令他死而复生。

也就是说，到了天尊这样级别的大神，用什么武器都不重要了，他们自身具有的能量，便能随意秒杀一切。

凡夫俗子并不能与神对视，并非别的原因，而是受不起大神的能量，顷刻间便会灰飞烟灭。

南极仙翁尚且如此，更何况普通人类？

可是，凫风初蕾以前一直以为这只是传说而已。

毕竟，就算是黄帝、蚩尤、共工这些牛人，也逐渐和人类同化，绝对没有到看人一眼，就发射出巨大能量，将人摧毁的地步。

否则，他们那个时代的大战就没阿格尼亚什么事情了。

眼前这个人，分明还远在上述诸位之上。

也或许是几十万年的修炼，让他的本领更上一层或者许多层？

凫风初蕾这才意识到，这个人，可能真的是天尊！

尽管，他的身形跟百里行暮那么神似。

她嘴唇嚅动，却没法作声，只远远看着鱼凫国战阵中整齐划一的尸体。然后，从此刻起，她将成为孤家寡人。

她的目中，只在寻找委蛇。

委蛇正忙着救助涂山侯人，抬起头的时候，还不知道发生了什么。也正因此，侥幸逃过一劫。

凫风初蕾略略松一口气，再次飞身掠起。

这一次，不再是金杖横扫。

九黎河上空，光色光芒几乎令太阳也为之一暗。

那是四道红色的身影，遮天蔽日，呼啸而来。

自大漠之战后，她还是第一次幻变成功。

没有任何提示，也没有任何努力，可能是紧张太甚，危机太过，体内封印的洪荒之力一瞬间便被激发出来。

白衣天尊面色也稍稍变了，可微笑还是风一般柔和："四面神的后裔，果然还是有点门道。鱼凫王，你比那些凡夫俗子强多了，难怪敢跑到九黎河撒野……"

一击不中，凫风初蕾立即改变了招数。

白衣尊者迫于这股无形的大力，也不得不飞身掠起。

雪白和艳红，形成鲜明的对照。

九黎河上空，就像多了一片红白相间的云彩。

四道人影，四面八方，凫风初蕾不管不顾，金色权杖就向那白衣尊者面具挥去，心里只有一个念头：我倒要看看，是不是我看你一眼，就真要被融化消灭！

也因此，竟然没有做任何防备，也不管那致命的反击，完全是有死无生的打法，近身前去，金杖一下揭开了白衣尊者的面具。

她不甘心，她无论如何要瞧瞧那人的真面目！当她在九黎第一次见到那白色的长袍时；当她看到落头族出来的时候；当她看到他凭空飞出来，白衣如雪凌立桥头之时；尤其，当他此刻，就活生生站在自己面前之时……恍惚中，分明是故人行来。可是，他却是什么白衣天尊！

我若不瞧瞧这人到底是什么样子，怎么对得起这么久以来的战斗？

她冲上去，也没顾得上整个命门全部暴露在对方的掌下。

金色面具，有一瞬间的位移。可是，已经足够让她将他瞧得清清楚楚。

果然！果然！她笑起来。

几乎是与此同时，她的身子便如断线的风筝，重重地跌落石桥之上。

石桥很宽，九黎河很静，全世界忽然窒息了。

委蛇惨呼一声便奔上来："少主……少主……"

白衣尊者，面具如常。

谁也不知道他面具之下，到底是什么样的神情。因为，但凡所见之人，已经全部死掉了。

可是，鬼风初蕾居然慢慢坐起来。

白衣尊者，也有点意外。

真没想到，她居然还能坐起来。

然后，她慢慢站起来。雪白面孔，红得花一般艳丽。全身所有的血液，全被倒灌到了头部。

她的双目明亮得出奇，整个人，喜悦仿佛要发光似的。

死亡的压力几乎令她窒息，可是她却笑起来，轻轻地伸出手指着他："是你……果然是你……"

话音未落，咕咚一声便栽倒在地。

石桥四周，全是鲜血。

众人从来不知道一个人居然能有那么多血液，而且是同时从四面八方喷出来，好像这一刻，她全身上下每一滴血都流光了。

"少主……少主……"

蛇尾席卷，可是已经迟了一步。

只见鬼风初蕾的身影就像一片树叶凌空飞起来，那白袍人一反手，便将她抱住了。

委蛇嘶声大哭："百里大人……百里大人……你真要害死少主吗？"

小狼王也嘶吼："百里大人，你怎么能这样？她是鬼风初蕾啊，你难道不认识了吗……"

委蛇不顾生死，冲上去。

白衣尊者一怔，却没有理会委蛇。下一刻，一道白光，四周忽然空空荡荡。

白衣尊者早已无影无踪。

空荡荡的石桥已经没有任何阻拦。

可是，白衣尊者没下令，谁也不敢贸然动手。

四国联军——不，是幸存的三国联军，全部呆若木鸡，如稻草人一般，完全失去了战斗力。

小狼王拄着狼牙棒，喘着粗气，下意识地四处寻找白衣尊者的身影，可是天空哪里还有一丝白色的影子？

白衣人去了哪里？对面的东夷联军去了哪里？后面的九黎碉楼去了哪里？

没有任何人知道。

小狼王心里只有一个念头：逃！

那么厉害的凫风初蕾，不过一招之间，便落入敌手，生死不明。自己坚持下去，还有什么意义？可是，他连逃跑的力气都失去了，而且也不知道究竟该往哪里逃。

小雨寒夜，冰冷如霜，凫风初蕾躺在地上，几日几夜也不醒来。

远远地，有人站在黎明的微光里。

他白衣如雪，面戴金色面具。

他的一头蓝发如闪闪发光的丝草，热烈、活泼，就像漫天飞舞的一群精灵。

可是，他的眼里却满是疑惑之色。

那匍匐在地的少女就像一朵被雨打后的红花。

最初，她一直静静躺着，血液的流失已经令她再也无法动弹。

可不知怎的，她居然翻了身，痛苦挣扎，仿佛仍在和敌人搏斗。

一个浑身筋脉尽断的人，按理说是再也无法翻身的。

可她不但翻身，还匍匐着，脸贴在冰冷而坚硬的石面上。

他慢慢走过去。蹲下身，轻轻伸出手，放在她的心口。那坚韧的心脏，居然还偶尔轻微跳动一下。

也不知为何，他心里忽然一紧，微微皱眉，站了起来。

"是你……果然是你……"她拼尽全力，就是为了揭开自己的面具，然后，说这么一句话？

她岂会认识自己？

这小小人儿，岂能知道自己是谁？

按照往日心性，当立即将她处死。

毕竟，她罪大恶极——不但敢捣毁自己的冥想屋，还将自己的长袍击打得粉碎。甚至将自己最好的长袍挂在九黎广场示众。这些也就罢了，最不能饶恕的是，她居然拿了老天尊的灵骨到处跑，甚至将之作为威胁自己的利器。

凫风初蕾啊，凫风初蕾，不杀你，可不行了。

可是，每每伸出手，他又轻轻放下。

罢了罢了，都是九死一生之人了，杀了她又有何用？

连续几天，她都昏迷不醒。

可是也不死去。

白衣天尊每天来瞧她，觉得很奇怪。上百万年的岁月，几乎从未有人在他的目光之下还能幸存，而她，居然还敢跟他动手，而且，直到现在，也不曾死去。

他本已经习惯的漫长岁月，忽然觉得不可忍受一般寂寞。

人类中，居然还有这样的奇迹。

不可思议，不是吗？

他缓缓地将掌心放在她的头上。

她原本已经碎裂的骨骼，慢慢地又长出了肌肉。

他很擅长杀人，但是，几十万年来，第一次开始救人。

太阳很短，时间很长。

黄昏弥漫着九黎山林中特有的气息，几十万年鲜花若锦，烈火烹油的那种腐烂和过去的气息。

他静静坐在窗边，呼吸这久违的气息。

许多时候，他都坐在这里，静静地欣赏月色。或者什么也不想，什么也不做。

有时候，他觉得月色很美，有时候，他觉得月色很冷。就像这千变万化的人间，就像这有了几十亿年历史的尘土。

星光、暗影、宇宙，那一场一百多亿年的游走。

有许多时候，他听不到任何呼吸声，每每于混沌之中睁眼，总是听到无边无际的虚无——没有任何生命迹象的虚无。

有许多时候，他听到厮杀声、战斗声，自从有了生命，宇宙就变得十分好斗。

然后，又有很长时间，他什么都听不到了，万事万物重新归入了虚空。

直到现在，他居然听得小小的呼吸声，微微地、静静地，就像一夜落花，无声无息，随风潜入尘土之中。

花落成泥。温柔旖旎。

他忽然站起来，随手揭开了金色面具。他以本来面目出现在她的面前。

又是一个黎明的到来。跟黄昏相比，他更喜欢黎明。跟黑夜相比，他更喜欢光影。

有很长一段时间，他希望太阳永远不要落下山去。可是那是不可能的。彼时，太阳的掌控权并不在他的手上。

他在黎明中，走到对面。

那是用最好的琉璃制作的窗户，比水晶更清澈透明，一尘不染，远远望去，就像蓝色天空下的一面镜子。

一缕朝阳，透过琉璃的窗户，静静洒落她的面上。她的神情很平静。

无论是生与死，痛苦与挣扎，她都保持了最初的本真。

自娲皇创造第一批人类之后，后面的新生代，颜值便一代比一代低。再后来，更是每况愈下，那是物种退化的结果。

可是，她不同。她很美。一种极致的美。惊艳了他几十万年沉寂的岁月。他好奇地伸出手，摸了摸她微微颤动的睫毛。

她忽然睁开眼睛，凝视着他。

黑碌碌的眼珠子，沉浸在水银里一般，能照出人的影子。

他心里忽然一抖。正要缩回手，她却咯咯笑起来："百里大人……百里大人……"

那是他听过最美的声音。就像九黎沉寂七十万年的红花，是他到来的那一日，才砰的一下全部开放的。

他连后退也来不及了。因为，她忽然跳起来，双手伸出，软软地便抱住了他的脖子："呵……百里大人……百里大人……我就知道你还活着……我就知道！我从来不敢相信你真的死了……我一直坚信你在某个神秘的地方疗伤，然后，总有一天会来找我，果然……"

热情的表白，一览无余。甜蜜的声音，令人动容。

可是，他却陌生到了极点，再次后退。他从未被人抱住过脖子。当然，更从未被任何女性这样肆无忌惮地搂抱。

她察觉他的逃离，更紧地搂住他的脖子："呵呵呵……我是初蕾啊……是凫风初蕾啊……百里大人，是我呀……"

软嘟嘟的声音、甜蜜蜜的呼吸，恍如百万年前草原上第一次的花开。

彼时，他才第一次来到九黎。彼时，九黎还是一望无际的草原。他看到的第一朵红花，就像她此刻的脸。

他的目光穿透百万年的岁月，看到她灼热的眼眸。他竟不知如何是好。甚至，忘记了推开她。只是双手伸开，又讪讪地，竟然不知道究竟该放在哪里。

她还是喜悦无限，喃喃地："百里大人，你抱我一下吧！双手抱住我，紧紧地，就像以前那样，让我相信你是真的。要两只手抱着……"

他的双手，再次尴尬得没有着落。理智告诉自己，应该马上推开她，可是，他尚未行动，她一口血喷出，双手一软，往后就倒。

他雪白衣衫，被溅出一朵红花。

她再次匍匐在地，双目紧闭，从未清醒过一般，仿佛刚刚这一幕，仅仅是他的幻象。

他不经意地转眼，看到自己身上的血痕。那血痕明明有腥味，可是，他却并无什么厌恶之情。

半响，他长吁一口气，微微俯身："凫风初蕾……初蕾？初蕾……"

她还是紧紧闭着眼睛，没有任何清醒的迹象。

唯有嘴角边，一缕残破的血痕，慢慢地在无风的空气中逐渐地干涸了。

九黎河对岸的东夷联军，已经全部撤退。可是，四国联军却原地不动。不是不走，是他们不知道该去哪里。

准确地说，已经只剩下三国联军。

鱼凫国的两千将士全部阵亡，就连四只迅猛龙也同时倒毙，只剩下委蛇和大熊猫孤零零地到处徘徊。

涂山侯人也一直昏迷不醒，他有一个很大的血洞，又被河水浸袭感染。尽管委蛇给他用上了最好的伤药，可是，他还是整夜整夜地高热不退，谁也不知道他到底还能活多久。

涂山奉朝和淑均等急得如热锅上的蚂蚁，他们知道启王子一死，整个大夏便彻底完蛋了。从此，连最后的希望也要被彻底灭绝了。但是，无论他们多么努力，也慢慢绝望了：如此重的伤，如此高烧，要让启王子活过来，可能真的只能祈祷奇迹出现了。

但是，奇迹在那里没有下文，反倒是东夷联军，随时可能让四国联军全军覆没。

小狼王受了外伤，可并不致命，拖着狼牙棒一瘸一拐，尽力维持着自己一国之主的尊严。

唯有丽丽丝完好无损，于极度的震恐之后，最先清醒过来。她找到小狼王："小狼王，你看我们现在该怎么办？"

小狼王坐在一个巨大的石头上，哀号："我们现在还能怎么办？逃走？和天尊决战？你觉得我们能逃到哪里？"

丽丽丝试探性地问："我们总要去找找鱼凫王……"

"鱼凫王……鱼凫王……"他喃喃地，"是个人都该知道，凫风初蕾早就死了，她们鱼凫国的士兵也全部死了……"

石桥上，血痕未消，如此重创，那么多血，一个人怎么可能还活得下去？

白衣天尊意在杀鸡骇猴，第一个照面，便彻底消灭了鱼凫国的全部兵力。这也和东夷联军的行事风格一模一样：顽抗者死！谁让你鱼凫王出任四国联军统帅？

丽丽丝却盯着九黎碉楼的方向，"可是，就算她死了，我们也该找到她的尸体，总不能就这么不管……"

小狼王惨笑一声："你还敢去九黎广场？"他摇头道，"我不敢去送死了！真的，丽丽丝，你可以嘲笑我，但是，我真的不敢去。"

丽丽丝暗叹一声，沮丧地垂下头去。她不是要嘲笑小狼王，因为，她也不敢。

一边的涂山奉朝一直黑着一张脸，自从启王子掉入九黎河之后，他便再也没有说过一句话，和那些呆若木鸡的士兵一样，他已经被这场奇怪的战争折磨成了一个哑巴。因为意外和恐惧太多，反而不知道该说什么了。

他只是不时围着启王子身边走来走去，心想，要是启王子死了，一切便完了。

所有人，其实都认为启王子必死无疑，只是，所有人都不敢这么说。

就像所有人都认为凫风初蕾已经死了，也不敢再提她的名字。

最后，小狼王终于站起来："丽丽丝，我要走了。"

她并不意外："你去哪里？"

"回白狼国。"

"可是……"丽丽丝稍稍犹豫，还是实话实说，"会不会一过九黎河，就遭遇东夷联军的伏击？他们总不会就这么白白放过我们……"

小狼王嘶声道："我们总不能真的在这里等着被人坑杀，然后被填满九黎河！"

此言一出，众皆震颤。东夷联军再怎么也是人。可是，那白衣尊者！

小狼王一挥手，便和他身后早已收拾好的狼少年踏上了石桥。

战马、巨狼，来去如风，很快，剩下一万多点的狼少年大军便全部渡河了。

涂山奉朝稍一犹豫，还是上前一步抱起昏迷不醒的启王子。

涂山侯人高烧不退，此时并不适宜长途奔袭，可是总不能一直在这里等着被那个什么天尊彻底坑杀填河。

委蛇并未有任何阻止，也不劝说，只是将一只药瓶里的伤药全部涂抹在涂山侯人伤口上，然后后退一步，让开一条路来。

涂山奉朝低声道："委蛇，对不起。"

它反而很冷静，淡淡地说："你们快走，走得越远越好。"

大夏军队，也仓促渡河。

众人争先恐后，生怕被天尊现身拦截。

小狼王留在最后，看着昔日密密匝匝的大军阵营，忽然成了一片空荡荡的废墟，而丽丽丝的几百女战士站在原地，就显得更加凄寒、单薄。他的目光从九黎广场的方向收回来，垂头丧气："丽丽丝，你们待在这里也没有什么用处，只能白白牺牲。"

就连一直沉默的委蛇也终于开口了："丽丽丝，你们也走吧。"

丽丽丝摇头。

委蛇十分坚决："你们都看到了，在天尊面前，你们什么都不是。既然如此，留下来做什么呢？"

"可是……"

小狼王忽然厉声道："留得青山在，不愁没柴烧！丽丽丝，你就算马上和凫风初蕾死在一起，又能如何？"

丽丽丝颓然，再不言语，转身就走。几百女战士，也全部过桥。

第二十章　似是故人 3

夕阳晚照，落日熔金。

冥想屋里，所有的白色长袍已经全部消失。

地面是巨大而平整的雪白石板，此时，白衣天尊就坐在地上，静静闭着眼睛。

有通报声："天尊，布布大将军求见！"

他本待不见，可一转念："让他进来。"

布布走进来。

黑发黄脸的将军已经变成了黑发白衣的男子。只是，他的白衣和天尊的不同，是一种接近于米色的白。

他不敢和天尊一样，一身纯白。尤其征战在外时，更是黑发黑袍，也从不显露巨人的身份。

作为巨人一族最后一个懂得缩变术的传人，他深得天尊器重，算是东夷联军中第一的大元帅。可是，在鱼凫王手下，居然还是惨败如斯，只一拳便被对方推入了九黎河中。

虽然没受什么重伤，可是，颜面尽失，好些天闷闷不乐，直到此刻，才不得不硬着头皮前来禀报一些日常事务。

四国联军彻底溃败之后，天下大势基本已经平定，大炎帝国的旗帜已经插遍了地球每一个角落。

天下的共主再也不是什么大夏王，而是白衣天尊。

万王之王，已经成为一段历史。

只是，布布完全不明白，既然鱼凫王被俘，启王子成了废人，天尊为何还放任那几国的军队离开？一举绝杀，填平九黎河不好吗？

可是，他不敢问。他只是毕恭毕敬："如今天下已平，东西南北各诸侯国也纷纷臣服，请问天尊，万国大会什么时候召开？"

"这等小事，你代行好了。"布布蒙了，这是小事吗？可是，天尊开口，他不敢反驳，只得自己揣摩：代行，如何个代行法？

天尊已经闭上眼睛，他知道自己不能待下去了，可还是大着胆子说："天尊……那个鱼凫王，她死了吗？"

天尊忽然睁开眼睛。

布布一鼓作气："她可是我们巨人一族的死敌。她若不死，后患无穷……"

天尊一挥手。

布布立即闭嘴，行了一礼，识趣地退下了。

刚出门，就听得嗷的一声。

大熊猫的嗷叫打破了林中沉寂，悲怆、孤寂，就像是走投无路的孤雁。

布布立即折回来："禀报天尊，委蛇和那头大熊猫一直在九黎山中逡巡不走。大熊猫也就罢了，痴蠢无知。可是，那条双头蛇却绝非寻常之蛇，它善人话，有很高的智慧，而且，蛇类报复心极强，若是徘徊不去，只恐危害九黎百姓……要不，属下率人将它彻底消灭？"

白衣天尊一挥手。

布布不明所以："天尊……"

他淡淡地说："你带那条双头蛇来见本尊！"

布布瞪大眼睛，可是，再不敢问。

对于冥想屋，委蛇并不陌生，它曾经两次和少主深入此地。可是，这一次，它站在木屋门口，忽然胆战心惊——只远远地看着居中的白衣人。

他又佩戴了金面具。

委蛇知道，自己没有本领直视他的眼睛，却还是俯身行大礼："委蛇见过百里大人！"

白衣人忽然笑起来，"你这千年老蛇可真是怪了，你家少主糊涂也就罢了，你竟然也是糊涂的？"

它还是毕恭毕敬："百里大人，求你放过我家少主吧。跟你有仇的只是颛顼老大人，再说，颛顼大人早已仙去几万年了……"它忽然瞥见面南背北的那一尊头骨，话便说不下去了。

"其他人全都走了，你为何还留在九黎？"

委蛇一怔。"我不是其他人……我根本不是人！"

白衣人笑起来。

这老蛇，身受重伤，还侃侃而谈。

他忽然觉得很有趣，便伸出手，抚摸了一下它的双头。

委蛇顿觉一股暖流从周身流淌，很重的内伤像忽然痊愈了似的，它立即便躬身下去："多谢百里大人出手相救！委蛇实在是没齿难忘。"

他笑起来，挥挥手："你是个忠心的伙计，罪不至死，所以，不必死去！"

"多谢百里大人！"

"好了，你可以走了！"

委蛇没有走。它一直站在原地，两只蛇头上，小孩儿一般的面孔上满是深思和坚定。

他略意外："你还不走？"

委蛇还是毕恭毕敬："委蛇斗胆恳求百里大人，放过少主吧！只要能放过少主，无论大人需要委蛇付出什么代价，委蛇都万死不辞！"

他的声音中略有好奇："委蛇，你口口声声叫本尊百里大人，是真的认错了人，还是故意的？"

"这……"

委蛇盯着他满头蓝色的头发。那头发，绝对不是假的，颜色，自然也不是染的。那是一个人原初的头发。

红发蛇尾的共工头发的确不可能是蓝色头发。

它忽然很害怕，却强行压制了自己的恐惧，还是一字一句地说："纵委蛇可以认错人，但我家少主绝对不会认错人！如果少主认为是，那就一定是！"

"百里大人到底是一个什么样的人？"

委蛇缓缓地说："百里大人，名叫百里行暮，是上古第一战神共工的本名！"

"共工？你说红发蛇尾的共工？"

委蛇作声不得。

"本尊不是什么百里行暮！"

"可是，你和百里大人一模一样！除了头发！"

委蛇十分固执："我们曾和百里大人朝夕相处。纵然我认错了，可我家少主绝对不会认错……"

"为何你家少主就不能认错？"

委蛇顿了顿，还是道："因为百里大人是我家少主的爱人！"

他的手放在了金色面具上，好一会儿没有动，然后缓缓地垂下手，笑起来。

"爱人！"好奇怪的称呼！他记得自己起码几万年也没有听到过这样的字眼了——上古，也根本没有这个字眼。爱人、爱情、婚姻——不过是几千年来，人类为了稳固繁衍，巩固族群，才编造出来的一个美丽谎言而已。

他笑起来："本以为只有你家少主是白痴认错人，没想到，你也没精明多少。"

委蛇还是毕恭毕敬："是啊，有时候，我也觉得我家少主有点傻。不过，她也不是白痴，她只是不知道，许多时候，故人更易变心！"

他很仔细地回味这一句：故人更易变心！

"其实，第一次到九黎广场的时候，我们就疑心是百里大人你了。也因此，你一露面，少主便彻底放下了所有戒备之心。少主是因为认出你来，才没有以命相搏。否则，纵然你是天尊，她也不可能那么快就败在你的手下。"

他很是好奇："就凭借她那点微不足道的四面幻神？"

"还得加上当初百里大人临死时传给她的几十万年元气！"

他更好奇了："你说共工临死前，把自己几十万年的元气传给了你家少主？"

"对！"

他哈哈大笑："你这委蛇，竟然满口谎言！你知道共工撞倒不周山多少年之后你家少主才出生的吗？再说，就算共工再窝囊再没用，可是，他的元气也不至于传给颛顼的女儿……"

一颗蛇的心，一直沉下去。

白衣天尊指着委蛇："凭借你们在九黎的所作所为，你们早该被处死！"

可是，双头蛇还是毕恭毕敬："百里大人，求你看在少主昔日亲手埋葬你的份上，放过她吧……那一年，在周山，她以为你真的死了，伤心欲绝，双手抓着一把一把泥土，将你埋葬，因为不肯让你被泥土掩埋，她整整徒手抓了三天三夜泥土，也不肯覆盖你的脸……"恍惚中，委蛇想起少主鲜血淋漓的手。那时她不肯哭，一滴眼泪也没有，双目血红，只是熬着，就更是惨切。"那三天三夜，委蛇也一直看着你的脸……"尽管他已经戴了金面具，它再也看不到他的脸，可是它还是非常认真："委蛇虽然没有资格也没有本领正视您的脸，可是，像百里大人这样的人，我们怎会认错呢？我们绝对不会认错……"

白衣尊者忽然怒了："本尊不是什么百里大人！"

"百里大人……"

"出去！"

委蛇没有再继续说下去，只是微微对他一鞠躬，还是毕恭毕敬："百里大人，我想见见我家少主！"

"马上离开九黎，再也不要踏足此地！"

"求您告知，我家少主是否还活着？"

他只一挥手，十分冷淡。

委蛇无奈，只能转身。

凫风初蕾睁开眼睛的时候，听得窗外有淅淅沥沥的雨声，看见无边的丝雨就像细小珍珠穿成的帘子，将整个天空包围成一个巨大的浴场。

屋子里的光线却和往常一样，异无改变。

她慢慢坐起来。

窗边，一白衣人影。

他倚窗独立，这浩浩荡荡的屋子就显得更加寂静。

她本能地跳起来冲了过去："百里大人……呵……百里大人……"

他第一次被人这么拦腰抱住，心里一惊，抬起手，一掌就要劈死她，可是手轻轻抬起，却又僵在半空中。

"呵，百里大人……百里大人……"她的声音里全是喜悦，比窗外的丝雨、早春的和风，更加悦耳动听。可是，那声音分明又是沙哑的，细不可闻。

她的脸，肆无忌惮深深埋在他的后背，一双手肆无忌惮将他拥抱。

只是，当他低下头时，能看到那枯萎到几乎快要透明的瘦弱双手，一层皮一样轻轻覆盖，蓝色的细小血管在里面静静地潜伏，随时要破裂一般。可是，却有一种凄凉的美丽，如一朵枯萎的花，暗香犹在。

许久，他慢慢转身。

一股如有似无的力道将她隔开。无风自动，手里一空。

她忽然很委屈，不知道他为何那么冷淡："百里大人……百里大人……你……你不高兴见到我吗？"

每次重逢，他不都是那么热烈、那么激动吗？为何现在却完全变了？就好像这一次重逢，根本没什么必要似的。

他的目光很平淡，没有丝毫涟漪，就像一个路人。

她很困惑，双手空空地伸展，又讪讪地垂下去，就像刚才拥抱了一团冰冷的空气。

他蓝色的发丝，就像月色下闪闪发光的丝草。这令他的一双眼睛显得更加深沉、黯淡，就像万古玄冰封印了的一块黑色宝石。

"百里大人……"

"委蛇说，你亲手埋葬了百里行暮！所以，你该知道，这世界上，早已没有了百里行暮……"

"委蛇！委蛇在哪里？"她忽然惊悸，四下张望，"不要……你不要杀委蛇……不要杀委蛇……"

后退的时候，急促摔在地上。冰冷的石板，生疼的碰触，明明浑身上下没有丝毫伤痕，她却察觉自己浑身元气的消失。

目光，缓缓落在自己磕在地面上的一只手上，她的脸色瞬间煞白。

他也没忽略她这一瞬的惊惶。就像开在枝头的红色芙蓉，慢慢地，花瓣在美丽中变成残白，于是，凋零便是其唯一的宿命。他忽然有些不忍。

"委蛇没死！"

她松一口气。

"委蛇说，你因为认错了人，所以对本尊手下留情。否则，你可能还会展示出更厉害的本领。所以，本尊想看看，你到底有多大的本领……"

她抬起头，茫然地看着他。

"也罢，这一次，本尊就破个例，看看你四面神一族到底有什么了不起的本领。凫风初蕾，你可别让本尊失望啊！"

她眼前一花，又晕了过去。

大将军布布进来，躬着身，不敢直视高台上静坐的天尊。

自从成为天尊的第一爱将之后，他便生出一种极大的荣耀。因为，天尊是他所见过的最强大之人。

昔日的百里行暮也很强大，可是却陷于儿女情长，令人觉得他胸无大志，根本不是做大豪杰的料。天尊就不同了。

天尊一声令下，万国诸侯兵败如山倒，就连不可一世的大夏也土崩瓦解，天下的权力很快便收于囊中。

男人，总是更加崇拜强者。

布布觉得天尊这样的伟大人物，才是这地球上的真英雄。也因此，他更加不敢正视他，连想都不敢想。他呈上一只扁扁的金色匣子。

"这是天穆之野送来的邀请函，请天尊务必去赴宴。"

赴宴的日期，便是明日。那是天穆之野的蟠桃节。

最初，这蟠桃节每三万年举行一次，后来，改为每三十万年举行一次。西王母一族的蟠桃，天下闻名，纵然是仙家大神，也十分青睐，人人都将拿到这样的一份邀请函当作荣耀。当然，大神大仙们根本不觉得这蟠桃有多么好吃，而是无聊久了，大家凑一凑、聚一聚，就算是吹吹牛也好。

放眼当今宇宙，这样的聚会已经很少了。

他放下邀请函，点点头。天穆之野一行，很有必要。更何况，这邀请词出自他所熟悉之人的手笔。

万里桃林，花开似锦。天穆之野的桃花和别地不同，一万年盛开，一万年结果，一万年成熟……可后来，水土也遭遇了轻微的污染，变成十万年盛开，十万年结果，十万年成熟了。

上一个三十万年，他觉得无聊，没去。这一个三十万年，他也觉得无聊，可是，总得多少去找点乐子。

此时，漫天夕阳，他整整白色长袍，准备出发了。忽然听得一声惊叫："金杖……我的金杖呢……"他微微皱眉，还是走进屋子。

那小小的人儿昏迷不醒，嘴里只是胡言乱语。

他慢慢蹲下身子，想要将昏迷不醒的她移开，可是，她忽然睁开眼睛，一伸手便抱住了他的脖子，语无伦次："百里大人，不要离开我……不要离开我呀……"额头很烫，目光很散乱，分明是呓语。

他稍一迟疑，本要推开她，却不知怎的，反而坐了下去。

她顺势倒在他的怀里，昏睡不醒。

怀里的温度很陌生，他从未拥抱过任何人。可这暖洋洋的软绵，奇异地令人觉得很舒服。

他几次松开手，可是，她整个软绵绵地将他霸占，到后来，干脆肆无忌惮地横了身子，彻底躺在他的怀里。他无法起身，只好坐在原地。

昏睡之中，她脸上的惊惧、软弱，慢慢地开始消失，变得非常宁静温和，甚至隐隐地带了一丝丝笑意。

他忽然生了怜悯，甚至无意识地，轻轻地将手贴在她的头顶。

她满脸的惊惧彻底消失，呼吸也变得非常均匀。渐渐地，她的脸上竟然有了笑容，微微的，就像星空下摇曳的一朵花。

就连他也忍不住惊叹。早已被造物主抛弃的人类，他们有时候会忽然变异得令诸神也惊诧于她们的美丽。

很简单，从古至今，宇宙中最美丽者，总是人类的少女。

无论气候怎么恶化，无论人心怎么变迁，可是在某些特殊的时代，总有极个别人集中了天地之精华。

没有人知道原因。

按理说，最美者该是女神女仙们，可是就连她们自己，往往也会妒忌人类中偶尔出现的那么几个出类拔萃的少女。

至于她们为什么会无故变得那么美丽，就连女神们也闹不明白。

亦如现在，他盯着那温柔旖旎的脸庞，忽然觉得，三十万年的蟠桃其实毫无意义。他压根儿对任何有助于增加大神们元气和寿命的东西毫无兴趣。

星光，微风，黑夜。

凫风初蕾从未睡得这么踏实。

自从百里行暮死后，她很长时间陷入一种未知的焦虑里，夜夜难眠。

她睁开眼睛，逐渐适应了四周的黑暗，将他看得清清楚楚。

"百里大人？"

他不答。

"天啦，居然是百里大人……"她揉揉眼睛，坐在他怀里，"居然真的是百里大人……是真的……"双手，非常自然地搂住他的腰，脸埋在他的怀里，就像无数次已经习惯了那般，"呵呵，真的是百里大人……"

她忽然就放心了。几年的颠沛流离，无数的战争，忽然就安心了。

黑夜，拥抱，一个没有残阳的世界。

她聆听他心跳的声音，不知为何，听不到。他好像是一个没有心脏之人。可是，她浑不介意。

她习惯了无数个周山之夜的亲密相拥。拥抱很久很久。"百里大人，你给我唱一首歌吧……"

她的声音就像这暗夜里的一首诗歌。

他本能地问："什么歌？"

她咯咯地笑："什么都行。"

"可是，我不会唱歌。"

"百里大人，你傻了吗？你会唱许多曲子，在周山那天晚上，你给我唱了好多首……"

他想了想，思维定格在了人类的数据库。搜索的结果，令人惊诧。不过几万年的时间，人类浩渺的歌曲库存里竟然有无数的歌谣，关于丰收、胜利、战争、死亡、离别、爱情……有的哀而不伤，有的缠绵悱恻，有的轻快无比……

他们用诗歌搬运神话，用迷幻讲述过去。神一切的隐晦被走样的记录所铭记，另加上了奇特的想象和无稽的揣测，你可以捧腹不禁，也可以悚然心惊。

"百里大人，你唱一首嘛……"

他居然真的张开了嘴。于他们而言，无论做什么都是很简单的事情。那是非常欢快的一首丰收曲，简单明朗。

她听得津津有味，拍掌欢呼："百里大人，你唱得真好，再唱一首吧……"

他摇头。

她气呼呼地抱着他的脖子："你明明说了，以后什么都听我的。"

"什么时候？"

"在周山的那天晚上，你对我许诺，以后，一辈子做我的大臣，哼，你一下就忘了吗？你对着金杖许诺，说一辈子奉我为女王……"

他忽然想，那个百里行暮一定是个很窝囊的男人，一生所追逐只剩下了温柔旖旎。

"你，很喜欢百里行暮吗？"

"当然咯。"她咯咯地笑。那是少女对一个男子毫无保留的爱慕之情。在这夜里，听来特别缠绵诱惑。

但是，他不是百里大人。他也不愿意成为那个窝囊男人的替身。可是，他又不愿用拒绝来阻拦她的拥抱：这软绵绵的小手，香甜的呼吸，肆无忌惮贴在自己脸上像花瓣一般的舒服……时间的长河，也变得不那么令人难以忍受了。

他竟然伸出手，拥抱她。这是他生平第一次。他自己并未意识到。

她也没意识到，她一直以为，这是理所应当的。就像她理直气壮的娇嗔："百里大人，我好困啊……"她不是困，是重伤未愈。说了几句就支撑不住了。她打了个哈欠，又软在他的怀里，舒舒服服地享受这难得的宁静。

那是一个没有月亮的夜晚。星光早已隐匿，屋子里全是黯黑的宁静。

他却将她温柔的面孔瞧得清清楚楚。

静谧、安宁，和她之前梦中的惊悸有天壤之别。

明明是敌人，可是，老虎的爪子总是不愿揉碎了蔷薇的花瓣。

夜，每一天都是新月，弯弯的，就像姑娘美丽的眉毛。

凫风初蕾抱着膝盖，静静地坐在窗前。等了很久，不见白色身影。

这一夜，他没来。

自她醒来的每一个夜晚，他都会如约而至，从月色初升陪伴她到阳光升起，纵只是静坐、凝视，一动不动也觉得温暖。

可现在，她孤零零地坐在窗边，看着夜色渐渐深浓。

房间里，许多珠宝玩物。他不露面，总是令人送来这些东西。

可是，这些东西有什么意思呢？都是从各国收缴的战利品而已。可能在一般人看来，每一样都是稀世珍宝，只要拥有一件，便足以富足一生。可是，对于鱼凫王来说，这些算得了什么？她基本上从不打开匣子，看都不想看一眼。

凫风初蕾觉得，现在自己最渴望的是能常常见到一个人，最好天天见到。

手里，是那一只小小的玉瓶。一直贴身珍藏。她拿出来，捏在手心里，然后，慢慢地放在唇边。

"初蕾，你对着天空大叫我的名字，我便会出现在你的面前。"她微笑，百里大人，他其实从来没有食言。

尽管耽误了那么多年，但是他最后还是出现了。

于是，一切的冷漠便都可以被原谅了。

冥想屋里，风和空气都被锁住。

月色下，白衣人手里是一本金色的册子。

可是，他一个字也没看下去，只是坐着发神。

轻轻的脚步声，就像一枝花在夜晚无声无息地绽放，可是，他还是静静坐着，头也不抬。只是，心里忽然一松。

她轻轻走过去，双手轻轻放在他的肩上，微微低下头，贴在他的耳边，软软地问："百里大人……这册子上写的什么呀？"她细细看一眼，正是自己从老天尊头骨下面捡起来的那本小册子，里面记录了弯弯曲曲的文字。"这是什么文字？我以前怎么从来没有看到过？"

他随手将金册子放在一边，静静坐着。

她嘟嘟囔囔："百里大人，你怎么啦？为什么动不动就生气？以前你可不是这样的，哼哼哼……"以前，总是他哄她，迁就她，百般地宽容与骄纵。纵然她不理他，冷落他，他依旧毫不介意。可现在，他沉了一张脸，明明无喜无怒，可是，她还是察觉一股极其的冷淡，仿佛，他并不是那么愿意在此时见到她。

重逢的喜悦压倒一切，连残存的理智都被赶得老远，她仿佛一直在梦里不愿意醒来。

双手，慢慢地轻轻地搂住他的脖子。不言不动，呼吸散落于他脖颈之间。

那感觉，绝对熟悉。在周山之巅，在不周山上，在白旗镇，在大漠里，她都曾这样趴在他的脖子上……她忽然觉得很宁静，心中感到前所未有的安全和温暖。就算他生气了,他还是百里行暮。

她却不敢想,为何死去的百里行暮会复生?为何百里行暮会对自己这么冷淡?更不敢想,这个蓝色头发的人真的是百里行暮吗?

潜意识里,一直在逃避这个至关重要的问题。可是,一忽儿,又固执起来。

"百里大人,我好饿。"

他一怔。

有人会在这样的时刻觉得饥饿吗?可是,她偏偏就觉得很饿,自从受伤之后,天天醒来,看到的食物要么是不知名的野果野菜,要么是稀奇古怪的花露晨霜。总之,都是一些不食人间烟火的东西。

味道美则美矣,可是,久而久之,只觉远不如烤肉香美可口。

他随口道:"你想吃什么?"

"烤肉!百里大人,你给我做烤肉吧!"

"……"

他以为自己听错了,这小人儿,她竟然如此理直气壮地指使自己去给她做烤肉?好一会儿,他才淡淡地说:"烤肉?这种腌臜的东西,我从来不吃。你也别吃,它们的毒素会淤积在体内,慢慢吞噬人类的灵性,直到他彻底死亡……"

她大叫起来:"怎么会?不过是烤肉而已,哪有那么可怕?你快去做吧,以前你在不周山做的烤肉真是美味极了……"

她干脆站起来,拉住他的手:"起来,快起来。"

他身不由己,只好被拉起来。

火光、烤架、一只野兔。

在不周山的某个夜晚,凫风初蕾睁开眼睛,看到自己躺在一朵巨大的红花之中。

红花有几片花瓣,每一片都有一丈多高,到了夜晚,那花瓣会自动闭合,人躺在里面,就像躺在一间舒舒服服的小屋子里一般。那是不周山特有的红花,后来,走了许多地方,她再也没有见到过。

九黎,当然也没有。

她只好坐在一块光秃秃的石头上面,双手撑住下巴,仔仔细细看着烤架。她本来特别想吃烤羊,可是,她忽然想起在有熊部族看到的那只可怜的羊羔,她决定再也不吃羊肉了。可是,因为没有看到过小兔子被狼吃的情景,便觉得小兔子不是那么可怜。

她眼巴巴地看着那只肥美的兔子,兔子慢慢地在烤架上散发出香味,可总觉得还差点什么。

她很肯定:"百里大人,我总觉得你忘了放一样东西……"

他轻描淡写:"不是一样,是两样。还缺盐和野葱。"

"那你之前还说烤不来?"

他还是轻描淡写:"我去人类的数据库里看了看,他们都是这么弄的。"

她瞪大眼睛,就像看着一个怪物。

他也觉得自己像一个怪物,不但是怪物,而且是中邪的怪物。不然会大半夜没事干跑到这半山腰躲起来烤肉?而且,他一向讨厌所有肉类的味道。这令他想起各种各样腐烂的尸体所散发出来的那种奇臭无比的味道。

只有粗鄙的人类,才会喜欢各种各样动物的肉。可是,他们根本就不知道,那些只是死尸而已。而且,每一种动物在被宰杀濒临死亡之前,会感到极大的惊恐和痛苦,于是,内部机理就会剧变,分泌出一股特别的毒素。

越是新鲜的肉,毒素就越强。

人类为了美味,总是追求新鲜,中毒的程度就自然越来越严重,然后,人类的生理机能便慢慢被损坏了,于是被各种各样的病毒所浸染,体质越来越差,寿命也越来越短。

"初蕾,你以后不要再食用任何肉类了,那样,你也慢慢地会变成一个非常庸俗粗鄙又多病短命的人类……"

她好奇:"人类许多也长命百岁呀……"

"长命百岁?"

他嗤之以鼻:"如果不食用肉类,人类的寿命本该以千年或者万年计算。虽然他们已经是抛弃的对象,可是至少遗传了一些灵性,比其他动物的寿命长多了。你看,卑贱如乌龟,尚且还能活千年。人,有谁可以活千年?"

她更是好奇了:"如果我现在完全不吃肉了,那直接就可以长命千岁了?"

他摇摇头,笑起来:"当然不行。除了不吃肉,还需要有别的东西来恢复人类原本的属性。比如你,如果马上不吃肉了,你就需要定期服用各种花露晨霜,再加上我给你的其他药丸,坚持下去,体质很快就能彻底转变,至少可以完全被控制住……"

说话间,兔子已经烤好了,他随手拔下一把野葱,揉碎了,丢下去。于是,芳香便四散溢开了。

"好了,这玩意儿不要也罢……"他作势,要随手将烤兔扔下山去,枭风初蕾跳起来,一把接过,呵呵笑起来,"我好饿啊……下一次吧……下一次再修炼体质吧……"

他冷哼一声:"明日复明日,这便是人类的劣根性。总觉得每一件事情都可以推到明日,待得明日起来,又想不是还有明日吗?于是,如蜉蝣般的朝生暮死,最后一事无成……"

她啃了一点点兔肉,又停下,好奇地望着他:"你不吃?"

"我当然不吃!"

他甚至移开了一点距离,好像非常厌恶那四处溢散的肉香。

"可是,你以前在不周山时就要吃。不但吃,而且比我吃得还多……百里大人,你到底是怎么了？为什么我总觉得这一次你看起来很不对劲？都有点不像我所认识的那个百里大人了……"

"我本来就不是什么百里大人！"他冷硬的声音，在这样的时刻，忽然显得有点不合时宜。

她原本放在嘴边的兔腿，又放下，小心翼翼地看着他，又满是狐疑和不安。

这个人。

这个白衣如雪的人。

要是百里行暮，绝对不会这样轻易地就翻脸反怒。事实上，她从来没有看到百里行暮在自己面前生过气，更别说用这样冷漠的语气讲话了。

她默默地把兔腿放在一边。她忽然觉得，这烤肉真的一点味道也没有了。

"凫风初蕾！"这声音很生硬。

之前，她都说了，不要这样连名带姓地叫自己。可现在，他又来了。

"委蛇说，你愿意为了百里行暮付出一切代价，是吗？"

她觉得很奇怪，还是点头："呵，当然。"

"无论什么你都愿意做，是吗？"

"对！"

"那本尊就视为你同意一切要求了！"他嘴角浮起一丝笑意，非常之残酷。

她却不敢问：这要求到底是什么？她只是静静凝视他，不敢将那句早已在喉头滚动了无数次的话说出口，那句话便是：百里大人，我们回金沙王城吧。

百里行暮说，以后我就在金沙王城一辈子跟着你这个女王。可现在，她不敢提到这个词。纵然活在梦里，她也希望这梦能更久一点。

她忽然轻轻拿了小玉瓶，放在他的眼前："百里大人，我以前好多次对着天空呼喊你的名字，可是，总得不到回应，本来都快绝望了，没想到……"那声音很软，就像西天紫色轻纱一般的晚霞。

他不由得转向那只小玉瓶。月色下，小玉瓶上分明是一张清晰的人脸——那是红发白衣的百里行暮。

他心里忽然很不舒服，觉得那个叫作百里行暮的男人非常讨厌："初蕾……"

她忽然弯下腰来，嘴唇飞速贴了一下他的嘴唇。速度那么快，快得他都没来得及察觉滋味，她便移开了。那么自然，那么熟稔，他心底那一丝不舒服的感觉忽然被彻底驱散，不由得伸手搂住她，可是，她却只是笑眯眯地："百里大人，你得把这玉瓶再修改一下……"

他竟然很失望，不经意地舔了舔嘴唇，觉得这一切，真是意犹未尽。

"怎么修改？"

"你以前说，只要我亲你一下，对着天空大喊你的名字，你随时都会出现在我的面前……"

他诧异，那百里行暮到底是个浪漫的男子还是一个蠢货？

他居然把一个冲击波做成的武器，当作一件定情的信物？这要多么迷恋，才能有这样讨好的举动？

可是，凫风初蕾根本不知道他的心思，还是软嘟嘟地说："你给我改一下，改为只要我摸一下你的眼睛，你就会出现在我的面前……"

"为什么改为摸一下眼睛？"

"因为有时候情况紧迫时，我根本来不及嘛……"

他仔细研究了一下，仿佛在思索，到底该怎么改。

可凫风初蕾，心里却忽然很紧张，也很茫然——这玉瓶，百里行暮是早就修改过的。在阳城某一次迎战大费之后，他便修改了这玉瓶。

可眼前这个白衣人，根本就不知道这一点。他，真的是百里行暮吗？

"初蕾……"他忽然注意到，她的目光一直落在自己的蓝色头发上面，眼神里分明有了疑惑和猜忌。他的神情立即冷淡了一下，随手便将小玉瓶递回她的手里，冷冷地："这种无聊的玩意儿，收好吧，再也别拿出来了。"

她默然收了小玉瓶。

他站起来，已经走了几步，察觉她坐在原地一动不动。

他只好停下来："凫风初蕾……初蕾……"

她还是一动不动，背对着他。

他只好又走过去："初蕾……夜深了，回去休息吧……"

她的头埋在双膝上，还是不说话。

他暗叹一声，又在她旁边重新坐下。

好一会儿，她终于开口了："百里大人……"

他松一口气："怎么啦？"

她闷闷地："我觉得百里大人没有以前那么喜欢我了。"

他很诧异，这小人儿的语气里竟然很伤心。

"以前，百里大人根本不是这样，从来不对我大声讲话。"

他苦笑。

她忽然站起来，看着茫茫的夜色，指着远方层峦叠嶂的嫩绿丛林："百里大人，你把这些全部变成蓝色吧……"

他奇怪地问道："为什么要变成蓝色？"

"你不是说了吗？心随意动，你想要这世界什么样子就是什么样子。你现在全部给我变成蓝色吧，我忽然希望这个世界全是蓝色的……"

他缓缓道："可是，你不觉得蓝色的丛林很奇怪吗？"

她十分固执："我就要看到这个世界全部变成蓝色！对，就是蓝色！和你的头发一模一样！百里大人，你变给我看！"虽是娇嗔，却是命令口吻。

他好奇地看着她，这小人儿，她怎敢如此嚣张呢？早前在九黎百般捣乱也就罢了，现在落入敌手，反而更加嚣张，这是为什么？

可是，若非她这么嚣张，他想，自己根本不会露面了。惩罚一般的凡夫俗子，哪里轮得到天尊露面？他便静静打量她。

事实上，他并非没有见过嚣张的女子，许多女大神也是嚣张的，但是，她们的嚣张和她不同，那是一种含蓄的、委婉的冷漠，从不会过分张扬。就如她们的美，虽然花一般，却是冰封之后的假花，没有一点活色生香。

事实上，过分漫长的仙家岁月，让所有的男神女神统统已经丧失了七情六欲。每个人，哪怕寂寞得发狂，也总是端庄严肃地兜着，久而久之，所有的寂寞，反倒升级成了真正的修炼。

至于其他的凡夫俗子，他们倒是七情六欲、活色生香。可是他们总是鄙视弱者景仰强者，永远匍匐在大神们的脚下，对大神们顶礼膜拜，祈求得到各种各样的好处，小到让自己生一个儿子，大到让自己发一笔大财或者取得一次大胜登上王位……

哪里像眼前的这个人儿？她既不是大神，可是，在大神的目光下，也不怯懦；她也不是一般的凡夫俗子，因为她是个女王，而且她从来不跪拜在大神的脚下祈祷任何好处。

于是，这活色生香，变成了世间罕有。

别说过去的七十万年，就算过去的几百万年，他也从来没有见过。

"百里大人，快点啦，你把这个世界变成蓝色吧……"就连催促也是软软的，娇滴滴的。然后她干脆拉住了他的手，轻轻摇晃："百里大人……"

他稍稍迟疑，还是随手一挥。洒落丛林的月光，忽然变成了宝石一般的蓝色，然后是蔚蓝色的天空、蓝色的云彩。

丛林里，也是深深浅浅的蓝：蓝色的树木、蓝色的花草、蓝色的萤火虫，就连偶尔跳跃的麋鹿也换上了一身蓝色的皮毛，两只蓝色的鹿角也在夜空里闪闪发光……

凫风初蕾极目远眺，所有的蓝尽收眼底。

旁边有一大丛鲜花，本来是什么品种已经分不清楚了，只看到碗口般大小的花，通体宝蓝色，就连花蕊也蓝得透明一般。

她呵呵笑起来，喃喃自语："是百里大人……真的是百里大人……"

她忽然跳起来，一把就搂住了他的脖子："百里大人，百里大人，谢谢你！谢谢你……"

他本能地反手将她拥抱，也许是受这夜色的感染，竟然有一种奇异的兴奋，仿佛这样讨好她，能令自己感受到一种陌生的欢乐。

"百里大人……百里大人……"她的头完全埋在他的怀里，忽然觉得什么都不重要了，只要是那个人就行了。

至于他的头发，至于他的冷淡……这些都不是问题。除了百里行暮，谁还能这样呢？

她忽然松开他，跑了。

他很意外，还是跟了过去。

她跑得不远，蹲在夜色下面，一直在寻找什么。

他看了好久，没忍住："初蕾，你找什么？"

"蓝色丝草……奇怪，这里怎么没有蓝色丝草呢？"

"你干吗要找蓝色丝草？"

"百里大人，你忘了吗？就是周山的那种蓝色丝草啊。每到夜晚，就会闪闪发亮，有的还会随风发出一种美妙的乐曲，就像鸣沙山上的那种乐曲……"

她弯着腰，一边寻找，一边说："我要找一根蓝丝草，再给你编织一只指环……唉，怎么找不到呢？"

漫山遍野，野草许多，可是，都是粗枝大叶或者短小精悍，根本没有周山上那种蓝色丝草。那银丝一般的长长的茎秆，随手便可以绕成美丽的指环，甚至可以编织成美丽的花冠。

可是，这里一根蓝丝草都没有。

她很失望："怎会没有呢？唉，这里什么东西都没有……"

她慢慢站起来，忽然抓住他的手："百里大人，我送你的指环呢？"

"……"

"我在周山之巅送你的指环呢？说好了是定情物，你说了永远也不会丢弃的，现在，你怎么丢了？"她忽然生气了，这个百里行暮，竟然把自己送给他的礼物扔掉了。"百里大人，你这样可不好，你送我的东西，我全都保管着呢，为何我送的你就扔了？哼……"

娇嗔少女完全是在心上人面前时那样肆无忌惮地撒娇。

那得是以前多么受宠，才会这样理所当然？

一阵风来，漫山遍野深深浅浅的蓝，不经意地消失在了夜色之中。

有一个声音在耳畔提醒自己：这样下去可不行啊。予取予求，这和事情的初衷越来越违背了，不是吗？于是，他冷冷地："我不是百里行暮！我根本没见过什么蓝色丝草！鸟风初蕾，你不要再一直装傻了！你认错人了你不知道吗？"

她傻愣愣地站在原地，眼睁睁地看着他大步就走了。

他白衣如雪的背影，已是怒火熊熊。

自那个夜晚之后，鸟风初蕾再也没有见过他。

纵然每一个夜晚，她去到冥想屋，可是，冥想屋总是空空如也。他已经离去，或者，他故意避而不见。

九黎分明有什么喜事。一夜之间，木楼翻新，花草重植，熙来攘往的人群谈笑风生。佳肴的香味，冲天而起，飘散得很高很高。可是，又不是一般牛羊肉的香味。

整个九黎，仿佛成了一个巨大的花海。从九黎广场来的各种货物也络绎不绝。锦缎丝绸、珍奇玩物、胭脂水粉、糖果糕点、象牙琥珀，以及各种各样新颖别致的铜铁工具、玉石器皿，几乎天下珍稀，应有尽有。

凫风初蕾纵不问外事，也深感不安。远远望去，肃穆苍凉的九黎碉楼也变得金碧辉煌，如王宫一般。

凫风初蕾这才猛地拍了一下自己的脑袋，发现自己到底忽略了什么了。白衣天尊！东夷联军的神！为的便是要独霸天下！

她匆匆赶到冥想屋。这个夜晚，冥想屋依旧空无一人。

他不在的时候，这屋子显得特别空旷，仿佛没有一丝活气似的。慢慢地，她发现一个问题，这屋子里还是没有一丝气味，百里行暮身上仿佛是没有气味的。

可是，以前，他分明身上满满都是男子的气味。为何这个白衣人，身上毫无气味？

她干脆走到他的位置面前，以前的每个夜晚，他总是坐在那里。于是，她便很自然地在那个位置上坐下了。

说也奇怪，一坐下，便觉得睡意蒙眬，她打了个哈欠，仰靠在背后的墙壁上，便睡着了。

不知过了多久，门口有人无声无息地进来了。

月色下，他看得分明，那个小人儿坐在自己的位置上，头朝下一点一点的，正在打瞌睡。

天尊之位，只因坐下有大神才有资格驾驭的宇宙星石，一般人是根本看不见的，因为那是一种放射性能量石。一般人纵然挨着了，也会被放射性彻底烧毁。这也就是凡夫俗子，绝对不敢靠近大神，更不敢坐大神之位的原因。

能量的差异，决定了地位的差异。

可是，这小人儿不但端然坐在自己的位置上，还漫不经意地打瞌睡，从她那静谧的神态看，简直就像这座位分明是她的一般。

这么嚣张的凡夫俗子，到底如何惩罚她才好？他一时踌躇，竟然很是为难。他再走几步，距离她三步之遥停下脚步。

她浑然不觉，还是甜睡。

月色下，她宁静的脸上有微微的笑意。他忽然心跳，不由得后退一步，然后，干咳了一声。

凫风初蕾应声醒过来，待得看清楚来人，呵呵笑起来："百里大人，你终于回来了！我在这里等你呢。"

她还是很自然地坐在他的位置上，一点也没有要让开的意思。

她不打瞌睡的时候，端坐的姿势和一般女子不同，非常自然、高雅、端庄，隐隐地，像一个女大神，但是又和一般的女神截然不同。

"百里大人，你这几天干吗一直躲着我？"

他耐着性子："以后，别叫本尊百里大人了！本尊不是百里大人，也对你那一套装疯卖傻不感兴趣！凫风初蕾，有时候本尊在想，你是不是故意这样，好博得本尊怜悯，放你一马？"

凫风初蕾："……"

"如果你是为了逃命，就犯不着这样！你尽可以跪地求饶，本尊也会饶你一命！"

她忽然站起身。

他立即后退一步："凫风初蕾，请你自重！一个人类的少女，不要动辄就去拥抱男人，亲吻男人，这样是不自爱的表现……"

她再上前一步，指着他，愤愤地："谁需要你饶命了？谁向你求饶了？百里行暮，你干吗这样说我？再说，谁要亲吻你了？"

"……"

她指着他的鼻子："你真不是百里行暮？"

他缓缓道："当然！不是！"

她后退一步，仿佛这时候才彻底清醒过来："既然你不承认你是百里行暮，好吧，我也不纠缠你了。以后，我们各走各的吧。"

他眼睁睁地看着她跟自己快要擦身而过。她的神情也冷漠得出奇，跟之前那个娇嗔缠绵的少女截然不同。

"不许走！"

"我要走，谁也不能阻拦！"

"这是九黎！不是你想来就来，想走就走的地方。凫风初蕾，这里不是你撒野的地方。"

她愤而甩开他的手："你能把我怎样呢？杀了我？我想走就走，关你何事？"

他无语，眼睁睁地看她离去。

九黎碉楼第七层的大殿里，正在召开一场大会。东夷联军的高级将领几乎全部出席了。他们可不是一般的将领，许多人都是以前大大小小诸侯国或者独立小国的首领，有的于战时归顺，有的是主动投靠。

每一个人，都视能参加这场会议为荣耀。每一个人，都以马上要见到天尊的第一面为幸运。

他们都很清楚，历史，从此必将更改。而他们，都是历史的参与者。当然，也是新王朝的缔造者。

此时，他们济济一堂，正热烈讨论即将到来的万国大会。

万国大会的召开地点自然是九黎，这是毫无争议的。但是，关于新的"都城"的问题，争论也很大。

众人七嘴八舌，议论纷纷。

天尊则高高坐在台上，从金色面具里查看众人议论。

这是他第一次在属下面前露面。但是，他的位置很高，众人必须仰视，每每抬头，总觉得他坐在虚无缥缈的云端里，因此，神秘之感倍增。

众人也如聆听神祇。

但是他一直静默，让属下们尽情争论。

终于，吵吵嚷嚷的众人停下来。

熊样开口了："各位，你们可能忘了一个问题……"

"什么问题？"

"鱼凫国的军队还在褒斜秦岭一带嚣张。我们是不是应该先解决这个问题再说？"

"没错！现在天下，就只有鱼凫国内有一支独立的军队了！是该彻底消灭他们了……"

"不但该消灭鱼凫国的军队，还应该彻底踏平金沙王城，听说金沙王城黄金铺墙，白银铺地，更有无数美貌如花的女人，我们应该一路杀过去，抢黄金、抢女人，岂不快活潇洒？"

一边的大将军布布却道："鱼凫王还在，你们怎能去抢黄金美女？"

"哈，鱼凫王……就是那个第一招便败给天尊的女子？"

"不自量力耀武扬威，之前不晓得有多牛气，结果，被天尊一招就拍死了……"

"她还没死！"

嘈杂的喧嚣立即沉静下来。

众人很诧异，天尊下手，难道还杀她不死？

大家都仰起头，看着大法师。大法师便是天尊的代言人。凡夫俗子不可仰视大神，一切的命令，天尊都是通过大法师发布出去。

大法师却缓缓地说："你们认为，如何处置最为妥当？"

诸臣，无人敢轻易回答。

布布壮着胆子："属下认为，应该于万国大会上，当众斩杀凫风初蕾！以儆效尤！"

"没错，她在九黎广场侮辱天尊的袍子，天下皆知，不杀不足以威慑天下……"

喊打喊杀之声，冲天而起。

大法师一挥手，众人又安静下来。

他摇头："我认为，即使要惩戒，也无须大开杀戒。"

"不杀？不杀留着干什么？"

大法师朗声道："天尊仁德宽容，这次万国大会，自然是为了向天下万国宣示仁政。所以，公开杀戮，并不为智。"

"依大法师之见，又该如何？"

"让凫风初蕾以鱼凫王的身份，在万国大会上，当众向天尊跪拜称臣！鱼凫国举国投降，天尊便饶恕他们，岂不妙哉？鱼凫国独立于西南已经几万年了，自来夜郎自大，藐视外界。大家想想，某一天，现任鱼凫王忽然跪在天尊脚下，臣仆一般，这岂不是我们最大的胜利？"

……

贴着墙壁的凫风初蕾，眼前一黑，几乎生生掉下去。

十几丈的高度，原本对她来说，根本不算什么。可现在，只能凭借最后一口气，才能勉强不被人发现。

没错，她的伤势根本没有痊愈。以前的元气，根本无法挥洒自如。

可是，她已经顾不上了。

她仓皇潜回房间里，焦虑寻找着自己的金杖、金箔……可是，金杖和金箔，全不见了。

她心里其实很清楚，白衣天尊，已经将自己的武器没收了。

自己只是被囚在这里的俘虏。

只是她内心深处总不肯相信，也不敢相信。

偏偏窗外，残阳如血。

一阵风起。无数条草蛇忽然被吹到窗台之上。她惊叫一声，本能地一拳击出。拳头生生将窗棂砸破一个大洞，下面，只是几片小小的叶子。

她呆呆地看着自己血流如水的拳头，浑然没察觉房门被轻轻推开了。

"初蕾……"

她仓皇后退。

他诧异地看着她满手的鲜血："初蕾，怎么了？"

她深呼吸，理智忽然回来了，强迫自己镇定，她微微一笑，装作若无其事："没事，我把几片叶子看成了青草蛇……"

他淡淡地说："叶子也能看成蛇？"

"是啊，心中有蛇，天下万物皆是毒蛇。"

他一怔，心想，你的坐骑也是巨大蟒蛇，可你居然怕蛇，岂不是咄咄怪事？但是，他没说出口。

他只是诧异打量她，若有所思，她少有地盛装打扮，一身金红色的蜀锦华服，微微苍白的脸像极了夜晚开放的红玫瑰。

可这欣赏的目光不但没有带给她丝毫安慰，反让她战栗、躲避。这目光，也是陌生的。她忽然觉得，这根本不是百里行暮的目光。

百里行暮，其实从不这样看自己。

她却没有任何表露，还是微微一笑："百里大人，我的金杖和金箔呢？"

他不答。

她内心更是惊惶，却还是面不改色，笑眯眯地，似在自言自语："金杖也就罢了……可是，那金箔却是百里大人送给我的，那是历代蜀王的标志……是他临死之前，亲手交给我的……"

笑容和声音，分明都在战栗。越是惊艳，越是凋零。

他有点意外："你一定要金杖和金箔吗？"

她没有作声。

他一挥手，金杖和金箔平平地便从半空中飞来。

她接过，如释重负。

可一转眼，看到窗外的残阳，内心再一次战栗。那妖冶的太阳，一丝也没有改变。她疑心，九黎的上空和有熊部族一样，也被一颗假的太阳所笼罩，从此，黑夜必将永远不会再来。

他也凝视着那一轮夕阳，完全没再注意她的神情。因为，那夕阳很美。血一般洒下一整片轻纱，将整个世界都镀上了一层淡金色的光芒。

时间，忽然很慢。每一分每一秒，都成了漫长的煎熬。

夕阳的余晖总是不落下，天也总是不黑。

白衣天尊，静静地坐在对面的椅子上，闭目养神。

这是很久以来，他第一次主动踏入她的房间。可是，这不是因为关心，而是因为监视。凫风初蕾很清楚，除了他，整个九黎没有任何人能阻拦自己的离去，所以，他只好纡尊降贵，亲自前来。可是，他为何不马上翻脸？为何不马上出手？难道上神也这么虚伪？一个占据了绝对优势之人，有必要在弱小者面前露出这样的姿态吗？

她胆战心惊，只是惴惴地思索应对之策。情不自禁，再退一步。

本以为自己距离他很远，结果却那么近。近得能看清楚他乌黑的睫毛。

天下无敌的俊美男子。造物主第一流的杰作。

可是，她已经非常清楚：这不是百里行暮，百里行暮早就死了。

这个人的头发是蓝色的，是自己瞎了眼。

许久许久。

那妖冶的夕阳忽然沉没。

白衣天尊站起身看了一眼窗外，那假太阳一下就沉没了。没有任何过度，一下就笼罩了整个人间。

凫风初蕾双足发软，慢慢坐在地上。

"初蕾……"

她竟不敢回答。

他不再言语，起身便走。

凫风初蕾眼睁睁地看着他离去，双足还是软的，提不起丝毫力气。不知在冰冷的地上坐了多久，直到双腿快要彻底麻木了，凫风初蕾才翻身跃起来，三下五除二便换上了一身便服，藏好金箔，手拿金杖，悄无声息潜入了黑夜之中。

整个九黎，早已沉睡。

高耸入云的九黎碉楼，却在黑夜里独自金碧辉煌地炫耀着自己迟来的荣耀。尖端上的金箔，拥有无可阻挡的光华，那不是一般的黄金，那是一种非常稀有的合成金属，除了白衣天尊，其他人根本办不到。

凫风初蕾不敢停留，疾步如飞。

整个天下，她只怕九黎。整个九黎，她只怕一人。

终于，奔到了九黎河边。昔日的厮杀战场，早已风平浪静。尸首，营帐，失踪的战马，统统无影无踪。可是，她还是站在桥头前，慢慢回头。

西南方向便是鱼凫国两千士兵集体阵亡的地方。白衣天尊揭开面具，只看了一眼，两千人加上四只迅猛龙，无一幸免。

整个四国联军，他只诛杀她的全部余众。

这不是杀鸡骇猴，是故意要让她恐惧。她握住金杖的手，一直在发抖。她很清楚，今日的逃亡，才刚刚开始。

很快，金沙王城就会被铁蹄践踏，就如战争贩子们所叫嚣的："黄金，美人，统统是我们的……"

自古以来，战争的本质都是如此：财富，女人。屠戮敌人的百姓，将敌人的妻女抱在怀里。那是胜利者最大的享受。

她急于赶回金沙王城，纵然是死，也要竭力阻止这一切。

刚一转身，便呆住了。

彼时，天已微明。

桥头那边，一雪白身影。他并未看她，而是背对她，似在静静欣赏沿河两岸的风景。

彼时，晨曦初露，如梦似的青烟白雾，在河上缓缓飘摇，却正好阻住了她的去路。

双脚踏立处，正是当初她倒下的地方。他只一招，她便如被抽光了全部血肉的北极熊一般，只剩下一张皮。

此刻，那血痕画成的影子还清晰可见，就像一段铭刻的失败，永远也不会被涂抹。

她已经别无选择，只紧紧握住了金杖。就连呼吸，都充满了杀气。

他分明感觉到了这股杀气，慢慢转过身来。

没有金色面具遮掩的脸，在清晨下，有一种绝世的风采。

千山万水，八荒四野，她所行过的路中，他无疑是最好看的男子。

她脚步本要后退，可是，紧紧捏着金杖，反而上前一步。

鱼凫王，不能后退。鱼凫王，也没有资格后退。

他的眼神，试探着问："百里行暮真的和本尊长得很相似？"

"你不是百里行暮！"

"当然！我不可能是百里行暮！"

她心平气和："是我瞎了眼！"

他顿了顿："我一直在奇怪，为何颛顼生了个白痴的女儿。"

她还是心平气和："没错！不但瞎，而且蠢！连人都认不清。"

"委蛇说，你继承了百里行暮几十万年的元气，又能四面幻变！如果你不是认错了人，根本不会输！本尊也不愿占你这个便宜，所以，现在，凫风初蕾，你就亮出你全部的本领，让本尊见识见识四面神的后裔到底有什么过人之处！"

她举着金杖便冲了上去。没有任何预警，没有任何冲动，四面神影，瞬间裂变。恐惧到了极限，潜力便也达到了极限。

四道金杖，巨大的金色光芒四面八方笼罩了白衣尊者。

他后退一步。万年坚固的石桥，忽然断为两截。

他在那端。

她在这端。

她满头大汗，却气喘吁吁。

他笑起来，意态潇洒："果然有两下子！凫风初蕾，本尊真是小瞧你了！"

她举着金杖，再一次冲上去。断桥、鲜血，整个九黎河水也被搅动，一股巨大的白浪冲天而起，似要将对面的白衣人彻底湮没。

可是，白光一闪，冲天的巨浪忽然委顿入河，一瞬间变得风平浪静，连涟漪都被彻底抚平。

凫风初蕾后退一步，一口气血涌上喉头，可是，她生生忍住，脸色一片煞白。

他还是意态潇洒地站在断桥那端，阻住了她的去路："第二招了，你居然还没倒下去！凫风初蕾，你果然名不虚传！"

她笑起来："这不，还有第三招呢……"

他一挥手，漫不经意："别逞强了！"

"你不是要领教四面神一族唯一后裔的功夫吗？我也不能让天尊失望了……"

她的称呼也变了。不再是百里大人，而是天尊！好像他真的只是一个天尊而已！

第三招，终于出手了。

气血在周身乱窜，仿佛每一处筋脉都要断裂了。可是，金杖的速度丝毫没有减弱，四道缥缈的红色身影，几乎将整个九黎河上空彻底笼罩。

纵然是天尊，也不得不避其锋芒。他微微变色，白色身影不由得后退一步。

转眼，她已经到了断桥对面。和他正好交换了一个位置。

朝阳升起，洒了她满脸，她雪白面孔上已经没有一丝血色。她紧紧闭着嘴巴，不让那一口血喷出来。

而他毫发无损。就像看着一只微不足道的蚊子从自己眼前飞过一般看着她："初蕾……"

她嘶声道:"站住!不许过来……"她这一泄气,浑身的元气再也无法支撑,一口鲜血,喷涌而出。

他一怔,竟然真的一动不敢动。因为,他雪白衣衫上,出现一道梅花似的红色痕迹。

她狠狠瞪着他,再退一步。

他伸出手:"初蕾……"

她还是用金杖指着他:"你……不许过来……"然后,转身就跑。

"初蕾……初蕾……"

她忽然停下脚步。

他反而愣住了。

她慢慢回头,凝视着他,眼神彻底绝望。

当初在周山之上,一把一把抓了泥土将他覆盖,当最后一把泥土不得不覆盖他的脸庞时,她也不曾如此绝望,死心塌地的绝望。

她眼里的神情那么复杂,令他完全摸不着头脑。

她伸手在怀里,好一会儿才摸出一样东西,看了看,然后,轻轻抛了过去:"还给你!"

他下意识地伸手接住,那正是她经常在黑夜里捏在手心的那只小玉瓶,上面,百里行暮闭着眼睛,仿佛沉睡一万年也没有醒来过。

转眼,她已经跑过河岸,快步进入山林。

双头蛇猛地从山林里蹿下来,声音焦虑极了:"少主……少主,你怎么了?"

他眼睁睁地看着她离去,并未继续追赶。

第二十一章　金沙王城

野花，丛林，慢慢随着阳光蒸发的晨露。

凫风初蕾静静躺在平稳的蛇背上，一直闭着眼睛，不愿再睁开。

她从未如此疲倦，也从未如此渴望一睡不起。

好几次，委蛇停下脚步，十分焦虑地探索少主的鼻息。有时候，它觉得少主已经失去了全部的生气，可有时候，它又觉得少主还好端端地活着。

它不敢加速，它怕颠簸会让少主气血散尽，可是越过秦岭，少主却开口了："委蛇，回金沙王城。"

它很意外，它以为少主会先顺道去褒斜。毕竟，沿途有东夷联军的风声。

一支联军一直在汉中南中附近逡巡，已经和鱼凫国军队展开了长达一个月的游击战。彼此各有胜负，谁也没有绝对战胜对方的能力，实际上，东夷联军输的时候更多。

可是，那仅仅是因为东夷联军的主力尚未到达。

一旦主力来了，情况就不同了。更何况，还有白衣天尊这么可怕的人物。他一到来，一切便将灰飞烟灭。那是一场完全可以提前知道结果的战争。

本以为鱼凫王回来的第一件事情便是去褒斜。毕竟要鼓舞一下士气，让众将士有个念想。

可是，委蛇没有提出任何质疑，立即便往金沙王城的方向奔去。

金沙王城，已经是另一重天地。

九黎的四季如春，在这里已经变成了三十里芙蓉花道的盛夏景致。可能是因为秦岭的阻隔，战争的阴影一直没有传导到金沙王城，大街小巷依旧行人如织，琳琅满目的货物堆积如山，小孩们欢呼雀跃，红男绿女吃喝玩乐。金沙王城，依旧是一个悠闲的世界，独立于外界的腥风血雨，自成一个体系。

凫风初蕾站在王殿的顶端，极目远眺，一城繁华，尽收眼底。

委蛇和大熊猫站在她背后，都忧虑地看着她。

良久，委蛇低声道："需要召集鳖灵和卢相他们吗？"

她缓缓地说："暂时别惊动他们。"

然后，她慢慢地走下王殿的最高处，往槐树居而去。

去槐树居，是因为她登基的时候发生了一件怪事，原本被安顿在这里的有熊氏父女，忽然失踪了，怎么都找不到。凫风初蕾最初以为他们是不辞而别，也就没有声张，随着战乱兴起，更搁置了此事，但一直没有停止派人打探消息。结果，反馈回来的消息是，有熊氏父女根本没回去，真的在槐树居处失踪了。这一下，凫风初蕾彻底急了。

久违的槐树居，依旧一尘不染，失踪的有熊氏父女，再无任何音讯。

凫风初蕾静静地坐在老槐树下，微微闭着眼睛，两个忠实的伙伴，也不敢发出任何声音。

夜幕降临，微风吹来一丝热意。

她的手心里却满是冷汗，内心深处，一直在询问自己：到底如何，才能再次将古蜀国封印？

四万八千年的岁月，不被外人知晓，正是因为历代蜀王封印的结果。而她这个蜀王，可能是几万年来，唯一一位不具备封印能力的王者了。没有封印能力，便不配为王者。尤其是面临即将灭国的时刻。

委蛇看到少主的神情，立即便明白少主为何急于赶回金沙王城了，它只是低声道："老鱼凫王的书房里，有许多秘密，少主不妨进去再看一看。"

凫风初蕾其实早就想到父王的书房了，可是，有熊氏父女失踪之后，她已经反复寻找了父亲的书房，哪怕一个最微小的角落也没有放过，却从来没有发现任何端倪。

老鱼凫王的书房，也是一尘不染。除了几十万年遗留下来的各种书册，最令人瞩目的，还是那些形形色色的青铜古树。

其中最大的一棵，高达两米，三层枝丫，盘踞在一条卧龙身上，卧龙利爪往上，就像倒翻的尖刀。

而每一层的枝丫，也全是弯刀一般，四面八方指着这个冷冷的世界。

凫风初蕾已经无数次看过这棵树，可今天，越看越觉得奇怪，这哪里是一棵树啊，分明就是一棵树上长满了利刃。

什么样的树，才会四面八方长满利刃？她百思不得其解。

连续三天，凫风初蕾都静坐书房。偶尔，她睁开眼睛看着青铜神树时，居然和委蛇的错觉一样：那青铜树上翻卷的利刃全部转移了方向，从四面八方一起对准自己。可定睛细看时，青铜树没有任何变化，一如寻常。

后来，她觉得这青铜树十分古怪，干脆起身，大声道："委蛇……"

委蛇应声而来："少主，怎么了？"

"我们立即出发去褒斜。你带上这棵树吧。"

委蛇很意外，却立即道："好。"

凫风初蕾随手摸了摸这棵树，毕竟是青铜的分量，又有两米多高，一定十分沉重。她掂量一下，果然沉甸甸的。这一路，委蛇背负，可能有些不便。她正考虑要不要派一队士兵用马车押送，可是，刚伸到青铜树第二层枝丫间的手忽然停下。

随即，便本能地移开手。那两米多高的青铜树，一瞬间便不见了。

"天啦……"

惊呼，尚未出喉，因为，她瞧得分明，青铜树不是不见了，而是缩小在地面上，只剩下不到一尺的雏形。

凫风初蕾立即将之拿起来，握在手里，简直感觉不到这东西什么分量。

委蛇也惊叹："这青铜树果然有古怪。老鱼凫王放在最好位置的东西，一定有它的神奇之处。"

凫风初蕾很是欢喜，立即将青铜神树随手揣在怀里。说也奇怪，内心深处，顿时一股奇异的力量，仿佛父王在耳边无声叮嘱："蕾儿，别怕，这不，一切还有我呢！"

但是，这棵青铜树到底用途如何，主仆二人其实都不清楚。

充其量是老鱼凫王给予的一个安慰和精神鼓舞而已。

清晨的褒斜，沐浴在一片朝阳之中。

已是盛夏季节，山风却没有多少酷暑。

戒备的探子，张开了特质的网，但凡有人闯入，便会发出警报，鱼凫国大军便会立即发出攻击。

凫风初蕾巡视了一圈，十分满意，然后悄无声息地出现在了军营。

正在练兵的杜宇忽然抬起头，满脸不可思议的狂喜，好一会儿，才嗫嚅："少主……居然是少主……"

她微微一笑。

整个褒斜，彻底震动。鱼凫王，居然回来了，而且平安无恙出现在军营。

杜宇和几名高级将领，立即奉命来到了临时行宫的会议室。

凫风初蕾坐了上去，看到牟羽、戎甲都面色惊惶，好几次欲言又止，又不敢轻易开口。

终于，牟羽还是问出了口："请问鱼凫王，启王子他如今在何方？"

她无法回答这个问题，也无法摇头。

九黎之战后，涂山奉朝和淑均带着垂危的姒启上路，如今，近两个月过去了，再也没有任何消息传来。

两个人带着一个重伤垂危者，不可能赶路，他们还在秦岭之中徘徊？或者遭遇敌人伏击？尤其是姒启，他还能活下来吗？

这一切没有任何人知道，就连凫风初蕾也不清楚。

牟羽的眼神非常绝望。

但是他不敢继续问下去了。很显然，启王子已经凶多吉少了。即使侥幸活下来，他也丧失了全部的军队以及整个大夏！

大夏之王，从此只是一个历史名词了。

戎甲也胆战心惊："我家大王还活着吗？"

回答他的是委蛇："你放心，小狼王已经活着回白狼国了。不过，他率领的全部狼少年大军，已经彻底被东夷联军接收！"

活着的小狼王也无非只剩他孤家寡人而已。

反倒是褒斜军营里，还有一千狼少年大军以及一千大夏精锐。

也许，这已经是他们唯一的军力了。

当然，他们早就明白了鱼凫王当初要训练这支奇兵的目的和用意。凭借这支三千人的精锐，他们纵横秦岭，长途奔袭，不但找出了落头族的老巢，令落头族被一顿训斥便仓皇逃走，更拖住了东夷联军的脚步。毕竟，东夷联军并非真的鬼兵，无法在地形不熟的千里秦岭中一直打游击。

纵然四国联军瓦解后，东夷联军中的一支两万人军队一直在汉中南中一带驻扎，却始终对付不了鱼凫国的军队，反而多次被击退。其中最惨的一次，鱼凫国和当初姒启派来的一万大夏军队联手，几乎将他们彻底驱逐出汉中，令这一片土地有了至少一个半月的风平浪静。

枭风初蕾很详细地听取了杜宇的部署和战略安排，只对一些很细微的地方提出了一点补充，然后就令众人退下。杜宇落在最后面。

枭风初蕾知他有话说，便和颜悦色道："杜宇，你留下吧。"

他慢慢回头，一向沉稳的目光很是喜悦。四国联军瓦解的消息传出，几乎所有人都以为鱼凫王必死无疑。杜宇却压住了这个消息，不但没让鱼凫国军队知晓，更不许散播到金沙王城，所以，金沙王城才维护了以往的宁静和安稳。

"属下总不相信少主会遇害……果然……也是属下无能，一直在秦岭之中潜伏，没法来到九黎相助……"

她微微一笑，军令如山，自己临行之前，三番五次勒令杜宇必须严守褒斜，无论发生什么事情都不许离开。也幸好他遵守了军令，一直驻守褒斜，他若是逞一腔血气，只怕整个鱼凫国的主力全军覆没不说，东夷联军早已顺势取道，拿下了金沙王城。

那时，自己这个鱼凫王，就算是活着回来，也没有任何意义了。

"杜宇，你做得很好！"

杜宇还是不安："少主，那个什么白衣天尊真的很厉害吗？"

她忽然觉得无法回答这个问题。怎么说呢？难道告诉杜宇他们，白衣天尊只要看你们一眼，纵然是上万的大军，立即便会灰飞烟灭？

"杜宇，你记住，东夷联军一点也不可怕，跟他们交手，正常发挥就行了。但是，只要听得白衣天尊一来，你必须立即下令，所有人马上逃离，包括你自己！"

她一字一句："如若违抗这个命令，一定军法从事，严惩不饶！"

杜宇惊呆了。

"你出去吧！"

他傻傻地出去，直到走出去很远，才想起自己完全忘了对少主行礼，就这么走了。

委蛇看着他的背影，暗叹一声，这可怜的家伙，可能从未听过这么奇怪的命令。

少主这分明是怕他们被白衣天尊彻底消灭，要无论如何他们保全性命。

当天夜晚，东夷联军便发动了偷袭。

这一次出动的全是拿着鬼枪的鬼兵，但是他们有一个致命的缺点：每射击一阵之后，便必须更换一披鬼弹，或者由第二批人接上来。

而且应付这种鬼枪，绝不要送上前去，而是要拼命奔跑，而且要乱跑，这样被射中的概率便会大大减小。

几次交手，凫风初蕾早已发现了这个缺陷。杜宇等人便按照她的命令，趁着第一批人射击后退下的间隙，派一批身手极其灵敏的好手冲上去。

他们是以"S"形的阵法乱跑，东夷鬼兵以为他们在乱窜，当然很难打中。等反应过来，这批好手已经冲上去，白刃相见。配合弓弩手的支援，很快便打退了鬼兵的第一次进攻，并成功缴获了近五十支鬼枪。

东夷鬼兵识得厉害，这一夜，再也不敢发动进攻。

杜宇乘胜追击，竟然将东夷联军驱逐到了百里之外。

褒斜，暂时固若金汤。可是，众人都清楚，这只是决战之前暂时的平静，下一刻，暴风雨就要到来。大将军布布亲自率领的联军，必将和鱼凫国展开生死决战。

那天傍晚，凫风初蕾静坐临时行宫。

竹林幽深，凉风习习，丛林间已经有绿色的野菊花一片片地盛开。她很少见到绿色的花朵，唯有这褒斜竹林中，有许多人人都司空见惯的绿色。

饭后，她也不惊动任何人，悄然去边境巡视。

布布既然已经出动了，想来白衣尊者也不会遥远了。

她正踌躇，忽然听得一阵窸窸窣窣的声音，她听觉极其灵敏，发现那声音来自前面几十丈外的山崖。那是一座悬崖峭壁，没有任何上山的路，一般人别说从这里爬上来，纵然滚下去，也摔得粉身碎骨，所以，一直没有派兵把守。

可是她分明听出，那是有人急促呼吸，正从这里爬上来。

她悄然掠过，静静地站在山崖边的一丛荆棘边上，只等敌人一爬上来，便一金杖拍死。

终于，敌人冒出了一个头，然后，非常敏捷地便跃身而起。

她挥出的金杖生生收回，失声道："涂山侯人？"

涂山侯人跳起来，哈哈大笑："运气！运气啊！所谓被命运青睐之人，便是我这样的人……初蕾……初蕾……"

一时情急，他紧紧抓住她的手，兴奋得声音都在颤抖："初蕾，初蕾……没想到，我一来便能看到你……"

凫风初蕾注意到他身后另外两个陆续攀爬上来的人，正是涂山奉朝和淑均。

二人见了凫风初蕾也很是意外，但目光都落在启王子的身上。他紧紧抓住凫风初蕾的手，根本没有意识到自己的失态，直到凫风初蕾微微用力，他才立即松开手，可也不觉得尴尬，还是哈哈大笑："初蕾……初蕾……能再见到你，真是恍如梦中……"

他的腰间，悬挂着劈天斧。

正是这劈天斧，让他生生从几十丈开的悬崖上攀爬上来。

"我们怕惊动东夷联军，所以，只好另走捷径……"

通往外界的路，已经被东夷联军彻底包围。东夷联军的态度也很明确，围而不攻，鱼凫国悬于一座孤山，不会持久。

凫风初蕾却上下打量他，也暗暗吃惊，但见他除了消瘦一大圈之外，毫无异常，就好像从来没有受过伤似的。

明明他在九黎重伤之后，又被白衣尊者一把扔下河水，感染了伤口，加上千里奔波逃亡，若非出现奇迹，他根本必死无疑。

可是，他真的没死！

不但没死，外表看上去简直完好无损。

"涂山侯人，你没事吧？"

他爽朗大笑："初蕾，说来你都不相信，我被舅舅和淑均轮流背着赶路，一路上高烧不退，昏迷不醒。可是，到了汶山，就在我们第一次相遇的地方，我居然高烧退了，然后很快就好了……"

凫风初蕾非常吃惊。那么重的伤，纵然清醒了，只怕一年都无法痊愈。

"哈哈，其实，这得感谢委蛇。在汶山脚下，我的伤口已经彻底腐烂化脓，淑均以为我必死无疑，便将委蛇赠予的所有灵药磨碎给我灌了下去，剩下的，便全部涂抹在了我的伤口……"

本是死马当成活马医，淑均等人见启王子已经没了什么气息，以为他必死无疑，便用掉了全部的伤药，无非图个心安而已。没想到，在汶山停留三天后，启王子开始清醒，七天后，便能够站立！半个月之后，他居然慢慢好起来了。

她眉梢眼角间，满是笑意，这时候，她真的太需要盟友和支持了，而且，他还是她唯一的朋友。

涂山侯人转向暮色的褒斜之外，不到两百里处，便是东夷联军的大军驻扎，他们已经将整个鱼凫国的所有通道全部截断，鱼凫国就像关在瓮中的鳖。

褒斜一旦失守，别说三十里芙蓉花道，就连整个金沙王城也会被彻底屠灭。古老的蜀国，可能再也不会存在于这个世界上了。

涂山侯人有一个一直藏在心中的问题：那个身形酷似百里行暮的天尊，到底是什么人？当凫风初蕾强行揭开他的金面具时，又看到了什么？

涂山侯人见过百里行暮多次，对他也算得上很熟悉了，所以，哪怕戴了面具，也自觉不会认错人。

若不是百里行暮，凫风初蕾岂能死里逃生？

若是百里行暮，凫风初蕾何必如此严阵以待？

这是一个悖论。

可是，既然凫风初蕾绝口不提这个名字，他也就不问了。

甚至她在九黎的离奇经历，以及如何死而复生逃回来，他统统不敢问。

接下来的几天，又打败了几次东夷联军小规模的进攻。

八月秋社，传统的庆祝节日也快到了。

按照以往的习俗，军营里是要加菜，犒赏三军的。可是，连年战争下来，众人筋疲力尽，几乎都快忘记这码事了。

如今，嗅到敌人阵营里蹿出来的香味，战士们一个个便忍不住了，战争的每一天都是刀口舔血，不如活着时，来一顿痛快的。

凫风初蕾当即下令，宰羊宰牛，犒赏三军，既算是庆祝前几次打退敌人的进攻，也算是提前庆祝秋社。

校场正中，生了巨大的火堆。

旁边，早有厨师准备了一长排的烤架，于是，整只的牛、羊、兔子、野鸡、鹿子、麂子等山珍野味，统统摆了上去，琳琅满目，香气四溢。

杜宇下令，将军营里储存的美酒也全部拿了出来。

金沙王城前几年风调雨顺，年年丰收，为了犒劳将士，曾经定期送来大批美酒，杜宇极少轻易动用，直到战争到了白热化阶段，为了鼓舞士气，才不时动用。这一次为了庆祝秋社，干脆下令全部搬出来了。

此时，这些千锤百炼的五谷精华，经过几年发酵、储存，刚一拍开坛子的塑封，便香味四溢。

酒不醉，人已经先醉了。

在生与死之间煎熬了好几个月的将士们，忽然有一种放松之感。

他们，也必须好好放松一次，否则，长此以往，都快崩溃了。

凫风初蕾端起一只酒樽，面向众人，朗声道："古蜀秋社，万年流传，今日一樽，山河永久……"

将士们齐声道："诺！"

所有酒碗，一饮而尽。

三碗下去，众人的心神渐渐松弛下来。

凫风初蕾不经意望去，只见杜宇滴酒不沾，一直十分警惕在四周巡视——面对东夷联军这样强大的敌人，总得有人清醒。而杜宇和他训练的精锐，便充当了这样清醒者的角色。

她很放心，于是，又喝了一樽。她本是不喜饮酒者，而且，见惯了许多醉鬼丑态百出的一面，从不提倡饮酒。可是，今天，忽然就想多喝几杯。尤其，烈酒入喉时，那火辣辣的感觉就像绝望之中的一股瀑布，具有令人热血喷涌的效果。

人们爱酒，并非没有原因。它会让你暂时忘掉许多过去的事。

可是，第四樽之后，她便放下酒樽，再不举起。

凡事，再好都必须有节制。

眼前一花，一个人影已经站在面前。他举着酒樽，笑嘻嘻地看着她。

她也看着他。

此时，他一身戎装，绝非汶山初见时的纯朴少年，可是，他眼中的神色却一点也没有改变，还是那么真诚、热烈。

他笑起来。

她也笑起来。

多次生死与共，他们之间，早已建立起一种比朋友更加密切的情谊。

他的目光明亮得出奇："初蕾……"

她微笑。

"初蕾，我们成亲吧！"

她眨了下眼睛，以为自己听错了。

周围的人，也全部愣了一下。

可是，姒启的声音非常镇定，也很大："这以后，我想一直待在凫凫国，成为凫凫国之一员……其实，这不是今天才有的想法，而是今年前，我第一次踏入汶山时，便有这样的想法了……"

彼时，初相见。他还是一个一路流浪的少年，生活里只有音乐、鲜花和通往远方的无穷无尽的未知路。以为这世界上，会出现许多奇迹。

彼时，大夏、王位，什么都与他无关，他也不在乎。

就像现在，纵然亡国之恨，也没有带来太大的痛苦和绝望——他生性豁达。这江山，本就不属于自己。之前几年，自己无非尽到身为大夏子民的责任，强行出头，收拾一下残局而已。可是，若是没有力挽狂澜的运气了，那也就罢了。

他一鼓作气："很久以来，我便想向你求婚了，可是，每每不是错过，就是时机不对。可这一次，我再也不想等待，也不愿意再错过了。初蕾，求你给我一次机会吧……"

凫风初蕾愣了一下。

他却已经端起酒樽，一本正经："我姒启对天发誓，此后，必将一辈子爱慕凫风初蕾，一辈子忠于凫风初蕾，若违此誓，天诛地灭……"

酒樽往下，一樽烈酒倾泻地上，很快，便融入了泥土之中。

凫风初蕾尚未反应过来，早已醉意蒙眬的将士们已经大声叫起来："答应他吧……"

涂山奉朝和淑均虽然没想到启王子有这样的举动，可是，他们比别的鱼凫国将士更乐于促成这段姻缘，立即也跟着高声道："启王子和鱼凫王真乃天作之合，就在一起吧……"

一个是鱼凫王，一个是启王子。纵然再苛刻的人，也不能说这段姻缘不合适。

就连蒙了的委蛇，本要说什么，可双头摇了摇，也觉得淑均这话说得很对，而且无可辩驳——本来，身为鱼凫王，能选择男子的余地就不大，放眼天下，启王子的确是最好的人选。甚至可以说，是唯一的人选。

远处巡逻的杜宇忽然听得这鼓噪声，不由得慢慢走过来，十分紧张地看着这一幕，待得听明白了，立即便转向了少主。他很意外，完全没料到启王子会在这样的公开场合求婚。少主，此际会怎么办？褒斜军营，难道真会有一场喜事？可要是拒绝他，启王子的脸面将置于何地？他忽然觉得启王子不该选择这样的场合，这不是故意为难鱼凫王吗？

可是，身为人臣，他没有任何发言的资格，只是在一边紧张地望着。

众人的鼓噪声却更大了："鱼凫王，你就答应启王子吧……"

喧嚣声里，涂山侯人握着酒樽的手忽然很紧张，笑容也很紧张。若是平常，他绝不会有这么冲动的举止，可是，也许是因为连年不断的争战，也许是长期死亡的阴影，也许是长期的相处，也许是热血的沸腾，忽然就想，就这样吧，为何到了这样的关头，还不敢说出自己的心里话？

"就算败了，死了，永不相见了，可是，至少我已经表达了。若连表达的勇气都没有，还算什么男人？"但是，话已出口，他还是十分紧张。万一，她真要拒绝了，自己该怎么办？

凫风初蕾也举着酒樽，脸上的笑容却僵住了。她本以为涂山侯人要向自己说几句客气话，却万万没想到，他居然在这样的场合求婚。一时间，骑虎难下。

拒绝吧，那就是完全不给涂山侯人面子，也当着几万将士的面叫他下不来台，她绝不可能这样对待自己的生死之交；可要是答应吧，又觉得隐隐有哪里不对劲。此情此景，根本不是求婚的场合啊！东夷联军未退，何以成婚？

绝非她对涂山侯人没有任何好感，相反，多年朋友下来，他已经成了她生命中非常非常重要的人物之一。可是，要和他成亲吧，又总觉得没到那个地步。

若是在遇见白衣天尊之前，她会毫不犹豫拒绝他的求婚，可此刻，她端着酒樽，忽然觉得，自己已经没有拒绝的理由。一个声音，从内心深处微弱地传来：凫风初蕾，死心吧！这世界上，早已没有百里行暮。你还等待什么呢？

她握紧了金樽，抬起头，迎着涂山侯人的目光，面上露出了一丝笑容。

涂山侯人一见这笑容，内心便怦怦狂跳起来。

这目光！这眼神！她还是第一次这么看自己。绝非上次自己向她求婚时，她断然拒绝的神情。

他不由得提高了声音，大声再道："初蕾，我们成亲吧……"

她脸上的笑意更深了，苍白的脸上也慢慢浮现起一丝红色的眩晕，声音不高也不低："涂山侯人，我……"

她的声音，忽然中断。手里的金樽，猛地坠地。旋即，整个阵营的火把全部熄灭。

凫风初蕾猛地跳起来，金杖在半空中划出一道金色光圈，厉声道："大家原地待命，不许乱动。"随即，便追了出去。

涂山侯人也追了出去。他甚至比她更先起身，可是，追出去很远，却发现完全失去了追击的目标：夜色下，空无一人。没有奸细，没有大规模的进攻，甚至，没有任何东夷联军的影子。就连凫风初蕾也不见了。

出手的，到底是谁？他的掌心，忽然渗出汗水，劈天斧一扬，继续追了出去。

夜风月色下，凫风初蕾浑身僵硬，拼命追逐着山路上的影子。

渐渐地，她适应了黑暗的目光，将前面的影子看得清清楚楚。褒斜的千年栈道上，白衣如雪，一人漫步其间，如在月色下欣赏这大自然的鬼斧神工。

褒斜栈道，世界建筑史上的一大奇迹。千里江水，悬崖峭壁，不知是怎样的鬼斧神工，凿出了这样一条长长的栈道，千年不腐朽的基柱、木板，倒影江风月色，如一幅漫卷开来的山水画。

他的声音，也如江风明月："七十万年了，这里，还是老样子。"

她停下，不敢靠近。

他也停下，如在等待。

蓝色发丝，如月色下跳舞的精灵，令人想起周山之巅无数闪闪发光的银丝草。

他站了很久，她总是不过去。于是，他继续往前。这一次，他的速度很快。

她稍稍迟疑，还是追了上去。

每每，她追近了，他的身影便又漂浮到了前面一点。

举重若轻，她却疲于奔命。可是，她不敢停下来，她宁愿他走得远点，再远点——最好远远离开鱼凫国的军营。因为她不敢想象，当他揭开金色面具的时候，几万鱼凫国大军在自己面前灰飞烟灭的样子。

更何况，今晚，他根本没有佩戴面具。

可是，当他的身影彻底消失在栈道远方时，她追逐的脚步慢慢停下来，内心的恐惧却更深了——因为他去的并非别的地方，而是金沙王城。

多可怕！金沙王城！

可是，她已经没有任何选择的余地，因为他根本没有停留，也不管她是否追上去，便径直踏上了金沙王城的方向。

她一咬牙，只好追上去。那是她生平最迅捷的一次赶路。可是，根本无法超越，更遑论拦截了。好几次，她提了一股气，用了全力，自以为是飞行的速度了，可是，还在距离他几十丈的地方。

而他,闲庭信步,犹如夜晚睡不着的迷茫者。

黎明,晨光里,三十里芙蓉花道落英缤纷。

太早,路上尚无一个行人。

微风吹来,花瓣撒落凫风初蕾一头一脸。

若是一个正常的清晨,这该是绝美的景致,可是此刻,她不但体会不到任何的美感,反而恐惧得无法呼吸。

对面的白衣人,已经停下。

晨光里,他纤尘不染,走过的地方,红色、黄色的花瓣纷纷席卷,就像沿着他跳舞的枯萎的灵魂。

美则美矣,可是,她却微微闭上了眼睛。

终于,他还是来了。

前面便是城门。城门一开,全城尽在他的屠杀范围之内。

尽管他背对着她,她也看得分明,他一直没有佩戴面具,可能也不打算佩戴面具了。

再有片刻,便会有早起的商旅,赶集的百姓,卖菜的小贩,上朝的大臣……他们陆陆续续,都会经过这条三十里花道。他们,必将无一幸免。金沙王城,也必将无法幸免。

她死死握着金杖,积蓄了浑身全部的力量,准备着最后一次反击。

无论如何,她必须阻止即将到来的大屠杀。

可是,他一动不动。

时间一分一秒过去,凫风初蕾越来越紧张。

"呵……三十里芙蓉花道,十里刺桐大道……人间世最美的景致,我无数次梦见的地方……"他伸出手,迎接徐徐飘落的花瓣,声音里竟然有一丝淡淡的怅然,"初蕾,你看,多美……"

她举着金杖,死死瞪着他。

他浑然不觉,还是面向微风,面向朝阳、白衣、红花,仿佛自己天然便是这三十里花道上的主人。阔别了几十万年的一次回归。只是,不料一切如昨日,就像时光从来不曾流逝一般。

他漫步往前:"想来,金沙王城应该还是旧时模样,初蕾,你陪我去看看吧……"

"站住……"她嘶声道,"你站住!"

他终于回头,缓缓凝视她。

晨光下,她满头大汗,头发也微微凌乱,可是,身上脸上臂膀上,全是淡淡的花瓣，就像她整个人开成了一朵绚丽的花。

不，这世界上，根本就不会有这么美丽的花。

她语无伦次："你不许去金沙王城……你不能再血洗全城……"

他忽然上前一步。

她立即后退一步。

"初蕾，你不许嫁给姒启！"

她茫然地看着他，万万没想到他居然说这样的一句话。

他又一本正经道："初蕾，你不许嫁给这天下任何别的男人。"

她忽然再退一步，可是，已经迟了，挥舞的金杖在半空中便失去了力道。下一刻，他已经将她紧紧束缚。

她拼命挣扎，可是那微小的力气，于他，如花瓣飘零一般微不足道。

他的大手环抱着她，另一只手伸出，放在她的唇边。待得她反应过来时，一颗小小的药丸已经被咕嘟吞了下去。

胸口淤积的血气，忽然化解。五脏六腑移位一般的痛苦，忽然消失。那不是一般的灵药，那是凝聚了他七十万年岁月的元气。

她怒不可遏，猛地推搡他，可是，他的双手已经整个将她环抱。

呼吸之间，炽热的气息吹拂在她的脖颈之间。他的声音，听起来就像午夜一场不可告人的春梦。

"初蕾……呵……初蕾……你走后，我总是不习惯……我也不知道为什么，我很不习惯……"

短短一个多月，却是朝夕相处。

每每夜深人静时，他总在冥想屋里等待。等待着，等待着，那轻轻的、调皮的、偶尔恶作剧的脚步。

有时候，她会故意用靴子把坚硬的石板踢得砰砰作响；有时候，她会故意伸手拍打墙壁，发出毕毕剥剥的声音；有时候，她会大喝一声，"嗨，百里大人……"有时候，她会悄无声息，从背后一把抱住他的腰，脸贴在他的背上，语声亲昵得令人筋骨酥软……甚至某一次，她忽然跳起来，一把抱住他的脖子，香甜温暖的嘴唇肆无忌惮将他亲吻……

相比之下，他更喜欢她这样的出场方式。他宁愿她甜蜜的嘴唇，就如花瓣一般，永远覆盖在自己的唇上。

每每这时，他便感觉不到时间的流逝。

和凡夫俗子不同，他的时间，并非以一朝一夕来计算，甚至并非以四季更迭来计算，而是以万年为单位，以十万年为起点，百万年，几百万年，都只是一个虚无的概念，一段漫长无期的旅行……

也因此，生命将变得很虚幻和无聊。

就像大神们老是嘲笑凡夫俗子们求神拜佛、炼丹求药，凡人们无非想长命百岁而已。可是，区区一百年，甚至一千年，或者一万年，又算得了什么呢？

万寿无疆，都只是一场梦的时间而已。

殊不知，大神们在以亿年为单位的岁月里，已经无聊到近乎麻木了。

星辰大海、花开花谢、恩怨情仇就如指尖的沙——大神们，连恩怨都没有了，更别谈快意了。

在这种时候，她来到他的生命中。

无聊之中，恍如一件乐趣。她击打他的白色长袍，捣毁他的静修密室，将他的长袍悬挂在九黎广场，扬言禁止他穿白色袍子，否则，见一次杀一次……多可笑。就像一只小蚂蚁，在大象面前跳来跳去。

本来，他压根儿没有兴趣搭理。可是，忽然又觉得，这时间太漫长，不做点什么，就更没意义了。于是，他被她揭开金面具——于是，尝到了几十万年来的第一次亲吻。

太新奇了。

要知道，大神们在漫长的时间长河里，早已修炼得体质更改，无情无欲，甚至没有性别的区分了。

可此刻，他身体里关于雄性的一部分本能，忽然被彻底激活了。多可怕。要练就一场压制，需要几十几百万年。可要复活，却只需要一个吻。

遗憾的是，就像一个旖旎的梦，忽然戛然而止。

许多个午夜，他等来等去，再也不见那轻盈的人影。

故事已经完结，旖梦已经结束，好像一次尝试，一段邂逅，刚刚开始，便无疾而终。

偶尔，他会情不自禁抚摸自己的嘴唇，可是，冷冰冰的，已经失去了那热烈攀附而来的香甜和温柔，以至于他因为太过渴望而彻夜难眠。

他竟然无法接受，她真的离开了。这以后，难道就再也没有人抱着自己的脖子，甜甜地亲吻自己了吗？

他忽然觉得完全无法忍受了。

一如他急欲要偷窥人类记忆库里最神秘的那一部分男女之事——越是压抑，越是渴望；越是渴望，越是逾越。于是，两种情绪在胸中天人交战，最后，虽然勉强压抑下去，却如在心中埋了一颗炸弹，一不小心，便会将自己的心口炸开一朵花来。

此际，重新搂抱了这温暖的小人儿，居然明白人类"软玉温香"的真谛了——软玉温香，真妙，不是吗？他居然如释重负。

"初蕾……初蕾……"

她一动也不敢动。

他也不动，只是呼吸之间，淡淡的气息吐露于她脖颈之间。

前所未有的喜悦。"初蕾……初蕾……"

凫风初蕾，泪如雨下。

那么熟悉的拥抱，那么用力的双手，甚至他呼吸的热气，他身上独有的那种一尘不染的香味……所有一切，都是一模一样。

凫风初蕾，你怎会认错人？你怎会认错那么亲密无间的爱人？你怎会认错曾一把一把抓了泥土去掩埋的爱人？

一时间，她竟然忘了自己的身份，忘记了反抗，忘记了金沙王城或者整个鱼凫国的未来，只是软弱无声，依靠在他怀里。甚至，伸了手，无声无息，将他搂住。就像在周山之巅的每一个夜晚。

落花纷飞，两个人的头、脸全是花瓣。

彼此之间，只剩下静默的心跳。

空气已经不再流淌，花香已经不再扩散。

"初蕾……亲我一下吧……"他的呼吸热烈吹拂在她的脸上、唇上，令她惶然不安，"初蕾……初蕾……就像过去那样，亲我一下吧……"他已经被无数个失眠的夜晚折磨得失去了耐心，翻来覆去，如一个即将破了所有禁令的犯人。

可是，她只是别过头，尽量避开他灼热的气息。

她的冷淡，居然令他很失望。可是，他不假思索，双手将她搂住，随即，细细密密的亲吻便落在了她的额头上、脸上，继而，停留在柔软如花瓣一般的唇上一动也不动了。

凫风初蕾只觉一股热气在周身游走，她无法挣扎，也无法反抗，只能被迫接受。

"初蕾，我要彻底治好你，我要看看你彻底痊愈时最美的模样……"

就像记忆中，每一次他在周山之巅给自己的疗伤——可是，她忽然觉得不对劲。她身上，本是承继了百里行暮几十万年的元气。按理说，二人之间的元气是相同的，彼时，他的疗伤，应该是同样的路数才对。

可是，居然不是。那是一种陌生的能量，时而刚猛，时而柔和，你刚刚察觉不适应，可下一刻又和风细雨，就像无声无息随着空气在改变你自身的体能和潜质。

将她浑身原有的能量在无形之中瓦解、融化，然后，变成了一股新的能量。那能量于周身之间游走，能分明察觉破碎的肌肤在急剧地生长，就像一些破碎的细胞在怦怦怦地恢复原有的生机。

彼时，她已经不再是以前的凫风初蕾。她能很清楚地判断，这能量，比百里行暮的强多了。百里行暮，根本没有这么大的本领。她很震惊。她忽然认为，这个人，真的不是百里行暮。可是，她无法开口，在那种极其强大的掌控之下，她只能顺其自然、被迫接受他的好处。

良久，他抱着她慢慢坐下。

她还是软在他的怀里。

阳光，慢慢地从花树上洒下来。冰冷的石板，却带给他奇特的能量。

一如冥想屋里那些黑暗的夜晚。

他从未尝试在白天拥抱她。

也许是九黎那样的厚重与肃杀，也许是太长久的仇恨和杀戮，拥抱，在某一个地方，是为禁地。可此刻，在这花道上，一切，都是为了这一刻的浪漫而备。

古老的金沙王城，绝非为了死亡。这里，是一次次的奇迹和新生。

阳光，从芙蓉花的缝隙里直射下来，他雪白长袍，一尘不染。她苍白的脸上，也慢慢多了一丝血色，尤其，当一片花瓣悄无声息贴在她的眼眸上时。他沉寂了几十万年的岁月，忽然彻底被惊艳了。

他牵着她的手，一下站起来："初蕾，我们走一走吧。"

她不由自主，跟在他身边。

这是她的地盘，他宁愿陪她走一段过去。

只是，她一路都在悄然审视他，不经意地打量他，然后，变得更加糊涂和迷惑不解。

芙蓉花树，全部盛放。

每一棵花树，都以万年的岁月计算，花繁叶茂，红花璀璨。花瓣之间，晶莹剔透，不见任何风吹雨打的凋零痕迹。就连飘落地上的花瓣，也是晶莹的，根本不似正常的零落。花瓣很厚，地上很软，放眼看去，望不到边的漫长花道全部如铺上了一层厚厚的花毯，而且，花瓣的分布非常均匀，几乎将昔日的青石板全部遮掩。

步履很慢，三十里的路，总是走不到边。他也不着急，慢慢地，轻轻地，恍怕惊扰了沉睡的岁月。只是，走着走着，他好像又忘记了身边还有一个人。

她总觉得有点怪，可是，又不知道怪在哪里。于是，只好跟着他的脚步。有时候，也停下来，无声无息凝视他。

他的背影，和百里行暮一模一样。如果不看头发的颜色——头发，也是一模一样。全部是有生命力的精灵，海藻一般于天空舞蹈。

花瓣，总无声无息落了他一身，可他浑然不觉，漫步前行，慢慢地，全身上下凝聚了花瓣，就像披上了一件花瓣编织的披风。

这景致，有一种诡异的妖艳。

她好几次揉揉眼睛，觉得自己看花了眼睛——天下间，从来不会有男人的背影这么美丽的。

她疑心是妖魅，走着走着就会散了。

可是，他千真万确，一直出现在她的视野之中。

三十里花道，总也走不完。阳光，也只能从树缝的枝丫间洒落，让人分不清楚到了什么时候。

凫风初蕾不知道已经走了多久，也不觉得疲倦。可是，当她抬起头，从花树之中望出去时，总觉得时间也停止不动了。

长长的花道，终于到了尽头。尽头处，却是另一片的艳红。那是参天的刺桐花树。

如果说，之前的三十里芙蓉花道，是一段静谧的寻香之旅，这一片刺桐花道，便美艳得令人震撼了。每一棵花树，都高达十几丈。其中一棵，无边无际，不知多高，也不知已经活了多少年，探出顶端的花冠就像一把巨大的罗伞，几乎将大半个金沙王城都笼罩在了羽翼之下。满树的红花更是嚣张、剧烈，就像一树一树热烈的鲜血，肆无忌惮地开放在天空的心脏。

凫风初蕾从未见过这棵巨大的花树。她停下。这条花道，她已经走了无数次了，可是，从来没有见过这棵树——这不是自己的记忆出错了，是真的没有见过。这么大一棵树，任何人但凡见过一次，便永远不会忘记。

白衣人也停下。他身上的芙蓉花瓣，不知何时早已烟消云散。此际，他白衣如雪，屹立于一树红花之下，也不知怎的，凫风初蕾忽然觉得那花树并不是那么高不可攀了——无形中，他令那嚣张的花树改变了模样，降低了气场。

她忽然有一种强烈的冲动，要跑上去，抱住他的脖子，攀上他的掌心，然后，站在他的掌心之上，一定能轻易触摸到满树的红花，甚至，俯瞰整个金沙王城。她特别想知道，从这棵大树顶端看下去，金沙王城到底是什么模样？

于是，她真的走了过去："百里大人……"

他低下头，凝视她。

红花斜阳，佳人如画。他忽然很迷茫。

"百里大人，我想去最顶端，看那棵花树……"

她指了指那棵巨大的奇怪花树，语气十分自然："我要上去看看……"

也许是这样的花树，也许是这样的语境，也许是她无形之中透露出来的那种骨子里的亲昵和娇嗔，迷茫中，他忽然有一种错觉：也许，自己真的是那个什么百里大人，只是在某一刻时空交汇的错误中，迷失了自己。

她仰起脸，声音里有一种自己都不能察觉的娇嗔，就像周山之巅，大漠之中，最最甜蜜的那段岁月："百里大人，我要上去……"

她已经拉住他的掌心，是右手的掌心。

巨人一族，身量幻变，尤其是他，幻变时，足以成为一座大山那么大，甚至，凫风初蕾以为他到终极时，能变成不周山那般大小。

每一次，她站在他右手的掌心，然后，在上面看到稀薄的云彩、冷冷的空气，或者在他掌心里跳跃、玩耍，或者跷起二郎腿，抱着头睡觉。

他的五指便是靠垫，他的掌心便是绵软的大床，无论怎么翻滚，都不会跌下去。下雨的时候、起风的时候、骄阳似火的时候，甚至懒惰了，忽然不想走路了，她都会跳入他的掌心里，悠闲自在地睡上一觉。有时候，也仅仅是为了距离晚霞更近。跟他在一起的时候，她还一直很热爱夕阳，而不像后来的有熊山林之行，从此对夕阳充满了恐惧。

此时，她仰着脸，固执地拉着他的右手，等待他的幻变——百里行暮特有的幻变。

纵然同为巨人，也得了百里行暮的教导，布布除了在常人和巨人之间转换，却无法超越巨人本身的身高，别说变成大山小山了，他连自己原有的高度也不能超越。普天之下，唯有百里行暮才可以。

所以，她眼眸热烈，轻轻摇晃他的右手："百里大人，快点嘛……"

他不解其意，却沉溺那黑色眼眸而无法自拔。那长长的睫毛，比红花的花蕊更加娇弱可爱。那温柔的声音，就像微风里无声诉说的红花晨露。但凡同一个宇宙，无论是动物植物，还是大神凡人，其审美的大致倾向，都是一样的。他枯寂已久的心，被一股神奇的冲动所点燃。

"百里大人……"

他忽然紧紧握了她的手，她身子一轻，便飞了起来。

巨大的花树就像一把巨大的红绿相间的伞，有一瞬间，枭风初蕾觉得自己就像传说中的神仙，腾云驾雾，轻飘飘地于云中穿行。

眼前的视野，彻底开阔。可是，却没有看到想象中的金沙王城，而是看到了一团一团雪白的云雾、千变万化的色彩，有时候聚沙成塔，有时候雾凇仙鹤。隐隐地，一座一座的火山，好像在世界的另一个尽头在熊熊燃烧，将世界的另一半彻底点燃了。

那是一个美丽而神奇的世界。

尤其，当她低头，看到自己站在虚无的空气之中，足下没有任何支撑，却如踏实在了完整的土地上一般。她很吃惊，也很失望。

她要的不是腾云驾雾，而是站在他掌心上的那种感觉——可是，他分明不会！他根本不会幻变，也从来不知道有人曾经站在自己掌心上的那一幕——这不是百里行暮。

可是，她几度张嘴，却无法出声，只任凭冷冷的风、雪白的云、千变万化的雾凇，从自己眼前掠过。因为，他的那只手，一直牢牢抱住她的肩头，只是神情冷冽，就像这云雾之中看透了一切繁华的旁观者。

她非常沮丧。可是，偏偏不死心。目光过处，金沙王城慢慢地显露出本来的轮廓。古老的建筑，层层叠叠的花树，一个光与影交错的古老的世界。只是，看不清楚下面的景致，一如海市蜃楼。

然后，她还看到西海里游来游去的大鱼，湎山成群结队飞翔的白鹳，层峦叠嶂的湖泊间徜徉的渔舟，排队捕鱼的黑色鱼凫……

一切都是清楚的。

她知道，那是他在拉近彼此之间的距离——用他强大的本领，将时空大大缩短。

当她的目光忽然落在极远处的一群庞然大物上时，呼吸都快停止了。

几十丈长的脖子、十几丈高的双腿，抬起头的时候，仿佛一下就能顶到天空——隔着这么远的距离，她把那一群庞然大物看得清清楚楚。

恐龙！各种各样的恐龙。最庞大的，自然是蜀龙。此外，各种各样活泼的迅猛龙、霸王龙、三角龙，还有长着翅膀可以飞翔的羽翼龙……居然还是恐龙存在的时代。居然还是它们独霸一大片森林草原的时代。

恐龙生活的地方，是一株一株巨大的树木。那猴面包树，就像一把把巨大的伞，其他的植物也都很庞大，就连地上的青草，也动辄一人多高……

她惊奇了："怎么有恐龙了？"

"那是自贡的方向，恐龙一直生活在那里。"

"可是，恐龙不是早就灭绝了吗？我父王说，七十万年之前，恐龙就因为一场意外被全体灭绝了。后来，我还是利用王宫里珍藏的一批恐龙蛋，孵化出了蜀龙和几只迅猛龙，至于其他的品种，就彻底失败了……"

他不答。只是静静听她叽里呱啦地说话。她的声音很好听，就像夏日的露珠从荷叶上轻轻滑落，雨打金荷、珠玉罗盘，清脆、明亮、中气十足，一如天地初开时，所有真诚无邪的生命。

她说了好久，见他不回答，低下头，便接触到了他的目光。心里忽然一跳。

那黑眸凝视，那温柔情怀，除了百里行暮，还能有谁？

这时才明白，为何老觉得涂山侯人的求婚总是差了一点了——因为，自己从未在他的目光下心跳过，从来没有觉得眩晕过。纵然答应求婚，也只是因为水到渠成或者是为了国家利益或者朋友之间无可厚非的友谊，却绝不是因为心跳。

唯有凝视这双眼睛时，内心才会怦怦然，贪婪而渴望：我要和他在一起，一定要永远和他在一起，闲看云彩、风起青萍，一切正好。手也悄然伸出，那么熟稔地搂住他的脖子："百里大人……百里大人……你不要离开我了，好不好？"她彻底忘记了，这人曾经是白衣天尊。

少女香甜的气息、干净的呼吸，就像宇宙间最厉害的毒药，肆无忌惮吹拂在自己的脖颈之间，痒痒的，暖暖的，令人醺醺欲醉。

他的大手，也情不自禁将她搂住，虽然还是笨拙，却一次比一次更加自然了。

"百里大人，我们就待在金沙王城，哪里也不要去了吧？"她在他耳边嘟嘟的，"我们在这里待一万年好不好？一直到我死去好不好？呵呵，纵然你已经厌了倦了，可是，也等我死去之后再离开好不好？我知道，你们的生命很漫长，可是，我是凡俗之躯，活不了多长时间，你就算将就我一次好不好？在我活着的时候，一直陪我在金沙王城；等我死了，无论你要去哪里，都可以……"

一颗心，仿佛被什么浸湿了，明明是万年玄冰一般，却有一刹那轻微的刺疼。

她不作声了，头埋在他的脖颈之间。忽然变得很安心。回到故土，回到自己的世界的那种安心。而且，还是和他一起。无数次午夜梦回时才会出现的场景，在这一刻，已经完全实现了。

许久许久，她忽然察觉二人在往下降。她立即抬起头。果然，距离天边的云彩已经慢慢遥远了，而四周的刺桐花树却慢慢地变得高大起来。
"初蕾，你还想要看什么？"
她忽然大着胆子："我想看看不周山之战最后的场景……"
他一怔，好一会儿才缓缓地："为什么要看那样的场景？"
她十分固执："我一定要看看，我想知道不周山之战的最后一刻到底发生了什么。"
"这跟你有什么关系？"
"怎么跟我没关系了？交战双方，一方是我的父亲，一方是百里大人……"
也许是听得"父亲"二字，他眼神一变，凫风初蕾只觉得身子慢慢地一轻，双足便从云端降落到了地面上。
她怔怔地瞧着他，发现他的神情分明变得十分冷淡。
"在你心目中，是百里行暮更重要，还是你父亲更重要？"
她想了想，很认真："他们都很重要！都一样重要！"
他笑起来，自嘲一般："你曾说，百里行暮为了救你而死，可是，就算他死了，在你心目中，还是你父亲更重要……"
她忽然淡淡地："你又不是百里行暮，他在我心目中是不是很重要，关你什么事？"
他竟然无言可对！

终于，十里的刺桐红花，全部走遍。
千年古松，万年古槐，顶端，便是金碧辉煌的王城尖顶。厚重的红色墙壁，奢华的琉璃屋瓦，风中飞翔的画眉，雪白羽毛的鸽子。有野鹿呦呦鸣叫，有羚羊跳跃远走，甚至还有金色毛发的狮子懒洋洋地躺在青绿色的草地上晒太阳。草地，丝绒一般，无边无际，光滑柔顺。
凫风初蕾却惊呆了。她瞪大眼睛，一个劲地寻找城墙两边的侍卫。那里本该有两队手持长矛的王家护卫队，他们皆上身红装，下身黑裤，肩头有金光闪闪的勋章和绶带，那是从老凫凫王时代起就有的王家侍卫队的标志。凫风初蕾上任后，没有对父亲的政策做出任何大的改动，尤其是王家护卫队，几乎和过去一模一样。可是，这二十人一组的侍卫队，全部不见了。
他们并非被杀死了，因为，周围根本没有尸体，更没有刀枪棍棒，也没有任何残物遗留，这里，几乎算得上一尘不染，就连蚊虫的鸣叫声都不曾出现。
她低头看通往城门的那条长长的路——银白色的石材铺就，也不知道究竟是什么时候修建的。可是，没有一丝风、一丝尘，隐约地，如踏入了远古的洪荒。
蓦然回头，王城的大街小巷也空无一人。林立的店铺连货物都没有，所有的大门全部打开，没有任何洗劫的痕迹，没有任何反抗的痕迹，就好像只是一座巨大的模型，从来没有活人居住过似的。金沙王城，成了一座彻头彻尾的空城，或者说，一个巨大的模型。

真是非同小可。

她顾不得白衣人的目光，猛地冲向城门，用力一晃。因为用力过猛，几乎合身扑了进去。城门根本就是虚掩的，上面的黄铜锁只是一个装饰而已。城门里，依旧空无一人。来往的宫女、巡逻的侍卫、不时要前来禀报的文武大臣，统统不见了——这王殿也是空的。

只有无边无际的绿色草地，丝绒一般，平静、清新、雅致，好像与世隔绝的一段过去。她从未见过这样的金沙王城。不，这不是金沙王城。

她大着胆子，继续往前。绿树、花树、一树一树的花开，时光停留在了一个最好的季节——懒洋洋的舒适春天。

正是因为这种舒适，突如其来的恐惧也被强行压制了下去。她竟然没有惊惶，只是非常奇怪，一往无前，径直往槐树居奔去。槐树居，万年古槐，一成不变。地上没有一片叶子，不知名的石材没有丝毫腐朽。对面的二层小楼，鱼凫国的书房，依旧矗立在阳光里，没有受到任何毁损。

她松一口气。又径直奔上二楼。浑然没察觉白衣人在槐树下停下来，十分惊奇地看着二楼，她目中的神色也慢慢变得非常非常奇怪。

这棵槐树，七十万年了，居然一成不变。

颛顼。可怕的颛顼。可怕的四面神一族。他们的能力，和蚩尤大战时并未展露无遗，事实上，他们很可能在以后的岁月里，还遭遇了什么奇迹，或者，得到了某种程度的偏爱。否则，这棵槐树不可能一成不变。

但是，他怎样惊诧也比不上凫风初蕾的震惊。

她奔到二楼书房，径直停留在一大排青铜器皿中间。居中，是一棵两米多高的青铜树，盘踞在一条巨大的蛟龙背上，整整三层，都是锋刃向上的尖刀，好像四面把守着通天的方向。此时，她多么希望自己的手能够握住一样实体。可是，她伸出的手，偏偏成了一个虚无——怀里的青铜树不见了。

无意之中，忽然缩短为一尺来长的青铜树忽然不见了。此时，它好端端地待在这里，就像从未离开过似的。她敢打赌，自己在褒斜道山路上追逐白衣人时，那青铜树还在自己怀里，她一直以为那是一件神奇的武器，自己只是不知道使用方法而已。所以，她一直好好保存它，绝对不会出现任何疏漏。

可现在，这青铜神树不知何时离开了自己，好端端矗立在这里，就像当初从未被带走过一般。她本能地转向旁边的书架。这一看，脸色更是煞白。书架上，再也没有蜀锦花笺，没有父王留下的治国策略，甚至没有柏灌王时代的金色册子，就连蚕丛大帝时代的一切文字、文物，统统没有了……

书架上有的，只是一排排古怪的东西，每一样她都叫不出名字，每一样她闻所未闻。她觉得自己走错了路，这里，根本不是父王的书房。可是，刚刚转身，便看到白衣人进来了。他的脚步很慢，面上，有一种迷惘的神色。

她却后退，再后退，想尽力距离更远一点。

他看她一眼，她不经意地别过头去，然后，退在了青铜树的旁边，站定，一只手抚摸到了那冷冰冰的翻卷的青铜利刃。树下盘踞的蛟龙，就像张开了血盆大口，死死瞪着这不速之客。

白衣人还是浑然不觉，只一步步沿着书架走过去。他的脚步很慢，目光从书架上一排排的文物上掠过，并不惊讶，只有淡淡的悲哀、失落，就好像一个人，在看着自己的过去。好像他才是这间屋子真正的主人。

凫风初蕾大气也不敢出。

因为他的目光已经落在了她旁边的青铜树上，于那些四面扩散的枝丫间，寻找到了那翻卷的刀刃。

"四面转动，能发射火焰的刀！整个天空，没有任何抵挡的能力！飞船、母舰、阿格尼亚，统统无法穿越的封印……"她一句也听不懂。

他一挥手，那两米多高的青铜树，忽然缩小，慢慢地，成了一尺来长。跟凫风初蕾当初藏在怀里的尺度一模一样。

她不假思索，猛地扑过去，一把抓住了青铜神树。

他一怔，抬起的手慢慢放下，并未再去管那青铜神树。

"古老的蜀国，封印七十万年的历史，哈哈，颛顼小儿，不过是以微末的伎俩，还自以为天下不知。不对，这不是颛顼的手笔，颛顼这个三世祖，根本没有这样的本事，颛顼，其实就是一个废物而已……这是青阳公子的标志……"

他一抬手，原本被凫风初蕾牢牢握在手里的青铜树，就像一片叶子一般飞了出去，然后停在半空之中，距离他的眼皮还有两尺的距离。

凫风初蕾呆呆地看着那棵静止在空中一动不动的青铜树。然后，她傻傻地问："封印？"

他点点头："没错。"

"是青阳公子封印了鱼凫国？"

"他不是封印鱼凫国，是封印华阳国！"

华阳国？她一转念就明白过来，鱼凫国是父王登基时才改的国号，华阳国当然也就是鱼凫国。

"青阳公子为何要封印华阳国？"

他冷笑一声："黄帝小儿以为凭借他这两个儿子，便足以将我华阳的历史连根铲除，将我全部的家族彻底毁灭。哈哈，这可能吗？"

她静静听着，不敢接口。炎帝出华阳。就像有熊氏曾经对自己所说："你知道黄帝为何要将两个儿子分封到古蜀国吗？"这问题，她也一直很疑惑。

古蜀国虽然和外界隔绝，可是，它绝非世界的中心。纵然是黄帝的时代，也是以中原核心地带为重要的据点。黄帝的其他子孙，都分封到了富庶繁华的中原地带或者西方地带，偏偏是他的嫡长子被分封到了蜀中。

而且，嫡长子不够，还将嫡二子，也一起分封到这里。

虽然说子凭母贵，嫡子也不见得就不坐冷板凳，可是，昌意公子绝对是黄帝最宠爱的儿子，不然，也不会将帝位隔代传给昌意的儿子颛顼了。

青阳公子只是因为死得早，尚未婚配，便于蜀中去世。至于去世的原因，没有任何人知道。

此时，凫风初蕾恍如慢慢发现了什么，于是不安的情绪越来越强烈了。青阳和昌意，一起封印古蜀国，到底是为了什么？企图毁灭炎帝的秘密和根基？还是另有更重要的意图？

明明已经快要绝望了，却总残存着一线最后的奢望，企图他能唤醒昔日的情分。她福至心灵："如何才能封印全部鱼凫国？"

"你想封印鱼凫国？"

"对。只要封印了鱼凫国，外界便再也不会知道我们，也不会再有战争、饥荒，我也可以永远待在这里，再也不要离开……"

"你想永远待在这里？"

"当然，这里是我的故乡。"

他盯着她，目光很是奇怪，仿佛在疑惑，她怎能如此理直气壮呢？

可是，她浑然不觉，依旧理直气壮地强调着："这是我的故乡！我想，以后，我再也不想去任何别的地方了……我宁愿老死在这里，看着一树一树的花开，哪怕最后尘归于古老的槐树之下，成为无人纪念的一段过去。"可是，她分明察觉，这个理想已经是个奢求。因为，他眼神里的愤怒，就像一把剧烈燃烧的火焰，很快，便要将这间书房彻底点燃。

他不看她。他只是看向旁边别的青铜器皿。然后，目光落在一尊高大的青铜人像上面。那是一个头戴五彩王冠，身穿金色燕尾服的男子。他有高高的个子、高鼻梁、大眼睛、深眼眶、大耳朵，相貌与一般的中原人有很大的差别。他双手环抱，一手持金色权杖，一手持羊皮古卷。翻开的古卷上，正是一条凌厉的蛟龙。

凫风初蕾忽然发现，自己的金杖不见了。从不离手的金杖居然不见了。事实上，自从踏入金沙王城起，金杖就不翼而飞了，只是，她一直没有察觉而已。

此刻，那金杖完好无损地出现在那个青铜王的手里。她忽然觉得，这金杖，天生就该在他手里似的。

这青铜人，她也不是没有见过，也曾问过父王。可是，父王每次闪烁其词，从未说出这个人是谁。早前，她还一度揣测，此人是蚕丛大帝。可是，她记得很清楚，青铜人像的手里，一直是空的，从未拿过金杖，而且，也绝对没有拿过羊皮古卷。

她忽然上前一步，傻傻地问："他……他就是青阳公子吗？"

"背负青铜树的蛟龙，四荒八野的屠夫，哈，我终于明白青阳公子为何那么快就死了……哈，他真是该死，该死……他竟然用这种方式残虐了最后一条蛟龙，然后，用自己全部的血，塑造了最好的封印……就为了让四面神一族永久地霸占这颗美丽的星球？哈哈哈，他们妄图永久地成为这片土地上的主人也就罢了，居然连这里也要霸占！这里，是他们能霸占的吗？他们也配吗？哈哈哈，可恨的青阳，可恨的黄帝老儿，作恶多端的外来者，却还能子孙昌盛、永久不衰，凭什么？凭什么？凭什么？"

整个书房上空，回荡着他激愤的声音。

鬼风初蕾不知道，也不能回答。她只是后退，再后退。尤其，他那一句"他们凭什么还能子孙昌盛、永久不衰？"

青阳公子、昌意公子。鬼风初蕾早已知道，这两个人跟自己到底是什么关系？青阳公子全部的血加上最后一条蛟龙，这是什么意思？

忽然，她眼前一花，青阳公子手中的金杖，已经飞到了白衣人手里。

羊皮古卷，更是层层碎裂，就像空中下了一场带着膻味的羊皮大雨。

"沾染了魔血的树，满是欲望的侵略者，竟然妄图永远独霸这个抢来的世界……哈哈哈……"他笑声清朗，可声音里却满是恨意。手一伸，那棵青铜树的枝丫忽然裂变，绿色的溶液若隐若现，似乎要被他徒手所融化。

鬼风初蕾顾不得危险，猛地伸出手，一把将半空中的青铜树抱在怀里，嘶声道："这是我的东西……是我的……你不许动我的东西……"

他一怔。

"这是我父王留给我的……是我的东西……是我，是鱼凫王的东西！你不许弄坏我的……"

她语无伦次："我不许你破坏这里的一草一木……"

他抬起的手，本具有摧毁一切的能量。这间屋子，也本立刻就要灰飞烟灭，甚至，包括她以及她紧紧抱在怀里的青铜树。可是，他却微微迟疑。

就是这一迟疑，她抱着青铜树转身就跑。

他立即追了下去。

她的身影极快，眨眼之间，已经到了古老的槐树下面。

他径直飞了下去。

可是，她已经奔出了槐树居的门口。自从抱着这棵青铜树后，她忽然体力倍增，奔跑的速度犹如飞行的速度，双脚从未沾地似的，一直漂浮在半空之中。

他并未追赶，反而停留在古老的槐树下面，然后举起了手中的王杖，对准槐树粗大的树干，猛地一下击出。

连续三下，古老的槐树应声断裂。

槐树倒下的时候，如天崩地裂一般，却没有任何一片树叶掉下。

他避在一边，快意地看着拦腰斩断的地方，青绿色的汁液就像一个人的眼泪似的，迅速蔓延。

他哈哈大笑:"野心勃勃的青阳、装神弄鬼的昌意,滚出来吧,你们都滚出来吧,哈哈哈,只要本尊在这里,这世界,永远轮不到你们做主!哈哈哈,永远都轮不到你们做主!滚吧!妖孽一般的东西!滚得远远的吧,本尊才是这里的主人!本尊才是唯一的主人……"

沉寂的岁月里,没有任何人应答。

只有鬼风初蕾站在城墙门口,抱着青铜神树,在震耳欲聋的声音里回头,刚好看到缓缓倒下去的古老槐树。那棵树,已经被拦腰斩断了,永远也无法复生了。

这巨响,惊动了一切的活物:咕咕叫的鸽子、唱歌的麋鹿、扇动翅膀的画眉……所有的鸟兽,惊惶逃窜。因为,它们从未听过这么可怕的咆哮。就连草地上晒太阳的狮子,也猛地跃起来,一瞬间,金色的鬃毛消失在了远方的丛林之中。

鬼风初蕾也被一股巨大的力量所震撼,大地就像在颤动,底层的深处,就像裂开了一个黑洞,她奔跑的脚步都变得踉跄,被风吹得有些站不稳。可是,她不敢停留,她抱着青铜树就跑。她已经忘记了自己的王杖,也不敢回头。因为,那击打还在继续,一棵棵倒下的花树、一片片翻卷的巨石,整个金沙王城,仿佛都在剧烈地颤动,很快就要彻底化为灰烬。

并不是杀死了所有的人,才毁灭了一个城。

她踉跄的身影,终于,踏上了十里刺桐花道。

那棵出奇巨大的花树依旧参天而起,就像一把刺向天空的血箭。可是她已经顾不得停下来细看,她知道,自己必须马上离开,否则,下一刻,金沙王城便不会剩下任何的活物——自己,必须活下来。

她奔跑在风里,就像要和一段时光赛跑。

终于,三十里芙蓉花道近在眼前。

地上厚厚的花毯早已被风吹散,光秃秃的青灰色石板路上满是青苔,是三叶草尚未铺天盖地时的那种蛮荒时代的青苔。

每一步踩上去,都是滑溜溜的,令人想起有熊氏部族广场上那些巨大的石头上的青苔——你仔细看时,全部是可怕的草蛇。

可是,逃亡的奔跑中,已经顾不得战栗。好几次脚步打滑,手里的青铜树差点甩出去,可她还是抢回来,然后,继续前行。前行,前行,没有止境的逃亡之路。三十里青苔,全部走完。

她停下脚步。因为,白色的身影横在眼前。

他不言不动,仿佛早就站在这里,静静地、慢慢地,仿佛一切都只是恒久的一场等待而已。

她却连连后退。

"初蕾……"

她额上的汗水滑落脸上,十分冰凉。却瞥见他眼中的神情,分明已经平缓,再不若此前的疯狂。神色之间，却泊了一点苍凉和惊异。

三十里花道，没有一片花瓣。三十里花树，一片叶子也不掉落。这才是几十万年原初的模样，之前走过的旖旎，仿佛是一场假象。

花瓣、微风、落叶，全是假的。只有这塑料一般凝固的场景，才是真的。

几十万年沧海桑田，这三十里花道却一成不变，可封印是早就解除了的。难道，这里从不经历风雨的浸染？这芙蓉花，永远盛开？

"初蕾，这芙蓉花一年四季都是开着的吗？还有十里刺桐大道，也是永远盛开吗？"

凫风初蕾委顿地闭着眼睛，她和他的元气相差太远，又经历了新伤旧痕，更是疲惫，可听得他这话，却也觉得有点怪异。

没错，这芙蓉花道，一年四季皆如此；十里刺桐大道，也是如此。无论春夏，无论秋冬，无论风雨，无论冬雪，这景致就像从来没有改变过。

也不知怎的，以前习以为常的一切，忽然经不起仔细推敲——尽管金沙王城很长时间以来，一直只有春秋两个季节，可是，春季和秋季的景色完全相同，这也是十分诡异的。

以前那么长时间，她不是没有怀疑过，一来，从小便习惯了这一切；二来，成年后都忙于战争、政事，根本无暇考虑这个问题，久而久之，竟然彻底忽略了这一点。

"这里的一切，全是假的……"

她不敢置信。

他强调："我明白了！这里的一切，全是假的！真正的金沙王城，已经彻底沉没！"

她猛地跳起来。

他注意到她的脸上迅速失去了血色，刚刚好不容易恢复的那点元气，好像顷刻之间又烟消云散了。可是，他的震惊比她更甚。他十分笃定，声音低沉地说："没错！这是假的！我不可能连金沙王城也不认识了！我离开时，是七十万年之前！那时候，正是同样的风景。七十万年之内，金沙王城已经被毁灭过至少两次。在那样的毁灭下，任何东西都不可能彻底复原，所以，这里是假的……全部是假的……"

她颤声道："那真的金沙王城在哪里？"

"七十万年之前，早就沉没了……"

"七十万年？"

"对！整整七十万年了！"

"那些人呢？那些百姓呢？"

"没有！这里没有一个活口！全是你的幻觉而已……其实，我一踏上这片土地，便感觉到了，这里一片死气沉沉，根本没有任何活物的痕迹……好毒的青阳，好毒的昌意，为了他们的一己之私，居然让整个古蜀国，再也没有一个活口……"

就连花草树木，也全部都是假的。所谓的封印，本质上是一场大屠杀，一场绝杀。

她呆呆地看着他满头蓝色的头发，发丝比银丝草更加活泼，一根一根，如风中飞舞的精灵。这绝非假发,这是他与生俱来的。

他,离开这片土地,已经七十万年了。他,从未再踏入这片土地。这,还是七十万年之后的第一次。绝不是两万年之前的柏灌王。

她颤声道:"你……你究竟是谁?"

他的目光迎着她,眼神非常非常奇怪:"白衣天尊。"

"你不是百里行暮?"

"我当然不是百里行暮!"

"共工……你是真正的共工……"

"你说那红发蛇尾的废物?不!当然不是!"

她感觉自己连追问的力气都快彻底消散了:"那你……你为何要来找我?"

他眼中,也有淡淡的茫然:"我……我其实也不知道。也许,是从来没有人在冥想屋里陪伴了我那么久,七十万年了……我从未见过人类,更没有见过可爱的人类,我实在是太寂寞了……可是,一到人间,我所见处,全是面目可憎的人!只有你,只有你……"

只有她,是晨露一般的清新。只有她,是红花似的景致。于是,他便手下留情。无非看到一个新奇的玩具而已。绝非她想象之中的那种故人重逢。

可是,他到底是谁?既不是百里行暮,也不是共工,那他到底是谁?

她准备跳起来,可是,坐在地上,一动不动。

花树、阳光、空无一人的大道……半空中,就连蚊虫、飞鸟都没有。没有一丝声音。没错,的确没有任何一个活口。就连她,也感觉到了。

金沙王城,就是一座空城,或者是一座假城。

可是,这空城,绝非他所认为的七十万年之前,而是最近或者刚刚才变成空城的。

拥有几万年历史的古蜀国怎会是假的?一如忽然变成一片虚无的有熊氏部族。

有一种神秘的力量涂抹了有熊部族,继而涂抹了金沙王城——也许,就是在她到褒斜督战的时候;也许,是她在九黎重创的时候;也许,是在某一个她根本想不起来的时候。

她感觉到这巨大的恐惧,自己对付不了,她应该向这个男人求助。可是,她微微张嘴时,看到他满头的蓝色。

"七十万年了!七十万年了!竟然只是弹指一挥间!颛顼老贼,死得真是太便宜了,他能长眠这虚无的幻境七十万年,也真是天大的幸运……我若不来,他只怕一直在这里继续沉睡七十万年!这么美的地方,他配吗?这不公平,我要把他的骸骨掘出来,挫骨扬灰,不许他玷污了这美丽的地方……"

他摊开的掌心,是水波荡漾的小鱼洞。莫柏翻卷,湖水平静,满湖水的黄色菱花早已被绿色的浮萍所取代。湖中水上,鱼凫漫游,一片宁静。那是老鱼凫王的葬身之地,也是他的长眠之地。

白衣人的愤怒，忽然弥散开去，声音，就像一曲远古弥散的悲歌。"九黎！谁要九黎呢？这里才是我的故乡！"他手指的方向，沿途的花树忽然东倒西歪，花瓣暴风雨一般坠落下来，很快，三十里花道便一片狼藉，所有的花树被连根拔起，所有的枝叶，枯萎烧焦，就像一场雷电暴击后的死亡现场。就连长长的石板路，也泥土翻涌，寸寸断裂，坚固无比的巨石，一瞬间也化为了粉末。三十里花道，彻底灭绝。

鬼风初蕾惊惶地盯着自己团坐的唯一一块完好的石板，仿佛下一刻，自己也会化为一片灰烬。

他忽然转身，死死盯着她。

她却低下头去，不敢迎对他血红的魔眼。她鼓起的那点勇气，瞬间烟消云散。

可是，这无济于事，他已经走过来，一步一步。伸出的手，就像一只充满毁灭性的魔掌，很快，便会将她变为石板一样的尘土。从此，她便会成为这七十万年恩怨的殉葬品。

一念至此，恐惧反而消失了，她只是抬起头，看着他。

他脸上那种毫不掩饰的恨意和愤怒，就像沉浸在一场无法梦醒的远古时空，恨不得将他视野里出现的一切活物彻底灭绝。当然，也包括她。

那一刻，她忽然死心了。真的，他那么仇恨的目光。他那么厌恶而痛恨的目光。

纵然他没有满头蓝色的头发，纵然他真的是百里行暮，她也死心了。如此痛恨一个人，又岂会爱上她？

于是，她慢慢站起来。

徒手抓住了青铜树——她误以为金杖还在自己的手里。可是，就算是青铜树，也只能最后一搏。

鱼凫王，从来没有坐以待毙的时候，纵然是死在他的手里，也不能束手就擒。

不战而死！那是一种耻辱。为不值得的男人而死，更是贱之最贱！更何况，他杀了她之后，第一件事情，便是要去小鱼洞毁灭老父王的尸骨！鬼风初蕾举着青铜树冲了过去。

他哈哈大笑，眼神里全是看稀奇一般的蔑视，这小人儿，居然还次次都先动手，难道真的不怕死吗？

青铜树，在半空中遇上金杖。她急剧后退，差点把脚下的土地踩出一个坑来。

青铜树、金杖统统掉在地上。她弯腰，一把捡起金杖，毕竟，金杖才是她最最得心应手的武器。

他神态潇洒："这一次，你的伤势已经彻底痊愈了。鬼风初蕾，拿出你的所有本领，让本尊见识见识，颛顼的后裔到底有什么了不起的地方！"

每一次和他交手，不是措手不及，便是重伤时刻。

他其实从未在她完好无损的情况下，领教她全部的本领。

鬼风初蕾站直了，虽然掌心还有泥土，看起来很狼狈。可是，她却感觉到浑身充沛的元气更胜以往。也许是那颗灵药，也许是他的疗伤，总之，他彻底治好了她，让她以最好的能力跟他搏斗。

明明是以卵击石，可是，她还是凛然无惧。

"凫风初蕾，你听好了，等见识了你这四面神后裔的本领，本尊再去小鱼洞挖出颛顼的骸骨，鞭打它三百鞭子……"

金杖，无声无息地击打出去。

没有任何预警，没有任何犹豫，因为她知道自己机会不多。所以，第一招，便用了足足十成的本领。和白衣天尊过手，容不得你有任何的保留。

雪白的身影飞起来，脚下的土地裂开一片大坑。

他哈哈大笑："人类居然还有这么厉害的人物，果然是物种的进化啊。哈哈，若是在上古英雄辈出的年代，怎么也有你凫风初蕾一席之地。再来……"

话音未落，她的第二招已经来了。金杖，发射出的不是金光，而是雪白的银光，冲击波一般，四面八方都带着毁灭一切的电光火石。

这样的冲击波，就连凫风初蕾也不知道，而且她从未见金杖有这样神奇的一面。

随即，半空中升起四面红色的影子，每一道影子都裹着金杖的冲击波，将白衣尊者，彻底湮没了。他的声音，也彻底消失了。

凫风初蕾忽然很紧张，她以为他死了，可是，四面幻变时的力道，根本无法掌控自如，她纵然要收起银白色光芒也不可能了，反而凭借自身的惯性，用更大力道将金杖击打出去。很快，她便发现自己想多了，因为她胸口忽然发闷，那排山倒海的力量反弹回来，全部压在她的身上。四面神影，归于一面。她重重跌倒在地。

在他对面，白衣人神态依旧，一只袖子却被撕开了一道口子。风一吹来，撕破的地方便随风飘飞，摇摇晃晃。他死死盯着她，半响，长吁一口气："本尊真的小瞧你了！假以时日，凫风初蕾你一定足以和许多大神抗衡！"

人，和神抗衡，想想都觉得这是多么虚幻和可笑。

凫风初蕾却笑不出来，因为剧烈的血气在她周身游走，再要强行爬起来发出第三招，已经不可能了。

可是，战争面前，没有软弱的资格。她翻身爬起来，死死握住金杖。可是，下一刻，身子一软，再次瘫在了地上。

他瞧也不瞧她一眼，只随手一抬，她脚下的青铜树便稳稳飞到了半空中。

她眼睁睁地看着青色的溶液开始滴落，三层的枝丫开始瓦解。很快，这棵青铜树就要彻底被毁灭。她忽然跳起来，冲过去，死死抱住青铜树。已经半融化的青铜树，冷得就像一块寒冰。她胸口一闷，一口血便喷了出来。

正在融化的青铜树，忽然停止，那万年玄冰似的酷寒，也瞬间停止。凫风初蕾惊诧地盯着怀里的青铜树，发现青铜树自行生长，瞬间恢复如常，再也没有任何被融化过的痕迹。

白衣尊者也死死盯着青铜树,半响,才叹道:"原来如此!原来如此!我明白了,都明白了!竟然是这样!竟然是这样……"

他忽然上前一步。

消灭青铜树,已经没有任何意义,因为,这是无法消灭的。主要是要消灭一个族群的血脉,消灭这个族群唯一的传人——此人一死,四面神一族的血脉彻底断绝,纵然青铜神树也无法发挥作用了。彼时,青铜神树才真的毫无意义了。

那时,四面神这个部族,才将彻彻底底退出在地球上的历史舞台了。

七十万年了。整整七十万年了,他们的辉煌也早该被终结了。尤其,她若不死,后患无穷。

杀机,那么明显。这是她第一次从他身上感觉到一股强烈的杀气。杀气从四面八方,将她笼罩。

早前,他只是手下留情。要是她发挥真正的实力,别说一个凫风初蕾,纵然一万个凫风初蕾,也得灰飞烟灭。

她抬起头,盯着他。

他淡淡地:"放手!"

她牙齿咯咯发颤,却绝不松手。

"你要是不想死,就扔掉这棵青铜树!"

她不但不放手,反而将青铜树抱得更紧。这时候,她已经明白了,所有秘密的关键,其实都在这棵青铜树里。父王将其放在书房最醒目的位置,并不是没有目的的。很可能,在涿山一战中,他因为强敌环伺,根本来不及也不敢告知她这无上的机密,希望她在以后的日子里,慢慢自行领悟。直到现在,她终于顿悟,可是,已经太迟了。

他再上前一步:"凫风初蕾,你还有唯一一次机会……"

她眼睁睁看着他。

"你若不想死,就去九黎!从此,永生永世再也不许离开九黎一步。"

九黎。一个囚禁之地。从此,她便成为那片土地上真正的俘虏。

她挣扎着,想要坐起来,可是,最后,只能勉强坐起来。

他静静盯着她,在等她做最后的决定。

她忽然笑起来。

他一怔。

她的语气忽然轻松起来,神情之间,凌然有一种威严和肃穆。

"白衣天尊,你看清楚了,你脚下所站立的这片土地,是我的!"她朗声道,"这世界上,早已没有了炎帝黄帝,也没有了共工,更没有了青阳公子和昌意公子,甚至颛顼大帝。他们,统统已经成了过去。这土地,是我的!是我凫风初蕾的!我,才是这里的王……"

大神们争斗了几十万年,玉石俱焚,一个个灰飞烟灭,然后这片神奇而广袤的土地终于落在了她的手上。

她是那些无数战争和死亡里开出的花。她在这个世界上塑造了全新的一切。

这世界，既不是炎帝的，也不是青阳昌意的，当然，更不是颛顼的。

她用金杖指着他，大笑："这里的一草一木，全是我的！全是我凫风初蕾的！跟你们所有人都毫无干系！任何人胆敢前来毁灭，那就必须从我的尸体上踏过去！"至于九黎！她目中有淡淡的轻蔑，谁会去九黎呢？

他因这淡淡的轻蔑，身上的杀机更加浓郁了。

她也无所畏惧，准备着最后的一次还击——生命不息，战斗不止。但凡还有一口气，也要进行最后一次搏斗。

他可能从未见过如此倔强的人类，他死死瞪着她，缓缓抬起了手掌——凫风初蕾，既然你想死，那我就成全你！

她的神情也变得十分平静，微微闭着眼睛，只等待那致命一击的到来。

他再无犹豫，抬起手掌，她怀里的青铜树忽然远远飞了出去，可是，她并未再次追击。紧接着飞出去的，还有她怀中的太阳神鸟金箔。

青铜树，瞬间融化成了一块绿色的废铁。她眼睁睁地看着太阳神鸟金箔也即将融化，她不知哪里来的力气，忽然纵身扑上去，一把抓住了金箔，嘶声道："这是我的……是我的！你不许弄坏我的东西……是我的！"

周山之巅，临死前的百里行暮说："初蕾，我把金箔给你。那是上一代蜀王对下一代蜀王的传承。"

她不是窃位者颛顼，她是合理合法的现任鱼凫王。

他抬起的手掌，缓缓落下。内心深处，竟然一阵悲戚。他转身就走。

她坐在原地，已经失去了所有的力气，却还是嘶声大叫："你不许凌辱我父王的尸骨……我不许你那样做！否则，我一辈子也不会原谅你……我再也不会原谅你了！"

雪白的身影，早已远去。

一阵风来，凫风初蕾脸上热潮滚滚，她自己都不知道那究竟是鲜血还是眼泪。

第二十二章　涂山侯人

　　朝阳很美，天空很蓝，白色的云朵就像一团团的棉花糖，随手一抓，便有软绵绵的甜蜜和洁净清芬。
　　凫风初蕾缓缓睁开双眼，看到前方一望无际的栈道，弯弯曲曲，迂回流转，随着脚下的滔滔江水，于山脉之间奔腾跳跃，不知流向何方。那是褒斜道的千年古栈道。
　　江花流水，竹叶葱茏，她低头的时候，看到江水里自己摇晃的身影，仿佛支离破碎了一般。可是，却并不感到疼痛。许久许久，她慢慢坐起来。浑身，毫发无损，元气也都在，挥一挥手，甚至更胜以往。可是，一颗心却空了。
　　绝非亲手埋葬百里行暮时那种悲哀绝望的空虚，而是再也不被人所爱后的心如死灰。
　　死去的人，还可以供我们在回忆之中，一遍一遍地体会昔日的温情甜蜜，以慰藉寂寞无助的人生。可活着的人，除了伤害，再也无法留下任何幻想和奢望。
　　很长时间里，她一直生活在一种极大的精神慰藉里，无论何时何地何种处境，只要想起那个人，总还有一丝安慰。可现在，她才知道，理想的破灭，比爱情的破灭更加恐怖。本质上，他是她理想的寄托，而不仅仅是爱情。
　　她独自在栈道上坐了很久很久。江花、流水，一千年的顾影自怜。
　　原本空空的手里，忽然捏着一个东西。好久，她才慢慢抬起手。掌心里，是一个小小的玉瓶。
　　玉瓶之上，紧紧闭着眼睛的百里行暮，满头的蓝色发丝就像一根根晶莹的蓝丝草，栩栩如生，随时要迎着风跳跃似的。"初蕾，只要你对着天空叫我的名字，我就会出现在你的面前……"
　　她不知道，自己以后还有没有机会再叫他的名字。也许，永远也没有了吧？就像过去那样，叫了无数次，他也从来没有出现过一样吧？

　　有声音远远传来："少主……少主……"
　　她无声地笑起来，却低下头，双手捂住脸，擦干了所有的泪水。抬起头时，已经平静。
　　委蛇站在她背后，焦虑不安："少主，你怎么啦？没有受伤吧？"
　　她慢慢站起来，摇头。她很高兴，第一眼见到的是委蛇，而不是别人，尤其不是涂山侯人。否则，被追问起来，她根本不知道该怎么回答。

那可怜的双头蛇，根本就没有追问，只是满眼担忧地看着少主，目中满是同情和怜悯。"昨夜，少主追击敌人而去，我们到处寻找少主，可是少主的速度太快，我们都失去了方向。启王子沿着褒斜道追了一阵，听得风声，往灵关一带去了，我也走错了方向，糊里糊涂在栈道上徘徊，幸好，终于找到了少主……"

她静静地听着，只是伸手，轻轻抚了抚这老伙计的双头。千山万水，唯有它，不离不弃。

它忽然变了身形，不过三丈多的蛇躯平坦如一张大床。"少主，让我驮你一阵吧。"

她真的跃上去，稳稳地坐下。凡夫俗子，哪怕是坐在一条蟒蛇背上，也觉得自己好生渺小。蟒蛇背上，张开了紫红色的轻纱，在下雨的时候，是天然的大伞，在晴天的时候，便是天然的遮阳伞。那是在涂山之巅，百里行暮为它新换的轻纱。此后，它一直使用这轻纱，从未再更改。

委蛇的速度也很慢，闲庭信步一般徜徉在江边花海。可是，再美的风景，已经失去了欣赏的兴致。这时候，才觉得疲倦，倦得几乎睁不开眼睛了。她干脆环抱双手，躺在蛇背上，很快，便发出了轻微的呼吸之声，熟睡过去。

委蛇更加放慢了速度，就像散步一般，生怕惊扰了少主的梦。它不知道，那是美梦还是噩梦。就如白衣尊者一出现，它就分不清楚那到底是好运还是厄运。

从上午到傍晚。凫风初蕾很少这样沉睡不起。

尤其是战争以来，睡觉几乎成了奢侈。每每夜深人静，敌方总是攻城略地。他们偷袭捣乱之时，就更加夜不能寐。于是，她只能白天睡觉。但白天也不能睡熟了，她总是小憩一会儿，便每每被各种杂事惊醒。

这一次睡下，却长睡不起。甚至，连梦都没有。醒来时，已经夕阳西下。

竹林微风，大熊猫蠢笨的身影蠕蠕动着，一切都是旧日模样，什么都没有改变。她慢慢坐起来，凝望窗外，好一会儿，才慢慢走了出去。

临时行宫尽头，涂山侯人走来走去，不知已经在这条路上徘徊多长时间了。听到声音，他蓦然回头，几步就走了过来："初蕾……"

除了脸色有点苍白，她别无任何异状。

"初蕾，你没事吧？"

她摇摇头，若无其事："昨夜以为是奸细，循声追去，别无发现。"

他松一口气，叹道："我们可真是草木皆兵了。我一直在担心，敌人不知道多么厉害，居然能一下就熄灭了全军营的火把。我还以为是白衣尊者来了。"可是，他随即摇摇头："真要是白衣尊者，他根本无须熄灭火把，直接看一眼，我们都得灰飞烟灭。"

她还是不动声色："东夷联军还在鼓噪吗？"

"说也奇怪，从昨晚到现在，他们风平浪静，什么举动都没有，甚至连偷袭都没有……"

鬼风初蕾尚未开口，便有探子来报，说东夷联军的主力部队于今天早上开始撤离，到现在，联军阵营，只剩下不到一万人了。此举，令鱼凫国众人摸不着头脑，他们这是什么意思？不战而退？或者，要采取别的什么更厉害的攻击了？可是，更离奇的事情还在后面。

第二天傍晚，所有东夷联军全部撤走，整个汉中、南中，也就是鱼凫国的地界上，再也没有一个东夷联军了。更离奇的是，他们撤走时，所有笨重的辎重——没用完的粮草，以及受伤的马匹，甚至一些轻便的战车，统统丢在原地，没有带走。

鱼凫国军民固然欢欣鼓舞，就连鬼风初蕾也很意外，她根本没料到东夷联军会走得这么迅速。

一众将领会聚军营，分明都如释重负。

涂山侯人先开口："东夷联军全部撤退了，也不知道他们究竟是什么打算？养精蓄锐卷土重来？还是另有目的？"

杜宇沉声道："属下认为，我们不宜轻易撤兵，东夷联军神出鬼没，说不定什么时候就卷土重来……"

"那我们现在怎么办？几万大军一直在边境等待？可长期下去，粮草也无法支撑吧……"这才是关键问题。

几万大军所需的粮草，需要几年的积累布局。战时也就罢了，可战后还一直待着，则就不明智了。

鬼风初蕾一直在静听众人的议论，可又像是什么都没听到，此际，见众人都停下来，这才开口："东夷联军不会轻易再来了，至少，短时间内不会再来了。"

众人不知道她做出这个判断的根据是什么，可是，鱼凫王既然已经开口了，他们也不便追问，而且，从这些年的经历来看，她的判断很少有出错的时候。

委蛇笑道："不管怎样，战争总算暂时结束了。"它这么一说，其他将领便知道，战争可能真的暂时结束了。

众人心事不同，有的大喜过望，有的半信半疑。

淑均叹道："东夷联军虽然撤退了，可是，我们真不知该何去何从了……"

涂山奉朝也面有悲哀之色："他们虽然撤退，却占据了这个大夏，我们可能真的无路可走了。若是别的敌人也就罢了，潜伏几年，卧薪尝胆，总还有反击的机会，可是，敌人是白衣天尊……"

涂山侯人面色不改，甚至带了笑容："我早就盼着战争结束的那天了。这一次，我得好好合计一下，先去汶山走走，然后，绕道岷山，再去金沙王城……"

鬼风初蕾却摇摇头："启王子，金沙王城，你还真去不成了……"

他很意外："怎么？鱼凫王不欢迎我了？"

她微微一笑，看了看窗外。她正对的方向便是褒斜外面的高楼，再外面便是东夷联军曾经驻扎的地方，然后是广袤无垠的汉中地带。

她微笑："褒斜关，必须驻扎至少五千大军，汉中南中地带也必须驻扎至少一万大军。如此，东夷联军一旦有什么风吹草动，内外立即便可以联手对敌，互为援助。以前，汉中一直是大夏军队在驻守，他们也早就习惯了汉中的生活，所以，这一次不如沿用旧习，依旧让大夏将士驻守汉中和南中一带……"此言一出，淑均和涂山奉朝脸上都有了非常明显的感激之色。

任何人都听出，鱼凫王这是给了启王子一个天大的面子，更是给了大夏君臣一个容身之地。更重要的是，汉中和南中的大片良田沃土，经过这几年的耕耘，已经年年丰收，百姓富足。更何况，还有东夷联军留下的那些辎重和粮草。

凫风初蕾察言观色，当然明白他们的心意。可是，当她的目光接触到涂山侯人的目光时，发现他目中竟然隐隐地有一丝绝望，绝非淑均等人的喜出望外。

涂山侯人内心深处忽然发现，自己对她的求婚，终于彻底失败了。她这是变相地拒绝自己进入金沙王城。明明求婚当晚，她神情温柔，本是要答应的。可是，那一场变故之后，忽然一切就变了。来者到底是何人？能无声无息一瞬间将全军营的火把全部熄灭的，除了白衣天尊，还能有谁？而且，正是她回来之后，东夷联军便撤军了。很显然，是白衣尊者下了命令，而扔下的那些辎重粮草，便是一份变相的赔偿和弥补。更主要的是，他分明察觉她回来之后，精神虽然不好，可是，身体却好了许多，而之前，她一直重伤不愈。那么重的伤，除了白衣天尊，谁能一下就给她治好？他绝非是个蠢货，种种疑惑串联起来，慢慢就成了一条非常明白的线索——自己和她，已经不可能了。

以前他总是不死心，这一次她的决议让他知道一切都不成了。将汉中和南中之地变相还给自己，分明就是她的态度：领土可以给你，但是，结亲是不成的。可是，天知道，他现在最需要的根本不是什么领土，而且，他根本没把汉中那片领土，甚至大夏能否恢复这件事放在心上。

他知道，自己已经没有别的任何选择。心里如刀割一般，可是，又不能表现出分毫。偏偏他脸上还维持了一丝笑容，这在淑均等人看来，就更是笃定：启王子也很满意这样的决定。毕竟，大夏王之子，岂能真正一辈子躲在金沙王城的宫殿里，成为女人裙下的伴侣？纵然是女王也不成。那样，就真的成为东夷联军口中所辱骂的窝囊废或者缩头乌龟了。

只有委蛇，看看启王子，又看看少主，也不知为何，它忽然觉得启王子很可怜。

一轮又大又圆的月亮照得四周亮如白昼。彼时，已经八月十八，月亮根本不该这么亮。可是，它就是这么明亮这么浑圆地悬在天空，冷冷地注视着这片饱受战乱摧残的土地。

涂山侯人慢慢站起来。

凫风初蕾也慢慢站起来。

偌大的议事厅，只剩下他们二人。

"涂山侯人……""初蕾……"

二人同时开口，又同时停止。

她笑起来："你先说。"

他也笑起来："我今晚忽然特别想为你吹一支曲子。"

她点点头，笑眯眯的："真好，我也正想听听曲子。"

一望无际的竹林，徐徐飘洒的竹叶，萤火虫还在飞来飞去，偶尔照亮了小径上杂乱无章的金色野菊花。蠢笨的大熊猫躺在原地。

自从九黎归来之后，大熊猫就仿佛变得更懒、更笨、反应也更加迟钝了。它总是吃饱喝足，便寻一个地方躺下，然后，十几个时辰都一动不动。而且，委蛇发现，这老伙计竟然开始吃素了——不知从哪一天起，它对专门为自己提供的羊肉牛肉忽然不感兴趣了，它开始吃竹叶竹枝，就像一只真正的熊猫一样。它不知道，这究竟是好事还是坏事。可是，少主太忙，根本没注意到这大熊猫的转变。它想，自己应该马上告诉少主。可是，尚未开口，笛声已经响了。它不愿意在这时候大煞风景，于是，它沉默不语了。

涂山侯人，坐在一张木桩雕刻的凳子上面。多年的战争，早已让他的一双手变得粗大、厚重，就连他的眉宇之间，也全部烙印了战争的沧桑。尤其从九黎归来，九死一生的那段经历，更是让他变得野人一般，又因为军事繁忙，所以，很长时间没有注意。

此刻，他却变了模样。蓬乱的头发、长长的胡子都不见了。他一身蓝色袍子，干干净净，整整齐齐，就连粗糙的大手也修剪得干干净净。月色下，简直就是初相见时那个文雅高贵的启王子。他一手拿着玉笛，目光却一直看着凫风初蕾。她就在他对面。

她也坐在一块木桩上面，一身简装，没有任何装扮，却如这天地之间最盛艳的一朵花。真的美丽，并不需要任何修饰。红花绿草、蔷薇芙蓉、春花秋月、冬雪晚晴……所有到了极致的美，都不需要任何多余的装饰，否则便是画蛇添足。

现在每个人都被漫长的战争折磨得七劳五伤，唯有她面色如玉、眼眸晶莹，长长的睫毛就像蝴蝶薄薄的羽翼，像从未受过伤害似的。可是，她却是一众人中压力最大，受伤最重者。

他听得自己心中怦怦的声音，已经记不起有多少次这样的心跳如雷了，就算因为离别，因为战争，也从来没有减弱过这种迷恋的心动。直到此刻，也不愿意放弃。他慢慢地举起笛子，放在自己的唇边。

那是初相遇的第一首曲子。整个汶山都曾因此而欢乐舞蹈。现在，褒斜也不例外。

飞舞的萤火虫忽然全部点亮了翅膀，沉寂的蚊虫开始啁啾，闻风而来的野羊、彩色长尾的野鸡，甚至有绿油油眼睛的饿狼……它们都惊奇地听得这个新奇而陌生的声音。褒斜自古沉寂，驻军之后，也是一片肃杀，这片土地上的生灵，曾几何时听过这样旖旎缠绵又欢乐的曲子？就连蠢笨的熊猫也慢慢睁开眼睛，然后，抬起肥胖的身子，慢慢地坐起来。它黑白分明的眼圈显得很疲惫，可是，细看的时候，能察觉其中有久违的属于猫科动物的警惕和灵敏，它仿佛嗅到了什么奇怪的味道。

委蛇也沉浸在那优美的旋律之中，晃动双头，十分享受。长时间的战争，令它差点忘记了世界上原本还有音乐这么一回事。现在，才得到放松，才明白，春花秋月、月下琴声，才是生活。

至于战争，早就该滚得远远的了。

凫风初蕾也微微闭着眼睛，细细聆听。那是一种极大的享受，令人紧绷的心弦忽然就那么松弛了，好像湔山之战尚未发生，父王还在人世。纵然天塌下来，也轮不到自己操心费力。

在她十八岁之前的所有青春岁月里，其实从未有过什么紧张恐怖的回忆。本以为这天下都是金沙王城那么富饶美丽、平安祥和，每一个人都是长命百岁之后，无疾而终，灵魂非常平静地去另一片乐土。那是属于小姑娘的童话，可现在她明白了，现实中，早已没有这样的童话，也不再有这样的乐土。

可是，至少还有乐声，有动听的曲子。她完全放松了自己，以彻彻底底欣赏的态度听着曲了。

曲风，不知从什么时候开始转变的。早前的欢快清新，一下变成了哀婉、缠绵。这也是一段无望爱情最后的葬礼，望断了天涯却望不见人心，唱碎了年月却唱不来喜爱。什么华夏江山，什么大夏疆域，什么万王之王，这一切，跟我有什么关系？这一切，对我来说，有什么意义？从少年时代起，我便视这些为粪土。天知道，他是真心实意想要成为金沙王城中之一员。

纵然侍从女王，朝夕弹奏，已经足矣。可是，就连这点微小的理想，也彻底幻灭了。

萤火虫的所有光线已经瞬间黯淡，画眉鸟颤动的翅膀也全部收了起来，麋鹿大大的眼睛里全是晶莹的泪水，就连蠢笨的熊猫也不时举起前爪，望了望天空，然后又放下，可是，一双巨大的黑眼圈随即又满是不安，仿佛又看到了有熊氏山林之中那一轮永不落下的月亮……没错，是月亮。

在那个可怕的世界里，有时候，是太阳整天存在，有时候，是月亮一直升起，叫你分不出究竟什么时候是白天，什么时候是黑夜。于是，所有的活物慢慢地全部死绝了。大熊猫知道很多秘密，可是，它无法开口，它无法表达，于是，只能把那沉重而可怕的秘密烂在自己的心底，烂在熊爪之间。希望在某个合适的时候，忽然出现奇迹。直到这个夜晚，这样的乐曲令它心里恐惧，它忽然伤心欲绝，匍匐在地，呜呜地哭了起来。遗憾的是，没有人察觉到它的失态。因为大家都失态了，所以，它的失态反而不算什么了。

委蛇的双头已经停止了摇晃，也不知怎的，它也微微不安，想起了湔山之战前夕头顶的乌云。一切不幸的源头，便是从那时候开始的。

凫风初蕾也很是不安，内心一股莫名的凄怆、莫名的狂躁，疯狂却无能为力。那是周山的最后一夜，双手已经撒下了泥土，鲜血已经掩埋了那人，本以为，这一辈子再也无法相见。眼眶很涩，可是眼泪却无法流出来。她只是仰着头，面无表情地凝视月空，直到鼻梁骨彻底酸疼了，也不肯低下头来。

许多时候，你不能低头。一低头，眼泪便会掉下来。可眼泪，分明是这个世界上最廉价的东西，没有任何用处。

……

一团巨大的乌云飘来，满满的月色忽然被遮掩了。四周，立即变得漆黑一团。琴声，戛然而止。吹奏的玉笛，生生碎了一地。

乌云再次转移，月色重新照亮了大地。

涂山侯人死死盯着一地的破碎，一种极大的不祥之感从心中涌起。

麋鹿呦呦惨叫一声，所有的萤火虫全部消失。

凫风初蕾跳起来，月色下，涂山侯人的双手全是鲜血。他的右手，五根手指鲜血淋漓。对于一个视音乐为生命的人来说，他的演奏生涯可以说彻底结束了。

她冲过去，呆呆地望着他。

他也呆呆地望着她。

"涂山侯人，你怎么了？"

"没事！没事！"就连声音也是若无其事的。他淡淡地说："只是玉笛碎裂了。"他慢慢站起来，脸上仍有微笑，"初蕾，我们明天便撤去汉中，就不单独向你告别了。"

她上前一步，可是不知道该说些什么，好一会儿后，只好点点头。

他转身大步离去，只余下一地破碎的玉笛。

第二天一早，大夏的军队便开拔了。经历了无数次战争之后，全部军队人数，只剩下不到六千人。从启王子起兵之初，兜兜转转几年，广袤无垠的大夏疆域，只剩下汉中这一片仅存的土地，而且，还是因为鱼凫国变相赠予的。

那一天，是阴天。君臣都很沮丧。直到彻底出了褒斜，远远回头，望着来时路，牟羽忽然长叹一声："若是当初没有派驻一万人马到鱼凫国协助驻守，我们真的就没有容身之地了……"

涂山奉朝看了看启王子的脸色，狠狠瞪了他一眼。

牟羽也察觉自己说错了话，立即闭了嘴。

启王子在犒劳三军的大会上当众向鱼凫王求婚，被一个神秘的敌人所破坏。虽然没有了下文，可是，大家都知道，这事情怕是不了了之了。

淑均却低声道："启王子，有一句话，也不知当不当讲。"

涂山侯人淡淡地："你我之间，还有什么不能说的？"

"我们半月前接到夏后首领的消息，他的身体大致已经复原，也许会携带家眷前来汉中投奔。他的女儿云英小姐也会一同前来……夏后首领的意思是，想将云英小姐许配给启王子，他连书函礼物都送来了……"

涂山奉朝立即道："夏后氏一家忠心耿耿，云英小姐才貌双全，启王子要是拒绝他们，可就真的伤了人家的心，也会伤了打算投靠启王子的大夏族人的心……"所有人都看着涂山侯人。

涂山侯人抬起头，看着远方，半晌，淡淡地说："就这么办吧。"

第二十三章　青草蛇之战

金沙王城。

适逢集日，赶集的人群将整个城市的大街小巷拥挤得水泄不通。南来北往的各种货物，让每个店铺看起来都琳琅满目。

凫风初蕾佩戴了颜华草，慢慢走在大街小巷。每每在金沙王城的日子，她从来不会整日幽居深宫，而是喜欢便装体察民情民生。

本来，她一直担忧战争的阴影导致人民惶惶不安，现在，沿途听得这些议论，方知道他们已经彻底安心了。百姓的要求，其实一直非常简单：太平、安宁、有钱赚。如此而已。

她想，在自己登基以来的几年时间里，终于做到了这一点，虽谈不上欣慰，却还是觉得勉强及格了。可是，这并不意味着永远的和平，战争也不知道哪一天就会卷土重来。终于，从摩肩接踵的大街上来到了一条幽深的长长的小巷。

这条小巷掩映在金沙王殿背后的城墙左边，很少为人所知。小巷不过两尺来宽，左边是王城的城墙，右边是宫殿的城墙，其夹杂在两丈多高的城墙里面，人行走其间，就像一条长长而幽深的天井。地上，全是古老的青石板。但是，这青石板是不生长青苔的，无论刮风下雨，无论日晒风吹，它就像一段已经凝固的历史，没有任何的折损。

以前，凫风初蕾不知道原因，现在，她隐隐地明白了：这条巷子的建造者，很可能是青阳公子或者昌意公子。他们分封蜀山、定居蜀山，生生死死都在蜀山，按照阳城的布局建造金沙王城的许多处所。

当脚步踏在槐树居的地上时，她分明又看到拦腰断成两截的老槐树。粗大的树干连着树冠，将槐树居大半的围墙和大门全部砸破，就连地上的石板也彻底破碎。

偏偏那拦腰斩断的树干居然依旧青葱翠绿，从母体分离之后，依旧一丝不改，就像一株假树一般。

负责值守的士兵被这奇异的景象所震惊，也不敢贸然行事，直到看到鱼凫王，侍卫队长才跑上来，低声道："回我王，一场离奇的闪电劈开了这棵树，事前，大家没有听到任何声音，也没有任何响动，只是第二天早上起来时，发现这棵树变成了这样……"

他脸上分明有遮掩不住的惊恐，按理说，这么大的一棵树被折断，又砸碎了城墙大门，再怎么也会有惊人的响动，可是，居然没有任何人听见。别的人也就罢了，他自己明明那天晚上就一直在槐树居巡视，还有两名侍卫也一直站在槐树居旁寸步不离。可是，大家都没发现一点端倪，更没听见任何响动。直到早上换班的时候，他们无意间，忽然发现紧闭的槐树居大门早已破碎，古老槐树彻底断裂。

明明发生在眼皮底下，众人却无知无觉。这恐怖之情，实在是无法言表。再加上有熊氏父女早前在这里离奇失踪，众人就更是惴惴不安。侍卫单独一人，从不敢轻易踏足，侍卫队长也不得不增派人手，纵然是大白天也派了八个人把守。

鬼风初蕾随意看了看零乱的四周，淡淡地说："你们下去吧，以后不用派人把守槐树居了……"

话音未落，忽然听得哧溜一声细微的响动。门口的一名侍卫大叫起来："天啦……天啦……你们看……"一条通体翠绿的青蛇，从倒掉的槐树下风一般蹿出来。它起码有一丈多长，细细的，就像一条长长的绳子。

侍卫可能从未见过这样的蛇，都吓一跳，顾不上驱赶，急忙奔跑。

可绿蛇听得这声音，却追了上去，很快就缠住了一名侍卫的双足。侍卫惨叫一声，几乎晕了过去，另一名侍卫大着胆子拿了长矛去拦截，可是，那绿蛇长了眼睛似的，一扭身，竟然用蛇尾的另一端，一下将这侍卫一起缠住了。

应声追出来的鬼风初蕾一看到这条绿蛇，不由得呆了一下。

侍卫长颤声道："天啦，天啦……这是什么东西？"

金杖挥出。绿色的青蛇顿时被拦腰斩为两截。可是，它并没有死，而是分散成两条蛇似的，一瞬间就消失了。初蕾情知有异，也不追，只让侍卫长退下，自己上了二楼书房。

从日暮到月色升起，她一直一动不动静坐在那棵青铜树旁边。和往日一样，根本没有任何发现。

忽然，听得一个奇异的笑声，咯咯直笑，在月色下，分外瘆人。

她随手抓起金杖就追出去，跑到门口，略一迟疑，又转身将青铜神树缩为一尺揣好，纵身飞了下去。

"咯咯……咯咯……"

她大喝一声："是谁？"

一个黑影，如狸猫一般，从槐树居的门口一闪而过。

追上来的委蛇失声道："天啦，好像是有熊姑娘……"

鬼风初蕾想起那一闪而过的背影，果然依稀是有熊女，大惊失色，立即便追了上去："有熊姑娘，留步，留步……"

不料，有熊女健步如飞，很快便消失在了王殿之外。

鬼风初蕾速度是何等之快？可是，居然追不上她，一直追到城南，有熊女的背影却彻底消失了。她刚停下脚步，却又听得前面"咯咯"的瘆人笑声，她不假思索便追了上去。委蛇担心少主安危，也跟了上去。

从月色初升到朝阳升起，从夕阳西下又到黎明到来。

当凫风初蕾停下脚步时，已经在有熊部族的山林脚下了。

有熊女的身影，在半山腰如一条蜿蜒的蛇，她看得清清楚楚，却就是追不上来。千真万确，那就是有熊女。

有熊女一路疯狂飞奔，完全已经不是一个正常人了，每每凫风初蕾以为要追上她了，可她眨眼之间便消失了。待要不追了，她的可怕的笑声又恰到好处出现在前方。

委蛇低声道："少主，这恐怕是一个陷阱。我们还是不要继续追了吧？"

委蛇的提议很合理，理智也告诉她，的确不该再追下去了，这分明就是一个陷阱。可是好像冥冥之中，有一只无形的手，一直在慢慢将自己推向这里。有熊女已经出现了，如果不找到她，如何肯甘心？

大峡谷的溪水已经停止了奔腾，雪白的水花成了死水，但是，没有任何气味。

有熊女的脚步很慢，一步一步，走在大峡谷通往有熊广场的半山腰上。凫风初蕾和委蛇也不继续追赶，只是远远跟在后面。一路上，他们的速度慢，有熊女的速度就慢；他们的速度快，有熊女的速度就快。

可现在，有熊女仿佛浑然忘记了身后还有跟踪者，只是一步步茫然行走在山路之上，尽管隔着一段距离，凫风初蕾也察觉她一直在发抖。夕阳之下，已经能将她看得清楚。也不知怎的，她蓬头垢面的长发从后面来看，居然全是绿色的，不是墨绿，而是青草似的那种翠绿。

这世界上不同的人种有不同的发色：黑色、红色、金色、棕色、褐色、银色、白色……千奇百怪，不一而足。

可是，凫风初蕾很少见过绿色头发——而且是如青草树叶一般翠绿，根本不像渲染上去，而是真的青草一般迎风舞动。

有熊女头发的本色，分明是黑色！她怎会变成了一头绿发？

凫风初蕾金杖在手，悠然自若不徐不疾，可是，内心深处实在是紧张得出奇，她那握着金杖的手，也微微渗出汗来。尤其临近有熊广场时，这种紧张感就更加强烈了。

因为自始至终，她再也没有听见那若有似无的声音——一句都没有！

有熊广场，近在眼前。

有熊女却加快脚步，疯狂地奔过去，她双足踏在草地上时，腿一软便跪了下去，号啕大哭。

凫风初蕾和委蛇对视一眼，一时间不知道她为何会这样。

有熊女哭了一阵，忽然跳起来。只见十几丈远的那间长满青苔的屋子似的大石头，她居然一跃而上，完全是飞翔的速度。凫风初蕾纵身追了上去。

有熊女伏在巨石上，直哭得撕心裂肺。

凫风初蕾试着道："有熊姑娘，有熊姑娘……"

有熊女不答，却哭得更加凄厉。一阵风来，她满头绿色的头发忽然飘飞起来，凫风初蕾看得分明，失声道："天啦……"

委蛇也勃然变色："天啦，有熊姑娘的头上全是草蛇……"几千年的蟒蛇，自然一下嗅到了同类的味道。

再一看，不是有熊女的头上全是草蛇，而是她全部的头发都变成了草蛇，每一根细细发丝的末梢，都有蛇的细细爪子，完全跟上次所见的青草蛇一模一样。

此时，风一起，这些青草蛇便如万千的发丝，一起在风中飞舞，发出哑哑的声音，仿佛要挣脱有熊女的头皮似的。

枭风初蕾颇感意外，哪怕遇到天大的事情都不至于惊慌失措，可是，看到有熊女这样，竟然呆了，好一会儿说不出话来。

委蛇大叫："有熊姑娘，你父亲呢？你父亲在哪里？到底是什么人将你变成了这样？"有熊女，慢慢停止了哭声。然后，慢慢抬起头来。

枭风初蕾心里一震，蓦然后退一步，仓促之间，差点从金杖上摔下来。她从来没有见过这么可怕的眼睛。

有熊女，根本就没有眼睛了——两只空空的大眼眶，因为没有眼珠子，便显得特别的空洞和狰狞。

可是，仔细一看，那空空的眼眶里又是绿色的，仿佛无数细小的青草蛇躲在其中涌动。

这些绿色的小蛇，抱团组成了她的眼珠子。

因此，她一瞪眼，眼眶里就绿波荡漾，很快一些绿色的小蛇竟然慢慢地从她的眼眶里争先恐后地涌出来，深深浅浅，哑哑鸣叫。

委蛇也被这骇人的情景吓得后退一步，一时间，竟然发不出声来。

有熊女，忽然站起来。她的速度很快，她的满头绿色的头发——无数发丝一般的青草蛇就像无数的武器，空气里顿时有了一股浓郁的腥臭气味。千真万确是青草蛇！她咯咯笑着，伸出双手，便向枭风初蕾而来。她的十个手指甲很长，也全是绿色的，仿佛里面也装满了青草蛇。

尽管枭风初蕾早有准备，可也差点未能避开她迅疾如风的出手，只侥幸躲过了她的第一次攻击，她满头的青草蛇又哑哑叫着，竟然在风中自行生长，慢慢地变成一根根长长绿色绳子似的，几乎缠上了枭风初蕾的脖子。

金杖砰的一声巨响，有熊女被远远弹开去。漫天的长长青草蛇，也暂时避开了。

枭风初蕾退后，厉声道："委蛇，小心！"

委蛇，早已识得厉害。第一次来时，这些青草蛇都是固定不动的，而且不过一尺多长。可是，现在这些青草蛇，居然可以迎风生长，在半空中就像一把把长长的蔓草。这就难对付多了。因为，这些自行生长的家伙，随时会勒住你的脖子，然后用它们剧毒的牙齿，撕开你的喉头，很快，你便会通体翠绿而死。

委蛇自然不怕蛇毒，可是，这些可不是一般的同类，它觉得这些蛇分明不是一般的蛇，龇牙咧嘴的时候，就像一大群被控制了灵魂的人，它们被人驱使着，不管不顾，一群群上来送死。

鬼风初蕾当然不如委蛇对同类那么了解，可是，她也觉得这铺天盖地的青草蛇十分诡异，根本不如一般的蛇，而是一群满腹怨恨的幽灵似的。它们追逐着目标，仿佛发动全力，要将这忽然闯入的不速之客彻底驱逐或者吞噬，将他们也变成自己的同类……

金杖，再次挥舞。这一次，简单的击打变成了硫黄和火焰的味道。鬼风初蕾，早有准备。

地上裂开了一个大坑，漫卷的绿色青草忽然一起发出咝咝的叫声，一瞬间竟然全部从草变成了蛇。只见对面的各种巨石上的青苔也开始蠢蠢欲动，所有的青草蛇，全部复活。本来是躲在一边的有熊女，竟然趁着这势头，又伸了尖尖的十指冲了过来。

有熊女，本是个粗豪女汉子，委蛇都记得第一面见她，她十指光秃秃的，怎会忽然留了这么长的指甲？可是，它顾不得，只是大叫："少主小心……"

有熊女的指甲，奔向鬼风初蕾的面孔——她用指甲里无数的青草蛇，全部灌注入鬼风初蕾的脸上。

鬼风初蕾的金杖再次扫出，劈头盖脸地砸向有熊女。有熊女识得厉害，转身就跑，鬼风初蕾岂容她逃过？又是一仗扫下去，这一下，正好砸在了有熊女的背上。

有熊女往后倒下，满头的青草蛇忽然停止了蠕动，很快便纷纷钻入土里。接着，她眼眶中的绿色也褪去，指甲中的绿色也瞬间消失。地上，只剩下一具早已高度腐烂的尸体，两只深陷的眼眶表明临死之前，她的一双眼珠子已经被人活活挖掉或者吃掉了。就连她长长的绿色指甲也全部脱落了——一个腐烂很久的尸体，又怎会有指甲呢？那根本不是她的指甲。

有熊女的死亡时间，起码在半年之上了。甚至，很可能是在她们父女刚刚消失之后，她便遭遇了不测。有熊女尚且如此，看来有熊氏也很难幸免了。

委蛇失声道："是谁把有熊姑娘害得这么惨？"

鬼风初蕾顾不得悲痛，内心被一股巨大的愤怒之火彻底点燃，她挥舞了金杖，厉声道："有熊姑娘，你安息吧，无论如何，我必定斩杀害你之人，替你报仇雪恨……"

"咯咯，你这小贱人这么大的口气？"骂声很恶毒，笑声却很轻很媚，就像春风沉醉的夜晚青楼里的小调。纵然是在这么可怕的环境之下，也令人不由得筋骨酥软。可是，鬼风初蕾知道，这是一种媚功，一种极其可怕的旁门左道。若是男人，早就倒下去了，可是，她偏偏站得稳稳的，面不改色。

"涯草！果然是你装神弄鬼！"

"咯咯，小贱人，你盼着我早死是吗？只可惜啊，我不生不灭，永不死亡，你能奈何我？"

百里行暮说，涯草受到东井星人的指点，寄生在镜子上之后，又吸附了西北沙漠上万士兵的鲜血，所以，功力胜过以往百倍。

这一次，凫风初蕾决定无论如何也不再给她机会了。金杖下去，周围的草蛇都遭了殃，又是三丈多远的青草蛇被连根拔起，嘶鸣着被彻底消灭。

无形的涯草，左躲右闪。她根本还不具备和凫风初蕾正面作战的本领——哪怕是她蛰伏几年，依旧无济于事。

凫风初蕾仔细辩听着声音的方向："涯草，你滚出来受死吧。别以为你弄几条蛇就能吓唬人，很快，我便会将整个广场上的蛇，全部烧死，永绝后患……"

"咯咯……小贱人，你杀死这些青草蛇吧，全部杀死吧……咯咯，你可知道这些青草蛇到底是些什么东西？"

委蛇忽然道："这些青草蛇是什么？"凫风初蕾不由得迎着风的方向，低头看着满地连绵起伏的青草蛇，它们昂着头，咝咝地吐着细长的信子，有的蛇足已经脱离地面，在空气中很快成了一条条令人恶心的绿色尸体；有的被硫黄的火焰浸湿，成了一团团可怕的焦炭；而更多的则昂着通体翠绿的身子，在风中摇曳，只等涯草一声令下，便蓄势待发。

不知怎的，凫风初蕾忽然想起槐树居下窜出来的那条一丈多长的绿色长蛇，绳子一般。这些青草蛇，最长的也不过三尺来长，而且，非常非常细，远远不如那条青草蛇那么大。心里，忽然一阵阵的战栗。这一切仿佛一个可怕的陷阱，一个可怕的阴谋，她一脚已经踏入了一片满是黑暗和毒液的阴森地狱。

她只是抬起头，看着涯草声音的风向。

"咯咯，老蛇奴，你倒是猜猜，这些青草蛇都是些什么玩意儿？"声音里，满是得意。

委蛇，竟然不敢开口再问了。它蛇的灵敏嗅觉，比主人更强，那恐惧之心，就比主人更加深浓。

涯草啧啧道："闻闻这浓郁的硫黄味道，瞧瞧你那该死的金杖里散发出来的火焰，你要把这些可怜的青草蛇全部烧死是吧？咯咯，老蛇奴，这些可都是你最最亲爱的族人……"

委蛇颤声道："你，你说什么？"

"咯咯，老蛇奴，难道你感觉不到他们的气息吗？这些真的是你的同类吗？咯咯，他们身上不是还残留着人的气息、人的挣扎、人的悲哀吗？咯咯咯……"

委蛇的双头一动不动，四只眼睛惊惧得一眨不眨。

她肆无忌惮，十分嚣张："这是传染病毒，明白吗？但凡一个人中了，所有人都会被感染，全部会变成这样，咯咯咯……"

半响，初蕾终于开口："有熊首领呢？他在哪里？"

"怎么？小贱人你忘了槐树居里跑出来的那条一丈多长的青蛇了？"

凫风初蕾紧紧捏着金杖。

"我本来打算，让有熊老头变成青草蛇，然后到处咬人，金沙王城的人更多更密集，全部变成一片草蛇，那情景不知道多么漂亮，多么美丽，一定是壮观的杰作……"

委蛇却一直昂着双头，死死盯着半空中那一轮血红的太阳，仿佛对涯草这番骇人听闻的话充耳不闻。它分明嗅到那太阳之中隐藏的杀气，远远超越涯草的色厉内荏。

"咯咯……小贱人，你想不想如有熊女一般，满头头发全部变成青草蛇？"

凫风初蕾本能地要后退一步，却生生一动不动，站在原地。内心，却一阵战栗。

"涯草，你背后的靠山是谁？"

"靠山？"

"你说出你的靠山是谁，本王也许还能留你一个全尸，否则，你今天必将魂飞魄散。"

"我呸！你这小贱人好大口气！"

话虽如此，凫风初蕾却分明感到四周的青草蛇忽然停止了蠕动，空气也如凝固了一般。看得分明，就在三丈远之外，一根细长的青草蛇笔直地伸展了身子，已经无法再缩回去了，那便是涯草的寄生体。

等候多时的金杖，一瞬间便劈了下去，青草漫卷，地上一条死蛇，支离破碎！凫风初蕾蓦然转身，发现一丈前，无数的青草蛇在颤动，再也分不清楚到底哪一条才是涯草的寄生体了。在她举起金杖的时候，分明感觉到一股巨大的力道，绝对不是来自涯草，而是帮助涯草逃走的力量。这是谁？凫风初蕾却不露声色，哈哈大笑，对着西北边就是一阵大骂："该死的涯草，你以为躲在这里本王就认不出你来了？哈哈，你滚出来受死吧……"金杖连续翻卷，整个西北边的草地全部遭了殃，很快，无数的青草蛇被连根崛起，这一次，凫风初蕾没有任何手下留情。

金杖每一次下去，伴随着的便是一团充满硫黄味的火焰。很快，周围的一大片土地都变得一团焦黑。那是一株有十几条青草蛇的草丛，看上去，并无任何异样。可凫风初蕾举起金杖，毫不留情便劈了下去。

尖叫声随即响起："不要脸的小贱人……当初勾引百里行暮也就罢了，现在，居然又去色诱白衣天尊，我呸，整天往天尊怀里钻，投怀送抱，才侥幸保住了你的一条贱命，若非如此，你早就死无葬身之地……"

金杖，又劈下去。青草蛇的利爪被彻底斩断，涯草的尖叫也暂时停止了一下。

"涯草！你说吧，到底是谁指使你的？"

"我的后台不就是天尊吗？咯咯……"

"你还敢撒谎？"

"你想想，你是什么时候发现有熊氏变为青草蛇的？不就是东夷联军出现之后吗？咯咯咯，天尊一出来，有熊氏一族便完蛋了……再者，天尊一走，有熊老头便从槐树下钻出来被你打死，这些，还不足以证明吗？"

凫风初蕾，心如刀割。可是，残存的理智却一再提醒自己：这不可能！这绝对不可能！白衣天尊纵不是百里行暮，他也不可能是如此毒辣卑鄙之人，否则，就不可能一次次对自己手下留情了。他不但没有伤害整个金沙王城，甚至并未对父王的尸骨加以任何凌辱，事后，凫风初蕾去过小鱼洞，发现那里平静如常。白衣天尊，根本就没踏足湔山。这样的一个人，怎会干出如此毒辣之事？凫风初蕾一字一句："涯草，你只有最后一次机会了！你实话实说，我可以考虑留你一条性命！"

　　"咯咯，小贱人，天尊不杀你，无非是男人嘛，色欲熏心，过不了美人关。可是，今天，你那张如花似玉的小脸蛋便要被彻底毁掉……对了，你还记得九黎碉楼前面那些有毒的红花吗？碰一下就会死，咯咯，那原理，是不是和这青草蛇一样？这以后，你便会如红花一般生长在那里，生根发芽，守候九黎，永远如忠实的仆役，你会将前来偷袭的敌人全部变成和你一样的青草蛇，永生永世守护九黎广场……"

　　一颗心，彻底沉落下去。九黎碉楼、剧毒的红花，涯草对于九黎的一切，了如指掌。说她没有受到白衣天尊的指使，凫风初蕾都不信。

　　金杖，无声无息劈下。涯草的狞笑，戛然而止。摇曳的青草蛇，忽然断成两截。随即，那地方多了一具森森的白骨——那是一具女巨人的白骨，高大，四肢很长，已经腐烂很久很久了。头骨也是清晰的，浓眉大眼、高鼻梁，正是涯草生前大致的轮廓。这，才是千真万确的涯草。

　　无数次争战，这一次，才彻底结果她。

　　金杖再次一挥，一团清冷的火焰，女巨人的白骨被彻底烧毁。从此，她的魂魄再也无法蹦跶了。

　　自从和百里行暮相识以来，这女巨人便如影随形，多次谋害，直接导致了百里行暮后来的中毒、死亡……凫风初蕾对她恨之入骨，不料，今天，居然让凫风初蕾有机会在有熊部族将她彻底了结。

　　可是，凫风初蕾没有半点放松和胜利的喜悦，反而背脊一阵一阵寒凉。她忽然觉得涯草不完全是死在自己手上——本来，她根本不打算这么快就杀掉她。可是，一金杖下去，涯草便粉身碎骨了，仿佛无形之中有一股力量，借力打力，一下就把涯草毁尸灭迹了。涯草，只是一枚棋子。背后的主人生怕涯草暴露了自己的秘密。

　　初蕾忽然想起自己前几次听到过的那个神秘声音：凫风初蕾，你不放弃百里行暮，你一定会付出代价的！她脑子里一团糟，可手里的金杖却丝毫也不敢放松，身子忽然一紧，那是一个人遭遇极度危险时本能的反应，好像全身的肌肉忽然之间就绷紧了一般——

　　委蛇大吼："少主，小心……"双头蛇先冲了出去。它本是匍匐在一边一动不动，一直死死盯着那一轮可怕的夕阳，哪怕少主灭杀了涯草，它也一动不动，好像傻了似的。可现在，它却以不可思议的速度冲出去，正好拦在少主面前。它清晰地辨认出，杀气正是从夕阳而来。所以，它正好来得及将其拦截。可是，纵然准确辨别了敌情，依旧无济于事。因为，那力道实在是太大了，大到它生平从未遭遇。

庞大的蛇尾幻化成十几丈宽的蟒蛇——比上一次令它身受重伤的九黎之战，更大更宽，几乎已经耗尽了它全部的元气。

攻击是从四面八方而来。无数的青草蛇忽然从前后左右，从天上地下，从空气的每一个角落席卷而来……天空中，就像下了一场细细密密的青色的大雨，以无孔不入的力量向一人一蛇渗透。

很快，巨大的蟒蛇背上便满是草蛇，那些青草蛇的利齿如暴雨一般，密密麻麻，很快，将双头蛇彻底包围。咝咝的吞噬声里，双头蛇已经浑身鲜血淋漓，只凭借蛇尾的拼命摇摆和两只蛇头搏命厮杀。

鬼风初蕾因为委蛇的奋勇护主，才侥幸有一丝喘息之机，可是，她举起的金杖劈下时，手中的力道忽然衰减，好像有一股无形的力量，随风吹来，令金杖东倒西歪，几欲坠地。

她大骇，用了全部的力气捂住金杖，又是一仗扫过去。无数的青草蛇，远远飞了出去，天空中密密麻麻的青色雨点仿佛被拦腰斩断。

可是，下一刻，连绵不断的雨丝又漂浮过来，而且，更多更猛更密集。如风卷残云，如乌云压顶，如白衣尊者揭开金色面具时那一次毁灭性的扫射……

委蛇的脖子上，已经鲜血淋漓，两个头已经无法摇摆了，而十几丈宽的蛇背，也在慢慢地开始收缩……那是它力有不逮的象征。在战斗中，蛇背无声无息收缩，便是重伤或者死亡的迹象。

鬼风初蕾心急如焚。可是，她的金杖力道也越来越弱，每每挥出，便有一股风无形地吹来，轻而易举化解了她的元气。可是，她居然看不到敌人的身影！敌人躲在空气中、泥土里、微风里，也或许是无数的青草蛇中……正以肉眼看不见的力道，指挥着那千军万马一样的青草蛇，一起向她发动进攻。而那些青草蛇，本来全是受害者！

金杖，慢慢停止了挥舞。鬼风初蕾已经筋疲力尽。她只是看向委蛇，她那可怜的老伙计，浑身上下全是腥臭难闻的绿色汁液，它杀死了无数的青草蛇，也被无数的青草蛇咬得浑身上下，没有一处完好之地，渐渐地，已经无法支撑了。

鬼风初蕾忽然意识到，今天可能真的走不出这片有熊部族的广场了。其结局，并不是死亡，而是比死亡更加可怕的东西。

"鬼风初蕾，我警告过你，可是，你总是自以为是！"声音从四面八方传来，无法分辨究竟来自何处。而且，绝对不是涯草那样的喧嚣、狞笑，反而平淡、谦和，仿佛一位长者在循循善诱。

可是，这声音也没有来源和方向——鬼风初蕾只是凭借心灵的感应和直觉，压根儿就无法判断。甚至，依旧辨别不出这人男女。

鬼风初蕾没作声，她伫立原地，纹丝不动，就连委蛇已经到了绝境，她也视而不见。她全神贯注，只想找到声音的来源——这个人，才是幕后最大的主谋。哪怕他是比白衣天尊更厉害的人物，今天，她也必须让他现出原形。可是，那声音居然彻底消失了，就好像刚刚这一句警告只是她的错觉。

忽然，她握着金杖的手一抖，不假思索，便向着西北方横扫过去。砰的一声，巨大的冲击波携带了爆破式的火焰，令整个西北的天空都黯淡了一下。金杖，遇到一股极大的阻力。无形的敌人，终于被逼出手了。

她哈哈大笑："何方妖孽装神弄鬼？有胆的给我滚出来……"

阴恻恻的声音又在耳边响起："短短一年不到，你居然又元气大增！"

"是又如何？你有胆的就露出真容，别藏头露尾了……"

"露出真容？就你也配？"

"哈你算老几？你难道比白衣天尊更厉害？"

"白衣天尊！白衣天尊……"那阴恻恻的声音忽然变得无比愤怒，"你居然还敢仗着他的元气嚣张，今天，你是自寻死路……"

原本死死叮在委蛇背上的青草蛇，忽然倒灌一般，铺天盖地向凫风初蕾席卷而来。随即，一股大风吹来，整个天空已经变成了绿色的海洋：头顶、脚下、前后左右，无处容身，全世界的青草蛇，一起攻向凫风初蕾。

委蛇扑上去，刚好拦在她的面前。所有的青草蛇正好缠住它的本体。那具有穿透力的撕咬，再也没有给它任何喘息的机会，委蛇全身上下，就像被插满了绿色的短剑。几千年老蛇的蛇皮何等坚固？而且，委蛇还经历了颛顼特别的改造，几乎可以算是刀枪不入。可现在，每一条青草蛇，都笔直钻入了它坚硬的鳞片。它昂起的双头顷刻之间便低下去，两条脖子上，顿时裂开一个巨大的口子。脖子和身体链接的地方，是委蛇的死穴。唯有撕开这个地方，它才会真正死掉。

那无形中的敌人，很显然一眼就看出了它的软肋。青草蛇们不再有任何的犹豫，拼命爬向它的脖子处，很快，锋利恶毒的蛇牙便密密麻麻将它的脖子铺满。

凫风初蕾心寒胆裂，金杖猛地击出。

委蛇情知已经到了生命的极限，用尽了最后一点力气大喊："少主……少主……你快走……快……别管我了……快……"

凫风初蕾再次出手，哪里还来得及？只见委蛇小孩子般的双头，就像忽然被割断了一般，很快，庞大的身躯一阵疯狂舞动，便倒在地上一动不动了。

"委蛇……"凫风初蕾心口如要炸裂一般，可是，连悲呼都发不出来。因为西边的太阳忽然爆发出一阵耀目的白光，随即，从东南西北射出四支绿色的毒箭。

每一支箭都有一丈多长，一丈多宽，就像一间巨大的绿色铁屋子，从四面八方笼罩了她。

很快，她前后左右上上下下都是一片绿色。

整个世界，全部变成了绿色。所有的青草蛇，全部集中在了这绿色屋顶阵仗之中。无形中的敌人好像在冷冷嘲笑：凫风初蕾，你看到了吗？委蛇的下场，便是你的下场!

　　初蕾冲天而起，要跃出绿色的蛇阵。头顶虽然也有绿色，可是，那是最薄弱的环节，毕竟，这些青草蛇本身没什么本领，根本无法在天空盘旋，唯一的支撑便是暗中敌人的元气。凫风初蕾看准了这一点，用金杖击打最薄弱的地方。

　　果然，扭动的蛇阵立即破开一道巨大的口子，天空忽然亮了起来。她的身子，眼看就要跃出四面包围的蛇阵。可是，一股巨大的力道却兜头罩下来，她挥出的金杖丧失了准头，好像被一股反方向的大力在猛烈拉扯，然后，眼睁睁地看着原本已经四散飞离的青草蛇又重新铺天盖地砸向自己。

　　她低头、躲闪，统统无济于事。浑身的元气就像忽然流逝了似的，根本无法凝聚，只能眼睁睁地看着那一大片可怕的绿色将自己彻底笼罩。最先接触绿色的是头顶。她不知道如何形容此刻的感觉——所有的头发，忽然直立起来，所有的汗毛好像被人偷梁换柱。一瞬间，满头的黑发被可怕的绿色全部取代。绝望和恐惧已经彻底麻痹了脑神经。有一会儿，凫风初蕾停止了思考，只本能地举起金杖，茫然地看着天空。

　　那声音幸灾乐祸，得意扬扬，好像期待这一刻已经很久很久了："美貌不复存在，异性不会再多看你一眼，生存已经毫无意义……凫风初蕾，你去死吧……"

　　金杖，脱手掷出。向着声音所发出的方向——尽管只是一种直觉，她也孤注一掷。那是凫风初蕾最后剩下的所有元气——颛顼、百里行暮、鱼凫国……他们给予她全部的爱和力量，以及她自身的一切元气，在这一刻彻底耗光用尽。

　　金杖坠地处，居然一阵惨呼。那是一个人受伤的惊叫，倒不是多么痛苦，而是无比震惊和愤怒。尽管细微得差点被风淹没，凫风初蕾却听得清清楚楚，一辈子记住了这个声音。

　　这最后一击，终于也伤到了敌人。无论敌人多么厉害，也必将在他（她）身上留下烙印。也许，敌人伤得不是那么重，但是，可能他（她）从未想过，自己居然会被击中，所以才那么震惊。

　　凫风初蕾笑起来，十分欣慰，丝毫没察觉到嘴角鲜血如注。很快，她体内的鲜血便会全部耗尽。

　　那时，她将彻底成为一个废人。可是，她毫不在意。只要能杀伤敌人，哪怕同归于尽都不在乎。所有的青草蛇，忽然失去了目标，就像被收割的韭菜，一下就铺天盖地倒在了地上。

　　唯有已经钻进凫风初蕾头皮、身上的青草蛇还在拼命扭动、撕咬，因为找到了寄生体而免于一死。她知道，自己很快就会腐朽，或者以另一种可怕的假象活着。

　　她跳起来。那是一个人临死前最后的反弹——以毁灭敌人的方式毁灭自己。吼声，仿佛是从死亡里发出来的，她对着天空，用尽力气吼叫："百里行暮……"

　　怀里的小玉瓶，猛然炸裂。巨大的声波，冲天而起。

　　凫风初蕾摇摇晃晃站起来，青草蛇顺着她的身子往下跌落。很快，她浑身上下便不再有任何一条青草蛇。

她浑身鲜血淋漓，却还是笑起来，微微地凝望天空。

无论如何，每到关键时刻，他总是还是帮她。

暗中的敌人，气得捶胸顿足。巨大的冲击波，令其都不由得步步后退，差点在这突如其来的震荡里被现出了原形。该死的百里行暮！这男人真该死！

"凫风初蕾，你以为你逃过最后一劫了？别做梦了！别说已经死去的百里行暮，就算他本人亲自站在这里，他又能如何？"

凫风初蕾，仔细地辨认着声音来源的方向。

"你一日不死，一日便是祸害，凫风初蕾……快去死吧……"原本倒地不起的青草蛇，就如听到了什么无形的命令，顷刻间便汇聚成一股细细的草绳一般的长蛇，再次往凫风初蕾身上缠绕。余勇已消，法宝出尽，最后的潜力也彻底消散了。凫风初蕾彻底瘫在地上，满身鲜血，再也无法阻止青草蛇的进攻，只是死死闭着眼睛，等待死亡和命运的裁决。她胡乱挥舞的手，忽然触摸到怀里的一处坚硬之物——她疯狂中以为是利器，抓住就要刺向自己的心口。

暗处的敌人忽然大叫一声："不好……"可是，已经来不及了。

凫风初蕾觉得浑身一震，所有的青草蛇就好像被雄黄火熏着似的，忙不迭地从她的手臂上爬出来，四散逃亡……

彼时，凫风初蕾神志已经开始模糊，完全不知道怀里藏着的青铜树忽然跌落地上，在鲜血中，她整个的身影已经消失不见了……

四周，满是血腥味。空地上，没有任何异常。可是，凫风初蕾的身影千真万确不见了，如土遁了一般。

青阳公子斩杀了世界上最后一条黑龙，并用自己全身的鲜血，浇灌了这棵青桐树，铸就了整个金沙王城最大的秘密。纵然是暗中的敌人，也被那无影无形却又无孔不入的元气所震慑，一瞬间，竟然彻底失去了方向，即使其有一双慧眼，也看不见凫风初蕾所在的位置了……事到如今，当然是一不做二不休，必须杀了凫风初蕾，永绝后患。可是，当那神秘人物刚刚靠近时，立即便退了回去——四周的虚无里，出现一片凌厉无比的气瘴。可这不是关键，关键是，气瘴里面，有肉眼看不见的放射记录仪——

纵然能隐形的敌人，也再不敢现出原形，以至于他（她）恼怒得几乎破口大骂：这该死的青铜神树。凝聚了青阳公子全部鲜血的青铜神树，根本不是什么神怪魔树，那是宇宙中最先进的记录仪，会将周围发生的一切事情全部记录其中。

早前，这记录仪并未启动也就罢了，可现在，记录仪已经开始工作了。但凡靠近之人，纵能躲过神树的能量，也躲不过神树的记录——无论是神还是人，你的一举一动，必将彻底被记录在上。

当然，光记录下来也不足为患，大不了摧毁这台宇宙记录仪。可是，一旦启动了封印，这棵神树和外界相连，所记录下来的一切，直接传达到九重星联盟的一个秘密数据库。

纵然是本领高强如神秘人，也不敢冒这个险。神秘人再也不敢停留，转身就走。

鱼凫女王失踪的消息已经传出一月有余，杜宇和一队侍卫是跟随着大熊猫的气味追到有熊山林的。

杜宇在有熊山林整整找了三天三夜却一无所获。就在他准备下山的时候，听到一阵急促的脚步声，躲在一边一看，居然是一队全副武装的江湖客，他们一路骂骂咧咧地在寻找什么。杜宇情知有异，也不吱声，和侍卫们悄悄躲在一边，直到那队江湖客下山去。

彼时，杜宇正停留在一棵枯树下面。一阵风吹动积雪，枯树和后面的石屋都发出簌簌缀雪的声音。然后，他看到一截灰白的手臂。手臂上面洒满了雪花，可依稀还能分辨出来。很细很细，近乎骷髅，可又不是纯粹的白骨，仿佛一个饥饿了很久很久的人，就这么穷尽一身鲜血，干涸而死。

他将长剑伸出，小心翼翼地将这只手周围的积雪全部扒开，因怕伤着了这手臂，便伸出手，将手臂上的积雪也扫开。

一个人影，彻底浮现在眼前。纵然是昏暗的月色下，也可以看出，那已经不再是一个人了，这人脑袋鲜血淋漓，没有头发，浑身伤痕累累，脸上也全是伤痕。那是一具女尸。身上的衣服，也早已残破不堪。那不是一个人，那是一具僵尸，可能因为临死时遭遇了什么不公，胸口的怨气无法从灵魂里溢出，便久久也不腐烂，就这么不甘不愿地躺在这里。

他仔仔细细，看不出任何异常。两名侍卫也看着这具僵尸，大气也不敢出。

杜宇生怕惊扰了这具尸体，正要再将积雪复原，将其彻底掩埋，可是，心里一动，便将手放在了那尸体的鼻端。鼻端，完全冰冷。他长叹一声，正要起身，却失声道："少主……少主……"

两名侍卫吓傻了，不但没上前，反而后退一步，茫然地看着杜宇，二人均想，这僵尸怎会是少主呢？

可是，杜宇颤抖的双手已经将尸体抱起来。六神无主中，他只是本能脱下身上的大氅，紧紧将她所包裹。

尸体很轻，他的全身却如失去了力气一般，脚步踉跄，差点摔倒在地。在尸体移动的地方，赫然便是那棵青铜树——只有老鱼凫王的书房里才有的青铜树。这是鱼凫国的嫡系子民才知道的秘密。

正因此，他才惊惧得五内俱焚，泣不成声："少主……少主……你快醒醒……快醒醒啊……"可是，怀里的尸体，已经彻底冰凉，就像已经死去了很久很久一般。

一道白光一闪而过，杜宇双腿一软，便倒在了少主旁边。早已重伤的大熊猫大叫一声，猛地跃起来，可是下一刻，它便倒在了地上。

　　杜宇浑身已经失去了力量，只是本能地一横手，拦在了少主的面前。他只来得及看到一道金色的面具，整个人便晕了过去。

第二十四章　半神人的盛宴 1

那是一个很长很长的梦。凫风初蕾只觉自己一睡不起。

有时候，是在金沙王城的王殿里。有时候，是在渕山的奠柏树下。有时候，身在周山之巅，坐在云阳的树影下面。有时候，又躺在巨大的三瓣莲里，就像从花里开出的一个骨朵。

只是，梦里经常觉得疼痛。疼痛，并不发自四肢，也不发自五官，她根本不知道这疼痛从何而来。无数次，她想睁开眼睛，可是，除了隐隐的疼痛，再也没有任何的感觉，伸出的手，也总是不能动弹。她疑心自己被魇着了，可总是想着想着，再次昏睡过去了。

某一次，她醒来，却无法睁开眼睛，可耳朵很灵敏，听得有人颤抖地大喊："初蕾……初蕾……到底是谁把你害成了这样？到底是谁？"她觉得奇怪，自己不是好好待在王殿的床上吗？窗边不是有一大片一大片红色的刺桐花开吗？

某一个夜深人静的夜晚，她又感到一阵暖意。好像有人抱住自己，有一股暖流从四肢百骸慢慢地游走，起伏，非常舒服，就像在不周山之巅的温泉里，沐浴一夜后，浑身上下都轻松舒适了。她觉得很惬意，便索性整个人歪在他的怀里。

一整夜，她都感觉到这双手抱住自己。甚至很多夜晚，这大手一直都抱着自己。有时候，她想睁眼看看这大手的主人，可是，有时候又想，看不看都无所谓。她还是一直闭着眼睛，无忧无虑。只是，不时会在迷迷糊糊中听到他沉痛到了极点的呼喊："初蕾……初蕾……唉，可怜的初蕾……"

某一天，她觉得浑身上下很痒，好像一个人的骨肉分离之后，重新生长出来，痒痒的，非常难受，便忍不住反复去抓。因为感觉不到疼痛，越是抓得鲜血淋漓越是舒服。

浑浑噩噩中，被人一把提起来，下一刻，她已经置身在一个巨大的浴桶里面，鼻端全部是各种药物的味道，淡淡的、香香的，有些却很刺鼻。她觉得有点奇怪，也不知道是谁把自己丢在了药池里泡着。随即，全身可怕的痒痒忽然消失了，各种药水轻轻沐浴过全身，她觉得很舒服，想伸手摸一摸，可是，抬起的手一动不动。

她明明就像一个被人摆布的木偶，可是，她感觉不到害怕。就像一个在草原上行走之人，明明已经走出去很远，迷失了方向，可因为草原上的景色实在是太美太美，蓝天白云，野花盛开，有成群的牛羊咩咩地叫着，于是，迷失也变得并不那么可怕。

某一次，她又清醒了，可还是看不到四周的情况，只能凭借感觉，她觉得有人帮自己换了一身衣服，那是熟悉的柔软的蜀锦睡衣，上面有鲜花的香味，干净而芬芳。

真正醒来，是一个清晨。那天，有极好的阳光，有鸟儿在窗外唱歌，有花香一阵阵飘来，就好像百花齐放的三十里芙蓉花道。明明是寒冬腊月，怎么忽然就到了春天？

她明明记得昨晚才有冬雪飘落，隐隐地，躲在树洞里的松鼠好像成群结队地跑出来捡松子，可因为雪太大，它们也不敢贪心，只草草捡了几个便缩回去了。

现在，鼻端居然全是花香。真的是花香。那么清晰。跟金沙王城的味道一模一样。

她翻身爬起来，咕咚一声就栽倒在地。头，碰触在地上。很长时间以来，她第一次察觉了真正的疼痛。只听得脚步声近了，有人大声喊自己："初蕾……初蕾……你怎么了？怎么又摔下来了？"她稳稳地被一只大手抱起来，被轻轻放在床榻，耳旁是熟悉而焦虑的声音："初蕾，你怎么了？"

她伸出手，但是，那只是一种错觉。她骇然，自己明明醒了，为何却什么都看不到了？而且，一点声音也发不出来了？她有点不服气，猛地一下就坐起来。可下一刻，她已经被一双手按住。他的叹息声更浓了："唉……就连昏迷之中也吓成这样，真不知道究竟经历了什么事情……唉，初蕾，快快醒来告诉我真相吧……"有一双手，轻轻拍着自己的背脊。她觉得很安心，也很疲倦，慢慢地，就睡着了。不知过了多久，迷迷糊糊地感觉到那双手仿佛要离开了，她忽然很害怕，本能地一伸手，紧紧拉着那只手。于是，大手的主人停下了，静静地陪在自己身边。

一整夜，她都听得他均匀的呼吸声，偶尔，也有叹息声。无论是叹息声还是呼吸声，都令她心安。而且，她已经慢慢意识到，很多个夜晚，这呼吸声和叹息声都陪伴着自己，从未离去。这令她对大手的主人产生了非常深刻的亲切感，仿佛只要他在身边，就再也没有什么可怕的了。

每一次都是鼻子先苏醒过来。

窗外的鸟语花香，总是最先唤醒听觉和嗅觉。她的眼皮一直跳跃，却怎么也用不上力气。

恍惚中，听得有人在门口讲话："老天，这……这是谁？"

那是一个女子的声音，温柔、和善，暖风一般令人微醺。而且，很美。绝不是令人筋骨酥软的那种娇媚，而是另一种满是风情和女性善意的优美动听。一个声音，已经可以美成这样，要是真人，岂不是天仙一般？她对这声音的主人，忽然很是好奇。

随后，那温柔的脚步声慢慢靠近，那声音的主人竟然低下头，俯身看了自己一眼，然后，不动声色地退开了。柔美温和的声音充满了意外："真是太可怕了，怎会变成这样？这到底是谁？"

有个男子的声音顿了顿："凫风初蕾。"

好一会儿，那温柔和善的声音才悠悠地叹一声，满是惋惜："真是不敢相信，怎会变成这样？到底遭遇了什么事情，才会变成这怪物一般……"

"怪物!"

凫风初蕾很震惊。这是在说谁?

那个柔美的声音继续道:"唉,可怜的人儿,也真是太不幸了。以她在人类世界里的名声,到底什么样的敌人才能将她害成这样?"

"我!"

"天尊何出此言?"

"我一直以为,这地球上,除了我之外,她已经不可能再有任何对手了。没想到,她居然被人伤成这样。所以,我常常都在怀疑,除了我,到底还有别的什么人能如此厉害?"这不是开玩笑。

万古肃穆的声音里,已经有了隐隐的愤怒。他根本想不到,这地球上,居然还隐匿了如此厉害的高手,而自己,居然毫不知情。

一段很长时间的沉默。

柔美声音的主人似乎也不知道该怎么安慰他,只是默然站在一边,轻轻地问:"天尊,我能帮上什么忙吗?"

"阿环,这次真要拜托你了。算我欠你一个人情。"

"但凡天尊开口,我还能不从吗?可你也知道,我们西王母一族,最好的药是续命药,但是,她并无生命危险,续命药就用不上。至于美容药,这不是我们的强项,我们从来没有炼制过这种东西……"

西王母一族,皆天生丽质,不死不老,哪里需要美容药物呢?

男子的声音有点失望,半晌,才道:"罢了罢了,我也知道是强人所难了。也罢,先保住性命也是好的。"

初蕾忽然很想看一眼说话的女子,可是,一切的努力都是徒劳的,因为,随即那脚步声就远去,门也被轻轻关上。

这一年,九黎迎来了有史以来最热闹的一个春天。因为,白衣天尊即将在这里举行万神大会。不过三月初,红花开了又谢,谢了又开,而更令人瞩目的则是漫山遍野的桃花,开成了一片红色的连绵起伏的海洋。

彼时,远方的半神人,已经陆续开始抵达。九黎碉楼之外几百里,已经有了专门迎接各位半神人的雕梁画栋。

每一个半神人,气派都很大。有的喜欢安静,有的喜欢热闹,有的要独居,有的却愿意早早地在九黎碉楼宴饮欢乐。

而白衣天尊的好友青元夫人,则送来了大批天穆之野的桃花酒酿。各种各样的酒酿从小婢们的纤纤玉手中递来。专门为西王母一族驾车的四条金龙拉着天空马车,一日万里,运载的酒香传遍了整整三十万公里的人间天堂。纵然那些犹豫不决的大神,嗅到这酒香,也纷纷蠢蠢欲动,再也没有任何犹豫。

此时，青元夫人放眼望去，但见满世界的桃花，分外高兴。

九黎的桃花种类也特别多，从河边到田野，从平原到山林。一时间，整个世界都变成了粉红色的一片。

"我一直以为天穆之野的桃花已经冠绝天下，不料九黎更是花中海洋。"

白衣天尊笑起来。

"天穆之野独爱桃花，年年等待蟠桃的盛开，可是，因为水土的原因，总要三十万年才轮回一次，至于桃花，几乎要九十万年才轮回一次，比起九黎却是远远不如。九黎，可真是一个洞天福地……"青元夫人穿青色裙裳，头戴九云金冠，声音清脆，容貌艳丽，比起一般古板平静的女神，她简直就是女神中的少女。她手里的桃花酒酿也在玉瓶盖子揭下来的一刹那，散发出甜蜜的香味，一如她嫣然一笑时的明媚。

"天尊，尝尝这桃花鲜酿如何？这是上九十万年剩下来的，也是我亲手酿制。当年，我也给天尊留了一瓶，只是一直没有机会邀请天尊品尝……"

桃花鲜酿，盛在白色玉杯里，红红的，煞是好看。

天尊举杯，一饮而尽，大赞："阿环真是好手艺。这桃花酒天下罕有。"

她的笑容更加甜蜜："天尊若是喜欢，我下次再多带一些来。"

"足以！本尊不好饮酒。"

闲谈之间，她举杯到唇边，但并不满饮。她的十指纤细，莹白如玉，美丽得就像春天的第一截嫩葱。

"下个月，万神大会就要在九黎召开了，少数大神也已经赶到或者在赶来的路上了，天尊是否会陆续设宴招待他们？"

他摇头："暂且先让他们安顿下来吧。"

她有点意外，却还是尽心尽力提醒他："老朋友们可都是为了给天尊捧场远道而来。他们中不少人性子古怪，也不好得罪，若是觉得自己受到了怠慢，只恐今后对天尊的影响不好……"这是事实。

每一个半神人都觉得自己特别了不起，需要受到高度的尊敬和重视。但凡不经意之间得罪了谁，那就不是请来一个客人，而是替自己招来了一个仇人。白衣天尊虽不至于忌惮别的半神人，可是，无故得罪客人，总是不太好。

青元夫人非常热心："我可以陪着天尊招待客人，尽量让万神大会更加热闹一点。毕竟，地球上已经很久没有过这样的盛会了，就连上一次的蟠桃宴，也因为蟠桃歉收，只请了少数大神……"

白衣天尊还是摇头："我暂时真没空。"

她慢慢放下酒杯："我怎么觉得天尊对这场盛会不是那么热心？"这场盛会，在某种意义上，是九黎和大炎帝国重新进入中央天庭核心的标志和转折点，其重要性不言而喻。所以，当她察觉白衣天尊对这场盛会居然不是那么热衷时，就真的有点意外了。

白衣天尊也毫不掩饰自己的情绪，只摇摇头，眉宇之间，有淡淡的忧虑。

她试探性：“天尊可是还在担心凫风初蕾？”

"我只是一直奇怪，这地球上到底谁能有那么大的本领？如果不揪出此人，真让我寝食难安……"

"难道天尊这段时间一直追查不出凶手的下落？"

他的神色很奇怪："说来，真是令人难以置信。我查了很久，发现重伤凫风初蕾的，居然是她自己！"

青元夫人大吃一惊："她自己？"

"没错！我仔细检查了她的伤口以及她受伤的程度，发现她身上的指纹、伤痕的力道，全是出自她自身的反弹，也就是说，她几乎是自残一般，将自己毁灭成了那样……"

"天啦，真是不可想象。"

人生最轻松惬意的事情，莫过于一直甜蜜的酣睡。

凫风初蕾觉得自己好渴望一睡不起——好像从西北沙漠回到金沙王城的第一天起，她便渴望这么好好睡一觉了，只是，无论如何也没有机会。

寻宝、登基、治国、战争……每一天都有忙不完的事情，每一天，都有各种各样的焦虑。神说：不要为明天的事情焦虑，明天自有明天的焦虑。可是，凡夫俗子做不到。她总是焦虑。

金沙王城，九黎之战，生灵涂炭……直到现在，她忽然发现，做一个国王其实是全世界最辛苦的事情。

现在好了，自己终于睡着了。每一个国王睡着之后，世界也并没有因此而崩塌。没有幻觉，没有噩梦，就如累到了极点，闭着眼睛便无法再醒过来似的。就连青草蛇，也再也不曾入梦了。睡梦中，一切已经发生的事情，仿佛全部成了过去。

某一天，她睁开眼睛，竟然看到窗外桃花满枝。

红！铺天盖地的粉红、深红、浅红……各种各样的红。红花，青草，多可怕！

她吃一惊，立即坐起来。真的是大片桃花，落英缤纷，一阵风来，片片粉红的花瓣便从开着的小轩窗里吹进来，洒落了自己一头一脸。她忽然跃起来，大叫："来人，快来人……"

有白色人影应声而来："初蕾，你醒了？"

她跳起来，冲到窗边，嘶声道："快砍了这些桃树……快……不要它落在我的身上，快，快点啊……"她拼命拍打自己身上的花瓣，重重地跺脚，将地上的花瓣踩得稀烂，气喘吁吁："快砍掉这些桃树……快……"

他惊讶："为什么？"

她勃然大怒："快，快点啊……不许让这些桃花出现在我的面前！快砍掉！全部都砍掉……"

愤怒慢慢地变成了悲哀，她的眼中珠泪滚滚："我怕……我害怕……砍掉，快砍掉啊！"

她一边说话，一边往窗户攀爬，竟然要跳出去一般。

他更是吃惊，随手一指，窗外满世界的粉红花瓣忽然无影无踪。桃树全部变成了苍翠的松柏。

她已经攀着窗棂的手顿时停下，松一口气，却蓦然后退，胆战心惊："你……你是谁……你是谁……"

"初蕾……"

"你是谁？你怎么会在这里？"

"初蕾……"

"别过来……你别过来……"她本是满脸惧色，可不知怎的，又糊涂起来，重重地往后一倒，大叫一声，又晕了过去。

这一次，她身上的元气不再流逝，却开始整夜整夜地发高烧。高烧一起，累累伤痕就更是麻烦，好像随时一口气上不来，便会彻底香消玉殒。

白衣天尊已经无法离开这木屋，他必须整夜整夜待在房间里，纵然元气强大如他，也不敢想象，若是这股气散了，她还会不会有活命的机会。他必须替她续气，否则，她随时可能死掉。连续三天，他寸步不离。

到第四天傍晚，她的情况不是更好，而是更坏了，她整个人烫得就像从油锅里捞出来的炸鱼，就连元气也无法再渗入她的四肢百骸了。

青元夫人站在门口时，正好看见白衣天尊整个人都在冒着一股云雾般的白气，那是一个人的元气急速消失的标志。纵然几亿年寿命的大神，也经不起这样的自残啊！

她大吃一惊，顾不得冒昧，径直走过去："天尊，万万不可继续下去……"他颓然收了双掌，靠在墙壁上，满头全是冷汗。

"鬼风初蕾元神已快散去，你逆天改命也毫无作用，不过是白白损耗你的元气而已……"她断然道，"你这样做，也无法替她续命！"

他的面色十分难看，一言不发。

她轻叹一声，从怀里摸出一只小绿瓶："这是我西王母一族的秘药，仅此一颗，天尊不妨试一试……"

他接过药瓶，仔细看了看，只见那药丸通体金黄色，正是西王母一族最著名的续命药。他由衷道："阿环，谢谢你。"

她淡淡地："我总不能眼睁睁看着你为了她，就这么耗尽全部的元气。"

那是因为他，而不是因为她！两者之间，有本质的区别。

白衣天尊何尝不知？可是，他已经顾不上说什么客气话，只是点点头："阿环，谢谢了，我马上试一试……"续命药，咕嘟一声从鬼风初蕾的喉头落入了胃部。为了起作用，他还喂她喝了一点点温水。续命药的效果很明显，不到片刻的工夫，鬼风初蕾身上的高热已经退去，面上的红痕也彻底消失，但是，她的样子可真是不好看，简直就像一堆碎裂后重新组合的蚯蚓。

纵然是以慈悲心肠著称的青元夫人，也难忍心中的恶心之感。毕竟，谁也不乐于见到这样的情形。她不经意地后退一步，然后，再退一步，彻底移开了目光，再也不想多看一眼。

可不经意看去，只见白衣天尊还坐在原地，好像根本不觉得凫风初蕾这样子有多么恐怖。直到凫风初蕾彻底平静地昏睡过去，他才慢慢起身，伸手探了探她的鼻息，发现她的鼻息也慢慢地开始变得均匀了，他的脸上才终于有了点淡淡的笑容，低声道："西王母一族的续命药，果然名不虚传！"

西王母一族从不参战，地位却远远高于诸位半神人，唯一的原因，便在于他们的续命药——不只凡夫俗子，就连半神人也能救活。

"阿环，这次我是真的欠你老大一个人情了！"

青元夫人嫣然一笑："天尊这是想要回报我吗？"

他由衷道："阿环，你但凡有所求，尽管开口。纵然上刀山下火海，我也绝不皱眉。"

"天尊言重了。不过，有天尊这句话也是好的。以后，我一定要向你提一个要求，你可得答应我，无论多么困难的事情，你都不许拒绝。"

他斩钉截铁道："阿环，我记住今日许诺了。"

她的笑容更是鲜花一般，可是，出门的时候，笑容却黯了一下，只盯着远处连绵起伏的一片翠绿，便不作声了。

昔日粉红的桃花世界，彻底消失不见了。取而代之的，是一片片巨大的松柏林木，苍翠遒劲，饱经沧桑，只再不见丝毫桃花的影子。九黎的千里桃林，已经彻底成了过去。天下绝美的景致，已经变成了一片沧桑。

她缓缓地："天尊为何改变了九黎的风貌景观？"

他叹道："凫风初蕾也不知是经历了什么惊吓，一醒来后，就扑向桃树，非要将所有桃树砍光不可……"

她更是意外，就因为一个半疯癫人的一句胡话，他便将整个桃林彻底变成了松柏？凫风初蕾疯了，他难道也疯了？

可是，她无法开口，也不能就这么发问，只内心深处一阵一阵战栗，也不知道究竟是失望还是不安或者别的情绪……

千回百转，从未有过，她想，难道九黎从此刻起，就再也不出现桃花的影子了？

白与昼交替，光与影轮换，风送来远处一阵一阵的松涛，只察觉不到时光的流逝。有时候，仿佛一万年沉睡，永远无法醒来，有时候，但觉时光凝固了，就像忘了流淌的沙漏。

袅风初蕾彻底睁开眼睛,是某一个清晨。晨风从小轩窗里吹拂,远处的松柏翠绿得透明似的。

她懒洋洋地伸展双臂,就连呼吸,也渗透着松柏的清香。隐隐地,就像躺在湔山的河滩上,看着白鹳一群一群扇动翅膀飞翔,整个湔山,都变得白茫茫的一片。

许久,她慢慢坐起来。四周,空无一人。她不知道身在何处,可是,也没觉得多么不安,只是慢慢下了竹床,走到门口。

门,也是竹门,有素雅的雕花,摸一下,顿感清凉,不知道已经多么远古的历史。

门外,一片苍翠,全是竹林。竹子,是她从未见过的品种,笔直,苍翠,每一片树叶就如翡翠一般,但是,地上却干干净净,没有一片落叶。这里,本该是熊猫的乐园。可是,她却忘记了委蛇,也忘却了大熊猫,一时间,想不起来自己少了什么最重要的东西。一颗心,已经在累累的伤痕里变得麻木。

她只是随意坐在地上,任凭风从四面八方吹来。春风,却有淡淡的寒意。她伸出的手就如苍白的骷髅,只是她自己丝毫也没察觉。

有人从对面走来,步履很轻,白衣翩然。

她凝视他,眼神里满是疑惑。她不知道他是谁。

神造人时,给了人类一个极大的慈悲:那就是遗忘。凡人健忘。从出生的那一刻起,便开始遗忘:婴儿时期的哭哭啼啼,少年时代的鲁莽冲动,青年时期的快意恩仇,中年时期的妥协退让,年老时候的衰弱无力……无论是幸福的,还是痛苦的,荣耀的,还是屈辱的……到死的那一天,人类的记忆基本上已经快被清空了。许多人会得老年痴呆症,这是一种幸运。否则,无数的喜怒哀乐、大事小事全部一清二楚刻画在脑海之中,这漫长的人生,又如何熬得过去?遗忘,是造物主给予人类最好的赏赐。

袅风初蕾疑惑地看着那个白衣人,他干净、潇洒、目光温和、嘴唇含笑,亲切如梦中人。他慢慢走近,手里拿着一顶帽子。那帽子云霞一般轻薄、柔软,是彩虹似的颜色。"风大,初蕾,你戴上这个。"

语气很自然,动作也很自然,他随手将帽子戴在她的头上。冷冷的头皮,顿时有一股淡淡的暖意。她更是疑惑地盯着他。

他微微一笑:"初蕾,怎么了?"

她慢吞吞地:"你是百里行暮还是白衣天尊?"

他愕然。

她的眼神更加茫然,语气也更加固执:"你是百里行暮还是白衣天尊?"

他长吁一口气,缓缓地说:"初蕾,回去歇着吧,这里风大。"

得不到答案,她有点失望,目光转向,茫然看着远方。满眼都是苍翠,青松翠柏,只是,缺少扇动翅膀的白鹳,否则,这里便跟湔山一模一样了。可是,青松翠柏到处皆是,白鹳却并不处处都有。这里不是湔山。好一会儿,她慢慢站起来。步履很慢,并不是因为这里的风景很美,而是因为无法完全自如地行走。从背后看去,她的宽大衣裳空荡荡的，就像里面只有一副薄弱的骨架。

从冬天到春天，于她，只是一场梦而已，可是，却是几个月的时间过去了。她走了几步，忽然停下脚步。

他低声道："初蕾，怎么了？"

她蓦然回头，眼神十分慌乱："委蛇？委蛇呢？"

他心里一沉。终于，她还是想起了委蛇。

她的眼神更加慌乱："委蛇到哪里去了？"

他硬着头皮："初蕾……"

她忽然后退一步，怯怯地问："你……你不是百里大人……你……你想干什么？"

"初蕾……"

她急剧后退，可是，背后却是木屋竹门，一方囚室。她无处可去，只好踏入。手抚在门口，双腿战栗，几乎已经无法支撑自己的体重了。

眼看他已经靠近，她面色苍白得可怕："你……你杀了委蛇……你杀了委蛇……是你杀了委蛇……"

"初蕾……"

"不要过来……我不要待在这里，我要回去……我要回金沙王城……"

他抢上一步，掌心轻轻贴在她的背心，她张了张嘴，一句话也说不出来，因为，背心上一股元气仿佛在慢慢溜走，四周扩散。原本已经快散架的筋骨，好像被一条绳子重新串联了起来。

她不愿意领受他的好处，可是，无法控制，甚至无法拒绝，就连话也说不出来。整夜，她都在昏睡之中。续命药好像也失去了功效，她根本无法真正地清醒过来。

白衣天尊一直待在屋子里。因为耗费了太多元气，他也感到有些疲惫了。沉思中，忽然听得一个细细的声音："百里大人……"他本能地伸出手去："初蕾，你醒了？"

她一把抓住了他的手，很用力，声音却软弱得出奇："百里大人，真是你吗？"

他没有作声。

她更紧地握住他的手，人也慢慢靠在他的怀里。

半晌，他忽然问："初蕾，你在有熊山林中到底经历了什么事情？"

她听得"有熊山林"四个字，本能地一阵战栗，可神志却慢慢清醒过来。本是到嘴边的话便慢慢咽回去了，只是在黑暗中警惕地看了看通往月色的那扇小轩窗。无形中，仿佛一双锐利的眼睛。一如昏迷不醒时，老觉得有一双可怖的眼睛盯着自己，如影随形，嚣张狂傲，仿佛在说：逃呀！凫风初蕾，你逃呀！天下之大，你能去哪里呢？嘿嘿，天下全在我的掌控之中，你根本逃不出去……

明明就在自己周围，可是，她分辨不出这双眼睛的主人到底是谁。

她蓦然松开了那只温暖的大手，整个缩在了角落里。

"初蕾……"

"金杖！我的金杖呢？"

他小心翼翼："我找到你时，你已经昏迷不醒，我也不知道你的金杖掉到哪里去了……初蕾，你在有熊山林到底发生了什么事情？"

她一怔，立即闭嘴，仿佛空气中有一种神秘而恐怖的气息一闪而过。

他却慢慢站起身。

昏暗的屋子忽然明亮起来。并不是刺眼的亮光，而是夜明珠散发出的温润而舒适的光芒。她清清楚楚看到对面的桌子上，一棵半尺来长的青铜神树。

她跳起来，速度快得不可思议，几乎是眨眼间便将神树抱在了怀里，一抬手，神树竟然无法再缩小，依旧保持着半尺的高度。她大惊失色："你……你毁了我的青铜神树……"

他静静地："你受伤太重，元气不足，所以无法令青铜神树改变，你看……"他一抬手，青铜神树立即缩小成手指般长短，在她掌心成了一个小玩具一般。她一怔，立即反手将青铜神树藏在了怀中。

"初蕾……"

"我困了。你出去吧。"这次，轮到他一怔，可还是慢慢站起来，和颜悦色道："你好好休息。"

关门的声音，脚步远去的声音，屋子变得空空荡荡。可是，她并未如释重负，反而更加深了不安和恐惧，黑暗中仿佛有一双鬼眼一直盯着自己。这鬼眼，令她不敢说出任何的真相，因为，她不知道这鬼眼到底是不是白衣天尊。在敌人面前，说出自己的秘密和复仇计划，岂不是最大的蠢货？

纵然她此刻根本没有复仇的力量，也不知道还有没有复仇的机会，她都不敢开口。她只是沉默。

金色银杏，金色麦浪，就连足下的草地也变成了金色的一片。凫风初蕾还是穿小牛皮的靴子、厚厚的蜀锦，头上戴着厚厚的帽子。明明四季如春，可总是觉得冷，每一阵风来，便是飕飕的寒意。

草地边上，有一条小小的溪流，银白色的水穿过一片一片的石头，窸窸窣窣地往前方流淌。这溪流很长，也不知道究竟是通向什么地方。

她喜欢待在这里，看着银白色的水流，看着一片一片金黄色的叶子坠入水中。叶子随着溪水慢慢奔流不回。她经常在这里一坐便是半天。

有人慢慢走近。她也不回头，直到他走过来，慢慢地在她旁边坐下。

他随手挪了一下她略歪的帽子："初蕾，今天好些了吗？"

她手里揉着一片银杏叶子，在她的足下原本全是九黎盛极一时的红花，可现在，所有的红花都消失了，就连所有的红色也彻底消失了。足下，只是一堆堆银白色的小石头。里面，有许多雨花石一般的彩色石头，十分漂亮。她随手捡起一个，放在眼前，但见那蓝色的石头晶莹剔透，几乎透明似的，光可鉴人。

"初蕾……"

她慢慢回头，看到他蓝色的丝发在风中飘扬，就像周山之巅一根根的蓝丝草。

她的目光，慢慢地又疑惑起来，话到嘴边，却吞下去，只转眼看着雪白流淌的溪水。

溪岸很高，溪水摇曳，距离太远，她看不清楚溪水中的自己，就连倒影也一片凌乱晃荡，雪白白的十分刺目。

"初蕾，你会慢慢好起来的……"

她抬了抬自己的胳膊，胳膊十分软弱无力，呼吸之间，元气也上不来，滞留在心脉的某一点，四散逃逸。纵然能慢慢行走，她也只是一个普通人，也许，永远也无法恢复自己的元气和功力了。本质上，已经是一个废人了。她不知道自己还有没有回到金沙王城的一天。

他在她身边坐下。

她侧过头，看他一眼。

他迎着她的目光，察觉这是一种极其复杂的眼神，早前，从未在她身上出现过。他静静等着，以为她会说什么，但是，她一直沉默，只是偶尔不经意地打量他，只要二人目光相遇，她便会仓促移开，绝非因为羞涩，而是一种淡淡的恐惧。

他有点好奇。

"百里大人，我还没有感谢你的救命之恩……"

他和颜悦色："你已经说了，而且说了好几次。"

她"哦"一声。过了很久，才轻轻地说："百里大人，你怎会恰好赶来救我？"

自从金沙王城一别，他摧折槐树居的古槐树，凫风初蕾以为，二人再也不会见面了，却不料，他居然赶到有熊广场，恰好救了自己。也不知道是不是涯草临死之前一直作祟的原因，隐隐地，那个声音一直在耳边徘徊："要追杀你的不就是白衣天尊吗？除了他，谁还会这么起心杀你？"

他也凝视着她，丝毫没有忽略她眼中那抹一闪而过的狐疑和恐惧之情。

她等了许久不见回答，更是不安，又重复一遍："天尊，你怎会恰好赶到？你怎知道我在有熊山林？"

天尊——百里大人。这一个称呼的转变，绝对不是简单的疏忽，而是大有深意。

他似笑非笑："怎么了？你觉得我不该出现在有熊广场吗？"

她不语。

"有一段时间，我应一个老朋友的邀请去了岱屿山……"

"岱屿山？"

"岱屿山在极北之地的海洋下面，那里有广袤无垠的珊瑚世界，盛产红珍珠，也有一种珍珠酒……"

她惊奇极了："海洋下面居然还有大山？"

他点点头："我也是第一次品尝珍珠酒，喝得酩酊大醉。某一日，被一个奇怪的声音所吵醒……"

那是凫风初蕾在有熊广场启动小玉瓶时发出的讯号，遗憾的是，当时他实在是喝得太醉了，几乎整天都在酣睡之中，纵然听得讯号，也并未及时反应过来。直到酒劲过去，彻底醒来，这才明白发生了什么。只是，当匆匆赶到时，几乎已经迟了一步。他见到的，几乎快是一具尸体了。他没说下去，凫风初蕾也没继续问。

"是杜宇最先找到你，我真没想到，杜宇居然还能认出你来……"

她反问："杜宇为何就不能认出我来？"

他一怔，立即醒悟，她自从醒来之后，只怕从来没有看到过自己现在的模样，但是，他也不提起，只是不经意地转移了话题："有熊广场上，到底发生了什么事情？"

她的手，轻轻抬起来，揭开了头顶的帽子。光秃秃的头顶，伤疤早已凝结，可是，还能清晰地看出早前是如何的千疮百孔，甚至她的脸庞、脖子……

"那些青草蛇……它们拼命钻进我的头皮、脸上、脖子……我不甘心变成有熊姑娘那样，我拼命拉扯……我想把所有的青草蛇全部拉出来……"她指了指自己的眼眶："那些青草蛇甚至钻进我的眼眶……"事情早已过去，她的讲述也是轻描淡写，可是，听者却耸然动容，浑身甚至起了一层鸡皮疙瘩。纵然是半神人，也被这恐怖的景象惊了。

"那个神秘的敌人说，要将我变成一条蛇妖，要让天下所有男人见了我都做噩梦……我无法想象我的头发全部变成青草蛇，更无法容忍我的眼眶也被青草蛇所占据……"

他死死盯着她的头皮、脸庞、脖子甚至苍白的双手……

如果说以前他还在怀疑，她为何会下了那么大的力气自残，现在，才明白，她不是自残，她是在对付青草蛇。

"呵，百里大人，我现在的样子是不是特别可怕？"

他的目光，慢慢地落在她的头上。

她慢慢地将帽子重新戴上，而且，不经意地拉了拉，几乎遮挡了自己的脸庞，只露出两只眼睛。

九黎四季如春，绝不寒冷，从来没有人戴帽子。

以前她不知道为什么他会送自己一顶帽子，现在才明白，他是用心良苦。当她日复一日地在溪水边坐下，终于在某一刻看清楚了自己现在的模样时，便什么都明白了。凫风初蕾想，这是他对自己的怜悯和慈悲。无论是白衣天尊，还是百里行暮，至少，他对自己，还有这一点点慈悲。可能，也仅仅剩下这点怜悯了。鱼凫王，又怎么需要被人怜悯呢？她慢慢地坐直了身子。

　　好歹，总算活下来了。她由衷地说："谢谢你，天尊！"这一次，她已经分得很清楚了：不是百里大人，而是白衣天尊！他死死盯着她，恍若未曾听闻。他甚至无法想象：她到底是如何从自己的头顶上一把一把抓出那可怕的青草蛇的？有时候，他觉得她糊涂了，在胡言乱语。可是，她头上脸上的伤痕，绝不会说谎。天地间最美的一张脸，若非如此，她岂会抓破自己的脸？

　　许久许久，他才长吁一口气，到底那神秘的敌人是谁？

　　"初蕾，你有怀疑对象吗？"

　　她沉默了很久，慢吞吞地："我不知道。"

第二十五章　半神人的盛宴 2

　　木屋别墅，景致大变。
　　每一次前来，便有另一种崭新的美丽。今日，更不同往日。就连地板也全部换成了闪闪的白银，墙面是整块的青玉，而屋顶，开满了一丛丛金色的小花。更引人注目的是一排排的锦匣，匣子里全是上等的珍珠、宝石、翡翠、黄金以及各种各样的象牙制品……好些珍稀之物，神仙也未必拿得出来。那是青元夫人在九黎的临时客居之地。小婢们，已经私下里把这里称为上元宫了。可今天，她的脸色并不那么好看，就连小婢们也议论纷纷。
　　"明明前几天还是桃花盛开，今天怎么全部变成了银杏的黄叶？"
　　"是啊，明明是春天，怎么是金黄的叶子？就算天尊喜欢银杏，也不至于在这个季节变成黄色吧？"
　　"我还是觉得桃花更美，遍地的桃花，就像天穆之野过去那样。唉，说来漫长，我们都已经整整六十万年没有看过桃花了，好想念桃花啊……"
　　蟠桃宴才刚刚结束，桃树上还有零星的小小的果实，要待这些小果子彻底被收获，下一个桃花季节才会到来。而"下一个"三个字，其实，是整整十万年。
　　十万年，对于半神人们来说，当然并不久远。可是，对于数着日子等待的人，那就非常非常难熬了。
　　而且，天穆之野有天穆之野的规矩，每个季节有每个季节的轮回，你不能在收获的季节，仓促变幻到花开的季节。
　　而九黎，就不会此。九黎没有规矩，那是一个人的天下。白衣天尊随手一指，可以变幻任意的风景。
　　青衣小婢好奇道："不只漫山遍野的桃花不见了，就连九黎的红花也不见了。九黎的红花可是天下第一景，为何天尊连红花也变没了？"
　　许多半神人，分明是冲着九黎的红花而来。可现在，红花也彻底消失了。不但桃花、红花，就连所有的红色植物也彻底消失了——整个九黎，再也见不到任何一丝红。
　　放眼看去，全是黄白两色。就连仙鹤的细长的双腿，也变成了金色。
　　这景致原也极美，可不知怎的，总觉得怪怪的。
　　青元夫人听着小婢们的议论，只眺望漫山遍野金色的银杏和雪白的芍药，一言不发。
　　有脚步声传来，小婢们的叽叽喳喳立即消失了。
　　青元夫人抬起头："天尊来了？"

白衣天尊笑眯眯地："阿环，多谢你送来的大批酒酿。尤其是桃花酒酿，许多半神人都很喜欢，不过，我准备留下来，等万神大会那天给他们一个惊喜，让所有人酩酊大醉……"

她叹一声："岁月漫长，无限寂寞，除了酿酒，也没有别的消遣。所以，我倒练就了这一点点手艺。"用几十万年的时间酿制一批酒，那味道，当然不用质疑。她漫不经意地问："一夜之间，九黎的桃花和红花全部消失了，这是何故？"

他看一眼前方碗口般大小的雪白芍药，笑着摇摇头："说也奇怪，那鬼风初蕾最怕看到红色和绿色，但凡看到了就要发疯，拼命自残……"

就因为她怕，所以，一切的红色变成了黄色，一切的绿色也不复存在。山林小溪，琼楼鲜花，整个九黎，已经不再有其他的颜色。或者，她但凡在这里一天，九黎就不能再有别的颜色了？

青元夫人的神情非常微妙："哪有人会惧怕红色花朵？"

"奇就奇在这里，她惧怕一切绿色和红色，我猜，她在受伤之前，一定是看到了这两种颜色的敌人，所以，受了刺激……"

"传说中，鬼鬼王胆大包天，乃当世凡人中第一高手，她会如此胆小？"

白衣天尊摇摇头："凡人就是凡人，他们的脆弱和不堪一击，远远出乎我们的预料。"

有一句话，她一直想说，却一直不能开口：我就喜欢红色，桃花，红花！白衣天尊，你能恢复过来吗？可是，她不能这样说。这样，有失一个女神的风度。她忽然觉得作为女神，其实很无趣。你必须随时随地注意自己的仪态举止、身份地位。反而是那些凡夫俗子，一不高兴就大发雷霆、撒娇发嗲或者装疯卖傻，比女神们随心所欲多了。而且，她还想起一件往事。当初的蟠桃大会，请他他也无故不到。当时不知道原因，后来才明白，那一次也是因为鬼风初蕾受伤躺在九黎。

这真是一个危险的信号，不是吗？她缓缓地："鬼风初蕾伤势如何了？"

他不知女神心思，只摇摇头："命算是保住了，不过，也终究是废人了。连远行的能力都没有。"

"天尊打算留她在九黎？"

白衣天尊摇摇头，没有回答。

跟奢华雅致的上元宫相比，这座半木半屋的小院子就显得寒碜多了。屋子已经有很长的岁月了，显露出古旧的色彩，周围被一圈泛黄的竹墙所包围，既无法偷窥外界，外界也很难与之接触。小院里也没有任何花草，一地的黄色石板。窗外，则是一棵一棵高达茂盛的银杏树。

鬼风初蕾坐在窗边，偶尔会看到有仙鹤扇动翅膀，来来去去。但是，停留的时间很短，往往是放下东西就走了。仙鹤送来的，全是各种药丸。

那是各路半神人送给白衣天尊的贺礼，有千年人参果、万年何首乌，也有各种大仙们炼制的丹药、罗汉果，以及各种叫不出名目的奇怪药物。药材太多，当然吃不完。

她就喜欢在椅子前坐了，仔细地看这些药材。研究久了，会渐渐地发现一些有趣的现象：大神们太寂寞了，大多喜爱炼制丹药。尤其是一些老神仙，每每闲着无事，就总是用了特制的坩埚炼制各种丹药，其用途也五花八门：长生不老的、增强元气的、增强法术的、美容养颜的，甚至还有房中秘术……

大神们动辄有几十万年或者几百万年的寿命，年长者活个几亿年也不是什么稀奇事，可是，他们为何还对这些丹药情有独钟？须知，他们炼丹的工具全是特殊的放射性稀有金属，而炼制的时间也非常非常漫长。比如，某位老君的九转还魂丹，据说需要一百万年才能炼制一颗，其珍贵程度可想而知。问题是，鼋风初蕾不明白他们拿了这些玩意儿有何用处？他们以亿年计算的寿命里，本来就很无聊了，而且，又不像凡人，动辄就要打打杀杀，真可谓闲得虱子都长不出来，还弄这些玩意儿干什么？这些玩意儿，对她的伤势倒是有效果，但是，对于彻底复原，却毫无意义。无论多么强大的丹药服用下去，每每到了心脉处，便梗住了。

神秘的敌人，用了特别巧妙的手法，刚好将她限制在不死的范围之内，却永远无法复原。

人类的寿命本就短暂，这么拖延下去，不出几年，残废注定，机能衰退，很快便老迈无用了。她不甘心，却又无可奈何。每每只挑选了一些丹药，凭借自己的力气服用下去，也想着，如果能有回到金沙王城的力气就足够了。

白衣天尊再次出现时，已经是几天之后了。他带来一只小小的锦盒，盒子里，是一颗淡蓝色的药丸。

鼋风初蕾有点好奇："这是什么？"

"西王母一族的疗伤圣药，可以让你渐渐行动自如。"

"能让我彻底复原吗？"

"不能。但是，可以让你行动如常人。"

她已经非常高兴了："服用这个之后，我能顺利回到金沙王城吗？"

他沉默了一下，才说："你很想回去吗？"

她一直在观察那颗丹药，放在鼻端，那丹药有隐隐的香味，非常清新，非常舒服，就好像春日百花汇聚的淡淡香味。

她将丹药举起来，叹道："我不知怎么感谢天尊才好。"

"不用谢我，都是阿环的功劳。"

她沉默了一下。除他之外，她并不愿意再领受任何别人的好处。现在，她甚至连他的好处都不想领受了。

"你昏迷不醒时，阿环来看过你好几次。她说，你有心病……"

"心病？"她很是好奇，"什么是心病？她又怎么知道我有心病？"

"西王母一族善于炼药，当然也善于治病。她说你心脉紊乱，经常于昏迷之中大喊大叫，显出恐惧之情，分明就是受了惊吓，有了心病……"

凫风初蕾沉默了好一会儿才淡淡地："唉，我也不知道该如何感谢青元夫人。本来，我该亲自去感谢她，但是，我这怪样子，就不去吓唬她了。还请天尊代劳，替我说一声谢谢……"不等白衣天尊回答，她忽然笑起来："罢了罢了，也不用多此一举了。你们都是大神，原本怜悯众生，菩萨心肠，见不得我等凡俗之人受苦受难。而我等凡夫俗子，也根本没有资格酬谢你们，顶多是感激跪拜你们，或者烧香祭祀……可是，现在我也不方便去跪拜青元夫人，也不好单独为她烧香祭祀……也罢，等我回到了金沙王城，我多多给你们烧一些香蜡纸钱，供奉各种三牲六畜好了……"

白衣天尊："……"

她叽叽呱呱，谈笑风生，就连略略沙哑的声音也显得很悦耳，慢慢地有了生气。他甚至注意到，她今天没有佩戴帽子，露出光秃秃的头皮，头上疤痕虽然已经痊愈，却还是有星星点点的痕迹，显得有点怪异。至于她的脸，也大大方方露出来。倒不是说有多么吓人，只是，面上大片大片新肉生长时的痕迹才刚刚开始，看上去就是一大片一大片的红色，隐隐地，如伤疤一般，那模样，可真是不敢恭维。

可是，她毫不在意，就好像根本不知道自己已经变成了这般模样似的。

她从来没在意过自己的容貌，到了现在，也能坦然面对。和别的女子不同，别的女子一旦毁容，最怕的便是心上人的目光。可是，她直面他，以自己最难看的容貌。

他便也看着她。

她丝毫没有忽略他的眼神——事实上，他的眼神里什么都没有，从第一面起，始终如一——无论她是美丽还是丑陋，好像在他眼中，都是一具皮囊。

这一点，倒并非出于虚伪。到了他们这个级别的大神，目光早已具有穿透性，哪怕看一只鬼和一个人，也没有太大的差别。只是，纵然是鬼，也有好看点的鬼和丑一点的鬼。

凫风初蕾干脆去掉了自己的帽子，因为这个天气，这个温度，佩戴帽子纯粹是画蛇添足。她只是将丹药的盒子啪的一声关上："天尊，我可不可以出去走走？"

他的眼神慢慢变得疑惑："你想去哪里？"

她满不在乎："我待在这里太闷了，如果天尊许可的话，我想到处去看看。"

他点点头。

她随口道："鱼凫国有派人前来吗？"

他稍一迟疑，还是道："卢相和鳖灵率领商队前来，并送来大批上等蜀锦……"

他很委婉，只说是随着商队前来。

可是，凫风初蕾已经心知肚明。卢相亲自前来，那就是受封"鱼凫侯"而来。她很是欣慰，鳖灵和卢相果然完全听从了自己的命令。

不知怎的，他忽然又补了一句："初蕾，你不必多心……"

她肃然："上次我侥幸逃命回去，就知道这世界上已经没有鱼凫王了，我离开金沙王城之前，曾经给他们留下密令，但凡我出了意外，卢相就代为行使鱼凫侯的责任。天尊放心，我渴望回到金沙王城，绝不是为了东山再起，只是终究想魂归故土。以后，我就安安稳稳做一个百姓，不会再有任何非分之想了。"既然已经彻底输了，就不如痛痛快快做个了结。

一念至此，她心中反而十分坦然，甚至如释重负，自言自语道："自登基以来，我这个鱼凫王一直战战兢兢，而且一直外患不停，如今，总算好了。呵，某一次我和以启路过秦岭，见到一个老农。以启问他，现在国泰民安，风调雨顺，是不是很感激英明神武的大夏王？天尊，你知道老农怎么回答吗？"

"老农怎么回答？"

"老农说，自己祖祖辈辈就耕种这片土地。早在尧舜禹出现之前，这土地就存在了。纵尧舜禹去世之后，这土地还是存在。他们耕种上天之地，和君王有何关系？凭什么要感谢君王？"

白衣天尊，若有所思。

"早前，我把自己看得很重要。总以为没有了我，鱼凫国就完蛋了。可是，事实证明，有没有我，真的不重要。我无论是死了还是活着，鱼凫人民都照样耕种，金沙王城照样存在，至于是我鱼凫王还是卢相这个鱼凫侯，真的一点也不重要。现在，我反而放下了肩上重担，再也不必为了一个国家而奔走了……"

欲戴王冠，必承其重。现在，王冠没了，重量也没了，多好。

她看着自己皮包骨头的双手，这双手，别说佩戴王冠了，连拿起王冠的力气都没有了。就算再有非分之想，也无济于事了。

他只是静静听着，一直都很沉默，不知道是不愿意开口，还是别的原因。

她也不讲话了，很长一段时间都是沉默。

终于，他缓缓地："初蕾……"

她笑起来，对他微微鞠躬："天尊请回吧，以后不用再来看我了。万神大会临近，天尊要招呼那么多尊客，我就不敢再耽误天尊的时间了。放心吧，等我回了金沙王城，我一定专门设立祭台，天天早晚三炷香，感谢天尊的救命之恩。"

白衣天尊："……"

连续好几天，小院的门再也没有打开过，就连窗户也牢牢紧闭。甚至连仙鹤送去的新鲜瓜果，也往往原样放在门口，然后，又原样被收走。

凫风初蕾在睡觉。她能站起来之后，在方圆一公里的范围内到处行走，可走了几天，索然无味，连小溪边也不愿意去了，干脆整日躺在床上睡大觉。那些大神送来的灵丹妙药被她当饭一样吃，可是，吃多了，并不觉得有什么神奇的功效。只是，浑身上下的疼痛已经慢慢消失了，脸上大片大片红色新肉生长的痕迹也开始慢慢淡化。她不知道外面发生了什么事情，也不关心。

某一个黄昏，她坐起来，打开一个丹药的匣子。通过这些丹药，她已经无形中认识了许多大神，也知道有哪些大神前来参加盛会——因为，每一份匣子上都有不同大神的标志。她想起委蛇。失去了委蛇，不只是失去了左膀右臂，仿佛自己唯一的亲人也不见了。

悠扬的曲声，在静谧的夜空下显得很突兀。

她无聊至极，漫步而去。那是一片仙林之地，雾气缥缈，白色的云雾之间，隐隐是盛开的桃花和绿色的桃林。

她对红色和绿色非常厌恶，但是，已经不再感到害怕，只是好奇。偌大的九黎，为何这里还有大片桃花盛开？

声音，是从半空传来的。她需仰起头，才能看到白色云雾里的一座亭台。

金黄色的亭台，白玉的栏杆，有二人相对而坐。

二人都背对着她，但是，她还是一眼认出：那是白衣天尊和青元夫人。

青元夫人的青色袍子外面套了一件淡红色的罗裙，头上金色的九云夜光冠更加闪闪发亮。曲声，便是从她手里的一把古琴发出来的。

凫风初蕾从未听过这么美妙的乐曲，如流水淙淙、四时花开，于婉转迂回之中，又有淡淡的欢乐、淡淡的缠绵。纵旁听者也如痴如醉。

白衣天尊，仿佛也如痴如醉。

一曲终了，她听得那二人的对话。

"阿环的弹奏，真可谓全宇宙第一。"

"天尊过奖了。"

"岂会是过奖呢？我打开人间的数据库看过，才发现人类已经到了多么妄自尊大的地步，无非是几个凡夫俗子偷窥了一鳞半爪九重星的乐谱，零散地演奏了一下，居然就被称为高山流水、绕梁三日，简直是可笑至极……"

"人类嘛，可不就是那样吗！毕竟都是一些低等生物，天尊就不必跟他们计较了。"

"我当然不会计较他们的妄自尊大，可是，据我这段时间的观察，只觉人类的恶和愚昧，比起七十万年之前，不但没有丝毫的减少，反而更多了……"

"可不是吗！所以，这几十万年，诸神再也不肯轻易现身地球。这一次，若非是天尊亲临，整顿地球，我们很可能再过几十万年也没有兴趣降临人间……"

"阿环，真是辛苦你了。为了这次万神大会，还劳驾你出动西王母的乐队。"

"天尊的事，便是阿环的事，我义不容辞。天尊也快别为那些愚昧的生物而让自己生气了，还是先喝一杯桃花佳酿吧……"

红色的桃花酒酿盛在翡翠的杯子里，香浓甜蜜的酒味随即便散发出来。

白衣天尊端着酒杯一饮而尽，大赞："阿环果然是巧手，这桃花酿也绝对堪称天下第一丁……"

阿环的笑声就像桃花流水，令人沉醉："有天尊这句话，真是值了……这九黎之城，也真真是人间仙境，以后，阿环可能会经常待在九黎呢……"

他随意环顾四周，但见上元宫的四周全是大片大片的粉红桃花，已经有绿色的叶子。

阿环随着他的目光，小心翼翼："天尊见谅，阿环这是冒昧了……"

"何来冒昧一说？"

阿环叹道："天尊原本将九黎变成了一片金黄，就连花朵也全部变成了雪白颜色。可是，阿环自来在天穆之野生活，早已习惯了桃花万里青葱一片的景象，若长时间身处别的颜色，总觉得不自在，所以，擅自将上元宫附近全部变成了自己熟悉的颜色，还请天尊见谅……"

"这等区区小事，何足挂齿？"

阿环迟疑一下，还是道："凫风初蕾要是看到别的颜色，会不会又被吓疯了？"

他顿了顿，淡淡地说："她走不到上元宫这么远的地方！也看不到！"

阿环笑起来："既然天尊如此，我也就放心了。不过，我还是有一个小小的建议，不知天尊意下如何……"

"阿环不妨说来听听。"

阿环娓娓道来："在过去的七十万年中，地球已经反反复复被人类大力破坏，无论是自然环境还是空气质量，都被破坏得不像样子了。这一次万神大会，天尊何不趁机彻底改变一下九黎的环境风貌？"

"阿环有什么好的建议吗？"

阿环不经意地看了看四周："除我这上元宫的桃红世界之外，整个九黎就只剩下两种颜色，金黄、雪白，天尊不觉得太过单调吗？须知大神们的审美和趣味都是千奇百怪的，既然让他们前来参会，就不如让他们更加舒服一点。天尊不妨试着恢复上一次万神大会时的环境……"

初蕾想，上一次的万神大会？那是什么时候？

"上一次万神大会，也是在九黎，我记得，那时候的九黎百花盛开，有一大片一大片的红花绿草，有连绵起伏的黄色石楠，更有无数色彩斑斓的珍稀动物，几乎全宇宙最美丽的一切，全部汇聚此地……天尊，可否试着恢复七十万年之前的荣光？"

七十万年的岁月，明明只是弹指一挥间。可此刻，白衣天尊却觉得那么遥远，仿佛已经超出了自己的记忆范畴，慢慢地开始模糊黯淡了。

"天尊……"

他一笑："阿环的建议很有道理。也罢，既然是万神大会，自然当以大神们的兴趣爱好为重。"他站起来，一挥手，整个九黎，瞬间变了颜色。

先是一望无际的草地，嫩绿如春风中的丝绸，草地旁是杨柳青青、柏树森森。当然少不了大片大片的奇花树木，可谓赤橙黄绿青蓝紫，不一而足。

范围最广的是红花——九黎红花。名动全宇宙的九黎红花，美得让大神们都啧啧称奇，此时，漫山遍野，一望无际地盛开，那是九黎的标志物。

最令人称奇的是上元宫的桃林外，一道七色彩虹就如一道从天而降的拱门，将这女神宅邸装点得美轮美奂。

阿环的声音有掩饰不住的惊喜："这才是我想要看到的九黎。这才是真正的九黎。天尊，谢谢你。"

凫风初蕾下意识低头，看到自己脚下的银杏黄叶，不知何时，已经变成了嫩绿青草。

她下意识地抬起脚，又放下去。脑中，无数的青草蛇一闪而过，可此刻，竟然并未觉得太过恐怖。她已经尝试走出青草蛇的阴影。若是终生沉浸在敌人的阴影中，那么，一辈子也不再有反击的机会。她不知道敌人是谁，可是，此刻却很感谢青元夫人——自己必须经受现实的考量！如果连青草都不敢面对，何以面对敌人？

一念至此，双足便稳稳地踏在草地上。

……

又是一阵推杯换盏的声音。人和神，其实毫无区别。

阿环的声音更加温柔，一如人间怀春的少女："天尊这些日子送来那么多珠宝首饰，胭脂水粉，几乎让上元宫都堆不下了。其实，阿环也用不了那么多……"

"阿环帮了我大忙，这些区区之物算得了什么？"

阿环嫣然一笑："其实，今天我还真的有一事求天尊……"

"你我之间，何必客气？阿环，你有什么事情不妨直接开口就是了……"

阿环叹了一声，她的叹息之声也充满了温柔、怜悯："我这两天瞧见凫风初蕾了。她整个人算是毁了，就算勉强活下去，也是一个废人。天尊就不必再和一个废人计较了吧……"

白衣天尊没有吱声。

"天尊可以放她回金沙王城，她还年轻，虽然功力和容貌全部消失了，但是，过得几年，也能完全如常人一般，随便找个当地的男子结婚生子，也有人照应她的下半生。这也算是天尊对凡人的极大慈悲了……"

白衣天尊慢慢放下翠绿的酒杯，微微一笑："阿环怎么想到替她求情？"

"唉，实不相瞒，身为女子才知女子的感受。那凫风初蕾早前容貌绝世，本领又大，在凡人之中真可谓绝无仅有。如此心高气傲之人，现在容貌全失，活着也真没什么意义了。我看着她都觉得可怜，所以，不如放她一条生路……"

"好吧，既然阿环有这样一份心意，都亲口替她求情了，我还能说什么呢？不过，凫风初蕾也真是幸运，先得了你的续命药，然后又劳驾你亲自施救，她以后活下去，真该天天对你三跪九拜……"

"那就不必了，我救她原也不是为了让她感恩，只是瞧她实在是可怜……"

……

枭风初蕾不欲打扰仙家们的歌舞唱和，悄然离去。因为体重的原因，她走路也如一阵风一般，无声无息。回去的路，也仿佛分外漫长。快天黑了，她才看到那无名小院的门口。

　　风一吹来，她发现小径两旁的银杏叶子开始一片片坠落，很快，地上已经铺了一层薄薄的落叶。这里，因为罕有人至，也从来无人打扫。就连灰尘苔藓也不太生长，如今，忽然多了一层金色的落叶，反而渐渐地有了一丝烟火气息。

　　那只雪白的仙鹤，静静地站在原地，看到她，就抬起头，算是打了一个招呼。她慢慢走过去，轻轻伸出手放在它雪白的翅膀上，仿佛在自言自语："仙鹤，你能带我回金沙王城吗？"仙鹤扇动了一下翅膀，不知是肯定还是否定。她轻轻收回手，然后，看了看自己那一层骷髅般的苍白皮包骨，慢慢地推开古拙的大门，走了进去。

　　小院幽深，每每夕阳西下之后，便迅速黯淡。

　　今日并无夕阳，天色就黯得更快。

　　窗外，还是一片黄，金黄、枯黄、浅黄……深深浅浅，不一而足。

　　整个九黎都变得五彩缤纷——唯有这里，还是一片黄色。

　　枭风初蕾静静坐在窗边，也不点灯，过了很久，她才想起，自己自从来到这里之后，就再也没有看到过灯光了。她闭着眼睛，假寐。

　　不知过了多久，忽然睁开眼睛。黑暗中，门口站着一个白色身影。慢慢地，她又闭上眼睛。

　　"初蕾……"

　　她不答。

　　"初蕾，你好些了吗？"

　　她还是不答。

　　他上前一步，可能以为她睡着了，便伸出手，想摸摸她的鼻息，可是，她不经意地侧开："天尊有事情吗？"

　　他分明察觉了她的疏离，便缩回手："感觉好点没有？"

　　"有劳天尊费心了，我已经好多了。"

　　他忽然觉得这一声声的"天尊"很刺耳，恍惚中，那声软软的"百里大人"仿佛再也听不到了。半晌，他转身，准备离开了。

　　她却叫住他，低低地："天尊，可不可以将那只仙鹤送给我？"

　　"仙鹤中看不中用，并不能载人长途奔波，更别说飞行了。况且这些仙鹤养尊处优，一离开九黎的地界，连自身的生存都无法保证，就更别说千里迢迢送你回金沙王城了！"

　　她失望地闭上眼睛，再也不作声了。

　　他已经走到门口，却还是停下，淡淡地："枭风初蕾，你若一定要回金沙王城，也不用急于一时，等伤势稳定了再说吧。再说……"他顿了顿，"本尊已经大赦天下！连小狼王、姒启这些都赦免了，也不妨多一个你了！"他赦免她了！他这是亲口承认赦免她了。

她忽然笑起来："多谢天尊大恩大德。凫风初蕾真是没齿难忘啊！"

热闹不已的九黎之城，经过一天的喧嚣，已经彻底陷入了沉睡之中。

黑暗中，一头庞大的家伙身轻如燕，十分敏捷地越过一丛丛灌木、花草，悄无声息地奔过溪流，然后，在一丛巨大的白色芍药花前停下来。一路上，它没有发出半点声音。完全凭借它敏锐的嗅觉和记忆，来到了这个地方。

上一次，少主陷落在此时，它也曾来过一次，只是，那时候还有委蛇。但今天，它还是凭借一股余勇，悄然降临。在它身后，还匍匐着一个黑色的人影。为了不发出任何声音，他脚上包裹了一层特殊的厚布，也放弃了一切不实用的杂物，轻装简骑，只跟着大熊猫紧赶慢赶，终于伺机到达了这里。

前面，一条小溪阻隔。要渡过这条小溪并不难，可是，大熊猫却停下了，十分警惕地匍匐在地。黑衣人也立即匍匐在地。

渐渐地，他适应了黑暗的目光将前方的一个雪白身影看得清清楚楚，那是一只仙鹤，悄无声息地守候在小院门口，也许是在打盹。它稍一迟疑，悄然便越过了溪流。

黑衣人正要跟上去，却被一股巨大的阻力反弹，那溪流边上，竟然如安装了一层无形的罗网一般。

他被这股大力迫得连退几步，却无计可施，只能眼睁睁地看着大熊猫纵身奔向了那座黑暗中的神秘小院。

凫风初蕾一直在假寐。也许是昏睡了几个月才醒来的缘故，现在，她每晚都失眠，每每躺在床榻，总辗转反侧，无法闭眼，总是到了天亮才昏昏沉沉睡一下，可不一会儿，又从噩梦中醒来。此时，她在黑暗中大睁着眼睛，忽然听得门口一声奇怪的低吼。她本能地跳起来，冲到门口。

门外，站着一黑乎乎的庞然大物。她先是大吃一惊，继而大喜过望，一伸手便拍在了大熊猫的头上："老伙计，你怎么来了？"大熊猫十分亲昵地伸出舌头，舔了舔她的手。可是，随即，便听到一阵脚步声，凫风初蕾心里一颤，顿时六神无主，大熊猫可不是委蛇，懂得自动缩小身型，它那一丈多长的庞大身躯，是根本无法掩饰的。

可是，那脚步声偏偏越来越近了。无奈之下，她一咬牙，反手将小院的门闩插上了。

一缕月光从银杏的树缝里照射下来，无声无息照亮了一人一熊猫。凫风初蕾紧紧捂住大熊猫的嘴巴，可是，她随即发现，根本不用，这忠心耿耿的老伙计已经匍匐在地，非常警惕地睁着眼睛。她也屏住呼吸，希望那脚步声快快远去。

可是，黑暗中，偏偏传来一个可怕的声音："初蕾……"

她不答。

好像有人伸手,探了探门,也许是觉得奇怪,毕竟,这是她第一次反锁了小院的门。

"初蕾……你睡了吗?"

她还是不答。

黑暗中,那声音变得安静。

凫风初蕾以为他走了,正松一口气,可随即,大熊猫蹿起来,立住,发出一声嗷叫。对面不到一丈的距离,一白衣人翩然而立,正好奇地盯着那不知何时潜入的大熊猫。这畜生,也真是绝了,居然能无声无息越过无形的网罗跑进来。

凫风初蕾大吃一惊,急忙后退,本能地护着大熊猫,语无伦次:"你不要杀它……我让它离开就是了……"

月色下,她忘了戴帽子,露出光秃秃的头皮,一张苍白的脸因为太过紧张,竟然慢慢地有了一丝血色。

他盯着她,很是意外。

她瑟缩着,后退一步。大熊猫立着,随她一起后退一步。

"委蛇已经死了……你不要再杀它了……它只是一只熊猫,什么也不懂……天尊,你要杀就杀我,饶了它吧……"

他淡淡地:"本尊岂会跟一畜生计较?"

她忽然福至心灵:"天尊,可不可以让大熊猫留下?"

他看着那人立的猛兽,在月色下,它懒洋洋的神情一去不复返,而是露出凶猛狰狞的神态,充满敌意地看着他。和人类的王侯将相不同,动物不懂得看人的脸色,也不懂哪些是不可侵犯的高贵人物。此时,这猛兽只是嗅到这里危险的气息,本能地看着对面的敌人,嘴里发出低低的一声吼叫,仿佛在蓄势待发,随时准备着一口咬断敌人的喉头。这大熊猫对他有天然的敌意。他很是好奇:为何这畜生对自己会有敌意?他慢慢伸出手去,凫风初蕾以为他被大熊猫激怒了,动了杀机,吓得立即拦在大熊猫面前:"别杀它……别杀它……"

他慢慢缩回手,轻描淡写地说:"这头蠢熊不如委蛇,没有什么智商!"

她一怔。

"这头蠢熊是你在有熊山林收服的?"

"有一次我无意中路过那里,看它快饿死了,就带回了金沙王城,此后,它就一直跟着我。好了,夜深了,我就不打扰天尊休息了……"这是逐客令。

他奇异地看着她,分明察觉她在偶尔伪装一下阶下囚之外,从来没有更改过其女王的气派,纵然已经到了废人一般的地步,无形之中,她还是一直维持着女王的气质。

莫非,这就是人们传说中的天生贵胄?他忽然很妒恨颛顼那老贼,明明只配生出几个魑魅魍魉一般的儿子,却不知为何偏偏多了一个这样的女儿。

可是,一转眼,看到月色下那张苍白得可怕的脸,一下又心软了。他后退一步,冷冷地看一眼那大熊猫,转身走了。

第二十六章　敌人是她

　　九黎碉楼的最高一层，直达云霄。如果有凡人站在地上仰头观望，会发现这琼楼玉宇悬在半空之中，于仙气缥缈之中若隐若现，仿如真正的仙家之地。事实上，这里也是真正的仙家之地。

　　大法师和大将军布布，已经率领原住民全部退到了百里之外的九黎广场，就连这里的侍从仆役，也全部更换成了西王母一族的美貌玉女。凡人的脚步，已经没有资格再踏入。纵然布布等人也需要禀报，也只能在一百里之外的大门停下，传递信息，等待批示，然后离去。

　　而百里之内的九黎，则被彻底改造。昔日平凡的花草树木不复存在，全部变成了罕见的珍稀花木。九黎碉楼，彻底成了万神们的乐土，也将所有胆敢偷窥大神们的凡夫俗子阻挡在外。神的高贵，不许凡人瞻仰。

　　这天，九黎碉楼的最高层，已经云集了许多远道而来的大神。

　　一块巨大的白玉铺就了偌大的厅堂，很可能这是全宇宙最大的白玉了。白玉大厅里，放着一张长得不可思议的方桌。桌子由黄金打造，只在上面铺了一层通体翠绿的玉石。黄金打造这么一大张桌子原本毫不为奇，令人称奇的是那一层通体翠绿的玉石，如此巨大没有瑕疵的翡翠，纵然大神们也啧啧称奇。所有大神的目光都落在云雾深处的珍珠楼上。那是一座刚刚落成的大楼，通体为东海珍珠，此外，没有任何多余的杂物。

　　据说，万神大会的当天，白衣天尊便会在这里宴客。就连一些十分淡漠的大神也不由得频频看向那精美绝伦的珍珠大楼，纵然是在九重星联盟，这样的大楼也是首屈一指的。先别说能铸就一栋大楼需要多少珍珠，单单凭借珍珠能让一座大楼稳固，这一点，别说凡夫俗子，就连在座的大神们，也自问办不到。

　　就在众人啧啧称奇时，忽然有人叫一声："青元夫人来了……"

　　满座喧哗的大神们立即停了下来，目光转向门口，只见一青衣女神款款而来。她青色的柔软长袍非人间任何丝绸可以比拟，轻薄如一团云彩似的。苗条细腰上，一条七色宝石镶嵌的腰带，并佩戴一把青玉般的月光宝剑。更引人注目的是她头上的九云夜光冠，衬得她桃花一般的面容，凛然有一股女王般的威风。

　　不过，她一笑，那肃穆的威风便成了风情的旖旎，含情的眉眼四顾，落在每一位大神身上，她朱唇微启："各位都到了啊……"

　　诸神争先恐后，"青元夫人，快来坐……""阿环，坐这里，这里给你留着位置……""阿环,快来喝酒,就等你了……""我来了这么久,还没看到阿环,正在嘀咕,阿环怎么还不来?这不!一转眼就看到你了……"
……

诸神七嘴八舌,纷纷热络地和她打招呼,请她上座。本来,长方形的黄金桌子是不分等级的,大神们无非按照先来后到,依次坐了,但是,众人一看到青元夫人,立即便将最好的位置空出来,纷纷邀请她:"阿环,快坐这里……""阿环,我给你带了一点小礼物,希望你喜欢……""阿环,我也给你带了一点小东西……"

青元夫人刚刚坐下,诸神便七手八脚送上礼物,他们口中声称是小礼物,事实上,每一件都是价值连城的宝物。

大神们之所以如此殷勤,当然不是没有原因的。西王母一族在几亿年的各种战争里从不参战,始终保持中立态度,于整个宇宙,几乎没有任何敌人。再者,西王母一族掌管了全宇宙的丹药能量以及不死药,纵然是寿命无边无际的大神,每过七十万年,就需要服用一次不死药。理论上,每到了时间,大神们去领取不死药也就行了,以前几亿年,也一直是这么执行的。问题是,上古几百万年连续不断的战争改变了大神们的生存环境,气候变得恶劣,许多问题也变得尖锐,大神也开始有了生死,就别说半神人了。

不死药也不再是按需发放,而是需要具备一定的资格才能获取。这个时候,和西王母一族搞好关系,就非常必要了。即使拿不到定额的不死药,就是能得到她们的一些能量丸也是大好事,至少,可以多延续几十万年的寿命。

不仅掌握了生死药,容貌还冠绝整个九重星。所以,青元夫人受欢迎的程度,那是可想而知。

青元夫人早已习惯了大神们的吹捧,她怡然自得坐着,举起酒杯,喝了一樽百花酒酿,然后,才慢慢放下杯子,嫣然一笑,四下点了点头,算是打招呼。

门口,白影一闪,今天的正主儿终于来了。所有人都看着白衣天尊在上首坐下。

众神之中,他的资历也许并非最高,可是,因着他是今天的主人,大神们当然要高看一眼。

他环顾四周,和众人招呼了,笑道:"各位谈得这么热闹,今天有什么主题吗?"

大神维维奇笑道:"万神大会还得等好几天,我们今日不过是闲着聊一聊而已,哪里有什么主题?"

比鲁星神却不以为然:"也不能说完全没有主题。今天,我们其实是要讨论一下,要不要趁着万神大会,彻底整顿一下地球的秩序……"

立即便有几个大神应声道:"没错,七十万年了,地球的秩序该整顿一下了,不然,资源又不够了……"

"可不是吗!那些繁殖力惊人的低等生物,照这么下去,很快就要蚕食光所有的资源，造成灾难性的后果……"

万神大会，一直都是有主题的。

正前方，忽然多了一幅画面。那是九黎之城的全景，方圆几百公里的土地上，高楼林立，街道纵横，所有地方都挤满了人，熙熙攘攘，简直是摩肩接踵、挥汗如雨，最少会聚了以千万计的人口。而且，九黎之外，还有许多人在赶来的路上。他们有的还在几千里之外，有的拖家带口。

有一位大神说出了准确的数据："现在，整个九黎之城会聚了两千万以上的人口，照这样下去，也许不出几年便会达到五千万人口……"

"现在全地球还有多少人口？"

"全部加起来，可能又要近亿了。"

"前几年大夏干旱，不是死了很多人吗？怎么忽然又这么多人了？"

"大夏的确死了不少人，可其他地方，比如鱼凫国的人口都在急剧暴增。再加上这三四年大夏也变得风调雨顺，人口也在迅速恢复。要知道，地球人的繁殖力特别强大，只要给他们几年安稳时光，人口便会爆炸式增长……"

白衣天尊却一直端着酒杯，轻描淡写："阿环带来的桃花鲜酿，真乃宇宙第一美味之物……"

青元夫人微微一笑："今日乃大神们内部聚会，虽然地球上的景貌已经大不如前，可是，毕竟也是几十万年才有的一次相聚。光谈论一些沉重的话题，也令人心情不好，不如让阿环为大家来一曲《九韶》……"

大神们立即沸腾了。

"《九韶》！美妙的《九韶》！我上一次听到《九韶》还是七十万年之前！整整七十万年了，这美妙之音一直在我耳边萦绕，本以为再也听不到了，不料，今日又可以欣赏了！这一次，真不算白跑一趟了……"

这时候，丫鬟已经献上了古琴。

阿环微微笑着："那我就献丑了。"

那是一个人的演奏，却比一个乐队更加盛大。

众人平素所见，全是一干美女的联合演奏，流云水袖，富丽繁华，美则美矣，但是，失之于空洞。

如今，只见青元夫人素手轻挥，徐徐弹奏，眼前竟有盛大的宫廷景致，如琼楼玉宇、高山流水、百花盛开……恍如一幅巨大的徐徐流淌的画卷，众人在一场奢美无比的盛宴里，每一个都心醉神迷，纵然是最最挑剔的耳朵，也找不出任何的毛病。

一位大神揉了揉眼睛，随意往下面看了一眼，忽然大声叫起来："天啦，你们看，那是什么玩意儿？"

众人犹沉浸在《九韶》的尾音里，很少有人搭理这个突兀的不和谐的声音，只有极少数大神顺着他的目光往地上看去。

只见地下，一个人骑在大熊猫的背上，在林间穿梭戏耍。

那大熊猫身长一丈多，咆哮的时候，声势十分惊人。而熊猫背上，竟然是一个少女。

"咦，竟然还有活着的大熊猫？上一次灭世之战，大熊猫不是和猛犸象等一起被灭绝了吗？"

"这就奇怪了，这个凡人怎会闯入大神们的聚居地？不是说，九黎碉楼方圆百里之内，都不许凡人踏足吗？"

"咦，这个少女好吓人，就像一副骷髅似的，好难看……按理说，这么瘦的人根本活不下去，她居然还活着，也真是咄咄怪事……"

众神们七嘴八舌，青元夫人却不经意地看了一眼白衣天尊。

维维奇大神直言不讳："天尊，这个人类的少女怎么会出现在这里？"

所有大神都静下来，仔细看着白衣天尊。

白衣天尊慢慢放下酒杯，淡淡地："那是鱼凫王！颛顼的女儿！"

此言一出，众神都愣了一下。

那天晚上，九黎下起了小雨，淅淅沥沥。

这是凫风初蕾到这里后第一次听到雨声，雨水破碎淋漓地敲打在窗棂上，显得悠远又冷清。

微风并无多少寒意，她却轻微瑟缩，一直大睁着眼睛无法入睡。大熊猫，一直匍匐在门外，它已经是她唯一的侍卫。

月光下，她看到自己被拉长的影子，空荡荡的，令人想起当初西北大漠里的白袍怪。心里突发奇想，难道是白袍怪下毒手？可是，白袍怪哪有那么大的本事？再说，就算是白袍怪，也最多杀人而已，哪里需要那么麻烦地把自己变成一条可怕的青草蛇？

也许是感觉到饥饿，大熊猫翻一个身，慢慢坐起来。

凫风初蕾笑起来："老伙计，饿了吧？来，我给你吃点好东西。"一把灵药，一罐小酒。这段时间，大熊猫每天都会跟她一起享受这些"好东西"。大熊猫一口吞掉灵药，然后，眼巴巴地看着那一罐小酒。那罐子是蓝色的，也不知道原本是什么材料，但是，一揭开盖子，便有扑鼻的异香，就连大熊猫也被馋得连连咋舌。

这是一坛珍珠酒，凫风初蕾忘了是何时被放在这里的。她喝了一小口，味道很不错，但也谈不上多么鲜美，只把罐子递过去："好伙计，你也喝点吧……"大熊猫毫不客气，抱起罐子咕嘟咕嘟，三两口便将一小罐珍珠酒喝得一干二净。

凫风初蕾将罐子放在一边，盯着它，这忠心耿耿的老伙计一副吃饱喝足的样子，随即懒洋洋地躺下去。

从小，她就特别喜欢看动物的眼睛，无论是狗、牛或者羊，它们都有一双特别纯洁的眼睛，没有丝毫的算计和阴谋。委蛇，那千年老蛇，有一双小孩子的面孔和小孩子的眼睛，谈笑的时候，一派天真无邪。就算这曾经凶猛残暴的野生大熊猫，它也有一双纯洁的眼睛。

不像人类。人类的眼睛，是最可怕的东西。因为，它可以掩藏真相，掩藏一个人的真实想法，呈现出一种表演和做作的状态。

无论多么凶残的动物，总是饿了才会吃其他动物，而且，只限于当时吃饱，绝不会多杀一大堆动物藏起来慢慢吃。

可人就不同了，人要杀人，许多时候根本不需要理由，不高兴了，心血来潮了，单单看你不爽了……一言不合便会杀人。

而且，人最可怕的地方在于其永无止境的贪婪。他们绝不会因为饱足一顿或者一天而满足，他们会为了下一顿、下一天、下一年或者下一个十年、二十年、一辈子甚至下辈子而储存金钱、食物、房子等纵然自己今生只能享受很小的一部分也没关系，他们会让自己的子子孙孙接着享受。

正因此，人类的王者、富翁，才热衷于霸占绝大多数的财富，他们往往控制了上百年也无法消耗的生产资料，却让其他绝大多数人连下一顿饭都无法饱食。可是动物从不这样。动物绝不会储存大量自己用不了的食物，而让其他同类眼睁睁地看着无食可用。

所以，凫风初蕾觉得动物更加安全。动物的危害性，其实远远小于人类。只是，委蛇再也不可见了。每每念及此，她总心如刀割。

连续三天晚上，白衣天尊都准时前来。

凫风初蕾注意到，他每次前来的时间是固定的，都是刚刚午夜子时。她不明就里，所以，在第三天晚上她没忍住，一直奇怪地打量他。他选择这样的时机，这样的深夜，形如一场神秘的幽会，可是，对她而言却绝不是幽会。她很清楚，此时自己的容貌，已经不足以令任何男子半夜赴会，就更别说是不可一世的白衣天尊了。

他这么准时前来，全是为了替她疗伤。可是，为何非得是黑夜？他莫非为了躲避其他大神的眼目？

那天夜晚，他替她疗伤完毕，不多说什么，按照习惯，转身就要离去。前几天，凫风初蕾都没有再多话，可今晚，她忍不住了："天尊，我有一事百思不得其解……"

他头也不回，只淡淡地："不能理解的就不去理解！"

"你为何还要白白耗费元气替我疗伤？"

他有一瞬间的沉默，忽然回头，上前几步，手里多了一只匣子，声音还是淡淡的："从现在起，你每天在同样时刻服用一颗药丸，七天之后，你便可以离开了。"

凫风初蕾接过匣子，打开，巴掌大的小小匣子里，是七颗白色的药丸。可是，她的注意力却完全在他刚才的这句话上——因为，七天之后，并非万神大会，九天之后才是。

白衣天尊为何非要自己提前两天离开？她好奇："如果我到时候没法离开呢？"

他的目光忽然变得十分凌厉，然后他一言不发，转身就走。

鬼风初蕾眼睁睁地看着他的背影消失在眼前，也没有风，小院的大门无声无息便自动关闭了。她苦笑一声，自言自语道："七天之后，我若是没有离去，是不是从此就再也没有机会离开九黎了？"

上元宫，诸神会聚。

远远地看见桃花十里，落英缤纷，整个世界都变成了粉红的一片。和桃花做伴的，当然是小溪流水，风一吹，无数粉红色的花瓣便飘落水中，真真是桃花流水，无限风情。大神们赴女神的宴请，一个个充满了新奇和兴趣。

"阿环，你这上元宫隐隐竟有天穆之野的气派，虽然小了点，可是，却别有一番风情，美丽得令人吃惊……"

"可不是吗！但凡阿环出现的地方，都是花落水流、风物长宜，单单这十里桃林，便足以让天下所有的景致黯然失色……"

"分明就是白衣天尊特别青睐阿环，给了阿环最好的行宫，你们看，我们可就没这个待遇了……"

众人七嘴八舌，皆是少年心性，他们眼见青元夫人能住在这么别具一格的上元宫，除了白衣天尊的厚爱，还能有什么别的原因？因此，一个个便打趣起来。

青元夫人听着众神们的打趣，只是笑眯眯的，在几百万年的岁月里，她早已习惯了每次聚会都被众神包围的情形，也习惯了他们无数的赞美和吹捧。她只是不时看一眼门口，因为，白衣天尊还没有到。

今天，是她在上元宫宴请跟自己熟悉的诸神，一来算是朋友之间的小聚，二来是想单独联络一下和大神们之间的感情。此时，听得大神们半开玩笑半认真地表达，立即明白，这些少年大神，对于白衣天尊很是羡慕，对于他独霸地球，也甚为妒忌。毕竟，以前的地球是诸神的乐园，为此，诸神在东西方各自建立了对抗的阵营，在长达几百万年的时光里，引发了无数的战争。

可现在，东西方的差距被彻底消灭，只剩下白衣天尊唯我独尊。而白衣天尊在做这一切之前，分明无声无息，没有告知任何大神，也没有引起大神们的关注。直到万神大会的邀请函发出，那些从九重星各个角落远道而来的诸神，才发现地球早已大变样了。他们昔日记忆里的蛮荒之地，已经风景如画。可是，他们已经迟了一步。只能以客人的身份参观旅行，至于别的，就不容多想了。

青元夫人对他们的心思一清二楚，因此，也暗暗担忧：这时候，白衣天尊可不要落下任何把柄在这些大神手上，否则，他这个地球新霸主的位置，不见得就能坐稳。

就在这时，白光一闪。

众人立即大叫起来："白衣天尊终于来了。"

白衣天尊在上首坐了,随手端起酒杯一饮而尽,笑道:"我有点事情耽误了,迟来一步,还请各位海涵。不过,我刚刚听得各位谈笑风生,十分热闹……"

"我们在邀请阿环跳舞呢……"

阿环也不客气,她站起来,笑眯眯地:"既然大家盛情邀请,那我就不客气了……"

众人眼前立即闪过一道七彩的虹,随即,耳边便有了美妙至极的《九韶》。

一队云女缓缓而出,她们赤足、素手,以白玉地面为座,面前的古琴便流淌出一串串美妙的音符。

那是天穆之野最正宗的演出团队,也是招待九重星大神们最盛大的演出。

她们每一个皆是十万里挑一的美丽少女,穿世界上最美的衣服,呼吸之间是最甜美的香气。弹奏出的乐曲,当然也是世界上最好的华章。可是,这些都不足为奇,大神们的目光,全部落在居中的舞者身上。她身上的青色长袍已经幻化成七彩的流云,舞姿轻盈得就像雨后初晴的蓝色天空、雪白云朵,令你的目光跟随她的舞姿起伏,根本无法移开。大神们,欣赏得如痴如醉。

直到一曲终了,阿环微笑着做了个结束的手势,人群中才爆发出一阵热烈的掌声。

就连白衣天尊也连连称赞:"阿环的舞姿,真是妙绝天下。"

她嫣然一笑,尚未答话,忽然听得一声咆哮,仿佛从地面传来,闷闷地,要炸裂似的。她大吃一惊,急忙看向下方。所有大神也看着下方。

那咆哮声却连绵不断,就如平地惊雷,将大神们的风花雪月炸得支离破碎,纵然是见多识广的大神们,也很是意外。

比鲁星大神立即道:"那头蠢熊又来了……"

"果然是那只大熊猫……"

只见它昂起头,立住,蒲扇般的熊掌冲着众神的方向挥舞着,它厉声怒吼,拼命咆哮,一边叫,一边做出进攻的姿态,仿佛要跃上来。却因为无法冲破大神们的结界,只能一遍一遍被反弹回去。

"怪了,看样子,它对我们充满了敌意,要不,干脆直接将它灭绝算了?"

"灭绝一只大熊猫原本也不算什么。可是,据我所知,自七十万年以来,熊猫的数量急剧减少,杀一只就少一只,而且,这么巨大的野熊猫,真可谓天下罕有,杀了可惜了……"

白衣天尊一直盯着大熊猫,并没有开口。

青元夫人看他一眼,也好奇地盯着那只忽然发了狂的大熊猫。

就在这时候,大熊猫的背后,一个人影慢慢地出现了。红色蜀锦空荡荡地笼罩在她的身上,她走路很慢,但是,姿势却很奇怪,一步一步,十分端庄,好一会儿,大神们才想起这熟悉的姿势——那是四面神一族独有的步伐。一个已经形如废人一般的少女,居然还一直维持着这样的步伐,好像她骨子里烙印下的痕迹,无论什么情况下都不会改变。

她顺着大熊猫嗷叫的方向抬起头，静静地看着上元宫的方向。《九韶》的乐曲传得很远很远。大神们肆无忌惮，根本不把凡人放在眼里，也不在意这里有没有凡人，所以，没有对声音做任何的控制。

大熊猫正是应声而来。凫风初蕾跟来时，也只来得及听到《九韶》最后的一点余音，却看不见满座大神们的情态。

参天的桃林，将大神们和凡人的境界完全隔离。此时，微风落花，她扬起的头脸肩膀上，全是花瓣。唯有一双眼睛，明亮得出奇。她最先恢复的，并非手臂，也不是肌肤，更不是五脏六腑，而是眼睛！

因为，在有熊广场时，她的眼睛受的伤也最轻微，那些蠢蠢欲动的青草蛇都在眼眶边缘便被彻底干掉，未能进入。所以，眼眶四周的外伤一好，一双眼睛便彻底恢复了原状。

所有大神都好奇地看着这双眼睛——实在是太奇怪了，那是一个空荡荡的骷髅，按理说，那眼睛也该是空洞的骷髅，可偏偏是骷髅身上镶嵌了一对黑宝石一般，明亮、闪耀、熠熠生辉，令人不敢直视。

她仰起头的神情也很专注，透过厚厚的桃林桃花，于落英缤纷中，仿佛穿透了上元宫的层层翡翠绿瓦。也不知为何，大神们忽然都有一种奇怪的想法：她看到我们了！一个凡夫俗子，竟然能越过大神的结界，看到大神的世界。这很不可思议。

唯有青元夫人不经意地看了一眼白衣天尊，只见他一直举着酒杯，也饶有兴味地看着那一人一熊。

最先打破沉默的是莆系星大神："真奇怪，这么丑的少女，竟然有这么一双漂亮的眼睛……"

维维奇大神立即道："她好像受了重伤，原本的样子不该是这样。真不可思议，一般人根本无法将她伤成这样，难道人类中还有这样的高手？……"

莆系星大神笑道："你可真是健忘了。她是白衣天尊的俘虏，当然是伤在白衣天尊手下了……"

维维奇大神更加好奇了："天尊，她以前到底是什么模样？以前不会是这个鬼样子吧？按照她的眼睛推断相貌，她在健康时，一定非常漂亮……"

白衣天尊尚未回答，比鲁星大神A忽然站起来："你们不觉得奇怪吗？她好像可以直视我们的目光而不被融化……"

一直默不作声的白衣天尊却一挥手："她看到的是结界，而不是我们！"

比鲁星大神A更加不以为然："就算是结界好了，可是，她分明能准确看到我们的方向，这就绝非一般凡人能做到了。"

"她并不是一般的凡人！"比鲁星大神忽然飞起来，凌空便跃出了上元宫。

白衣天尊待要阻止已经来不及了，他眉头一皱，也跟了出去。维维奇等几个大神也跟了出去。青元夫人见大家都出去了，暗叹一声，也跟了出去。

原本蠢蠢欲动的大熊猫好不容易才安静下来，可下一刻，又猛地咆哮起来，双掌扬起，便向前面的桃花丛中扑去。一声巨响，它庞大的身躯便软在一边，一动不动了。

凫风初蕾大急，立即冲上去，可是，才跑了一步，便被一股巨大的力道所阻拦，就像凭空多了一道刚猛的墙壁，无论如何也无法突破。她立即停下来。一丈开外，桃花树下，一个黄衣大神。

他的袍子是金黄色的，那是经过特殊处理的黄金，打磨成金丝银线，巧手串联，便柔软如白云一般舒适高贵。他头上的帽子也是纯金的，好像又添加了晚霞的编织，令他看起来无比气派大方。更令人吃惊的是他的相貌，他皮肤雪白，有长长的睫毛，阴柔如桃花的花瓣。不开口时，简直就是一个文静的少女。

凫风初蕾惊奇地看着他。他的惊奇更甚于凫风初蕾。

比鲁星大神A，这看得一清二楚，这个凡人千真万确是直视自己的目光，没有被化为灰烬，甚至没有被大神的能量所震慑。好像神的能量对她来说，根本不存在似的。

不只是比鲁星大神A，后面跟来的大神，一个个心中的震骇可想而知。身处这么多大神之中，几乎被彻底包围，她还是好端端的，没有受到任何能量的侵扰。

也可能是忽然看到这多大神，她也很吃惊，本要后退一步。可是，抬起的脚又放下，还是稳稳站在原地，一动不动，就像一棵原地生长的树。

她当然没有被石化，她的一双眼睛充满了生机，只是无限警惕地看向大熊猫。

比鲁星大神A开口了："你就是凫风初蕾？"竟然是一个少女一般的声音，可仔细一听，却又是男子一般，完全分不清楚雌雄。

原本倒地的大熊猫，忽然跳起来，尖利的牙齿径直咬向最近的比鲁星大神A。

比鲁星大神A大怒，手一抬，眼看大熊猫就要死于非命。维维奇大神大叫："留下这玩意儿给我做宠物好了……"

大熊猫立即便蹿了出去。它锋利的牙齿奔向维维奇大神的脖子，一丈多长的身躯就像一道黑白相间的小山，声势十分惊人。

青元夫人刚好赶到维维奇大神旁边，不由得低声道："小心……"

维维奇大神立即避开，大熊猫却收势不住，庞大的身躯凭借惯性，彻底扑向了青元夫人。

顷刻间，青元夫人颀长苗条的身影便被这小山似的黑影所吞没，众神只来得及看到她青色的长袍一闪，纷纷惊叫："阿环小心……"

"快杀了这畜生……"

"阿环怎么样了？"

……

大熊猫庞大的身躯轰然倒地，地面就像受到震荡似的，就连大神们也觉得遭遇了一场小型的地震。

青元夫人站在原地，毫发无损，面色桃花一般云淡风轻。

可是，众神却看到地上一片青色的碎片——她的袖子竟然被大熊猫生生撕裂了一副。

不过，她随手一挥，青色长袍便遮掩了雪白的手臂，一点也没有露出狼狈之色。反倒维维奇大神很是过意不去，叹道："阿环，多亏你刚刚帮我阻挡了一下。"

她微笑着摇摇头，目光却转向那倒地的大熊猫，叹道："真没料到，这畜生竟然有这么厉害的功力，绝非寻常熊猫能比……"

话音未落，比鲁星大神A已经飘到凫风初蕾面前，声色俱厉："妖女，你说，你给大熊猫喂了什么怪东西？"经过这一回合，众神都明白过来，这只熊猫已经不再是普通的熊猫，很显然，它不是偷吃了什么灵丹妙药，就是受过高人的改造。所以，才会使包括比鲁星大神A在内的几个大神都差点中了道儿。

凫风初蕾死死盯着这群人，眼里的震惊比他们更甚。就是这个敌人！就是这个人，从大漠沙海到有熊山林，从登基之日到毁容之时，无时无刻不跟踪自己，毁灭自己。

比鲁星大神A见她不回答，觉得自己的权威受到了藐视，就更是愤怒："妖女，快说，你究竟给那畜生喂了什么禁药？"

她轻描淡写："怎么，你们所谓的仙丹居然是禁药？"

她的确没有改造过大熊猫。她只是把白衣天尊送来的大批自己挑剩下的仙丹灵药全部喂给了大熊猫。反正闲着也是浪费，不如让那些灵药有一个好的去处。可能是整天服用这些神药，大熊猫的体质和能力都有了质的飞跃。否则，也不可能凭借一双熊眼穿透神的结界，发现那隐藏的神秘敌人了。

比鲁星大神A狠狠瞪了她一眼，然后，看向白衣天尊。

所有大神，都看向白衣天尊。神的灵药，当然并不是用来喂熊猫的。熊猫，没有这个资格。可是，这个少女不但大把大把地拿了神药喂养熊猫，反而还质问大神。

这就很令人不安了——

白衣天尊，为何要把神的灵药，大把大把送给她？

就连青元夫人也看着白衣天尊，眼神隐隐地有些不安和失望。

比鲁星大神A冷笑一声："天尊，你倒是说说，你这是什么意思？我们送你的礼物，难道不配放在天尊的眼里，只配让这畜生享用？"

这是所有大神的心声。他们看向白衣天尊的目光慢慢地都变得微妙而神秘，当然，也有隐隐的愤怒，仿佛受到了莫大的轻蔑和嘲弄。

本来，他们对他的称号就已经很是不满了。九重星的大神们，尤其是少年大神们，基本上都是平级，唯一的区别就是各自的父神所管辖的区域和自身的能量有大小而已。可是，这个白衣天尊，他倒好，竟然称起了"天尊"！他不但妄称天尊，还悄然降临地球，将这个宇宙中曾经最美丽的星球不声不响就收归囊中，其余大神醒悟过来时，只能以客人的身份前来旅行了。可是，他们再是不满，也没有任何发作的契机。毕竟，九重星的规矩便是如此，先到先得，既然你错过了，就只能抱怨自己错失机会好了。

因此，鬼风初蕾的出现，就像一个转折，一个契机，他们立即便抓到了白衣天尊的把柄，连连冷笑："这就奇了，自古以来，大神的灵药唯有大神才配享用。就算白衣天尊看不上我们的礼物，但是，也没有送给凡人的道理吧？""难道我们在天尊眼里就是如此不堪？送天尊的礼物只配给畜生吃？""我们自己养的宠物都没有资格吃高档一点的灵药，想当初，某老神的宠物偷吃了禁药，还被当即处死，可这只大熊猫居然吃了这么多禁药……"

大神们一唱一和，就连青元夫人也颇为不安，她原本充满微笑的明亮双眼，此时已经满是疑惑和忧虑，担心白衣天尊稍微处理不好，便会招来无可想象的巨大祸端。尤其是在这万神大会即将召开的前夜。一切发难，仿佛都有了借口。

偏偏白衣天尊根本无视这些奇怪的眼神，只看向那只倒卧在地的大熊猫——它懒洋洋地闭着眼睛，仿佛在众多的大神包围之下，竟然没有什么惧色。

忽然，一声大叫划破众神的耳膜，只见鬼风初蕾跳起来，左手里已经多了一东西，劈头盖脸就砸向比鲁星大神Ａ，与此同时，大熊猫也一跃而起，和主人配合得天衣无缝——比鲁星大神Ａ身子一侧，一人一熊，全部扑向了白衣天尊。他们的目标，本来就是白衣天尊。

服用了无数灵丹妙药的大熊猫，裹挟着风雷之气，竟然完全不输一些寻常大神，第一把便撕裂了白衣天尊的袖子。天空中，有无数白色的碎片，就像下了一场鹅毛般的大雪。

鬼风初蕾也扑过去，她手里，是一根自制的褐色木棍，仿如金杖，在半空划出一道弧线，纵然白衣天尊，也后退了一步。不过，白衣天尊就是白衣天尊，挥手之间，原本咆哮不已的大熊猫忽然噤声，连连后退，眼神中也满是畏惧，竟然再不敢发出半句声音。

可鬼风初蕾就不同了，她刚刚固然只是虚张声势，可是，也已经用尽了全部的元气，浑身上下所凝聚的这口气，忽然就消散了似的。整个人委顿不堪，唯有一双眼睛还残余了一点生气，依旧恶狠狠地瞪着白衣天尊。自己努力了那么久，居然还是无法在他面前走过第一招。就算吞吃了那么多灵丹妙药，也毫无意义。她忽然意识到，自己的这内伤，只怕是无法痊愈了。一身的本领，只恐再也无法恢复了。一念至此，真是比得知容貌被毁时更加惊惶。

他抬起的手掌，居高临下，摸着她的头顶。只消得一掌下去，便是一百个鬼风初蕾也烟消云散了。

维维奇大神忽然道："且慢，先看看这丑丫头有什么要说的……"

比鲁星大神Ａ也道："一掌杀了她真是便宜她了。妖女，今天不老实交代，你休想活命……"

她反口道："你要我交代什么？"

"你为什么要把神药喂给熊猫？"

"你们这些大神不是口口声声讲究众生平等，并无高下之分吗？可现在，为什么区区一个灵药，就你们能吃，我和熊猫不能吃了？"

"你这妖女强词夺理……"

"众生平等，那熊猫是不是生灵之一？难道你们这些大神也说是一套做是另一套？"

比鲁星大神A恼羞成怒："妖女，你别给脸不要脸。再胡说八道，今天就让你这头畜生死无葬身之地……"

"喷喷喷，死无葬身之地，我好怕啊，是大神你亲自动手吗？还是别的人先来？"

比鲁星大神A怒不可遏，正要一口气结果了这小丫头，可是，他旁边的比鲁星大神B却不经意地咳嗽了一声，他一转眼，看见其他大神都一副看好戏的样子，便立即压抑了怒气。

白衣天尊终于开口了，声音冷淡得出奇："这是诸神聚会，你身为凡人，擅闯禁地便是死罪！"

她呵呵笑起来："怎么？天尊当年杀不了我父王，现在，有本事杀我了？"

他擦着她头发的掌心，慢慢移开。诸神仿佛都感到那股巨大的元气，一下在四周扩散，纵然是众神，也感到一股强大的压力。

比鲁星大神A却冷笑："你父王也没什么了不起的，他真要了不起，就不会死了。一个死去的半神人，根本不算什么。"

她的木棍一横，指着他的鼻子："我父王是没什么了不起的，可是，他再无能，再没用，他也做过中央天帝。你那么了不起，你做过中央天帝吗？"

比鲁星大神A脸上红一阵白一阵，气得浑身发抖，竟然无话可说。

维维奇大神哈哈大笑："喂，小姑娘……你叫凫风初蕾是吧？"

她的木棍指向维维奇大神："你又是哪一位了不起的大神？"

"哈哈，我并没什么了不起，我叫维维奇。"

"维维奇大神？"

"不敢当。哈哈哈，小姑娘，我只是好奇，当年的颛顼虽然当了中央天帝，可真的也没啥了不起的本领，无非是他投胎好……"

凫风初蕾冷冷地："投胎好，也是一种本事。"

"哈哈，没错。你说得对极了。的确，投胎好才是最大的本事。哈哈哈，颛顼真的是投胎小能手，要不然，按照他的真实水平，再活几亿年都做不了中央天帝。"

凫风初蕾好奇道："难道九重星大神们也和人类一样，都讲究拼爹？"

"此言差矣。小姑娘，并不是九重星大神们和人类一样，是人类和九重星大神一样……"

"这有什么差别？"

"差别可大了。是九重星大神创造了人类，所以，人类的本质以及基因，基本上和九重星的大神差不多。喜怒哀乐、爱恨嗔痴，是因为他们继承了大神们的遗传，而不是反过来，懂吗？"

其他大神但觉他口无遮拦，可是，偏偏这人一直都是这样，他们也不知道该怎么阻拦。

他继续："可是，颛顼不但本领不怎么样，而且真的长相极丑，于诸多半神人之中，他可能是最丑的……"

比鲁星大神A冷冷接口："他不但是最丑的，还是最笨的，没有任何天资，也谈不上什么神格，生的儿子也一个比一个白痴，现在这个女儿也没好到哪里去，妖女，你照照镜子你就明白你父王丑在哪里了，你现在就跟他一模一样……"

凫风初蕾正要怼他，维维奇大神又接上了："不对，颛顼和他的儿子们是很丑没错。可是，小姑娘，你却有一双美丽的眼睛，这不符合遗传学……"

凫风初蕾听他们口口声声讥笑自己丑怪，倒也认真打量了这些大神几眼，只见这个维维奇大神一头金发，身材十分魁梧高大，单从相貌来看，倒像是小狼王那个种族的大神。

他虽然高大威猛，但是，也谈不上有多么惊人的美貌。尤其，处于这一大半俊男美女的诸神之中，他即使不算一般，至少也算不上出众，只是中等水平而已。

她冷哼一声："我父王固然很丑，可你也没有多帅！"

"哈哈，我在天界的确算不上多帅。可是，小姑娘，我的相貌不重要，我只是很好奇，你为何有这么一双美丽的眼睛？"

于是，大神们也都惊奇地发现，这个面容丑怪、骨瘦如柴的少女，真的有一双美得不可思议的眼睛。

维维奇大神连看几眼，忽然道："小姑娘，你原本不是这样的吧？是不是受伤了？"

她点点头。

他更是惊奇："你有这么一只熊猫，又是颛顼之女，按理说，这天下无人能将你伤成这样，小姑娘，你说说看，你的敌人到底是谁？"

她慢慢低下头去，"我……我不敢说……"

"这有什么不敢说的？你的敌人无论多厉害，也不可能是这些九重星大神的对手。有我们呢，你怕什么？"

她狐疑地看他一眼，忽然指向白衣天尊："我的敌人就是他，你能将他揪出来吗？"

"怎么可能是他？"

"你现在知道我的敌人是谁了，你还要替我出头吗？"

维维奇大神哈哈大笑，抬起一只手拍了拍自己的脑袋，后退一步，摇摇头："大神也有糊涂的时候，哈哈哈，我还真的差点忘记了，可不是吗！这天下，也只有白衣天尊才是你父王的死敌了！"他明明在笑，可是，所有大神都觉得他笑得很假。因为，几乎所有大神都发现，凫风初蕾绝对不是伤在白衣天尊手下。

以白衣天尊的功力，真要伤她，她早就灰飞烟灭了，而且，若是白衣天尊亲自出手，那也是大失身份之举。可若不是白衣天尊，那么，伤她的人到底会是谁？以诸多大神的眼力，竟然也看不出一丝端倪。

凫风初蕾环顾四周，大模大样地说："你们还有谁要出来教训我的？没有了，是吧？既然如此，那我就要走了。"

大神们面面相觑，青元夫人暗叹一声，也不作声。

大家都看着白衣天尊。毕竟，这是他的地盘。

凫风初蕾也看着白衣天尊，只见他面沉如水，眼里寒霜似的。

她不屑一顾："天尊还有什么诘难？不说的话，我就走了！"

"你这丫头出言无状，好生无礼！"

"我出言无状？是吗？"她点点头，"也许是吧。"她上前一步，死死盯着白衣天尊，从头到脚，又从脚到头。

不只白衣天尊被她看得心里发毛，就连大神们也都是看好戏似的。

"当初你在九黎河装神弄鬼，我还以为你有多厉害。天尊，啧啧啧，比天还尊贵……据我所知，九重星联盟只有少数几位超级大神才敢称天尊，你这么妄自尊大，真的好吗？"这句话，真是说出了一众大神们的心声。维维奇大神都忍不住要替她鼓掌了，可是，两只手合拢，又生生忍住，没有发出任何声音，只是嘴角边情不自禁多了一丝笑容。

青元夫人却暗自皱眉，这小丫头平素默不作声，一副可怜巴巴的样子，没想到一开口，竟然这么毒辣。

凫风初蕾的目光还是死死盯着白衣天尊："从九黎河之战开始，你一直对我追杀不已。当时我不知道原因，还以为是自己本领大，面子大，劳驾天尊高看一眼，现在才知道，根本不是这样……"

他淡淡地："不是这样是怎样？"

她长吁一口气："白衣天尊，现在我总算明白你真实的身份了。你一直追杀我，无非想报当年输给我父王之仇吧？好吧，现在，我向你认输，向你道歉，向你赔罪，唉，谁叫我父王死了，我没用，只能做你的阶下囚呢……"

白衣天尊，面色铁青。

其他大神们幸灾乐祸，想要笑，又不好意思笑得太明显。

她却木棍一横，向他鞠躬，行大礼，语气也变得一本正经，十分肃穆："手下败将凫风初蕾向白衣天尊赔罪啦！"

白衣天尊冷冷地打量她一眼。

她还是垂着头，根本无视他的目光，沉声道："凫风初蕾无才无德，成了亡国的罪人，只好将鱼凫国作为赔偿献给天尊……"她行礼，竟然是亡国之君才有的大礼。纵然是一众看好戏的大神，也被她脸上那种肃穆而绝望的神情惊呆了——这时候，大家仿佛才意识到，她根本不是一个普普通通的小姑娘，而是鱼凫国的女王。她的一举一动，都充满了女王的气派。她的声音也有不可描述的惨痛，"九黎河之战后，我自知不是天尊对手。临行时，已经吩咐鳖灵他们将鱼凫国的传国玉玺献给天尊！唉，总算鳖灵等人忠心耿耿，代替我这个亡国之君受了真正的亡国之辱……以后，鱼凫国的王侯便是鳖灵……"

她慢慢站起来，转头看着西北方向，半晌，才徐徐地说："金沙王城，真是一个神奇的地方。可是，我这个罪人哪里还有面目再次踏上那片神奇的土地？父王，我纵然九泉之下，也没有面目再见你了……"

四周，还是十分安静。

白衣天尊自始至终都一言不发。

凫风初蕾慢慢转向，双目直视他的眼睛。

他也直视她的眼睛。

那是凡人和大神的一次对视。她却没有任何闪躲。

"白衣天尊，你还有什么命令？"

他不答。

"没什么命令的话，我就走了。"

比鲁星大神A终于忍无可忍："就算你要走，也得将你的这只熊猫留下来！"

她极其轻蔑地瞥他一眼："你凭什么？"

比鲁星大神A目中凶光一闪。

"滚开！"

比鲁星大神A不敢置信："妖女，你说什么？"

"我叫你滚开！"

比鲁星大神B死命拉住A，生生阻止了他的辣手。可是，这一口恶气怎么吞得下去？他恶狠狠地说："白衣天尊，你到底怎么说？"

凫风初蕾也恶狠狠盯着他，一言不发。

白衣天尊沉声道："你走！"

大熊猫蹿上去，她跃上熊背，一人一熊，很快便扬长而去。

没有任何大神出手阻拦，大神们都蒙了。直到凫风初蕾的身影彻底消失。大神们纷纷回头，都盯着白衣天尊。

比鲁星大神A怒道："这样嚣张的人类，反正我已经无法忍受了，你们说该怎么办？"

维维奇大神不以为然："关我们什么事？又不是我们跟她动手。"

比鲁星大神A根本不理他，只看着白衣天尊，沉声道："天尊，这是你的地盘，你说该怎么办？总不能让我在你的地盘，白白被一个地球人辱骂一顿！"

白衣天尊苦笑："要不，干脆公告九重星，我们在地球上的第一个聚会，便是拿她开刀？"

众神再次面面相觑。

比鲁星大神A冷哼一声，转身就走。其他诸神自觉无趣，也转身就走。

一夜风雨之后，天空蓝得就像一大块透明的水晶。

凫风初蕾静静地坐在窗边，从晌午到黄昏，她看到紫色的晚霞布满天空，然后又一点一点地消失，紧接着，一轮弯月羞羞答答地从云层背后走出来。

大熊猫匍匐在她脚边，闭着眼睛，睡得很舒服。

这蠢熊就是这样，每天除了吃饭，其他时间都在睡觉，仿佛怎么都睡不够似的。可是，稍有风吹草动，它会立即惊醒，猛扑上去，让人误会它其实一直闭着眼睛竖起耳朵倾听四周的敌情。

半晌，凫风初蕾慢慢站起来。

屋子里的锦盒，几乎已经全部空了，再也没有任何灵丹妙药送来。她很清楚，从今往后，再也不会有任何灵药送来了。不过，这也没关系，反正自己也待不了几天了。

她看了看盒子里的两颗红色药丸，还是拿出来，放在大熊猫的面前，低低地："老伙计，该吃晚餐了。"

大熊猫懒洋洋地伸出熊掌，将几颗香气扑鼻的神药放在嘴里，慢悠悠地，恍如在享受最好的零食。

"老伙计，吃了这一点零食，以后就没有了，也不可能再有了。"

它挥了挥熊掌，然后，蒙在自己的脸上，显得很遗憾的样子。

凫风初蕾咯咯笑起来，抱着膝盖，头搁在膝盖上，依旧看着天边的月亮。虽然在笑，可是，却听得内心深处最深的虚弱和恐惧，色厉内荏。

纵然是在小院里，在黑夜中，也不敢再表露任何的心声了。她竭尽全力，要把自己最真实的想法隐藏起来，决不让任何人看破。内心的恐惧，实在是难以言喻，因为，她已经清楚地发现了伤害自己的人到底是谁，也因此成了真正的惊弓之鸟。

纵然是在诸神面前的一番血气逞勇，也无非是色厉内荏，生怕被敌人看出自己的破绽。最主要的是，她不敢让敌人知道——自己已经发现他（她）是谁了。半晌，她颤抖的手伸出，轻轻放在大熊猫背上，自己能否逃过一劫，只剩下这唯一希望了。

可是，真的会有这样的运气吗？她不敢笑，不敢哭，甚至不敢让祈祷发出任何的声音，只暗暗地看着天空，脑子里一遍一遍地重复：父王，救救我吧。父王，救救我吧。除了你，这世界上再有没有任何人能够救我了。十次百次、千次万次。

白衣天尊曾说，人类的脑电波会以一种神奇的方式向全宇宙发射能量，当那些能量强大到一定程度时，便会被外界接收。她不知道，自己这无声的祈求，是否会被另一个世界的父王所接收。

　　父王，除了你，我再也没有别的倚仗!

第二十七章 大神联姻

白色的身影无声无息落在对面，她慢慢抬起头，看着他。

他却看着那大熊猫，只见月色下，那原本蠢笨愚昧的畜生，双眼竟然亮得出奇，竟然渐渐有了智慧似的。除了不能开口讲话，完全不逊色于当初的委蛇。

大神们的灵丹妙药，对于一般神固然用处不大，可是，要提升一只熊猫的智慧和战斗力，那是绰绰有余了。

服用了这么大数量，这么多种类的灵药，就算许多大神的宠物，也不见得比得上它了。真是无心插柳柳成荫。

他忽然微微皱眉，嗅到一股淡淡的香味。那是一种特制灵药所散发出来的香味，也是他几天前才送来小院的。当时，他告诉她：这七颗药丸服用完，你就可以离开了。

这个凫风初蕾，竟然把这么罕见的灵药，直接喂了大熊猫。

凫风初蕾一眨不眨地盯着他，心里也微微紧张，当看到他慢慢抬起手时，她忽然紧张得手心里渗出汗来，声音很低："不要杀它……求你了……不要杀它……"

他的目光，终于落在她的脸上。

她不敢正视他的目光，低下头去，掌心有冷汗一阵一阵渗出。

可月色中，他察觉不了她细微的表情，更不知道她掌心里满是冷汗，只是好奇地看着她，淡淡地说："怎么？白天那么能言善辩，痛骂诸神，现在就理屈词穷、一言不发了？"

她忽然有点不自在，声音更低了："对不起……天尊……对不起……我……我真的不是故意的……"

他淡淡地说："你本来就是故意的！"

她张张嘴，竟不知该如何接下去。

"你本来就心怀不忿，早就想那么骂我了吧？今天不过是得了机会，所以，就趁机大骂我一通……"

她讪讪地："我原也知道，要不是天尊好意救我，我早没了……"

他淡淡地："你也知道我是好意救你啊！"

她答不上来。

他也沉默了一会儿："凫风初蕾，你走吧！"

她忽然有点惊惶："我……我什么时候走？"

"明天就走吧。"

"明天？"

"明天一早，你马上离开。甚至，你要是愿意，马上就可以走。"他看了一眼大熊猫，"以大熊猫现在的功力，你纵然独行千万里，也不成问题了。"

她的掌心，冷汗变成了热汗，却绝非是激动，更非获得自由的那种欣喜，相反，是加倍的恐惧和绝望，是一种被人即将逼上死亡之路的恐惧，是敌人马上就要得逞的那种恐惧。放眼当今天下，再也没有比这个小院更加安全的地方了。自己一上路，那神秘敌人必然会趁机追上来——自己单独面对敌人，可真是一点办法也没有了。可是，她不能把这个秘密说出来，也不敢说，她只是一直低着头。

"怎么？你天天闹着要走，现在本尊还你自由，你反而不讲话了？"

她缓缓抬起头：，"多谢天尊了。"

他的神情，不知道是如释重负还是失落寂寞，沉默一阵才淡淡地说："明天就走吧，以后，再也不要出现在我面前了！"

不！不是我要出现在你面前！是你，是你每次都出现在我的面前。她内心愤怒，却不能言语。那逐渐加深的恐惧，将这愤怒彻底遮掩，只剩下满腹的惶恐，竟然找不到诉说的对象。

也许是她略略反常的态度令他起疑，他走了几步，环顾四周："凫风初蕾，那头蠢熊今天为什么要主动攻击大神？"

她下意识地看了看窗边，仿佛那神秘的敌人如影随形，一直躲在窗外，躲在门口，躲在屋顶，躲在但凡有空气的每一处地方。

一朵乌云散开，月色更加明显，他将她眼里那深深的恐惧瞧得一清二楚，他觉得很是奇怪，缓缓地问道："凫风初蕾，你到底在害怕什么？"

她的双肩微微战栗，抱着膝盖的手也在微微战栗，这么长时间，她一直保持着同一个姿势，没有任何变化，自己却浑然不知。

白衣天尊有点震惊，能让胆大包天，痛斥诸神的她怕成这样，到底是什么？

他沉声道："凫风初蕾，你可是有秘密瞒着我？"

她终于抬起头，看着他。也许是他那稍稍变得温和的眼神，也或许是他那一袭白衣，更或许是他那么酷肖百里行暮的神情，她忽然冲口而出："我可不可以等到万神大会召开那天再走？"

她急急地，"你放心，那天一早我就走，绝不会再给你惹什么麻烦……"

他有点意外："为何非得是那一天？"

原因很简单，万神大会之前，前来捧场的诸神们都百无禁忌，到处游玩，偶尔有一两个人消失一两天，也不会引起任何人的注意。可是，万神大会当天就不同了，这时候，如果有大神忽然失踪了，那就难免引起注意了。

凫风初蕾想的是，自己趁着这一天走，那个神秘敌人至少会有一点忌讳，不可能马上来追。只要多给自己一天时间，那么，逃生的机会就会大大增加。她的声音有点飘忽："天尊？可以吗？我可以在万神大会的当天再离开吗？"

他无法拒绝，只好点头。

她微微一笑，原本恐惧不安的心里，忽然多了一丝淡淡的暖意。这暖意，令她一双眼睛立即明亮起来。

他看到那火焰似的双眼，心里忽然一跳，像无数次那样，手情不自禁伸出去，可是，刚触到她肩头，她立即后退。自从她清醒后，再也没有对他有过任何亲昵的表示。

他的手讪讪地缩在半空，淡淡地说："凫风初蕾，你记住，这也是我最后能答应你的条件了。时间到了你就自行离去，不用再来告知我了！"

她眼睁睁地看着他离去，看着他的一只脚已经迈出门了，她忽然跳起来，无比迅速地拉住了他的手，声音软弱得出奇："百里大人……百里大人……你今晚留下来陪陪我好不好？"

他低下头，看着她死死握住自己的双手。

"百里大人，陪陪我吧……我很害怕……我害怕……"

他心里一震，情不自禁反手握住了她的手，可她立即抽出了手。他慢慢地转过身，不声不响地进门，走到她房间里唯一的一张椅子前坐下了。

她瞧着他，忽然笑起来。这一笑，皮包骨一般的脸色忽然燃烧起来，一双明亮的眼睛仿佛要放出光似的。他急忙移开目光，微微闭着眼睛，假寐。

她轻手轻脚走过他身边，上了床榻，合身躺下，拉了被子蒙着自己，才呵呵地笑起来，低声地说："百里大人，谢谢你……"

他没作声。

很长一段时间的沉默，沉默得凫风初蕾以为他已经睡着了。

因有他在身边，她觉得心安，也闭着眼睛，渐渐地陷入了假寐之中。

"初蕾……"

她慢慢睁开眼睛。

"你是不是认出伤害你的敌人了？"

她蓦然清醒，语无伦次："没……没有……"

"真的没有？"

"是大熊猫嗅到比鲁星大神A身上的气味……"

"比鲁星大神A？"

她环顾四周，悄然点点头。

"竟然是比鲁星大神A？可是，他跟你素不相识，怎会出手伤你？再说，他已经很久很久没有来过地球了，这才是几十万年以来第一次露面，难道他提前到了地球，而我却不知道？"

她喃喃道："我现在什么都分不清楚了……有时候觉得是涯草，有时候又觉得是涯草寄生在了比鲁星大神A身上……"

半晌，他才缓缓地说："你就是因为这样而恐惧？"

她十分虚弱："百里大人，要不是有你，我已经熬不下去了……那敌人，也许这几天就会杀死我……也许，明天就会杀了我……"

他慢慢地伸出手，放在她的手上。她奇异地看着那只手。

"凫风初蕾，你根本不用害怕！就算是比鲁星大神，也没有什么值得害怕的！"

可是，要是不是比鲁星大神呢？这话，她不敢说。

黑暗中，仿佛有一双充满嘲讽的鬼眼，肆无忌惮：凫风初蕾，你明明已经认出我来了，可是，你能如何呢？你有什么办法呢？你什么都做不到，是吧？你别以为能躲在这里一辈子，只要你敢踏出半步，我会让你死得更惨……你缩头乌龟一般的日子，最多也不过两三天了。现在我不敢动你，两三天之后呢？你甚至都不敢说出真相！因为，根本不会有人相信你。她想起有熊广场上的青草蛇，想起那些拼命往自己头皮、眼眶里钻的青草蛇，想起无辜惨死的委蛇……

"初蕾……"

她慌慌张张地："求你答应我一件事情吧……"

他忘了自己原本要说什么，奇怪地看着她。

"要是我死了，请你务必找到我的尸体，将我的尸体彻底烧毁，绝不让我变成一个可怕的怪物，求求你了……"

"你不会死，也不会变成怪物！"

"百里大人，你答应我吧，等万神大会之后，你去金沙王城走一趟，若是我变成了什么为害一方的怪物，请你立即杀了我……无论是什么情况，都一定要杀了我……"

她有一种可怕的预感，仿佛自己迟早会变成有熊女一般的怪物。被敌人残害，然后，变成敌人的帮凶，去残害自己曾经想要保护之人。敌人要的便是这样的效果。而自己有挣脱这个宿命的运气吗？

"你怎会变成一个怪物？这根本就不可能！"

她惨笑一声，又下意识地看了看头顶的天空——尽管头顶只是一片黑暗，什么都看不到。

他察言观色，一挥手："你放心好了，这里布满了一层单独的结界，纵然是其他大神，也不可能知道你的一言一行！"

她略略松一口气："真的吗？他们看不到我的言谈举止吗？"

"对！所以，你什么都不用怕，有什么秘密都可以说出来。"

目光再次落在那一头精灵般的蓝色头发上时，内心竟然发疯似的呐喊：为什么不是红头发？为什么？百里行暮，是自己唯一可以信赖之人。而不是他！

她呼吸急促，语无伦次："我会被变成青草蛇……我怕自己真的会被变成蛇妖……"

他缓缓道:"有熊一族被变成青草蛇根本就不是事实……"

她急了:"不,那是真的!天尊,那绝对是真的!有熊一族全部被变成了青草蛇。这一点,委蛇可以做证……"

"委蛇已经死了!"

她一怔:"大熊猫也可以做证!"

"大熊猫也无法做证!毕竟,它不能开口。"

他关注着她的表情,缓缓道:"你昏迷不醒的时候,我和青元夫人一起去了一趟有熊山林,但是,什么疑点都没有找到。本尊倒是怀疑,在某个机缘巧合的时刻,饿极了的大熊猫联合熊罴虎豹,对有熊广场展开了一场偷袭。按照时间来算,就是大夏五年干旱的某个时间段。因为缺少食物,动物们都饿疯了,所以,有熊氏一族遭遇了有史以来最大的一场危机,甚至是灭族之厄运……"那不是他的怀疑,而是有熊山林之行后,得到的确切的证据。

她不敢置信。她脑子里浑浑噩噩的,只慢慢地意识到一个被自己忽略的问题:当日大战之后,在自己开启青铜神树躲进去之后,那神秘的敌人很快就消失了。一起消失的还有满地的青草蛇……

后来的有熊广场,只剩下漫天的雪花,累累的白骨。

敌人,在动手的那一刻,已经抹掉了一切的痕迹。也因此,敌人肆无忌惮,根本不怕真相暴露。她甚至非常清晰地回忆起当初自己躲在青铜神树里,听得敌人最后的一句叫嚣:"枭风初蕾,你别以为逃过一命就能复仇,这是不可能的……你说出去,也绝对不会有人相信你……"

和青元夫人一起去有熊山林考察之后,他一直没有找到合适的时间跟她说这件事情。

既然是心病,那么,心药就很重要,搞不好,会适得其反。所以,他原本的打算是,让她整个心脉彻底稳定,这才告诉她事情的真相,如此,效果会更好一点。

"枭风初蕾,你可能在有熊广场看到的一切都不是事实……"

她本能反问:"不是事实是什么?"

"幻觉!"

"幻觉?"

"你和涯草曾经多次交手是不是?"

"是。"

"涯草有妖术,能寄生在古老的镜子或者其他任何载体上,是不是?"

"是。"

"这就是了。你和涯草多次交手之后,已经在无形之中被她蛊惑了神志,出现了幻觉。可能是在某一次,涯草故意引诱你去有熊山林,然后布下了一个巧妙的陷阱……可是,你所说的一切,的确都是不存在的,全部只是你的幻想而已……"

他一字一句："什么青草蛇，都是不存在的！"

她的眼睛瞪得很大很大："你说，那些都是我的幻想？"

他什么都不说，只是随手一挥，凫风初蕾眼前已经多了一幅流淌的画面。

那是有熊山林，平静的有熊河，奔腾的大峡谷，有成群的野羊，飞来飞去的锦鸡，还有漫山遍野咆哮的熊罴虎豹……然后，有熊广场出现了，那里是一排排整齐的石屋子，虽然有大有小，但总体上没有太大的区别。

有熊氏一族的贫富差距几乎没有，就算是首领的屋子也只是多一层而已。

然后，广场上、草地上、山腰上、大峡谷边……到处都有普通的老百姓在活动：有的放牧，有的狩猎，有的种植庄稼蔬菜，甚至还有妇女们绣花的场景，以及小孩子们奔跑打闹……那是她第一次看到真实的有熊氏一族的生活场景。这一切的平静中，隐隐会传来一阵阵的虎啸龙吟。有熊山林最多的便是熊罴虎豹，所以，一切都显得很正常。

"这是距离你第一次去有熊山林之前一年的有熊广场，你看，是不是非常正常？"

凫风初蕾点点头，的确很正常。

可是，她注意到居中的一座两层石头屋子——别的屋子里都有人来来去去，就这一间屋子是空的。但是这间并未落锁，有熊氏所有的房屋都不落锁，真可谓夜不闭户路不拾遗。这是他们自古以来的传统。

白衣天尊见她盯着那石头屋子，就道："这是有熊首领父女居住的地方，那一年，他们正好外出了，是不是？"有熊氏父女经常都在外，从泰山之巅，到金沙王城，他们此时不在有熊广场也是正常的。

可是，画面突变。阴风阵阵，日月昏暗，整个天空中，仿佛笼罩了一层雷电的风暴，天好像马上就要塌下来似的。阴风惨惨里，鬼哭狼嚎此起彼伏。有熊氏的百姓从各个屋子里奔出来，惊恐地会聚到广场，好像不明白到底发生了什么，一个个脸上都有恐惧的神情。孩子们开始哭泣，妇女们开始尖叫，男人们则一声声怒吼，那是准备抵抗或者应对突发事件的情形……

可是，太迟了。纵然是训练有素的有熊氏也太迟了。

只见一群群的巨大熊罴从四面八方奔向有熊广场，它们没有组织，没有纪律，龇牙咧嘴，胡乱奔跑，数量庞大，密密麻麻，仿佛一夜之间，全世界的熊罴虎豹都集中到了这里，整个有熊广场全部都是猛兽。熊罴虎豹肆无忌惮冲击居民。随即有惊惶的逃命声、奔跑声，可是，人的速度远远比不上猛兽的速度，只见那些发狂的猛兽拼命撕咬，人类一个个倒下去……其中，一只巨大的熊引起了她的注意，竟然是大熊猫。

大熊猫就像一个屠夫似的，随手抓起一个个人类，一口就咬断其喉管。然后远远扔开，到得意之时，甚至仰天长啸，仿佛在肆意大笑。其他熊罴虎豹见此，纷纷效仿，一时间，整个有熊广场上尸体堆积如山。

从昏天黑地，到太阳初升。

有熊广场上，几乎再也没有任何活口了。甚至有熊广场上的粗厚的石板也被这些可怕的猛兽掀起来，又砸下去，碎石、尘土，漫卷了整个天空，也模糊了整个画面。

那是一场极其可怕的长时间大屠杀。

直到所有人都死光了，猛兽们才开始享用。只见它们分散开去，三三两两，狼吞虎咽，心满意足。那些尸体，全部成了它们的腹中餐。尸体，开始慢慢变成一堆堆的白骨，整个有熊山林，变得死一般沉寂。

……

凫风初蕾死死盯着那定格的画面，完全不敢置信。

竟然是熊罴虎豹屠杀了有熊氏！

她嘶声道："青草蛇呢？那些青草蛇呢？"

"没有青草蛇！凫风初蕾，我说了，没有青草蛇！"

白衣天尊又变幻了一下画面。

天色还是昏沉沉的，熊罴虎豹的可怕嘶吼已经变得很小很小。

有熊广场的入口处，却有人急匆匆地奔上来。只是，刚跑了几步，她便本能地停下了脚步。只见她满脸风尘，满脸恐惧："天啦，父亲，这是怎么了……"

那是有熊女！她显然刚刚从外地回来，只是没想到，一回来就看到这么可怕的场景。有熊首领也奔上来，可是，他尚未开口，七八只金色的斑斓大虎已经猛地扑上去，他几乎没有任何喘息的时间便被扑倒了。

有熊女奔上去，要救父亲，可是，一头巨大的黑影猛地扑上来，只一巴掌，有熊女便气绝倒地了。随即，大黑影蹿上去，尖利长牙一口就咬断了有熊首领的喉管。

画面上，两具尸骸，正是有熊氏父女。他们都死于大熊猫之口。

画面彻底消失了。

凫风初蕾惊呆了，一句话都说不出来。

很长时间都是沉默，白衣天尊甚至没有打扰她，仿佛想给她留下消化真相的缓冲期——毕竟，他并不想刺激她。而且，若非到了这样的关键时刻，他是不可能这么仓促公布真相的。

许久许久，她慢慢抬起头。她的眼神很散乱，满是恐惧。

白衣天尊淡淡地："看到了吗？有熊氏一族并非无故消失，他们是受到了熊罴虎豹的攻击。尤其是那只大熊猫……可能它是忽然发了疯，也可能是它们遭遇了饥饿干旱……总而言之，这群疯狂的猛兽突袭了有熊山林，造成了巨大伤亡，有熊父女也未能逃过这场劫难……"

"可是，那些熊罴虎豹为何会忽然发疯了？"

他定定地看着她："这，才是问题的关键！"

画面一转，她看到有熊女慢慢站起来。有熊女浑身鲜血淋漓，穿一件绿色的衣服——那绿，就像是春天的青草，合着衣服上的鲜血，显得非常恐怖。有熊女的尸体也开始跟着变幻，隐隐地，竟然呈现出猛虎、豹子或者熊罴的样子……甚至有一次，有熊女变成一只金色斑斓的巨大猛虎，冲着天空咆哮了一声。

随即，是涯草咯咯的笑声："成功了……成功了……有熊女现在成为我的坐骑了……咯咯，我终于可以骑着这头猛虎去金沙王城了，不错，不错，这比镜子好使多了……"

枭风初蕾的呼吸，仿佛停止了。

白衣天尊叹道："你看到了吗？现在明白了吧。障眼法……这只是小小的障眼法……但是，不得不说，涯草很厉害，她利用了障眼法，想让你看到什么就是什么。也许是熊罴虎豹，也许是青草蛇，其实，什么都不是……"

他很自然地下了结论："严格说来，罪魁祸首只是涯草而已！"

她忽然问："既然如此，涯草现在在哪里？"

他叹道："所以，我们才满世界追逐涯草，一定要抓住她。"

她定定地："你抓不住她。你永远也抓不住她。"

"为什么？"

"她早就被我杀了！"

"你要真杀了她，她的骸骨就会在有熊广场了。可是，现场并没有。"

"她的骸骨被人拿走了。真正的敌人利用了她……"她顿了顿，"没错！障眼法。就是你所说的障眼法。其实，涯草才是真正的障眼法，一枚棋子，真正的敌人，比她厉害多了……"

白衣天尊看着她，眼神慢慢充满了怜悯之情。他不想跟她争辩，他觉得自己就像看着一个疯子。明明证据确凿，事实俱在，她还是不相信自己。

"枭风初蕾，你当初只是惊吓过度。也可能是受伤实在太重，所以，我不怪你……"

她摇摇头，要用很大的力气才能控制自己不倒下去。半晌，她才喃喃地："你为何要去有熊山林考证？"

"阿环说，你这是心病，你该知道，她一直很关心你……"

"她凭什么要关心我？你又为何要跟她一起去？你俩算我的什么人？要你俩替我出头？"

他吃惊地看她一眼，此刻，觉得她真的失心疯了。可是，他还是耐着性子："阿环倒不是自己主动去的，是我邀请她去的。因为西王母一族熟悉药理，对基因病毒也略知一二，如果这里真的发生过青草蛇异变，绝对瞒不过她……"

假象！统统是假象！巨大的恐惧，是在头顶。她不由得抬头看了看四周，白衣天尊说，这里布满了结界，任何大神都看不到你的举动。可是，她分明觉得，那充满了讥讽的嘲笑在耳边回荡。跟我斗？枭风初蕾，你还想跟我斗？我让你连自己是怎么死的都不知道！你说出真相又如何？谁会相信你？真相没用，胜利者才是真相！她瘫软在地，如被抽筋的软体动物。

"初蕾……"

白衣天尊连续叫了她好几声，她慢慢抬起头。那绝望的眼神真是令人震颤。他的手，慢慢放在她的头顶。

她紊乱的心跳和着愤怒，一起慢慢平息下来。

他十分温和："初蕾，你看看这是什么？"

她看着他慢慢地从怀里拿出一样东西。那是一只小玉瓶。自己在和神秘敌人决战的最后时刻启动的小玉瓶。正是那冲击波给了自己最后一次逃命的机会，趁着这个喘息，她才启动了青铜神树。

本来，她都以为这小玉瓶早就彻底被毁掉了，再次看到她真是百感交集。上面红色头发的百里行暮早已变成了蓝色头发的白衣天尊，只不过，早前百里行暮一直是微笑的表情，而这个白衣天尊满脸淡漠。

"我去有熊山林救你时，找到了这玩意儿……其实，你刚刚启动玉瓶时，我就知道了。只不过，那时候我在岱屿山喝得酩酊大醉，以为出现了幻觉，就没有理睬。要是我早来一步，也许，你不会伤得那么重……"

她屏住呼吸。

他的声音很低很低，如在耳语："如果你真有怀疑，那你记住，一见到敌人，马上打开，切记，无须等敌人动手，只要你察觉到敌人，哪怕他根本没有现身，只要你感觉到他来了，立即就打开……只要打开了，我马上会接收到讯号……无论他是谁，无论他有多么厉害，哪怕他隐匿身形，都可以被记录下来……"

她一瞬间就满血复活了，惊喜得几乎跳起来，一把就抱住他的脖子，语无伦次："谢谢你……百里大人……谢谢你……"

他哑然，也不知怎的，四肢忽然很僵硬。明明那骷髅似的双手，拥抱也没有什么力气，那突出的骨头甚至硌得人隐隐作痛，可是，他还是心中一阵紊乱。一如当日在金沙王城。一如早前在冥想屋时，她每一次不期而来的亲吻。就连她枯瘦的身上，也还残余着早前那种淡淡的干净的香味——那是少女鱼凫王独有的馨香。

僵硬的双手，不经意地甚至习惯性地要反手搂住她，可是，她已经松开双手，咯咯笑起来："谢谢你，百里大人……果然，你还是对我好……只有你，一直对我好……"

他僵硬的双手讪讪地缩在半空中，然后，悄无声息地缩回来，只淡淡地说："我不是百里行暮！以后，别再这么叫我了！"

她还是咯咯地："谢谢你，天尊。"

距离万神大会只有两天了。

自从凫风初蕾大闹上元宫之后，九黎之城的气氛就有点儿微妙。比鲁星大神Ａ固然怒气冲冲，几次扬言要离去，别的大神也觉得有些尴尬。因为，自从那天之后，白衣天尊便隐居不出，仿佛凫风初蕾那一通责骂，对他的影响很大。可是，大家都很清楚，诸神其实都在看他的笑话——也在等着看他如何处置那个失败者。那可不是一般的失败者，那是前任天帝的唯一后裔。

　　青元夫人见势不妙，便再次在上元宫宴请诸神。无论白衣天尊如何兴趣缺缺，可是，西王母一族的面子还是要给的，更何况，是美貌如花的阿环。

　　大神们一边品酒，一边听曲。

　　演奏曲子的是西王母一族第一流的乐队，那些容貌一流的玉女们，穿着精美的流云水袖，犹抱琵琶，徐徐弹奏，还有一队容貌绝丽的舞姬，那舞姿也炫目之极。

　　半神人们毕竟都年轻气盛，加上离开了九重星独有的厚重肃穆氛围，又日久沉浸在地球上独有的微醺氛围之中，骨子里潜伏已久的人类基因便慢慢地开始复苏了。

　　一名大神指着舞姬中一身材特别苗条柔软者，醉醺醺地大声道："阿环，把这小婢送给我吧……""阿环，能不能也送一个小婢给我？对了，我要那个红衣服的，对，就是那个眼睛特别大，皮肤特别白的……"

　　青元夫人笑道："诸位少安勿躁。天穆之野十万玉女，虽不敢妄称冠绝天下，至少，每一个都略有姿色，承蒙各位青睐有加，原本是好事。可是，这里是九黎，是白衣天尊的主场，我们来者是客，不好喧宾夺主。至于其他的，待得各位来天穆之野做客，我们再谈。阿环向大家保证，但凡各位提出的要求，阿环一定尽力满足……"

　　维维奇大神笑道："阿环，你可别那么快答应他们。这些贪得无厌的家伙，只恐下次一到天穆之野，便将你的所有小婢都拐走了……"

　　她也笑起来："那样可不行，到时候，演奏九韶之人都凑不齐，可就不好玩了……"

　　众神都哈哈大笑起来。原本拘谨而微妙的气氛，立即得到了缓解。

　　就在这时，白影一闪，有人坐在了居中的主位。

　　维维奇大神笑道："白衣天尊，你错过一场好戏了。"

　　"什么好戏？"

　　"刚刚大家都在向阿环讨要漂亮的婢女，你要不要也来一个？"

　　莘系星大神也笑道："白衣天尊和阿环的关系可比我们好多了，别说要一个漂亮婢女，就算十个，阿环也一定会马上送给你……"

　　众神都笑起来。

　　白衣天尊的目光看向青元夫人，她迎着他的目光，嫣然一笑，"天尊是不是也看上了玉女中的某人了？"

　　众神立即起哄："快说，天尊你看上谁人了？保准你一开口，阿环马上送你……"

白衣天尊的目光，扫过一众抱着琵琶窃笑不已的玉女。她们清一色的青春靓丽，清一色的华服盛装，乍一看，根本分不清楚谁是谁。也许是在西王母一族的时光令人厌倦，那么漫长的以百万年为单位计算的岁月，实在是太孤独了，所以，对于九重星男神的求偶，她们一般来者不拒。

人类的女子往往害怕男人出轨，害怕被分手，那是因为女子青春有限，生育的年龄有限，一旦人老珠黄，丧失了生育能力，基本上只能注定孤老终生。可玉女们就没有这样的烦恼了，她们和男神一样不老不死，青春永驻，纵然分手了，也可以随便找别的男神，所以，她们并不惧怕分手。

再说，整个九重星范围之内，男神的数量可是远远多于女神或者玉女，玉女们根本就不愁无偶。所有大神，都观察着白衣天尊的表情。青元夫人，自然也一直关注着他。他脸上根本没什么表情，只收回目光，端起酒杯，喝了一口，笑道："这杏花酒，真是天下一绝……"

青元夫人，松了一口气。

维维奇大神却笑："看来，天尊和我们不同，根本志不在美人啊。竟然将这么多标致的玉女视为无物……"

比鲁星大神A冷哼一声："你懂什么？有了阿环在此，天尊能看得上那些小婢们？也只有你们，才趋之如鹜……"此言一出，青元夫人的脸腾地红了。

众神见她红了脸，立即明白，比鲁星大神正好说中了她的心事。一个个皆暗忖：难怪青元夫人这么卖力，早早到了九黎之城不说，还带来大批量的美酒、美女、乐队，不遗余力为万神大会做准备，为白衣天尊招待诸神。

有人立即开始起哄："既然如此，还等什么？那二位不如就在一起好了……"

"择日不如撞日，不如趁着万神大会，你俩把喜事办了，也算是双喜临门……"

青元夫人听着众人的起哄，满脸红晕便扩散开去，只是低了头，一言不发。

白衣天尊看她一眼，她正好抬起头，目中满是羞涩，也充满了期待。

维维奇大神大笑："白衣天尊，这时候不该是你主动点吗？难道还要阿环主动向你求婚吗？"

白衣天尊举起酒杯，因这意外，有点不知所措，只本能地说："大家别开玩笑了。"

青元夫人却抬起头，凝视他，低声道："天尊，你还记得当初你答应让阿环提一个条件吗？"

"记得。"

青元夫人一鼓作气："既是如此，阿环今日就向天尊表明心迹：我俩结为伴侣吧。"

此言一出，众神立即炸开了锅："果然，女神都比男神爽快，人家阿环如此利落，反倒是白衣天尊，竟然羞红了脸，真是太不可思议了……"

白衣天尊待要婉拒，可旋即想起自己的确曾经答应过她一个条件——但有所求，无所不从。

青元夫人见他举着酒杯，久久不作声，面上有些挂不住了，几次张嘴，却又不知道该说什么。

维维奇大立即道："喂，白衣天尊，你听见阿环的话了吗？你该不会拒绝阿环的一番心意吧？"

比鲁星大神A冷笑一声："他会拒绝阿环？他脑子里进水了吗？"

一直沉默的青元夫人忽然站起来，低声道："你们什么都别说了……白衣天尊，你也别听他们胡说，大家都是开玩笑而已……"她虽然口称开玩笑，可眼中分明有了泪花。

众人顿时被激怒了："白衣天尊你有什么了不起的？阿环能看上你是你的福分，你居然还摆架子？"

青元夫人却不看众神的神情，转身就要仓促地离开，逃避这令人尴尬的场合。

维维奇大神大吼："喂，白衣天尊……"

白衣天尊终于放下酒杯，定定地说："阿环……"

她停下脚步，却还是低着头。"能蒙阿环垂青，是我的幸运，只是这事太令人意外了……"他话没说完，维维奇大神立即吹了一声口哨，大笑道："好了，这下算是双喜临门了，各位，你们说，这喜事是和万神大会一起举办呢，还是延后几天？"

众人齐声道："就一起吧，也算是两全其美，双喜临门。"

维维奇大神笑道："既是如此，那我就不妨提前送一份礼物，哈哈，你们看……"

砰的一声，半空中忽然爆炸出一朵巨大的礼花。

明明是白昼，可那礼花是红色，花一般巨大的在九黎上空盛开，美丽得令人透不过气来。

红色的礼花中央，两个闪烁的小人儿，正是缩小版的白衣天尊和青元夫人，有一行金色的大字：永结同心。

红花、金字，整个九黎上空如上演了一场盛大的神迹。

惊得九黎广场上成千上万的凡夫俗子都停下手里的一切，一起抬头望着天空，屏息凝神地看着这神迹一般的场景。

就连见多识广的大神们，也被维维奇大神这一手所震惊。

比鲁星大神A冷冷地说："维维奇，你这么卖弄真的好吗？居然利用光速冲击波来制造烟花，也真是没谁了……"

"嘿，我这不是一时激动，想为二位老朋友送上一份厚礼吗？"

白衣天尊一挥手，那红色礼花立即消失了，他只是淡淡地说："这玩笑开不得，惊吓了那些凡夫俗子就不妙了。"

第二十八章　恩断义绝

彼时，正在小院里散步的凫风初蕾听得巨响，立即抬头。只一眼，便惊呆了。那样的礼花，生平未见，就像一朵巨大的红色鲜花，盛开在半空之中，鲜明得令人想忽略都不能。

花瓣正中，则是一行醒目的大字：永结同心。

而大字里，若隐若现地，居然是一对金童玉女——尽管距离太远，人影太小，一般人是看不清楚的，以为是幻影而已。可是，她却看得清清楚楚：居然是白衣天尊和青元夫人。她如遭雷击，腾地站起来，腿一软，跌坐地上也茫然不知。

多可怕。噩梦中也不能出现的场景，如今，千真万确出现在自己面前。殷勤备至的青元夫人，不遗余力的青元夫人，为了白衣天尊的地球霸主大业四处笼络大神们的青元夫人……她要的，难道不就是这一刻吗？

内心深处，有一个绝望的声音小小的：你早就很清楚！凫风初蕾，你早就很清楚这件事。可是，这又如何？当恐惧变为真实。她坐在冰冷的石板上，但觉寒意入骨，四肢百骸就像忽然被冻僵了似的。就连蹲着的大熊猫也站起来，狐疑地盯着半空中那巨大的红花，嘴里发出不安的一声低吼。

凫风初蕾干脆彻底瘫软在地，整个人再也没有一丝力气。比躺在有熊广场垂垂待毙时更加绝望。

不知过了多久，她才慢慢睁开眼睛。四周，冷清的风，小院幽寂得可怕。

临行前的最后几天，她怕惹出是非，也惧怕那神秘的敌人。所以，总是待在小院里，不敢轻易踏出去半步。能心平气和地躲在这里，本是因着内心深处的最后一点奢望：百里大人，他总是待我好，无论什么情况下都会保护我的。

现在，这点奢望就像肥皂泡，被风一吹，砰的一声就彻底破灭了。她慢慢地站起来。大熊猫充满忧虑的双眼盯着她。她惨笑一声，轻轻伸出手，想摸摸大熊猫，竟然一丝力气都没有，手都抬不起来了。

呵，凫风初蕾，你瞧你没出息的样子。你岂能一直倚仗别人？你岂能一辈子寄人篱下？凫风初蕾，你再也不能让父王的名字因你而蒙羞了。她用尽了全身力气，让自己站得笔直。

天空中，那朵巨大的红花忽然烟消云散。她怀疑那是一个假象，可是，却很清楚，这只是自欺欺人罢了。这是早就注定会发生的事情，只是，自己一直不愿意去相信，也不敢去相信而已。

万神大会，后天召开。今天这礼花，便是一个驱赶的信号。凫风初蕾，你该马上滚蛋了。你赖在这里，也无济于事。

可是，内心深处，总是不甘，一个愤怒的声音在大肆叫嚣：不行！这是不行的！你怎么能这么做？怎么可能？她不假思索便冲了出去。大熊猫，也跟了出去。

冥想屋里，依旧静悄悄的。

白衣天尊，赫然在座。他仿佛没料到她的擅闯，有点意外。他的声音，也微微严厉："凫风初蕾，你怎么到处乱走？我不是说了吗？这几天，你切切不能走出小院。你该知道，现在到底有多少双目光盯着你！除了小院之外，我不可能在九黎到处布置结界！"

她语无伦次："百里大人，你不能和青元夫人成亲，绝对不能……这不行……我不同意，我坚决不同意……"

他稀奇地看着她。

她强调："你绝对不能娶青元夫人！你也不许娶这天下任何一个别的女人！"

他似笑非笑："凫风初蕾，你应该先弄清楚一件事情，本尊不是百里行暮！"

她张口结舌。一瞬间，面前的这个人变得如此陌生。明明是同一个人，同一张面孔，可是，神情却截然不同。他脸上一直是冷淡的，很少有过什么热切和浓烈的情怀。这个人，可能真的不是百里行暮。

尤其月色下，他蓝丝草一般的头发更加鲜明浓丽，也跟百里行暮的火红截然不同。她微微闭了闭眼睛，完全不去看这两种头发颜色的区别。"就算你娶这世界上任何一个人，你也不能娶青元夫人。"

除了青元夫人，其他女人都行。

他暗忖，她这还是做出让步了？他还是耐着性子："这不关你的事！"

怎么就不关我事了？她愤怒地瞪着他。

当初在西北沙漠里，青元夫人是怎么说的？她一直爱的是百里行暮。难道神仙也会移情别恋？难道青元夫人也会恰好爱上这个和百里行暮一模一样，只除了头发不同的白衣天尊？她冷冷一笑，忽然觉得很讽刺。大神们，居然也是满口谎言。

"百里行暮……"

他打断她："我不是百里行暮！"

"百里行暮，你在我面前一直装蒜，到底是什么意思？"

"你认为本尊在装蒜？"

"当然！如果你不是百里行暮，我根本看都不会多看你一眼。"

"哈，这么说来，本尊还真的是沾了那什么百里行暮的光才得到你这个鱼凫王的青睐了？"

她死死盯着他。

他脸上的所有笑容全部消失了，神情也冷淡得出奇。"明天就是万神大会了。凫风初蕾，为了确保你能顺利回到金沙王城，我建议你最好还是老老实实待在小院，不要多管闲事，不要到处乱走，更不要自认为和本尊很熟。你该知道，你一直在演戏，可本尊却不想一直陪你扮演百里行暮的角色……"

"你说我在演戏？难道不是你在演戏？"

"事实上，我已经在人类的数据库中搜索过百里行暮这个人的生平了，他只是一个没有理想没有抱负一味沉浸于风花雪月的窝囊废而已。他两手空空，一无所有，就连东井星那些低等小神都敢于肆无忌惮地欺负他！这样的一个废物，你怎么好意思天天拿来跟本尊比？再说，本尊就不明白了，这样的一个窝囊废，有什么值得你长久留恋的？你一再将本尊当作他，这根本就是对本尊的极大侮辱……"

她心如刀割，只是口干舌燥不知如何辩驳。

微风，吹动她空荡荡的蜀锦长袍，整个人，就像是这屋子里一抹突兀的存在。

这时候，她才注意到，偌大的冥想屋，又挂满了形形色色的白色袍子：长的、短的、丝绸的、棉布的、麻纱的……那是一片雪白的世界。

"你不是百里行暮，你凭什么穿白色袍子？"

"谁规定这世界上只有百里行暮可以穿白色袍子了？他算老几？本尊横行时，他在哪里？"

她怒不可遏，却无法言语。

他的语气中，不无讥诮之意："凫风初蕾，本尊明白你为了保住性命，故意认错人从而演戏的心理。九黎河之战时，你自知和本尊实力差距极大，所以，故意演了认错人一出戏！没错，本尊最初也正是因为好奇，才饶你一命。你的目的也达到了，不是吗？否则，你凭什么能活着回到金沙王城呢？但是，这一套，现在已经用不着了。本尊绝不是你口中的百里行暮！也不是你的故人！可你放心，就算不演戏了，本尊还是放你一条生路，保证你的安全，毕竟，杀你这样的小人物根本没什么意思……"

"白衣天尊，你别想多了……"

她打断了他，冷冷地："既然你不是百里行暮，你为何阻止姒启向我求婚？"

"……"

"要不是你在褒斜军营阻挠姒启向我求婚，我也不会误以为你是百里行暮。既然你可以阻挠我，为什么我不可以阻挠你？就算是演戏吧，当初你能演，现在，为何我不能演？"

白衣天尊："……"

她脸上的恐惧不安彻底消失，双眼一股凌厉的寒意，仿佛万年的冰山似的。"我今天来阻挠你，只是本着最后一丝故人之情。可是，你放心，从今往后，你我恩怨两清，我绝对不会再和你有任何交集，你也不要再干涉我任何的事情！"

他依旧一言不发。

她却笑起来，自言自语道："也是，世间男人都一样，大神也不例外。当初你见我美貌，纵然是认错人也不妨将错就错。现在，我毁容了，没有美貌了，国破家亡，又不如青元夫人能帮得了你，所以，我就成了自作多情的傻瓜了。白衣天尊，你以为我不明白你的心思？呵呵，你放心，今后，我再也不会出现在你面前！你也决不许再出现在我面前！无论生死，无论黄泉，永不相见！"她转身就走。

他只是死死盯着她的背影。

她已经走出了门口，但是，立即又折回来，一步一步，很慢，很镇定。

他还是死死盯着她。

她慢慢从怀里摸出一件东西，正是他送她的那只小玉瓶。她将小玉瓶放在自己眼前，凝视了最后一眼，那几经波折的小玉瓶，总在二人之间转来转去，可到后来，还是顽固地存活着，成为二人之间唯一的纽带。

尽管玉瓶上的画像已经从红发人影变成了蓝发人影，可是，小玉瓶还是小玉瓶。在有熊山林时，她曾经遗失，但是，他又找回来，送给她。

她若无其事地递过去："还你！"

他并不伸手。

她一笑，一抬手，便将小玉瓶扔在了地上，只听得砰的一声，小玉瓶竟然炸开了一地的碎片。

原本闭着眼睛神情冷淡的画中人，也顷刻间消失得无影无踪。一地的碎片再也无法修补，小玉瓶，彻底成为一段过去。

他微微闭上眼睛，仿佛那粉尘碎片飞溅了眼皮。

她还是若无其事："你我之间，犹如这玉瓶。"

待得他再次睁开眼睛时，她的身影早已消失得无影无踪了。他慢慢站起来，走到门外，一人一熊，彻底远去。这时候，他才隐隐记得，她来之时，是带了小小包袱——前来决绝的。没有等到明天一早的万神大会，她在月色下沉的前一夜便断然离开了。

一阵风来，吹动了地上的玉屑尘末。很快，那一堆微小的粉尘便四散开去，永远永远也无法回复原状了。那小玉瓶，本是极其坚固之物，不然也不会屡次折损又屡次被修复了。可现在，却彻底毁掉了，永远也无法修补了。

当初他第一次看到这小玉瓶时，就特别震惊，因为，这样的先进武器别说在地球上，就连九重星联盟也算不错了，由此可见，那个叫作百里行暮的家伙绝非泛泛之辈。这么先进的冲击波武器，他居然当了定情之物，也算是一个浪漫之人了。也因此，他没有毁掉这武器，而是例行修补，从金沙王城，再到有熊山林，每每遗失，每每找回，几经辗转，更加增强了小玉瓶的功效——因为小，便于携带，又不像青铜神树那样需要非常麻烦的启动程序，可以说，已经是凫风初蕾所能得到的最好的防身武器了。

可现在，她毫不犹豫便将其彻底摧毁。就算摧毁这武器，也是需要极大能量的。

半响，他才自言自语道："耗费那么大的元气，就是为了摧毁自己唯一的防身武器？颛顼的这个蠢女儿，果然还是一个白痴！"